INDÉLÉBILE

Née en 1970, Karin Slaughter a grandi dans une petite ville du sud de la Géorgie. Son premier roman, *Mort aveugle* (2003), est un best-seller traduit dans une quinzaine de pays. Elle y plante le décor d'une bourgade du sud des États-Unis, Grant County, terrain des enquêtes de ses personnages Jeffrey Tolliver, le chef de la police locale, et Sara Linton, le médecin légiste, que l'on retrouvera dans ses romans suivants. Karin Slaughter vit à Atlanta.

Paru dans Le Livre de Poche :

À FROID

AU FIL DU RASOIR

HORS D'ATTEINTE

MORT AVEUGLE

SANS FOI NI LOI

TRIPTYQUE

KARIN SLAUGHTER

Indélébile

ROMAN TRADUIT DE L'ANGLAIS (ÉTATS-UNIS)
PAR PAUL THOREAU

GRASSET

Titre original :

INDELIBLE

Publié par William Morrow, an imprint of HarperCollinsPublishers, 2004

ISBN : 978-2-253-11905-0 – 1re publication LGF

Pour D.A.
River deep, mountain high

Chapitre un

8 h 55 du matin

« Tiens donc, regardez un peu qui vient pointer le bout de son nez », claironna Marla Simms, en toisant Sara, par-dessus ses verres à double foyer. La secrétaire du poste de police tenait un magazine dans ses mains d'arthritique, mais elle le posa, manière de signifier qu'elle avait tout le temps de bavarder.

Sara s'obligea à adopter un ton quelque peu enjoué, alors qu'elle avait réglé à dessein l'horaire de sa visite sur la pause-café de Marla, afin de l'éviter.

« Salut, Marla. Comment vas-tu ? »

La vieille femme la dévisagea, l'air pincé, désapprobateur, et une ride creusa ses lèvres déjà naturellement tombantes. Sara s'efforça de ne pas trahir son embarras. Marla avait enseigné aux enfants de l'Eglise baptiste primitive depuis le premier jour où l'école du dimanche avait ouvert ses portes, et elle possédait encore en elle de quoi inspirer la crainte du Seigneur chez tous ceux qui, en ville, étaient nés après 1952.

Elle garda les yeux rivés sur Sara.

« Ça fait un bail que je ne t'ai plus revue dans les parages.

— Hum », fit Sara, hésitante, en jetant un coup d'œil derrière l'épaule de la vieille Marla, pour tâcher d'apercevoir le bureau de Jeffrey. Sa porte était ouverte, mais il n'était pas dans son fauteuil. La salle de la brigade était déserte, ce qui signifiait sans doute qu'il était dans le fond. Sara savait qu'elle aurait dû oser passer derrière le comptoir de l'accueil et aller le retrouver toute seule comme une grande – cela lui était déjà arrivé des centaines de fois –, mais son instinct de survie l'empêcha de franchir ce seuil sans d'abord s'acquitter du droit de péage requis.

Marla se cala dans son siège, les bras croisés.

« Belle journée, dehors », fit-elle, sur un ton toujours aussi badin.

Sara jeta un regard vers la porte, sur Main Street, où la chaleur faisait ondoyer l'asphalte. Il y avait assez d'humidité dans l'air pour lui dilater tous les pores de la peau.

« C'est sûr.

— Et tu m'as l'air bien pimpante ce matin, continua Marla, en désignant la robe de lin que Sara avait choisie après un passage en revue de toutes les pièces de sa garde-robe. C'est à quelle occasion ?

— Rien de particulier », mentit Sara. Avant même de comprendre quelle mouche la piquait, elle se mit à farfouiller dans sa serviette, en se dandinant d'un pied sur l'autre comme quand elle avait quatre ans, elle qui en avait bientôt quarante.

Une lueur victorieuse scintilla dans les yeux de la vieille femme. Elle étira ce silence encore un peu plus, avant de reprendre.

« Comment va maman ? Et le reste de la petite famille ?

— Bien », répondit Sara, en tâchant de ne pas se montrer trop réservée. Elle n'était pas assez naïve pour croire que sa vie privée ne regardait personne – dans un comté de la taille de Grant County, c'était à peine si elle pouvait éternuer sans que le téléphone sonne de l'autre bout de la rue et qu'on la gratifie d'un « A tes souhaits » des plus obligeants –, mais elle préférerait être pendue haut et court plutôt que de faciliter la collecte des informations à tout ce joli monde.

« Et ta sœur ? »

Sara était sur le point de répondre quand Brad Stephens vint à sa rescousse en trébuchant sur le seuil de la porte d'entrée. Le jeune policier de patrouille se rattrapa juste avant de s'étaler de tout son long, mais l'élan qu'il avait pris suffit à faire jaillir son chapeau, qui atterrit aux pieds de Sara. Le ceinturon de son arme et sa matraque lui brinquebalaient sous les bras comme deux appendices supplémentaires. Derrière lui, un troupeau de gamines couinaient de rire devant cette entrée si peu gracieuse.

« Oh », fit Brad, en la voyant, et il se retourna vers les gamines, puis de nouveau vers Sara. Il ramassa son chapeau, l'épousseta avec un soin excessif. Elle se dit qu'il devait encore hésiter sur ce qui était le plus gênant : huit gosses de dix ans qui rigolaient de sa maladresse, ou son ancienne pédiatre qui réprimait un sourire d'amusement des plus évidents.

Apparemment, le pire, c'était le sourire. Il se tourna donc vers le petit groupe, et s'adressa aux enfants d'une voix plus grave que la normale, comme pour affirmer son autorité.

« Ici, bien entendu, c'est le poste de police, où nous accomplissons notre travail. Le travail de la police. Euh, et pour l'instant, nous sommes encore à l'accueil. »

Brad lança un regard à Sara. Baptiser « accueil » l'endroit où ils se trouvaient était quelque peu exagéré. La pièce mesurait à peine trois mètres sur deux mètres cinquante, avec un mur en parpaings en face de la porte vitrée de l'entrée. Une rangée de photographies montrant les brigades successives de la police de Grant County étaient accrochées au mur sur la droite de Sara, avec au centre un grand portrait de Mac Anders, le seul officier de police de l'histoire de cette unité qui ait trouvé la mort en effectuant son devoir.

Face à ce mur, Marla veillait en sentinelle derrière un haut comptoir en contreplaqué beige qui séparait les visiteurs de la salle de la brigade. Cette femme n'était pas de constitution menue, mais l'âge l'avait rapetissée, en recroquevillant son corps jusqu'à ce qu'il forme un point d'interrogation presque parfait. En général, elle portait ses lunettes perchées au milieu de l'arête du nez, et Sara était toujours tentée de les lui remonter. En fait, jamais elle n'aurait tenté un geste pareil, car si Marla savait à peu près tout sur tout le monde et le voisin – et sur le chien du voisin –, en ville, personne ne savait grand-chose d'elle. Elle était veuve, sans enfants. Son mari était mort pendant la Seconde Guerre mondiale. Elle avait toujours vécu sur Hemlock Street, à deux rues de la maison des parents de Sara. Elle tricotait et elle enseignait à l'école du dimanche, et puis elle travaillait à plein temps au poste, où elle répondait au téléphone et tentait parfois d'y voir clair dans les montagnes de paperasse. Tous ces faits bruts n'éclairaient guère la personnalité secrète de Marla Simms. Pourtant, Sara avait toujours considéré que la vie d'une femme qui avait quelque quatre-vingts ans d'existence derrière elle devait réserver bien des surprises, même si elle avait vécu toutes ces années dans la maison où elle avait vu le jour.

Brad continua sa visite guidée du poste, en désignant la grande salle ouverte derrière Marla.

« Par là, c'est l'endroit où les inspecteurs et les policiers de patrouille comme moi-même organisent toute leur activité... les appels et tout le reste. Discuter avec les témoins, rédiger les rapports, les saisir à l'ordinateur, et, euh... » Sa phrase resta en suspens, car il finit par remarquer qu'il ne captivait pas son auditoire. En effet, la quasi-totalité des enfants étaient incapables de voir plus loin que le comptoir. Et même s'ils avaient pu, une trentaine de bureaux inoccupés, disposés par rangées de cinq, avec entre eux des armoires de dossiers de tailles diverses, n'avaient pas vraiment de quoi les passionner. Sara imaginait volontiers que les enfants auraient préféré rester à l'école.

Brad insista.

« Dans quelques minutes, je vais vous montrer la prison, là où on arrête les gens. Enfin, pas là où on les arrête. » Il lança un coup d'œil nerveux vers Sara, de peur qu'elle ne relève son erreur. « Je veux dire, c'est là que nous les conduisons après les avoir arrêtés. Enfin, je veux dire, pas ici, à l'endroit où nous sommes, mais en prison. »

Le silence qui suivit fut interrompu par un ricanement contagieux qui monta du fond du groupe. Sara, qui connaissait presque tous ces enfants pour les avoir examinés à son cabinet de la clinique pédiatrique, en fit taire quelques-uns, d'un regard sévère. Marla s'occupa des autres et, quand elle se dressa au-dessus de son comptoir, sa chaise pivotante grinça de soulagement. Les ricanements cessèrent, comme si l'on venait de fermer un robinet.

Maggie Burgess, une fillette à qui ses parents accordaient un crédit démesuré pour une enfant de cet âge, osa lancer à Sara un « Salut, docteur Linton », d'une voix de crécelle.

Le docteur Sara Linton lui répliqua d'un signe de tête plutôt sec.

« Maggie.

— Euh », reprit Brad, une rougeur intense gâchant la blancheur de lait de son visage. Sara eut tout à fait conscience de son regard qui s'attarda un peu trop longtemps sur ses jambes nues. « Vous tous... euh... vous connaissez le docteur Linton. »

Maggie leva les yeux au ciel.

« Ouais, enfin, ouais, quoi », fit-elle, sur un ton sarcastique qui raviva quelques gloussements.

Brad poursuivit.

« En plus d'être pédiatre, le docteur Linton est aussi le médecin légiste de la ville. » Il s'exprimait sur un ton d'instituteur, alors que les enfants étaient certainement déjà au courant de tout cela. C'était un grand sujet de plaisanteries, sur les murs des toilettes de l'école élémentaire. « J'imagine, d'ailleurs, qu'elle est ici dans le cadre des affaires du comté. N'est-ce pas, docteur Linton ?

— Oui, confirma Sara, en tâchant de lui répondre d'égal à égal, et non avec le souvenir d'un petit Brad éclatant en sanglots à la simple évocation d'une piqûre. Je suis ici pour discuter avec le chef de la police d'une affaire sur laquelle nous travaillons. »

Maggie ouvrit de nouveau la bouche, probablement pour répéter une horrible réflexion qu'elle avait entendue dans celle de sa mère, au sujet des relations de Sara et Jeffrey, mais la chaise de Marla grinça, et la fillette s'abstint d'ouvrir la bouche. Sara fit vœu de se rendre à l'église dès dimanche prochain, rien que pour remercier la vieille femme.

C'est sur un ton à peine plus condescendant que Maggie que cette dernière s'adressa à Sara.

« Je vais aller voir si le chef Tolliver est disponible.

— Merci, répondit Sara, changeant aussitôt d'avis au sujet de sa visite à l'église, dimanche prochain.

— Donc, euh..., reprit Brad en se remettant à épousseter son couvre-chef. Bon, et si on entrait, maintenant ? » Il ouvrit l'une des portes battantes pour permettre aux enfants de passer. « M'dame », fit-il à Sara, en la saluant d'un signe de tête poli, avant de suivre ses troupes.

Sara s'approcha du mur aux photographies, et elle considéra ces visages familiers. Mis à part l'époque de l'université et de son travail au Grady Hospital d'Atlanta, elle avait toujours vécu à Grant County. La plupart de ces hommes avaient joué au poker avec son père, à telle ou telle période de leur existence. Les autres avaient été diacres à l'église quand Sara était enfant, ou alors ils avaient arbitré les matches de football de son adolescence, quand elle s'était terriblement entichée de Steve Mann, le capitaine du Chess Club. Avant qu'elle ne déménage à Atlanta, Mac Anders avait surpris Sara et Steve en train de se peloter, derrière la Maison des Chilidogs. Quelques semaines plus tard, sa voiture de patrouille, lancée à un train d'enfer dans une course poursuite, exécutait six tonneaux, et Mac y avait laissé la vie.

Sara frissonna par superstition, un frisson qui lui rampa sur l'épiderme comme les pattes d'une araignée. Elle passa à la photo suivante, qui montrait l'unité lorsque Jeffrey venait d'accéder au poste de chef de la police locale. Il arrivait tout juste de Birmingham, et tout le monde était sceptique sur cet outsider, cet étranger, surtout quand il avait embauché Lena Adams, la première femme flic de Grant County. Sara étudia Lena sur la photographie de groupe. Elle avait le menton haut, un signe de méfiance, et elle avait dans l'œil une étincelle de défi. Il y avait désormais plus d'une dizaine de femmes en patrouille, mais Lena resterait toujours la première. La pression avait dû être énorme, bien que Sara ne l'ait jamais considérée comme un modèle du genre. En fait, il y avait plusieurs aspects de la personnalité de cette jeune femme qu'elle jugeait odieux.

« Il m'a répondu que vous pouviez passer dans le fond. » Marla se tenait à hauteur des portes battantes. « C'est triste, hein ? lâcha-t-elle, en désignant la photo de Mac Anders.

— J'étais encore au collège quand c'est arrivé.

— Je ne te raconterai pas ce qu'ils ont fait à l'animal qui l'a éjecté de la route. » Elle sentit percer une note approbatrice dans la voix de Marla. Sara savait que le suspect s'était fait salement rosser, au point qu'il en avait perdu un œil. Ben Walker, le chef de la police à l'époque, était un tout autre style de flic que Jeffrey.

Marla lui maintint les portes ouvertes.

« Il est retourné en salle d'interrogatoire, il est occupé à remplir de la paperasse.

— Merci », fit Sara, avec un dernier regard vers Mac, avant de franchir le seuil.

Le poste avait été construit au milieu des années trente, quand les villes de Heartsdale, Madison et Avondale avaient réuni leurs services de police et de lutte contre l'incendie à l'échelle du comté. Ce bâtiment abritait une coopérative alimentaire, mais après la faillite des derniers fermiers locaux, la ville avait saisi l'opportunité de le racheter à bas prix. Lors de la reconstruction, on avait dépouillé l'édifice de tout caractère et, au cours des décennies suivantes, on n'avait pas tenté grand-chose pour améliorer le décor. La salle de la brigade n'était guère plus qu'un rectangle tout en longueur, avec le bureau de Jeffrey à une extrémité et les toilettes à l'autre. Les panneaux d'aggloméré des murs puaient encore la nicotine d'avant les lois antitabac adoptées depuis lors dans le comté. Le faux plafond avait l'air miteux, malgré le nombre de dalles que l'on avait pu remplacer. Le sol carrelé était en amiante, et quand elle posait le pied sur la partie fêlée, dans les toilettes, Sara évitait toujours de respirer. D'ailleurs, dans ces cabinets, et même sans ce carrelage, elle aurait de toute manière retenu son souffle. Nulle part ailleurs que dans les toilettes unisexes de la salle de la brigade, on n'avait la preuve la plus éclatante que la police de Grant County était restée un corps composé pour l'essentiel d'éléments masculins.

Elle joua des muscles pour ouvrir la lourde porte coupe-feu qui séparait la salle de la brigade du reste du bâtiment. Une aile plus récente avait été bâtie sur l'arrière du poste, quinze ans plus tôt, quand le maire avait compris qu'il y avait de l'argent à gagner en assurant la détention des prisonniers des comtés voisins surchargés. Un bloc de trente cellules, une salle de conférences et la salle d'interrogatoire, tout cela avait paru bien luxueux, à l'époque, mais le temps avait fait son œuvre et, malgré une récente couche de peinture fraîche, les nouveaux locaux avaient désormais l'air aussi délabrés que les anciens.

Sara emprunta le long couloir, ses talons claquèrent sur le sol, elle s'arrêta devant la salle d'interrogatoire pour arranger sa robe et gagner un tout petit peu de temps. Voilà un bon moment qu'elle ne s'était plus sentie aussi tendue à l'idée d'approcher son ex-mari, et elle espérait que cela ne se verrait pas à son entrée dans la pièce.

Jeffrey était assis à une longue table, avec des piles de papiers étalés un peu partout, et il prenait des notes dans un bloc-notes réglementaire. Il avait retiré sa veste, retroussé ses manches. Quand elle entra, il ne leva pas les yeux, mais il avait dû surveiller son arrivée, car elle allait fermer la porte. Il l'en empêcha.

« Non. »

Elle posa sa serviette sur la table et attendit qu'il lève les yeux. Il n'en fit rien, et elle était tiraillée entre l'envie de lui flanquer sa serviette à la tête et celle de se jeter à ses pieds. Alors que ces deux pulsions contradictoires avaient lutté en elle au coude à coude depuis ces quinze années ou presque qu'ils se fréquentaient, c'était en général Jeffrey qui se prosternait devant Sara et non l'inverse. Quatre ans après leur divorce, ils avaient finalement renoué. Trois mois auparavant, il l'avait redemandée en mariage, et l'ego de Jeffrey Tolliver n'avait pu tolérer son refus : les explications nombreuses et réitérées de Sara n'y avaient rien fait. Depuis, ils ne s'étaient plus revus en dehors du travail, et elle avait fini par s'avouer à bout de ressources.

Réprimant un soupir d'exaspération, elle se lança.

« Jeffrey ?

— Laisse juste ton rapport là, dit-il et, d'un signe du menton, il désigna un coin vide sur la table, tout en soulignant quelques lignes qu'il venait de rédiger dans son bloc réglementaire.

— J'avais pensé que tu aurais peut-être aimé le parcourir, le cas échéant.

— Tu as remarqué un élément qui sort de l'ordinaire ? demanda-t-il, en attrapant une autre pile de papiers, toujours sans la regarder.

— J'ai trouvé une carte dans son gros intestin, une carte qui conduit au trésor caché. »

Il ne mordit pas à l'hameçon.

« Tu as noté ça dans le rapport ?

— Bien sûr que non, ironisa-t-elle. Tu ne crois pas que je vais partager tout cet argent avec le comté. »

Jeffrey lui décocha un regard noir, signifiant qu'il ne goûtait guère son humour.

« Ce n'est pas très respectueux envers la défunte. »

Elle se sentit parcourue d'une honte fugitive, mais s'efforça de ne pas le montrer.

« Quel est le verdict ?

— Cause naturelle, lui annonça-t-elle. Le sang et l'urine sont ressortis propres. L'examen physique n'a rien donné de remarquable. Elle avait quatre-vingt-dix-neuf ans. Elle a eu une mort paisible, dans son sommeil.

— Bien. »

Sara le regarda écrire, elle attendait qu'il comprenne qu'elle ne s'en irait pas. Il avait une écriture magnifique et régulière, tout à fait inattendue de la part d'un ancien sportif, et a fortiori chez un flic. Elle était en partie tombée amoureuse la première fois qu'elle avait découvert son écriture.

Elle se dandina d'un pied sur l'autre, elle attendait.

« Assieds-toi », finit-il par lui suggérer, comme s'il se laissait fléchir, et il tendit la main pour se faire remettre le rapport. Sara obéit, et lui confia la mince chemise.

Il parcourut ses notes.

« C'est assez direct.

— Je me suis déjà entretenue avec ses gosses », lui assura Sara, quoique le terme « gosses » puisse paraître assez mal choisi, sachant que le plus jeune des enfants de cette femme avait presque trente ans de plus que le docteur Linton. Ils se raccrochaient à un semblant d'espoir, ils le savaient.

« Bien », répéta-t-il, en signant au bas de la dernière page. Il balança le document vers le coin de la table et reboucha son stylo. « C'est tout ?

— Maman te salue.

— Comment va Tess ? »

Il eut l'air de poser cette question à contrecœur. Elle haussa les épaules, n'étant pas trop certaine de savoir quoi répondre. Ses rapports avec sa sœur lui donnaient l'impression de se détériorer aussi vite que sa relation avec Jeffrey. Au lieu de quoi, elle le questionna.

« Combien de temps vas-tu continuer comme ça ? »

Il ne comprit pas le sens de sa question, cette méprise était volontaire, et il lui répondit en désignant sa paperasse.

« Il faut que je termine le tout avant que nous n'allions devant le tribunal, le mois prochain.

— Ce n'est pas de cela que je voulais parler, et tu le sais.

— Je ne crois pas que tu aies le droit de t'adresser à moi sur ce ton-là. » Il se cala contre le dossier de son fauteuil. Elle vit qu'il était fatigué, c'était net, et lui qui avait d'ordinaire le sourire si facile, il ne souriait pas du tout.

« Tu dors bien ? s'enquit-elle.

— Grosse affaire. »

Elle se demanda si c'était vraiment cela qui le maintenait éveillé la nuit.

« Que veux-tu, Sara ?

— Est-ce qu'on ne peut pas juste se parler ?

— De quoi ? » Il fit basculer son fauteuil en arrière. Comme elle ne répondait pas, il insista. « Eh bien ?

— Je voudrais uniquement...

— Quoi ? l'interrompit-il, la mâchoire contractée. Nous sommes déjà revenus sur tout ça des centaines de fois. Il n'y a pas grand-chose de plus à en dire.

— J'ai envie de te voir.

— Je t'ai dit que j'étais submergé par cette affaire.

— Alors, quand elle sera terminée...

— Sara.

— Jeffrey, riposta-t-elle. Si tu ne veux pas me voir, dis-le, c'est tout. N'invoque pas le prétexte d'une soi-disant affaire. Il nous est déjà arrivé d'être tous les deux submergés, encore plus que nous ne le sommes en ce moment, et cela ne nous a jamais empêchés de passer du temps ensemble. Autant que je me souvienne, c'était même ce qui rendait ce merdier supportable... » Elle désigna les monceaux de dossiers.

« Je ne vois pas le lien. »

Elle lui répliqua avec humour, par une autre allusion.

« Eh bien, le sexe, d'abord et pour commencer.

— Ça, je peux me fournir n'importe où. »

Sara haussa le sourcil, mais réprima le commentaire très évident qui lui venait à l'esprit. Le fait que Jeffrey soit en mesure de se trouver des occasions n'importe où, et ne s'en prive pas, telle était justement la raison qui l'avait poussée à réclamer le divorce.

Il attrapa son stylo et se remit à écrire, mais Sara le lui arracha des mains. Elle fit son possible pour contenir son désespoir, le gommer de sa voix.

« Pourquoi faut-il qu'on se remarie pour que ça marche à nouveau ? »

Il la regarda de travers, visiblement agacé.

« Nous avons déjà été mariés, et ça nous a presque détruits, lui rappela-t-elle.

— Ouais, fit-il. Je n'ai pas oublié. »

Elle joua son va-tout.

« Tu pourrais louer ta maison à quelqu'un de l'université. »

Il attendit une fraction de seconde, avant de lui répliquer par une question.

« Et pourquoi ferais-je une chose pareille ?

— Pour venir t'installer avec moi.

— Et vivre dans le péché ? »

Elle éclata de rire.

« Depuis quand es-tu devenu si religieux ?

— Depuis que ton père a instillé en moi la crainte de Dieu, répliqua-t-il, sur un ton totalement dépourvu d'humour. Je veux une épouse, Sara, pas une copine de baise. »

Elle perçut tout le tranchant de ces derniers mots.

« C'est ce que tu penses, c'est ce que je suis pour toi ?

— Je n'en sais rien », lâcha-t-il, et le regret pointait déjà dans sa voix. « Je suis fatigué de me sentir attaché par cette ficelle sur laquelle tu tires dès que tu te sens seule. »

Elle ouvrit la bouche, mais elle était incapable de prononcer un mot.

Il secoua la tête, s'excusa.

« Ce n'est pas ce que je voulais dire.

— Tu penses que je suis venue ici, me ridiculiser, parce que je me sens seule ?

— Pour le moment, je ne sais rien, si ce n'est que j'ai une énorme masse de travail devant moi. » Il tendit la main. « Puis-je récupérer mon stylo ? »

Elle le serra encore plus fort dans sa main.

« Je veux être avec toi.

— Tu es avec moi, là », fit-il en se penchant en avant pour récupérer son bien.

Elle posa son autre main sur la sienne, et la retint.

« Tu me manques, lui dit-elle. Ça me manque de ne pas être avec toi. »

Il commenta avec un haussement d'épaules plutôt tiède, sans retirer sa main.

Les lèvres de Sara vinrent au contact de ses doigts, ils sentaient l'encre et la lotion à l'avoine qu'il s'appliquait sur la peau quand il croyait que personne ne le regardait faire.

« Tes mains me manquent. »

Il continua de la dévisager.

Elle effleura son pouce de ses lèvres.

« Et moi, je ne te manque pas ? »

Il inclina la tête sur le côté, eut encore un vague haussement d'épaules.

« J'ai envie d'être avec toi. J'ai envie de... » Elle regarda derrière lui, pour s'assurer que personne n'arrivait de ce côté-là. Elle baissa la voix, ce n'était guère plus qu'un murmure, et elle lui proposa une gâterie pour laquelle n'importe quelle prostituée qui se respecte réclamerait double tarif.

Les lèvres de Jeffrey s'entrouvrirent, une expression choquée se lut dans ses yeux. La main de Sara se referma autour de la sienne.

« Quand nous étions mariés, ça, tu avais arrêté.

— Eh bien... » Elle sourit. « Nous ne sommes plus mariés, si je ne me trompe ? »

Il avait l'air de réfléchir à tout ceci quand on frappa très fort à la porte ouverte de la salle. Vu la réaction de Jeffrey, on eût dit que l'on venait de tirer un coup de feu. Il retira sa main d'un geste sec et se leva.

Frank Wallace, le lieutenant de Tolliver, s'excusa.

« Désolé. »

Jeffrey laissa paraître son irritation, sans que Sara comprenne trop qui était visé, Frank ou elle.

« Qu'y a-t-il ? »

Frank jeta un œil au téléphone mural et formula ce qui sautait aux yeux.

« Ton téléphone est décroché. »

Jeffrey attendit.

« Marla m'a prié de te prévenir, il y a un gamin à l'accueil qui te demande. » Il sortit son mouchoir et s'essuya le front. « Salut, Sara. »

Elle allait lui rendre son salut, mais de le voir dans cet état-là, cela l'en dissuada. Il avait l'air d'un mort vivant.

Frank plaça une main contre son estomac, il avait l'air flapi.

« Un mauvais restaurant chinois. »

Elle se leva, lui posa la main sur la joue. Il avait la peau moite.

« A mon avis, tu souffres de déshydratation », lui signala-telle en lui attrapant le poignet, afin de prendre son pouls. « Tu penses à absorber assez de liquides ? »

Il haussa les épaules.

Elle suivit la trotteuse de sa montre.

« Vomissements ? Diarrhée ? »

Sur cette dernière question, il changea de position, l'air mal à l'aise.

« Ça va », fit-il. Et pourtant, à l'évidence, ça n'allait pas. « Tu es vraiment chic, aujourd'hui.

— Je suis contente que quelqu'un le remarque », lâcha Sara, en lançant à Jeffrey un regard oblique.

Toujours aussi contrarié, ce dernier tapota du bout des doigts sur la table.

« Rentre chez toi, Frank. Tu as une mine de merde. »

Le soulagement de Frank était manifeste.

« Si ça ne va pas mieux demain, ajouta Sara, appelle-moi. »

Il opina encore de la tête, en s'adressant à Jeffrey.

« N'oublie pas le gosse à l'accueil.

— Qui est-ce ?

— Un quelque chose Smith, je n'ai pas saisi... » Il remit la main sur son ventre et lâcha un borborygme maladif. Il se retourna et parvint à articuler un dernier mot avant de prendre congé. « Désolé... »

Jeffrey attendit que Frank ne soit plus à portée de voix pour émettre un commentaire.

« Il faut que je m'occupe de tout, ici.

— Il n'est pas bien, ça se voit.

— Lena reprend ce matin », lui précisa-t-il. Il s'agissait de l'ancienne équipière de Frank. « Elle est censée arriver à dix heures.

— Et ?

— Tu es déjà tombée sur Matt, non ? Il a essayé de se faire porter pâle, lui aussi, mais je lui ai demandé de rester le cul vissé ici.

— Tu penses que deux de tes inspecteurs se sont eux-mêmes infligé une intoxication alimentaire pour éviter de croiser Lena ? »

Jeffrey alla vers le téléphone, remettre le combiné en place sur son support.

« Je suis ici depuis plus de quinze ans et je n'ai jamais vu Matt Hogan manger chinois. »

Là, il marquait un point, mais Sara préférait accorder aux deux hommes le bénéfice du doute. Malgré tout ce que Frank pouvait débiter au sujet de Lena, à l'évidence, il l'aimait bien. Ils avaient travaillé ensemble pendant près d'une décennie. Sara savait, par son expérience, que l'on ne pouvait pas passer autant de temps avec quelqu'un pour ensuite lui tourner le dos du jour au lendemain.

Jeffrey appuya sur le bouton de l'interphone et composa une ligne intérieure.

« Oui monsieur ?

— Est-ce que Matt est arrivé ?

— Pas encore. Je suis un peu inquiète, je me demande s'il est pas malade.

— Dès qu'il aura franchi cette porte, dis-lui que je le cherche, ordonna Tolliver. Quelqu'un m'attend, c'est ça ? »

Elle baissa la voix.

« Oui. Il est un peu impatient.

— J'arrive dans une seconde. » Il coupa le haut-parleur et marmonna : « J'ai vraiment pas de temps à consacrer à ce genre de choses.

— Jeff...

— J'ai besoin de voir qui c'est », ajouta-t-il, en sortant de la salle.

Sara le suivit dans le couloir, elle dut presque courir pour ne pas se laisser distancer.

« Si je me casse une cheville, avec ces talons... »

Il jeta un coup d'œil à ses chaussures.

« Tu t'imaginais que t'allais entrer ici en valsant et jouer les putes, et que j'allais te supplier de revenir ? »

Sa pudeur enflamma sa colère.

« Pourquoi est-ce que tu parles de jouer les putes quand j'ai envie, mais lorsque j'ai pas envie, pour peu que je cède quand même, tout d'un coup tu me trouves sexy ? »

Il s'arrêta devant la porte coupe-feu.

« De ta part, ce n'est pas juste.

— Tu crois, docteur Freud ?

— Je ne m'amuse pas, ici, Sara.

— Et moi, tu crois que je m'amuse ?

— Je ne sais pas ce que tu fabriques », fit-il, et son regard était d'une telle dureté qu'elle en fut choquée. « Je ne peux pas continuer à vivre de cette façon. »

Elle lui posa la main sur le bras.

« Attends. » Il s'arrêta, et elle consentit un gros effort pour lui déclarer ce qu'elle ressentait. « Je t'aime. »

Il lui répliqua avec un « Merci » quelque peu cavalier.

« Je t'en prie, chuchota-t-elle. On n'a pas besoin d'un bout de papier pour savoir ce qu'on ressent.

— Le truc qui, à l'évidence, continue de t'échapper, lui rétorqua-t-il, en ouvrant la porte d'un coup sec, c'est que moi, si. »

Elle allait le suivre dans la salle de la brigade, mais sa fierté lui enracina les pieds au sol. Une poignée de policiers de patrouille et d'inspecteurs étaient de retour d'une tournée et ils étaient assis à leur bureau, occupés à rédiger des rapports ou à passer des appels. Elle aperçut Brad et son groupe de gamins rassemblés autour de la machine à café, où il les régalait peut-être de maints détails sur la marque du filtre utilisé et le nombre de cuillers nécessaires pour préparer une cafetière pleine.

Il y avait deux jeunes types à l'accueil, l'un d'eux était adossé au mur du fond, l'autre se tenait debout en face de Marla. Sara en conclut que c'était lui le visiteur de Jeffrey. Smith était jeune, probablement le même âge que Brad, et il portait un blouson noir matelassé à la fermeture Eclair remontée jusqu'en haut, malgré la chaleur de la fin août. Il avait le crâne rasé et, d'après ce qu'elle put entrevoir de son buste sous cet épais blouson, il possédait un corps tout en muscles. Il n'arrêtait pas de regarder autour de lui, ses yeux ne restaient jamais posés longtemps sur quelqu'un. A chaque fois, il n'oubliait pas la porte d'entrée, il surveillait la rue. Il y avait franchement quelque chose de militaire dans son allure et, sans qu'elle sache trop pourquoi, son attitude mit Sara sur ses gardes.

Elle balaya la pièce du regard, pour comprendre ce qui attirait tant l'attention de Smith. Jeffrey s'était arrêté à l'un des bureaux pour venir en aide à un policier de patrouille. Il s'assit sur le bord du plan de travail, en faisant coulisser dans son dos l'étui d'épaule de son arme, puis il tapa quelque chose à l'ordinateur. Brad était encore occupé à discourir devant la cafetière, la main posée sur la bombe de gaz incapacitant accrochée à sa ceinture. Elle compta encore cinq autres flics, tous absorbés dans la rédaction de leur rapport ou la saisie d'informations sur leur ordinateur. Une sensation de danger envahit le corps de Sara, une décharge électrique. Dans son champ de vision, tout acquit une netteté trop brutale.

La porte d'entrée s'ouvrit avec un bruit de succion et Matt Hogan entra.

« Te voilà, fit Marla. Nous t'avons attendu. »

Le jeune homme passa la main sous sa veste, et Sara cria.

« Jeffrey ! »

Tout le monde se tourna vers elle. Elle n'avait pas quitté Smith du regard. Dans un geste coulé, il brandit un fusil à canon scié, le braqua sur le visage de Matt et pressa sur les deux détentes.

Du sang et de la cervelle giclèrent sur la porte, comme jaillis d'un jet haute pression. Matt fut projeté contre la vitre, le verre se fendilla par le milieu, mais ne rompit pas. Il avait le visage totalement soufflé. Les enfants poussèrent des hurlements et Brad les plaqua tous au sol d'un bloc. La fusillade se déchaîna et l'un des hommes de patrouille s'écroula devant Sara, la poitrine percée d'un grand trou. Sous l'impact, son arme se déchargea et ripa sur le sol. Autour d'elle, les cadres de photos et les objets personnels volèrent à terre, dans des gerbes de verre éclaté. Des ordinateurs implosèrent en diffusant une odeur âcre de plastique qui brûle. Des papiers flottèrent en l'air et le vacarme des coups de feu était si assourdissant que Sara eut l'impression d'avoir les oreilles en sang.

« Sors ! » lui cria Jeffrey, et à cet instant elle sentit une piqûre lui mordre le visage. Elle porta la main à sa joue, là où un éclat de verre venait de lui écorcher la chair. Elle était agenouillée par terre, sans du tout se souvenir comment elle était arrivée là. Elle fila se protéger derrière une armoire. Sa gorge lui faisait l'effet d'avoir avalé du verre pilé.

« Fonce ! » Jeffrey était tapi derrière un bureau, le canon de son arme crachait sans relâche des flammes blanches, il tâchait de la couvrir. Une énorme détonation secoua la façade du bâtiment, et puis une autre.

Derrière la porte coupe-feu, Frank hurla.

« Par ici ! » Il pointa son arme par l'entrebâillement, et tira à l'aveuglette vers l'accueil côté rue. Un policier de patrouille ouvrit la porte qui claqua contre le mur, exposant Frank tandis que l'autre courait se mettre en sécurité. A l'autre bout de la salle, un deuxième flic fut abattu en essayant d'atteindre le groupe des enfants, son visage se figea en un masque de douleur et il s'effondra contre une armoire de rangement. La fumée et l'odeur de la poudre emplirent l'air et, depuis l'accueil, les autres ripostèrent avec une puissance de feu accrue. Sara reconnut le *tacatac* d'une arme automatique, et la peur s'empara d'elle. Les tueurs étaient équipés pour une boucherie.

« Docteur Linton ! » cria quelqu'un. Quelques secondes plus tard, Sara sentit deux petites mains s'accrocher à son cou. Maggie Burgess avait réussi à se dégager, et d'instinct elle enveloppa la fillette de son propre corps. Jeffrey surprit la scène, il dégagea son holster de cheville, et fit signe à Sara de courir dès qu'il commencerait à faire feu. Elle quitta ses chaussures, et attendit ce qui lui parut des heures, que Jeffrey risque une tête au-dessus du bureau derrière lequel il se cachait et ouvre enfin le feu de ses deux armes. Sous une grêle de balles, elle fonça vers la porte anti-incendie située en face d'elle, et recula à quatre pattes jusqu'à ce qu'elle soit de nouveau en sûreté, derrière l'armoire de rangement.

Elle se palpa le corps, les mains parcourues de mouvements réflexes, elle s'assurait qu'elle n'avait pas été touchée. Elle avait du sang partout, mais elle savait que ce n'était pas le sien. Frank entrouvrit de nouveau la porte. Des balles ricochèrent sur l'acier trempé et il riposta, en introduisant la main par l'interstice pour tirer.

« Sortez ! » répéta Jeffrey, en s'apprêtant à couvrir Sara, mais derrière une rangée de chaises renversées, elle aperçut l'un de ses petits patients de la clinique pédiatrique. Ron Carver avait l'air aussi terrorisé qu'elle et, des deux mains levées, elle fit signe au petit garçon pour l'empêcher de courir avant le signal de Jeffrey. Sans crier gare, Ron se précipita vers elle, le menton rentré dans la poitrine en pompant l'air de ses bras pendant que tout explosait autour de lui. Jeffrey couvrit son trajet d'une salve en tir rapide afin de repousser l'assaut du tueur, mais une balle perdue vrilla l'air en sifflant et fit quasiment exploser le pied du gamin, qui s'arrêta à peine dans sa course, en prenant appui sur ce qui lui restait de cheville, un moignon de chair ensanglantée, pour se propulser en avant.

Il s'écroula dans les bras de Sara et, quand elle lui arracha sa chemise de coton, elle sentit son cœur palpiter dans sa poitrine comme celui d'un oisillon sous ses ailes repliées. Elle déchira le tissu dans le sens de la longueur et se servit de la manche pour lui serrer un garrot autour de la cheville. Elle utilisa l'autre moitié de la chemise pour lui maintenir le pied en place, en espérant qu'on puisse le lui sauver.

« Ne me forcez pas à sortir, supplia l'enfant. Docteur Linton, s'il vous plaît, ne me forcez pas. »

Sara prit un ton sévère.

« Ronny, il faut sortir.

— S'il vous plaît ne me forcez pas ! » gémit-il.

Jeffrey cria.

« Sara ! »

Sara releva l'enfant, le prit tout contre elle et attendit le signal de Jeffrey. Le signal vint, et elle courut vers la porte, cassée en deux, en serrant Ron très fort.

A mi-chemin, le garçon saisi de panique se mit à lui flanquer des coups de pied et à la griffer, en criant à pleins poumons de sa voix perçante.

« Non ! Je ne veux pas ! »

Elle lui plaqua la main sur la bouche et se jeta vers la porte. Le garçon lui enfonça ses dents dans la chair de la paume, mais elle accusa à peine la douleur de la morsure. Frank tendit la main, empoigna Ron par sa chemise et le tira vers lui d'un coup sec, à l'abri. Il tenta d'empoigner Sara aussi, mais elle était déjà repartie en courant vers l'armoire de rangement, pour aller chercher les autres enfants. Une autre balle vrilla l'air tout près d'elle et, sans réfléchir davantage, elle fonça.

Elle tenta à deux reprises de vérifier combien de gamins étaient restés avec Brad, mais avec les balles et le chaos qui l'entouraient de toute part, elle se trompa les deux fois dans son décompte. Elle cherchait Jeffrey désespérément. Il était à cinq mètres d'elle, en train de recharger son arme. Leurs regards se croisèrent, juste avant qu'il ne bascule en arrière, contre les bureaux. Une plante tomba par terre, le pot éclata en mille morceaux. Le corps de Tolliver se convulsa, ses jambes furent saisies d'un violent soubresaut, puis il demeura immobile. Maintenant que Jeffrey était hors jeu, tout parut s'arrêter. Sara se rua sous le bureau le plus proche, les oreilles bourdonnantes dans le vacarme de la fusillade. La pièce redevint silencieuse, hormis le cri que poussa Marla, un hululement modulé de sirène.

« Oh, Seigneur », chuchota Sara, tapie sous le bureau. Affolée, elle essaya de voir ce qui se passait. Et elle vit, juste au-dessus du comptoir de l'accueil, Smith, debout, une arme dans chaque main, qui balayait la pièce des deux canons. L'autre jeune homme était à côté de lui, avec un fusil d'assaut braqué sur la porte de la rue. Sous son blouson, Smith portait un gilet pare-balles en Kevlar, et elle entrevit deux autres pistolets dans leur étui, à hauteur de sa poitrine. Le fusil à canon scié était posé sur le comptoir. Les deux tueurs étaient à découvert, mais plus personne ne leur tirait dessus. Sara tâcha de se rappeler qui d'autre était présent dans la pièce.

Elle perçut un mouvement dans sa direction, tout à fait sur sa gauche. Un autre coup de feu fut tiré, suivi du claquement d'un ricochet et d'un gémissement assourdi. Un cri d'enfant que l'on étouffa. Sara s'aplatit au sol, tâchant de voir sous les bureaux. Dans l'angle opposé, Brad maintenait les enfants collés au sol, de ses bras grands ouverts. Ils étaient tous blottis les uns contre les autres, et ils sanglotaient.

Le policier qui s'était effondré contre les armoires geignait, et il tenta de relever son arme. Elle reconnut l'homme, c'était Barry Fordham, un agent de patrouille avec qui elle avait dansé au dernier bal de la police.

« Lâche ça ! hurla Smith. Lâche ça ! »

Barry tenta de relever son arme, mais il ne put contrôler son poignet. Son arme cabriola en l'air. Le tueur armé du fusil d'assaut se retourna lentement vers Barry et lui tira une balle en pleine tête, avec une précision effrayante. L'arrière du crâne de Barry heurta la paroi métallique de l'armoire et y resta plaqué. Le second tueur était reparti monter la garde devant la porte d'entrée, comme si de rien n'était.

Elle entendit quelqu'un déguerpir derrière elle. Elle entr'aperçut un flou de couleurs, l'un des inspecteurs courut dans le bureau de Jeffrey, escorté par une gerbe de balles. Quelques secondes plus tard, c'était la fenêtre qui volait en éclats.

« Restez où vous êtes ! Identifiez-vous ! ordonna Smith. Tout le monde reste à sa place ! »

Un cri d'enfant jaillit du bureau de Jeffrey, suivi d'un nouveau fracas de verre éclaté. Chose étonnante, la vitre de séparation entre le bureau et la salle de la brigade n'avait pas cédé. Smith s'en chargea, d'un seul projectile.

Sara eut un mouvement de recul, d'énormes éclats de verre vinrent se ficher au sol.

« Il y a qui d'autre, là ? reprit Smith, et elle entendit

le fusil que l'on cassait en deux et que l'on rechargeait. Montre ta figure, ou je tue aussi la vieille ! »

Le cri de Marla fut interrompu net par une gifle.

Sara retrouva Jeffrey vers le centre de la salle. Elle ne voyait que son épaule droite et son bras. Il gisait sur le dos. Son corps était immobile. Une flaque de sang s'élargissait autour de lui et sa main, qui tenait son arme au côté, avait relâché la crosse. Il était à cinq bureaux de distance, en diagonale, mais elle eut la vision très nette de son annulaire, le jonc de sa chevalière aux armes de l'université d'Auburn.

Et puis, sur sa droite, elle entendit prononcer son nom d'une voix feutrée.

« Sara. »

Frank était tapi derrière la porte coupe-feu, son arme dégainée. D'un geste, il lui indiqua de ramper dans sa direction, mais Sara secoua la tête.

« Sara », répéta-t-il, d'une voix sifflante de colère.

Elle regarda de nouveau vers Jeffrey, elle aurait tant voulu qu'il remue, qu'il témoigne un signe de vie. Les seuls enfants qui restaient étaient encore blottis autour de Brad, avec des sanglots entrecoupés de hoquets de terreur. Elle ne pouvait pas les abandonner, et c'est ce qu'elle fit comprendre à Frank d'un mouvement brusque de la tête. Elle ignora son borborygme furibond.

« Alors, qui est là ? s'exclama Smith. Montrez-vous, sinon je descends la vieille pute ! » Marla poussa un cri, mais Smith cria plus fort qu'elle. « Y a qui, là derrière, bordel ? »

Sara était sur le point de répondre, mais Brad la devança.

« Par ici. »

Avant d'avoir eu le temps de penser à ce qu'elle faisait, elle courut à croupetons vers le bureau le plus proche, en espérant que Smith regarderait en direction de Brad. Elle retint son souffle, s'attendant à se faire abattre.

« Où sont-ils, ces gamins ? » s'enquit le jeune tueur.

La voix de Brad était d'un calme sidérant.

« Nous sommes par ici. Ne tirez pas. Il n'y a que moi et trois petites filles. On ne va rien faire.

— Lève-toi.

— Je peux pas, mec. Il faut que je protège ces gosses.

— Je vous en prie, s'écria Marla, non... » Sa supplique fut interrompue net par une autre gifle.

Sara ferma les yeux, elle songea à sa famille, à ce qui, entre eux et elle, était resté à l'état de non-dit. Puis elle les chassa de ses pensées et réfléchit aux enfants qui demeuraient encore pris au piège dans cette salle. Son regard s'arrêta sur le pistolet, dans la main de Jeffrey, et elle misa tous ses espoirs sur cette arme. Si elle parvenait à s'en emparer, alors ils auraient peut-être une chance. Encore quatre bureaux. Jeffrey n'était qu'à quatre bureaux de distance. Elle laissa de nouveau glisser son regard vers lui. Son corps était immobile, sa main ne bougeait plus.

L'attention de Smith était toujours accaparée par Brad.

« Où est ton arme ?

— Elle est ici », fit le policier, et Sara fonça vers le bureau suivant, le dépassa mais réussit à s'arrêter juste à temps, derrière une armoire de rangement située de flanc. « J'ai toute une troupe de fillettes ici, mec. Je vais pas dégainer contre toi. J'ai absolument pas touché à mon pistolet.

— Balance-le par ici. »

Sara retint son souffle et attendit d'avoir entendu le pistolet de Brad glisser à terre pour courir vers le bureau suivant.

« Bouge pas ! » cria Smith juste au moment où elle s'arrêtait en dérapant derrière le meuble. Elle avait les pieds moites, et elle vit ses propres traces de pas souillées de sang trahir son cheminement sur le sol. Elle trébucha, mais elle se reprit avant que sa chute ne l'expose à découvert.

Marla gémit.

« Je vous en prie ! »

Elle s'attira une nouvelle claque. Le siège de Marla émit un gémissement affreux, comme s'il allait se briser en deux. Sara surveilla la scène depuis son abri, sous ce bureau, et elle vit le corps de la vieille secrétaire précipité par terre avec brutalité. De la salive gicla de sa bouche et ses dents raclèrent le carrelage.

« Je t'ai dit de pas bouger ! » répéta Smith, en flanquant un violent coup de pied dans la chaise, ce qui l'envoya tournoyer contre le mur.

Sara retint son souffle, elle se rapprochait de Jeffrey. Un dernier bureau se dressait entre eux, mais il lui barrait le chemin. Si elle s'y précipitait en courant, elle allait traverser la ligne de tir de Smith. Elle était presque en face des enfants. Ils étaient trois bureaux plus loin. Elle pourrait attraper le pistolet et... elle sentit son cœur cesser de battre. Qu'allait-elle pouvoir tenter avec cette arme ? Qu'allait-elle accomplir, elle, là où une dizaine de flics ou presque avaient échoué ?

La surprise, estima-t-elle. Elle bénéficiait de l'atout de la surprise. Smith et son complice ne savaient pas qu'elle était dans la salle. Elle allait les prendre par surprise.

« Où est ton arme de secours ? voulut savoir Smith.

— Je suis de patrouille. Je ne porte pas de...

— Ne me mens pas ! » Il tira en direction de Brad et, au lieu des cris auxquels Sara s'était attendue, elle n'entendit que le silence. Elle jeta de nouveau un œil en direction des bureaux, pour essayer de voir si personne n'avait été touché. Trois paires d'yeux enfantins au regard absent la fixèrent en retour. Le choc les avait tétanisés. Ils avaient trop peur pour crier.

Le silence emplit la salle comme un gaz toxique. Sara compta jusqu'à trente et un, et puis Smith questionna de nouveau.

« Tu es toujours là, mec ? »

Elle posa la main sur sa poitrine, de peur que son cœur ne batte trop bruyamment. A ce qu'elle pouvait deviner de Brad, il ne bougeait pas. En un éclair, une image lui traversa l'esprit, l'image de Brad Stephens, immobilisant les enfants de ses deux bras grands ouverts, le crâne éclaté. Elle ferma les yeux, serra très fort les paupières, tâcha d'effacer cette image de son cerveau.

Elle risqua encore un regard vers Smith, qui se tenait toujours là où Marla l'avait accueilli, moins de dix minutes plus tôt. Son blouson était ouvert et elle put apercevoir les deux holsters vides ainsi que sa réserve de cartouches de fusil, sanglée autour de sa poitrine. Un autre pistolet était coincé dans la ceinture de son jean et il avait à ses pieds un long sac de sport qui contenait probablement d'autres munitions. Le deuxième tueur était derrière le comptoir, son arme pointée vers la porte d'entrée. Il avait tout le corps contracté, elle le sentait d'ici, et l'index crispé sur la détente. Il mâchait un chewing-gum, et Sara trouvait ce mâchonnement silencieux encore plus stressant que les menaces de Smith.

« T'es là, mec ? » répéta justement ce dernier. Il marqua un temps, avant d'insister. « T'es là ? »

Enfin, Brad répondit.

« Je suis là. »

Sara laissa échapper un lent soupir, tous ses muscles se relâchèrent. Elle s'aplatit au sol, sachant que le meilleur moyen d'atteindre Jeffrey serait de ramper le long d'une rangée d'armoires renversées. Elle s'achemina avec lenteur sur le carrelage froid, et tendit la main vers la sienne. Le bout de ses doigts effleura enfin la manchette de sa veste. Elle ferma les yeux, avança encore un peu plus près.

Le pistolet, dans sa main, était vide. Si elle avait réfléchi, rien qu'un instant, elle aurait pu le deviner. Au moment où il avait été touché, Jeffrey était en train de recharger son arme, le magasin était tombé par terre, et son contenu s'était répandu sous l'impact. Il y avait des projectiles partout – des balles inutiles, inutilisées. Elle n'aurait pas dû être surprise, pas plus qu'elle n'aurait dû s'étonner de sentir sa peau froide ou, quand ses doigts vinrent tâter son poignet, son absence de pouls.

Chapitre deux

9 h 22

« Ethan », fit Lena, en calant le combiné contre son épaule tout en laçant ses nouvelles baskets à tige montante. « Il faut que j'y aille.

— Pourquoi ?

— Tu le sais bien, répliqua-t-elle. Je ne peux pas me permettre d'arriver en retard, pas pour le premier jour de mon retour au boulot.

— J'ai pas envie que tu reprennes ce job.

— Ah oui, vraiment ? Tu me l'as déjà répété dix-huit millions de fois, et j'ai trouvé que ce n'était pas encore trop clair.

— Tu sais quoi ? » reprit-il d'une voix mesurée, car il était en effet assez stupide pour se figurer avoir le dernier mot avec elle. « Tu peux te comporter en sacrée salope, parfois.

— Il t'en a fallu du temps, pour comprendre ça. »

Il s'embarqua dans une de ses petites tirades, mais Lena n'écoutait qu'à moitié, elle s'inspectait du regard dans le miroir. Aujourd'hui, elle se trouvait bien. Elle avait les cheveux relevés, et l'ensemble qu'elle s'était acheté en solde la semaine dernière était coupé pile pour sa silhouette. Elle renfila la veste, et posa la main sur son calibre neuf réglementaire, logé dans son holster. Contre sa peau, le métal avait un contact rassurant.

« Est-ce que tu m'écoutes ? demanda Ethan.

— Non, lâcha-t-elle. Je suis un flic, Ethan. Un inspecteur. Voilà ce que je suis.

— Toi et moi, on sait ce que tu es », lui rétorqua-t-il, piqué au vif. « Et on sait l'un et l'autre de quoi tu es capable. »

Il attendit une fraction de seconde, et elle se mordit la lèvre, s'obligeant à ne pas relever le défi.

Il changea de tactique.

« Ton patron sait que tu me revois ?

— On peut pas dire qu'on se planque. »

Il avait perçu tout le caractère défensif de sa réponse. Il sauta sur l'occasion.

« Ça ferait vraiment bien, à ton boulot, tu crois pas ? Il faudrait pas une semaine pour que la nouvelle circule qu'un ex-taulard t'a mis le grappin dessus. »

Elle lâcha la crosse de son arme, laissa retomber sa main et jura, sans desserrer les dents.

« Qu'est-ce que t'as dit ? lui demanda-t-il.

— Je dis que ça circule déjà, espèce d'idiot. Au poste, tout le monde est au courant.

— Ils ne savent pas tout », lui rappela-t-il d'une voix feutrée, menaçante.

Lena lança un coup d'œil au réveil près de son lit. Elle ne pouvait pas se permettre d'être en retard, pas le jour de son retour. Les choses seraient déjà assez tendues comme ça sans qu'elle débarque cinq minutes après l'horaire. Frank considérerait qu'elle n'était pas prête à réintégrer la police, et Matt, son coéquipier, tomberait d'accord avec lui. Aujourd'hui, ce serait pour elle un test encore plus difficile que sa première journée passée sous l'uniforme. Comme à l'époque, tout le monde serait à l'affût de son premier faux pas. La différence, c'était que cette fois ils se sentiraient désolés pour elle si elle foirait, tandis qu'à ses débuts, c'étaient presque des applaudissements. Si elle voulait être honnête avec elle-même, à tout prendre, Lena préférait leurs applaudissements à leurs marques de pitié. Si ça ne marchait pas, aujourd'hui, elle ne savait pas ce qu'elle déciderait. Déménager, probable. Peut-être qu'ils embauchaient, en Alaska.

Elle prévint Ethan.

« Ce soir, je vais sûrement travailler tard.

— Je m'en moque », répliqua-t-il, soudain plus détendu, car sa réponse impliquait qu'il la reverrait bien tout à l'heure. « Pourquoi tu viendrais pas chez moi ?

— Parce que ton dortoir pue le vomi et la pisse.

— Je pourrais passer chez vous, chez Nan et toi.

— Ouais, ça serait super. Avec Nan dans la chambre d'à côté, l'amoureuse gay de ma défunte sœur ? Non, merci.

— Allez, bébé. J'ai envie de te voir.

— Je ne sais pas à quelle heure je vais rentrer, lui dit-elle. Je vais être sûrement fatiguée.

— Alors on peut juste dormir, lui proposa-t-il. Ça m'est égal. J'ai envie de te voir. »

Le ton se voulait plus enjôleur, à présent, mais elle savait que si elle continuait de lui résister, il finirait par devenir mauvais. Ethan n'avait que vingt-trois ans, presque dix ans de moins que Lena, et il lui restait encore à comprendre qu'une nuit passée chacun de son côté ne signifiait pas la fin de leur relation. Pourtant, elle aurait parfois tant aimé que rompre soit aussi simple. Peut-être, maintenant qu'elle avait de nouveau un boulot, quelque chose de plus prenant pour lui occuper la cervelle que les programmes de télé de la journée, peut-être qu'elle arriverait enfin à lui échapper.

« Lena ? » insista Ethan, comme si un sixième sens lui soufflait qu'elle venait de songer à le quitter. « Je t'aime tant, bébé. » Sa voix se fit encore plus douce. « Viens me retrouver, ce soir. Je te préparerai un dîner, j'irai peut-être chercher du vin ?...

— Le mois dernier, je n'ai pas eu mes règles. »

Il aspira une grande goulée d'air, et le seul regret de Lena fut de ne pouvoir voir sa tête.

« Ce n'est pas drôle.

— Tu t'imagines que je plaisante ? lui lança-t-elle. J'ai trois semaines de retard. »

Il finit par articuler une réponse.

« Le stress, ça peut provoquer ça, non ?

— Et le sperme, aussi. »

Il resta muet, le seul bruit audible sur la ligne, c'était sa respiration.

Elle réussit à ajouter une remarque ironique, presque dans un rire.

« Tu m'aimes toujours, bébé ?

— Ne sois pas comme ça. »

C'était dit d'une voix tendue, contenue.

« Du calme, reprit-elle, en regrettant de lui avoir mentionné la chose. T'inquiète pas, OK ? Je m'en charge.

— Qu'est-ce que ça veut dire ?

— Ça veut dire ce que ça veut dire, Ethan. Si je... » Elle n'arrivait même pas à prononcer le mot. « Si quelque chose devait arriver, je m'en chargerais.

— Tu ne peux pas... »

Le téléphone sonna, et Lena n'avait encore jamais reçu un banal signal d'appel avec autant de gratitude.

« Il faut que je prenne l'autre ligne. A plus tard. »

Elle appuya sur la touche et bascula sur l'autre ligne avant qu'Ethan ait rien pu ajouter.

« Lee ? » La voix était râpeuse. Lena ferma les yeux, se disant qu'elle aurait mieux fait de rester collée avec Ethan.

« Salut, Hank.

— Joyeux anniversaire, ma fille ! »

Elle sourit, avant de se ressaisir.

« T'as r'çu ma carte ?

— Ouais, dit-elle à son oncle. Merci.

— Tu vas te choisir un truc sympa ?

— Ouais », répéta-t-elle, en tirant sur sa veste pour qu'elle tombe bien en place. Les deux cents dollars de Hank auraient pu être mieux dépensés en épicerie ou dans le paiement de la mensualité de sa voiture, mais pour une fois, Lena s'était autorisé des folies. Aujourd'hui, c'était un jour important. Elle redevenait flic.

Son téléphone portable sonna, et elle vit, à l'identité de son correspondant, que c'était Ethan qui la rappelait depuis son mobile. Alors qu'il était toujours en attente sur la ligne du fixe.

« T'as besoin de prendre cet appel ? s'enquit Hank.

— Non », lui dit-elle, en éteignant le portable en plein milieu d'une sonnerie et en le fourrant dans la poche de sa veste. Elle ouvrit la porte de la chambre et sortit dans le couloir, pendant que Hank entamait son histoire habituelle, à la même date, à tous ses anniversaires, lui serinant que le jour où Lena et sa sœur jumelle Sibyl étaient venues vivre avec lui resterait le jour le plus beau de toute sa vie. Elle fit une halte dans la salle de bains, pour vérifier une fois encore son apparence dans le miroir. Elle avait des cernes noirs sous les yeux, mais le fond de teint sombre qu'elle avait utilisé les atténuait. En revanche, rien ne pourrait masquer la profonde crevasse violacée de sa lèvre inférieure, à l'endroit où elle se l'était mordue si fort, au point de la fendiller.

Une photo de Sibyl était coincée dans le cadre du miroir. Elle avait été prise à peu près un mois avant qu'elle ne se fasse tuer. Lena avait très envie de retirer cette photo de là, mais elle n'était pas chez elle. Comme presque tous les matins, elle compara le cliché de sa sœur jumelle à son propre reflet dans le miroir, et elle n'aima pas ce qu'elle vit. A la mort de Sibyl, elles paraissaient presque identiques, toutes les deux. A présent, Lena avait les joues creuses et ses cheveux noirs n'étaient plus aussi épais et aussi brillants. Elle faisait plus que ses trente-trois ans, mais surtout, c'était la dureté des yeux qui lui donnait cette allure. Sa peau avait perdu l'aspect lumineux qui avait été le sien, mais Lena espérait le récupérer. Elle sortait courir tous les jours, et elle allait soulever des poids et haltères au gymnase avec Ethan presque tous les soirs.

Son signal d'appel sonna de nouveau, et elle grinça des dents, elle regrettait d'avoir tenu Ethan au courant de son histoire de règles. Elles n'avaient jamais été régulières, mais elle n'avait jamais eu autant de retard non plus. Sans doute était-ce parce qu'elle s'astreignait à tout cet exercice, à s'entraîner pour se tenir prête à reprendre son boulot. Ces six dernières semaines, c'était comme de se préparer à courir le marathon. Et puis Ethan avait raison, au sujet du stress. Ces derniers temps, elle vivait sous pression.

Lena se plaqua les mains sur les yeux. Elle n'allait pas se mettre à ruminer tout ça. L'an dernier, un assez bon psy lui avait expliqué que le refoulement avait quelquefois du bon. Aujourd'hui, c'était vraiment le jour idéal pour jouer les Scarlett O'Hara. Elle repenserait à tout ça demain. Merde, et si elle arrêtait même d'y penser jusqu'à la semaine prochaine, non ?

Elle interrompit le soliloque de Hank, qui avait omis certains détails importants de son récit, comme le fait que, le jour où les services sociaux lui avaient lâché Sibyl et Lena sur les genoux, il se défonçait au speed et il était alcoolique – et encore, ça, c'était la partie la plus joyeuse de l'histoire.

« Comment s'est passé le week-end ?

— Mieux que je n'aurais cru », fit Hank, l'air content. Il avait transformé *The Hut*, son bar délabré dans un trou de merde, la banlieue de la bourgade où Lena avait grandi, en bar à karaoké. Au vu de la clientèle d'habitués de Hank, cela tenait un peu du pari, mais la réussite de son oncle étayait la théorie qu'elle avait toujours défendue, selon laquelle un ivrogne cul-terreux serait prêt à faire n'importe quoi, pourvu que l'éclairage soit réglé au minimum.

« Poulette, fit Hank, d'un ton plus sérieux, je sais qu'aujourd'hui, c'est un grand jour et tout...

— Pas de quoi fouetter un chat, le coupa-t-elle. Franchement.

— Tu n'as pas besoin de tout le temps jouer les dures avec moi », s'écria-t-il, se mettant aussitôt en colère. Parfois, son oncle lui ressemblait tant que l'entendre parler suffisait à lui causer un choc. « En tout cas, reprit-il, je veux juste que tu saches que si t'as besoin de quoi que ce soit...

— Ça va », l'interrompit-elle, ne souhaitant pas se lancer à nouveau dans cette conversation-là.

« Laisse-moi terminer, nom de Dieu, s'emporta-t-il. J'essaie de te dire que si tu as besoin de quoi que ce soit, je suis là. Pas juste de l'argent et tout, mais tu sais que ça aussi, j'ai, si t'as besoin.

— Ça va », répéta-t-elle, en se disant qu'il gèlerait en enfer avant qu'elle n'aille réclamer une aide quelconque auprès de lui.

Il y eut encore un signal d'appel, qu'elle ignora. Elle entra dans la cuisine, et elle en serait ressortie si Nan ne l'avait pas agrippée par le bras.

« Bon anniversaire ! » s'exclama-t-elle. Elle sortit une boîte d'allumettes de son tablier, et Lena la regarda allumer l'unique bougie piquée sur le petit gâteau individuel jaune nappé de glaçage blanc. Il y avait un autre petit gâteau posé sur le comptoir, avec une bougie identique, mais celui-là, Nan n'y toucha pas.

Elle se mit à chanter.

« Joyeux anniversaire.

— Il faut que j'y aille, dit Lena, en s'adressant à Hank.

— Joyeux anniversaire ! » répéta Hank à son tour, à l'autre bout du fil, presque à l'unisson avec Nan.

Lena abrégea la communication, tandis que Nan finissait de chanter.

« Merci. » Lena souffla sa bougie, en espérant que Nan n'attendait pas d'elle qu'elle avale quoi que ce soit. Son estomac lui faisait l'effet d'avoir englouti un rocher.

« Tu as fait un vœu ?

— Ouais, admit-elle, en se disant qu'il valait mieux ne pas lui confier lequel.

— Je sais que tu es trop tendue pour manger », fit Nan, en ôtant l'emballage du gâteau. Elle sourit, en croqua une grosse bouchée. Parfois, Nan avait de telles intuitions que cela la mettait mal à l'aise, c'était comme si elles formaient un vieux couple marié.

« Est-ce que je peux t'aider ? lui demanda-t-elle.

— Non, merci », dit Lena, en se versant une tasse de café. La machine à café était l'un des rares objets qu'elle laissait dans les parties communes de la maison. La plupart du temps, elle restait confinée dans sa chambre, à lire ou à regarder la petite télévision noir et blanc qu'elle avait reçue gratuitement de sa banque quand elle avait ouvert un nouveau compte chèques.

Lena s'était installée avec Nan par pure nécessité, mais malgré tous les efforts de cette dernière pour la mettre à l'aise, elle ne se sentait pas à sa place. Nan était la colocataire parfaite, si l'on parvenait à tolérer ce genre de perfection, mais Lena était arrivée au stade où elle désirait avoir sa maison à elle, avec ses affaires à elle. Elle voulait un miroir où elle puisse se regarder le matin sans y voir ces deux dernières années lui sauter à la figure. Elle voulait qu'Ethan sorte de son existence. Elle voulait que ce roc qui lui encombrait les tripes s'en aille. Pour la première fois de sa vie, elle avait envie d'avoir ses règles.

Nan croqua encore une bouchée de gâteau, en levant les yeux du petit monticule de sucre glace pour observer sa colocataire et amie.

« C'est vraiment dommage que tu doives mettre du maquillage, maintenant. Tu as une peau superbe. »

Le téléphone sonna encore, et Lena appuya sur le bouton, pour l'éteindre.

« Merci.

— Tu sais, continua Nan, en s'asseyant à la table de la cuisine, ça ne m'ennuie pas qu'Ethan reste, une fois de temps en temps. » D'un geste de la main, elle désigna la maison. « C'est aussi chez toi, ici. »

Lena s'efforça de lui rendre son sourire.

« Tu t'es collé du sucre glace sur les lèvres. »

Nan se tamponna la bouche avec une serviette. Jamais elle ne ferait cela avec le dos de la main, jamais elle ne se passerait la langue sur les lèvres. Nan Thomas était la seule personne qu'elle ait jamais rencontrée qui allait jusqu'à ranger les serviettes dans un distributeur posé sur la table. Lena était ordonnée, et aimait que les choses soient rangées à leur place, mais Nan était incapable de laisser un objet nu, tel quel, au point que cela finissait par être déconcertant. Il lui fallait toujours l'habiller d'une bonnette tricotée au crochet, de préférence avec des glands ou un motif d'ourson.

Nan termina le gâteau, balaya les miettes de la table. Le téléphone sonna de nouveau.

« Donc, fit Nan. Un grand jour, aujourd'hui. La première journée de ton retour. »

Lena arrêta la sonnerie du téléphone.

« Ouais.

— Tu crois qu'ils vont t'organiser un genre de petite fête ? »

Lena eut un ricanement. Frank et Matt lui avaient l'un et l'autre plus que clairement signifié qu'elle n'appartenait plus à la police. Certains jours, elle aurait pu être d'accord avec eux, mais ce matin, quand elle avait enfilé son holster et accroché ses menottes à l'arrière de sa ceinture, elle avait eu le sentiment de réintégrer le cadre naturel de son existence.

Le téléphone sonna à nouveau. Lena le réduisit au silence. Elle regarda Nan, pour jauger sa réaction, mais sa colocataire était occupée à plier le papier d'emballage de son gâteau en un minuscule carré bien net, comme s'il s'agissait d'un moment ordinaire de sa vie ordinaire. Si Nan Thomas décidait un jour de devenir flic, elle obtiendrait des criminels qu'ils fassent la queue pour avouer. Si elle choisissait une existence de criminelle, en aucun cas elle ne risquerait de se faire prendre.

« Enfin, résuma Nan, tu n'as pas à déménager. Ça me va très bien de t'avoir ici. »

Lena considéra le gâteau, resté tout seul sur le comptoir. Nan en avait acheté deux : un pour Lena, l'autre pour Sibyl.

« Ils faisaient une offre spéciale deux pour un, à la boulangerie, expliqua-t-elle, avant de rectifier. Bon, en fait, je te mens, là. » Sibyl adorait les petits gâteaux. C'était la seule sucrerie qu'elle s'autorisait. « Je les ai payés le vrai prix.

— J'avais deviné.

— Je suis confuse.

— Tu n'as pas à t'excuser.

— Oh, je sais. » Nan se rendit à la poubelle, qui était décorée de lapins verts et jaunes, coordonnés à son tablier. « Je suis vraiment allée à la boulangerie pour toi, quand même. J'avais envie de te rapporter de quoi fêter ça. Ce n'est pas parce qu'elle est morte...

— Je sais, Nan. Merci. Ça m'a fait vraiment plaisir.

— Je suis contente.

— Bien », reprit Lena, en se forçant à soutenir le regard ferme de Nan. Cette femme avait beau être une maniaque de la propreté, elle ne nettoyait jamais ses verres de lunettes. Elle y apercevait les traces de doigts à deux mètres de distance. Pourtant, derrière ces verres, les yeux de chouette de Nan n'en étaient pas moins perçants, et Lena demeura bouche cousue, luttant contre son besoin pressant de se confesser.

« C'est juste très dur, sans elle, fit Nan. Tu le sais. »

Elle opina, une boule se forma dans sa gorge. Elle

essaya de la dissoudre en avalant une gorgée de café, au lieu de quoi elle finit par se brûler le palais.

« Le fait est que c'est agréable de t'avoir ici.

— Je te suis reconnaissante de m'accepter depuis aussi longtemps.

— Franchement, Lee, tu peux rester pour toujours, si tu veux. Cela me convient très bien.

— Ouais », réussit-elle à lui répondre, penchée sur son café. Comment Nan prendrait-elle l'arrivée d'un enfant ? Lena faillit lâcher un juron, qu'elle garda pour elle. Nan aimerait sûrement la présence d'un enfant, elle lui tricoterait des petits souliers au crochet et, tous les ans, elle l'habillerait de déguisements bien stupides, pour Halloween. Elle opterait pour un poste à temps partiel à la bibliothèque et elle l'aiderait à l'élever, et elles composeraient un heureux petit couple marié, jusqu'à ce que Lena soit si vieille que ses dents tombent et qu'elle ait besoin d'un déambulateur pour se déplacer.

« Sibyl apprécierait le fait que tu habites ici. Elle avait tout le temps envie de te protéger. »

Lena s'éclaircit la gorge, elle sentit une sueur froide lui envahir tout le corps. Nan avait-elle deviné ?

« Te protéger contre des choses que tu t'imagines peut-être pouvoir gérer, sauf que tu n'y arrives pas. »

Le téléphone sonna. Elle l'alluma et l'éteignit dans la foulée sans même regarder le clavier.

« C'est sympa pour moi d'avoir quelqu'un près de moi, qui connaissait Sibyl, poursuivit Nan. Quelqu'un qui l'aimait et... » Elle s'interrompit, le temps que le téléphone sonne de nouveau et que Lena l'éteigne. « ... qui se souciait beaucoup d'elle. Quelqu'un qui sait combien c'est dur qu'elle ne soit plus là. » A nouveau, elle se tut, mais cette fois pas à cause du téléphone. « Tu ne lui ressembles même plus. »

Lena baissa les yeux, examina ses mains.

« Je sais.

— Elle aurait eu horreur de ça, Lee. Ça lui aurait fait de la peine, plus que n'importe quoi d'autre. »

Aussitôt, elles furent toutes deux en proie à leurs déchirements intérieurs, elles avaient l'une et l'autre leurs raisons et, quand le téléphone sonna pour la centième fois, Lena répondit, rien que pour rompre l'envoûtement.

« Lena, aboya Frank Wallace. Bordel, tu étais où ? »

Elle consulta la pendule, au-dessus de la cuisinière. On ne comptait pas sur elle au poste avant une demi-heure.

Frank n'attendit pas sa réponse.

« On a une prise d'otages, au poste. Bouge ton cul et rapplique ici tout de suite. »

Le téléphone claqua dans son oreille.

« Quoi ? s'enquit Nan.

— Ils ont une prise d'otages », lui expliqua-t-elle, en reposant le téléphone sur la table, et réprimant le besoin pressant de porter la main à sa poitrine, là où son cœur cognait si fort qu'elle le sentait jusque dans son cou. « Au poste.

— Oh, Seigneur, lâcha Nan, le souffle à moitié coupé. Je n'arrive pas à y croire. Il y a des blessés ?

— Il n'a rien précisé. » Elle avala son reste de café, mais son taux d'adrénaline n'avait pas besoin de ce dopant. Elle chercha ses clefs sur le comptoir, elle avait déjà les nerfs à vif.

« Tu te souviens, quand c'est arrivé à Ludovici ? demanda Nan.

— J'aime autant pas », avoua Lena, et elle sentit son cœur s'arrêter. Six ans plus tôt, dans un comté voisin, quelques détenus avaient réussi à se saisir d'un des flics qui effectuaient la tournée des cellules. Ils l'avaient frappé avec son pistolet et s'étaient servis de ses clefs pour se libérer. L'impasse avait duré trois jours et cela s'était soldé par une quinzaine de tués ou de blessés parmi les prisonniers. Quatre policiers avaient trouvé la mort. Dans sa tête, elle passa en revue tous les officiers de police qu'elle connaissait au poste, en se demandant si l'un d'eux était blessé.

Elle inspecta ses poches, et pourtant elle savait qu'elle n'avait pas vu ses clefs de toute la matinée.

Le téléphone sonna de nouveau.

« Où sont mes... », s'agaça-t-elle.

Nan lui désigna un crochet en forme de canard, sur le mur à côté de la porte de derrière.

« Qu'est-ce que je vais pouvoir lui raconter ? » s'enquit Nan.

Lena décrocha ses clefs du bec du canard.

« Dis-lui que je suis partie bosser. »

Elle roulait dans Main Street au volant de sa Toyota Celica, surprise de trouver la bourgade déserte. Heartsdale n'était pas précisément une métropole prospère, mais le lundi matin, on croisait en général quelques personnes qui circulaient sur les trottoirs, ou des étudiants qui traçaient dans les rues sur leurs vélos. L'enseigne au néon OUVERT de la quincaillerie était éteinte, et la vitrine de la boutique de vêtements affichait un bout de papier avec une inscription griffonnée dessus à la hâte : FERMÉ. Deux véhicules de patrouille de Grant County barraient la rue, à moins de dix mètres devant elle, et elle se gara sur l'une des places libres, en face du restaurant. Elle en descendit, avec l'impression d'être entrée dans une ville fantôme. Elle jeta un coup d'œil à son reflet dans la vitre du petit restaurant de quartier plongé dans la pénombre, les chaises étaient retournées sur les tables, et le menu à un dollar, derrière la vitrine, était tombé de sa ventouse de fixation. Il était fermé depuis plus d'un an.

Au bout de la rue, elle entrevit deux véhicules de police banalisés postés devant Burgess's Cleaners, le pressing, juste en face du commissariat. D'autres voitures de patrouille étaient garées sur le parking de la clinique pédiatrique, et trois autres encore étaient disposées en épi devant le poste proprement dit. L'entrée principale de l'université était bloquée par une Chevy de la sécurité du campus, mais le vigile n'était nulle part en vue.

Elle s'arrêta sur le trottoir, elle regarda vers l'autre bout de la rue, elle se serait presque attendue à voir des boules d'amarante rouler en travers de la chaussée, façon western. La vitrine du pressing était teintée, presque d'un noir opaque, et même de tout près, il était difficile de voir à l'intérieur. Elle s'imagina que c'était là que Jeffrey avait établi un PC de commandement. Derrière la prison, il n'y avait qu'un long parking, et les détenus de la prison du poste s'étaient probablement barricadés derrière les portes. Le nettoyage à sec était le seul endroit adapté.

« Salut », fit-elle à l'homme en uniforme campé à hauteur des véhicules de patrouille.

Il se retourna, la main sur son arme. Il irradiait la tension, comme une mauvaise odeur.

Elle leva les deux mains.

« Je suis sur l'affaire. Décompresse. »

Il avait la voix qui tremblait.

« Vous êtes l'inspecteur Adams ? »

Elle ne reconnut pas cet homme, et même si tel avait été le cas, elle n'aurait sans doute pas su trouver les paroles susceptibles de le calmer. Il avait le visage livide et, s'il réussissait à dégainer son arme, il se tirerait sans doute une balle dans le pied avant même d'avoir réussi à viser qui que ce soit.

« Qu'est-ce qui se passe ? » lui demanda-t-elle.

Il actionna le poussoir de son micro.

« L'inspecteur Adams est là. »

La réponse de Frank se fit entendre presque aussitôt.

« Envoie-la sur l'arrière.

— Passez par le bazar, lui conseilla l'uniforme. La porte de derrière du pressing est ouverte.

— Qu'est-ce qui se passe ? »

Il secoua la tête, et quand il avala sa salive, elle vit parfaitement sa pomme d'Adam tressauter.

Lena fit ce qu'on lui dit, elle franchit la porte d'entrée du Shop-o-rama. Il y avait une clarine accrochée au-dessus de la porte, et le fort tintement la fit grincer des dents. Un panier de commissions à moitié rempli était resté au milieu de l'allée centrale, comme si un client l'avait abandonné sur place. Une enseigne au néon annonçant une opération spéciale sur une lotion solaire pendait à moitié, suspendue par un coin à un fil de fer. Toutes les lumières étaient allumées, l'enseigne de la pharmacie brillait de tous ses feux, mais les lieux étaient déserts. Même l'excentrique à cheveux jaunes qui était toujours au bureau dans la pièce du fond demeurait invisible elle aussi.

Elle poussa les portes de la réserve. Du sol au plafond, des rangées de boîtes étaient alignées le long des murs : pâte dentifrice, papier de toilette, magazines. Lena fut surprise qu'un de ces garçons si entreprenants de l'université ne se soit pas rendu compte que les magasins étaient ouverts à tout vent, et sans aucune surveillance. Elle avait travaillé à l'institut universitaire Grant Tech pendant quelques mois et savait d'expérience que ces sagouins passaient plus de temps à se voler les uns les autres qu'à réellement étudier.

La porte du fond était grande ouverte, et Lena cligna les yeux sous la lumière du soleil. De la sueur lui dégoulina dans la nuque, mais elle ne savait pas trop si c'était à cause de la chaleur ou de son appréhension. Elle se dirigea vers le pressing, où deux hommes en uniforme montaient la garde, et ses chaussures firent craquer le gravier. L'un de ces deux hommes était une femme, petite et séduisante, qui aurait probablement décroché le poste de Lena si elle n'était pas de retour. L'autre était un jeune homme qui avait l'air encore plus nerveux que le type de tout à l'heure, du côté des voitures de patrouille.

Lena sortit son insigne et prit la peine de décliner son identité, alors même qu'elle connaissait la jeune femme.

« Inspecteur Adams.

— Hemming », fit la femme, la main appuyée sur le ceinturon de son arme. Elle dévisagea ouvertement Lena et, en dépit des circonstances, parvint à lui transmettre toute sa rancœur. Elle ne lui présenta pas son équipier.

« Qu'est-ce qui se passe ? » demanda Lena.

Hemming pointa le pouce vers le pressing.

« Ils sont là-dedans. »

A l'intérieur, l'air frais assécha presque tout de suite la transpiration, dans sa nuque. Elle dépassa la rangée de panières de linge qui attendaient d'être enlevées. L'odeur de produit chimique était suffocante et, en passant devant la zone réservée à l'amidonnage, elle toussa. Les fers à repasser industriels étaient encore allumés, et ils dégageaient autant de chaleur qu'une flamme. Le vieux Burgess n'était nulle part visible, et il lui semblait bizarre qu'il laisse tout en plan de la sorte. Au passage, Lena tourna les boutons des machines à repasser, et elle avisa un groupe d'hommes, à cinq ou six mètres de là. Elle s'arrêta à la hauteur de la dernière machine, quand elle reconnut le pantalon couleur sable et la chemise bleue du Georgia Bureau of Investigation. Ils étaient arrivés vite. Nick Shelton, l'agent de terrain du GBI de Grant County, tournait le dos à Lena, mais elle le reconnut à ses bottes de cow-boy et à sa coupe de cheveux façon mulet.

Elle inspecta la pièce du regard, en quête d'autres flics de Grant County. Pat Morris, un ancien agent de patrouille qui avait été récemment promu inspecteur, était assis sur un réfrigérateur format réfectoire, et il maintenait une poche de glace contre son oreille. Ses cheveux rouge carotte étaient tout collés à son crâne. De minces filets de sang lui sillonnaient la face et Molly, l'infirmière de la clinique pédiatrique, le nettoyait avec une compresse. Mis à part l'uniforme là-bas près de la table pliante, Frank était le seul autre flic du comté.

« Lena », fit Frank, en lui faisant signe d'approcher. Du sang dégoulinait de sa chemise, mais d'après ce qu'elle put voir, ce n'était pas le sien. Il avait l'air malade à crever, et elle ne comprenait pas comment il arrivait à tenir debout tout seul, et encore moins comment il parvenait à diriger les opérations avec Nick.

Sur la table devant eux était déployé ce qui devait correspondre à un plan approximatif du poste. Des X noirs et rouges barraient les zones situées près de la machine à café et de la porte coupe-feu, et chacun d'eux était assorti d'une série d'initiales destinées à identifier une personne. Elle supposa que les rectangles et les carrés de tailles inégales représentaient les bureaux et les armoires de rangement. Si ce plan était exact, on pouvait grosso modo en conclure que la salle avait été proprement dévastée.

« Seigneur », s'écria-t-elle, en se demandant comment des prisonniers étaient parvenus à investir la salle de la brigade.

Nick l'invita à venir voir de plus près, tandis qu'il achevait de dessiner un long rectangle censé représenter les armoires de rangement disposées sous la fenêtre du bureau de Jeffrey.

« Nous étions juste sur le point de commencer. » Il désigna le plan, et questionna Pat.

« Ça te paraît coller, vieux ? »

Pat hocha la tête.

« Très bien. »

Nick lâcha le feutre sur la table et signala à Frank qu'il n'avait plus qu'à commencer.

« Le tueur attendait ici, avec son complice, ici. » Frank pointa du doigt deux emplacements dans la salle d'accueil. « Vers neuf heures ce matin, Matt est entré. Il a été abattu d'un tir en pleine tête, tiré à bout portant. »

Lena posa la main sur la table, pour se soutenir. Elle regarda vers le poste, de l'autre côté de la rue. La porte d'entrée était calée, entrouverte de quelques centimètres, mais elle ne savait pas avec quoi.

Frank désigna un bureau près de la porte coupe-feu.

« Sara Linton était là.

— Sara ? » s'étonna-t-elle, incapable de suivre. Comment était-ce possible ? Qui pouvait avoir envie de descendre Matt Hogan ? Elle avait supposé qu'il s'agissait d'une révolte de détenus, pas que quelqu'un venu de l'extérieur était entré là, pour tuer de sang-froid.

Frank poursuivit.

« On a pu sortir deux gamins. » Il indiqua le X rouge près de la porte. « Burrows, Robinson et Morgan ont été abattus dès la première minute. » Il désigna Pat d'un signe de tête. « Morris a réussi à fracasser la fenêtre du bureau de Jeffrey et à faire sortir trois autres gamins. Keith Anderson est sorti par la coupe-feu, il a réussi à m'enjamber en sautant. Il a pris une balle dans l'épaule. Il est au bloc opératoire en ce moment même. »

Quand elle réussit enfin à ouvrir la bouche, Lena posa sa question.

« Il y avait des gosses ? »

Nick s'expliqua.

« Brad les avait invités à faire une visite guidée du poste. »

Elle avala sa salive, tâchant d'en garder assez pour parler.

« Il en reste combien ?

— Trois, fit-il, en posant le doigt sur les trois petits X noirs tracés à côté d'un autre, plus grand. Ça, là, c'est Brad Stephens. » Il désigna les autres. « Sara Linton, Marla Simms, Barry Fordham. » Son doigt resta sur un X noir près d'une armoire de rangement, qui représentait Fordham. Un point d'interrogation était inscrit à côté de lui. Lena savait que Barry était un flic de secteur, huit ans dans le métier, avec une femme et un gosse à la maison.

« Barry a été blessé, reprit Nick, nous ne savons pas si c'est grave. Il y a eu encore un autre coup de feu, voilà une quinzaine de minutes. Nous pensons qu'il s'agissait d'un fusil d'assaut. Deux autres officiers sont portés manquants. D'après nous, c'est tout, il n'y a personne d'autre à l'intérieur. Je veux dire : de vivant. »

Frank toussa dans son mouchoir, un raclement qui lui remonta du fond de la cage thoracique, comme une chaîne qu'on traîne au sol.

« Deux voitures de patrouille sont arrivées au tout début. » Il les désigna sur le plan. Lena les voyait encore, garées dehors, avec une troisième qu'elle reconnut comme étant celle de Brad, stationnée sur son emplacement habituel. Elle ne les avait pas remarqués depuis la rue, mais depuis ce poste d'observation, elle put voir quatre flics tapis derrière les véhicules, leurs fusils braqués sur le bâtiment.

Frank poursuivit.

« Le vieux Burgess est sorti avec son fusil. » Il s'agissait du vieux bonhomme qui était le propriétaire du nettoyage à sec.

Burgess avait déjà du mal à soulever sa panière de linge. Lena était incapable de l'imaginer avec un fusil.

« Sa petite-fille était là-dedans, reprit Frank. Elle a été la première que Sara a pu sortir de là. » Il s'interrompit, et Lena sentit toute la douleur que suscitait en lui le simple récit des événements. « Burgess a essayé de tirer à travers la vitre du poste, mais...

— Elle est à l'épreuve des balles, se souvint-elle.

— Elle a tenu le choc, lui confirma Frank. Mais un projectile a ricoché plus loin, vers la quincaillerie, et il a atteint Steve Mann à la jambe. Après ça, tout le monde a battu en retraite.

— Entre Burgess et les hommes de patrouille, reprit Nick, ils les ont pas mal canardés ces tueurs, à l'intérieur. » Il pointa le doigt derrière le comptoir d'accueil, où Marla était toujours assise. « D'après ce qu'on croit savoir, le deuxième tireur est posté derrière le comptoir, il garde la porte d'entrée, et l'autre tient les otages en ligne de mire. »

Lena regarda de nouveau vers la rue. Les fenêtres du poste étaient teintées, sans être aussi sombres que celles du pressing. On voyait les impacts blancs des balles, et leurs toiles d'araignées concentriques, là où elles n'étaient pas parvenues à rompre le verre. Elle supposa que les éclaboussures, à l'intérieur, étaient celles du sang de Matt. Au pied de la porte, il y avait une masse plus sombre, trapue, une silhouette sans tête, vue de dos. Cette porte était maintenue partiellement ouverte par le poids du corps de Matt.

Elle s'obligea à détourner le regard.

« Vous avez trouvé leur voiture ? s'enquit-elle.

— On est en train de contrôler ça, lui répondit Nick. Ils se sont sûrement garés sur le campus et ils sont arrivés au poste à pied.

— Ce qui voudrait dire qu'ils sont déjà venus par ici », en déduisit-elle. Elle questionna Frank et Pat. « Vous avez reconnu l'un ou l'autre de ces deux types ? »

Ils secouèrent tous les deux la tête.

Elle releva le nez du plan.

« Seigneur.

— Le premier type a au moins trois armes. Pour abattre Matt, il s'est servi d'un canon scié, probablement un Wingmaster. » Nick observa un temps de silence, en signe de respect. « C'est le deuxième tueur qui a le fusil d'assaut.

— Exact, confirma Nick. Il ne s'en est pas servi pour tirer sur quelqu'un dans la rue.

— Pour le moment, renchérit Frank.

— Nous tentons d'établir le contact, mais ils refusent de décrocher le téléphone. » Nick désigna l'un de ses hommes, debout, un combiné collé à l'oreille. « En attendant, nous avons le négociateur qui est en route depuis Atlanta. L'hélicoptère devrait amener une équipe ici dans moins d'une heure. »

Lena étudia la rue, en se demandant ce qui avait bien pu provoquer tout cela. Heartsdale était censée être une petite bourgade endormie. Les gens venaient justement dans ce coin pour échapper à ce genre de violence. Jeffrey lui avait expliqué, il y avait longtemps de cela, que la raison pour laquelle il avait déménagé de Birmingham, c'était qu'il ne supportait plus les horreurs de la grande ville. D'après ce que Lena venait de constater, les horreurs l'avaient suivi jusqu'ici.

Elle se sentit parcourue d'un frisson, comme un pressentiment mortel. Elle vit un grand X rouge au centre du plan, avec des initiales inscrites à côté. Les yeux de Lena se brouillèrent, et elle fut incapable de lire. Quand elle releva les yeux, tout le monde la dévisageait. Elle secoua la tête, elle souriait comme si tout cela n'était en fait qu'une mauvaise blague.

« Non », dit-elle. Elle avait les initiales poinçonnées sur la rétine, très nettes, tout à fait lisibles, à présent, alors qu'elle ne regardait plus le plan. « Non. »

Lena attrapa le marqueur noir.

« Vous avez commis une erreur », insista-t-elle en retirant le capuchon d'un coup sec. « Il devrait être en noir. » Elle se mit à repasser sur le rouge, mais sa main tremblait trop.

Nick lui prit le feutre.

« Il est mort, Lena. » Il lui posa la main sur l'épaule. « Jeffrey est mort. »

Chapitre trois

1991
Dimanche

Tessa replongea dans son lit avec impatience, en fouettant l'air de ses deux pieds.

« Je n'arrive pas à croire que tu partes en Floride sans moi. »

Sara répondit par un *Hmm* distrait tout en pliant son T-shirt.

« C'était quand, la dernière fois que tu es partie en vacances ?

— Je ne m'en souviens pas », prétendit Sara, mais en fait, elle se souvenait. L'été où elle avait reçu son diplôme de fin de lycée, Eddie Linton avait entraîné sa femme et ses deux filles, bien malgré elles, pour leurs dernières vacances familiales, direction le parc aquatique de Sea World. Depuis lors, Sara avait passé tous ses étés soit en classe, soit à travailler dans le labo de l'hôpital en vue d'accumuler les points qui lui permettraient d'obtenir son diplôme plus vite. Mis à part de temps à autre un week-end prolongé dans la maison de ses parents, elle n'était pas partie pour de vraies vacances depuis ce qui lui semblait une éternité.

« Mais ça, c'est des vraies vacances, reprit Tessa. Avec un homme.

— Hmm, répéta Sara, en pliant un short.

— J'ai entendu dire qu'il était assez chaud.

— Qui t'a dit ça ?

— Jill-June, au Shop-o-rama.

— Elle travaille encore là-bas ?

— Elle est devenue la gérante, maintenant, ricana Tessa. Elle s'est teint les cheveux dans une couleur jaune épouvantable.

— Exprès ?

— Bon, on aurait du mal à le croire, quand même. Comme si elle n'avait pas deux rayons entiers de soins capillaires à portée de la main. »

Sara lança un pantalon sur sa sœur.

« Aide-moi à le plier.

— Je t'aide si tu me parles de Jeffrey.

— Qu'est-ce qu'a raconté Jill-June ?

— Que côté sexe, il a la trique. »

Cette litote fit sourire Sara.

« Et qu'il est sorti avec toutes les femmes qui valaient le coup dans cette ville. » Tessa marqua un temps d'arrêt, à mi-pliage. « Sur le coup, il y a un peu un jeu de mots, mais je vais laisser tomber, parce que tu es ma sœur.

— Le prix à payer est élevé. » Sara jeta une chaussette dans la panière à linge sale, car elle se rappelait que, lors de la dernière lessive, elle avait constaté qu'elle était dépareillée. Elle essaya de changer de sujet. Pourquoi est-ce qu'on ne perd jamais les chaussettes qu'on a envie de perdre ?

« Au lit, c'est une affaire ?

— Tess !

— Tu veux que je te plie tes sous-vêtements ou pas ? »

Sara lissa une chemise, sans répondre.

« Vous vous fréquentez depuis deux mois, vous deux.

— Trois. »

Tessa refit une tentative.

« Tu as dû coucher avec lui, sinon il t'aurait jamais invitée à l'accompagner à la plage. »

Sara évita de répondre, se contenta d'un haussement d'épaules. La vérité, c'était qu'elle avait couché avec Jeffrey dès leur premier rendez-vous. Ils n'avaient même pas pu s'extraire de la cuisine. Le lendemain matin, elle avait eu tellement honte qu'elle était sortie de chez elle en douce, avant le lever du soleil. S'il n'y avait eu un cambriolage avec homicide, qui les avait obligés à travailler ensemble trois jours plus tard, elle n'aurait probablement plus jamais adressé la parole à Jeffrey Tolliver.

Tessa redevint sérieuse.

« C'était ta première fois depuis... ? »

Sara lui décocha un regard assassin, histoire de signifier de manière très claire que le sujet dépassait les bornes.

« Dis-moi ce que Jill-June t'a raconté.

— Euh... » Tessa fit traîner en longueur, avec un sourire salace. « Qu'il a un corps super.

— C'est un jogger.

— Mmh, fit Tessa, sur un ton approbateur. Qu'il est grand.

— Il mesure huit centimètres de plus que moi.

— Non mais, regarde-moi ce grand sourire, s'esclaffa sa sœur. D'accord, d'accord, c'est pas la peine de me débiter tout le discours et de me rappeler l'horreur que c'était de mesurer un mètre quatre-vingts en cours élémentaire deuxième année.

— Un mètre soixante-dix-huit. » Sara jeta un torchon à vaisselle à la tête de sa sœur. « Et c'était en seconde, au lycée. »

Tessa plia le torchon, avec un soupir.

« Qu'il a des yeux bleus de rêve.

— Oui.

— Qu'il a un charme incroyable et de très bonnes manières.

— Tout ça, c'est vrai.

— Qu'il a un remarquable sens de l'humour.

— Egalement vrai.

— Quand il paie, il a toujours l'appoint. »

Sara rigola en poussant encore une pile de vêtements en direction de sa sœur.

« Tu causes, mais tu plies. »

Tessa retira une peluche d'une paire de mocassins.

« Elle dit aussi que c'est un ancien joueur de football.

— Vraiment ? » s'étonna Sara, car Jeffrey ne lui avait jamais parlé de ça. D'ailleurs, il lui en avait dit très peu sur lui-même. De manière générale, sa répugnance à évoquer le passé faisait partie des choses qui lui plaisaient chez lui.

« J'espère qu'il en vaut la peine, fit Tessa. Est-ce que papa t'adresse de nouveau la parole ?

— Non », répondit-elle, en s'efforçant de donner l'impression que cela lui était égal. Même si ses parents n'avaient jamais rencontré Jeffrey, comme tout le monde en ville, ils s'étaient déjà forgé une opinion bien à eux.

Tessa insista.

« Dis-m'en davantage. Qu'est-ce que tu sais de lui que Jill-June ne saurait pas ?

— Pas grand-chose, admit Sara.

— Allez. » A l'évidence, Tessa était sûre que sa sœur la menait en bateau. « Dis-moi juste à quoi il ressemble. »

Depuis le couloir, ce fut Cathy Linton qui intervint dans la conversation.

« Trop vieux pour elle, et d'une. »

Leur mère entra dans la chambre. Tessa leva les yeux au ciel.

« On ne dirait vraiment pas que je suis chez moi, se plaignit Sara.

— Si tu ne veux pas que les gens entrent chez toi, tu n'as qu'à pas laisser ta porte d'entrée ouverte. » Cathy embrassa sa fille sur la joue, en lui tendant un bol Tupperware de couleur verte et un sac en papier kraft taché de graisse. « Je t'ai apporté ça pour la route.

— Des biscuits ! » Tessa tendit la main vers le sac, mais Sara lui flanqua une tape pour l'en dissuader.

« Ton père a préparé du pain de maïs, mais il m'a interdit de t'en apporter. » Cathy lui glissa un regard lourd de sous-entendus. « Il m'a dit qu'il ne trimait pas comme un nègre devant son four brûlant rien que pour nourrir ton jules. »

Ses paroles restèrent suspendues en l'air comme un nuage noir, et même Tessa eut la bonne idée de ne pas rire. Sara attrapa un jeans à plier.

« Donne-moi ça, fit Cathy, et elle lui arracha le pantalon des mains. Comme ça », dit-elle, en le bloquant sous le menton par les ourlets, avant de plier le jeans en un carré parfait, comme par magie. Elle inspecta la montagne de linge, sur le lit. « Tu viens de laver tout ça, aujourd'hui ?

— Je n'avais pas...

— Il n'y a aucune excuse pour ne pas faire sa lessive, quand on vit seule.

— J'ai deux boulots.

— Eh bien, moi, j'ai deux enfants et un plombier et je m'arrange pour que tout soit fait. »

Sara se tourna vers Tessa, en quête de soutien, mais sa sœur était en train d'apparier une paire de chaussettes, avec un regard très concentré, du genre faisceau laser capable de fragmenter un atome.

Cathy poursuivit.

« Il te suffit de fourrer tes fringues sales dans la machine, et ensuite une ou deux fois par semaine, tu fais une lessive, et tu n'as même plus à t'en soucier. » D'un geste sec, elle déplia l'une des chemises que Sara avait déjà pliées. Elle eut une moue désapprobatrice. « Pourquoi n'utilises-tu pas un adoucissant ? Je t'ai laissé ce coupon sur ton plan de travail la semaine dernière. »

Sara renonça, elle s'agenouilla au sol, devant une pile de livres, afin de décider lesquels emporter à la plage.

« D'après ce que j'ai entendu, suggéra Tessa, toujours serviable, tu n'auras pas trop le temps de bouquiner. »

Elle l'espérait bien, mais elle n'avait pas envie qu'on le claironne en présence de sa mère.

« Un homme de cet acabit... », poursuivit cette dernière. Elle prit son temps avant d'ajouter la suite. « Sara, je sais que tu n'as aucune envie d'entendre ce genre de réflexion, mais tu as vraiment perdu la tête. »

Sara se retourna.

« Merci de ce vote de confiance, maman. »

Cathy fronça encore plus le sourcil.

« Est-ce que tu prévois de porter un soutien-gorge, avec cette chemise ? Je peux voir tes deux...

— D'accord. » Sara sortit sa chemise de son short.

Sa mère continua.

« Et puis ce short ne te va pas. Tu as perdu du poids ? »

Sara se regarda dans le miroir. Elle avait consacré quasiment une heure à choisir une tenue qui ait à la fois l'air flatteur et ne donne pas l'impression qu'elle ait passé une heure à la choisir.

« Ce short se porte ample, soutint-elle, en tirant sur le fond de culotte. C'est le style.

— Oh, pour l'amour de Dieu, Sara ! Tu as vu ton cul, ces derniers temps ? Moi, pas, je t'assure. » Ce bon mot fit glousser Tessa. « Chérie, continua Cathy, en adoptant un ton, si ce n'est un langage, plus modéré, on ne voit que tes omoplates et tes chevilles. Le côté ample, ça n'a pas été prévu pour les femmes de ton gabarit. »

Sara respira à fond, s'arc-bouta sur la commode.

« Excusez-moi », dit-elle aussi poliment que possible, et elle passa dans la salle de bains, en déployant un gros effort pour ne pas claquer la porte derrière elle. Elle rabattit le couvercle des toilettes, s'assit dessus, et laissa retomber sa tête dans ses mains. Elle entendait sa mère, derrière la porte, qui se plaignait encore de l'électricité statique de ses vêtements, en se demandant pourquoi elle se donnait tout ce mal pour laisser des coupons à sa fille, si elle ne s'en servait pas.

Elle laissa remonter ses mains jusqu'à ses oreilles, qu'elle se boucha, et les plaintes de sa mère s'estompèrent, ce n'était guère plus qu'un murmure tolérable, à peine plus agaçant qu'une aiguille brûlante qu'on lui enfoncerait dans le creux de l'oreille. Dès le moment où Sara était sortie avec Jeffrey, Cathy n'avait plus arrêté de l'asticoter sous un prétexte ou un autre. Il n'y avait rien qui trouvait grâce à ses yeux, qu'il s'agisse de sa manière de se tenir à table ou de sa façon de garer sa voiture dans son allée. D'un côté, face à cette espèce de critique permanente, Sara avait envie de se confronter à sa mère, mais d'un autre – la facette la plus compatissante de son caractère –, elle comprenait que c'était chez Cathy une façon de formuler ses craintes maternelles.

Elle consulta sa montre, priant pour que Jeffrey se pointe à l'heure et l'emmène loin de tout ceci. Il était rare qu'il soit en retard, et c'était l'une des nombreuses choses qu'elle appréciait chez lui. En dépit de tous les commentaires de Cathy sur la goujaterie du personnage, Jeffrey Tolliver avait tout le temps un mouchoir dans la poche arrière de son pantalon, et il lui ouvrait toujours les portes. Au restaurant, quand Sara se levait de table, il se levait aussi. Il l'aidait à enfiler son manteau et lui portait sa serviette quand ils marchaient dans la rue. Et comme si tout cela ne suffisait pas, il était tellement bon au lit que, dès la première fois qu'ils avaient couché ensemble, elle avait failli se fendiller les molaires à force de serrer les dents pour ne pas crier son nom.

« Sara ? » Cathy frappa à la porte, la voix pleine d'inquiétude. « Est-ce que ça va, chérie ? »

Sara tira la chasse et fit couler de l'eau dans le lavabo. Elle ouvrit la porte, pour découvrir sa mère et sa sœur toutes deux avec le même air soucieux.

Cathy brandissait un chemisier rouge.

« Je ne trouve pas que ce soit une couleur qui t'aille.

— Merci. » Sara lui prit le chemisier et le fourra dans la panière de linge sale. Elle retourna s'agenouiller devant ses livres, en se demandant si elle devait emporter des auteurs littéraires pour impressionner Jeffrey, ou des titres plus commerciaux qui, elle le savait, lui plairaient davantage.

« Je ne comprends même pas pourquoi tu vas à la plage, reprit Cathy. Tu t'es toujours brûlé la peau. Tu as pris assez d'écran solaire ? »

Sans se retourner, Sara leva en l'air le flacon vert fluo de Tropical Sunblock.

« Tu sais à quelle vitesse tu prends des taches de rousseur. Et tu as les jambes si blanches. Avec des jambes pareilles, je ne sais pas si j'oserais porter un short. »

Tessa ricana.

« C'était quoi le nom de la fille dans *Gidget*, celle qui portait un grand chapeau sur la plage ? »

Sara adressa à sa sœur un regard qui signifiait « vraiment, tu ne m'aides pas ». Tessa désigna le sac de biscuits, puis sa bouche, indiquant par là que l'on pouvait encore acheter son silence.

« Elle s'appelait Larue, lui souffla Sara, en éloignant son sac.

— Tessie, fit Cathy. Cours me chercher la planche à repasser. Tu as bien un fer ? » demanda-t-elle aussitôt à Sara.

Sara sentit tout le poids du regard de sa mère.

« Dans la buanderie. »

Tessa sortit de la pièce, et Cathy eut un claquement de langue désapprobateur.

« Quand les as-tu lavés, ceux-là ? demanda-t-elle à sa fille.

— Hier.

— Si tu les avais repassés tout de suite...

— Oui, et si je ne portais pas de vêtements du tout, je n'aurais jamais à m'en préoccuper.

— C'est exactement ce que tu me disais quand tu avais six ans. »

Sara attendit la suite.

« Si je t'avais laissée n'en faire qu'à ta tête, tu serais allée à l'école toute nue. »

Sara feuilleta un livre, d'un œil absent, sans voir les pages. Derrière elle, elle entendit sa mère déplier des chemises avec un claquement d'étoffe, puis les replier.

« Si c'était Tessa, je ne serais pas du tout inquiète. En réalité », et elle laissa échapper un rire feutré, en lissant une autre chemise, « ce serait pour Jeffrey que je me ferais du souci. »

Sara plaça un livre de poche dans la pile « à emporter ». Une entaille au couteau barrait l'image de couverture.

« Jeffrey Tolliver est un genre d'homme qui a eu beaucoup d'expériences. Bien plus que toi, et je vois ce petit sourire sur tes lèvres, jeune demoiselle. Mais tu aurais tout intérêt à comprendre que je ne parle pas seulement de ce qui se passe entre vos draps de lit. »

Elle attrapa une autre poche.

« Je n'ai vraiment pas envie d'avoir cette conversation avec ma mère.

— Ta mère est sans doute la seule femme sur terre qui t'expliquera ce genre de chose », insista Cathy. Elle s'assit sur le lit et attendit que Sara se retourne. « Les hommes comme Jeffrey ne veulent qu'une seule chose. » Sara ouvrit la bouche, mais sa mère n'avait pas terminé. « C'est très bien que tu la leur offres, tant que tu en retires quelque chose en échange.

— Maman.

— Certaines femmes sont capables de faire l'amour sans amour.

— Je sais.

— Je suis sérieuse, mon bébé. Ecoute-moi. Tu n'es pas ce genre de femme. » Elle coiffa les cheveux de Sara en arrière, lui dégagea le visage. « Tu n'es pas le genre de fille à multiplier les aventures.

— Tu n'en sais rien.

— De toute ta vie, tu n'as eu que deux flirts. Combien Jeffrey a-t-il eu de passades ? Avec combien de femmes a-t-il couché ?

— Un certain nombre, j'imagine.

— Et tu n'es jamais qu'une conquête de plus sur la liste. C'est pourquoi ton père est furieux de...

— Vous ne croyez pas, tous, que ce serait plus sympa de vous donner la peine de le rencontrer, au lieu de tirer toutes ces conclusions hâtives ? » lui répliqua Sara, en se rappelant, mais un peu tard, que Jeffrey était en route pour chez elle, en ce moment même. Elle risqua un coup d'œil à son réveil. Dans environ dix minutes, sa mère serait en mesure de juger par elle-même qu'elle était parfaitement dans le vrai. Si Jill-June Mallard du Shop-o-rama était capable de s'en apercevoir, Cathy Linton le constaterait à l'instant où Jeffrey entrerait dans la pièce.

Cathy insista.

« Tu n'es pas le genre de fille à aventures, c'est tout, mon chou.

— Peut-être que maintenant, si. Peut-être que je suis devenue ce genre de fille, à Atlanta.

— Enfin. » Cathy attrapa une culotte à plier, et fronça le sourcil. « Ça, c'est trop fragile pour être lavé à la machine, observa-t-elle sur le ton de la réprimande.

Si tu les laves à la main et si tu les fais sécher sur la corde à linge, elles ne se déchireront pas comme ça. »

Sara réagit avec un sourire pincé.

« Elle n'est pas déchirée. »

Sa mère haussa le sourcil, avec une brève lueur dans le regard. Elle posa sa question.

« Avec combien d'hommes es-tu sortie ? »

Sara consulta sa montre, et chuchota :

« Je t'en prie. »

Mme Linton ignora sa réaction.

« Pour Steve Mann, je suis au courant. Seigneur Dieu, toute la ville était au courant, Mac Anders vous a surpris derrière le Chilidog. »

Sara considéra le plancher, dans un gros effort pour ne pas se consumer d'une honte soudaine.

Cathy poursuivit.

« Mason James.

— Maman.

— Cela fait deux hommes.

— Tu oublies le dernier », lui rappela-t-elle, avec tout de suite un pincement de remords en voyant le visage de sa mère s'assombrir.

Cette dernière plia le bas de pyjama de sa fille. Elle lui demanda d'une voix douce :

« Est-ce que Jeffrey sait que tu as été violée ? »

Elle lui répondit sans s'emporter, elle préférait rester polie.

« Ce n'est pas exactement le genre de sujet que nous avons abordé dans nos conversations.

— Que lui as-tu dit, quand il t'a demandé pourquoi tu avais quitté Atlanta ?

— Rien », fit-elle, omettant de préciser que Jeffrey n'était pas entré dans les détails.

Cathy lissa le pyjama. Elle se retourna pour prendre encore un autre vêtement à ranger, mais elle avait déjà plié ou replié tout ce qu'il y avait sur le lit.

« Tu ne dois jamais avoir honte de ce qui t'est arrivé, ma fille. »

Sara haussa les épaules dans un geste évasif, et se leva pour sortir sa valise. Elle n'avait pas honte, pas exactement, elle était juste malade à crever du fait que les gens la traitaient autrement à cause de cette histoire – surtout sa mère. Sara était capable de supporter les regards soucieux et les silences gênés d'une poignée de gens qui savaient pourquoi, en réalité, elle était revenue s'installer à Grant County, mais ces tensions dans sa relation avec sa mère, c'était presque trop pénible à supporter.

Elle ouvrit sa valise et commença à la remplir.

« Je lui en parlerai quand ce sera le moment. Si ce moment arrive un jour. » Elle eut encore un haussement d'épaules. « Il ne viendra peut-être jamais.

— Tu ne peux pas t'attendre à fonder une relation solide sur des secrets.

— Ce n'est pas un secret, riposta-t-elle. Simplement, c'est personnel. C'est un événement qui m'est arrivé, à moi, et je suis fatiguée de... » Elle n'acheva pas sa phrase, car elle n'était pas disposée à engager la conversation avec sa mère au sujet de ce viol. « Tu peux me passer ce haut en coton ? »

Cathy considéra la chemise avec un regard plein de reproche, avant de la lui tendre.

« J'ai vu trop de femmes se battre pour arriver là où tu es, et tout lâcher en une minute pour je ne sais trop quel type qui finira de toute manière par les plaquer au bout de deux ans.

— Je ne vais pas renoncer à ma carrière pour Jeffrey. » Elle eut un rire contrit. « Et d'autre part je ne risque pas de tomber enceinte et de rester à la maison à élever des enfants. »

Sa mère accusa le coup de cette remarque et, cette fois, ne se limita pas à un froncement de sourcils.

« Ce n'est pas cela, Sara.

— Alors c'est quoi, maman ? Qu'est-ce qui te préoccupe tant ? Qu'est-ce qu'un homme pourrait m'infliger de pire que ce qui m'est déjà arrivé ? »

Cathy baissa les yeux, elle considéra ses mains. Elle ne pleurait jamais, mais elle pouvait s'enfermer dans un silence qui avait de quoi briser le cœur de Sara.

Elle s'assit sur le lit, à côté de sa mère.

« Je suis désolée », fit-elle, en songeant que jamais de toute sa vie elle ne s'était sentie aussi malade à l'idée de devoir s'excuser devant quelqu'un. Elle éprouvait une telle culpabilité d'avoir imposé tout cela à sa famille par ailleurs si parfaite, qu'elle avait parfois le sentiment qu'il vaudrait mieux pour elle s'éloigner et les laisser refermer cette blessure de leur côté.

« Je n'ai pas envie que tu renonces à toi-même », lui confessa Cathy.

Elle retint son souffle. Sa mère n'avait jamais été aussi près de formuler ses véritables peurs. Elle savait mieux que quiconque combien il était facile de tout simplement baisser les bras. Après ce viol, tout ce qu'elle avait été capable de faire, c'était de se coucher dans son lit et de pleurer. Elle ne voulait plus être ni un médecin, ni une sœur, ni une fille. Deux mois avaient passé, et Cathy avait argumenté, elle l'avait cajolée, et puis elle avait poussé Sara hors du lit, manu militari. Tout comme elle l'avait fait des centaines de fois quand elle était enfant, elle l'avait conduite à la clinique pédiatrique en voiture, où le docteur Barney avait en effet pu améliorer la situation, cette fois en offrant un boulot à Sara. Un an plus tard, elle avait accepté ce deuxième poste de médecin légiste du comté, afin de pouvoir racheter le cabinet du docteur Barney. Depuis deux ans et demi, elle avait lutté pour reconstruire sa vie à Grant, et Cathy était terrorisée à l'idée que sa fille perde tout cela pour Jeffrey.

Sara se leva et se dirigea vers sa commode.

« Maman...

— Je me fais du souci à ton sujet.

— Je vais mieux, maintenant », lui affirma-t-elle, et pourtant elle ne croyait pas être en mesure de jamais recouvrer toute l'intégrité de sa personne. Il y aurait toujours un avant et un après, et peu importait le nombre des années qui la sépareraient de ce qui s'était produit. « Je n'ai pas besoin que tu veilles sur moi, ou que tu déploies tous ces efforts pour me pousser à m'endurcir. Je suis plus forte, désormais. Je suis prête à vivre ça. »

Cathy leva les bras en l'air.

« Il s'amuse, c'est tout. C'est tout ce qu'il a en tête... s'amuser. »

Sara ouvrit plusieurs tiroirs, elle cherchait son maillot de bain.

« Peut-être qu'il n'y a rien de plus de ma part non plus, suggéra-t-elle. Peut-être que j'ai juste envie de m'accorder quelques moments agréables.

— J'aimerais pouvoir te croire.

— J'aimerais que tu puisses me croire, oui, lui répondit-elle. Parce que c'est la vérité.

— Je ne sais pas, mon bébé. Tu as si bon cœur.

— Je n'ai plus si bon cœur.

— Ce qui t'est arrivé à Atlanta ne change rien à la personne que tu es. »

Sara haussa les épaules, elle fourra son maillot de bain dans sa valise. C'était la manière dont les autres avaient changé qui rendait ce qui s'était passé encore plus horrible. Elle était dans une rage folle d'avoir été violée, et elle était blême à l'idée que l'animal qui l'avait agressée puisse être, et soit probablement, libéré de prison d'ici quelques années pour bonne conduite. Elle était dégoûtée que sa vie tout entière en ait été chamboulée, qu'elle ait dû démissionner de son poste d'interne au Grady Hospital, le boulot vers lequel elle avait orienté toute sa vie, parce que tout le monde, aux Urgences, la traitait comme une porcelaine de Chine brisée. L'interne qui s'était occupé d'elle ne la regardait plus dans les yeux, et ses camarades étudiants ne plaisantaient plus avec elle, de peur de prononcer le mot qu'il ne fallait pas. Même les infirmières prenaient des gants avec elle, comme si le fait d'avoir été violée la transformait en martyre.

« C'est tout ce que je mérite ? Ce regard de ta part qui signifie que tu ne veux plus en parler ?

— Je ne veux plus en parler, en effet, lui confirma-t-elle, exaspérée. Je n'ai envie de parler de rien de sérieux. Je suis fatiguée d'être sérieuse. » Elle tira sur la fermeture Éclair de la valise. « Je suis fatiguée d'être la fille la plus intelligente de la classe. Je suis fatiguée d'être trop grande pour les garçons les plus mignons. Je suis fatiguée de sortir avec des types qui se préoccupent de ce que je ressens et qui veulent aller doucement et qui veulent être gentils et s'occuper de ce qu'on va devenir et planifier notre avenir ensemble et me traiter comme une fleur délicate et...

— Mason James est un garçon tout à fait délicieux.

— C'est le problème, maman. C'est un garçon. J'en ai marre des garçons. J'en ai marre des gens qui marchent sur des œufs tout autour de moi, qui cherchent à me protéger de mes propres émotions. Je veux quelqu'un qui secoue le cocotier. J'ai envie de m'amuser. J'ai envie de baiser dans tous les sens », ajouta-t-elle enfin, sans réfléchir.

Cathy en eut le souffle coupé – non parce qu'elle n'avait jamais entendu le mot auparavant, mais parce qu'elle ne l'avait jamais entendu dans la bouche de sa fille. Sara elle-même savait qu'elle n'avait prononcé pareille grossièreté qu'en de rares occasions, et jamais devant sa mère.

« Ton langage, je t'en prie. »

Voilà tout ce que sa mère lui répondit.

« Quand c'est Tessa qui le dit, ça ne te dérange pas. »

Devant cet argument, Cathy plissa le nez.

« Tessa le dit parce qu'elle le pense, pas parce qu'elle essaie de choquer sa mère.

— Je le dis tout le temps, mentit-elle.

— Et tu as les joues qui virent tout le temps au rouge comme ça, quand tu prononces ce genre de mots ? »

Elle sentit ses joues rougir encore davantage.

« Ça part d'ici. » Cathy lui montra, en appuyant de la main sous son diaphragme. Elle fit un grand geste de son autre main, et entonna un « Baiser ! » emphatique.

« Mère !

— Si tu dois le dire, dis-le avec enthousiasme et avec verve.

— Je n'ai pas besoin que tu m'expliques comment le dire », s'écria Sara, cassante, et comme sa mère lui riait au nez, elle ajouta ces quelques mots marmonnés : « Ou comment le faire. »

Cathy rit de plus belle.

« Je suppose que tu connais tout sur le sujet, désormais ? »

Sara tira sa valise au bas du lit.

« Disons qu'un peu de sa compétence a déteint sur moi.

— Ho-ho-ho », fit Cathy, avec un gloussement appréciateur.

Sara se cala les mains sur les hanches.

« On n'arrête pas.

— Ah vraiment ?

— Nuit et jour.

— Et le jour aussi ? » Cathy rit de nouveau, et se rassit sur le lit. « Scandaleux !

— Disons que je ne le fréquente pas pour le brio de sa conversation, fanfaronna Sara. Je ne sais même pas s'il est allé en fac. »

Depuis le seuil de la porte, Tessa essaya d'intervenir.

« Sara ?

— En fait », poursuivit-elle, surtout désireuse d'effacer cet air supérieur du visage de sa mère, « je suis convaincue qu'il n'est pas si intelligent que ça. »

Leur mère sourit, comme si elle prêchait une convertie.

« Ah oui, vraiment ? »

Tessa s'en mêla de nouveau.

« Sara ?

— Oui, vraiment, et tu sais quoi ? Je m'en moque. Il est probablement aussi bête qu'une boîte à chaussures et j'en ai rien à foutre. C'est pas pour son intelligence que je sors avec lui.

— Nom de Dieu, Sara. Tais-toi, tu veux, et retourne-toi. »

Elle fit ce qu'on lui disait, et aussitôt elle regretta ses dernières paroles, un regret qui s'empara d'elle comme une fièvre.

Jeffrey était appuyé à la porte, les bras croisés. Il avait un demi-sourire aux lèvres, et qui ne se lisait pas tout à fait dans son regard, quand il désigna sa valise de la tête.

« Prête ? »

*
**

A leur sortie de Grant County, ils furent accueillis par une petite bruine, et Sara regardait les balais d'essuie-glace écluser le pare-brise à intervalles réguliers, en essayant de trouver quelque chose à dire. A chaque passage des balais, elle décidait qu'elle allait rompre le silence, mais l'instant d'après, ils essuyaient de nouveau la vitre sans que rien se soit dit. Elle fixait le paysage des yeux, elle comptait les vaches, puis les chèvres, puis les panneaux d'affichage. Plus ils s'approchaient de Macon, plus ces chiffres allaient croissant, de sorte que lorsqu'ils empruntèrent la bretelle de contournement, Sara s'était perdue dans le compte.

Jeffrey rétrograda, pour dépasser un semi-remorque, un dix-huit roues. Depuis leur départ de Grant, il n'avait pas dit un mot, et il choisit de briser la glace avec cette remarque :

« La voiture se comporte bien.

— Oui », acquiesça-t-elle, si contente qu'il lui adresse la parole qu'elle aurait pu en pleurer. Dieu merci, ils avaient pris sa voiture, et non la camionnette de Jeffrey, sans quoi il aurait été impossible de dire combien de temps aurait duré ce silence. « Mécanique allemande, précisa-t-elle pour alimenter la conversation.

— J'imagine que c'est vrai, ce qu'on raconte des médecins qui roulent en BMW.

— Mon père me l'a achetée quand je suis entrée en faculté de médecine.

— Sympa, le papa, dit-il. Ta mère a l'air sympa aussi », ajouta-t-il après un silence.

Elle s'éclaircit la gorge, incapable de se remémorer aucune des excuses qu'elle s'était répétées dans sa tête au cours de la dernière heure.

« J'aurais préféré que tu la rencontres dans des circonstances différentes.

— Je ne m'attendais pas du tout à tomber sur elle.

— Oh, c'est juste, fit-elle, et elle s'empourpra. Je ne voulais pas...

— Je suis content qu'on ait fini par se croiser. »

Elle opina, songeant que moins elle ouvrirait la bouche, moins elle risquerait de commettre une bourde.

« Ta sœur est mignonne.

— Oui », admit-elle, sachant qu'à la minute présente, une personne plus mesquine qu'elle haïrait sa sœur. Elle avait entendu la même rengaine depuis toujours. Tessa était la plus mignonne, la plus rigolote, la meneuse, celle avec qui tout le monde avait envie de se lier d'amitié. Sara, elle, c'était la grande. Les bons jours, c'était la grande rouquine.

Incapable de formuler la chose de manière plus élégante, elle bredouilla :

« Je suis désolée de ce que j'ai dit.

— C'est bon », lui répondit-il, mais elle vit bien, d'après le ton de sa voix, que ce n'était pas bon. Pourquoi avait-il encore envie de partir pour la Floride avec elle ? cela demeurait un mystère. Si elle avait un peu plus le respect d'elle-même, elle l'aurait laissé partir sans elle. Le sourire forcé qu'il affichait en chargeant ses bagages dans le coffre aurait eu de quoi découper une plaque de verre.

« Je voulais juste... » Elle secoua la tête. « Je ne sais pas ce qui m'a traversé l'esprit. Me rendre ridicule ?

— Tu n'as pas mal réussi.

— Cela fait partie de ma personnalité, de vouloir exceller dans tout ce que j'entreprends. »

Cela ne le fit pas sourire.

Elle tenta à nouveau sa chance.

« Je ne pense pas que tu sois stupide.

— Aussi stupide qu'une boîte à chaussures.

— Quoi ?

— Tu as dit "aussi stupide qu'une boîte à chaussures".

— Oh. Enfin. » Elle rit, une seule fois, un vrai jappement d'otarie. « Une expression qui ne veut rien dire, d'ailleurs.

— Mais enfin, il est bon de savoir que tu ne le penses pas vraiment. » Il jeta un regard derrière lui et dépassa le minibus d'une paroisse. Sara observa sa main posée sur le levier de vitesses, elle guetta le mouvement des tendons, quand il dépassait les voitures. Ses doigts agrippaient la tige, son pouce tapotait légèrement le pommeau.

« Au fait, lui annonça-t-il. J'ai bien fréquenté l'université.

— Vraiment ? », s'écria-t-elle, incapable de maîtriser cette note de surprise dans le ton de sa voix. « Ah, bien. Pour toi, c'est bien », fit-elle, aggravant encore les choses.

Il lui lança un regard sec.

« Je veux dire, c'est bien au sens où... enfin... parce que c'est... » Elle éclata de rire devant sa propre maladresse et, la main sur la bouche, elle marmonna : « Oh, Seigneur, Sara, tais-toi. Tais-toi. »

Elle crut le voir sourire, mais sans en être certaine. Elle osa lui poser une question.

« Qu'est-ce que tu as entendu, au juste ?

— Ce que tu as raconté au sujet d'une certaine chose qui déteignait sur toi ? »

Elle réprima un juron.

« Je l'entendais dans un sens positif.

— Oui, oui, acquiesça-t-il. Pour ton info, ce fameux mot, je t'avais déjà entendue le prononcer. » Cette fois, il sourit au point de montrer les dents. « Enfin, pas vraiment le prononcer. Plutôt le hurler. »

Sara se mordit la langue, et elle préféra suivre le défilement du paysage.

« C'est sain que ta mère s'inquiète pour toi.

— Parfois.

— Vous êtes tous très proches les uns des autres, n'est-ce pas ?

— Je suppose, lui répondit-elle, sachant que cela ne se limitait pas à cela.

— Tu lui as dit que tu avais fait le test ?

— Bien sûr que non, s'insurgea-t-elle, surprise qu'il lui pose même la question. C'est personnel. »

Il approuva d'un signe de tête, sans quitter la route des yeux.

Leur deuxième rendez-vous s'était achevé sur un baiser à la porte, et elle avait prié Jeffrey d'effectuer un test du sida. Certes, cette requête venait un peu tard – la frénésie de la première fois ne s'était pas vraiment limitée à une franche et saine discussion sur la prévention des maladies sexuellement transmissibles –, mais elle était informée de la réputation de Jeffrey bien avant que la nouvelle n'ait atteint le Shop-o-Rama. Pour sa part, Jeffrey, quand elle lui avait demandé un prélèvement sanguin, n'avait pas eu l'air de se sentir plus insulté que cela.

« J'ai vu tellement de cas, au Grady, lui avait-elle expliqué. Tant de femmes de mon âge qui n'auraient jamais pensé que cela puisse leur arriver.

— Tu n'as pas besoin de m'expliquer.

— L'amoureux de Hare est mort du sida, l'an dernier. »

Son pied dérapa sur l'accélérateur.

« Ton cousin est gay ?

— Bien sûr.

— Tu plaisantes ? lui glissa-t-il, avec un regard mal à l'aise.

— Il n'est pas né avec cette voix de falsetto.

— Je croyais qu'il déconnait.

— Il déconnait, oui, confirma-t-elle. Il déconne. Je veux dire, il fait ça uniquement pour m'agacer. Tout le monde. Il aime bien agacer les gens.

— Il jouait au football, au lycée.

— Il n'y a que les hétéros qui jouent au foot ?

— Euh... non », admit-il, mais il n'avait pas l'air très sûr de lui.

De nouveau, ils se tournèrent vers la route, droit devant eux. Sara ne voyait plus trop quoi lui raconter. Elle ne savait à peu près rien de l'homme qui était assis à côté d'elle. Au cours de ces trois mois, depuis qu'ils sortaient ensemble, elle n'avait rien entendu concernant la famille de Jeffrey ou son passé. Elle savait qu'il était né dans l'Alabama, mais il restait vague quant aux détails. Quand ils n'étaient pas au lit,

Jeffrey parlait surtout des affaires sur lesquelles il avait travaillé, à Birmingham, ou de ce qui se passait à Grant. Maintenant qu'elle y songeait, quand ils étaient ensemble, c'était surtout elle qui alimentait la conversation. Pour sa part, il ne confiait que quelques rares informations personnelles, et si elle le poussait trop loin, avec ses questions, sa réaction était soit de se taire tout à fait, soit de lui passer la main sur la cuisse, jusqu'à ce qu'elle en oublie ce qu'elle voulait lui demander.

Elle risqua un regard vers lui. Ses cheveux noirs commençaient à être longs, dans la nuque, ce qui était un peu dangereux, à Grant County, si l'on considérait que les établissements scolaires avaient pour habitude de renvoyer de la classe les garçons dont les cheveux atteignaient le col de la chemise. Comme toujours, il était rasé de près, le visage lisse. Il portait un jeans usé et un T-shirt noir Harley-Davidson. Ses chaussures de tennis taillées pour la course avaient l'air très high-tech, avec des renforts supplémentaires sous la semelle et des bandes noires en croisillons. Les muscles de ses jambes étaient bien découplés sous le jeans, et même si sa chemise n'était pas assez cintrée pour révéler la fermeté des abdominaux, Sara était plus qu'informée sur le sujet.

Le regard de Jeff passa sur ses jambes à elle, et elle regretta de ne pas avoir choisi une autre tenue. Elle s'était changée, pour enfiler une jupe portefeuille bleu marine, mais sur fond de tapis de sol noir, ses chevilles blanches étaient de la couleur du gras de bacon avant cuisson. Malgré l'air conditionné, elle transpirait sous la chemise de coton qu'elle portait, et si elle avait pu manier une baguette magique pour suspendre le temps, elle se serait débarrassée de son soutien-gorge trop serré et l'aurait jeté par la fenêtre.

« Donc, fit Jeffrey.

— Donc, répondit-elle, en essayant de trouver un moyen de relancer la conversation, tu es donneur universel. »

Voilà tout ce qu'elle avait pu trouver, en guise de relance.

« Hein ?

— Donneur universel, répéta-t-elle. Tu peux donner ton sang à tout le monde. » Elle se rattrapait comme elle pouvait. « Bien entendu, toi, tu ne peux pas en recevoir de n'importe qui. Tu ne peux recevoir de sang que de donneurs O négatif. »

Il lui adressa un drôle de regard.

« Je garderai ça à l'esprit.

— Ton sang comporte des antigènes qui...

— Dès que nous serons de retour, je ferai don de mon sang. »

La conversation s'avérait laborieuse.

« Tu veux un bout de poulet ? lui proposa-t-elle.

— C'est ça, ce que je sens depuis tout à l'heure ? »

Elle se pencha vers la banquette arrière et farfouilla pour sortir le bol en plastique que sa mère avait enveloppé dans ses bagages. « Je crois qu'il y a des biscuits, si Tess ne nous les a pas chipés.

— Ça serait sympa, fit-il en lui chatouillant le creux de la cuisse. Dommage qu'on n'ait pas un peu de thé. »

Elle s'efforça d'ignorer son geste taquin.

« On pourrait s'arrêter pour en prendre un.

— Pourquoi pas ? »

Il lui pinça la jambe et elle lui flanqua une tape sur la main.

« Hé ! »

Il rit de bon cœur à sa réprimande.

« Ça t'ennuie si on fait un détour ?

— Non », dit-elle, et elle dénicha le Tupperware sous un coussin. Elle se laissa retomber dans son siège, et ils passèrent devant un Winnebago. « Par où ?

— Sylacauga. »

Sara était en train de retirer le couvercle en plastique, et elle s'interrompit.

« Sila-quoi ?

— Sylacauga, répéta-t-il. Ma ville natale. »

Chapitre quatre

10 h 15 du matin

« Matt ? fit quelqu'un, dans une espèce de bégaiement. M-m-m a-t-t. »

Ses oreilles amplifièrent l'écho de sa voix, en étirant encore davantage les « a ».

« M-a-a-a-a-att. »

Il essaya de bouger, mais ses muscles ne réagissaient pas. Chose inexplicable, ses doigts étaient douloureux. Ils étaient froids. Tout était froid.

« Matt, répéta Sara, d'une voix soudain aussi pointue qu'une punaise. Matt, réveille-toi. » Elle lui prit le visage à deux mains. « Matt. »

Il se força à ouvrir les yeux, sa vue fut d'abord floue, puis dédoublée. Il vit deux Sara qui le surplombaient. Deux Marla. Deux gosses qu'il n'avait jamais croisés de sa vie. Ils étaient tous immenses, comme des versions géantes d'eux-mêmes. Les dalles du plafond, au-dessus de leurs têtes, étaient encore plus grandes, comme des soucoupes volantes équipées de néons gigantesques.

Il tenta de s'asseoir.

« Matt, non. » Sara l'en empêcha. « Non. »

Il porta la main à son front, il avait l'impression d'avoir la cervelle prise dans un étau. Son épaule droite le brûlait, comme si quelqu'un lui avait fouaillé les chairs avec un tisonnier brûlant. Il déplaça sa main gauche pour se palper l'épaule, mais là encore, Sara l'en empêcha.

« Matt, fit-elle. Non. »

Il s'inspecta la bouche avec la langue, il voulait trouver l'origine du sang dont il sentait le goût dans son arrière-gorge.

Elle repoussa son fauteuil en arrière et il entrevit un reflet d'or à son doigt. Elle portait sa chevalière de l'université d'Auburn. Toute l'équipe de football en avait reçu une à l'entrée en second cycle, et depuis lors il la portait par intermittence.

« Matt ? »

Jeffrey cligna les yeux, il entendit une sonnerie lointaine. Il ferma les yeux, serra très fort les paupières, tâchant de se repérer. Cette sonnerie provenait du téléphone de Marla, sur son bureau. Ce goût de sang qu'il avait dans la bouche coulait d'une coupure quelque part à la tête.

« Matt ? répéta-t-elle. Est-ce que tu m'entends ?

— Pourquoi est-ce que tu... ? » fit-il.

Elle lui approcha des lèvres le goulot d'une bouteille d'eau.

« Bois ça. Tu as besoin d'eau. »

Jeffrey but, il sentit le liquide frais s'ouvrir un passage dans sa gorge desséchée. Elle fit basculer la bouteille, trop pour qu'il puisse avaler et suivre le rythme, et un peu d'eau ruissela dans son cou.

« C'est bon », fit-il, en repoussant sa main.

Il ferma de nouveau les yeux, afin d'y voir de nouveau plus net. Quand il les rouvrit, les deux Marla avaient fusionné en une. La vieille femme avait les joues creusées, les arcades sourcilières tuméfiées, ensanglantées. Il y avait bien un duo de gamins, mais leurs expressions étaient identiques. Un troisième était appuyé contre Sara, une fillette qui respirait par à-coups, en s'efforçant de maîtriser sa peur.

Jeffrey se tourna vers Sara. Il ne l'avait jamais vue aussi terrorisée. Elle soutint son regard, dans le fond des yeux, pupille contre pupille, elle le perçait de son regard, comme si elle voulait lui introduire de force une idée dans la tête. Avec lenteur, il opina, montrant qu'il avait compris. Il était censé être Matt.

« Ça ira ? lui demanda-t-elle encore.

— Ouais. »

Il regarda autour de lui, histoire de mieux saisir la situation. Ils étaient tous par terre, tout au fond de la salle de police, dans un espace dégagé. Brad était en train d'empiler des armoires de rangement devant la porte coupe-feu. La fenêtre et la porte du bureau de Jeffrey étaient barricadées de la même manière. Il y avait des corps épars au milieu des débris. Burrows, Robinson, Morgan. Morgan avait cinq gosses chez lui. Burrows était un amoureux passionné des animaux qui élevait un couple de lévriers rescapés. Robinson... Robinson était un petit nouveau. Jeffrey ne parvenait même pas à se souvenir de son prénom, il l'avait engagé moins d'une semaine auparavant.

Sa vue se brouilla, il ferma les yeux et un vertige souleva en lui une vague nauséeuse.

« Respire », fit Sara, d'une voix prévenante, en lui lissant ses cheveux noirs en arrière. Il avait la tête sur ses genoux et, à en juger par le sang sur son chemisier, elle y était depuis un moment. Il essaya de bouger, mais il s'aperçut qu'on lui avait ligoté les pieds avec sa ceinture.

Subitement, un homme se dressa au-dessus d'eux, il braquait un fusil sur Marla tout en gardant un Sig-Sauer, un pistolet réglementaire de l'armée, braqué sur Brad. Il avait encore deux autres armes glissées chacune dans son holster de poitrine, ainsi qu'un assortiment complet de munitions.

Smith. Jeffrey se souvenait, il avait décliné son identité, son nom, Smith. Il se souvenait de tout à présent : Sara hurlant son nom, la tête de Matt qui explosait contre la porte d'entrée, la fusillade qui s'était ensuivie, les morts. Sam. Le prénom du nouvel homme de patrouille, c'était Sam.

Le tueur jaugea Jeffrey avec un regard froid.

« Redresse-toi.

— Il faut le transférer à l'hôpital », dit Sara. Elle n'attendit pas la réponse. « Les enfants sont en état de choc. Ils doivent tous être transférés à l'hôpital. »

Smith dressa la tête, comme s'il venait d'entendre quelque chose. Il se tourna vers l'entrée, où l'autre tueur avait posé un fusil d'assaut sur le comptoir d'accueil, le canon braqué vers la porte. Il était vêtu d'une tenue identique, un blouson noir et un gilet pare-balles en Kevlar. Sa casquette de base-ball noire était enfoncée sur sa tête, qu'elle plongeait dans la pénombre. L'homme ne regardait pas dans la direction de Smith, mais il le rassura, d'un hochement sec de la tête.

Sara profita de ce bref échange pour chuchoter quelque chose à Jeffrey, qui voulait dire « gagner du temps ».

« Il faut le transférer à l'hôpital, répéta-t-elle ensuite à voix haute.

— Hé », fit Brad, comme un enfant qui tente de s'interposer quand ses parents se disputent. « J'ai besoin d'un coup de main avec celui-ci. »

Smith pointa son fusil sur le visage de Sara.

« Aide-le. »

Elle resta là où elle était.

« Matt a besoin de soins médicaux », insista-t-elle, en laissant la main sur l'épaule valide de Jeffrey. Les mots se bousculaient dans sa bouche, sous l'effet de la panique. « Son pouls ne tient qu'à un fil. La balle a probablement mordu sur l'artère. Il a perdu conscience, Dieu sait combien de temps. Sa blessure à la tête doit être examinée.

— Tu n'as pas l'air de trop te préoccuper de moi », ironisa Smith, en indiquant un bout de tissu blanc noué serré autour de son bras gauche. Un cercle de sang foncé en tachait le centre.

« Tous les deux, vous m'avez l'air tout à fait capables de prendre soin de vous tout seuls », lui répliqua-t-elle, puis elle regarda par-dessus son épaule, vers son acolyte, là-bas, à l'accueil.

« Foutrement vrai », fit-il, en extension sur la pointe des pieds. Jeffrey tâcha de bien voir le visage de l'autre, mais la lumière au-dessus de lui était si puissante qu'il ne parvenait pas à garder les yeux ouverts.

Brad tituba et laissa retomber une armoire de rangement. A la vitesse de l'éclair, Smith et le deuxième tueur firent volte-face ensemble, prêts à tirer.

Brad leva les mains.

« Désolé, dit-il. J'ai juste... »

Le deuxième tireur se tourna de nouveau vers la porte d'entrée, tandis que Smith s'avançait vers le policier assis par terre. Tout en glissant la main dans le dos de Jeffrey, Sara ne quittait pas le deuxième homme du regard. Portefeuille. Elle avait dit « portefeuille ».

Il se cambra un peu pour l'aider, serrant les dents à cause de la douleur dans son épaule, et elle réussit à extraire le portefeuille juste au moment où Smith pivotait face à eux. Il les dévisagea, ses yeux perçants scrutèrent chaque individu de leur groupe, une espèce de sixième sens venait de mettre le feu à ses soupçons. Les enfants étaient si effrayés qu'ils respiraient à peine, et Marla semblait plongée dans son monde, fixant le sol d'un regard aveugle.

« Peut-être vous pourriez... », commença Brad.

Smith leva la main, pour l'interrompre. La pièce était silencieuse, mais à l'évidence le tueur entendait quelque chose qu'eux ne pouvaient entendre. Ou, songea Jeffrey, peut-être avaient-ils affaire à un taré de paranoïaque, défoncé à la coke ou à la méthadone. Pourquoi diable se lancer dans une entreprise pareille ? Que pouvaient-ils avoir à y gagner ?

Smith recula, ses deux armes pointées sur Brad Stephens. Il s'arrêta devant la porte des toilettes, en consultant son acolyte du regard, et il reçut un rapide signe de tête en réponse. Les deux hommes travaillaient en synchronie, comme un instrument de précision. Même sans leur attirail militaire, il était évident qu'ils avaient été entraînés au combat – ou qu'ils avaient combattu – ensemble.

La porte des toilettes s'ouvrit sans bruit, le tueur pénétra à l'intérieur, fusil levé. Jeffrey compta les secondes, sans quitter des yeux la porte qui se refermait lentement. Soudain, ils entendirent un cri de femme et un seul coup de feu. Moins d'une minute plus tard, Smith ressortait des toilettes en tenant en main le ceinturon de service d'un policier, comme si c'était un trophée.

« Elle se cachait sous le lavabo », annonça-t-il à son comparse.

Le deuxième homme haussa les épaules comme si cela ne le regardait pas, et Jeffrey sentit son cœur se serrer à l'idée qu'un autre de ses officiers se soit fait abattre par ces animaux. Elle avait dû se cacher dans le placard du lavabo pendant tout ce temps, en espérant qu'ils ne la trouveraient pas.

Smith jeta le ceinturon en direction du couloir, avant de revenir à Jeffrey.

« Assis », fit-il, et comme il ne s'exécutait pas assez vite, il l'attrapa par le col.

Jeffrey sentit son estomac se retourner, et son cerveau s'efforça de s'adapter à ce changement subit. Sara lui posa une main dans la nuque, et lui souffla ce qu'il fallait faire.

« Respire à fond. Ne vomis pas. »

Il essaya d'obéir, mais le gruau de maïs qu'il avait pris au petit déjeuner refusa de se plier à l'exercice. Il rendit le tout dans un flot de bile brûlante.

« Putain de Dieu ! » Smith s'écarta promptement pour éviter d'être éclaboussé. « Qu'est-ce que t'as bouffé pour le p'tit déj, mon pote ? »

Tolliver lui livra un deuxième indice, en vomissant le reste de ses flocons. Il sentait la main de Sara dans sa nuque, le métal de sa chevalière de l'université d'Auburn enfoncé dans sa peau. Pourquoi lui avait-elle pris sa bague ?

« Donne-moi ton portefeuille », exigea Smith.

Jeffrey s'essuya la bouche avec le dos de la main.

« Il est dans ma veste, répondit-il, en prononçant une prière muette afin de remercier le ciel d'avoir été trop en rogne contre Sara, en salle d'interrogatoire, pour s'arrêter et prendre le temps de remettre sa veste.

— Où elle est ? voulut savoir l'autre. Où elle est, ta veste ? »

Jeffrey respira à fond, pour tenter de refouler la déferlante qui menaçait dans son estomac.

Smith flanqua un coup dans les pieds de Tolliver.

« Où est ta veste ? répéta-t-il.

— Dans ma voiture. »

Il l'empoigna par le col et le hissa d'un coup sec en position debout. Jeffrey cria de douleur, un feu d'artifice pétaradant sous ses paupières. Il appuya le visage contre le mur et lutta pour ne pas glisser au sol. A chaque battement de son cœur, les muscles de son épaule se tétanisaient de douleur, et ses genoux étaient si faibles qu'ils étaient sur le point de se dérober sous lui.

« Ça ira », lui souffla Sara, en l'agrippant sous le bras. Elle était d'une force surprenante et, en cet instant, il l'aimait plus que jamais. « Ne t'arrête pas de respirer », lui conseilla-t-elle, en lui massant le dos dans un mouvement circulaire, un geste réconfortant. « Ça ira.

— Dégage. » Smith la poussa à l'écart. Il fourra son fusil à canon scié dans sa ceinture et se livra à une fouille minutieuse de Jeffrey. Ce type s'y entendait pour fouiller un suspect dans les règles et, quand il lui visita la région de l'épaule, il n'y alla pas de main morte.

« Parfait. » Smith recula et Tolliver lutta pour rester face à lui, en s'adossant au mur pour ne pas s'écrouler. Le téléphone se remit à sonner, son tintement métallique fit crisser tous les nerfs de son corps.

« T'es OK, Matt ? » Smith percuta fortement le double « t », comme s'il testait ces deux lettres. Jeffrey ne savait pas si c'était de la paranoïa ou à cause de sa peur panique, mais il avait l'impression que Smith savait exactement qui il avait sous les yeux, et qu'il ne s'agissait pas de Matt Hogan.

« Non, ça ne va pas, plaida Sara. La balle a sûrement appuyé sur l'artère. Si vous continuez de le bousculer, elle pourrait se déloger. Il risque de saigner à mort.

— Tu me brises le cœur », plaisanta Smith, en jetant un coup d'œil à Brad pour vérifier comment progressait son travail.

Le téléphone continuait de sonner en fond sonore.

« Pourquoi vous ne décrochez pas ce truc pour leur indiquer que vous laissez sortir les enfants ? »

Smith inclina la tête sur le côté, comme s'il réfléchissait à cette suggestion.

« Pourquoi tu n'enroulerais pas tes lèvres autour de ma queue et que tu la sucerais pas ? »

Sara ignora cette remarque.

« Il faut leur prouver votre bonne foi en libérant les enfants.

— J'ai pas besoin de prouver quoi que ce soit.

— Elle a raison, ajouta Brad. Vous n'êtes pas un tueur de mômes.

— Non », admit Smith, en ressortant son canon scié de sa ceinture et en visant la poitrine de Brad. « Je suis juste un tueur de flicards. »

Il laissa l'autre prendre la mesure de la menace, la sonnerie insistante du téléphone ponctuant cette minute de tension.

« Plus tôt vous formulerez vos exigences, plus vite nous pourrons tous sortir d'ici, raisonna Sara.

— Peut-être que je veux pas sortir d'ici, docteur Linton. »

Jeffrey contracta la mâchoire, songeant qu'il y avait quelque chose de trop familier dans la manière dont le type venait de prononcer le nom de Sara.

Smith remarqua sa réaction.

« T'aimes pas ça, bonhomme ? » lui demanda-t-il, campé à quelques centimètres du visage de Tolliver. « Le docteur Linton et moi, on est de vieilles connaissances. Pas vrai, Sara ? »

Elle dévisagea le jeune homme, l'air pas trop sûre d'elle.

« Depuis combien de temps ? »

Il la gratifia d'un sourire en coin.

« Un bail, tu crois pas ? »

Elle tâcha de dissimuler son incertitude, mais pour Jeffrey, il était clair comme le jour qu'elle n'avait aucune idée de qui était ce type.

« Dites-le-moi. »

Aucun des deux ne baissa les yeux, la tension subsista entre eux comme un câble tendu. Smith darda une langue suggestive et Sara détourna le regard. Si Jeffrey en avait été capable, il aurait bondi sur le type et l'aurait frappé à mort.

Là encore, Smith s'en aperçut.

« Tu vas me créer un souci, Matt ? », lui lança-t-il.

Tolliver resta debout, aussi droit que possible, en dépit de ses deux chevilles ceinturées. Il décocha au tueur un regard de pure haine. Smith lui en réserva autant.

Brad prit la parole, rompant la tension.

« Gardez-moi », proposa-t-il.

Smith demeura le visage tourné vers Jeffrey, mais son regard glissa lentement vers Brad.

« Laissez-les partir et gardez-moi », reprit Brad.

L'autre rit de cette suggestion, et là-bas, à l'accueil, son acolyte fit de même.

« Alors gardez-moi », proposa Sara, et ils cessèrent tous les deux de rire.

« Non », dit Jeffrey, en s'adressant à elle.

Elle l'ignora, elle interpella Smith.

« Vous avez déjà tué Jeffrey. » Sa voix s'étrangla en prononçant son nom, mais elle parvint à dire la suite avec assez de netteté. « Vous ne voulez pas de Brad ou de Matt. Vous ne voulez sûrement pas d'une vieille femme ou de trois gamins de dix ans. Laissez-les filer. Laissez-les filer et gardez-moi. »

Chapitre cinq

Dimanche

La route pour Sycalauga se révéla un plus long détour que Jeffrey ne le lui avait promis. Il lui expliqua qu'ils allaient rester coucher cette nuit chez sa mère, mais à l'allure où ils avançaient, Sara en conclut qu'ils y seraient plutôt dans la matinée. En approchant de Talladega, l'autoroute commença d'être très encombrée, un bouchon à cause d'une course sur le supercircuit du championnat NASCAR, mais Jeffrey prit cela davantage comme un défi que comme un obstacle. Après s'être faufilé entre les voitures, les camions et les camping-cars en les rasant de si près qu'elle en boucla sa ceinture, il finit par emprunter la bretelle de sortie. Elle fut soulagée, jusqu'à ce qu'elle s'aperçoive que le dernier véhicule à avoir emprunté cette route secondaire devait être une calèche tirée par son cheval.

Plus ils s'enfonçaient dans l'Alabama, plus il lui semblait qu'il se détendait, et leurs longues plages de silence prenaient un tour de plus en plus sympathique, et de moins en moins insupportable. Il trouva une bonne station de radio de rock du Sud et ils écoutèrent des groupes comme Lynyrd Skynyrd et Alabama, en roulant dans cette campagne perdue. Sur le chemin, il lui montra du doigt différentes attractions du cru, comme les trois filatures de coton, récemment désaffectées, et une fabrique de pneus qui avait fermé ses portes après un accident. Le Helen Keller Center pour les Aveugles composait un ensemble d'édifices assez impressionnant, mais en fonçant à cent trente à l'heure, il n'y avait pas grand-chose à voir.

Jeffrey lui tapota le genou, tandis qu'ils dépassaient une prison de campagne. Il lui sourit.

« On y est presque », lui assura-t-il, mais il avait un air bizarre, comme s'il regrettait de l'avoir conviée à venir avec lui.

Ils effectuèrent un ultime virage pour s'engager sur une voie mal entretenue, et Sara songeait à lui demander s'il ne s'était pas perdu quand un grand écriteau se profila au loin. Elle lut à haute voix :

« BIENVENUE À SYLACAUGA, LIEU DE NAISSANCE DE JIM NABORS. »

« Nous sommes des gens fiers », lui expliqua-t-il, en enclenchant un rapport inférieur, car la route décrivait un virage. « Ah, poursuivit-il, attendri. Il y a là un endroit qui vaut le détour. » Il lui désigna une espèce d'échoppe de campagne d'allure délabrée. « YONDERS BLOSSOM. »

L'enseigne était décolorée, mais Sara arrivait encore à lire, et l'endroit se nommait bel et bien Yonders Blossom, en effet. Divers articles que l'on ne se serait pas attendu à trouver devant un bazar de campagne étaient disposés en quelques emplacements stratégiques, dans la cour-jardin, en façade, depuis un radiateur avec de la fougère qui poussait dessus, jusqu'à un tandem de pneus que l'on avait repeints en blanc et transformés en jardinières. Sur le flanc de la bâtisse trônait un gros congélateur Coca-Cola.

« J'ai perdu ma virginité derrière ce congélo, là, lui confia-t-il.

— Ah oui, vraiment ?

— Ouaip, confirma-t-il, la figure fendue d'un sourire de travers. Le jour de mon douzième anniversaire. »

Sara tenta de dissimuler son émoi.

« Quel âge avait-elle ? »

Il lâcha un gloussement, content de lui.

« Pas assez vieille pour ne pas se retrouver à plat ventre sur les genoux de sa mère quand le vieux Blossom a eu soif et qu'il nous est tombé dessus.

— On dirait que tu fais de l'effet aux mères. »

Il rit encore, et lui posa la main sur la jambe.

« Pas à toutes, ma chérie.

— Ma chérie ? »

Elle répéta le mot, songeant qu'à entendre son ton de voix, il aurait aussi bien pu lui sortir qu'elle était son morceau de bœuf favori.

Sa réaction le fit rire, et pourtant elle n'avait jamais été aussi sérieuse.

« Tu ne vas pas jouer les féministes avec moi, non ? »

Elle regarda sa main sur sa jambe, manière de lui envoyer un message clair, pour qu'il la retire tout de suite.

« Mais si, et sous tes yeux. »

En réponse, il referma la main sur sa cuisse, en arborant le même grand sourire qui l'avait sans nul doute tiré d'affaire un millier de fois en pareil cas. Elle n'était pas tant en colère que convaincue qu'il venait de lui rendre la monnaie de sa pièce pour l'avoir traité de crétin devant sa mère. Tout en sachant qu'elle commettait une erreur, elle laissa filer.

Ils roulèrent lentement vers le centre du patelin, qui était très similaire à Heartsdale, mais moitié moins grand. Au passage, il lui montra les autres lieux de son enfance « qui valaient le détour ». A en juger par ses demi-sourires, elle avait la très nette impression qu'il y avait différentes filles rattachées à chacun de ces endroits, mais elle préférait ne pas connaître les détails.

« C'est là que je suis allé au lycée. » Il montra du doigt un long bâtiment plat balisé de plusieurs caravanes, stationnées devant. « Ah, madame Kelley.

— Encore une de tes conquêtes ? »

Il eut une sorte de borborygme étouffé.

« J'aimerais. Bonté divine, elle doit avoir quatre-vingts ans, maintenant, mais à l'époque...

— Je vois le tableau.

— T'es jalouse ?

— D'une vieille de quatre-vingts ans ?

— Et nous y voici », dit-il, en prenant à gauche. Ils étaient dans Main Street, qui là encore ressemblait fort à la rue principale de Heartsdale. « Tu t'y retrouves ? lui demanda-t-il.

— Ici, le Piggly Wiggly est situé plus dans le centre », remarqua-t-elle, en observant une femme qui sortait de l'épicerie avec trois sacs de commissions dans les mains et un bambin de chaque côté. Sara resta le regard arrêté sur les enfants, qui se tenaient à la robe de leur mère, et elle se demanda à quoi cela ressemblerait de mener ce genre d'existence. Une fois qu'elle aurait ouvert son cabinet et qu'il tournerait, Sara avait toujours songé à se marier et avoir des enfants. Une grossesse extra-utérine consécutive à ce viol l'avait privée de cette éventualité pour toujours.

Elle sentit une boule lui remonter dans la gorge, en repensant à l'ampleur de cette frustration.

Jeffrey désigna un grand édifice sur leur droite.

« Ça, c'est l'hôpital, dit-il. C'est là que je suis né, quand il ne comportait que deux étages et un parking gravillonné. »

Elle resta interdite devant le bâtiment, tâchant de reprendre contenance.

Il lui tendit son mouchoir.

« Est-ce que ça va ? »

Sara prit le carré de tissu. Elle était déjà toute tourneboulée, mais sans qu'elle s'y attende, son geste lui donnait vraiment l'envie de pleurer. Au lieu de quoi, elle s'essuya le nez.

« Ça doit être le pollen.

— Tiens », fit-il, et il se pencha pour remonter sa vitre. « Foutus cornouillers. »

Elle vint placer sa main dans le creux de sa nuque, et ses doigts jouèrent avec ses cheveux, les effleurèrent. Elle était toujours étonnée de leur douceur, presque des cheveux d'enfant.

Il surveilla la route, puis il la regarda, elle. Il eut un de ses demi-sourires.

« Seigneur, tu es si belle. »

Pour le payer de ce compliment, elle se moucha le nez.

Il se redressa, ralentit encore un peu plus.

« Tu es belle », répéta-t-il, en l'embrassant juste sous l'oreille. La voiture ralentit encore plus, et il l'embrassa de nouveau.

« Tu vas bloquer la circulation », le prévint-elle, mais leur voiture était la seule sur toute la rue.

Il l'embrassa encore, cette fois sur les lèvres. Elle était déchirée entre le plaisir de cette sensation et le sentiment étrange que la moitié de l'hôpital devait observer le spectacle qu'ils offraient à travers les stores.

Elle le repoussa avec douceur.

« Je n'ai pas envie de finir comme "site d'intérêt local" pour la prochaine fille que tu amèneras ici.

— Tu crois que j'amène d'autres filles ici ? »

Elle ne savait pas s'il était sérieux ou non.

Un klaxon retentit derrière eux, et il fit en sorte de respecter la vitesse réglementaire de cinquante kilomètres à l'heure. Elle s'abstint de relever que c'était la première fois qu'il respectait les limitations de vitesse depuis qu'ils étaient montés dans cette voiture. Quelque chose avait changé, mais elle ne savait pas trop quoi. Avant qu'elle sache comment aborder la question, il tourna dans une rue de traverse, le long de l'hôpital, et s'arrêta dans une ruelle derrière un pick-up bleu foncé.

Il eut un sourire qui lui parut forcé.

« Je reviens tout de suite », dit-il, et il descendit de voiture avant qu'elle ait pu lui demander où il allait.

Elle le regarda se diriger vers une porte d'entrée et frapper. Il fourra les mains dans ses poches et se retourna. Elle lui fit un signe, mais ensuite elle se rendit compte qu'il ne voyait sans doute rien, à cause de la lumière éblouissante. Il frappa de nouveau, mais il n'y avait toujours pas de réponse. Il revint à la voiture, en se protégeant les yeux du soleil, un doigt levé vers elle, pour lui signifier qu'il revenait dans une minute. Elle ouvrit la portière, et il courut faire le tour de la maison, par-derrière.

En l'attendant, elle examina les lieux. La rue était assez semblable à celles d'Avondale, qui n'était pas précisément le patelin le mieux famé de Grant County. Les maisons donnaient l'impression d'avoir été construites à la hâte pour loger les soldats de retour de la Seconde Guerre mondiale, tout disposés à fonder une famille et à reléguer la guerre loin derrière eux. Dans le milieu des années 40, le coin devait être plaisant, mais maintenant tout avait l'air en perte de vitesse. Il y avait deux voitures juchées sur des parpaings et pas mal de jardins qui auraient mérité un bon toilettage. Sur la plupart des façades, la peinture s'écaillait, et les mauvaises herbes poussaient entre les dalles des trottoirs. Pourtant, certains propriétaires n'avaient pas encore baissé les bras, et leurs jardins impeccables, leurs maisons ravalées témoignaient d'un soin méticuleux. Celle devant laquelle Jeffrey s'était garé se rangeait dans cette dernière catégorie, pelouse tondue avec soin et allée de gravier bien ratissée.

Sara entra dans cette allée, dépassa le pick-up. Un grand bandeau orange courait sur le flanc de la camionnette, avec les mots « Auburn Tigers » peints en bleu. Il y avait un fanion orange avec une patte de fauve bleue imprimée, qui flottait près de la porte d'entrée. Elle remarqua la boîte aux lettres peinte en orange et en bleu, elle aussi. Apparemment, quelqu'un dans la maison était un fan de l'équipe universitaire de football.

Sans crier gare, un petit chien arriva en courant sur le trottoir et sauta sur elle, en posant ses pattes sales sur sa jupe.

« Non », se défendit-elle, mais en vain, et puis elle finit par s'agenouiller pour caresser cette bête survoltée afin qu'elle cesse de sauter en tous sens.

Le chien aboya, et elle essaya de ne pas défaillir sous l'odeur de son haleine. Elle lui rabattit en arrière la touffe de fourrure qui lui ornait le sommet du crâne, en se disant que jamais de sa vie elle n'avait vu un animal aussi vilain. Le poil du milieu du dos était frisotté comme celui d'un caniche, mais la fourrure des pattes était filasse comme celle d'un terrier. La couleur était un mélange impossible de noir, de gris et de brun clair. Il avait les yeux saillants, exorbités, comme si quelqu'un lui compressait les testicules, alors qu'un rapide examen avait suffi à montrer qu'il n'en avait pas. Cet examen avait aussi révélé qu'il s'agissait d'une femelle.

Sara se releva, essaya d'effacer les empreintes de pattes sur sa jupe. L'argile de Géorgie, à côté de la terre de l'Alabama, c'était de la gnognotte, et rien ne supprimerait ces taches, sauf un long trempage.

« Mignonne ! » s'exclama un homme depuis l'allée, et elle se sentit virer à l'écarlate, jusqu'à ce qu'elle comprenne que ce n'était pas à elle qu'il s'adressait.

Il tenait un sac de courses dans une main et tapotait sur sa jambe de l'autre.

« Mimi ! Viens ici, ma fille. » La chienne ne s'écarta pas de Sara, et l'homme rit de bon cœur en traversant son jardin sur rue. Il s'arrêta devant elle, la contempla de pied en cap, avec un sifflement feutré. « Ma choute, si tu fais partie des Témoins de Jéhovah, je suis prêt à me convertir. »

La porte d'entrée s'ouvrit à grand fracas, une femme brune, à peu près de l'âge de Sara, sortit de la maison.

« N'écoutez pas cet idiot, la prévint-elle, en la jaugeant d'un coup d'œil beaucoup moins approbateur que l'homme. Sara, c'est ça ?

— Euh, bredouilla-t-elle. Exact.

— Je suis Darnell, mais tout le monde m'appelle Nell. Ça, c'est mon mari, Jerry.

— Appelez-moi Possum », rectifia-t-il, en portant deux doigts à sa casquette de base-ball orange et bleu.

Confuse, elle les salua.

« Ravi de vous rencontrer, tous les deux.

— M'dame. » Possum la salua de nouveau du même geste, avant de s'en retourner vers la maison.

Nell laissa entrer la chienne, mais pas Sara.

« Donc, fit-elle, en s'appuyant au montant de la porte. Vous êtes la nouvelle créature de Jeffrey ? »

Elle ne comprenait pas si elle plaisantait, mais elle avait déjà assez souvent subi ce genre de traitement à Grant. Elle croisa les bras, l'air résigné.

« J'imagine. »

Nell grimaça, la bouche en coin. Elle n'en avait pas terminé.

« Vous êtes hôtesse de l'air ou strip-teaseuse ? »

Sara hurla de rire, mais s'arrêta net, car Nell ne la rejoignait pas vraiment dans l'hilarité. Elle carra les épaules et fit son choix.

« Strip-teaseuse. »

Cela sonnait plus exotique.

La femme plissa les paupières.

« Jeffrey dit que vous travaillez avec les gamins. »

Elle essaya de concocter une repartie pleine d'esprit, mais elle était prise de court.

« J'utilise des ballons en forme d'animaux, pour mon numéro. »

Elle n'avait pas trouvé mieux.

« D'accord. » L'autre s'écarta. « Ils sont tous dans le fond. »

Sara entra dans le salon de cette modeste maison, qui contenait encore toutes sortes d'attirails de l'université d'Auburn, sans doute pas tous des objets très officiels. Des pompons et des fanions en drapé sur la cheminée, un maillot avec le numéro dix-sept, accroché dans son cadre au-dessus du manteau de ladite cheminée. Sous un dôme de verre qui agrémentait la table basse, on avait la réplique d'un petit village qui devait ressembler au campus. Un porte-revues contenait plusieurs magazines de football universitaire, et même l'abat-jour était décoré d'un logo « AU » peint en orange et bleu.

Nell la conduisit dans un couloir, jusqu'à la porte du fond, mais Sara s'arrêta devant une couverture de magazine encadrée. Sous le bandeau *SEC Mensuel*, il y avait une photo de Jeffrey, campé sur sa ligne des cinquante mètres. Il avait les cheveux plus longs et la moustache devait dater la photo d'environ quinze ans plus tôt. Il portait un maillot bleu et il avait la chaussure posée sur un ballon. Le titre en bas de la couverture posait la question : « *Le prochain atout maître des Tigers ?* »

Sara ne put s'empêcher de se renseigner.

« Il a joué pour Auburn ? »

Darnell eut enfin un rire.

« Il vous a attirée au pieu sans vous montrer sa chevalière du Sugar Bowl ? s'étonna-t-elle, réussissant à la présenter à la fois comme une idiote et comme une fille facile.

— Hé », fit Jeffrey, arrivant un poil trop tard au goût de Sara. Il avait une bouteille de bière dans la main. « Je vois qu'on fait connaissance.

— Tu m'avais pas dit qu'elle était strip-teaseuse, L'Anguille, s'indigna Nell.

— Seulement les week-ends, fit-il en tendant une bière à Nell. Juste en attendant de bosser à plein temps avec sa compagnie aérienne. »

Sara essaya d'attirer son regard pour lui faire comprendre qu'elle mourait d'envie de partir de là, mais soit Jeffrey n'avait pas appris, au cours de ces derniers mois, à lire les signaux qu'elle lui envoyait, soit il avait pleine et entière conscience du traitement qu'on lui infligeait, et cela ne semblait pas le déranger le moins du monde. Son sourire merdique lui en disait long sur le sujet.

Il l'enveloppa de son bras, l'amena tout contre lui et l'embrassa sur la tête. Cela lui donnait surtout l'impression qu'il lui suggérait de se montrer bonne camarade plutôt qu'autre chose, et elle le pinça à mort dans le gras du bras pour lui faire comprendre qu'elle ne marchait pas dans ce genre de petit jeu.

Il tressaillit, en se frottant le bras.

« Nell, tu peux nous accorder une minute ? »

Nell se rendit à l'autre bout du couloir et passa dans ce qui devait être la cuisine. Dehors, par la porte de derrière qui était ouverte, Sara entrevit la piscine dans le jardin, avec encore un autre couple assis autour dans des chaises longues. Au loin, un chien aboyait. Possum se tenait derrière un barbecue avec une longue fourchette à la main, et il leur fit signe à tous les deux à travers la porte-moustiquaire.

« Ce détour me semble un peu trop planifié pour mon goût, commença-t-elle.

— Pardon ? »

Elle évita de hausser le ton, ennuyée de savoir que Nell essayait sûrement de les écouter.

« Cela fait partie du parcours d'endoctrinement de toutes tes nouvelles créatures ?

— Mes quoi ? »

Elle désigna la cuisine.

« C'est comme ça que ton amie m'a appelée. »

Il avait l'air ennuyé, ce qui était à porter à son crédit.

« Elle a juste...

— Cru que j'étais l'une de tes roulures ? acheva Sara, en chuchotant, et sa gorge se serra. Parce que c'est à peu près ce qu'elle a dit, que j'étais une de tes roulures. »

Il tenta encore de sourire.

« Sara, ma chérie...

— Abstiens-toi de m'appeler de ce mot-là, enfoiré...

— Je n'ai pas... »

Elle lutta pour ne pas hausser le ton.

« Je ne sais pas ce que tu as bien pu penser en me traînant jusqu'ici, au pays des moucherons, rien que pour me mettre mal à l'aise, mais je n'apprécie guère, et je t'accorde à peu près deux secondes pour dire au revoir à ces gens parce que moi, je reprends la route pour Grant County tout de suite et je me fous de savoir si tu es dans la voiture ou pas. »

Il s'écoula environ trois secondes avant qu'il n'éclate de rire.

« Bon Dieu, fit-il. Tu viens de m'en dire plus que pendant tout le reste du trajet. »

Elle était si furieuse qu'elle lui flanqua un coup de poing à l'épaule, aussi fort qu'elle put.

« Ouh, fit-il, en se massant là où elle l'avait frappé.

— Monsieur le Grand Footballeur ne sait pas encaisser les coups ? » Elle lui flanqua un deuxième coup de poing. « Pourquoi ne m'as-tu pas dit que tu jouais au football ?

— Je croyais que tout le monde était au courant.

— Comment l'aurais-je été ? » s'étonna-t-elle. Par Rhonda, à la banque ? Il lui empoigna la main avant qu'elle ne puisse le frapper à nouveau. « Par cette pétasse à la boutique d'enseignes ? » Elle essaya de dégager sa main, mais il la serrait trop fort.

« Chérie... » Il s'interrompit avec un demi-sourire censé démontrer qu'il voulait essayer de l'amadouer. « Sara.

— Tu crois que je ne sais pas que tu as baisé pratiquement toutes les femmes de la ville ? »

Il prit un air blessé.

« C'était juste des faire-valoir, en réalité, c'était toi que j'attendais.

— Tu es vraiment une merde. »

Il s'avança vers elle, voulut la prendre par la taille.

« Est-ce que tu embrasses ta maman, avec cette bouche-là ? »

Elle tenta de le repousser, mais il la plaqua contre le mur. Elle sentit le poids de son corps, qui lui était familier, s'appuyer contre le sien, mais elle ne pensait qu'à une chose, à ses amis qui étaient juste derrière cette porte, en train de regarder. Elle s'attendait à ce qu'il l'embrasse avec fougue ou qu'il fasse étalage d'un autre genre de prouesse virile, le tout suivi d'un tour de piscine victorieux et d'un tope-là avec Possum, mais il se contenta de l'embrasser sur le front.

« Je ne suis pas revenu ici depuis six ans », lui confia-t-il.

Elle le dévisagea, surtout parce que son visage était à moins de cinq centimètres du sien.

Soudain, la porte s'ouvrit en butant contre le mur, et l'un des hommes les plus beaux qu'elle ait jamais vus de sa vie, en dehors des pages d'un magazine de mode, entra dans la maison d'un pas nonchalant. Il était aussi grand que Jeffrey, mais avec les épaules plus larges et un air plus fanfaron.

Quand il ouvrit la bouche, c'était pour s'exprimer avec l'accent traînant du Sud le plus sexy qu'elle ait jamais entendu.

« Tu as trop la trouille de me présenter à ta nouvelle petite amie, L'Anguille ?

— Bien sûr que non, se défendit Jeffrey, en passant le bras autour de la taille de Sara, dans un geste de propriétaire. Chérie, voilà Spot. Possum et lui étaient mes meilleurs amis, quand on était gamins.

— J'attends toujours que celui-ci finisse de grandir, ironisa l'autre, en feignant d'assener un coup de poing à Jeffrey. Et au fait, à partir de maintenant, moi, ce sera Robert. »

Possum appela du dehors.

« Y en a un qui peut m'apporter les hamburgers qui sont au frigo ?

— L'Anguille, pourquoi tu ne t'en chargerais pas ? » Et là-dessus il prit Sara par le bras et la conduisit au bout du couloir avant que Jeffrey n'ait pu les retenir.

Robert ouvrit la porte-moustiquaire pour Sara.

« Comment s'est déroulé votre voyage jusqu'ici ?

— Bien », lui répondit-elle, quoiqu'il y aurait eu matière à discussion. Elle chercha quelque chose de positif à dire. « Mon Dieu, quel magnifique jardin. »

Possum était aux anges.

« Nell adore vivre dehors.

— Ça se voit », approuva Sara, et elle le pensait. Partout autour d'elle, ce n'étaient que fleurs luxuriantes, épanouies, qui débordaient de leurs pots sur la terrasse en bois ou qui grimpaient à la palissade. Un immense magnolia ombrageait un hamac dans le fond, et plusieurs houx ajoutaient leur contraste à la clôture. Mis à part les chiens qui aboyaient chez les voisins, ce jardin était une oasis.

« Holà ! » s'exclama Robert en lui rentrant dedans, tandis que la chienne les dépassait en fonçant.

« Mignonne ! » beugla Possum sans conviction, car la chienne venait de plonger dans la piscine. Elle effectua un tour de bassin, grimpa hors de l'eau, puis se roula dans l'herbe en battant l'air de ses pattes.

« Ben mon vieux, fit Possum. Qu'est-ce que je donnerais pas pour vivre cette vie-là. »

La femme assise près de la piscine regarda pardessus son épaule.

« Tout ça, elle l'a appris de Jeffrey. » Elle désigna la chaise à côté d'elle. « Venez vous asseoir près de moi, Sara. Je ne suis pas aussi épouvantable que Nell. »

Sara accepta son offre avec joie.

« Jessie », fit la femme en se présentant. Elle désigna Robert d'un geste paresseux de la main. « Ce spécimen est mon époux. » Elle avait prononcé le mot « eu-poux » sur un ton qui réussissait à le rendre légèrement pornographique.

« Il m'a l'air agréable, risqua-t-elle.

— Ils ont tous l'air agréable, au début, remarqua-t-elle non sans désinvolture. Depuis combien de temps connaissez-vous L'Anguille ?

— Pas longtemps », confessa-t-elle, en se demandant si tout le monde ici possédait un sobriquet. Elle finissait par penser que Jessie était peut-être pire que Nell. Elle était juste plus polie, à sa manière. A en juger par l'haleine de cette femme, une dose généreuse d'alcool était sans doute responsable de son ton velouté.

« Ils forment tous un petit groupe très uni, commenta Jessie, en se penchant pour attraper un verre de vin. Je suis nouvelle dans le coin, ce qui signifie que je ne suis ici que depuis vingt ans. J'ai déménagé de L.A. au cours de mon année de seconde. »

Sara devina à son accent que, par L.A., elle entendait non pas Los Angeles, mais le Lointain Alabama.

« Robert est flic, tout comme Jeffrey. C'est pas sympa, ça ? Je les appelle Mutt et Jeff, et Jeffrey déteste qu'on l'appelle Jeff. » Elle avala une solide gorgée de vin. « Possum tient le magasin d'en face, à côté du Tasty Dog. Vous devriez rencontrer leurs enfants, à Nell et lui. Surtout l'aîné. C'est un beau petit garçon. Les enfants, c'est une telle joie, quand on les a autour de soi. C'est pas vrai, Bob ?

— Quoi donc, mon sucre ? » s'enquit Robert, et pourtant Sara était certaine qu'il avait tout entendu.

Nell s'assit à côté d'elle, en lui tendant une cannette de bière.

« Le calumet de la paix », annonça-t-elle.

Sara l'accepta, mais pour elle la bière avait toujours eu un goût d'eau sale de lessiveuse. Elle s'imposa de faire un effort.

« Vous avez un jardin superbe », dit-elle.

Nell inspira profondément, puis souffla.

« Les azalées ont fleuri et fané plus vite que du crachat de coucou. Le voisin n'est jamais chez lui, il s'occupe jamais de ses chiens, alors ils aboient toute la journée. Je n'arrive pas à me débarrasser des fourmis de feu près du hamac et Jared n'arrête pas de rappliquer ici avec du sumac vénéneux, et nom de Dieu, je n'arrive pas à piger où il va le chercher. » Elle s'arrêta pour souffler. « Mais merci. J'essaie. »

Sara se tourna pour intégrer Jessie dans la conversation, mais la femme de Robert avait les yeux clos.

« Elle est probablement dans les vapes. » Nell s'éventa de la main. « Seigneur, ce que j'ai pu être garce avec vous. »

Sara ne nia pas.

« En temps normal, je suis pas aussi susceptible. Si Jessie était réveillée, elle vous dirait le contraire, mais vous pouvez pas vous fier à une femme qui boit une bouteille de vin entière avant quatre heures de l'après-midi, et je ne parle pas que des dimanches. » Elle chassa une mouche du revers de la main. « Elle vous a raconté qu'elle était nouvelle dans le coin ? »

Elle opina, tâchant de suivre.

« Vous devriez vous estimer heureuse qu'elle soit tombée dans les vapes. Deux minutes de plus, et elle vous racontait à quel point elle compte sur le bon cœur des inconnus. »

Sara avala une gorgée de bière.

« L'Anguille n'était pas revenu ici depuis une éternité. Il a quitté la ville comme s'il traversait l'enfer avec le diable à ses trousses. » Elle marqua un temps de silence. « Je crois que j'étais en pétard contre lui et du coup je m'en suis prise à vous. » Elle posa la main sur le fauteuil de Sara. « Ce que je veux dire, c'est que je suis désolée de m'être conduite comme un cul.

— Merci à vous de vous excuser.

— Quand vous m'avez raconté ce truc sur les ballons en forme d'animaux, j'ai failli me marrer. » Elle rit. « Il m'a raconté que vous étiez docteur, mais je l'ai pas cru.

— Pédiatre », confirma-t-elle.

Nell se rassit dans son fauteuil.

« Il faut être intelligente, pour fréquenter la faculté de médecine, hein ?

— Plutôt, oui. »

Elle hocha la tête, l'air d'approuver.

« Alors je suppose que vous savez ce que vous fabriquez, avec Jeffrey.

— Merci, lui dit-elle, et elle le pensait. Vous êtes la première que je croise à me dire ça. »

Nell devint sérieuse, elle regarda Sara avec une expression qui ressemblait à de la pitié.

« Ne soyez pas surprise si je suis la dernière. »

Chapitre six

Au cours des cinq heures qu'elle passa chez Nell, Sara en découvrit davantage sur Jeffrey Tolliver que depuis ces trois mois où elle sortait avec lui. La mère de Jeff était une alcoolique patentée et son père purgeait une peine de prison pour un crime sur lequel tout le monde se montrait assez évasif. Jeffrey avait laissé tomber Auburn à deux années de son diplôme et il était entré dans la police sans expliquer à personne pourquoi. Il était excellent danseur et il détestait les haricots de Lima. Il n'était franchement pas du genre à se marier, mais Sara n'avait pas besoin que Nell lui fasse pareille révélation. Jeffrey était l'archétype du « célibataire endurci ».

Vu que Nell avait réussi à marmonner l'essentiel de ces informations quasi sans desserrer les dents au cours d'une partie de Trivial Pursuit particulièrement disputée, Sara n'eut droit qu'aux grandes lignes, sans aucun détail. A l'heure où ils se séparèrent du petit groupe, il faisait nuit noire. Sara et Jeff marchaient dans la rue, en direction de la maison de sa mère, et elle réfléchit au moyen d'en savoir davantage.

Elle opta pour une question.

« Alors, que fait ta mère ?

— Différentes choses, dit-il, sans aller plus loin.

— Et ton papa ? »

Il passa la valise de Sara dans son autre main, et prit la jeune femme par l'épaule.

« Tu m'as l'air de t'être bien amusée, ce soir.

— Nell est vraiment très perspicace.

— Elle aime s'écouter parler. » Il laissa glisser sa main vers sa hanche. Si j'étais toi, je me garderais bien de croire à tout ce qu'elle raconte.

— Pourquoi ça ? »

Sa main glissa plus bas, et il vint fouiner dans son cou.

« Tu sens bon. »

Elle reçut le message, mais sans changer de sujet pour autant.

« Tu es sûr que ça n'embête pas ta mère qu'on reste chez elle ?

— Je l'ai appelée de chez Nell il y a quelques heures, lui expliqua-t-il. Tu te souviens, pendant qu'elle te racontait l'histoire de ma vie ? » Il lui adressa un regard qui voulait dire qu'il savait exactement ce qui s'était tramé avec la compagne de Possum, mais Sara se doutait qu'il ne l'aurait pas emmenée faire la connaissance de ses amis sans savoir précisément ce qui risquait de se passer.

Elle décida de le mettre au pied du mur.

« C'était pour moi un moyen facile de tout savoir sur ton existence sans que tu aies besoin de prononcer un mot.

— Je viens de te le dire, je ne croirais pas tout ce que Nell peut avoir à raconter.

— Elle te connaissait déjà quand vous aviez tous les deux six ans.

— Elle n'est pas particulièrement fana de moi. »

Sara ajouta encore à la tension qui naissait entre eux.

« Ne me dis pas que tu es sorti aussi avec elle ? »

Il ne répondit pas, ce qu'elle prit pour un aveu.

« C'est juste là », fit-il en désignant une maison avec une Chevrolet Impala cabossée garée dans l'allée. Jeffrey avait beau l'avoir appelée avant, sa mère ne s'était pas donné la peine de laisser la lumière allumée pour les accueillir. La maison était dans l'obscurité totale.

Elle hésita.

« On ne ferait pas mieux d'aller à l'hôtel ? »

Il rit, la soutint car son pied ripa sur un gravier.

« Il n'y a pas d'hôtel, ici, à part celui qui se trouve derrière le bar, où les chauffeurs de poids lourds louent des chambres à l'heure.

— Ça m'a l'air romantique, dis-moi.

— Pour certains, sans doute », suggéra-t-il en la conduisant vers le perron. Même dans le noir, elle vit bien que la maison faisait partie de celles que l'on avait laissées tomber dans un état de décrépitude avancé. Il l'avertit. « Attention à cette planche. » Et il fit glisser sa main vers le haut du cadre de la fenêtre.

« Elle ferme sa porte à clef ?

— On a été cambriolés quand j'avais douze ans, lui expliqua-t-il, en secouant un peu la clef dans la serrure. Depuis cette histoire, elle vit dans la peur. » La partie supérieure de la porte restait coincée et il se servit de son pied pour la pousser. « Bienvenue. »

L'odeur de nicotine et d'alcool était suffocante, et Sara fut contente que l'obscurité dissimule l'expression de son visage. La maison était étouffante, et elle ne s'imaginait pas passer la nuit là, et encore moins y vivre.

« C'est bon », fit-il en lui signifiant qu'elle pouvait entrer.

Elle baissa la voix.

« Il ne vaut pas mieux faire silence ?

— Un ouragan ne la réveillerait pas », lui assura-t-il, en rabattant la porte derrière lui. Il la ferma à clef puis, à en juger par le tintement qui suivit, il la laissa tomber dans un bol en verre.

Sara sentit qu'il la prenait par le coude.

« Demi-tour, par ici », dit-il en marchant tout contre elle. Elle dut s'avancer d'à peu près quatre pas dans le salon avant de sentir la table de la salle à manger devant elle. Encore trois pas et elle se retrouva dans un petit corridor, où une veilleuse révélait une salle de bains située en face et deux portes closes, de part et d'autre. Il ouvrit celle de droite et la suivit dans la pièce, en refermant là aussi derrière lui avant d'allumer la lumière.

« Oh », fit-elle en clignant les yeux devant la petitesse de la pièce. Un lit double avec des draps verts et pas de couverture était calé dans un coin sous une fenêtre. Des affiches de femmes à moitié nues étaient scotchées aux murs, avec Farah Fawcett occupant une place de choix au-dessus du lit. La porte du placard était la seule entorse à cette décoration très homogène : un poster d'une Ford Mustang rouge cerise avec une blonde tapageuse renversée sur le capot – c'était probablement le poids de ses seins redimensionnés qui l'empêchait de se tenir droite.

« Charmant », parvint-elle à dire, en se demandant si l'hôtel était vraiment pire.

Il avait l'air gêné, pour la première fois depuis qu'elle avait fait sa connaissance.

« Ma mère n'a pas changé grand-chose, depuis mon départ.

— Je m'en aperçois », fit-elle. Pourtant, Sara était aussi intriguée. Quand elle était adolescente, ses parents avaient clairement décrété que les chambres des garçons étaient territoire interdit et, de ce fait, elle manquait d'expérience en la matière. Si le poster de Farah Fawcett était prévisible, il y avait autre chose, dans cette chambre, une sorte de quintessence. L'odeur de fumée de cigarette et de bourbon en était absente. La testostérone et la sueur l'en avaient expulsée.

Il posa la valise de Sara à plat sur le sol et fit coulisser la fermeture Eclair.

« Je sais que ce n'est pas à cela que tu as été habituée », s'excusa-t-il, l'air mal à l'aise. Elle essaya de croiser son regard, mais il était occupé à fouiller dans son sac de marin. A en juger par son attitude, elle comprit qu'il avait honte de la maison et de ce que lui inspirait sans doute le fait qu'il ait grandi ici. A la lumière de ce malaise, la chambre lui apparut sous un autre jour, et elle remarqua à quel point tout avait été soigneusement arrangé, et que les posters étaient placardés à intervalles égaux, comme si tout cela avait été calculé à la règle. La maison de Jeffrey à Grant County reflétait ce besoin d'ordre. Elle n'y était pas allée souvent, mais d'après ce qu'elle avait vu, il veillait à garder tout bien à sa place.

« Ce sera parfait, lui assura-t-elle.

— Ouais », fit-il, mais ce n'était pas pour marquer son acquiescement. Il trouva enfin sa brosse à dents. « Je reviens tout de suite. »

Elle le regarda sortir, tirer la porte derrière lui pour la refermer en silence. Elle profita de la situation et se changea en vitesse, enfila son pyjama, tout en surveillant la porte du coin de l'œil, pour le cas où la mère ferait irruption. Nell n'avait pas eu l'air précisément élogieuse, quand elle lui avait évoqué May Tolliver, et Sara n'avait pas envie de faire la connaissance de cette femme pantalon baissé.

Elle s'assit par terre et inspecta sa valise, à la recherche de sa brosse à cheveux. Elle la trouva enveloppée dans un short et réussit à retirer sa barrette sans trop arracher ses mèches bouclées et quelque peu emmêlées. Tout en se brossant, elle regarda dans la chambre autour d'elle, s'attarda sur les posters et les objets divers qu'il avait collectionnés tout au long de son enfance. Sur le rebord de la fenêtre étaient alignés plusieurs os séchés qui avaient dû être jadis ceux d'un petit animal. La table de chevet, qui paraissait de fabrication maison, était agrémentée d'une petite lampe et d'un bol vert contenant une poignée de petite monnaie. Des fanions de victoire étaient accrochés en ordre dispersé sur un tableau d'affichage, et un cageot de lait renfermait des cassettes, avec les noms des morceaux tapés avec soin sur les étiquettes. En face de là où elle était assise se dressait une bibliothèque faite de planches miteuses calées sur des briques, chargée de livres d'un bout à l'autre. Là où Sara se serait attendue à trouver des bandes dessinées et quelques exemplaires des Hardy Boys, elle repéra au contraire d'épais volumes avec des titres comme *Les Batailles stratégiques de la guerre de Sécession* et *Les Ramifications socio-économiques de la reconstruction du Sud rural.*

Elle posa sa brosse et prit le manuel scolaire qui lui semblait le moins intimidant de tous. Elle l'ouvrit à la page de garde, et vit le nom de Jeffrey, suivi d'une date et de l'intitulé du cours. Elle feuilleta les pages, et elle vit les endroits où il avait pris des notes abondantes, dans les marges, en soulignant et surlignant les passages qui l'avaient intéressé. Elle fut un peu déconcertée de s'apercevoir qu'elle ne comprenait pas du tout son écriture. Il n'avait jamais laissé de mots ou rédigé de listes en sa présence. A l'inverse de sa propre graphie en pattes de mouche, son écriture à lui était belle et fluide, le genre que l'on n'enseignait plus à l'école. Ses « w » étaient impeccables, ils étaient reliés avec netteté aux voyelles voisines. Les boucles de ses « g » respectaient toutes le même motif, comme s'il s'était servi d'un pochoir pour les tracer. Il écrivait même de manière rectiligne, pas en diagonale comme la plupart des gens quand ils n'avaient pas de lignage pour les guider.

Elle suivit ses notes du bout de l'index, elle sentit la marque du crayon dans le papier. Les mots paraissaient presque gravés, comme s'il avait tenu son crayon trop fort.

« Qu'est-ce que tu fais ? »

Elle se sentit traversée d'un éclair de culpabilité, comme s'il l'avait surprise en train de lire son journal intime, au lieu d'un manuel scolaire très ancien.

« La guerre de Sécession ? »

Il s'agenouilla à côté d'elle, lui prit le livre.

« J'avais choisi l'histoire américaine comme matière principale.

— Tu es simplement quelqu'un de très surprenant, L'Anguille. »

Il tressaillit en entendant son sobriquet, et il remettait déjà le livre en place, en l'alignant avec soin pour qu'il ne dépasse pas par rapport aux autres. Une fine couche de poussière délimitait l'emplacement exact de l'ouvrage. Il sortit un mince volume relié cuir. Un titre gravé à l'or fin, sur la couverture, annonçait simplement : LETTRES.

« Des soldats ont écrit ceci à leurs chéries, à l'arrière », lui expliqua-t-il, en feuilletant l'ouvrage d'aspect fragile, et il se rendit à une page qu'il devait connaître par cœur. Il se racla la gorge et lut. « Ma chérie. La nuit vient et je suis allongé, les yeux ouverts, je m'interroge sur le caractère de l'homme que je suis devenu. Je contemple le ciel de velours et je me demande si tu lèves les yeux vers les mêmes étoiles, et je prie pour que ton esprit conserve l'image de l'homme que j'étais pour toi. Je prie pour que tu me voies toujours tel que j'étais. »

Il resta sur ces mots imprimés, un sourire aux lèvres, comme s'il partageait un secret avec ce livre. Il lisait comme il faisait l'amour : posément, avec passion, avec éloquence. Sara avait envie qu'il continue, qu'il la berce jusque dans le sommeil au rythme grave de sa voix, mais il rompit le charme avec un lourd soupir.

« Enfin. » Il réinséra le livre dans son emplacement. « J'aurais dû les revendre dès la fin de ma scolarité, mais je n'en ai pas eu le courage. »

Elle avait envie qu'il continue de lire. A la place, elle lui fit un aveu.

« J'ai gardé certains des miens aussi. »

Il s'assit derrière elle, ses jambes de part et d'autre des siennes.

« Je ne pouvais pas me le permettre.

— Je n'étais pas précisément riche, lui objecta-t-elle, se sentant sur la défensive. Mon père est plombier.

— Et il possède la moitié de la ville. »

Elle ne commenta pas, dans l'espoir qu'il abandonne le sujet. Eddie Linton avait investi dans l'immobilier de façon judicieuse, dans le quartier de l'université, ce que Jeffrey avait découvert à l'occasion de deux visites de propriétaires concernant des locataires bruyants destinés à être prochainement expulsés. Elle en déduisait que, d'après les critères de Jeffrey, la famille Linton était fortunée, mais Sara et Tessa avaient grandi avec l'impression qu'elles ne devaient jamais dépenser plus d'argent qu'elles n'en avaient dans leurs poches – à savoir, jamais grand-chose.

« J'imagine que Nell t'a parlé de mon père.

— Un peu. »

Son rire avait un côté un rien mordant.

« Jimmy Tolliver était un escroc à la petite semaine qui se figurait qu'il allait jouer un gros coup gagnant. Deux hommes ont été abattus dans l'attaque de cette banque, et maintenant il est sous les verrous, sans aucune chance d'être libéré sous conditions. » Il attrapa la brosse à cheveux. « Tu parles de lui à n'importe qui dans cette ville, et tout le monde te dira que je suis aussi mauvais que mon père.

— J'en doute sérieusement », riposta-t-elle. Elle avait travaillé avec Jeffrey Tolliver depuis un petit moment déjà, et elle savait qu'il se mettait toujours en quatre pour agir comme il fallait. Son intégrité était l'un des aspects principaux qui l'avaient attirée vers lui.

« Quand j'étais gamin, je me suis foutu dans pas mal de salades, la prévint-il.

— En général, chez les garçons, c'est comme ça.

— Oui, mais pas des salades avec la police », insista-t-il, et elle ne sut que répondre.

Cela ne devait pas être si méchant que ça, ou alors aucune police ne l'aurait accepté dans ses rangs, et a fortiori on ne lui aurait pas confié les clefs d'un commissariat.

« J'imagine, ajouta-t-il, que Nell t'a cassé les pieds avec ma mère. »

Elle ne répondit pas.

Il se mit à lui brosser les cheveux.

« C'est pour ça que tu as foiré au Trivial Pursuit ? Tu étais trop occupée à essayer de suivre ce que racontait Nell ?

— Je n'ai jamais été bonne aux jeux de société.

— Et aux autres jeux ? »

Elle ferma les yeux, elle goûtait les caresses des poils de la brosse.

« Je te bats au tennis, lui rappela-t-elle.

— Je te laisse me battre », nuança-t-il, et pourtant elle savait qu'il s'était presque tué à tenter de la battre.

Il ramena ses cheveux en arrière et l'embrassa avec douceur dans la nuque.

« On pourrait jouer la revanche ? » suggéra-t-elle.

Il l'enveloppa de ses bras, l'attira plus près de lui. Ce qu'il lui infligea avec sa langue la fit sombrer contre lui sans même y réfléchir.

Elle essaya de se redresser mais il l'en empêcha. Elle chuchota.

« Ta mère est dans la pièce à côté.

— La pièce à côté, ce sont les toilettes, rectifia-t-il, en glissant ses mains sous sa chemise.

— Jeff... » fit-elle, haletante, tandis que sa main plongeait plus profond dans son bas de pyjama. Elle l'arrêta avant qu'il ne puisse aller plus loin.

« Fais-moi confiance, lui souffla-t-il, quand elle dort, rien ne la réveille.

— Ce n'est pas la question.

— J'ai fermé la porte à clef.

— Pourquoi l'as-tu fermée à clef, si rien ne la réveille quand elle dort ? »

Il ronchonna comme il devait ronchonner contre son professeur, au lycée.

« Tu sais combien de nuits je suis resté éveillé dans cette chambre, quand j'étais gamin, à souhaiter avoir une belle femme avec moi ici ?

— Je doute sérieusement que je sois la première à se retrouver avec toi dans cette pièce.

— Ici ? » reprit-il, en désignant le sol.

Elle se retourna afin de mieux le voir.

« Crois-tu que cela exerce un effet aphrodisiaque, de me raconter combien de femmes tu as eues dans ta chambre à coucher ? »

Il crapahuta de quelques dizaines de centimètres, sans se relever, et l'entraîna avec lui.

« Tu es la première que j'aie jamais eue avec moi, ici. »

Elle lâcha un soupir exagéré.

« Enfin quelque chose qui me distingue des autres.

— Arrête ça, fit-il, soudain très sérieux.

— Sinon quoi ? le nargua-t-elle.

— Je ne m'amuse pas.

— D'après ce que j'ai entendu...

— Je le pense, Sara. Je ne suis pas en train de m'amuser. »

Elle le considéra fixement, elle ne suivait pas.

« Ce que tu as dit à ta mère, reprit-il, en lui replaçant une de ses mèches derrière l'oreille. Je ne suis pas en train de m'amuser avec toi. » Il s'interrompit une fraction de seconde, il fixait la bibliothèque du regard. « Je sais que toi, oui, tu t'amuses, mais moi, non, et je veux que tu cesses de raconter ce style de trucs. »

Tous les avertissements qu'elle avait pu entendre

ces derniers mois revinrent la submerger comme une vague, et elle réprima son envie impulsive et féroce de jeter les bras autour de son cou et de lui déclarer son amour. D'instinct, elle savait que, pour partie, la raison qui amenait Jeffrey à lui parler ainsi, c'était qu'il ne savait pas ce qu'elle éprouvait à son égard. Et elle ne serait pas assez bête pour le lui révéler.

A l'évidence, son silence l'énervait. Elle vit sa mâchoire se contracter, et il demeurait le regard fixe, perdu quelque part au-dessus de son épaule.

Elle essaya de lui faire face, mais il refusait de la regarder. Son doigt suivit le contour de ses lèvres, et elle sourit car elle s'aperçut qu'il s'était rasé, pour elle. Il avait la peau douce, et elle huma le parfum de son après-rasage, ainsi qu'une odeur voisine du gruau de maïs.

« Dis-moi ce que tu ressens », exigea-t-il.

Elle ne put se résoudre à lui répondre. Elle l'embrassa près du menton, puis dans le cou. Comme il ne réagissait pas, elle lui embrassa la paume, en s'abstenant surtout de lui dire que c'était là que sa main l'avait touchée.

Il lui prit le visage entre ses mains, son regard était intense, impénétrable. Il lui donna un long baiser sensuel, il la repoussa en arrière, et elle se sentit fondre sur le sol. Il enserra ses seins, usa de sa langue pour faire naître des frissons sur sa peau. Avec lenteur, il entama sa descente, son souffle formait comme un baiser duveteux sur son ventre, puis plus bas. Il glissa sa langue en elle, et elle se sentit dans une apesanteur momentanée, tout son corps centré sur ce seul point. Elle fit courir ses doigts dans sa chevelure, elle le tirait à elle, elle voulait l'obliger à cesser.

Sa voix était devenue un chuchotement rauque.

« Quoi ? »

Elle l'attira plus près, l'embrassa, savoura son propre parfum dans sa bouche. Rien n'était précipité, mais Sara éprouvait un besoin, une urgence quand elle s'escrima sur la fermeture Eclair de son jeans. Il voulut l'aider.

« Non », lui dit-elle, et elle se délecta, car il remplissait sa main. « Viens en moi, lui chuchota-t-elle, en lui mordant la lèvre jusqu'à ce qu'un cri guttural s'étrangle dans sa gorge. Je te veux au fond de moi.

— Dieu », chuchota-t-il, et son corps trembla, car il tentait de se maintenir dressé sur une seule main. Il atteignit son pantalon, il essaya de trouver un préservatif, mais elle le pria instamment de rester concentré sur le sujet, et le guida au fond d'elle.

Il la pénétra, et elle se cambra. Au début, il oscilla lentement, presque avec douleur, jusqu'à ce que le corps de Sara tout entier se tende comme une corde de violon. Les muscles de son dos n'étaient pas moins bandés, et elle ne put s'empêcher d'y planter les ongles, pour l'enfoncer plus loin en elle. Il maintint la lenteur du rythme, épousait ses moindres mouvements, réglait son corps sur le sien, si bien qu'elle parvint plusieurs fois à la limite, rien qu'à gentiment revenir contre lui. Enfin, la cadence s'accéléra, ses hanches s'enfoncèrent dans les siennes, le poids de son corps l'écrasa jusqu'au seuil du supportable, puis vint l'instant où la délivrance la força à rejeter la tête en arrière, la bouche ouverte. Il l'embrassa, étouffant ainsi les cris qui lui échappèrent, alors que son corps à lui frémissait tout contre le sien.

« Sara », souffla-t-il dans son oreille, et il se laissa enfin aller.

Elle le retint en elle, et de nouveau il l'embrassa, avec lenteur et sensualité, sa main lui caressant la joue comme un chat qui se frotte. Le corps de Sara était tout palpitant, agité de soubresauts, les répliques du séisme, et elle l'enveloppa dans ses bras, le retint tout près d'elle, l'embrassa sur les lèvres, sur le visage, sur les paupières, jusqu'à ce qu'elle finisse par rouler sur le côté, avec le poids de son corps reposant sur un coude.

Elle avait le souffle court, elle se sentait lentement redescendre de ces altitudes. La tête lui tournait encore et elle ne parvenait pas à garder les yeux ouverts, malgré tous ses efforts.

Il lui caressa la tempe, frôla ses paupières, ses joues.

« J'aime le contact de ta peau », avoua-t-il, en laissant ses doigts glisser plus bas.

Elle reposa sa main sur la sienne, laissa échapper un soupir de contentement. Elle aurait pu rester ainsi toute la nuit – peut-être même tout le reste de sa vie. En cet instant, elle se sentait plus proche de lui que d'aucun homme dans son existence. Elle savait qu'elle aurait dû avoir peur, qu'elle aurait dû essayer de se réfréner, au moins en partie, mais pour l'heure, elle était incapable de songer à autre chose qu'à rester allongée ici et le laisser agir comme bon lui semblait.

Ses doigts rencontrèrent la cicatrice qu'elle avait au flanc gauche.

« Raconte-moi ceci. »

L'esprit de Sara s'emballa, chauffé à blanc, sous l'effet de la panique, et elle se força à ne pas se dégager de lui d'un coup sec.

« L'appendicite », mentit-elle, car cette blessure provenait d'un couteau de chasse.

Il ouvrit la bouche, et elle était sûre qu'il allait lui demander comment elle pouvait être médecin et ignorer que l'appendice était du côté droit, mais il se contenta d'une question.

« A chaud ? »

Elle opina, espérant que cela suffirait. Mentir n'était pas dans les habitudes de Sara, et elle s'abstint d'inventer une histoire compliquée.

« Quel âge avais-tu ? »

Elle haussa les épaules, elle le regarda suivre du doigt le tracé de la cicatrice. Les lèvres en étaient déchiquetées, très loin de l'entaille précise pratiquée par le scalpel du chirurgien. Une lame à dents de scie lui avait laissé cette entaille, un couteau enfoui dans la chair de sa hanche, presque jusqu'à la garde.

« C'est assez sexy », observa-t-il, en se penchant pour l'embrasser.

Elle posa la main sur sa tête, elle leva les yeux au plafond, qu'elle regarda fixement, et elle prit la mesure de l'énormité de son mensonge. Ce n'était que le début. Si elle voulait espérer le moindre avenir avec Jeffrey, il fallait qu'elle lui dise tout avant qu'il ne soit trop tard.

Ses lèvres effleurèrent les siennes.

« Je pensais qu'on se lèverait tôt, demain matin. »

Elle ouvrit la bouche, mais au lieu de lui révéler la vérité, elle lui demanda autre chose.

« Tu ne veux pas dire au revoir à tes amis ? »

Il haussa les épaules.

« On pourra les appeler une fois qu'on sera arrivés en Floride.

— Conneries, ça. » Elle se releva, consulta le réveil. « Quelle heure est-il ? »

Il tenta de la ramener à lui, mais elle fut trop rapide. Elle fouilla dans le contenu de sa valise.

« Où est ma montre ? » demanda-t-elle.

Il croisa les mains derrière la tête.

« Les femmes n'ont pas besoin de porter de montre.

— Pourquoi ça ? »

Il sourit.

« Il y a une horloge, sur les cuisinières.

— Très drôle », fit-elle en lui jetant sa brosse. Il la rattrapa d'une seule main. « J'ai promis à ma mère de l'appeler dès qu'on serait arrivés en Floride.

— Alors appelle-la demain. »

Elle trouva enfin sa montre, et elle lâcha un juron à mi-voix.

« Il est minuit passé. Elle va se faire du souci.

— Il y a un téléphone dans la cuisine. »

Elle avait encore sa culotte enroulée autour de la cheville, car elle n'était pas tout à fait arrivée à s'en défaire, tout à l'heure, en agitant le pied. Elle tâcha de la remonter en conservant l'allure la plus gracieuse possible, suivie de son bas de pyjama.

« Hé », fit-il, en l'appelant.

Elle leva les yeux, mais il secoua la tête, pour lui signifier qu'il avait changé d'avis.

Elle boutonna sa chemise tout en se dirigeant vers la porte. Sa main était déjà sur la poignée quand elle se rendit compte de ce qu'elle venait de voir.

« Il n'y a pas de serrure. »

Il feignit la surprise.

« Non, vraiment ? »

Elle sortit dans le couloir et tira la porte derrière elle. Elle avança à tâtons le long du mur, s'arrêta en se rappelant la table de la salle à manger. La veilleuse n'éclairait guère, si loin de la salle de bains et, sur le chemin de la cuisine, elle s'aida de ses mains pour se repérer dans le noir. Une fois sortie de la chambre, l'odeur de nicotine était encore plus forte que dans son souvenir. Par un pur coup de chance, elle trouva le téléphone accroché au mur, près du réfrigérateur.

Elle appela le numéro de ses parents en PCV, chuchota son nom quand l'opérateur le lui demanda, espérant ne pas réveiller la mère de Jeff. L'appel fut transmis et le téléphone sonna une fois avant que son père ne décroche.

« Sara ? » fit Eddie, et sa voix était rauque, enrouée.

Elle se pencha contre le plan de travail, soulagée de l'entendre.

« Salut, papa.

— Où es-tu, bon sang ?

— On s'est arrêtés à Sylacauga.

— C'est quoi ça, nom de Dieu ? »

Elle entama un début d'explication, mais il ne la laissa pas terminer.

« Il est minuit passé, souligna-t-il, d'un ton plus sec, maintenant qu'il avait compris que tout allait bien. Qu'est-ce que tu as fichu, bon sang ? Ta mère et moi, nous étions malades d'inquiétude. »

Elle entendit Cathy murmurer quelque chose dans le fond, et Eddie qui lui répliqua :

« Je ne veux pas entendre le nom de ce salopard. Avant qu'il ne débarque, jamais elle n'appelait aussi tard. »

Sara rassembla tout son courage, elle s'attendait à une tirade, mais sa mère réussit à arracher le combiné à son père avant qu'il ait pu proférer une parole de plus.

« Mon bébé ? » Cathy avait l'air inquiète, et elle se sentait coupable d'avoir passé ces deux dernières heures comme elle l'avait fait, alors qu'elle aurait pu prendre deux minutes pour appeler ses parents et leur signaler que tout allait bien.

« Je suis désolée de ne pas avoir appelé plus tôt, s'excusa-telle. Nous nous sommes arrêtés à Sylacauga.

— Et ce serait ?

— Une ville, fit-elle, toujours sans être trop sûre de prononcer ce nom de façon correcte. C'est là que Jeffrey a grandi.

— Oh », fit sa mère. Sara attendit la suite, mais Cathy se contenta d'ajouter deux mots. « Ça va ?

— Oui, lui assura-t-elle. Nous avons passé un bon moment chez ses amis. Ils sont tous allés à l'école ensemble. C'est vraiment comme à la maison, sauf que c'est plus petit.

— Ah oui, vraiment ? »

Sara tenta de déchiffrer le ton de sa voix, sans y parvenir.

« Nous sommes chez sa mère, maintenant. Je ne l'ai pas rencontrée, mais je suis sûre qu'elle est gentille, elle aussi.

— Eh bien, tiens-nous au courant quand tu seras arrivée en Floride, demain, si tu as le temps.

— OK », répondit-elle, toujours incapable de déchiffrer ce ton que prenait sa mère. Elle avait envie de lui raconter ce qui s'était passé, ce que Jeffrey lui avait confié, mais elle n'en eut pas le courage. Qui plus est, elle n'avait pas envie de s'entendre traiter d'idiote.

Cathy ne perçut rien de précis dans les hésitations de sa fille.

« Alors, bonne nuit. »

Sara lui souhaita la même chose, et raccrocha avant que son père ne puisse reprendre la communication. Elle s'adossa, la tête contre le placard de la cuisine, en se demandant si elle ne devrait pas les rappeler. Autant elle détestait que sa mère se mêle de ses affaires, autant elle accordait beaucoup de prix à l'opinion de Cathy. Pour l'heure, il se produisait trop de choses à la fois. Elle avait besoin d'en parler.

Un coup sourd vint de la salle à manger, c'était quelqu'un qui se cognait à la table.

Une voix de femme grommela un juron.

« Oui ? » fit Sara, voulant éviter de surprendre la mère de Jeffrey.

« Je sais que vous êtes là », répliqua l'autre, d'une voix froide, le souffle court. « Seigneur Jésus-Christ », marmonna-t-elle toute seule, en ouvrant la porte du réfrigérateur. A la lumière, Sara vit une vieille femme toute voûtée aux cheveux poivre et sel. Le visage était très ridé pour son âge, et tous les plis de la bouche semblaient dédiés à la cigarette. Elle en avait une au bec, avec une cendre pendante à son extrémité.

May Tolliver posa brutalement une bouteille de gin sur le plan de travail, tira une longue bouffée de sa cigarette, puis tourna toute son attention vers Sara.

« Qu'est-ce que vous faites, vous ? » s'enquit-elle, puis elle lâcha un gloussement mauvais. « C'est-à-dire, à part baiser mon fils ? »

Sara fut si interloquée qu'elle se mit à bredouiller. « Je... Je... ne...

— Drôle de docteur, reprit la femme. C'est pas vrai, ça ? » Et de nouveau, ce fut ce rire, cette fois encore plus méchant. « Il vous rabattra votre caquet d'un cran ou deux. Vous croyez que vous êtes la première ? Vous vous croyez spéciale ?

— Je...

— Ne me mentez pas, aboya la vieille. Son odeur, sur votre chatte, je peux la sentir d'ici. »

Quelques secondes plus tard, Sara était dans la rue. Elle était incapable de se rappeler comment elle avait trouvé la clef, ouvert la porte d'entrée ou même comment elle était sortie de la maison. La seule chose qu'elle savait, c'était qu'elle avait besoin de mettre le maximum de distance possible entre elle et la mère de Jeffrey. Jamais de toute son existence aucune femme ne lui avait adressé la parole en ces termes. Elle avait le visage brûlant de honte, et quand finalement elle s'arrêta sous un réverbère pour reprendre son souffle, elle s'aperçut qu'elle avait les joues dégoulinantes de larmes.

« Merde », siffla-t-elle en faisant un tour complet sur elle-même, histoire de se repérer. Elle avait pris au moins une fois à gauche, mais à part ça, elle ne savait pas du tout où elle se trouvait. Elle n'arrivait même pas à se remémorer le nom de la rue des Tolliver, et encore moins à quoi ressemblait la maison de la mère. Un chien aboya quand elle passa devant une maison jaune entourée d'une palissade blanche, et elle se sentit parcourue d'un frisson quand elle comprit qu'elle ne reconnaissait ni la palissade ni le chien. Pour aggraver encore les choses, ses pieds la brûlaient à cause de l'asphalte très chaud et les moustiques étaient sortis en force pour se repaître de l'idiote qui circulait seule, à pied, sans rien d'autre sur elle qu'un pyjama en coton tout fin, au beau milieu de la nuit. Elle ne comprenait même pas pourquoi elle avait une telle envie de regagner cette baraque. Même si elle retrouvait son chemin, elle préférait dormir dans la rue plutôt que de retourner là-dedans. Son seul espoir serait de rebrousser chemin depuis la maison de Jeffrey pour se rendre chez Nell et Possum. Il y avait une clef de sécurité magnétique sous le châssis de la BMW. Jeffrey pouvait toujours se chercher un autre moyen de rentrer à Grant. Sara se moquait de ne jamais plus revoir sa valise ou ses vêtements.

Subitement, un cri à vous glacer le sang déchira la nuit. Son pas se figea, l'air se chargea de tension, presque à en être poisseux. Un raté d'allumage sur une voiture retentit comme un coup de feu, et l'adrénaline contracta tous les muscles de son corps. Au loin, elle entrevit une haute silhouette qui venait vers elle d'un pas rapide, et d'instinct elle se retourna, courut aussi vite qu'elle put. Des pas lourds martelaient le sol derrière elle, et elle joua des bras comme de deux bielles, elle se poussait à la limite pour fuir et, dans sa cage thoracique, ses poumons étaient sur le point d'exploser.

« Sara », souffla Jeffrey, et l'extrémité de ses doigts vint lui effleurer le dos. Elle s'arrêta si vite qu'il la heurta, les culbutant tous deux par terre. Il réussit à amortir la chute avec son corps, mais son coude à elle heurta le trottoir.

« Qu'est-ce qui te prend ? » s'écria-t-il encore, en la relevant par le bras, d'un geste brusque. Il tapa sur sa jambe de pyjama du plat de la main, pour en retirer du gravier. « Tu as crié ?

— Bien sûr que non », rétorqua-t-elle, tout à coup plus en colère contre lui qu'elle ne s'en serait crue capable. Pourquoi l'avait-il amenée ici ? Que voulait-il ?

« Ecoute, calme-toi », fit-il en lui tendant la main, comme pour la réconforter.

D'une gifle, elle écarta cette main.

« Ne me touche pas. » Ce fut tout ce qu'elle parvint à lui dire, avant que cet allumage de voiture ne pétarade à nouveau. Sauf que cette fois, elle comprit que ce n'était pas une voiture. Elle avait suffisamment fréquenté les stands de tir pour reconnaître le bruit d'une arme à feu.

Jeffrey dressa l'oreille, comme pour évaluer la direction d'où venait le bruit. Et là encore, il y eut un coup de feu isolé. Il se détourna de Sara.

« Reste ici », lui ordonna-t-il, et il fonça à l'autre bout de la rue, vers la maison jaune entourée de sa palissade.

Elle le suivit du mieux qu'elle put, elle contourna la clôture qu'il venait de sauter, emprunta un chemin creux dans le jardin d'un voisin pour atteindre celui situé derrière cette maison jaune. Lorsque Jeffrey enfonça la porte d'un coup de pied, il y eut un éclair éblouissant, suivi d'un autre cri. Quelques secondes plus tard, il ressortit en courant, et toutes les lumières de la maison semblèrent s'allumer en même temps.

« Sara ! hurla-t-il, en lui faisant signe d'entrer. Dépêche-toi ! »

Elle courut vers lui, elle sentit une piqûre sous sa plante de pied, quand elle traversa la pelouse. Il y avait des aiguilles et des pommes de pin dans l'herbe, et elle tâcha de faire attention où elle mettait les pieds, sans ralentir pour autant.

Il l'empoigna par le bras et la tira à lui pour la dernière portion de chemin, jusque dans la maison, similaire à celle des Possum, avec un long couloir par le milieu et les chambres sur la droite.

« Par là », fit-il en la poussant vers l'une des chambres. Il attrapa le téléphone de la cuisine. « Je vais appeler la police. »

Quand elle entra dans la chambre principale, elle resta un instant interdite, sous le choc.

Le ventilateur du plafond oscillait de guingois au-dessus de sa tête, les pales produisaient un curieux battement irrégulier. Jessie se tenait debout près d'une fenêtre ouverte, sa bouche remuait, mais aucun son n'en sortait. Un homme torse nu gisait à plat ventre sur le sol, près du lit. Tout le côté droit de sa tête avait été emporté. Des filets de sang convergeaient vers un pistolet à canon court qui donnait l'impression d'avoir été éloigné d'un coup de pied, loin de sa main gauche.

« Mon Dieu », fit Sara dans un souffle. Du sang avait giclé près du lit en une fine bruine, éclaboussant une partie du plafond et la lampe du ventilateur. Un morceau de crâne et de cuir chevelu pendait de la table de chevet. Et ce qui ressemblait à un bout de lobe d'oreille était collé sur la façade du tiroir.

En dépit de cette scène horrible, Sara reprit le dessus grâce à sa formation médicale. Elle s'approcha de l'homme, lui plaça deux doigts dans le cou, tâchant de trouver le pouls. Elle ausculta les carotides et ne sentit rien, mais quand elle retira ses doigts, ils adhérèrent à la peau. Le corps était luisant d'un voile de sueur. L'odeur écœurante et sucrée de la vanille flottait dans l'air.

« Il est mort ? »

A cette question, elle fit volte-face.

Robert se tenait derrière la porte de la chambre. Il s'appuyait contre le mur, en guise de soutien. Sa main gauche couvrait une blessure au côté, du sang lui dégoulinait entre les doigts. Sa main droite tenait un pistolet qui était encore pointé vers le mort.

« Allez me chercher des serviettes », demanda-t-elle à Jessie.

La femme ne bougea pas.

« Est-ce que ça va ? » s'enquit Sara, en gardant ses distances vis-à-vis de Robert. Il tenait encore le pistolet, le bras ballant, et ses yeux avaient une teinte vitreuse, comme s'il ne savait pas où il était.

Jeffrey était de retour, d'un rapide coup d'œil il prit la mesure de la scène.

« Robert ? » fit-il, en avançant de quelques pas vers son ami. L'autre cligna les yeux, puis il eut l'air de reconnaître Jeffrey.

Ce dernier désigna l'arme.

« Pourquoi tu ne me donnerais pas ça, vieux ? »

Quand il tendit l'arme à Jeffrey, le canon toujours pointé, il tremblait. Tolliver enclencha le cran de sûreté et la coinça dans la ceinture de son jeans.

« Il faut que je vous enlève votre chemise, d'accord ? » dit Sara à Robert.

Il la dévisagea, l'air déconcerté.

« Il est mort ?

— Pourquoi ne vous asseyez-vous pas ? » suggéra-t-elle, mais il secoua la tête, et s'adossa de nouveau contre le mur. L'homme était de haute taille et très musclé. Même avec son T-shirt et son short, il n'avait pas l'air d'un type habitué à recevoir des ordres.

Jeffrey croisa le regard de Sara, puis il posa sa question.

« Qu'est-ce qui s'est passé, Bobby ? »

La bouche de Robert se contracta, comme s'il avait du mal à parler.

« Il est mort, n'est-ce pas ? »

Jeffrey occupait l'espace entre son ami et le corps.

« Qu'est-ce qui s'est passé ? »

C'est Jessie qui prit la parole, en désignant la fenêtre.

« Ici, dit-elle. Il est entré par ici. »

Jeffrey s'avança par la périphérie de la pièce, en longeant les murs. Il jeta un œil par la fenêtre ouverte sans la toucher.

« La moustiquaire n'est pas dessus. »

Quand Sara le dépouilla de sa chemise, Robert éructa de douleur. Pourtant, il l'aida à la passer par-dessus sa tête pour qu'elle puisse constater l'étendue des dégâts. Dès qu'elle appuya avec précaution sur la blessure, il lâcha un juron sans desserrer les lèvres, agrippa la chemise dans sa main. Du sang gouttait du petit orifice qu'il avait sous l'aisselle, et ce filet de sang dégoulinait jusqu'à la taille de son short, mais il colla sa chemise en bouchon à cet endroit, pour épancher l'hémorragie, avant qu'elle n'ait pu convenablement examiner la blessure. Elle vit un orifice de sortie de projectile plus haut dans son dos, avant qu'il ne détourne le buste et ne s'écarte d'elle. La balle s'était logée dans le mur juste derrière lui, des mouchetures de sang, comme des têtes d'épingles, formant un cercle autour du trou.

« Bob, fit Jeffrey, d'un ton sec. Allez, vieux. Qu'est-ce qui s'est passé ?

— Je ne sais pas, fit Robert, et il s'enfonçait presque le tissu de la chemise dans sa blessure. Il a juste... »

Jessie l'interrompit.

« Il a tiré sur Bobby.

— Il t'a tiré dessus ? » répéta Tolliver, tâchant d'obtenir de Robert le récit des événements. On percevait dans le ton de sa voix une colère sous-jacente un peu surprenante, et il balaya la pièce du regard, sans doute pour essayer de reconstituer la scène, dans sa tête.

Il pointa du doigt un impact de projectile dans le mur, de l'autre côté du lit.

« Ça vient de son arme ou de la tienne ?

— La sienne », fit Jessie d'une voix haut perchée. Vu la manière dont elle se comportait, Sara devina que cette femme parlait fort pour dissimuler le fait qu'elle était défoncée. Elle oscillait en avant, en arrière comme un pendule, ses pupilles étaient assez dilatées pour l'aveugler si elle s'était trouvée en plein soleil.

D'un regard, Jeffrey intima le silence à Jessie.

« Robert, dis-moi ce qui s'est passé. »

Il secoua la tête, la main plaquée contre son aisselle blessée.

« Bordel de Dieu, tonna Jeffrey, Robert, tire-moi ton histoire au clair avant que quelqu'un ne se charge de la consigner sur papier. »

Sara voulut lui venir en aide.

« Dites-nous juste ce qui s'est passé.

— Bob ? » insista Jeffrey, avec toujours cette colère si palpable.

Elle essaya de se montrer prévenante.

« Ce serait plus facile si vous vouliez bien vous asseoir.

— Ce serait plus facile s'il causait, putain », beugla Tolliver.

Robert regarda sa femme, sa bouche se réduisait à une fine ligne droite. Il secoua la tête, et Sara crut voir des larmes dans ses yeux. Pour sa part, Jessie restait plantée là, à se balancer, et elle maintenait son peignoir bien fermé, comme pour se garantir d'un courant d'air. Elle ne se rendrait sans doute pas compte avant le matin qu'ils avaient frôlé la mort de si près.

« Il est entré par la fenêtre, leur expliqua enfin Robert. Il a braqué une arme sur Jess. Sur sa tête. »

L'expression de Jessie quand il prononça ces mots-là était impénétrable. Même à cette distance, Sara voyait bien que cette femme avait du mal à suivre. Aux pieds de Jessie, il y avait plusieurs boîtes de médicaments ouvertes, ils étaient probablement tombés de la table de nuit. Du sang maculait les pilules blanches en forme de triangle. Sara vit l'endroit où ses empreintes de pas avaient souillé le poil épais de la moquette. Jessie avait couru vers la fenêtre, dépassé le corps. Elle se demanda ce qui lui avait traversé la tête. Essayait-elle de s'échapper pendant que son mari défendait sa vie ?

« Et ensuite, que s'est-il passé ? reprit Jeffrey.

— Jessie a crié, et je l'ai repoussé... » Robert lança un coup d'œil vers le mort, sur le sol. « Je l'ai repoussé et il est tombé... et ensuite il m'a tiré dessus... il m'a dégommé... et je... » Il s'interrompit, s'efforçant de maîtriser le flux d'émotion qui menaçait à l'évidence de le submerger.

« Il y a eu trois coups de feu », se souvint Sara. Elle regarda autour d'elle dans la pièce, afin de confronter ce qu'elle avait entendu depuis la rue au récit qu'il leur faisait.

Robert considéra le mort d'un regard fixe.

« Vous êtes sûre que c'est fini ?

— Oui, lui confirma-t-elle, sachant que mentir ne servirait à rien.

— Ici ? » fit Jeffrey, qui s'attachait visiblement à distraire Robert de la sinistre vérité. Il désigna l'orifice de la balle, près du lit. « La première fois, il a raté son coup ? »

Robert avala sa salive de manière très visible. Sara vit une goutte de sueur rouler au bas de sa joue, et il répondit :

« Ouais. »

Qu'il soit encore debout témoignait de la force de sa volonté.

« Il est entré par la fenêtre, reprit Tolliver. Il a braqué son arme sur la tête de Jessie. » Il regarda cette dernière, pour confirmation, et elle s'empressa d'approuver, en opinant. « Tu l'as poussé du lit et il t'a tiré dessus. Là, tu avais ton arme. Exact ? » Robert ponctua d'un bref hochement de la tête, mais Jeffrey n'avait pas terminé. « Tu gardes ton calibre ici ? Dans le placard ? Dans le tiroir ? » Il attendit, mais là encore, Robert se faisait prier. « Où est-ce que tu ranges ton calibre ? »

Robert désigna l'armoire fermée, en face du lit.

« Là, fit Robert.

— Tu as pris ton arme », poursuivit Tolliver, en ouvrant la porte de l'armoire. Une chemise en tomba et il la remit en place sur la pile. Par-dessus son épaule, Sara vit un étui de pistolet en plastique sur le rayonnage du haut. « Et tu gardes ton arme de secours là aussi ? »

Il secoua la tête.

« Non, dans le salon.

— Très bien. » Jeffrey resta la main posée sur la porte ouverte. « Tu es allé attraper ton pistolet. Et là, il t'a tiré dessus ?

— Oui », acquiesça l'autre, mais il ne semblait guère convaincu. « Et ensuite je lui ai tiré dessus », ajouta-t-il d'une voix plus ferme.

Jeffrey se retourna face à la scène du meurtre, hochant la tête comme en conciliabule avec lui-même, occupé à tout démêler. Il se rendit à la fenêtre de nouveau et regarda dehors. Sara le suivit dans ses mouvements, elle était abasourdie. Non seulement il venait de modifier la scène du crime, mais il était en train d'aider son ami à concocter une histoire plausible, susceptible d'expliquer comment tout cela était arrivé.

Jessie se racla la gorge, et sa voix tremblait quand elle posa sa question à Sara.

« Est-ce que ça va aller, pour Robert ? »

Sara mit un moment à réaliser qu'on s'adressait à elle. Pour sa part, elle restait toujours concentrée sur

Jeff, en se demandant ce qu'il avait l'intention de faire, par la suite. Il avait eu quelques minutes avec Jessie et Robert, en tête à tête, avant d'appeler Sara, pour qu'elle les rejoigne dans la maison. Qu'avait-il fait durant ce laps de temps ? Qu'avaient-ils mis en place ?

« Sara ? » insista Jessie.

Sara tenait à rester concentrée sur ce qu'elle était à même de maîtriser.

« Je peux voir ? » demanda-t-elle à Robert.

Il retira la main de la blessure et elle put reprendre son examen. Sa chemise était maculée de sang, mais elle crut discerner une déchirure en forme de V, juste sous le trou.

Elle essaya d'essuyer le sang, mais Robert remit la main sur la blessure.

« Ça va, se défendit-il.

— Il faut que je vérifie. »

Il l'interrompit.

« Je tiens le coup. »

Elle voulut soutenir son regard, mais il détourna le sien.

« Vous devriez peut-être vous asseoir, jusqu'à ce que l'ambulance arrive », lui dit-elle.

Tolliver intervint à son tour.

« C'est méchant ?

— Ça ira », répondit Robert, en devançant Sara, et il s'appuya de nouveau contre le mur. « Merci, ajouta-t-il en s'adressant à Sara.

— Sara ? » s'enquit Jeff.

Elle haussa les épaules, ne sachant que dire. Au loin, elle entendit mugir une sirène. Jessie frissonnait. Sara voulait examiner cette chemise, elle voulait voir si l'étoffe était brûlée suivant le même motif que la peau de Robert, mais il la tenait serrée dans son poing, il l'appuyait sur la blessure.

Elle n'était médecin légiste que depuis deux ans, mais le genre de marque qu'elle avait cru entrevoir relevait du cas d'école. Même un bleu, un flic avec deux jours d'états de service aurait compris ce que cela signifiait.

Cette arme avait tiré sur Robert à bout touchant.

Chapitre sept

11 h 45

Lena se tenait en face du pressing Burgess Cleaners, elle observait le poste de police, de l'autre côté de Main Street. La porte en verre teinté était trop sombre pour qu'on voie quoi que ce soit à l'intérieur, mais elle ne la quittait tout de même pas du regard. Un autre coup de feu avait été tiré, trente minutes plus tôt. Des deux flics manquants au début de toute cette affaire, seul Mark Dugdale avait été pointé présent. Marilyn Edwards était toujours manquante et Frank lui avait signalé que la jeune inspectrice, si séduisante, se trouvait encore dans la salle de la brigade au début de l'agression. Tous les membres des forces de police de Grant County déambulaient comme des morts vivants. Lena n'arrivait à penser qu'à une chose, si elle était allée au travail quelques minutes plus tôt, elle aurait pu être en mesure d'intervenir. Elle aurait pu sauver Jeffrey.

Elle se retourna, elle regarda Frank et Nick qui se parlaient, à côté de la table où était déployé le plan. Les agents du Georgia Bureau of Investigation tournaient en rond autour de la machine à café, échangeaient des propos à voix basse en attendant les ordres.

Pat Morris s'entretenait avec Molly Stoddard, et Lena se demandait si Pat avait fait partic des patients du Dr Linton. Il était assez jeune pour que ce soit le cas.

« Qu'est-ce que tu me chantes là ? » fit Frank à Nick, d'une voix assez forte pour que tout le monde entende, malgré le remue-ménage. Toutes les personnes présentes dans la pièce levèrent les yeux.

Nick désigna le bureau du vieux Burgess.

« Là-dedans. »

Ils entrèrent tous les deux dans la petite pièce aveugle, et fermèrent la porte derrière eux. La tension qui venait de se créer imprégnait la salle.

Lena sortit son téléphone portable et attendit qu'il s'allume. Il pépia deux fois, indiquant qu'elle avait des messages en attente. Elle hésitait, qui appeler, Nan ou Ethan ? Appeler son oncle Honk maintenant aurait l'air d'une capitulation, et Lena n'était pas disposée à céder. Elle détestait l'idée d'avoir besoin des gens, presque autant qu'elle détestait avoir à leur tendre la main. En fin de compte, elle éteignit le téléphone et le reglissa dans sa poche.

Frank vint la rejoindre.

« L'équipe tactique est sur le toit ? » lui demanda-t-il, et il avait l'haleine acide.

Elle désigna le bâtiment du poste de police.

« Deux là-haut, dit-elle, en indiquant les hommes vêtus de noir, allongés sur le ventre, armés de leurs fusils surpuissants.

— Vingt autres bonshommes du bureau de Nick viennent de se pointer, lui annonça-t-il.

— Pour quoi faire ?

— Rester plantés dans le quartier avec le pouce enfoncé dans le cul, d'après ce que j'ai pu voir.

— Frank, reprit Lena, et elle sentit une boule grossir dans sa gorge. Tu es sûr ?

— Quoi ?

— Jeffrey, fit-elle, et le mot lui collait aux lèvres.

— Je l'ai vu de mes propres yeux », fit Frank, visiblement bouleversé par ce souvenir. Il s'essuya le nez et croisa les bras. « Il s'est écroulé, c'est tout. Sara a rampé vers lui et... » Il secoua la tête. « La dernière chose que je sache, c'est que le tueur lui a collé son arme à la tempe, et lui a ordonné de dégager. »

Lena se mordilla la lèvre, surprise par le sentiment de sympathie qu'elle éprouvait pour Sara Linton.

« Nick a l'air de savoir ce qu'il fabrique, reprit Frank. Ils viennent de couper le courant dans tout le bâtiment.

— Est-ce que les téléphones vont fonctionner ?

— Il y a une ligne directe sur le bureau de Marla, lui répondit-il. Le chef l'a installée à son arrivée. Jusqu'à maintenant, j'avais jamais compris pourquoi. »

Lena approuva de la tête, en essayant de ne pas trop y penser. Quand il avait pris ses fonctions de chef de la police de Grant County, Tolliver avait eu pas mal d'initiatives qui, à l'époque, avaient paru inhabituelles, mais qui avaient fini par se révéler tout à fait sensées.

« La compagnie du téléphone l'a configurée de telle manière qu'ils peuvent appeler nulle part, et personne d'autre que nous. »

Si cela ne tenait qu'à elle, ils auraient tout de suite donné l'assaut à ce bâtiment, ils auraient délogé les enfoirés qui avaient provoqué ce désastre et ça se serait terminé avec leurs deux cadavres qu'on aurait sortis de là les pieds devant.

Elle se pencha et relaça son soulier pour que Frank ne voie pas les larmes qui lui venaient aux yeux. Elle détestait se retrouver en situation de pleurer pour un oui ou pour un non. Elle se trouvait l'air idiot, surtout parce qu'un type comme Frank considérerait cela comme de la faiblesse, alors que la vérité serait plutôt qu'elle pleurait parce qu'elle était à un cheveu d'éclater d'une crise de rage folle. Comment pouvait-on commettre un acte pareil ? Comment pouvaient-ils débarquer au poste, le dernier endroit que Lena considérait encore comme sacré, et se livrer à ce genre de chose ? Dans tout le merdier qui lui était tombé dessus ces dernières années, Jeffrey avait été son gouvernail. Comment pouvait-on le lui enlever, là, maintenant, quand elle parvenait tout juste à remettre sa vie d'aplomb ?

« Ces putains de médias, ils essaient déjà de venir fouiner, marmonna Frank.

— Quoi ? s'écria-t-elle, en dissimulant un reniflement.

— Les médias, répéta-t-il. Ils essaient d'affréter des hélicoptères pour venir filmer par ici.

— Le poste est situé dans la zone d'exclusion aérienne », releva-t-elle, en s'essuyant le nez du revers de la main. Sous Reagan, on avait fermé Fort Grant, on avait expulsé des milliers de locaux de leur lieu de travail et ils avaient rendu la ville de Madison exsangue. Quoi qu'il en soit, la zone militaire d'exclusion aérienne était en vigueur, et cela devrait empêcher les chaînes d'infos d'envoyer leurs hélicoptères rôder audessus du périmètre.

« L'hôpital n'est pas inclus dedans, objecta-t-il.

— Les enculés », fit-elle, en se demandant comment on pouvait exercer ce métier. C'étaient des vautours, et les gens qui, chez eux, regardaient tout ça en direct n'étaient pas meilleurs que des bêtes féroces.

Frank baissa la voix.

« Il faut qu'on reste maîtres de ce bazar.

— Qu'est-ce que ça signifie ?

— Avec Jeffrey qui n'est plus là... » Frank regarda fixement en direction de la rue. « Il faut qu'on garde nos gens aux commandes.

— Tu veux dire, toi ? » lui demanda-t-elle, mais elle lut sur son visage que ce n'était pas le sens de sa remarque. « Qu'est-ce que tu as ? Tu es malade ? »

Il haussa les épaules, s'essuya la bouche avec un mouchoir qui avait l'air crasseux.

« Matt et moi, on a mangé un sale truc, hier soir. » Elle fut sidérée de le voir les larmes aux yeux. Elle ne pouvait imaginer ce que cela représentait pour Frank d'avoir vu son ami mourir juste devant lui. Frank avait été le superviseur, le formateur de Matt, quand le jeune homme avait intégré la police. Cela faisait bientôt vingt ans, et ils avaient passé à peu près toutes ces années à travailler en tandem.

« Nick, on le connaît. On sait quel genre de type c'est. Il a besoin de tout notre soutien.

— C'est de ça que vous avez discuté, dans le bureau ? voulut-elle savoir. Il y a cinq minutes, j'ai pas eu l'impression que tu étais si chaud pour lui apporter ton soutien.

— Nous avons une divergence d'appréciation sur la manière de traiter cette affaire. Je veux pas d'un bureaucrate qui se ramène ici et qui foute sa merde.

— On n'est pas dans un film de cow-boys, riposta Lena. Si le négociateur sait ce qu'il fait, alors il faut qu'on le suive.

— Ce n'est pas un type, fit Frank. C'est une femme. »

Lena lui lança un regard cinglant. Frank avait clairement signifié à Lena, dès le premier jour, qu'il ne considérait pas les femmes comme ayant leur place sous l'uniforme de la police. Il devait se consumer de rage à l'idée que ce soit une femme qui vienne d'Atlanta pour reprendre cette affaire en main.

« Et c'est pas ça le problème », insista-t-il.

Elle secoua la tête, furibonde qu'il s'encombre de stupidités de ce genre.

« On n'intègre pas ce putain de Bureau Fédéral d'Investigation de Géorgie parce qu'on sait cuire des cookies.

— Cette fille, Nick l'a entraînée quand il a intégré le Bureau. Il la connaît.

— Et alors ?

— Il refuse d'en parler, maugréa Frank, mais tout le monde sait ce qui s'est produit. »

Lena se hérissa.

« Moi, non.

— Ils étaient en planque dans un restau devant Whitfield. Deux idiots avec des fusils voulaient se faire un carton sur la foule qui déjeunait. » Il secoua la tête. « Elle a hésité. Tout le bazar a tourné au vinaigre en moins d'une minute. Six personnes sont mortes. » Il lui adressa un regard entendu. « On a des gens à nous là-dedans, qui prient pour qu'on leur envoie un sauveur, martela-t-il en pointant le doigt vers le poste, et elle a pas les couilles pour gérer ça. »

Elle regarda de nouveau fixement l'autre côté de la rue. Dans la salle de la brigade, il n'y avait plus que six personnes en vie.

Son regard revint vers Frank.

« Il faut qu'on sache ce qui se passe là-dedans. » Il y avait des parents, des épouses et des fiancés dans l'attente de savoir si leur bien-aimé était vivant ou mort. Lena savait l'effet que cela faisait de perdre quelqu'un, mais au moins elle avait su que Sibyl était morte assez vite. Elle n'avait pas eu à attendre comme ces familles, là, en ce moment même. Jeffrey lui avait annoncé la nouvelle, et puis ils s'étaient rendus à la morgue. C'était tout.

« Qu'est-ce qu'il y a ? » demanda Frank.

Elle avait laissé ses pensées flotter loin d'elle, elle se remémorait toutes les secondes chances que Tolliver lui avait accordées, y compris celle-ci, la dernière en date, aujourd'hui. Peu importaient les stupidités qu'elle avait commises, il ne cessait jamais de croire en elle. Désormais, il n'y aurait personne d'autre qui ferait ça pour elle.

« Quoi ? répéta Frank.

— Je réfléchissais juste... » fit-elle, mais la vision d'un hélicoptère piquant au-dessus du campus l'interrompit dans sa phrase. Lena et Frank virent le gros oiseau noir suspendu en l'air au-dessus de l'université se poser sur le toit du Grant County Medical Center. Ce bâtiment, c'était à peine plus que deux étages de vieilles briques, et Lena retint son souffle, s'attendant à le voir céder sous ce poids. Manifestement, il tenait bon, car quelques secondes plus tard le téléphone de Nick Shelton sonna. Il ouvrit son clapet, écouta quelques instants, puis le referma.

« La cavalerie est arrivée », annonça-t-il, mais sa voix ne trahissait aucun soulagement. Il fit signe à Lena et Frank de le suivre dehors, sur l'arrière du pressing, ils se dirigèrent vers l'hôpital, et la chaleur leur pesa comme une quatrième présence.

« Maintenant, c'est eux qui occupent le devant de la scène. Ça ne nous regarde plus. »

Elle tenta d'avoir confirmation de l'histoire de Frank. « Tu as été en formation avec cette femme ? »

Sa réplique fut brève.

« Pas longtemps.

— Elle est bonne ? insista-t-elle.

— C'est une machine », fit-il, mais cela ne sonnait pas comme un compliment.

Ils passèrent devant les boutiques de Main Street, et ils se turent. Ils arrivèrent à l'hôpital en moins de cinq minutes, mais avec la chaleur et la tension, cela leur parut des heures. Elle ne savait pas à quoi elle devait s'attendre en arrivant à l'hôpital, mais en tout cas sûrement pas à cette femme élégamment vêtue qui ouvrit la porte de la sortie de secours et se dirigea vers eux d'un pas résolu. Derrière elle suivaient trois gaillards, des costauds habillés de la chemise et du pantalon chino du Bureau Fédéral d'Investigation de Géorgie. Ils portaient aussi d'énormes Glock au côté et marchaient comme s'ils avaient des couilles en laiton. La femme qui ouvrait la marche était petite, moins d'un mètre soixante, une silhouette fine, mais elle marchait vers Nick avec le même air fanfaron que les autres.

« Content de vous voir ici », fit Nick, avec une nuance de résignation dans la voix. Il se chargea des présentations, en s'adressant à Frank et Lena. « Voici le docteur Amanda Wagner. C'est donc la chef négociatrice du Bureau de Géorgie. Elle a plus d'ancienneté en ce domaine que quiconque dans cet État. »

Amanda Wagner serra la main de Nick, et enregistra tout juste leur présence. Elle ne se donna pas la peine de présenter les trois hommes qu'elle avait amenés avec elle, et aucun d'eux ne sembla trop s'en formaliser. Vue de près, elle était plus âgée que Lena ne l'avait cru de prime abord, probablement la cinquantaine. Elle avait les ongles vernis clair, et une poignée de main qui donnait une impression de fermeté. Une simple bague montée d'un diamant était le seul bijou qu'elle portait, et elle avait une coupe de cheveux compliquée, du genre qui prenait une éternité à coiffer. Sa présence dégageait quelque chose d'apaisant, et Lena songea que ce qui s'était produit entre la négociatrice et Nick avait dû être d'ordre personnel. Et puis, en dépit des commentaires de Frank, il n'y avait pas trace d'hésitation chez Amanda Wagner. Elle avait l'air plus que prête à se jeter dans la mêlée.

Elle s'exprimait sur un ton un peu lent, visiblement quelqu'un d'éduqué.

« Nous avons donc deux tueurs de sexe masculin, deux adultes, fortement armés, avec six otages, dont trois enfants ? récapitula-t-elle en s'adressant à Nick.

— C'est exact, confirma-t-il. Les téléphones et les équipements informatiques sont sous contrôle. Nous surveillons les communications cellulaires, mais il n'en est rien sorti pour l'instant.

— Par là ? » s'enquit-elle. Nick opina et ils repartirent en direction du pressing. Elle continua ses questions. « On a trouvé le véhicule ?

— Nous y travaillons.

— Les entrées et les sorties ?

— Sécurisées.

— Les tireurs d'élite ?

— Formations standard en six points.

— Caméscopes ?

— Il nous faudra les vôtres. »

Elle lança un coup d'œil derrière elle, et l'un des hommes sortit son téléphone portable. Elle poursuivit.

« La population carcérale ?

— Evacuée vers Macon. »

Au-dessus d'eux, l'hélicoptère qui venait de les déposer reprenait son envol. Madame Wagner attendit que le fracas des pales s'estompe avant de poser une autre question.

« Vous avez établi le contact ?

— J'ai affecté l'un de mes hommes au téléphone. Ils n'ont pas encore décroché.

— Il est formé en matière de négociation ? » s'enquit-elle, même si elle connaissait déjà forcément la réponse. Nick secoua la tête. Elle reprit aussitôt la parole. « Espérons qu'ils n'aient pas décroché, Nicky. Le premier contact est en général réservé au négociateur principal, et ce d'un bout à l'autre du siège. Je croyais que tu avais retenu cette leçon. » Elle marqua un temps de silence, mais comme Nick ne répondait rien, elle émit une suggestion. « Peut-être pourrais-tu affecter ton type ailleurs et me communiquer le numéro ? »

Nick décrocha sa radio de sa ceinture. Il pressa le pas, les distança un peu, et relaya l'ordre. Il indiqua à voix haute le numéro du poste, et l'un des trois hommes d'Amanda Wagner le composa sur son téléphone portable, qu'il porta à son oreille.

« Qui avons-nous, à l'intérieur ? demanda-t-elle alors qu'ils reprenaient leur marche. Refaites-moi la liste, encore une fois. »

Nick récita comme un bon élève, en comptant les otages sur ses doigts.

« Marla Simms, la secrétaire du poste. Elle est âgée. Elle ne sera pas d'une grande aide. Brad Stephens, agent de patrouille. Il a six ans d'ancienneté. »

Elle questionna Frank.

« On peut compter sur lui ? »

Frank eut l'air surpris qu'elle lui pose la question à lui.

« C'est un flic de terrain solide. »

Lena éprouva le besoin d'ajouter un mot.

« En situation de stress, il est un peu flottant. »

Ils se tournèrent tous vers elle. Frank avait l'air furieux, mais Lena ne regrettait pas d'avoir prévenu la négociatrice au sujet de Brad.

« J'ai été en équipe de patrouille avec lui, l'année dernière. Sous la pression, il n'est pas solide. »

Amanda Wagner accueillit sa remarque d'un regard approbateur.

« Vous êtes inspecteur depuis combien de temps ? »

Lena sentit une boule lui remonter dans la gorge et, sous l'effet de cette seule question, c'est tout son aplomb qui fondit.

« J'ai pris un congé cette année pour raison pers...

— Quelle chance vous avez, la félicita Amanda Wagner, en se tournant de nouveau vers Nick. Qui d'autre ? »

Il continua tout en marchant et les autres suivirent.

« Sara Linton, le pédiatre et médecin légiste de la ville. »

Sa lèvre se retroussa sur un sourire.

« Ça, c'est original.

— Elle a été mariée avec notre chef de la police, poursuivit Nick. Jeffrey Tolliver.

— Contentez-vous de me fournir le nom des vivants. »

Il s'arrêta à la porte du pressing, où Hemming et son équipier de patrouille montaient toujours la garde.

« Il y a trois gamins là-dedans, ils ont dans les dix ans et ils font dans leur froc.

— En l'occurrence, la pédiatre est sûrement d'un certain secours. Combien d'enfants ont été tués ?

— Aucun, répondit-il. L'un d'eux est à l'hôpital, il

risque de perdre un pied. L'école est en train de contacter les familles. Pas mal de parents vont travailler à Macon, mais nous avons pu identifier tous les gosses. » Il marqua une pause, le temps de se ressaisir. « Il y a un autre officier de police à l'intérieur. Barry Fordham. Il a été assez salement touché, d'après ce que Frank a pu voir.

— Il faut partir du principe qu'il est mort », lâcha Amanda Wagner, très terre à terre, en entrant dans les locaux du pressing. Là, une petite foule de gradés et d'agents de police s'écarta pour la laisser entrer. Elle inspecta la salle, jaugea tout le monde du regard, depuis les quatre agents du Bureau Fédéral de Géorgie que Nick avait amenés avec lui jusqu'à Molly Stoddard, l'infirmière de Sara. Finalement, elle revint à Lena.

« Voudriez-vous m'apporter un café, ma chère ? Noir, deux sucres. »

Lena sentit s'allumer en elle une étincelle de colère, mais elle se rendit à la machine à café, et fit ce qu'on lui demandait. Pat Morris essaya d'attirer son regard, mais elle l'ignora.

Amanda Wagner s'appuya au rebord de la table pliante, et s'adressa au groupe.

« D'abord, il y a eu l'assaut initial. Vous avez... quoi... cinq cadavres là-dedans ? »

Elle ravala sa fierté et risqua un commentaire, tout en laissant glisser deux sucres de leur emballage papier dans le gobelet en carton.

« Il y a un autre flic de patrouille manquant.

— Six corps, alors, reprit Wagner. Toute la ville est tourneboulée par cette histoire. Il ne peut y avoir d'autre motif à la disparition de cet agent.

— Marilyn, rectifia Nick. Le flic manquant est une femme.

— Ce sont les deux coups de feu supplémentaires que vous avez entendus. Ils vont liquider ceux qui sont les plus susceptibles de résister. Les flics en uniforme vont être au cœur de la cible. Peut-être que le vôtre, celui qui est un peu flottant... » Elle s'approcha de Lena et se servit le café elle-même. « ... il ne leur paraît pas assez menaçant. C'est ce qui a sauvé la vie de votre Brad. Pour le moment. »

Elle consulta sa montre avant de poser une question.

« Est-ce que nous avons un plan du système de ventilation des lieux ?

— Tous les plans se trouvent à l'hôtel de ville, lui précisa Frank. Nous avons déjà deux personnes qui sont parties les chercher.

— C'est notre priorité, insista-t-elle. James, poursuivit-elle, à l'intention d'un de ses hommes, veuillez avoir l'amabilité d'accompagner Nick, pour accélérer la recherche de ces documents. » Avant que les deux hommes ne soient partis, elle ajouta encore un mot. « Tant que vous y êtes, voyez si vous pouvez faire couper l'eau.

— Quelle est la prochaine étape ? » voulut savoir Frank.

Amanda Wagner but une gorgée de son café, avant de lui répondre.

« Ils ont dû sécuriser la zone. Réunir tous leurs otages au même endroit, afin de mieux les contrôler. Étape trois, ils s'assurent que personne ne puisse entrer. Ils auront barricadé les portes, et comme le tueur qui manifestement pilote les événements a eu la bonne idée d'amener un ami avec lui, l'un des deux doit rester toujours au même endroit pour vérifier qu'aucune mauvaise surprise ne se présente par la porte d'entrée. »

« Ils ont eu amplement le temps de procéder à tous ces aménagements, ce qui signifie qu'ils vont bientôt aborder l'étape quatre, qui va consister à formuler leurs exigences. C'est là que les négociations entrent en jeu. D'abord, ils vont vouloir qu'on leur rétablisse l'eau et l'électricité, puis qu'on leur achemine de la nourriture. Nous, ce que nous voulons, c'est une opportunité de rentrer dans les lieux. » Elle vit Lena ouvrir la bouche pour se porter volontaire, et Amanda Wagner l'interrompit en levant un doigt en l'air. « Nous déciderons le moment venu.

— Nous avons des parents qui vont vouloir parler à leurs gosses.

— Il n'en est pas question, lui rétorqua Wagner. Le but, de notre côté, sera d'éviter au maximum l'aspect émotionnel de l'affaire. Nous ne voulons pas de parents en larmes suppliant pour la vie de leurs enfants. Nos tueurs savent déjà toute la valeur des otages qu'ils détiennent sans que nous renforcions encore cette donnée.

— Quoi d'autre ? s'enquit Lena. Ensuite, que va-t-il se passer ?

— Ils vont avoir faim ou alors ils auront envie de se voir à la télévision. Par la suite, nous arriverons au stade où nous aurons épuisé toutes les monnaies d'échange possibles, et ils vont vouloir sortir de là. Il faut que nous anticipions ce qu'ils vont exiger à ce moment-là, à part l'argent. Ils veulent toujours de l'argent... des billets non marqués, en petites coupures. » Elle s'interrompit. « Il faut que nous trouvions leur voiture. Il ne leur est pas poussé des ailes pour arriver jusqu'ici, et ils ne prévoient certainement pas de repartir par la même voie.

— Il y a un lac derrière l'université, l'informa Lena.

— Privé ?

— Semi, fit-elle. C'est difficile d'y faire entrer un bateau sans que personne s'en aperçoive, mais si vous faites un gros effort, ce n'est pas insurmontable. »

Amanda Wagner choisit l'un des seconds de Nick.

« Ce sera pour vous, d'accord ? Prenez deux hommes et allez fouiller le rivage. Nous parlons là d'un bateau qui se situerait à distance de marche du théâtre des opérations. Ils n'ont pas projeté une randonnée de loisir, dans le cadre de leur escapade. » Elle interrogea Frank. « Je suppose que tous les rapports sur les bateaux qui auraient disparu la semaine dernière sont consignés à l'intérieur du poste ?

— Ouais.

— Vous avez redirigé les appels du 911 ?

— Ouais, répéta Frank. Vers la caserne des pompiers, au bout de la rue.

— Voudriez-vous voir, je vous prie, si personne n'a signalé la disparition d'un bateau ce matin ? »

Frank décrocha l'un des téléphones du comptoir pour passer l'appel.

Wagner se tourna vers les deux hommes restants de son équipe.

« Nous allons d'abord faire sortir les enfants, en échange de la nourriture et de l'eau. Y a-t-il une fontaine dans le poste ?

— Dans le fond, près des cellules.

— Combien de cabinets de toilette ? »

Lena ne comprenait pas la question, mais elle y répondit.

« Un. »

Wagner s'expliqua.

« L'eau potable. Ils en ont à peu près sept litres dans le réservoir de la fontaine. Et ils vont la boire, rien qu'à eux deux. »

Frank raccrocha le combiné.

« Pas de bateaux manquants, fit-il. J'ai tâté le terrain du côté du standard pour voir si personne ne se souvenait d'avoir rédigé un rapport.

— Un bon point », fit Wagner. Elle s'adressa ensuite à l'équipe. « Après les enfants, nous allons essayer de faire sortir la vieille dame ou votre homme de patrouille. Ils ne verront aucun intérêt à les retenir. Pour eux, le flic reste encore douteux, et la vieille dame est un poids mort. A mon avis, ils vont vouloir garder la pédiatre. » Elle interrogea Frank et Lena. « Elle est jolie ?

— Je ne dirais pas que... »

Frank s'interposa.

« Oui.

— J'imagine qu'elle a assez confiance en elle, observa Wagner. Les femmes trop rangées ne suivent pas un cursus médical. » Elle se rembrunit. « Ils ne vont pas apprécier.

— Je suis son infirmière, à la clinique, fit Molly. Sara est la personne la plus équilibrée, la plus pondérée que je connaisse. Elle ne ferait rien qui soit susceptible de compromettre la situation, surtout pas avec les enfants qui sont là-bas. »

Amanda Wagner se tourna vers son équipe.

« Qu'en pensez-vous, les gars ? »

Celui qui avait un téléphone portable contre l'oreille émit un avis.

« Ça ne fait pas de doute, ils vont avoir un problème avec elle.

— Ils vont avoir bientôt besoin de se décharger de leur excès d'adrénaline », ajouta l'autre. Et il opina. « Je confirme, ils vont garder la femme.

— Je suis d'accord », fit Wagner, et Lena sentit son sang se glacer.

— Vous ne croyez pas qu'ils vont... ? » commença Molly.

Wagner la coupa aussitôt. Le ton était cassant, avec un air d'incrédulité.

« Ils ont tué quatre officiers de police judiciaire et tiré sur des enfants, ils en ont blessé un grièvement. Vous croyez qu'ils vont reculer devant la perspective d'une agression sexuelle ? » Elle se tourna vers Frank. « Vous étiez là-bas, inspecteur. Quel est leur but ? Que risquent-ils d'exiger d'autre ? »

Il haussa les épaules, et Lena sentit qu'il était partagé entre la colère et la perplexité.

« Je n'en sais rien. »

Elle le questionna.

« Par quoi ont-ils commencé ? Leur première action ?

— Ils ont abattu Matt. Ils ont arrosé le commissariat.

— En concluriez-vous que leur objectif principal était d'abattre l'inspecteur Hogan ? »

Même si Lena avait entendu Nick lui fournir quelques informations au téléphone, elle fut surprise que madame Wagner connaisse le nom de Matt.

« Inspecteur Wallace ? » insista l'officier supérieur.

Frank haussa de nouveau les épaules.

« Je n'en sais rien.

— Vous en savez tout de même davantage que nous, inspecteur. Vous étiez présent sur place. Qu'ont-ils dit ?

— Je ne sais pas. Ils beuglaient. Enfin, l'un des deux beuglait. Ensuite, il s'est mis à gifler Marla. Moi, je me suis précipité dans le fond du poste pour téléphoner à Nick. »

Lena se mordillait la langue, un tic nerveux. Elle n'avait jamais apprécié Marla, mais il n'empêche, il y avait en soi quelque chose d'épouvantable dans le fait de frapper une vieille dame. Sachant tout ce que ces deux types avaient déjà commis, elle n'aurait pas dû s'en étonner, mais enfin, rien que d'entendre tout ce qu'ils avaient infligé à Marla, cela ne fit que rehausser sa colère d'un cran.

« Attendez une minute », reprit Frank. A en juger par son air, on aurait dit qu'une ampoule venait de claquer dans son cerveau. « Il a demandé après le chef. Celui qui se fait appeler Smith. Il a dit à Marla qu'il voulait voir le chef. Elle m'a prévenu, et je suis allé trouver Jeffrey, et... » Frank avait parlé à toute vitesse, jusqu'à ce qu'il bute sur le prénom du chef Tolliver.

Wagner réussit plus ou moins à saisir le sens de ses paroles.

« Ils ont demandé à voir le chef Tolliver, mais c'est l'inspecteur Hogan qu'ils ont abattu ?

— Je... » hésita Frank, avec un haussement d'épaules. « Je pense, oui. »

Elle regarda autour d'elle dans la salle, elle s'arrêta sur Pat Morris, près de Lena.

« Vous êtes Pat Morris ? »

Il hocha la tête, visiblement mal à l'aise de se voir distinguer du lot.

« Oui, madame. »

Elle lui adressa un sourire tout à fait désarmant, comme s'ils étaient deux vieux amis.

« Vous étiez présent sur les lieux dès le début ?

— Oui, madame.

— Et qu'avez-vous vu ?

— Pareil que Frank. »

Le sourire désarmant se figea un peu.

« A savoir ?

— J'étais à mon bureau en train de taper un rapport, commença Morris. Le chef est entré dans la salle et je lui ai posé une question, je voulais qu'il m'explique la procédure pour afficher l'écran D-15. Je n'ai pas beaucoup l'habitude, avec les ordinateurs.

— Ce n'est pas grave, lui assura madame Wagner. Et ensuite ? »

Lena vit Morris déglutir avec difficulté.

« Et ensuite Matt est arrivé par la porte d'entrée. Marla lui a sorti quelque chose, du genre "Ah, te voilà", et puis le docteur Linton a crié.

— Elle a juste crié ?

— Non, madame. Elle a crié "Jeffrey !", comme pour le prévenir. »

Wagner inspira profondément, puis relâcha un lent filet d'air. Elle plissa les lèvres et Lena remarqua que son rouge à lèvres s'était un peu étalé.

« Donc, il se pourrait que nous nous trouvions face à un cas d'erreur sur la personne.

— Comment ça ? s'étonna Frank.

— Le tireur a pris l'inspecteur Hogan pour votre chef. » Elle regarda autour d'elle dans la pièce. « Je sais que c'est une question idiote, mais y aurait-il un criminel en particulier que votre chef aurait mis sous les verrous et qui serait capable de vouloir se venger ? »

Lena se creusa la cervelle pour revenir sur des affaires passées, en se demandant pourquoi cette idée ne lui était pas venue plus tôt. Quantité de noms lui vinrent en tête, autant d'individus qui avaient de quoi nourrir leur rancœur contre Jeffrey, assez pour avoir envie de le tuer, mais aucun d'eux n'avait jamais eu les couilles de passer à l'acte. En plus, ce n'étaient jamais les grandes gueules qui mettaient leurs menaces à exécution. C'étaient les taiseux, ceux qui laissaient leur colère se consumer au fond de leurs tripes jusqu'à ce qu'elle explose. C'étaient ceux-là qui finissaient par réellement débarquer l'arme au poing.

Enfin. Une piste qui méritait d'être suivie. Wagner s'adressa de nouveau au groupe dans sa totalité. « Quoi qu'il en soit, mission accomplie pour nos deux tueurs. Ils étaient venus tuer Tolliver, et ce fut chose faite dès les deux premières minutes, du moins le croient-ils. Ils ont été bloqués dans leur fuite grâce à l'intervention de notre très serviable patron du nettoyage à sec, ici présent, qui est sorti tout de suite dans la rue avec son fusil. Je dirais que leur objectif principal, pour le moment, serait de s'échapper du bâtiment sans se faire abattre.

— Amanda ? » fit Nick. Il traversa la salle en tenant un bleu d'architecte roulé sous le bras. Le plan du système de ventilation.

« Bien », approuva-t-elle, en déroulant le document sur la table. Elle étudia le circuit du système de ventilation pendant un moment, en suivant le tracé d'une colonne sèche qui traversait une partie du mur du fond. « Cela me paraît le meilleur emplacement, trancha-t-elle. Nous pouvons passer par le faux plafond de la salle de réunion pour accéder à cette conduite et glisser un Caméscope par là pour obtenir une vue d'ensemble de ce qui se déroule là-dedans.

— On ne pourrait pas juste passer à travers le plafond ? s'enquit Frank.

— Les dalles du faux plafond sont fabriquées dans un matériau qui se casse trop facilement. La poussière en tombant les alerterait...

— Non, l'interrompit-il, sur un ton plus animé. Le faux plafond court sur toute la longueur du poste. On pourrait juste escalader ce mur du fond et mettre le pied dans...

— Et finir par faire tuer tout le monde, acheva Wagner. Pour l'heure, inspecteur Wallace, nous n'en sommes pas encore réduits à la dernière extrémité. Ce que nous voulons, c'est obtenir le son et l'image sur ce qui se déroule dans cette salle. La première étape qui doit nous conduire à une maîtrise de la situation, c'est de savoir ce que mijotent ces deux gaillards. »

D'un signe, Wagner invita l'équipe à se rapprocher, et ils se penchèrent sur le plan, pour localiser leur point d'accès. Lena les regarda travailler, pendant quelques minutes, elle les écouta dresser la liste des matériels nécessaires, tâchant de comprendre leur jargon. Elle remarqua que Nick se tenait à l'écart, le visage fermé. Comment avait-il pu renoncer, se laisser écarter de ce type d'opération, cela la dépassait. Cette histoire devait aller au-delà de leur intervention conjointe avec Amanda Wagner dans l'affaire Whitfield, telle que la lui avait rapportée Frank. Il y avait toujours une vérité cachée derrière ce genre de rumeurs. Dieu sait quel genre de conneries les gens avaient pu inventer au sujet de Lena après son départ de la police.

A côté d'elle, Pat Morris longea la table qui servait de support à la machine à café. Il lui chuchota à l'oreille :

« Tu suis ce qu'ils racontent ?

Elle secoua la tête.

« Ils ont l'air de savoir ce qu'ils font », ajouta-t-il, et Lena acquiesça, mais sans commenter. « C'est tellement bizarre, continua-t-il, toujours à voix basse. Ces tueurs, ils doivent pas être beaucoup plus vieux que mon petit frère, qui est encore au lycée. »

Elle se tourna vers lui, ces derniers mots lui mirent tout à coup la puce à l'oreille.

« Tu es sérieux ? lui demanda-t-elle. Vraiment jeunes ? Quel âge, à ton avis ? »

Il haussa les épaules.

« Ils ont l'air d'avoir dans les dix-huit ans, au maximum. Mais ils sont sûrement plus âgés.

— Comment ça, plus âgés ? Et pourquoi ? » s'étonna-t-elle. Elle remarqua que Wagner et son équipe s'étaient tus, mais cela lui était égal. « Plutôt minces ? Du type androgyne ? »

Pat Morris se dandinait, ce feu roulant de questions le mettait mal à l'aise.

« Je sais pas, Lena. C'est arrivé si vite. »

Amanda Wagner intervint à son tour.

« A quoi pensez-vous, inspecteur Adams ?

— La dernière affaire sur laquelle j'ai travaillé avant de quitter la police », lui répondit Lena, la gorge serrée, au point qu'elle avait du mal à s'exprimer.

Nick frappa du poing sur la table.

« Bordel de Dieu ! », s'exclama-t-il, et Lena était convaincue que l'expression d'horreur qui se lisait sur son visage devait refléter la sienne. Il avait travaillé sur cette affaire, lui aussi, il avait été aux premières loges, et il avait pu constater l'ampleur des dégâts.

« Oh non ! fit Molly. Vous ne pensez pas à... »

Wagner reprit la parole sur un ton qui laissait entendre que sa patience avait des limites.

« Finissons-en avec ce suspense, jeunes gens.

— Jennings », expliqua enfin Lena, et ce nom lui fit remonter un arrière-goût de bile dans la gorge. « Un pédophile qui est assez fort pour confier tout le sale boulot à des jeunes. »

Chapitre huit

Lundi

Jeffrey aida les ambulanciers à transporter Robert en bas du perron. Il refusait toujours de s'allonger sur une civière, pour des raisons qui lui appartenaient, et chaque fois que Tolliver essayait de lui dire un mot, il se contentait de secouer la tête, et refusait de parler.

« Dès que Hoss arrive, je te rejoins à l'hôpital », proposa-t-il.

Pour la centième fois, Robert secoua la tête.

« Non, mon vieux. Ça ira. Vérifie juste que Jessie aille bien chez sa mère. »

Il lui tapa sur l'épaule.

« On se reparlera demain, quand tu seras plus en forme.

— Ça va », insista Robert. Même quand on l'installa à bord de l'ambulance, il manifesta encore son seul et unique souci. « Fais attention à Jessie, surtout. »

Jeffrey retourna vers la maison, mais sans y entrer. Au lieu de quoi, il s'assit sur le perron, où il attendit que Hoss se montre. Clayton Hollister était le shérif de cette ville – aussi loin que remonte la mémoire de Jeffrey, il l'avait toujours vu à ce poste – et quand il avait passé ce coup de fil pour informer la police locale de la fusillade, il avait appris que le vieux était parti à la pêche – au sens littéral du terme. Hoss revenait de Lake Martin, qui était à peu près à une demi-heure de route. Quand Tolliver avait proposé de prendre de l'avance et de procéder aux premiers relevés sur les lieux, son vieux mentor l'avait prié de patienter.

« Le temps que j'arrive, il sera bien toujours mort. »

Il y avait deux shérifs adjoints postés aux abords de la maison, ils s'entretenaient avec les voisins de Robert, évitant l'un comme l'autre d'entrer dans les lieux tant que le patron ne serait pas de retour. Hollister dirigeait son équipe d'une main de fer, un style de direction auquel Jeffrey n'avait jamais souscrit. Il savait que le vieux serait sans aucun doute très attentif à cette affaire-ci : sans l'intervention de Hoss, Robert et Jeff seraient sans doute devenus des criminels. Ils étaient encore adolescents, et il leur avait mené la vie dure, en les tenant à l'œil, en surveillant leurs moindres faits et gestes.

A l'époque, Tolliver avait mal supporté le comportement inquisiteur du bonhomme – il avait déjà un père, même si Jimmy Tolliver passait plus de temps en prison qu'à son domicile –, mais maintenant qu'il était devenu flic à son tour, il mesurait le service que Hoss lui avait rendu, gamin. Il y avait une raison pour laquelle Jeffrey et Robert avaient choisi de faire carrière dans les forces de police. A sa manière, Hoss avait prêché par l'exemple. Sauf que ce soir on ne savait pas trop ce que Robert venait de fabriquer.

Assis sur le perron, tout en suivant les faits et gestes des adjoints, il n'arrêtait pas de revenir en pensée sur le récit de Robert, tâchant de tirer au clair ce que Jessie et lui venaient de leur raconter. Quelque chose ne collait pas, mais il n'y avait rien là qui soit de nature à le surprendre, puisqu'il était de retour à Sylacauga. Il détestait ce patelin perdu, il détestait cette impression qu'à chaque seconde qu'il passait ici, c'était un peu de sa propre vie dont on le dépossédait. Il avait été idiot de vouloir revenir, et encore plus idiot d'avoir entraîné Sara. En six ans, rien n'avait changé. Possum et Bobby passaient toujours tous leurs dimanches ensemble, à se complaire dans leur nostalgie autour de la piscine pendant que Jessie s'imbibait le nez et que Nell ajoutait ses railleries remplies d'amertume à ce beau mélange. La présence de Sara n'avait fait qu'aggraver les choses, et plus qu'il ne l'aurait imaginé.

Malgré son aveu un peu stupide de la nuit précédente, il ne savait pas trop, au juste, ce qu'il éprouvait pour Sara. Elle avait plus ou moins réussi à lui entrer dans la peau, et s'il l'avait invitée à descendre en Floride, c'était en partie dans l'espoir de parvenir, à force de la baiser, à se l'extraire du corps une bonne fois pour toutes. En temps normal, les femmes avec lesquelles il sortait se mettaient en quatre pour lui faire plaisir, ce qui devenait en général de l'histoire ancienne au bout de quelques mois à peine, et lui fournissait un bon prétexte pour passer à la suivante. Sara n'était pas comme ça. En surface, elle était le genre de femme avec qui il avait toujours cru pouvoir faire sa vie : une parfaite combinaison de sexualité épanouie et de confiance en soi, qui lui interdirait de s'ennuyer. Néanmoins une relation avec elle réclamait pas mal de boulot. Elle avait une série d'opinions assez arrêtées et il n'était pas facile de la faire changer d'avis. Pour corser le tableau, sa mère estimait qu'il était le diable incarné et sa sœur l'avait tout de suite classé dans la catégorie des joueurs, à laquelle il avait appartenu toute son existence. Hier, chez Sara, quand elle avait ouvert la porte, elle lui avait carrément ri au nez, en le toisant d'un regard entendu, manière de lui signifier que sa réputation l'avait déjà précédé.

Sa réaction instinctive avait été de leur démontrer à tous qu'ils se trompaient. C'était peut-être là le problème – et la racine de son attirance vers elle. Il avait envie de mériter leur adoubement. Il avait envie que les gens le considèrent comme un bon garçon, le genre de type issu d'une bonne famille de la petite-bourgeoisie, très croyante et qui se situait toujours du bon côté de la loi. Cette envie avait désormais tout l'air d'une cause perdue. Sara le considérait du même œil que tout le monde à Sylacauga, comme s'il était aussi mauvais que son père.

« Salut », fit-elle en s'asseyant à côté de lui sur les marches.

Il s'écarta d'elle.

« Comment va Jessie ?

— Elle s'est endormie comme une masse dans le canapé », lui répondit-elle, en enserrant ses genoux de ses bras croisés. Le ton était réservé, comme s'ils étaient deux étrangers.

« Elle a pris quelque chose ?

— Je pense que la décharge d'adrénaline a été suffisante, en plus de ce qu'elle avait déjà ingéré. »

Elle le dévisagea, elle semblait l'étudier du regard.

« Quoi ?

— Il faut qu'on parle. »

La peur envahit Jeffrey, mais parmi les milliers de choses qui lui traversèrent l'esprit, ce qu'elle lui dit fut un choc plus grand que tout ce qu'il s'était imaginé.

« Tu as altéré les lieux du crime.

— Quoi ? » Il se leva, se plaça entre Sara et le monde qu'il y avait encore dans la rue. Il savait qu'il n'avait rien commis de répréhensible, mais il se sentait quand même sur la défensive. « Qu'est-ce que tu racontes ?

— Tu as laissé la porte ouverte.

— La porte de derrière ? Comment serais-tu entrée, sinon ? »

Elle rentra le menton dans la poitrine, c'était sa mimique quand elle s'efforçait de conserver son calme.

« L'armoire, reprit-elle. Tu as ouvert la porte. Tu as remis la chemise dedans. »

Il se souvenait à présent, et en effet, tout au fond de lui-même, il ne parvenait plus trop à saisir le sens de ses propres gestes.

« J'ai juste... » Il était incapable de formuler une réponse. « Je ne sais pas ce qui m'a pris. J'étais bouleversé. Cela ne doit pas prêter à confusion pour autant. »

Elle lui répliqua sur un ton très terre à terre.

« Un homme braque une arme sur la tête de sa femme, ensuite cet homme tire sur Robert, qui court à son armoire, attrape son pistolet et referme la porte ? »

Jeffrey tenta de réfléchir à une explication logique.

« Il l'a probablement refermée sans y penser. »

Tout en prononçant ces mots, il savait qu'il se raccrochait à un argument très futile. L'enchaînement des événements ne coïncidait pas.

Elle se leva, enleva d'un revers de la main un peu de la terre de son fond de pyjama.

« Je ne vais pas être complice de tout ceci », le prévint-elle, et cela sonnait comme un avertissement.

« Complice ? répéta-t-il, en croyant avoir mal entendu.

— De ces modifications sur la scène d'un crime.

— C'est ridicule ! » s'écria-t-il, en se dirigeant vers la maison.

Elle le suivit, comme si elle ne se fiait plus assez à lui pour le laisser seul à l'intérieur.

« Où vas-tu ?

— Je vais la refermer », répondit-il en entrant dans la chambre. Il s'arrêta devant l'armoire. La porte était déjà fermée.

Quand il se tourna vers Sara, pour comprendre, sa réponse fut claire et nette.

« Je ne l'ai pas refermée. »

Il rouvrit la porte et recula. Il recula encore d'un pas et, sous leurs yeux à tous les deux, elle se referma. Il en rit de soulagement.

« Tu vois ? » Il répéta les mêmes gestes, avec le même résultat. « Le sol ne doit pas être plan », expliqua-t-il, en pesant sur les lattes inégales du plancher. « Dès que tu recules, elle se referme.

— D'accord, admit-elle, comme si elle n'était toujours pas convaincue.

— Quoi ?

— Est-ce que l'étui était verrouillé ? »

Il rouvrit la porte, trouva en effet un coffret noir d'arme à feu, sur le rayonnage supérieur.

« Une serrure à combinaison, observa-t-il. Il a pu le laisser ouvert. Ils n'ont pas d'enfant. »

Sara gardait le regard rivé sur l'homme mort, à terre.

« Je veux assister à l'autopsie. »

Il avait failli oublier la présence de ce corps, dans cette chambre. Il se retourna, et le contempla. Les cheveux blonds étaient maculés de sang, et lui dissimulaient en partie la face. Son dos nu était moucheté de taches de sang et de matière cervicale, les lacets dénoués de ses chaussures de tennis serpentaient sur le sol. Il ne comprendrait jamais comment les gens pouvaient se figurer qu'un mort n'était qu'endormi. La mort transformait l'atmosphère, elle la chargeait d'une présence dense et dérangeante. Même avec son œil à moitié ouvert et sa mâchoire relâchée, il était impossible de s'y tromper, cet homme était mort.

« Sortons d'ici », dit-il en quittant la chambre.

Elle l'arrêta dans le couloir.

« Tu m'as entendue ? fit-elle. Je veux assister à...

— Pourquoi tu ne t'en occupes pas toi-même ? » l'interrompit-il, estimant que ce serait le seul moyen d'obtenir qu'elle se taise. « Ils n'ont pas de médecin légiste, ici. Le type qui tient les pompes funèbres s'en charge pour cent dollars la pièce.

— D'accord », acquiesça-t-elle, mais elle conservait une expression prudente, réservée, qui était tout sauf rassurante. Il savait que si elle découvrait quoi que ce soit qui ne cadrait pas, qu'il s'agisse de la forme de la blessure ou d'un ongle incarné, elle lui jetterait ce détail à la figure pour lui apporter la preuve que son intuition ne la trompait pas.

« Qu'est-ce que tu penses pouvoir découvrir ? » lui demanda-t-il, et puis il se souvint que Jessie était dans la pièce voisine, et il baissa la voix. « Tu crois que mon meilleur ami est un meurtrier ?

— Il a déjà admis avoir tiré sur ce type. »

Il se dirigea vers la porte de la maison, il voulait sortir de là et s'éloigner de Sara. Comme de juste, elle le suivit, elle était incapable de lâcher prise.

Les mains sur les hanches, elle s'adressa à lui sur le ton qu'elle devait avoir l'habitude d'employer avec ses patients.

« Réfléchis un peu à leur version des faits, Jeffrey.

— Je n'ai pas besoin d'y réfléchir », fit-il, mais plus Sara parlait, plus il y réfléchissait, et plus les conclusions auxquelles il aboutissait lui déplaisaient. « Pourquoi fais-tu tout cela ? finit-il par lui demander.

— Le minutage de leur version ne correspond pas avec ce que nous avons entendu depuis la rue. »

Il ferma la porte de la maison, il ne voulait pas que l'on puisse surprendre leur conversation. Par l'étroite fenêtre, il entrevit les adjoints du shérif occupés à discuter avec le chauffeur de l'ambulance, qui venait de garer son véhicule.

« Il y a eu un temps de latence entre le cri et le premier coup de feu. »

Il tâcha de se remémorer la séquence, mais en fut incapable.

« Ce n'est pas ainsi que cela s'est passé, releva-t-il tout de même.

— Le coup de feu est venu quelques instants plus tard.

— C'est-à-dire, c'est quoi, quelques instants ?

— Peut-être cinq secondes.

— Tu sais combien de temps ça dure, cinq secondes ?

— Et toi ? »

Il vit la voiture de patrouille de Hoss s'arrêter dans la rue. C'était la même sacrée bagnole dans laquelle le vieux le trimbalait du temps de son adolescence, rien n'avait changé, jusqu'à l'étoile de shérif décolorée, sur le flanc. Pendant leur année de première, Jeffrey et Robert avaient lavé cette voiture tous les week-ends, en guise de punition pour avoir ligoté avec du chatterton un malheureux bizuth de seconde au distributeur de Coca du lycée.

« D'accord, fit-il, car il voulait en finir avec tout ce bazar. Cinq secondes. Ça correspond à ce qu'ils ont raconté... elle a crié, Robert a repoussé le type, il a tiré. Cela peut prendre cinq secondes. »

Sara le dévisagea, et il ne savait pas si elle allait le traiter d'idiot ou de menteur. Elle le surprit.

« Pour être honnête, dit-elle, je n'arrive pas à me souvenir de leurs explications, si c'est elle d'abord qui a crié ou s'il a été le premier à repousser le type. » Là-dessus, Sara eut envie d'ajouter un mot, rien que pour être garce jusqu'au bout, sans doute. « Si tu as envie d'aider Robert, tu as intérêt à tirer tout ça au clair avant qu'il n'enregistre sa déposition. »

Il observa Hollister qui s'entretenait avec ses adjoints. Il portait encore son gilet de pêcheur et un vieux chapeau tout défoncé avec des appâts épinglés sur le pourtour. Jeffrey se sentit gagné par un sentiment de terreur.

« Le deuxième coup de feu, quand nous l'avons entendu, je t'avais déjà rattrapée. Ça fait quoi, encore dix secondes ?

— Je ne sais pas. En tout cas, ça n'a pas été immédiat.

— Robert pouvait aussi être en train de chercher son arme. »

Elle le surprit encore en lui concédant cette hypothèse.

« Juste.

— Alors le coup de feu suivant est intervenu quelques secondes après, non ? » Comme elle ne répondait pas, il continua. « Peut-être deux ou trois secondes plus tard ?

— A peu près.

— Ça peut coller, en déduisit-il. Le type lui tire dessus, Robert va attraper son arme. Il fait noir, au début il n'arrive pas à la trouver. Pendant qu'il fouille, il est touché. Ça le prend par surprise, mais il réussit quand même à riposter. »

Elle opina, mais ne paraissait pas convaincue. Tout au fond de ses tripes, il savait qu'elle lui cachait autre chose, et il avait de moins en moins de temps devant lui.

« Quoi ? » fit-il, car il voulait qu'elle vide son sac. « Qu'est-ce que tu ne me dis pas ?

— Oublie, c'est tout.

— Je suis sérieux, Sara. Il y a quelque chose que tu ne me dis pas. C'est quoi ? »

Elle ne quittait plus la fenêtre des yeux, et ne répondait pas non plus.

Hollister était toujours campé au bout de l'allée. L'ambulance recula en émettant une série de couinements étouffés. Chaque bip semblait ajouter à l'agacement de Jeffrey, si bien que lorsque Sara se dirigea vers la sortie, il l'empoigna par le bras et l'empêcha de s'en aller.

« Qu'est-ce que tu..., souffla-t-elle, surprise.

— Pas un mot à Hoss », la prévint-il, car il sentait le ciel lui tomber sur la tête, sans espoir de pouvoir tenter quoi que ce soit pour l'éviter. S'il pouvait juste convaincre Sara de se taire encore quelques heures, peut-être parviendrait-il à sonder le fond de cette énigme.

D'un geste vif, elle essaya de dégager son bras, elle avait l'air choqué.

« Laisse-moi tranquille.

— Promets-moi juste.

— Laisse-moi », répéta-t-elle en tirant sur son bras, un mouvement brutal.

Il se sentait si en colère et si désemparé qu'il flanqua son poing dans le mur devant lui. Elle tressaillit, comme si elle avait cru qu'il avait l'intention de la frapper, elle. La lueur de la peur, puis de la haine pure s'alluma dans ses yeux.

« Sara, fit-il, en reculant d'un pas, les mains levées. Je n'ai pas... »

La bouche de Sara ne formait plus qu'un trait rectiligne. Quand elle parla, ce fut d'une voix sourde, comme si elle luttait pour ne pas hausser le ton. Il ne l'avait jamais vraiment vue en colère, jusqu'ici, et il y avait dans son immobilité quelque chose de plus menaçant que si elle lui avait braqué une arme en pleine tête.

« Tu vas m'écouter, enfoiré, siffla-t-elle entre ses dents serrées. Je ne vais pas me laisser intimider par toi. »

Il essaya de la rassurer.

« Je ne... »

Elle s'écarta de lui d'un geste brusque.

« Si tu me touches encore une fois, je t'ouvre la gorge à mains nues. »

Il sentit son cœur s'arrêter de battre dans sa poitrine. Le regard qu'elle posa sur lui à cette minute était un regard de biais, un regard mauvais, un regard de vrai dur. Pas étonnant que le père de Jeffrey ait toujours eu l'air d'avoir sa dose après avoir cogné sur sa mère. La haine devait le ronger de l'intérieur.

Dehors, Jeffrey vit le shérif et ses adjoints qui s'approchaient de la maison. Il ravala le goût amer qu'il avait dans la bouche, tâcha de raisonner avec elle.

« Tout ce dont nous disposons, ce sont des questions, résuma-t-il. Je vais m'arranger pour qu'on te confie l'autopsie, d'accord ? Demain, nous parlerons avec Bobby et Jess. Accorde-moi juste un peu de temps pour comprendre ce qui se passe ici, avant de contribuer à faire envoyer mon meilleur ami à la chaise électrique. »

Elle refusait toujours de le regarder, mais il sentait toute sa colère lui vriller les oreilles, aussi nette et lugubre que le son du tocsin.

« Sara... »

Hoss frappa à la porte et Tolliver posa la main sur la poignée, comme s'il avait voulu refouler le vieux policier à l'extérieur. Le vieil homme lui lâcha un regard qui fendit Jeffrey de part en part, et il eut de nouveau l'impression d'avoir quinze ans, pris la main dans le sac juste devant chez Ben Franklin avec le poste à transistor qu'il n'avait pas payé.

Sara approcha la main de la poignée et Jeffrey ouvrit la porte.

« Salut, là-dedans. »

Hollister tendit la main et Jeffrey la lui serra, surpris par sa poigne. Les cheveux du personnage avaient viré au gris et les rides de son visage s'étaient creusées, mais à part cela, il n'avait pas du tout changé.

« Foutrement fâcheux de te revoir en de pareilles circonstances, L'Anguille. » En guise de salut à Sara, il porta deux doigts à son chapeau. « M'dame. »

Elle ouvrit la bouche pour dire quelque chose, mais Jeffrey l'interrompit.

« Hoss, voici Sara Linton. Sara, je te présente le shérif Hollister. »

Hoss arbora l'un de ses trop rares sourires.

« J'ai entendu dire que vous nous aviez rafistolé notre Robert. Merci d'avoir pris soin du garçon. »

Elle opina, et Jeffrey comprit qu'elle attendait le bon moment pour dire ce qu'elle avait à dire. Elle était encore tellement en colère qu'elle frémissait de tout son corps.

« On pourra recueillir votre déposition demain matin. Je sais que la soirée a été dure, pour vous. »

Jeffrey retint son souffle, il s'attendait à ce qu'elle explose.

Sara se racla la gorge, comme si elle avait du mal à retrouver l'usage de sa voix. Elle le surprit encore.

« Demain, cela ira tout à fait. » Elle posa une question à Jeffrey, en lui accordant tout juste un regard. « Tu crois que cela gênerait Nell si je dormais dans son canapé, cette nuit ? »

Il baissa les yeux par terre, en laissant échapper un lent soupir de soulagement.

« Non. »

Hoss offrit l'aide d'un de ses adjoints.

« Pourquoi tu ne conduirais pas la dame chez Possum ? »

Jeffrey reconnut là l'homme du temps où, gamin, il se rendait à l'église, quand May Tolliver était encore capable de rester assez sobre, les dimanches, pour obliger son fils à s'ouvrir un peu aux lumières de la religion.

« En te remerciant, Paul », dit-il.

Paul salua, l'index levé contre le bord du chapeau, en adressant un regard soupçonneux à Tolliver – ce même regard soupçonneux qu'il avait toujours attiré sur sa personne, depuis qu'il était en âge de marcher. Et, pour aggraver les choses, Sara lui fit de même, et elle sortit de la maison sans ajouter un mot.

Le shérif la regarda partir, sans prendre la peine de dissimuler son regard approbateur. Malgré son pyjama à rayures aux couleurs passées, Sara restait une femme attirante.

« Quelle grande asperge.

— Elle est bouleversée », fit Jeffrey, sachant exactement de quelle manière Hoss comprendrait ce terme.

« Pas le genre de spectacle à faire voir à une femme, admit-il. Jessie, ça va ?

— Elle est dans le canapé, fit-il. Elle dort », ajouta-t-il après un temps de silence. Il avait la sensation d'avoir de nouveau dix ans et de mentir à sa mère.

Jeffrey sut qu'il avait compris : le sommeil de Jessie était induit par autre chose que le simple épuisement.

« J'ai appelé sa mère, qu'elle vienne la chercher, Faith est la seule personne qui soit capable de la calmer. »

Il se retourna vers son autre adjoint, qui avait un appareil photo pendu au cou et tenait en main une boîte à outils rouge. L'homme avait l'air âgé de douze ans ou à peu près et il devait se faire passer pour le technicien de la police scientifique du patelin. Quand Hoss adressa la parole à l'adjoint, Jeffrey réprima une grimace, car il venait à son tour de le reconnaître.

« Reggie, reste donc par ici pour accueillir la maman de Jessie. On revient tout de suite. »

Reggie posa sa boîte à outils, et répondit sur un ton respectueux :

« Bien, chef. »

Hoss entra dans la maison en jetant un coup d'œil au salon côté rue. Il y avait des photos sur les murs, pour la plupart des clichés de Jeffrey, Possum et Robert, à l'époque du lycée. Nell et Jessie figuraient sur certaines, mais pour la majorité, cela se limitait aux trois hommes. Une photo de groupe montrait l'équipe scolaire de football de Jeffrey et Robert, avec une énorme banderole derrière les joueurs proclamant : « CHAMPIONS DE L'ÉTAT ». Quand ils étaient tous installés autour de la piscine, la veille, Possum avait parlé à Sara de leur dernier match victorieux contre Comer High, enjolivant la réalité au point de gêner Jeffrey, et même de le chagriner. Possum avait toujours été bon public.

« Qu'est-ce qui s'est passé ici, ce soir, nom de Dieu ?

— Je vais te conduire dans la chambre, si tu permets, suggéra Tolliver. Sara et moi, nous étions dans la rue quand nous avons entendu Jessie crier. »

Ils empruntèrent le couloir, et il se mordillait l'intérieur de la joue, tous ces mensonges par omission lui creusaient déjà un trou dans l'estomac.

Comme d'habitude, Hoss sut voir clair en lui.

« Quelque chose qui cloche, fiston ?

— Non, chef, répliqua-t-il. Seulement, la nuit a été longue. »

Hoss lui administra une tape dans le dos, assez fort pour le faire tousser. C'était sa manière de témoigner de l'affection aux hommes.

« T'es costaud. Tu vas nous surmonter ça. » Il s'arrêta devant la porte de la chambre. « Seigneur Dieu Tout-Puissant, grommela-t-il. Quel foutoir.

— Ouais », acquiesça Jeffrey, tâchant de voir la scène telle que la voyait le vieux policier, pour la première fois. Au-dessus de leur tête, le ventilateur ronronnait toujours, mais il constata qu'il devait être éteint quand l'homme s'était fait abattre : on suivait le contour des pales dans le mouchetis sanglant du plafond. Là où l'interrupteur avait été actionné, probablement par Robert, il y avait encore un filet de sang. C'était cohérent. Il avait dû allumer la lumière pour mieux voir la gravité de sa blessure, après l'échange de coups de feu. Il était tout aussi cohérent qu'il y ait eu un décalage entre les deux derniers coups de feu.

Robert maniait des armes depuis qu'il avait huit ans. Il avait attendu que ses yeux s'accommodent à l'obscurité, pour repérer où se trouvait Jessie.

Le shérif regarda par la fenêtre.

« Quelqu'un a fichu la moustiquaire en l'air. » Jeffrey ignorait s'il voulait dire de l'intérieur ou de l'extérieur, mais, quoi qu'il en soit, Jésus-Christ en personne n'aurait pu le forcer à rentrer dans la pièce. Quand Hoss serait parti, il irait faire un tour dehors, histoire d'aller jeter un œil.

« Qu'est-ce que nous dit Robert ? » lui demanda-t-il.

Jeffrey essaya de réfléchir à la manière de répondre, mais Hoss lui fit signe de laisser tomber.

« J'irai chercher la réponse à la source. » Le visage de Jeffrey dut trahir la surprise, car aussitôt il ajouta un mot. « Tu pourrais effectuer ta déposition demain, quand tu amèneras ta nana. »

A en juger par le regard qu'elle avait lancé à Jeffrey en partant de la maison, il n'était pas certain d'avoir une nana demain matin, mais il s'abstint de lui livrer cette information. A la place, il regarda Hoss arpenter la pièce et, chaque fois qu'il repensait à ce qu'il était en train de lui cacher, il en avait les entrailles nouées. C'était la raison principale pour laquelle il n'avait jamais tout à fait sombré dans la criminalité. A l'inverse de Jimmy Tolliver, la culpabilité suffisait à le maintenir éveillé la nuit. Il détestait mentir – peut-être parce que son enfance avait été cousue de mensonges. Sa mère avait toujours refusé d'admettre que son père était coupable des crimes qui l'avaient conduit en prison, et son père niait que sa mère ait jamais eu le moindre problème d'alcool. Entre-temps, Jeffrey racontait des salades de son cru à tous ceux qui voulaient l'entendre. Il avait quitté Sylacauga afin de pouvoir cesser d'être cet individu-là. Et dès la minute de son retour en ces lieux, il avait renoué avec ses vieux travers.

« Fiston ? » fit Hoss. Il était encore près de la fenêtre. Jeffrey remarqua qu'il avait posé le pied sur l'une des empreintes de pas sanglantes de Jessie. Il y avait quelques-unes de ses pilules blanches écrasées sous son talon.

« Chef ? » fit Tolliver, en songeant que Hoss devait être aussi anéanti que lui. Chacun avait une manière différente de le montrer.

« Je disais que tout ça m'a l'air assez clair », reprit Hollister. Il sollicita le pied du mort du bout de son soulier, et Jeffrey eut l'impression que l'on venait de lui décocher un coup dans les tripes. Enfin, chez Hollister, il en avait toujours été ainsi. Il y avait les bons et les méchants, et pour protéger les uns, il fallait infliger aux autres le traitement qui convenait. Il avait toujours mené la vie dure à Robert et Jeffrey, mais il était le seul homme en ville qui soit autorisé à les critiquer.

Le shérif s'accroupit, il examina le cadavre. Ses cheveux longs, blonds et gras lui recouvraient presque tout le visage. Toutefois, Hoss lui posa sa question.

« Tu le reconnais ?

— Non, chef », répondit Jeffrey, en s'agenouillant pour mieux voir. Il était encore sur le seuil de la chambre, et d'où il était, au ras de la moquette, il put discerner l'éclaboussure qui partait du corps, en éventail. Les pourtours de l'éventail pointaient directement vers l'endroit où il était agenouillé. Robert avait dû essayer de trouver la lumière, quand il s'était fait tirer dessus.

« Luke Swan. »

Hoss se leva, il logea son pouce dans son ceinturon. Ce nom lui était familier, mais pas le visage.

« On est allé en classe avec lui.

— Il a tout lâché avant que vous passiez vot' diplôme, vous autres, fit Hoss. Tu te souviens ? »

Jeffrey hocha la tête, et pourtant il ne se souvenait pas. Sa vie au lycée se déroulait au sein d'une coterie à part, composée de footballeurs et de pom-pom girls. Luke Swan n'était pas du genre athlétique. Il avait l'air de peser quarante-cinq kilos tout mouillé.

« Depuis cette époque, il a pas arrêté de faire l'andouille, plus ou moins, avec des hauts et des bas, lui expliqua Hoss, une note de tristesse dans la voix. Drogues, alcool. Il a couché plus d'une nuit au poste.

— Est-ce que Robert avait déjà eu l'occasion de l'arrêter ? »

Hoss accueillit la question avec un haussement d'épaules.

« Bon sang, L'Anguille, on n'a que huit adjoints sur le terrain, ici, quels que soient l'horaire et le tour de garde. On l'a tous eu entre les pattes, ce gamin, à un moment ou un autre.

— Il n'avait jamais rien tenté de ce genre, avant ? » s'enquit Tolliver. Hoss secoua la tête. « Agression à main armée, c'est un grand pas pour quelqu'un qui avait tout juste fait l'andouille. »

L'autre croisa les bras.

« Je sens que tu veux me dire quelque chose, là ? J'ai du souci à me faire ? »

Jeffrey regarda le corps. Il n'arrivait toujours pas à voir le visage du mort en entier, mais les lèvres fines et bleuies et sa constitution plutôt frêle lui évoquaient quelqu'un de juvénile.

« Non, chef. »

Hollister s'approcha de lui, sans se donner la peine de savoir sur quoi il marchait.

« Ta dame, là, elle m'a eu l'air de vouloir nous dire quelque chose.

— Chez nous, elle est médecin légiste. »

Il lâcha un sifflement feutré, l'air impressionné, mais pas pour la raison à laquelle on aurait pu s'attendre.

« Tu peux te payer un légiste à plein temps, toi ?

— Elle est à temps partiel, lui précisa-t-il.

— Elle prend beaucoup ? »

Jeffrey secoua la tête, mais il n'avait aucune idée de ce que gagnait Sara. A en juger par sa maison et sa voiture, elle gagnait un sacré paquet de plus que lui. Bien entendu, il était plus facile de gagner de l'argent quand on venait d'un milieu d'argent. Cette vérité, il l'avait vérifiée tout au long de sa vie.

Hoss pencha la tête vers le cadavre.

« Tu crois qu'elle ferait ça pour nous ? »

Il sentit de nouveau sa poitrine se serrer.

« Je vais lui demander.

— Bon. » Il se retourna, considéra la pièce. « Je veux qu'on m'éclaircisse ce foutoir et récupérer Robert en patrouille dès que possible. »

Là-dessus, comme pour mettre un terme à toute discussion ultérieure, il tendit la main vers l'interrupteur et éteignit la lumière.

Chapitre neuf

Sara se réveilla en nage, et elle fut prise d'étourdissement, car elle s'était assise trop vite. Elle jeta un regard affolé dans la chambre, tâchant de se rappeler où elle était. Tous ces souvenirs d'Auburn, c'était presque réconfortant. Même la couverture orange et bleue que Nell lui avait donnée la veille au soir lui faisait du bien. Elle s'assit dans le canapé, remonta la couverture jusque sous son menton et tendit l'oreille pour identifier les bruits discrets qui l'entouraient. Le café se préparait dans la cuisine, et il y eut quelque part le klaxon étouffé d'une voiture.

Elle ramena ses jambes à elle, se cala le menton sur les genoux. Cela faisait longtemps qu'elle n'avait plus rêvé d'Atlanta, mais quelques secondes auparavant elle s'y était retrouvée – elle était de nouveau dans ces toilettes du Grady Hospital, où elle s'était fait violer. Son agresseur lui avait menotté les bras dans le dos et il l'avait souillée d'une manière telle qu'elle le sentait encore. Ensuite il l'avait poignardée au côté du bas-ventre, en la laissant saigner à mort.

A ce souvenir, sa gorge se serra, et elle ferma les yeux, s'efforça de respirer pour surmonter ce flot d'émotions.

« Est-ce que ça va ? » lui demanda Nell. Elle se tenait dans l'encadrement de la porte, une tasse de café à la main.

Sara acquiesça de la tête, fit en sorte de retrouver la voix.

« Possum est sorti ouvrir le magasin. Jeffrey est passé voir comment se sentait Jessie. Elle est restée chez sa mère, c'est à deux rues d'ici, mais s'il s'imagine la trouver levée de son lit avant midi, il se fait des idées. » Comme Sara ne réagissait pas, elle observa un temps de silence. « Il m'a dit de vous prévenir d'être prête pour huit heures et demie. »

Sara consulta la pendule sur le manteau de la cheminée. Il était sept heures et demie.

« Le café est prêt. »

Et elle la laissa seule dans la pièce.

Elle s'assit, le bout de son pied heurta sa valise. Jeffrey l'avait déposée là quelques heures plus tôt, alors qu'elle faisait semblant de dormir. Il s'était faufilé comme un voleur, et elle l'avait regardé partir, en se demandant au juste dans quoi elle s'était fourrée. Tolliver n'était pas l'homme qu'elle croyait. Même Cathy Linton aurait été surprise de son attitude de la nuit dernière. Elle se sentait menacée et, à un certain stade, elle avait eu assez peur pour vraiment craindre qu'il ne la frappe. Elle ne pouvait pas se permettre de se laisser embarquer dans une relation pareille avec un homme. Elle éprouvait certains sentiments envers lui, c'était indéniable, peut-être était-elle même amoureuse, mais cela ne signifiait pas pour autant qu'elle doive se mettre dans une situation d'insécurité permanente.

Elle serra les lèvres, elle observa de plus près la couverture de magazine dans son cadre, au mur, avec la photo de Jeffrey. D'une certaine manière, peut-être le fait d'être de retour dans sa ville natale l'avait-il changé. L'homme que Sara avait découvert la nuit dernière n'avait rien de commun avec le Jeffrey Tolliver qu'elle avait appris à connaître ces derniers mois.

Elle essayait de trouver une explication à son comportement. Avant cela, rien dans sa personnalité n'aurait laissé prévoir l'écart de cette nuit. Il était excédé. Il avait frappé le mur de son poing, mais il ne l'avait pas touchée. Peut-être réagissait-elle de façon excessive. Les circonstances avaient pu le mettre à cran et elle l'avait peut-être poussé. Il l'avait empoignée par le bras, mais il l'avait aussi laissée partir. Il l'avait adjurée de ne pas parler, mais à l'arrivée du shérif, il n'avait rien tenté pour l'en empêcher. Avec un peu plus de recul, elle finissait par comprendre sa colère et son exaspération. Il avait raison sur un point : l'Alabama était un État qui appliquait la peine de mort, tout comme au Texas ou en Floride, cela relevait du passionnel. Si Robert était déclaré coupable, il pouvait s'attendre à finir sur la chaise électrique.

Elle avait beau être abrutie par le manque de sommeil, elle tâcha de se souvenir de tout ce qu'elle avait vu, dans la chambre de Robert et Jessie, hier soir. Elle n'était plus certaine de ce qu'elle avait entendu depuis la rue, et plus trop sûre non plus du tracé de cette déchirure qu'elle avait entrevue quand Robert avait retiré sa main. Il avait été rapide, et il s'était fort bien débrouillé pour étaler le sang autour de la blessure. Du coup, elle se demandait pourquoi il s'était donné tant de mal pour masquer ainsi la blessure d'entrée du projectile, s'il n'avait rien à cacher.

Si elle avait raison, le canon de l'arme qui avait tiré sur Robert était situé en angle, suivant un axe montant, contre la peau. Le métal brûlant avait imprimé la forme en V de la gueule du canon dans la chair. Soit la personne qui lui avait tiré dessus était en position basse par rapport à lui, accroupie ou à genoux, soit Robert tenait l'arme contre son flanc quand il avait pressé la détente. La seconde hypothèse expliquerait pourquoi les dégâts avaient été si limités. L'abdomen contenait sept organes vitaux et à peu près une dizaine de mètres d'intestins. La balle n'en avait touché aucun.

Elle aurait volontiers formulé ses soupçons au shérif dès hier soir, mais après avoir observé le personnage, elle savait que, comme Jeffrey, il ferait tout son possible pour accorder à Robert le bénéfice du doute. Clayton « Hoss » Hollister, c'était le bon vieux paternel par excellence, depuis son sobriquet jusqu'à ses bottes de cow-boy. Elle connaissait la manière d'agir des individus de son espèce. Son père sans être un des vieux messieurs influents de Grant County – il détestait rendre des services sous prétexte qu'il fallait en rendre –, mais il jouait néanmoins aux cartes avec tout le monde. Dès sa première semaine à son poste de médecin légiste, elle avait appris à connaître leur mode de fonctionnement, quand le maire lui avait expliqué que la région avait signé un contrat exclusif pour commander toutes ses fournitures médicales à travers la société de son beau-frère.

Aujourd'hui, elle avait envie de revoir la blessure de Robert, et même si Jeffrey refusait – ou s'il était dans l'incapacité – de tenir sa promesse de la laisser pratiquer l'autopsie, elle avait envie de pouvoir au moins suivre l'intervention de celui qui se chargerait d'examiner l'homme que l'on avait abattu – ou la victime, selon le point de vue que l'on adoptait. Après quoi, tout ce qu'elle souhaitait, c'était quitter ce Sylacauga d'épouvante, et être loin de Jeffrey. Elle avait besoin de temps et d'un peu de distance pour reprendre ses esprits et, à la lumière de la déflagration de la nuit dernière, de mieux comprendre la nature exacte de ses sentiments à son égard.

Elle essaya de voir si ses pieds supporteraient le poids de son corps. Après sa course improvisée de la veille, elle avait encore la plante des pieds meurtris, et quelque chose de pointu lui avait entaillé l'épiderme, sous le talon. Elle s'arrêterait pour acheter du sparadrap, dès qu'elle serait sur l'autoroute.

Quand elle entra dans la cuisine en boitant, ce fut à peine si Nell lui sourit.

« Les gosses seront pas levés avant une heure. »

Sara tâcha de se montrer polie.

« Quel âge ont-ils ?

— Jared a dix ans, Jennifer dix mois de moins. »

Elle haussa le sourcil.

« Vous pouvez vous fier à ce que je vous dis, on m'a ligaturé les trompes une seconde pile après me l'avoir extrait du ventre. » Nell sortit une tasse du placard. « Vous l'aimez noir ? » Sara confirma d'un signe de tête. « C'est Jenny la plus intelligente des deux. Ne répétez pas ça à Jared, mais Jenny est en avance d'une classe sur lui, à l'école. C'est la faute à mon fils, c'est sûr... c'est pas qu'il est stupide, seulement il s'intéresse davantage au sport qu'aux manuels scolaires. Les garçons de cet âge, ils sont incapables de tenir en place. Vous êtes sûrement au courant, dans votre boulot. » Elle posa la tasse devant Sara et versa le café tout en continuant de lui parler. « Je suppose que vous avez qu'une envie, c'est d'avoir toute une maison remplie de gamins, une fois que vous vous serez installée. »

Sara regarda un filet de vapeur s'échapper de sa tasse.

« En fait, je ne peux pas avoir d'enfants.

— Oh, fit Nell. Tiens, j'ai encore perdu une bonne occasion de me taire. On dirait que je les collectionne.

— Ce n'est pas grave. »

Nell s'assit en face d'elle, avec un lourd soupir.

« Seigneur, faut toujours que je fourre mon nez partout. C'est la seule chose que ma mère débite sur mon compte qui soit vraie. »

Sara eut un sourire forcé.

« Vraiment, ce n'est pas grave.

— Je vais pas insister pour que vous entriez dans les détails », lui assura la femme, mais le ton de sa voix laissait entendre qu'elle serait plus que disposée à écouter le tout.

« Grossesse extra-utérine, lui indiqua-t-elle, sans entrer dans les détails.

— Jeffrey est au courant ? »

Sara secoua la tête.

« Vous pourriez toujours en adopter.

— C'est ce que ma mère n'arrête pas de me répéter », admit-elle, et c'était la première fois qu'elle exprimait à voix haute la raison qui lui rendait l'idée de l'adoption insupportable. « Je sais que ça peut paraître horrible, mais je prends soin toute la journée des enfants des autres. Quand je rentre chez moi...

— Vous n'avez pas besoin de vous justifier », l'interrompit Nell. Elle prit la main de Sara dans la sienne. « Jeffrey, ça l'embêtera pas. »

Sara lui répondit d'un sourire pincé et l'autre lâcha un profond soupir.

« Enfin, bon, merde. Je peux pas dire que j'avais

pas vu le truc venir, mais j'espérais qu'avec lui, ça durerait un peu plus longtemps.

— Je suis désolée.

— Oubliez ça. » Elle fit claquer ses deux paumes sur ses cuisses, en se levant. « Entre vous et moi, y a pas de souci. D'avoir perdu Jeffrey, j'y gagne. Et c'est bien la première fois que ça m'arrive, je peux vous assurer. »

Sara baissa les yeux sur son café.

« Vous voulez des pancakes ?

— Je n'ai pas faim, lui répondit-elle, et pourtant elle avait l'estomac qui gargouillait.

— Moi non plus. » Nell sortit la plaque chauffante. « Trois ou quatre ?

— Quatre. »

Nell plaça la plaque sur la cuisinière et entama la préparation de sa pâte. Sara la regarda s'activer, songeant qu'elle avait vu sa mère enchaîner les mêmes gestes des milliers de fois. Être là, dans une cuisine, cela avait quelque chose de réconfortant et elle sentait les cauchemars de cette nuit se dissiper peu à peu.

« Stupide voisin », fit Nell, en faisant joyeusement signe de la main à quelqu'un par la fenêtre, au-dessus de l'évier. Il y eut un claquement de portière de voiture, suivi d'un moteur qui démarrait. « Tous les week-ends il est parti avec une espèce de pute qu'il a rencontrée à Birmingham. Regardez-moi ça, ajouta-t-elle, en jetant un coup d'œil à Sara par-dessus son épaule, pour s'assurer qu'elle l'écoutait. Dès qu'il sera sorti de l'allée, ces chiens vont se mettre à aboyer et ils vont plus se taire jusqu'à son retour, ce soir vers dix heures. » Elle se dressa sur la pointe des pieds et tendit le cou pour mieux y voir dans le jardin du voisin. « Je lui ai suggéré dix fois de confier ces pauvres bêtes à un chenil. Possum a même proposé de lui construire un abri. Mon Dieu, ce qu'ils peuvent hurler, quand il pleut. »

Comme par un fait exprès, les chiens commencèrent à aboyer. Rien que pour continuer de la faire parler, Sara lui posa une question.

« Ils n'ont pas de niche ? »

Elle secoua la tête.

« Nan. Il était tout le temps obligé de rentrer chez lui parce qu'ils sautaient la palissade, alors il les a enchaînés. Donc, bien sûr, tous les matins, réglés comme une pendule, ils renversent leurs écuelles d'eau et moi il faut que j'aille patauger là-dedans et que je leur remplisse. » Elle lui tendit une boîte d'œufs et un bol. « Tenez. Dans le genre vilains, ils ne sont même pas mignons. Et Seigneur, ce qu'ils peuvent baver. Chaque fois que vais là-bas, c'est comme si je prenais un bain de crachats. »

Sara cassa les œufs dans le bol, en écoutant moins les propos de Nell que le simple rythme de sa voix. Elle pensait à Jeffrey, en essayant d'introduire un peu de logique dans les événements de la nuit précédente. Elle savait que sa plus grande force constituait aussi sa plus grande faiblesse, c'est-à-dire qu'elle percevait les choses avec clarté, ou tout noir, ou tout blanc, mais cette fois-ci – et c'était la première fois de son existence –, elle apprenait aussi à voir les nuances de gris. La nuit dernière, elle était fatiguée, et atterrée par tout ce qui s'était passé. Avait-elle vraiment vu cette marque de brûlure ? Plus elle y repensait, plus elle finissait par se convaincre du contraire. Mais son instinct lui commandait tout de même de s'en tenir à sa première idée. Et pourquoi Robert refusait-il de montrer cette blessure, si ce n'était parce qu'il avait quelque chose à cacher ?

« Sara ? » fit Nell. A l'évidence, elle lui avait posé une question.

« Je suis désolée, s'excusa-t-elle. Que disiez-vous ?

— Je vous demandais si Robert avait reconnu cet homme. »

Elle secoua la tête.

« Je ne crois pas, sinon il l'aurait évoqué.

— C'est pas encore dans les journaux... Ici, on n'a qu'un hebdo et il n'arrive pas avant dimanche prochain... mais quand je suis sortie faire ma balade ce matin j'ai entendu dire que c'était Luke Swan. Le nom ne vous dira rien, à vous, mais nous sommes tous allés à l'école avec lui. Il habitait à deux maisons d'ici. » Elle fit un signe de tête, en direction du jardin sur l'arrière. « Possum est né dans cette baraque et moi j'ai grandi de l'autre côté de la rue... je vous l'avais pas dit ? » Là encore, Sara secoua la tête. « On a emménagé ici après la mort de sa maman. Je pouvais pas la supporter, cette femme... – Elle frappa trois coups sur le placard en bois situé sous l'évier – ... mais c'était sympa de sa part de nous laisser la maison. J'ai pensé que le frère de Possum allait râler, mais tout s'est bien terminé. » Elle s'arrêta, le temps de respirer. « Où j'en étais ?

— Luke.

— Exact. » Elle se retourna vers la cuisinière. « Il a habité ici quelques années avant que son père ne perde son boulot, ensuite ils sont partis s'installer dans le quartier du lycée. Il ne s'entendait pas particulièrement avec notre petit groupe. »

Sara devinait qu'elle désignait par là le groupe des vedettes de leur lycée. Elle avait eu les mêmes dans son propre lycée, et si elle-même était loin d'avoir la cote, elle estimait avoir eu de la chance de ne pas subir le harcèlement des autres pour autant.

Nell continua.

« J'ai entendu dire que c'était un faiseur d'embrouilles, mais qui peut savoir ? Une fois que quelqu'un est mort, les gens racontent toutes sortes de choses. Vous devriez entendre Possum parler de sa maman comme si c'était Mary Poppins, une femme qui n'a pourtant jamais été heureuse un seul jour de toute son existence. Pour ça, elle était pareille que Jessie. » Nell versa de la pâte pour quatre pancakes sur la plaque. « J'ai entendu dire que Jessie était chez sa maman.

— Oui, confirma-t-elle.

— Doux Jésus », marmonna Nell, en lui reprenant le bol d'œufs. Elle les battit à la fourchette, puis elle les fit glisser dans la poêle à frire. Sara avait beau avoir été reçue dans les dix premières de sa classe au concours d'entrée d'une des facultés de médecine les plus renommées des Etats-Unis, en présence d'une femme qui savait cuisiner, elle se sentait incompétente. L'unique repas qu'elle avait préparé pour son dernier amoureux avait, casseroles comprises, fini à la poubelle.

« Moi, ça va, ça vient, je vis à la cadence de cette bonne femme, avec les hauts, et avec les bas. C'est peut-être parce que Robert et Possum nous collent tout le temps ensemble et ils s'imaginent que ça nous rend heureuses. Parfois je me dis qu'elle n'est pas si méchante, et d'autres fois j'ai envie de lui taper sur le crâne pour y faire rentrer deux sous de bon sens. » Elle tapota sa fourchette sur le rebord de la poêle avant de la poser sur une serviette. Enfin, pour le moment, je me sens juste désolée pour elle.

— C'est terrible, ce qui est arrivé. »

Nell retourna les pancakes avec une spatule.

« Bobby est un vrai chou à la crème, mais les types, tant qu'on les a pas ramenés à la maison et qu'on les a pas sortis de l'emballage, on ne sait jamais à quoi s'en tenir avec eux. Peut-être qu'il lui tape sur le système. Il y a quelques années, Possum a commencé à me taper sur les nerfs, et je l'ai prévenu que j'allais lui taper dessus à coups de batte de base-ball. » Elle fit glisser les pancakes et les œufs dans une assiette, qu'elle lui tendit. « Du bacon ?

— Non, merci. »

Nell sortit trois petites tranches de bacon de sous une serviette et les posa dans l'assiette de Sara.

« Il y a encore quelques mois, je la détestais, quelque chose de terrible. Elle a fait une fausse couche. Je suis passée chez elle tous les jours pour être sûre qu'elle fasse pas une bêtise. Ils aimaient bien se déchirer, ces deux-là. Depuis que je la connais, elle voulait un gosse. Là, je parle du collège. Eh ben, elle a jamais pu en avoir. »

Sara versa du sirop sur les pancakes. Ils étaient parfaitement circulaires et tous de la même épaisseur.

« Quel genre de bêtise elle a fait, Jessie, à votre avis ? Elle a avalé trop de pilules », continua Nell en retournant les pancakes un par un. « C'était pas la première fois. Si vous me posez la question à moi, c'était juste histoire d'attirer l'attention. C'est pas que Robert me paraisse pas un homme attentif, mais on ne sait jamais, hein ?

— Non », admit Sara, la bouche pleine de bacon. Jusqu'à hier soir, elle n'aurait jamais cru Jeffrey capable de la menacer physiquement. Elle sentait encore le souffle de son poing s'abattant à quelques centimètres de sa tête, quand il avait frappé dans ce mur. « Est-ce qu'elle pourrait le tromper, à votre avis ?

— Ha ! », s'exclama Nell avec un rire, et elle la servit. Elle s'assit en face d'elle, se versa une copieuse ration de sirop sur ses pancakes sans cesser de parler. « Si elle l'a trompé, ça doit être avec un bonhomme qui crêche tout là-haut, en Alaska. Robert est au courant de tout ce qui se passe dans cette ville. C'est probablement lui qui va assurer la succession du shérif, si le vieux schnock prend sa retraite un jour. Hoss occupait déjà le poste avant Mathusalem. Je pense que pour lui, la seule façon de partir, ce sera les pieds devant. Bon Dieu, comme je connais cette ville, les gens voteraient encore pour lui même après sa mort.

— Vous ne possédez pas d'unité de police judiciaire, il n'y a que le bureau du shérif ? »

Nell avala une bouchée de son œuf.

« Vous savez que c'est vraiment petit ici ? Si nous avions les deux, il resterait plus personne pour travailler à la station-service. » Elle se leva. « Un jus ?

— Non, ça va très bien, merci. »

Nell sortit deux verres du placard et les posa sur la table.

« Remarquez, si Jeffrey était dans le coin, Hoss se serait déjà retiré depuis des années.

— Pourquoi ça ? »

Elle versa les jus.

« Héritier présomptif. Le père de Robert était à moitié un inutile, mais à moitié inutile ça vaut encore mieux que de se taper un Jimmy Tolliver. Cet homme-là, c'était un monstre. Jeffrey ne vous en parlera jamais,

mais cette cicatrice qu'il a sous l'épaule, ça lui vient de son père. »

Sara avait vu cette cicatrice, mais préférant éviter d'engager la conversation sur ce thème, elle ne lui avait jamais posé de question à ce sujet. Mais là, elle la posa.

« Comment cela ? »

Nell se rassit.

« Je me trouvais là », fit-elle en prenant un morceau de pancake. « May a sorti une réflexion bien dans sa manière, à la madame-je-sais-tout, et Jimmy lui est tombé dessus. Je veux dire, comme un furieux. Je n'ai jamais rien vu de pareil. J'espère bien ne jamais revoir ça, je touche du bois. »

Et elle cogna de ses phalanges repliées contre la table.

Sara avala, et pourtant elle n'avait rien dans la bouche.

« Il l'a frappée ?

— Oh, mon chou, il la frappait tout le temps. C'était comme s'il la prenait pour son punching-ball personnel. Jeffrey aussi, quand il était à la maison. C'est pas qu'il y était souvent. Il passait le plus clair de son temps dehors, vers la carrière, il faisait toujours en sorte de garder ses distances. Il restait assis là-bas et il lisait jusqu'à ce que le soleil se couche. Parfois, il dormait sur place, à moins que Hoss ne le trouve, alors il ramenait Jeff dormir au poste. » Nell but un peu de son jus. « En tout cas, cette fois-là, il était présent. Ils étaient en train de se foutre sur la gueule et Jeffrey a essayé de les séparer. Jimmy lui a flanqué une raclée pas possible et Jeffrey est allé voler... mais littéralement voler... à l'autre bout de la pièce. Il s'est entaillé le dos sur le couvercle de la cuisinière. »

Après un temps de silence, Sara murmura :

« Je l'ignorais. »

Elle tâcha de s'imaginer ce qu'avait dû représenter pour Jeffrey le fait de grandir dans ce genre d'environnement, et elle n'y parvint pas. Comme beaucoup de pédiatres, elle avait eu son lot d'enfants maltraités. Rien ne la mettait plus en colère que la lâcheté d'un adulte qui se défoulait de ses frustrations sur un enfant. Si cela n'avait tenu qu'à elle, elle les aurait tous laissés moisir en prison.

« Pour foutre Jeffrey en rogne, il en faut une sacrée dose, poursuivit Nell. J'imagine que c'est une bonne chose. Enfin, peut-être pas tant que ça, d'ailleurs. Il y a de quoi s'étonner qu'il ait pu contenir tout ce fatras au fond de lui pendant autant de temps. Il déteste se disputer. Toujours été ainsi. Vous savez qu'il avait obtenu une bourse académique, pour l'université d'Auburn ?

— Jeffrey ? s'étonna-t-elle, en s'efforçant d'assimiler cette nouvelle information.

— Pour partie, c'était le football, mais ils vous accordent pas un ticket complet juste pour aller chauffer les bancs de touche ». Elle lâcha un rire surpris, comme si elle n'arrivait pas à croire aux mots qui venaient de lui sortir de la bouche. « Ne répétez jamais à Possum ce que je vous ai dit là, mais je le jure devant Dieu, c'est la vérité vraie. Dès la minute où Jeffrey a débarqué à Auburn, il a détesté le foot. Si Hoss l'avait laissé faire, il aurait plaqué l'équipe.

— Qu'est-ce que Hoss avait à voir là-dedans ? »

Nell posa sa fourchette.

« Vous savez pourquoi on a surnommé Jeffrey L'Anguille ?

— Je peux toujours essayer de deviner. »

Elle lâcha un ricanement.

« Ben, il sait filer comme une anguille. C'est sûr, il a la peau douce et lisse, ça, je lui accorde aussi volontiers, mais le nom lui vient du fait que, quelle que soit la panade où il se foutait, il était toujours assez anguille pour s'en tirer.

— Quel genre de panade ?

— Oh, rien de bien méchant quand on considère un peu les bêtises que les gamins peuvent commettre aujourd'hui. Voler des machins au bazar, emprunter la voiture de maman quand elle était dans les vapes sur son canapé. Le même genre de conneries que son père avait pu faire avant lui, à cet âge. Là, je vous parle de quand il avait dix ou douze ans. Vous allez finir, ça ? » Sara secoua la tête et Nell tendit la main pour piquer avec sa fourchette le dernier morceau de pancake. « Il aurait sûrement fini au même endroit que son père, si Hoss n'avait pas débarqué.

— Qu'est-ce qu'a fait Hoss ?

— Au lieu de le coller une ou deux nuits en cabane, il l'a obligé à tondre le gazon de la prison. Parfois, il l'emmenait visiter les cellules et il le faisait causer avec les types qui étaient enfermés là, des vrais durs-à-cuire. Dans le fond, il lui a foutu une sainte frousse. Avec Robert, ce n'était pas nécessaire, il n'était qu'un suiveur, et une fois qu'il avait remis Jeffrey au pas, avec Robert, c'était réglé aussi.

— C'est une bonne chose que Hoss s'en soit mêlé.

— Parfois, je me le demande, fit Nell en se rasseyant avec son café. Jeffrey, c'est un cœur tendre, j'imagine que vous avez remarqué. »

Elle ne répondit pas, mais elle se demandait si Nell avait de lui une image très fidèle à la réalité. Il pouvait s'en produire, des choses, en six ans. Il pouvait se passer bien des choses, en une nuit.

« Moi, je le voyais toujours finir par enseigner, pourquoi pas entraîner une équipe de football, au lycée. Après, quand Jimmy a pris perpète, il a changé. Peut-être que Jeff a pensé qu'entrer dans la police et devenir flic compenserait le fait que son papa était un criminel. Peut-être qu'il a cru que ça rendrait Hoss heureux.

— C'était le cas ? »

Elle repoussa son assiette.

« A un point que vous pouvez pas imaginer. »

Sara vit Jeffrey longer la fenêtre de la cuisine et elle se leva de table.

« Je ferais mieux d'aller m'habiller », dit-elle à Nell.

Il ouvrit la porte de derrière. Il eut l'air surpris de trouver Nell et Sara en train de prendre leur petit déjeuner.

« J'allais justement me changer », lui expliqua Sara.

Il lui lança un rapide coup d'œil.

« Tu m'as l'air très bien comme ça, lui dit-il, alors qu'elle était encore en pyjama, celui qu'elle portait quand elle était sortie en courant de la maison de sa mère, la veille.

— Comment ça va, Jessie et les autres ? s'enquit Nell.

— Comme tu imagines. » Il désigna leurs assiettes nettoyées. « Ça sent bon.

— Je n'ai pas épousé Possum pour te faire la cuisine, lâcha-t-elle en se levant. Il reste plein de pâte dans le bol et les œufs n'ont pas dû trop refroidir. Faut que j'aille vérifier si ces idiots de cabots n'ont pas encore renversé leur écuelle de flotte. »

Nell sortit de la pièce et, en son absence, la conversation tourna court. Ne sachant que faire d'autre, Sara se rassit à table. Elle avait l'impression de sentir les pancakes qu'elle venait d'avaler gonfler dans son ventre. Dans sa tasse, le reste de café avait tiédi, mais elle réussit à l'avaler.

Jeffrey mâchait un morceau de bacon, et il se versa à son tour une tasse de café. Il posa la cafetière sur le réchaud, la reprit aussitôt et la leva en l'air pour voir si Sara en voulait encore. Elle secoua la tête, pour dire que non, et il la reposa, avala un autre morceau de bacon, en fixant du regard le robinet de l'évier.

Elle reprit sa fourchette et traça un dessin autour de la flaque de sirop, dans son assiette, en se demandant plus ou moins quoi dire. En réalité, c'était plutôt à lui de prendre l'initiative. Elle abandonna sa fourchette, croisa les bras, et le dévisagea. Elle attendait.

Il se racla la gorge, avant d'oser la questionner.

« Qu'est-ce que tu vas raconter, aujourd'hui ?

— Qu'est-ce que tu veux que je raconte ? répliqua-t-elle. Tu vas encore me menacer ?

— Je n'aurais pas dû.

— Non, tu n'aurais pas dû », dit-elle, et elle sentit sa colère se réveiller, intacte, claire et nette. « Autant te le dire tout de suite, entre la manière dont ta mère m'a parlé hier soir et tes menaces, je pourrais aussi tout de suite m'en aller, sans jamais revenir en arrière. »

Il regarda par terre, et elle sentit toute sa honte, sans même la voir sur son visage. Il essaya de parler, mais il demeura sans voix, et il dut s'éclaircir encore la gorge avant de réussir à prononcer un mot.

« Je n'ai jamais frappé une femme de ma vie. »

Sara attendit.

« Je me trancherais les deux mains avant de commettre un geste pareil », lui affirma-t-il, la mâchoire crispée. Il tentait de combattre les émotions qui montaient en lui, c'était visible. « J'ai vu mon père frapper ma mère, tous les jours. Parfois, c'était parce qu'elle le foutait en pétard, d'autres fois il la cognait juste parce que rien ne l'en empêchait. » Jeffrey avait toujours le visage détourné. « Je sais que tu n'as aucune raison de me croire, mais jamais je ne te ferais du mal. »

Comme elle ne répondait rien, il la questionna de nouveau.

« Qu'est-ce que ma mère t'a dit, hier ? »

Elle était trop gênée pour le lui répéter.

« Peu importe.

— Mais si, insista-t-il. Je suis désolé. Je suis désolé de t'avoir amenée ici, dans cet... cet endroit. » Il risqua un regard vers elle, et elle vit qu'il avait les yeux injectés de sang. « Je voulais juste que tu voies... » Il se tut. « Bon sang, je ne sais pas ce que je voulais que tu voies. Qui je suis vraiment, j'imagine. Peut-être que tu t'en aperçois déjà, d'ailleurs. Peut-être que c'est ça, ce que je suis vraiment. »

Elle était désolée pour lui, et puis elle se sentit stupide de se sentir désolée.

Il attrapa la chaise que Nell avait quittée, l'écarta de la table avant de s'y asseoir.

« Bobby a refusé de me parler, ce matin. »

Elle attendit la suite.

« Je suis entré dans la pièce, et il était en train de s'habiller pour rentrer chez lui. » Il s'interrompit, et elle perçut plus qu'elle ne vit cette sensation d'impuissance qui s'était emparée de lui. « Je lui ai expliqué qu'il fallait qu'on se parle et il a juste dit non, c'est tout. Comme ça, "Non", comme s'il avait quelque chose à cacher.

— C'est peut-être le cas. »

Il tapota sur la table.

« Jessie était avec lui ?

— Non. Quand je suis passé chez sa mère pour voir comment ça allait, elle n'était pas encore réveillée. »

Elle se mordit la lèvre, hésitant à lui faire part de ce qu'elle avait vu.

« Vas-y, fit-il. Vas-y et dis-moi un peu ce que c'est qui m'échappe, que je ne sais pas voir. » Il frappa de la paume contre la table, exaspéré. « Seigneur, je ne fais pas exprès, Sara. Peu importe le nombre d'années qui se sont écoulées, il reste mon meilleur ami. Ce n'est pas franchement simple pour moi d'être un flic, à l'heure qu'il est. »

Elle respira à fond, calmement. Ce coup qu'il avait frappé sur la table l'avait fait sursauter, et sa première impulsion avait été de se lever et de sortir. Le fait qu'il vienne d'une famille violente ne signifiait pas que cet homme, devant elle, soit violent lui-même, et pourtant elle ne pouvait s'empêcher de le voir autrement, désormais. Ses larges épaules et son corps musclé, qu'elle avait naguère trouvés si attirants, ne servaient qu'à lui rappeler qu'il était beaucoup plus fort qu'elle.

Il avait dû le sentir, car il baissa d'un ton.

« Je t'en prie, ne me regarde pas comme ça.

— J'ai juste... »

Comme elle n'allait pas plus loin, il insista.

« Quoi ? »

Elle rentra le menton dans la poitrine, elle n'était pas disposée à engager cette conversation-là avec lui. Elle préférait le ramener au problème de l'heure.

« Je veux revoir la blessure par balle de Robert.

— Pourquoi ?

— Je ne suis pas sûre, mais... », commença-t-elle, et tout en lui disant cela, elle était pourtant déjà sûre.

« Il y avait une marque de brûlure, vers le bas de la blessure.

— Tu n'en es pas certaine ?

— Ça ne me plaît pas, mais si, j'en suis certaine. »

Il lâcha un rire froid.

« Il n'a pas cessé de la recouvrir de sa main.

— Il s'est servi de la chemise pour épancher le sang.

— Est-ce qu'il t'a laissée voir cette chemise ? »

Elle secoua la tête. Si le pistolet avait été à bout touchant, une marque de brûlure et de la suie seraient visibles sur le tissu.

« Ils ont dû la jeter, à l'hôpital, remarqua-t-il.

— Ou lui.

— Ou lui », concéda-t-il. Il secoua de nouveau la tête. « S'il m'avait parlé, s'il avait essayé de m'expliquer ce qui s'était passé...

— Qu'est-ce que nous allons faire ? »

Pour toute réponse, il eut un long hochement de la tête.

« Pourquoi refuse-t-il de m'adresser la parole ? »

Sara ne lui souffla pas la réponse, pourtant évidente.

« Luke Swan a très bien pu s'attaquer à lui. Son corps n'était qu'à quelques pas de Robert.

— J'évaluerais la distance entre quatre-vingts centimètres et un mètre vingt.

— Robert l'aura bousculé, reprit Jeffrey. Swan devait être accroupi, tapi, ou à genoux.

— Cela se peut. »

A mesure qu'il tentait d'élaborer l'explication censée tout résoudre, elle percevait de la tension dans sa voix.

« Swan a pu entendre Robert se précipiter pour aller chercher son pistolet. Il s'est avancé vers lui. Peut-être a-t-il levé son arme, face à lui. » Il illustra son propos, joignant le geste à la parole, la main tendue, ses doigts mimant la forme d'un pistolet. « Il a tiré sur Robert, et Robert lui a tiré dessus. »

Sara se concentra sur les failles de cette explication. « C'est possible. »

Le soulagement de Tolliver était palpable.

« Voyons ce que nous révélera l'autopsie, d'accord ? D'ici là, on se borne à garder tout ça pour nous. L'autopsie nous indiquera ce qui s'est passé.

— Tu as demandé si je pouvais y assister ?

— Hoss veut que ce soit toi qui conduises l'examen.

— Très bien.

— Sara...

— J'ai déjà bouclé mes bagages, lui dit-elle en se levant. Dès que c'est terminé, je veux m'en aller. Je veux rentrer chez moi. »

Chapitre dix

13 h 32

Le téléphone qui sonnait crissa comme des ongles sur un tableau noir. L'ouïe de Sara commençait à lui jouer des tours, la sonnerie fluctuait comme une sirène de voiture de police qui s'éloigne. Pour passer le temps, elle allait compter les secondes entre chaque sonnerie, par moments elle se perdait dans le décompte, à d'autres elle était convaincue que c'était fini, ça ne sonnerait plus, et aussitôt se laissait surprendre par ce timbre qui la faisait sursauter. Et c'était une cloche, pas la tonalité habituelle, générée par informatique, des téléphones numériques. Le téléphone noir était si vieux que Sara fut étonnée qu'il n'ait pas conservé un cadran rotatif. L'appareil ne possédait pas de lignes fluides ni de boutons luisants. Entre les téléphones portables et les sans-fil, avec la numérisation du son, elle avait presque oublié de quelle manière sonnait un vrai téléphone.

Du dos de la main, elle essuya la sueur de sa lèvre supérieure. La chaleur de l'extérieur avait fini par envahir la salle de police, mal ventilée depuis qu'on leur avait coupé le courant. Et maintenant, plus d'une heure après, l'air était lourd, moite, presque suffocant.

Pour rendre les choses encore pires, les corps gisant çà et là dans la salle commençaient à sentir.

Brad avait dû retirer sa chemise et son pantalon d'uniforme, que Smith avait fourrés dans les grilles des bouches d'aération, probablement pour interdire à la police de venir fouiner. Brad était assis, en caleçon blanc et en chaussettes noires, et il avait surmonté sa gêne depuis longtemps. Pour une raison incompréhensible, Smith se fiait à Brad, et il était le seul parmi eux tous à qui il accordait une certaine liberté. Sara lui avait remis en catimini le portefeuille de Jeffrey, quand il avait conduit les fillettes aux toilettes. Elle n'avait aucune idée de l'endroit où il l'avait caché. Son seul espoir, c'était qu'il l'ait bien caché.

La tension avait finalement eu raison des deux petites filles restantes, et elles dormaient toutes les deux, la tête sur les genoux de Brad. Marla était assise à l'écart du groupe, la bouche ouverte, le regard vide, perdu au plafond. Sara n'avait qu'une terreur, que la vieille femme ait une autre crise et révèle à Smith la véritable identité de Jeffrey. Elle en avait conclu que si elle était confrontée à un choix, elle ferait tout ce qu'il faudrait pour le protéger.

Elle appuya la tête contre le mur, et se risqua à regarder Smith. Il faisait de nouveau les cent pas, en marmonnant entre ses dents. Il avait retiré son blouson et elle vit que le moindre centimètre carré de son corps était comme sculpté, les muscles des bras et des épaules saillants sous le T-shirt à manches courtes. Un énorme tatouage bleu, un aigle, lui recouvrait tout le biceps droit, et c'est en vain, à chaque fois qu'il traversait et retraversait la pièce, qu'elle tenta de déchiffrer les mots inscrits sous les serres du rapace.

Comme son complice, il portait un épais pantalon

de camouflage nocturne, par-dessus ses rangers militaires. Par cette chaleur, le gilet pare-balles en Kevlar devait lui faire l'effet d'une camisole de force, mais il le gardait lacé serré sur la poitrine. Smith suintait l'agressivité animale par tous les pores, mais c'était le second tueur, le silencieux, qui l'effrayait le plus. C'était celui qui suivait les ordres, qui faisait ce qu'on lui disait, qu'il s'agisse de tirer sur de petits enfants ou de perforer le crâne d'un policier d'une balle à bout portant. Ce type de personnalité n'était pas rare chez les jeunes hommes – le genre que l'armée recrutait activement –, mais l'apport de Smith à ce cocktail le rendait encore plus volatile. Si quelque chose devait arriver à Smith, le deuxième tireur était le joker. Tranchez la tête du scorpion, et il pourra encore vous piquer.

Jeffrey remua, la tête sur les genoux de Sara, et elle lui posa la main sur son épaule valide pour le tranquilliser.

« Ça va aller », lui dit-elle.

Il se frotta les yeux comme un enfant ensommeillé. Un pli dans le tissu de sa robe lui avait marqué le visage, et elle n'avait qu'une envie au monde, embrasser cette ride pour l'effacer.

« Quelle heure est-il ? »

Elle consulta sa montre.

« Une heure et demie, lui répondit-elle, en lui caressant les cheveux pour lui dégager le front. Tu te souviens de l'endroit où nous sommes ? »

Il prit une profonde inspiration, et se vida lentement les poumons.

« Je rêvais de la première fois où j'avais fait l'amour à ma femme pour de vrai. »

Sara serra les lèvres. Elle avait une telle envie de

retrouver ce moment qu'elle en eut les larmes aux yeux.

Il continua.

« Nous étions dans la maison où j'ai grandi, par terre, dans ma chambre...

— Chut », fit-elle, ne voulant pas qu'il en dise trop.

Il comprenait, mais il ferma les yeux un instant, comme s'il ne voulait pas laisser ce souvenir s'échapper. Quand il rouvrit les yeux, Sara vit à quel point il souffrait. Et pourtant, il ne se plaignait pas de ses blessures. Au lieu de quoi, il s'énerva.

« Ce foutu téléphone me rend dingue.

— Je sais. » Et, pensée assez illogique, elle regrettait qu'ils ne le débranchent pas, tout simplement, puisque personne n'allait jamais répondre. Elle attendit la fin de la sonnerie suivante avant de s'inquiéter de lui. « Tu as très mal ? »

Il secoua la tête pour dire non, mais elle savait qu'il mentait. Il était en nage, et ce n'était pas seulement à cause de la chaleur. Le sang de la blessure avait coagulé, mais le sang pouvait très bien s'accumuler à l'intérieur des tissus. Son bras était froid au toucher, et le pouls était encore faible et irrégulier. Elle supposa que la balle s'était logée entre une artère perforée et un nerf. Chaque fois qu'il bougeait, cela pinçait le nerf, provoquant des élancements de douleur cuisante qui devaient être intolérables. Chaque mouvement accroissait aussi le risque de déloger cette balle. Comme la blessure était située très haut, elle ne pouvait pas lui appliquer de garrot. La seule chose qui l'empêchait de saigner, c'était la pression exercée par le projectile. S'il ne recevait pas des soins, et très vite, elle ignorait combien de temps il parviendrait à tenir le coup.

« Je pensais... » reprit-elle, et sa voix n'était guère

plus audible qu'un chuchotis... « à quel point tu as... » Elle regarda vers Smith, mais il bavardait avec son complice. « A tout ce qui a changé », dit-elle. Il était si différent de l'homme dont elle était tombée amoureuse, au tout début, et pourtant il y avait tant de choses en lui qui n'avaient pas changé. Le temps n'avait rien fait d'autre que polir son caractère, le patiner comme une pierre.

« Où sont-ils ? » lui demanda-t-il, en essayant de se redresser.

Elle pesa doucement sur son épaule et il se tint tranquille. Le fait qu'il manifeste aussi peu d'envie de désobéir était en soi assez alarmant.

« Ils sont du côté rue, fit-elle. Ils ont Allison avec eux.

— La fille de Ruth Lippman ? » s'enquit-il, en réussissant à lever la tête. Elle le laissa entrevoir la fillette avant de le forcer, d'un geste tendre, à se rallonger. Allison était assise sur le comptoir d'accueil, ses jambes se balançaient dans le vide. Elle avait une longue balafre sur tout le tibia. La semaine précédente, elle avait glissé par terre et heurté une bordure de trottoir, après avoir tenté une acrobatie particulièrement idiote avec son vélo. Sara lui avait posé deux points de suture et lui avait soutiré la promesse, en échange d'une sucette, qu'elle serait plus prudente la prochaine fois.

Smith avait cessé de déambuler et il s'était arrêté à côté d'Allison, son fusil bloqué dans le creux du coude. Le deuxième tueur encadrait la fillette de l'autre côté, son fusil calé sur le comptoir, toujours braqué vers la porte d'entrée. Smith les surveillait tous attentivement, et Sara savait qu'il pouvait fort bien entendre tout ce qu'ils disaient.

« Je m'inquiète pour ton bras, confia-t-elle à Jeffrey.

— C'est bon », la rassura-t-il, en essayant encore de se redresser.

« Non, lui dit-elle. S'il te plaît. Tu dois bouger le moins possible. »

Il dut percevoir l'inquiétude dans sa voix, car il cessa de lutter.

« Ils ont expliqué ce qu'ils voulaient ? »

Elle secoua la tête, tâchant de ne pas croiser le regard de Smith. Elle avait travaillé presque toute sa vie dans l'univers de la pédiatrie. Même si Smith n'était plus un enfant, il avait tous les traits caractéristiques du garçon autour de la vingtaine qui n'avait pas tout à fait grandi. Elle savait toute l'agressivité dont ces jeunes messieurs étaient capables quand on les mettait au défi, surtout s'ils avaient quelqu'un dans les parages à impressionner. Elle n'avait pas envie de prendre une balle parce que Smith tenait à épater son petit camarade.

Jeffrey changea de position, pour un peu plus de confort, et elle retint son souffle, priant pour qu'il n'endommage pas son bras davantage. Il baissa la voix.

« Il y en a un qui a l'air de te connaître. Tu l'as identifié ? »

Elle secoua de nouveau la tête, regrettant du fond du cœur de ne pouvoir lui révéler qui étaient les deux tueurs et pourquoi ils étaient là. Elle avait quitté Atlanta depuis presque quinze ans, pour revenir à Grant County, et elle se souviendrait sûrement de Smith s'il avait fait partie de ses patients. Et d'ailleurs, si c'était un patient dont elle était incapable de se souvenir, pourquoi était-il venu pour tuer Jeffrey ? A moins qu'il ne soit ici pour obéir aux ordres de son ami ? Sara tendit le cou, elle voulait jeter un œil plus attentif au comparse. Sa casquette de base-ball enfoncée sur les oreilles lui dissimulait le visage, mais le bain de lumière provenant de la porte d'entrée à moitié ouverte lui éclairait les yeux. Ils étaient vides, comme un bassin d'eau stagnante.

Elle s'aperçut que Smith suivait le regard fixe qu'elle posait sur son acolyte, et elle se força à sourire à Allison. Cette fois, la petite fille était affaissée au bas du comptoir, contre la paroi, sa jupe en bouchon autour des genoux. Elle avait la figure dégoulinante de larmes. Ruth Lippman avait été le professeur d'anglais de Sara en troisième. Cette femme était à la fois tenace et vous poussait en permanence dans vos retranchements, et rien que pour cela, Sara l'avait adorée.

« Il n'a pas tellement d'accent », observa Jeffrey, et il avait raison. Quand il perdait son sang-froid, Smith avait tout à fait le ton nasillard du Sud mais sinon, il parlait l'anglais neutre, sans accent d'un sale morveux de militaire. Ou alors c'était Sara qui s'arrangeait pour le faire rentrer dans ce moule. Autant qu'elle sache, il pouvait aussi fort bien s'agir d'un type qui jouait les petits soldats, avec un père ancien militaire de carrière, mais avec un casier judiciaire ou un profil psychologique qui avait provoqué son expulsion de l'armée avant la fin de sa première semaine en camp d'entraînement.

Jeffrey ferma les yeux.

« Pourquoi n'essaies-tu pas de dormir ?

— Je n'y arriverais pas », fit-il, mais il battit des paupières et s'immobilisa.

Elle leva les yeux vers Smith, qui avait suivi toute la scène d'un œil attentif. Elle tenta de conserver une voix forte, mais elle ne put réprimer le tremblement dans sa gorge.

« Il a besoin de soins médicaux. Je vous en prie, laissez-le sortir. »

Smith eut une mimique, la bouche en coin, comme s'il était réellement en train d'étudier sa requête. A côté de lui, le second flingueur changea de position. Il souffla quelque chose à Smith, qui se dirigea vers le téléphone et décrocha en plein milieu d'une sonnerie.

« On va échanger la vieille dame contre des sandwichs et de l'eau en bouteille. Vous avez intérêt à rien tripatouiller. On peut faire goûter. » Il écouta la réponse, la tête penchée. « Non, je ne pense pas. »

Il y eut un autre temps de silence, et Smith se retourna, face à Allison. Il tint le téléphone à hauteur du visage de la fillette et Sara sentait qu'il lui souriait. En son for intérieur, elle adjurait Allison de ne pas s'y fier, mais elle vit que la petite fille lui rendait son sourire, juste avant que l'autre ne lui pince la jambe. Allison cria, et le tueur recolla le combiné contre son oreille.

Il lâcha un rire métallique et sourd.

« Ça ira, ma bonne dame. On va garder les mômes avec nous. » Il fit volte-face, balaya du regard les autres otages. « Et puis on veut de la bière, aussi. »

La tête de son acolyte pivota d'un coup sec, et Sara eut l'impression que là, Smith venait de s'écarter du scénario. Donc, calcula-t-elle, peut-être qu'après tout, dans cette affaire, Smith n'est pas le patron.

Piqué au vif par cette forme de réprimande, Smith déchargea sa colère sur la personne à l'autre bout de la ligne.

« Une heure, salope. Si tu mets plus de temps, le nombre des cadavres va augmenter grave. »

Chapitre onze

Lundi

Sara se rendit au funérarium en voiture, et c'est Jeffrey, installé côté passager, qui lui fournit les indications. En temps normal, avant une autopsie, elle appréciait d'être seule, afin de mieux prendre la mesure de la tâche qui l'attendait, mais cette fois-ci elle n'avait guère le loisir de s'accorder ce luxe. Avant de partir de chez Nell, elle avait appelé sa mère et annoncé à Cathy qu'elle serait de retour à Grant dans la soirée.

« Là », fit Tolliver, en lui indiquant un long bâtiment en forme de U, en bordure d'autoroute. Il n'y avait rien d'autre aux alentours, à part une petite boutique de fleuriste, de l'autre côté de la chaussée. Lorsque Sara descendit de voiture, ce fut pour entrer dans l'air chaud brassé par les semi-remorques. Au loin, on entendait le grondement du tonnerre, ce qui reflétait parfaitement son humeur.

Quand elle posa le pied sur l'asphalte, elle tressaillit, un petit caillou était venu se loger sous la fine semelle de ses sandales.

« Ça va ? » s'enquit Jeffrey, et elle hocha la tête, en se dirigeant vers l'entrée.

Paul, l'adjoint qui l'avait conduite chez Nell la nuit précédente, était campé devant la porte, la cigarette au bec. Il l'écrasa sur le flanc de la poubelle.

« M'dame, fit-il, en lui ouvrant la porte.

— Merci », lui répondit-elle, en remarquant le regard soupçonneux de l'adjoint sur Jeffrey.

« Où sont-ils ? » demanda ce dernier.

Il répondit, mais en regardant Sara, et pas lui.

« Ils sont en bas dans le hall, sur l'arrière. »

L'adjoint se plaça entre eux deux et ils se dirigèrent vers l'arrière du bâtiment. Sara entendait ses clefs tinter et le cuir du ceinturon de son arme couiner à chaque pas. Le funérarium avait presque l'allure d'un édifice institutionnel, avec ses murs en parpaings peints en blanc et son éclairage au néon qui baignait tout dans une lueur jaunâtre. Elle reconnut l'odeur des produits d'embaumement, et aussi une espèce de désodorisant qui aurait pu être plaisant dans un salon ou un bureau, mais qui, là, était presque insupportable.

« Par ici », fit Paul, et il tendit la main devant elle pour leur ouvrir la porte, au bout du couloir. Elle glissa un coup d'œil à Jeffrey, mais il fixait la pièce du regard, la mâchoire crispée. Le matériel d'embaumement était disposé autour d'une table en métal concave, où l'on avait placé le corps. Un drap blanc propre recouvrait le mort, et les pans du tissu flottaient doucement sous la brise générée par un puissant système de climatisation. L'air était si froid que c'en était suffocant.

« Eh bien, bonjour », s'écria le shérif Hollister, en tendant la main à Sara. Elle allait la lui serrer, comprenant trop tard qu'il avait eu l'intention de la prendre par le coude pour l'introduire dans la salle. Elle savait que les hommes de la génération de Hollister ne serraient en général pas la main des femmes, sauf pour se moquer. Son grand-père Earnshaw, qu'elle aimait tendrement, avait les mêmes manières de faire.

Hoss lui présenta les hommes présents dans la pièce. « Voici Deacon White, le directeur du funérarium. » Un homme replet et austère, au front dégarni, adressa à Sara un hochement de la tête plutôt sec. « Et voici Reggie Ray. » Le shérif désigna le deuxième adjoint, qui était déjà là chez Robert, la veille. Le jeune homme avait encore un appareil photo autour du cou, et Sara se demanda s'il le portait en permanence.

« L'Anguille, commença le shérif, en s'adressant à Tolliver, je ne pense pas avoir mentionné le fait, hier soir... Reggie est le fils de Marty Ray.

— Ah oui ? » fit Jeff, pas l'air plus intéressé que ça. Toutefois, il offrit sa main au garçon. Reggie avait l'air peu pressé de la lui serrer, et Sara se demanda encore pourquoi les adjoints se montraient à ce point sur leurs gardes en sa présence.

« J'ai reçu la déposition de Robert ce matin », les informa le shérif Hollister, et Sara vit l'expression de surprise sur le visage de Jeffrey. « Le voisin a corroboré son récit, grosso modo. »

Sara s'attendait à ce que Tolliver demande ce qu'avait déclaré Robert, mais il s'en abstint.

Au bout de quelques instants d'un silence gêné, Deacon White indiqua une porte, derrière Sara.

« Nous rangeons nos vêtements de protection dans la réserve. Tout ce que nous avons là est à votre disposition.

— Merci », lui dit-elle. Elle se demandait s'il n'était pas contrarié de la voir prendre l'affaire en charge. Le directeur du funérarium de Grant County était un ami d'enfance de Sara et il avait été plus que ravi de lui transférer ses responsabilités de médecin légiste de la ville, mais Deacon White était beaucoup plus compliqué à déchiffrer.

Elle se rendit dans la pièce qui tenait lieu de réserve, en fait à peine plus qu'un placard amélioré, et ferma la porte. Dès qu'elle se fut enfermée, les hommes se mirent à causer. Elle entendait la voix de baryton de Hollister se mêler à celle de Paul. D'après ce qu'elle put saisir, ils discutaient d'un récent match de basket-ball, au lycée.

Elle déplia une blouse de chirurgie et l'enfila, elle se sentait idiote, à se tortiller comme un chien qui se mord la queue, pour se la nouer dans le dos. La blouse était immense, à l'évidence prévue pour le tour de taille et le fort embonpoint de Deacon White. Quand elle eut passé une paire de chaussons en papier et un bonnet de protection, elle se sentit l'air d'un clown.

Elle posa la main sur le bouton de la porte, mais ne l'ouvrit pas. Elle ferma les yeux et essaya d'oblitérer tout ce qui s'était déroulé depuis ces dernières vingt-quatre heures. Elle se concentra sur un fait : sa conviction que Robert s'était infligé cette blessure tout seul risquait de fausser les découvertes qu'elle serait susceptible de faire lors de l'autopsie, et elle voulait rester prudente, s'attacher à ne prendre en compte que les éléments connus. Elle n'était pas enquêtrice. Son travail consistait à fournir son avis professionnel à la police, et à la laisser décider de la suite des événements. Le seul élément qu'elle était en mesure de maîtriser, c'était son degré d'excellence dans l'accomplissement de sa mission.

Dès qu'elle ressortit dans la pièce, les hommes firent silence. Elle crut voir un sourire sur le visage de Paul, mais il baissa les yeux sur son carnet de notes, où il nota quelque chose avec son moignon de crayon bien mâchonné. Deacon White attendait près du corps, Tolliver et le shérif Hollister étaient tous deux adossés au mur, les bras croisés. Reggie était à côté de l'évier, son appareil photo luisant dans la lumière. Une atmosphère d'attente emplit la pièce, mais malgré tout, Sara conservait l'impression très nette que tout cela relevait pour elle de la simple routine.

Elle posa néanmoins une question.

« Où prend-on les radios ? »

Deacon échangea un regard avec Hoss avant de lui répondre.

« En temps normal, on ne fait pas de radios. »

Sara essaya de dissimuler sa stupeur, sachant à quoi s'attendre si elle débarquait dans leur pré carré pour les traiter d'emblée comme une bande de péquenauds. Les examens radiologiques s'inscrivaient dans le cadre de la procédure d'autopsie standard, mais ils revêtaient surtout une importance particulière dans les cas d'étude de blessure à la tête. En pénétrant dans la boîte crânienne, la balle expulsait de la matière osseuse, et les radiographies des éclats d'os fourniraient des éléments de preuves décisifs sur la trajectoire empruntée par le projectile. Toute tentative d'excision de la blessure risquait d'altérer cette trajectoire ou même de créer de fausses pistes.

« Avez-vous trouvé la balle ? demanda-t-elle.

— Celle de la tête ? s'enquit Reggie, l'air surpris. J'ai sorti deux calibres vingt-deux des murs. Je n'ai rien trouvé près de sa tête... à part sa tête.

— La balle pourrait fort bien être encore à l'intérieur », souligna-t-elle.

Hollister se racla poliment la gorge avant de prendre la parole.

« Peut-être que notre vieux Reg ici présent l'a loupée en ratissant la pièce. Dès que nous retournerons inspecter les lieux, nous la trouverons, j'en suis certain. »

Reggie eut l'air un peu hérissé par le propos, mais quand son chef se tourna vers lui, il avait déjà rectifié sa mimique. Il se contenta d'un haussement d'épaules discret, comme pour admettre que oui, c'étaient des choses qui arrivaient, quelquefois.

Elle s'efforça de choisir ses mots avec soin.

« Il arrive que les tissus cérébraux ralentissent une balle, de telle sorte que sa vitesse devient insuffisante pour qu'elle ressorte du crâne. »

Hoss releva un détail.

« Il a eu tout le côté droit de la tête soufflé.

— Cela pourrait provenir d'une fracture. » Connaissant le choix des munitions du policier, elle émit une hypothèse, en posant la question à Reggie. « Je suppose que nous parlons d'un projectile neuf millimètres à tête creuse ? »

Il feuilleta son carnet, revint quelques pages en arrière.

« Le Beretta était un vingt-deux long rifle, le Glock, une tête creuse.

— Une balle qui peut exercer suffisamment de force de percussion pour fracturer l'os à la sortie du cuir chevelu », observa-t-elle. Elle n'ajouta pas que les rayons X l'auraient montré sans peine.

« Très bien », fit Hollister.

Elle attendit qu'il en dise plus, mais comme il n'en fit rien, elle tira le drap. Elle n'aurait pas dû être surprise de trouver le corps sur le dos, et elle espérait réussir à masquer son irritation. La lividité cadavérique avait reflué vers l'arrière de la tête, ce qui signifiait que le sang aurait pu s'infiltrer dans les tissus mous du cuir chevelu. Sur la base de contusions ante mortem, toute preuve d'hématome confluent serait difficile à évaluer. A moins qu'il n'y ait lacération ou une forme d'abrasion prononcée du cuir chevelu, il serait presque impossible pour Sara de déterminer si les hématomes provenaient de l'hémorragie interne, donc de l'accumulation du sang du mort en un point donné, ou des coups frappés à la tête par un tiers.

La rigidité cadavérique s'était installée, elle figeait le corps dans la position du cercueil. Les cheveux de Swan étaient collés sur le visage par le sang et la sueur, et le masquaient presque en entier. Toutefois, elle put constater que la bouche et les yeux étaient encore entrouverts, et le côté de la face avait une dominante bleu violacé, là où il était resté au contact du tapis. Il avait la poitrine étroite, les côtes saillantes. Le pantalon bâillait à la taille, comme s'il avait récemment perdu du poids. Ses mains n'avaient pas été ensachées, moyen de préserver des éléments de pièces à conviction issus de la scène du crime, comme les résidus de poudre ou les fibres auxquelles il aurait pu s'agripper – et « agrippé », en l'occurrence, était le mot juste : la main droite de Swan était serrée, un poing fermé.

« J'ai essayé, mais je n'ai pas pu lui ouvrir la main, fit Reggie.

— C'est très bien », lui dit-elle, songeant que si elle était en mesure d'y déceler des résidus de poudre, il n'y aurait plus aucun moyen de démontrer s'ils provenaient des doigts du mort ou de ceux de Reggie. « Avez-vous déjà des photographies de la scène du crime ? »

Il secoua la tête, la réponse était négative.

« J'ai mes dessins avec moi », se défendit-il, en sortant de sa poche une enveloppe pliée. Il y avait à l'intérieur trois feuilles de papier avec des croquis sommaires de la scène du crime. Il les lui montra, l'air de s'excuser. « J'allais les refaire en mieux, ce matin.

— C'est très bien », répéta-t-elle, en lissant les documents sur la table, à côté de l'évier. Le lit et l'armoire étaient deux rectangles de travers, placés l'un en face de l'autre. Luke Swan était réduit à un bonhomme, avec deux croix à la place des yeux. Sa main droite était coincée sous son corps, l'autre déployée sur le côté. « Il était couché sur sa main droite ? »

Reggie hocha de nouveau la tête.

« Ouais. Elle était coincée dans cette position, quand on l'a retourné.

— La rigidité cadavérique était extrêmement prononcée, ajouta Deacon.

— A quelle heure êtes-vous arrivés sur place ?

— Environ deux heures après l'accident », dit-il, et Sara évita de s'attarder sur le fait que l'homme qui aurait pratiqué l'autopsie à sa place évoquait déjà un accident.

« Vous avez eu du mal à le déplacer ?

— Nous avons dû forcer la rigidité pour le coucher sur la civière.

— Les bras ? Et aussi les jambes ? » s'enquit-elle, et il hocha la tête. La rigidité cadavérique débutait en général par la mâchoire et se propageait vers les extrémités. Il aurait dû s'écouler entre six et douze heures avant que le corps ne se rigidifie.

Jeffrey prit la parole, pour la première fois.

« Peut-être qu'il a paniqué. Peut-être qu'il était défoncé à quelque chose qui a accéléré son rythme cardiaque.

— Nous allons procéder à un examen toxicologique. »

Hollister intervint avec une politesse quelque peu forcée.

« Vous voulez nous expliquer ça, pour nous qui n'avons pas fréquenté les bancs de la faculté ? »

Ce fut Sara qui s'en chargea.

« La rigidité cadavérique peut s'instaurer plus rapidement en cas d'exercice physique vigoureux précédant le décès. Une diminution du taux de triphosphate d'adénosine, ou ATP, entraîne un raidissement bien plus rapide des muscles. »

Le shérif opina, mais elle vit bien à son air qu'il n'avait pas enregistré toute l'information.

Elle ouvrit la bouche pour approfondir l'explication, mais quelque chose dans la posture de Hoss lui dit que cela ne servirait à rien. Il ressemblait tant à son grand-père Earnshaw qu'elle se surprit à sourire.

« Il y a aussi les douilles des balles », fit Reggie, en désignant une ligne qu'il avait tracée près de la porte. Deux autres étaient indiquées près de la victime. « Les calibres vingt-deux étaient ici et ici. La neuf milli est ici, près de la porte. »

Tolliver s'éclaircit la gorge, il avait l'air contrarié d'avoir à prendre la parole.

« Vous avez relevé les empreintes digitales, sur les douilles ? »

Cette fois, Reggie ne dissimula plus son irritation.

« Bien sûr que oui. Et sur les armes, ajouta-t-il. Nous avons pu attribuer le Glock à Robert. C'est son arme de service. Le Beretta portait un numéro de série effacé. »

Hoss opina, et il fourra ses mains dans ses poches.

« Des gants ? » demanda Sara à Deacon, et il descendit une boîte du placard près de l'évier. Tous les hommes regardèrent Sara enfiler deux paires de gants chirurgicaux, l'une sur l'autre. Deacon fit rouler un chariot à plateau, et elle jeta un œil sur les instruments, soulagée de trouver un couteau à découper, des ciseaux, des scalpels et les autres outils requis pour une autopsie.

« Pour ça, je vais vous aider », proposa Deacon, et ensemble, Sara et lui rabattirent le drap qui couvrait la moitié inférieure du corps de Luke Swan. On lui avait déjà retiré son jeans et son slip, autrement dit, à cause de l'absence d'éclaboussures de sang issues de la blessure crânienne, elle ne pouvait que deviner la hauteur exacte de la ceinture du pantalon par rapport au bas du torse.

Swan était petit, probablement pas plus d'un mètre soixante-cinq pour un poids d'environ quatre-vingts kilos. Son corps ne possédait rien de la grâce du cygne, qu'évoquait son nom de famille. Si les cheveux étaient blonds et longs jusqu'aux épaules, il n'était pas du tout velu, avec un triangle clairsemé de toison pubienne autour de l'entrejambe. Le pénis était légèrement tumescent, les testicules gonflés montrant des signes de pétéchie. Les jambes étaient grêles, et une grande cicatrice courait tout le long de la cuisse gauche. Sara estima qu'il s'agissait là d'une blessure d'enfance. A l'époque, cela devait représenter une blessure non négligeable. Pour une raison qui lui échappait, elle repensa à la blessure que Jeffrey avait dans le dos, et se demanda ce qui avait pu lui traverser l'esprit quand son père l'avait frappé.

« Cela vous ennuie si je vous dicte des notes ? demanda-t-elle à Paul.

— Non, m'dame, fit-il en ouvrant son carnet à une nouvelle page.

— Quel âge a-t-il ?

— Trente-quatre », dit Paul.

Elle hocha la tête, considérant que cela correspondait à l'homme qu'elle avait devant elle. Elle récapitula ce qu'elle avait découvert jusqu'à présent, en marquant des temps de silence pour laisser à Paul le temps de noter. Quand elle était à Grant, elle utilisait un dictaphone pour enregistrer ses rapports, et elle n'avait pas l'habitude d'avoir à observer ce genre de temps d'arrêt dans le déroulement normal d'un examen.

« La peau est un peu sèche, probablement en raison d'un manque d'agents nutritifs », observa-t-elle, en passant la main sur le bras. « Des traces de piqûres, datant probablement de quelques années, le long du bras droit. » Mue par une intuition, elle examina les interstices entre les orteils. « Des marques d'aiguilles récentes.

— Qu'est-ce que c'est ? » demanda Hoss.

Jeffrey le lui expliqua.

« Il se servait de ces emplacements entre les doigts de pieds pour se piquer et tâcher de dissimuler le fait qu'il se droguait. Ce qui expliquerait l'ATP, ajouta-t-il à l'intention de Sara.

— Selon ce qu'il consommait comme drogues, c'est possible. » Elle questionna Deacon. « Avez-vous prélevé sang et urine ? »

L'autre confirma.

« Mais pour recevoir les résultats, cela prendra une semaine. »

Sara tint sa langue, mais Tolliver intervint.

« Nous ne pourrions pas presser le mouvement ?

— Ça va coûter », souligna Hollister.

Jeffrey haussa les épaules, et Hoss adressa un petit signe de tête à Deacon, lui signifiant que c'était d'accord.

Sara examina l'enveloppe superficielle du corps, et ne trouva rien de remarquable, en dehors d'une cicatrice en forme d'étoile, sous la cheville droite.

« Vous pourriez m'aider à lui ouvrir la main ? » demanda-telle à Deacon.

Il enfila une paire de gants et, sous leurs regards à tous, Deacon essaya d'ouvrir les doigts de force. La main refusait de céder, et il modifia la position de son propre corps, afin de mieux peser de tout son poids, se carra fermement sur ses deux jambes tout en essayant d'enfoncer le pouce dans la petite ouverture entre celui de Swan et son index. Quand il y ajouta le poids de son épaule, le doigt se brisa d'un coup. Le suivant fut plus facile et, un par un, il brisa les doigts, jusqu'au pouce. Les craquements des os rappelaient ceux des brindilles que l'on casse.

« Rien », constata Deacon. Il était penché au-dessus de la main, et il s'écarta pour que Sara puisse voir à son tour. Les ongles avaient laissé des sillons qui entaillaient la chair de la paume, mais elle semblait vide. « Un spasme mortel ? s'enquit-il.

— Ces spasmes-là sont très rares », commenta Sara, et elle revint à la poitrine, à l'emplacement où le poing s'était replié. Il était resté couché sur ce poing. « Le poids de son corps a pu suffire à lui refermer les doigts, et la rigidité cadavérique les a bloqués dans cette position. » Elle regarda autour d'elle, et repéra une lampe sur roulettes, dans le coin. « Cela vous ennuierait de m'approcher ça, pour que je puisse jeter un coup d'œil de près ? »

Il fit ce qu'elle lui demandait, en déroulant le cordon de la lampe et en invitant Paul à le brancher dans la prise murale. L'ampoule clignota à quelques reprises, mais elle éclaira sans peine la paume nue.

En opérant avec les extrémités pointues de la pince brucelles, elle gratta sous les ongles, retira un peu de peau séchée ainsi que des paillettes de plus grande taille, non identifiables. Elle les déposa dans un flacon de spécimen, ainsi que quelques rognures d'ongles, et elle surveilla les gestes de Paul, qui scella le flacon avec un bout d'adhésif vert.

Pendant que Reggie prenait des photographies, elle plaça une règle à côté des cicatrices et d'autres marques distinctives qu'elles avait repérées. Poursuivant leurs examens, ils progressèrent en direction de la tête, et elle se servit de ses doigts pour prélever des morceaux de crâne et de matière grise, avant d'écarter les cheveux du visage de Swan et de mettre à nu la blessure d'entrée, sur le côté gauche de la tête.

Durant toutes ces manipulations, Jeffrey était resté silencieux, mais quand il prononça les termes « tatouages de poudre », sa voix était si sourde que Sara n'était pas certaine de l'avoir entendu prononcer ces mots-là, ou de les avoir entendus résonner dans sa tête à elle.

Il avait raison. Autour de la blessure d'entrée, on distinguait un faisceau de lésions d'un brun rougeâtre, plus ou moins dispersées, là où les grains de poudre brûlante issus du canon avaient calciné l'épiderme. Sara tendit la règle, tandis que Reggie prenait les photos. Elle passa délicatement les doigts dans les cheveux du mort et vérifia la peau à proximité, en quête de marques évocatrices. Enfin, c'est elle qui prit la parole.

« Là, je ne vois pas de suie.

— Est-ce que le sang l'aurait effacée ? demanda Jeffrey, debout à côté d'elle.

— Pas de ce côté-ci », lui répondit-elle, et elle se sentit un peu soulagée. La tête était dans un état épouvantable mais, sous cet éclairage, elle parvenait à y voir clair. Les tatouages de poudre et l'absence de suie indiquaient très vraisemblablement une blessure provoquée à distance intermédiaire, ce qui signifiait que Robert se trouvait au moins entre cinquante et soixante-dix centimètres de Swan, quand il l'avait abattu.

« Qu'est-ce qu'il avait comme munitions, dans son Glock, au fait ? »

Paul revint encore en arrière dans ses notes.

« Type fédéral, cent quinze grains.

— Poudre de balle, fit Tolliver avec un soulagement palpable. La poudre de balle voyage vite, expliqua-t-il à Hoss. Cela place Robert entre soixante centimètres et un mètre vingt de distance.

— Ça correspond à ce qu'il m'a déclaré ce matin, leur confirma le shérif. Quand il a pressé la détente, l'arme a fait long feu.

— Long feu ? » répéta-t-elle, non parce qu'elle ne saisissait pas le sens du terme.

Une arme qui faisait long feu, cela supposait un retard entre le moment où Robert avait pressé la détente et la mise à feu, puis l'expulsion de la balle du canon.

« A-t-il précisé combien de temps cela avait duré ? voulut savoir Tolliver.

— Il n'était pas sûr, répondit le vieux policier. Peut-être une demi-seconde, à peu près. »

Tolliver échangea un regard avec Sara, et elle se demanda si sa propre expression d'incrédulité reflétait la sienne. Il n'existait aucun moyen scientifique de prouver ou d'infirmer la manière dont l'arme avait fait feu et quand. Les balles n'étaient pas assorties d'un horodatage, et il était impossible de déterminer avec une précision toute scientifique si une arme avait ou non fait long feu.

Elle se concentra de nouveau sur la tête, passa un peigne dans les cheveux, en quête de fragments de débris, qu'elle déposa sur le plateau, pour échantillonnage. Elle s'efforçait de rester l'esprit fixé sur la tâche en cours, mais elle ne pouvait s'empêcher de réfléchir à la rapidité avec laquelle, dans cette affaire, on s'empressait de fournir des réponses en forme d'excuses à toutes les questions que soulevaient les pièces à conviction. Si la situation avait été inversée, et si c'était Robert qui était allongé sur cette table devant elle, elle savait que tous les hommes présents ici auraient suivi la piste de Luke Swan comme d'un chien enragé.

Comme s'il percevait ce qu'elle avait en tête, Jeffrey posa une question à Hoss.

« Où est Robert, maintenant ?

— Il est avec Jessie, chez la maman, lui expliqua Hoss. Pourquoi ?

— Je pensais passer lui rendre une visite. Voir comment il va.

— Il va bien, fit Hoss, en consultant sa montre. Cela se prolonge un peu plus que je n'aurais cru. Il faut que je vous quitte, j'ai une réunion.

— Est-ce que tu veux que Paul recueille nos dépositions ? » s'enquit Tolliver.

Le shérif semblait avoir oublié cet aspect, mais il lui répondit quand même.

« Non, je m'en chargerai. Retrouvons-nous au poste vers trois heures.

— Nous avions prévu de repartir plus tôt.

— Ça ira, fit encore Hollister, en lui flanquant une grande tape dans le dos. Vous faites tous les deux un saut au poste sur votre chemin, quand vous partirez. Je suis sûr que ça ne prendra pas longtemps. »

Paul attendit que son patron soit parti, avant de s'excuser à son tour.

« Et moi, il faut que je retourne remplir un peu de paperasse. » Il eut un signe de tête poli à l'intention de Sara, puis il quitta la pièce. Deacon White fut le suivant, invoquant le prétexte d'un déjeuner. Elle se demanda s'il avait remarqué que la pendule de la salle indiquait dix heures.

Reggie posa son appareil photo et s'adossa à l'évier, avec un air signifiant clairement qu'il n'avait nulle part où aller et que, même si c'était le cas, il se méfiait trop de Jeffrey pour le laisser seul dans les lieux avec ce cadavre.

Ce dernier fit encore monter la tension en interrogeant Reggie.

« Que disait Robert, dans sa déposition ? »

Reggie haussa les épaules.

« Pourquoi vous êtes si curieux ? »

Jeffrey répliqua par le même haussement d'épaules.

Sara ne savait pas trop comment Reggie allait gérer la situation, mais elle prévint Jeffrey.

« Je n'ai pas envie de creuser pour extraire la balle. Il faut d'abord effectuer une radio, sinon je vais détruire toutes les preuves.

— Il n'y avait pas d'autre balle dans la chambre, j'ai vérifié. Il y avait juste les deux vingt-deux long rifle dans les murs et les douilles par terre, comme sur mon dessin. »

Tolliver semblait demeurer prudent, comme s'il voulait sonder Reggie.

« Qu'est-ce que Robert utilise, comme arme de secours ? »

Reggie le dévisagea sans répondre.

« Un projectile de calibre vingt-deux aurait eu une vitesse de déplacement moindre qu'un neuf milli. Il aurait eu plus de chances de rester logé dans le crâne. »

Reggie laissa retomber le menton, à peine. Son regard passa de Jeffrey à Sara.

« Je pense qu'il vaut mieux qu'on la retrouve, cette balle. »

Jeffrey opina, il était d'accord.

« Ouais. »

Sara enfila une paire de gants neuve, en songeant qu'elle n'était guère habilitée à faire tout ceci, mais sachant aussi que c'était le seul moyen de connaître la vérité. Avec beaucoup de précautions, elle palpa le pourtour de la blessure de sortie avec les doigts, se refusant à employer le forceps sur la boîte crânienne de crainte qu'il ne griffe ou ne modifie les marques laissées par le métal.

« Rien, constata-t-elle enfin. Il se peut qu'elle soit logée plus profond.

— Hoss ne va pas nous autoriser à le ramener pour faire des radios, l'avertit Reggie.

— Luke, reprit Jeffrey. Son nom, c'est Luke Swan. Tu l'as jamais embarqué dans ta voiture de patrouille ?

— Bon sang, fit Reggie en s'étranglant de rire. A peu près un million de fois.

— Pour quoi ?

— Surtout des vols avec effraction, mais il s'arrangeait toujours pour choisir des maisons vides. En général, son horaire préféré, c'était quand il pensait que les gens étaient à l'église.

— Hier soir, on était dimanche.

— L'église, ça se termine vers huit heures. Même s'il était pété, il aurait vu les voitures dans l'allée et il aurait compris.

— Tu n'as jamais trouvé d'arme sur lui ?

— Pas une seule fois.

— Il a déjà eu des gestes violents ?

— Non. » Reggie observa un temps de silence, comme pour mieux réfléchir. « C'était un voyou de rien du tout, en général il raflait juste ce qu'il pouvait fourrer dans une taie d'oreiller, façon baluchon. Mais on ne sait jamais, hein ? ajouta-t-il. Je parie que tout le monde disait pareil pour ton père, avant qu'il se mette en manche avec ces gaillards qui ont tiré sur mon oncle Dave. »

Sara vit la gorge de Jeffrey se serrer, il avala sa salive.

Reggie continua.

« On sait jamais de quoi certaines personnes sont capables. Elles commencent par voler des tondeuses à gazon, et le coup d'après elles assassinent un adjoint du shérif, de sang-froid. »

Sara éprouvait le besoin de répliquer quelque chose, sans savoir quoi. Tolliver avait les poings serrés, comme s'il n'avait qu'une envie, rosser Reggie jusqu'à le réduire en bouillie. Pour aggraver encore son cas, ce dernier releva le menton, invitant quasiment Jeffrey à lui coller un direct.

« Reggie, ça vous ennuierait de prendre des notes ? »

Reggie prit son temps avant de quitter Jeffrey du regard.

« Non, m'dame », fit-il en sortant son carnet. Il lança un coup d'œil à Tolliver. « Toujours prêt à vous aider. »

Tandis qu'il écrivait, elle fit le tri dans ses constatations, car elle voulait éviter que Paul revienne sur les notes qu'il avait déjà prises. Elle ne souhaitait pas retarder une minute de plus que nécessaire le moment où ils partiraient de cette ville épouvantable. Du coin de l'œil, elle surprit Jeffrey, l'œil figé, qui observait Luke Swan, et elle se demanda ce qu'il avait en tête. Il ne lui avait pas confié que la fusillade dans laquelle son père avait été impliqué avait provoqué la mort d'un flic. Les paroles de Reggie avaient manifestement fait mouche, et elle sentit la colère de Jeffrey se muer en une tristesse presque aussi palpable qu'une quatrième présence dans la pièce.

Le reste de l'autopsie se déroula de manière aussi routinière que possible, s'agissant d'un décès par balle. Elle n'avait fait aucune découverte notable et aucun indice d'éléments qui s'écarteraient des propos de Robert, la veille. La consommation de drogue, et sur le long terme, était manifeste, tout comme le régime trop gras qui avait laissé des dépôts de calcium dans les tissus du muscle cardiaque de Swan. Le foie était plus volumineux qu'elle ne s'y serait attendu, mais sachant qu'elle avait relevé une certaine quantité d'alcool dans l'estomac du mort, c'était cohérent. Quant à la balle manquante, il se pouvait que Reggie ait été négligent dans son inspection de la maison, ou qu'elle soit enfouie plus profond dans le cerveau. Elle n'avait pas ouvert le crâne de Swan, elle voulait laisser l'option radiographie ouverte, pour le cas où, par la suite, le shérif Hollister se laisserait convaincre de réellement enquêter sur l'affaire.

Sara refermait l'incision en forme d'Y en pratiquant des points de suture classique, bord à bord, du type couture de balle de base-ball, quand elle se souvint de poser sa question sur les vêtements.

Reggie y répondit.

« Ils sont dans un sac, au poste.

— Ils ne sont pas ici ? s'étonna-t-elle, jugeant cela bizarre.

— Hook les a emportés ce matin, à titre de pièces à conviction », fit Reggie en feuilletant à nouveau ses pages de carnet. Un Levis taille 46, une paire de Nike et des chaussettes blanches, un portefeuille avec six dollars dedans et un permis.

— Pas de sous-vêtements ? » demanda-t-elle.

Il relut ses notes.

« Je crois pas.

— Des clefs de voiture ?

— Il n'allait jamais nulle part en voiture, il ne prenait plus le volant. Son permis n'était plus valide, il l'avait perdu pour conduite en état d'ivresse, il y a trois ans.

— Conduite en état d'ivresse ne veut pas dire qu'il avait cessé de prendre le volant », releva Tolliver.

Reggie haussa les épaules.

« On n'a jamais eu l'occasion de l'arrêter sur la voie publique. De toute façon, la voiture appartenait à sa grand-mère. Elle est dingo, celle-là. Hoss l'a prise deux ou trois fois dans des sens interdits, ensuite elle a brûlé le stop dans Henderson Avenue, et elle s'est arraché tout son avant. Même s'il voulait encore conduire après ça, la voiture aurait refusé de démarrer. »

Elle retira ses gants.

« Y a-t-il un endroit où je pourrais m'asseoir pour rédiger mon rapport ?

— Je vais aller chercher Deacon, proposa Reggie. Je suis persuadé que ça ne l'embêtera pas que vous utilisiez son bureau. »

Elle se rendit à l'évier pour se laver les mains, et elle sentait que Jeffrey surveillait le moindre de ses mouvements. Elle aurait voulu croiser son regard de nouveau, mais Deacon entra dans la pièce et elle détourna la tête.

« Bon », dit l'autre, en fouillant dans une liasse de documents. « J'imagine que c'est le genre de formulaires dont vous avez l'habitude. »

Elle jeta un œil aux formulaires d'autopsie.

« Oui, merci.

— En général, je les remplis ici, ajouta-t-il, en faisant rouler vers l'évier une chaise rangée le long du plan de travail.

— C'est parfait.

— Quand tu auras terminé, je serai dehors dans la voiture, lui signala Tolliver, et il sortit de la pièce.

— Je vous laisse vous occuper de ça », fit Deacon.

Sara tira la chaise et Reggie vint à elle, en regardant par-dessus son épaule, tandis qu'elle écrivait son nom et divers renseignements réclamés par l'administration de l'État. Elle consigna l'adresse de Luke Swan et son numéro de téléphone de domicile, puis les mensurations et les poids des différents organes, ainsi que les signes particuliers découverts sur le corps. Elle notait ses conclusions quand Reggie s'éclaircit la gorge. Elle leva les yeux, elle attendait qu'il s'exprime.

Sans trop savoir pourquoi, elle prévoyait un laïus sur Jeffrey. Elle dut se contenter d'une simple allusion.

« Tout ça vous paraît assez simple ? »

Elle veilla à bien peser les termes de sa réponse, car elle ne savait pas si elle devait ou non se fier au personnage.

« Je ne pense pas qu'une fusillade soit jamais une affaire simple.

— C'est vrai », admit-il, sur un ton au moins aussi prudent que le sien. « Depuis combien de temps vous connaissez Jeffrey Tolliver ? »

Elle n'était pas du genre à mentir, mais en un sens, elle éprouvait le besoin de protéger Jeffrey.

« Un bout de temps. Pourquoi ?

— Je demandais, c'est tout.

— Vous aviez autre chose ? »

Il secoua la tête, réponse négative, et elle se remit à son rapport.

Quelques minutes plus tard, Reggie se racla de nouveau la gorge, et elle leva les yeux, impatientée.

« Le Beretta, dans le chargeur, il accepte sept balles.

— Donc vous devriez en avoir retrouvé cinq, dans ce chargeur.

— Six, s'il y en avait une dans la chambre de l'arme. »

Elle attendit, se disant que cela ressemblait à une séance d'arrachage de dents.

« Combien en avez-vous retrouvé ?

— Six. »

Elle posa le stylo.

« Reggie, êtes-vous en train d'essayer de m'informer de quelque chose ? »

Sa mâchoire se crispa, comme celle de Jeffrey quand il était en colère. Elle commençait à être fatiguée d'avoir à soutirer des informations à des hommes qui se faisaient prier.

« Si vous avez quelque chose à dire, alors dites-le. »

Instantanément, elle comprit qu'elle l'avait poussé dans la mauvaise direction, mais elle ne se souciait plus vraiment de heurter ou non les sensibilités.

« Reggie, si vous considérez qu'il y a quelque chose de suspect dans cette fusillade, alors il faut vous exprimer. Tout ce que je peux faire, moi, c'est remplir des formulaires. Je ne suis pas flic et je ne suis pas votre maman.

— Ma chère dame, commença l'autre, d'une voix tremblante de colère, vous ne savez pas dans quoi vous vous embarquez, là.

— Cela ressemble diablement à une menace.

— C'est un avertissement, rectifia-t-il. Vous m'avez l'air d'être une personne agréable, mais je ne me fierais pas trop à la compagnie que vous fréquentez.

— Vous avez été tout à fait clair là-dessus.

— Vous aurez peut-être envie de savoir pourquoi les gens n'arrêtent pas de vous mettre en garde à son sujet. » Il salua Sara en portant deux doigts à son chapeau, et se dirigea vers la porte. « M'dame. »

Chapitre douze

Dès qu'elle ouvrit la porte pour sortir du funérarium, la chaleur s'abattit sur elle. Elle sentait venir l'orage, mais la houle des nuages ne faisait rien pour rafraîchir l'atmosphère. Elle eut la sensation que sa peau se contractait, quelques secondes avant de s'adapter, et quand elle arriva à la hauteur de Jeffrey, debout près de sa voiture, elle sentait déjà la sueur lui dégouliner dans le dos.

« Allons marcher », lui dit-elle.

Ils traversèrent le cimetière derrière l'édifice, et il ne lui posa pas de questions. Il n'y avait pas un souffle de vent, et Sara avait la tête qui tournait un peu, à cause de la chaleur. Pourtant, elle continua d'avancer, en lisant d'un œil distrait les inscriptions sur les bornes, tandis qu'ils prenaient la direction du terrain boisé qui s'étendait au-delà du cimetière. Il y avait une palissade, et un portail, que Jeffrey ouvrit et lui retint.

Le ciel s'assombrit encore plus, ils prirent vers la forêt, et elle ne savait pas si c'était la voûte des arbres au-dessus de sa tête ou l'orage qui menaçait, quoi qu'il en soit, sous le couvert, la température lui donna l'impression de chuter d'environ dix degrés, et elle n'en fut pas mécontente.

Ils longèrent un étroit chemin, Jeffrey devant elle, il écartait les basses branches et chassait les débris d'un coup de pied. Des oiseaux s'interpellaient dans le feuillage, et elle entendit un crissement sec qui pouvait provenir d'un criquet ou d'un serpent, selon qu'elle laissait ou non libre cours à son imagination.

Elle rompit enfin ce silence.

« Je sais que c'est une question dingue, sachant qu'on est en Alabama, mais est-ce que quelqu'un a songé à se demander pourquoi Luke Swan ne portait pas de chemise ? »

Il arracha une brindille d'une basse branche.

« Je pense que personne ne se demande grand-chose. » Il lança un œil derrière lui. « Il n'y avait pas d'empreintes digitales, à l'extérieur de la fenêtre. » Et il ajouta encore un mot, comme si cela lui était venu après coup. « Bien sûr, le sol était sec. Tu pourrais avancer l'argument que rien n'aurait laissé de traces.

— Il semblerait qu'on ait toutes sortes d'arguments pour écarter pas mal de suppositions », fit-elle, en tressaillant, car une racine d'arbre venait de se prendre dans son talon.

Il s'arrêta face à elle.

« Je ne sais pas si la moustiquaire a été arrachée de l'extérieur ou de l'intérieur.

— Qu'est-ce que tu vas faire ?

— Bon Dieu, fit-il, en lançant la brindille dans le sous-bois. Je ne sais pas. » Il s'agenouilla et se mit à défaire ses lacets.

« Qu'est-ce que tu fais ?

— Avec ces sandales, c'est comme si tu marchais pieds nus. »

Il retira sa chaussure de tennis et la lui tendit.

Elle hésita, et il insista.

« Ma bouche s'est promenée partout sur ton corps, Sara. Tu crois que je ne me suis pas rendu compte que tu avais la même taille de pied que moi ?

— Ils ne sont pas si grands », grommela-t-elle, en posant la main sur son épaule pour conserver son équilibre, et elle enfila la chaussure. Elle fut bien embarrassée de constater qu'elle lui allait presque parfaitement.

Elle baissa les yeux vers lui, pour voir s'il avait remarqué, et il leva la tête vers elle, avec un sourire.

« J'adore ta façon de rougir.

— Je ne rougis pas », se défendit-elle, alors qu'elle sentait ses joues la picoter.

Il l'aida à chausser la deuxième tennis. Elle allait s'agenouiller pour nouer les lacets, mais il s'en occupa à sa place.

« J'attends toujours que quelqu'un me confie quelque chose. Ils ne vont quand même pas tous mordre à cette histoire.

— Je pense que Reggie se pose des questions », souligna-t-elle en le regardant terminer une double rosette. Il avait de si grandes mains, mais elles étaient douces, et son contact était toujours si délicat. Sans trop qu'elle comprenne pourquoi, la colère qu'elle avait ressentie à son égard ce matin s'était dissipée, et elle ne pensait plus qu'à une chose : vingt-quatre heures plus tôt, elle avait été sur le point de tomber amoureuse de cet homme. Malgré tout le désir qu'elle avait de changer d'avis, elle ne parvenait plus à modifier ses sentiments envers lui.

« Voilà. » Il se leva, et il tenait ses sandales dans une main. « OK ? »

Elle fit un pas, et elle mentit.

« Elles sont un peu grandes.

— Ouais, c'est ça. » Ils reprirent leur marche, Tolliver en chaussettes. « Est-ce que Reggie a mentionné le fait que je sortais avec sa sœur ?

— Moi, je suis juste partie du principe que tu étais sorti avec toutes les femmes de la ville. »

Il lui lâcha un regard.

« Désolée », fit-elle aussitôt, et elle l'était vraiment. Ils cheminèrent encore quelques minutes avant qu'elle ne lui pose une question. « Pourquoi tout le monde en a-t-il après toi ?

— Mon père n'était pas précisément adhérent du Rotary Club.

— Cela remonte à plus loin que ça », répliqua-t-elle, ne comprenant pas ce qu'il lui cachait. Elle avait ses propres secrets, il est vrai, et elle était mal placée pour lui tenir rigueur de ses réticences.

Il s'arrêta.

« Je veux rester un jour de plus.

— D'accord.

— Et je veux que tu restes avec moi.

— Tu ne...

— Tu es la seule personne ici qui ne me considère pas comme un criminel.

— Hoss non plus.

— Après que j'aurai fait ma déposition, il pensera comme les autres.

— Que vas-tu déclarer ? lui demanda-t-elle, et elle guetta sa réponse.

— La vérité. » Il se remit à marcher et elle le suivit. « Ce serait peut-être différent si Robert prenait une position claire. » Il s'arrêta, le doigt pointé derrière elle. Elle se retourna, contempla les montagnes à l'horizon.

« Ça, c'est Herd's Gap, lui expliqua-t-il. Tous les

gens riches du coin vivent là-bas. Y compris la famille de Jessie. »

De sa main en visière, Sara s'abrita les yeux, s'attarda sur le panorama.

« Je sais que ça n'a pas l'air flambant, mais c'est situé pile au pied de la chaîne des Appalaches. Tu ne peux pas le voir d'ici, mais, tout là-haut », et il lui indiqua la montagne sur leur gauche, « ce sont les Cheaha Mountains. » Il avança. « Et sous nos pieds, sur presque cinquante kilomètres de long, il y a le marbre le plus dur et le plus blanc du monde. La veine descend jusqu'à peu près cent trente mètres de profondeur. »

Elle le regardait, il lui tournait le dos, et elle se demandait pourquoi il lui racontait tout cela.

« Ah oui vraiment ?

— Le marbre de Sycalauga se retrouve dans le monument à George Washington et dans le bâtiment de la Cour suprême des Etats-Unis, poursuivit-il. Je me souviens, quand j'étais gamin, les fenêtres tremblaient sous les explosions. » Il enjamba un arbre abattu et lui tint la main pour l'aider à le franchir à son tour. Elle vit que ses chaussettes se salissaient, mais il n'avait pas l'air de s'en formaliser.

« Il y a une rivière souterraine qui traverse toute la ville. Entre la rivière et les explosions dans la carrière, il y a toute une série de puits, partout dans Sylacauga. Il y a quelques années, l'un de ces puits s'est effondré, à l'église baptiste, et tout l'arrière du bâtiment s'est affaissé de trois mètres dans la terre.

— Jeffrey... »

Il s'arrêta une fois encore.

« C'est ce que je ressens, Sara. Je sens que toute cette ville est en train de sombrer, et j'y vais avec elle. » Il lâcha un rire amer. « On dit qu'on ne peut pas aller plus bas que terre, mais ici, c'est le lieu où l'on peut. »

Elle prit une profonde inspiration, avant de souffler un bon coup.

« Je ne peux pas avoir d'enfants. »

Il ne dit plus un mot, et cela dura ce qui lui sembla une éternité.

« D'accord, fit-il enfin d'un ton neutre.

— J'en déduis que nous sommes censés faire comme si de rien n'était, comme si tu n'avais pas dit ce que tu m'as dit hier soir avant... » Sa main partit vers le ciel « ... avant que l'enfer ne s'ouvre sous nos pieds.

— Non, l'interrompit-il. Je pensais ce que je t'ai dit. »

Et elle le crut.

« Alors dis-moi, lui demanda-t-elle. Dis-moi pourquoi Reggie ne te fait pas confiance. »

Des gouttelettes de pluie crépitèrent sur les feuilles au-dessus d'eux, et elle leva les yeux à l'instant où le plancher du ciel se déversa. En quelques secondes, ils furent tous deux trempés. La pluie était si dense qu'elle tendit la main pour prendre celle de Jeffrey, de crainte de le perdre.

« Par là ! », hurla-t-il pour couvrir la pluie battante. Ils pressèrent le pas, un éclair crépita dans le ciel et ils coururent, à petites foulées. Les hauts arbres tout autour d'eux, qui étaient si beaux un instant auparavant, n'étaient plus à présent que des paratonnerres en puissance, et elle accéléra l'allure, impatiente de trouver un abri avant que l'orage ne s'aggrave.

Le ciel noircit encore, et elle leva le nez à la seconde où il l'attira à genoux, en position accroupie. D'un geste précautionneux, il repoussa une masse de vigne vierge et de vieilles planches vermoulues avant de la conduire dans une grotte, par un passage large d'à peu près un mètre vingt. A l'intérieur, l'air devenait presque froid, et elle posa la main contre la pierre rugueuse de la voûte, afin de conserver l'équilibre. Même avec les genoux pliés, elle ne pouvait pas se tenir tout à fait dressée. Elle se courba en deux, les mains tendues, elle avançait à tâtons pour sentir ce qui l'entourait, alors que Jeffrey l'entraînait vers le fond de la grotte. Sur sa droite et sur sa gauche, il n'y avait rien qu'un espace vide, mais au-dessus d'elle le plafond suivait une pente montante et elle put donc se redresser un peu. Elle dut tout de même garder la tête et les épaules baissées, pour ne pas s'érafler contre le plafond.

Loin derrière eux, elle distinguait le crépitement étouffé de la pluie et un dégoulinement ininterrompu. Il y avait juste assez de lumière qui pénétrait par la vigne vierge et les planches fendues de l'entrée pour leur éviter d'être plongés dans une obscurité totale, ce qui, en un sens, n'avait rien de réconfortant non plus. Alors que sa vision s'adaptait, elle n'apercevait toujours pas le fond de la grotte.

« Ça va ? s'enquit-il.

— Bien. » Elle frissonna, mais pas de froid. Elle gardait la paume contre le plafond, elle sentait la claustrophobie l'envahir.

« Seigneur, ce que ça sent, ici. » De nouveau, il passa devant elle, il alla s'affairer vers l'entrée. Il écarta les planches d'un coup de pied, il entra plus de lumière, mais il faisait encore trop noir pour qu'elle se sente à l'aise.

Elle cligna les yeux à plusieurs reprises, et discerna une longue banquette, comme celles qui équipaient jadis les voitures. La bourre et les ressorts saillaient hors du capitonnage en skaï. En face de la banquette, il y avait une vieille table basse, garnie de corde de chanvre aux quatre coins, et des éraflures aux endroits où les gens s'étaient assis en appuyant leurs pieds dessus. Il écarta quelque chose de ses cheveux, tout en s'approchant de la banquette. Il fouilla dessous, et elle l'entendit rire par-dessus le bruissement régulier de la pluie.

« Ils sont encore là », fit-il, l'air content.

Elle s'approcha de lui, perturbée par l'obscurité. Des relents de moisissure flottaient dans l'air, avec l'odeur sous-jacente de la pourriture. Elle se demanda s'il y avait des animaux là-dedans, ou si un animal n'allait pas rentrer dans sa tanière, en cherchant à échapper à l'orage.

Jeffrey fit craquer une allumette, et la grotte fut illuminée un court instant, avant que la flamme ne vacille. Comme elle, il se tenait les épaules voûtées contre le plafond. Mais à l'inverse d'elle, il semblait parfaitement à son aise. Elle se sentait gênée d'avoir si peur. Avant ce jour, elle n'avait jamais eu peur du noir, mais cet espace clos dégageait une atmosphère sur laquelle elle était incapable de mettre un nom.

Il fit craquer une deuxième allumette. La flamme se consuma aussi vite que la première fois, plongeant la grotte dans l'obscurité.

« J'imagine qu'elles ont pris l'humidité », observa-t-il.

Elle parla, et ses propres mots la prirent de vitesse. « Je n'aime pas cet endroit.

— L'orage va vite passer, la rassura-t-il, en lui prenant le bras et en la conduisant à la banquette. Ça va aller, ajouta-t-il, réconfortant. On venait tout le temps ici, après les cours.

— Pourquoi ? » s'étonna-t-elle, en se disant qu'elle aurait trop l'impression d'être enterrée vivante, ce qui lui couperait toute envie de pénétrer dans cet antre. Même assise, elle sentait la grotte peser sur elle. Elle tendit le bras, s'agrippa à la main de Jeffrey.

« Ça va aller », répéta-t-il, car il finissait par percevoir sa peur. Il l'enveloppa de son bras et l'embrassa sur la tempe.

Sara se pencha contre lui.

« Comment as-tu découvert cet endroit ?

— C'est près de la carrière, lui expliqua-t-il. Robert est tombé dessus un jour, alors qu'on vadrouillait à la recherche de pointes de flèches.

— Des pointes de flèches ?

— Cette région était remplie d'Indiens. Des guerriers Creeks d'abord, puis des Shawnee. Ils appelaient cet endroit Chalakagay. Les chroniques de DeSoto mentionnent la ville dès les années 1500. » Jeffrey s'interrompit un instant. « Bien sûr, le gouvernement fédéral a investi les lieux vers 1836 et il a repoussé toutes ces tribus vers l'ouest. » Il se tut encore. « Sara, je ne veux pas d'enfants. »

Le bruit de la pluie emplit la grotte, c'était le frottement de mille balais balayant la roche.

« Je n'ai pas exactement grandi avec les meilleurs modèles autour de moi, et qui sait ce que mes gènes à la con risqueraient de leur transmettre, à mes mômes. »

Elle posa ses doigts sur ses lèvres.

« Dis-m'en plus sur les Indiens. »

Il lui embrassa les doigts, avant de lui poser une question.

« Pourquoi, tu as envie d'une histoire qui t'aide à t'endormir ? »

Elle éclata de rire, et elle comprit avec stupeur qu'elle serait capable de rester ici pour toujours, tant qu'il parlerait. Elle répéta sa prière.

« Dis-m'en plus. »

Il observa un silence, probablement le temps de se décider sur quoi lui raconter.

« Tu ne peux pas le voir, mais il y a beaucoup de marbre par ici. Pas suffisant pour éveiller l'intérêt des gérants de la carrière, mais ici, là, tu peux quand même entrevoir les veines qui courent le long du mur du fond. C'est pour ça que l'air est si froid. Tu as froid ?

— Non, je suis juste trempée. »

Il l'attira contre lui et elle nicha la tête dans le creux de son cou, en se disant que s'ils pouvaient rester ainsi jusqu'à la fin de l'orage, tout irait pour le mieux.

Il continua.

« Nous avons volé cette banquette sur une vieille voiture, dans la décharge. Je suis presque sûr que Possum conserve encore ses cicatrices au derrière, à cause du chien avec lequel il a dû se battre. La table basse était dans la rue, pour la benne à ordures. On l'a portée trois kilomètres sur l'autoroute pour la mettre ici. » Il rit de bon cœur. « On se figurait que notre avenir était assuré.

— Je parie que vous ameniez tout le temps des filles, ici, non ?

— Tu plaisantes ? Elles avaient peur des araignées.

— Des araignées ? » Elle se raidit.

« Ne me dis pas que tout d'un coup tu as peur des araignées.

— J'ai juste la frousse des trucs qui me rampent dessus et que je ne peux pas voir. » Il se leva. « Où vas-tu ? lui demanda-t-elle.

— Attends, lui fit-il, et elle put entendre sa main progresser à tâtons sur le mur de la grotte. On gardait aussi un pot à café... » Il s'arrêta, et elle entendit le tintement du métal contre le métal. « Ah-ah. D'autres allumettes. Possum les a eues sur la couverture d'un magazine de bandes dessinées. Elles sont supposées résister à l'humidité. »

Sara se cala les pieds sous les cuisses, et le dos contre le dossier de la banquette. Si fou que ce soit de sa part, elle éprouvait cette crainte contre nature de quelque chose – ou quelqu'un – qui s'approcherait d'elle et lui toucherait l'épaule.

« Nous y voici », fit-il en frottant l'allumette.

Elle vit son visage à la lumière, car il présenta la flamme devant une petite bougie de cuisine. Il y eut une lueur, elle retint son souffle, cessant de respirer tant que la mèche n'eut pas pris.

« Je n'arrive pas à croire qu'elle brûle encore après tout ce temps. »

Dans la lumière vacillante, elle entrevit une forme derrière lui. Soudain, elle se sentit le cœur au bord des lèvres, la respiration haletante, ce fut si brusque que Jeffrey sursauta, et se cogna la tête au plafond.

Il regarda derrière lui, et poussa un cri.

« Seigneur Dieu ! » Il s'écarta en toute hâte, trébucha contre la table basse, et fut incapable de se rattraper avant de heurter le sol.

Sara fut prise de panique, elle voulut rattraper la bougie. La cire chaude lui brûla la main, mais elle réussit à empêcher la flamme de s'éteindre. Son cœur cognait si fort que ses côtes lui faisaient mal.

« Bon Dieu, souffla Jeffrey, en tapant sur son jeans pour en retirer la terre. Putain, qu'est-ce que c'est que ça ? »

Elle s'obligea à rester debout, et elle s'avança vers le squelette qui l'avait tant terrorisée quelques secondes auparavant.

Les restes du corps étaient couchés sur une saillie rocheuse, en forme de siège. Même si les os avaient jauni avec le temps, des cartilages subsistaient en certains endroits, probablement à cause de la fraîcheur des lieux. Une partie de la jambe gauche manquait, jusqu'au pied, ainsi que quelques doigts de la main droite. Même à la faible lueur de la flamme, elle vit les marques de crocs d'un rongeur qui avait mordillé la peau des os. Elle brandit la bougie à hauteur de la tête, qui était penchée de côté et s'était calée dans une crevasse entre deux rochers. Le crâne était fracturé, sur le côté droit, l'os effondré dans la boîte crânienne sous l'impact de ce qui devait être un objet très lourd.

Elle se retourna vers Tolliver, juste à temps pour le voir glisser quelque chose dans sa poche.

« Quoi ? »

Le ton était défensif.

Sara se tourna de nouveau vers le squelette.

« Je pense que cette personne a été assassinée. »

Chapitre treize

13 h 58

Lena grinçait si fort des dents que sa mâchoire lui faisait mal. Au téléphone, Amanda Wagner n'en disait pas beaucoup, mais Lena, et sans doute à peu près tout le monde dans le pressing, pouvait fort bien entendre le tueur hurler à l'autre bout du fil.

« Pourquoi ne me dites-vous pas votre nom ? » s'étonna Wagner. Pour toute réponse, elle ne reçut qu'un aboiement de rire. Quand elle s'inquiéta des enfants, la seule réponse qu'elle obtint fut le cri de la petite fille dans le combiné. Ce cri se répercuta dans la pièce, et Lena réprima un besoin impérieux de se boucher les oreilles.

Madame Wagner garda son calme.

« J'en conclus que cela signifie que vous gardez les enfants. »

La réponse vint sous la forme d'un grommellement, mais la dernière exigence du tueur fut formulée haut et fort, d'autant plus qu'Amanda Wagner tenait l'appareil à plusieurs centimètres de son oreille, pour atténuer le son.

« Une heure, salope. Si tu mets plus de temps, le nombre des cadavres va augmenter grave. »

En dépit de cette menace, Amanda referma son téléphone portable avec le sourire.

« Bon, fit-elle. Ils veulent de la bière. »

Lena ouvrit la bouche pour réitérer son offre de se porter volontaire, mais Amanda leva le doigt pour réclamer le silence, et elle s'adressa à Nick et Frank.

« Messieurs, pouvez-vous m'accorder quelques minutes de votre temps ? »

Les deux hommes la suivirent dans le bureau de Bill Burgess. Wagner sourit à Lena avant de fermer la porte. C'était un sourire de chatte, et elle était incapable de dire si cette femme se montrait polie ou si elle l'avertissait de se tenir à distance. Quoi qu'il en soit, elle se battrait bec et ongles pour être celle qui entrerait dans le poste. Elle éprouvait le besoin de faire sa part. Jeffrey lui avait permis de réintégrer la police, malgré ce que tout le monde pouvait raconter en ville. Et le pire des crimes, c'était qu'à présent il gisait là-bas, mort, tandis qu'elle était en vie.

Molly Stoddard était appuyée contre la table pliante, mais elle se leva et frappa à la porte du bureau de Burgess. Elle entra sans attendre de réponse, et referma la porte derrière elle.

Lena surveilla la réaction des gars de l'équipe Wagner, mais ce manège n'avait pas l'air de les intéresser outre mesure. L'un d'eux parlait si bas dans son téléphone portable qu'elle se demanda s'il ne remuait pas juste les lèvres, et les deux autres étaient penchés sur le plan du commissariat, occupés à pointer du doigt les différents espaces, comme s'ils étaient en train de mijoter un plan. Ils n'étaient pas parvenus à introduire une caméra par les baies de ventilation du système d'air conditionné, car les tueurs les avaient obstruées avec des vêtements.

Elle alla voir ce qu'ils concoctaient. Le type au téléphone portable acheva son appel.

« Votre Jennings a été tué dans un carambolage impliquant six voitures, à la sortie de Friendswood, au Texas, l'an dernier.

— Tu plaisantes, fit-elle, et elle eut l'impression d'être prise totalement à contre-pied.

— Il y avait deux gosses à l'arrière, ajouta le type. L'un des deux a échappé à l'accident. C'est super, hein ?

— Ouais », acquiesça-t-elle, mais elle doutait que le gamin se soit senti si chanceux. Elle avait surtout pu constater le genre de dégâts qu'était capable d'infliger Jennings. Que cet animal soit mort d'une manière en apparence aussi normale, c'était juste dommage.

La porte du bureau s'ouvrit et Amanda Wagner en sortit, suivie de Frank. Nick et Molly étaient encore à l'intérieur, et Lena vit que Molly se servait du téléphone posé sur le bureau du vieux Burgess. Elle avait la tête penchée et la main dans la nuque, comme si elle voulait protéger le caractère privé de sa conversation.

L'homme de Wagner répéta l'information au sujet de Jennings. Son patron intervint.

« Bon, de toute manière, c'était un peu tiré par les cheveux. » Elle fit signe à Lena de l'accompagner dans le bureau. « Suivez-moi. »

Nick attendit qu'ils soient tous à l'intérieur avant de refermer la porte. Molly leva les yeux sur Lena, un éclair d'irritation dans les yeux.

« Mon bébé, maman doit y aller maintenant, d'accord ? » fit-elle dans le téléphone. Elle attendit une fraction de seconde. « Moi aussi, je t'aime. »

Lena n'avait pas accordé beaucoup d'attention à

l'infirmière de Sara, à part remarquer sa présence dans les locaux de la clinique, et il ne lui était jamais venu à l'esprit que cette femme était aussi une mère. Et probablement une bonne mère, en plus – toujours calme, toujours là pour ses enfants. Elle ne donnait pas l'impression de nourrir la moindre once d'égoïsme en elle. Certaines personnes étaient tout bonnement taillées pour ce genre d'existence.

« Inspecteur Adams, commença Wagner, nous vous avons sélectionnée pour entrer dans le bâtiment.

— Et je tiens à répéter que je suis contre », souligna Nick.

Lena fut aussitôt sur la défensive.

« Je sais ce que je...

— Pas à cause de vous, l'interrompit Nick. D'elle.

— Attendez une minute, fit Lena, qui venait de comprendre ce que Molly avait manigancé. Elle vient aussi ? »

Wagner intervint.

« Nous allons vous envoyer là-bas comme infirmières, sous prétexte de leur apporter une assistance médicale.

— Vous disiez que Barry était probablement mort. »

Molly prit la parole à son tour, sans quitter Nick du regard.

« Il y a peut-être des enfants qui sont blessés. Sara pourrait avoir besoin de moi. »

La bouche de Nick se réduisit à un trait rectiligne, et Lena se demanda pourquoi il se montrait si véhément. Son objection semblait de nature plus personnelle que professionnelle.

« Juste pour votre information, reprit Wagner, j'hésite un peu à vous y envoyer, inspecteur, mais Nick m'assure que vous serez à la hauteur. »

Lena réprima la protestation qui lui brûlait les lèvres. Au lieu de quoi, elle ravala sa fierté.

« Si vous n'êtes pas certaine... » Elle essaya de trouver ses mots, luttant avec ses émotions. « Si vous jugez quelqu'un d'autre mieux qualifié, alors je me désiste.

— C'est exactement ça, lui rétorqua Wagner. Nous n'avons personne de plus qualifié. Si j'envoie l'un de mes gars, les tueurs vont tout de suite comprendre ce qui se trame. Je pense que notre meilleur plan d'action consiste à vous envoyer là-bas toutes les deux. Ils seront plus à l'aise avec des femmes.

— Ou alors ils vont vous prendre toutes les deux en otages, ajouta Nick. Ou juste vous abattre.

— Il a raison, confirma l'agent du FBI. Rien ne saurait les empêcher de faire l'un ou l'autre, ou les deux. » Elle croisa les bras. « Vous êtes toujours aussi impatientes d'entrer dans ce bâtiment ? »

Lena n'hésita pas.

« Oui. »

Tous les regards se tournèrent vers Molly.

« Madame Stoddard ? » s'enquit Wagner.

Molly échangea un regard avec Nick.

« Oui.

— Votre résolution me paraît avoir un peu faibli, releva Amanda Wagner.

— Non. » Molly se leva. « Je suis prête. »

14 h 15

Lena se lavait les mains dans le lavabo des toilettes du Grant Medical Center. Ses mains tremblaient un peu, mais rien de neuf à cela. Elles tremblaient plus ou moins depuis deux ans, depuis son enlèvement.

Parfois, elle songeait que ce tremblement était dû aux cicatrices que son agresseur lui avait laissées aux mains, mais ses médecins lui avaient affirmé qu'il n'y avait aucune atteinte aux tissus nerveux.

« Est-ce que ça va ? » demanda Molly Stoddard. Elle observait les mains de Lena comme si elles trahissaient toute une histoire.

« Je vais », lui répondit-elle, en arrachant une serviette en papier au rouleau du distributeur.

« Ce n'est pas interdit d'être nerveuse, dit Molly. En fait, si vous étiez tendue vous aussi, je me sentirais mieux.

— D'accord », fit-elle. Elle prit l'uniforme de l'équipe d'urgence posé sur la paillasse et entra dans un box pour se changer.

« Moi, je suis sur les nerfs », avoua Molly. A l'évidence, elle attendait que Lena lui parle, mais comme elle ne disait rien, l'infirmière lâcha un « D'aa-ccord ».

Lena retira sa veste et la suspendit à la patère derrière la porte du box. Elle déboutonnait sa chemise quand on frappa un coup à la porte des toilettes.

« Vous êtes visibles, toutes les deux ? » fit Nick Shelton.

Molly fit oui, alors que Lena répondait non.

« Désolée », s'excusa l'infirmière, mais Lena entendait déjà Nick entrer dans la pièce. Elle s'assit sur la lunette des toilettes, elle n'avait aucune envie de se retrouver dévêtue en sa présence, même s'il y avait entre eux un box fermé par un loquet.

« Je voulais vous dire, commença-t-il, d'une voix qui semblait hésitante. Je voulais juste...

— Ça ira », lui assura Molly, comme si elle savait très précisément ce qui le tracassait. Lena scruta la scène par l'interstice de la porte et elle vit que Molly avait posé la main sur le visage de Nick.

Elle chuchota encore.

« Je vais très bien m'en tirer.

— Vous n'êtes pas obligée, insista-t-il.

— Si c'était moi qui me trouvais là-bas, et Sara...

— Sara n'a pas deux enfants à la maison, et c'est exactement ce qu'elle vous expliquerait, si elle était là. »

Molly regarda vers Lena, et cette dernière se leva, pour achever de se changer, et puis, qu'ils ne s'imaginent pas qu'elle les surveillait. Son pantalon tomba par terre et elle entendit un couteau qu'elle portait toujours dans sa poche arrière heurter le carrelage avec un claquement métallique. Elle risqua encore un œil par l'interstice pour vérifier que Molly et Nick n'avaient rien vu. Ils étaient encore en train de chuchoter, comme si le fait qu'elle soit là, à un mètre d'eux, ne comptait pour rien. Nick n'avait pas envie que Molly entre dans le poste de police, c'était clair. Lena ne pouvait lui en vouloir. Il n'y avait aucune garantie que les tueurs n'aient pas juste l'intention de retenir deux personnes de plus en otage.

Elle ouvrit son canif et passa le doigt sur la lame aiguisée. Ce couteau mesurait un peu plus de sept centimètres de long, mais elle pouvait causer pas mal de dégâts avec. La seule question était de savoir si elle devait ou non le cacher, pour le cas où les tueurs la fouilleraient.

Nick éleva la voix, afin de faire aussi profiter Lena de son avertissement.

« Ils ont capitulé avec trop de facilité, estimait-il. En général, les preneurs d'otages sont des gens instables. Ils sont émotifs. Il faut traiter avec eux un bon moment, gagner leur confiance, avant qu'ils n'acceptent des concessions. Ils laissent sortir Marla trop tôt. »

Lena enfila le pantalon de son uniforme d'auxiliaire médical. Il était trop grand d'une taille ou presque, mais il lui allait mieux qu'elle ne l'avait craint.

« Ils ont peut-être faim, suggéra-t-elle.

— Il y a quelque chose qui cloche là-dedans, insista Nick. Ils savent ce qu'ils font, c'est évident. Ils n'auraient pas bouché les grilles d'aération juste pour le plaisir. Ils savaient que nous allions utiliser des caméras et que la procédure d'opération standard consiste d'abord à essayer d'en introduire par les bouches d'aération. Ça pourrait être un piège pour prendre plus d'otages. »

Lena déchaussa sa basket et elle y glissa le canif. Elle renfila le pied dans la chaussure, l'agita pour que le couteau vienne se loger tout contre sa voûte plantaire.

« Lena ? lança Nick.

— Je suis au courant de tous ces dangers, Nick », rétorqua-t-elle sur un ton cassant, songeant qu'il la traitait comme une gamine de dix ans, et non comme un flic chevronné. Elle enfila la chemise blanche d'auxiliaire médical, qui était trop étroite à la poitrine. L'insigne sur la poche portait le nom de MARTIN, et elle se demanda si Martin était un type maigrichon ou une femme plate comme une limande.

Quand elle ouvrit la porte, Molly s'écarta de Nick comme si on venait de les surprendre. Lena s'étudia dans le miroir, et se dit qu'avec ces boutons qui tiraient sur les boutonnières, elle avait l'air d'une roulure sortie d'un film porno. Au vu de certaines auxiliaires médicales qu'elle avait croisées dans Grant, elle cadrait tout à fait avec le personnage.

« Je sais que tu juges Wagner peu fiable.

— Tu sais pourquoi ? » lui rétorqua-t-il, mais il ne la laissa pas répondre. « Je connais la rumeur, mais permets-moi d'être clair. C'est moi qui ai hésité. Elle, non, elle n'a pas hésité. Elle n'hésite jamais. C'est un bloc de glace. Et je vais te dire encore un autre truc. » Il lança à Molly un regard lourd de sens. « Elle n'apprécie pas les femmes. »

Lena laissa échapper un sifflement feutré.

« C'est la vérité, martela-t-il. Cela ne l'ennuie pas de s'en servir comme d'un appât. Et ici, c'est exactement ce qu'elle est en train de faire, quoi que tu penses. C'est ce qui s'est produit à Ludowici. Elle leur a envoyé une femme flic et les tueurs l'ont retenue en otage. Dix minutes plus tard, elle était morte.

— Parce que tu as hésité ? » ironisa Lena. Elle vit l'éclair de culpabilité dans ses yeux et elle regretta les termes de sa question – non parce qu'ils dépassaient sa pensée, mais parce que la situation était déjà assez tendue sans qu'en plus Molly Stoddard en ait ras le cul de sa présence.

« Cette histoire ne va pas se dérouler comme tu le crois, reprit-il. Tu es dans le métier depuis assez longtemps pour savoir qu'il y a quelque chose qui ne tourne pas rond. Tu le sens dans tes tripes. Tu le sais, Lena.

— Je vous attends dehors », le prévint-elle, estimant qu'il valait mieux les laisser seuls. Elle sortit des toilettes d'un pas vif, pour buter dans l'un des gaillards d'Amanda Wagner. Il était bâti comme un mur de brique et, sous l'effet de la surprise, il la bloqua. Ses mains s'attardèrent sur son corps un tout petit peu trop longtemps, et elle le repoussa, en tâchant de ne pas manifester sa colère. Elle se dirigea vers leur chef, qui se trouvait au bout du couloir avec un téléphone portable à l'oreille. Elle mettait un terme à sa communication quand Lena arriva à sa hauteur.

« Qu'est-ce que vous avez, dans votre basket ? lui demanda-telle.

— Elle est juste trop serrée, mentit Lena. Un peu comme cette chemise.

— Trop serrée vaut mieux que trop large, riposta Wagner. Qu'est-il arrivé à votre lèvre ? »

Lena porta la main à sa bouche et, en l'espace d'une seconde, elle comprit qu'elle s'était trahie.

« Un accident », répondit-elle, et ce mensonge lui parut bien faible, même à elle.

Amanda Wagner avait tout à fait l'air de savoir à quoi s'en tenir, mais elle s'abstint de pousser Lena dans ses retranchements.

« Je ne vous fais pas franchement confiance, inspecteur Adams, mais je vous laisse aller là-bas parce que vous possédez une bonne connaissance de la configuration des locaux, et parce qu'ils vous jugeront moins menaçante qu'un autre.

— Merci pour le vote de confiance.

— Vous n'avez aucun besoin de confiance de ma part, inspecteur, lui rétorqua-t-elle. Ecoutez attentivement : votre rôle consiste à leur apporter de quoi manger et à sortir Marla Simms de là aussi vite que possible.

— Très bien.

— Je n'ai pas besoin d'actes héroïques, et je n'ai pas besoin que vous vous proposiez en échange contre n'importe lequel de ces otages. »

Lena baissa les yeux, tâchant de dissimuler sa mine. C'était exactement ce qu'elle avait prévu de tenter.

« Cela peut vous sembler une bonne idée, mais vous m'êtes plus utile ici que là-bas. Vous êtes formée pour évaluer les situations dangereuses. J'ai besoin de votre avis d'experte. »

Elle lui faisait l'impression d'être quelqu'un de franc, et Lena décida de lui dire ce que ces propos lui inspiraient.

« On dirait que vous êtes en train de me lécher le cul, là. »

Wagner retroussa la lèvre dans un sourire, et elle eut dans l'œil une lueur que Lena avait déjà vue à plusieurs reprises chez d'autres de ses interlocuteurs. Cette femme venait de s'apercevoir qu'elle avait sous-estimé Lena.

« Il y a un peu de lèche là-dedans, si vous voulez, mais vous avez travaillé en tandem avec Brad Stephens. Il pourra peut-être vous communiquer quelques infos. Je sais qu'entre équipiers, on a certains codes en commun.

— Il n'était pas mon équipier.

— Je n'ai pas de temps à consacrer à vos soucis d'ego, la semonça-t-elle, sur le ton de la réprimande. Ce que j'attends de vous, quand vous serez ressortie de cet endroit, c'est un croquis détaillé m'indiquant la position précise de chacun. J'ai besoin de savoir combien de bureaux et d'armoires de rangement sont calés contre les portes et j'ai besoin de savoir exactement de quel armement disposent ces gaillards. Ce qu'ils utilisent : Sig, S&W, Glock ? L'inspecteur Wallace pense que leur fusil est un Wingmaster. Est-ce qu'ils ont apporté des suppléments de munitions ? Et de quel calibre ? Est-ce qu'ils portent des gilets pare-balles en Kevlar ? Comment ils s'entendent entre eux ? Est-ce que l'un des deux n'a pas la tête qui enfle ? Et l'autre, est-ce qu'on ne peut pas le retourner ou le déstabiliser ? J'ai besoin d'être renseignée sur tous les défauts de la cuirasse, et je ne peux pas obtenir tout ça de vous si vous restez là-bas. »

Lena acquiesça. Tout cela serait utile, en effet, et en aucun cas Molly Stoddard ne risquait de pouvoir entrevoir le début du commencement de la différence entre un vingt-deux long rifle et un neuf milli, et encore moins de fournir une évaluation précise de la puissance de feu à leur disposition.

« Est-ce que je dois essayer de passer quelque chose aux otages ?

— Non, fit Wagner. Pas à ce stade. Nous avons besoin d'instaurer une certaine confiance. Ils vont vous palper de la tête aux pieds. » Elle jeta un œil au soulier de Lena. « S'ils trouvent quoi que ce soit sur vous, ça va les mettre en colère, et ils vont s'en prendre à quelqu'un. Ce quelqu'un ne sera pas forcément vous, alors avant de prendre le moindre risque, il faut vous demander si cela vaut la peine de mettre en péril la vie des gens autour de vous.

— D'accord, fit Lena, en changeant de position. Je suis prête. »

Wagner la dévisagea un instant. Elle eut un sourire contrit.

« Mon petit cœur, tu peux me pisser à la gueule, mais me raconte pas que c'est de la pluie. »

Lena fut prise au dépourvu, mais elle tâcha de n'en rien montrer.

Amanda Wagner lança de nouveau un coup d'œil à cette chaussure.

« Soyez prudente. »

Elle n'ajouta rien de plus.

Chapitre quatorze

Lundi

Jeffrey pataugeait péniblement dans les bois, les chaussettes tire-bouchonnées, imbibées de terre mouillée. Il s'arrêta près d'un arbre, s'en servit comme d'un appui, le temps de les retirer. La pluie n'était guère plus qu'un souvenir, et l'air était saturé de brume, à mesure de son évaporation vers les nuages, sous l'effet du soleil. En entrant dans le cimetière, il essuya la sueur de son front, d'un geste du dos de la main. Le soleil était plus vif en plein cimetière, et le coteau, avec ses bornes blanches comme des dents, lui évoquait une grande bouche sur le point de l'avaler.

Reggie était assis dans sa voiture de patrouille, portière ouverte, une cigarette pendant aux lèvres. Il resta là où il était, laissant Jeffrey venir à lui. L'asphalte était brûlant sous ses pieds nus, mais il aurait préféré être damné plutôt que de rien laisser paraître.

Sa lèvre se retroussa sur un sourire grimaçant, sarcastique, mais Jeffrey ne lui laissa pas le temps de proférer le commentaire de merde qu'il avait envie de lui sortir.

« Emmène-moi au poste », ordonna-t-il, en montant côté passager.

Reggie tira une dernière taffe sur sa cigarette avant de fermer la portière. Il démarra le moteur et laissa tourner au ralenti quelques minutes.

« Où est ta nana ?

— Elle va très bien », lui assura-t-il. Malgré la terreur bleue qui s'était emparée d'elle quelques secondes avant la découverte des ossements, elle avait insisté pour rester sur place, pendant qu'il allait chercher de l'aide.

Reggie laissa sa main reposer un moment sur le levier de vitesse, avant de mettre en prise. Il prit son temps pour entrer sur l'autoroute et respecta la vitesse limite autorisée en ville, en faisant signe à des gens par la fenêtre, comme si tout allait pour le mieux dans le meilleur des mondes. Jeffrey essayait de ne pas manifester son irritation, sachant que Reggie le faisait exprès, mais quand ils dépassèrent le lycée en se traînant à trente kilomètres à l'heure, il éprouva le besoin de se défouler, sans quoi il allait exploser.

« Il y a une raison, pour que tu avances aussi lentement ?

— C'est rien que pour te faire chier, L'Anguille. »

Tolliver resta le regard figé à l'extérieur, en se demandant si cette journée allait encore aller de mal en pis longtemps comme ça.

« Tu veux me dire ce qui se passe, là ?

— Non.

— C'est dans tes prérogatives. »

Jeffrey lâcha un sifflement sourd.

« Un bien grand mot.

— Je me suis dit que ça pourrait t'impressionner.

— C'est ta sœur qui t'a appris ça ?

— Tu la boucles, avec ma sœur.

— Comment ça va, Paula ?

— Je t'ai dit de la boucler, espèce d'enfoiré, répéta Reggie à voix basse, sur le ton de l'avertissement. Pourquoi tu me demandes pas plutôt comment vont mes cousins ? Comment ils s'en tirent sans leur père ? Quel effet ça nous fait à tous, quand on se retrouve et que mon oncle Dave n'est pas là ? »

Tolliver accusa le coup, avec toute la culpabilité que ces mots-là pouvaient susciter en lui, et même au-delà.

« Je ne suis pas le gardien de mon père, répliqua-t-il pourtant.

— Ouais, fit Reggie, en prenant un virage sec pour entrer sur le parking du poste de police. Pour toi, c'est vachement commode. Je vais raconter ça à ma cousine Jo, quand elle va passer son diplôme cet automne, et que son papa sera pas là pour la féliciter. Je suis sûr que ça va drôlement la réconforter. »

Ils avaient enfin atteint le poste de police. Tolliver attrapa ses chaussettes mouillées, qu'il avait déposées sur le plancher, et il sortit du véhicule avant que Reggie n'ait coupé le moteur. Il entra dans le bâtiment et, ignorant la secrétaire et l'adjoint qui était penché au-dessus de son bureau, il se dirigea droit vers le bureau du shérif Hollister, et ouvrit la porte sans frapper.

Par-dessus le journal qu'il était en train de lire, Hollister regarda Jeffrey entrer et fermer la porte.

« Qu'y a-t-il, fiston ? »

Il avait envie de s'asseoir, mais quelque chose l'en empêcha. A la place, il s'adossa au mur, en quête d'un support, car il se sentait rattrapé par le poids de ses propres peurs. Il considéra le bureau du shérif Hollister. Comme l'homme, au cours de cette dernière décennie, rien n'avait changé. Les trophées de pêche et les photographies de Hoss sur son bateau étaient toujours là, et le drapeau américain replié dont on avait drapé le cercueil de son frère quand ils avaient rapporté son corps du Vietnam occupait toujours une place de choix sur le rebord de la fenêtre. Après la mort de son frère, Hoss avait essayé de se faire enrôler, mais ses pieds plats le lui avaient interdit. Il avait toujours dit en plaisantant que l'Armée avait fait là une perte tout à l'avantage de Sylacauga, mais Jeffrey savait qu'il n'aimait pas trop s'étendre sur le sujet, comme si le fait d'avoir les pieds plats le diminuait, en tant qu'homme.

« Jeffrey ? insista Hollister.

— Nous avons trouvé des ossements.

— Des ossements ? s'étonna l'autre, en rabattant son journal et en lissant le pli avec soin.

— Dans la vieille grotte où les gars et moi on allait tout le temps, quand on était au collège.

— Tout là-bas, en bordure de la carrière ? demanda Hollister, d'un ton prudent. Probablement un squelette d'ours ou je ne sais quoi.

— Sara est médecin, Hoss. Elle sait à quoi ressemblent des os humains. Bon sang, même si elle ne le savait pas, cette foutue créature était allongée sur des rochers comme si elle s'offrait une sieste.

— Elle ? » s'écria Hollister, et toute la pièce se vida de son oxygène.

On frappa un coup à la porte.

« Qu'y a-t-il ? » s'exclama le shérif.

Reggie ouvrit la porte.

« Je voulais juste...

— Accorde-nous une minute », aboya Hoss, sur un ton qui ne prêtait pas à discussion.

Jeffrey entendit le cliquetis de la porte, mais il ne quitta pas le chef des yeux. Le vieil homme paraissait avoir pris une centaine d'années en l'espace de quelques secondes.

Jeffrey plongea la main dans sa poche et en sortit la chaîne qu'il avait trouvée dans la grotte. Il la leva en l'air, et laissa tournoyer à la lumière le médaillon en or et en forme de cœur.

« Cela ne prouve rien, fit l'autre. Elle y est allée vingt fois, dans cette grotte. Tout le monde le sait. Bon Dieu, elle leur a dit elle-même.

— Sara ne lâchera pas le morceau.

— Je croyais que vous partiez tous les deux, cet après-midi ?

— Je l'ai convaincue de rester encore une journée, avant que tout cela n'arrive, lui avoua-t-il. Même sans cela, elle voulait aller au bout de cette histoire.

— Je ne vois pas l'intérêt de lui laisser le choix. »

Jeffrey perçut toute l'insistance de cette dernière remarque, et l'avertissement à peine voilé.

« Je n'ai rien à cacher », répliqua-t-il, et il sentit toute la fausse assurance que trahissait sa voix.

« Ce n'est pas une question de cacher quoi que ce soit, L'Anguille. Il s'agit d'enterrer le passé et d'avancer dans vos vies. Toi, et Robert, vous deux.

— Peu importe que Lane Kendall soit une garce, elle mérite d'être tenue au courant.

— Au courant de quoi ? » rétorqua le vieux policier. Il se leva de sa chaise et se rendit à la fenêtre. Comme celui de Jeffrey, son bureau jouissait d'une vue imprenable sur le parking. « Nous ne savons rien de rien, pour l'instant.

— Sara découvrira tout bien assez tôt.

— Découvrira tout quoi ?

— Elle a eu la tête fracassée, reprit-il. Quelqu'un l'a tuée.

— Peut-être qu'elle est tombée », suggéra l'autre. Il était raide comme un piquet, il tournait le dos à Jeffrey. « Tu n'y as pas pensé, à ça ?

— Alors il faut que nous laissions Sara tirer l'affaire au clair.

— Il se pourrait même que ce soit pas elle », essaya encore Hollister. Il se retourna et il semblait s'être repris. Il tendit la main, il lui réclamait le pendentif.

Il le lui remit.

« Elle le portait tout le temps. Tout le monde l'a vu, ce pendentif.

— Ouais », acquiesça le shérif. Il sortit son canif et ouvrit le médaillon en forme de cœur. Il déposa la breloque dans le creux de sa paume et la montra à Jeffrey, qu'il puisse la voir. Des photos de bébé grossièrement découpées suivant le contour en forme de cœur du médaillon et collées à l'intérieur, dans chacune des deux moitiés. Une mèche de cheveux blonds bouclés s'enroulait autour de la photo de gauche, un petit bout de ficelle la tenait nouée aux extrémités.

« Deux bébés différents », observa Tolliver. L'une des deux photos était en couleur et l'autre en noir et blanc, mais il était assez facile de s'apercevoir que l'enfant de droite avait une tignasse de cheveux noirs, tandis que l'autre, à gauche, était blond.

Hoss renversa le pendentif pour regarder les photos à son tour. Il lâcha un profond soupir et referma le médaillon avant de le rendre à Jeffrey.

« Tiens-moi ça. »

Jeffrey ne voulait pas, mais il prit le pendentif et le glissa dans sa poche.

« J'ai demandé à Reggie de t'attendre, au funérarium.

— Pourquoi donc ?

— Il faut que tu ailles causer à Robert.

— Causer, ça n'avait pas l'air de l'intéresser, ce matin.

— Maintenant, si, fit Hollister. Il a appelé le poste, il te cherchait.

— Sara attend dans la grotte, avec le corps.

— Je cours la ramener.

— Là-dessus, elle va pas lâcher, le prévint Tolliver.

— Sur quoi ? s'étonna l'autre. Il se peut qu'un ballot soit entré dans la grotte et qu'il ait oublié le chemin de la sortie. Il se peut que quelqu'un soit tombé et qu'il se soit cogné la tête. Il y a tout un tas de possibilités, non ? » Comme Jeffrey ne répondait pas, il lui glissa un petit rappel. « Tu n'as rien à cacher. »

Tolliver resta silencieux. Ils savaient l'un et l'autre que si. Les choses ne cessaient d'empirer, et à une telle rapidité qu'il n'arrivait pas à suivre.

Hoss lui flanqua une lourde tape sur l'épaule.

« J'ai jamais permis qu'il t'arrive du mal, hein, fiston ? »

Tolliver secoua la tête, songeant que ses paroles ne lui étaient pas d'un grand réconfort. Hollister avait prouvé plus d'une fois qu'il ne dédaignait pas de gauchir un peu les lois, à seule fin de leur éviter des ennuis, à Robert et lui.

Il arbora l'un de ses rares sourires.

« Tout ira bien. »

Il ouvrit la porte et fit signe à Reggie d'entrer, tout en questionnant Jeff.

« Que sont devenus tes souliers ? »

Il baissa les yeux sur ses pieds nus. A l'heure qu'il était, ils auraient dû s'enfoncer dans le sable de Floride. Et il aurait dû être occupé à enduire le dos et le ventre de Sara, et toutes les autres parties de son corps de lotion solaire, et elle aurait ri de ses plaisanteries, et elle le regarderait comme s'il était le Messie réincarné.

« Tu fais quelle pointure ? s'enquit le chef.

— Quarante-quatre.

— Moi, quarante-cinq et demi. » Il interrogea Reggie. « Tu fais quelle taille, en souliers ? »

Reggie eut l'air embarrassé, comme si sa réponse allait fournir la chute d'une bonne blague. Il répondit quand même.

« Quarante-trois.

— Alors t'es coincé avec les miennes. » Hoss sortit un jeu de clefs de sa poche et les tendit à Reggie. « Cours me rapporter mes bottes, elles sont dans le coffre. »

Chapitre quinze

Les bottes de Hoss sentaient comme s'il s'était enfoncé avec jusqu'aux chevilles dans du boyau de poissons. Vu les écailles séchées collées aux semelles, Tolliver en déduisit que c'était exactement là-dedans qu'il avait dû marcher. Le bout était ferré, avec une empeigne en cuir, elles étaient chaudes comme l'enfer et lourdes comme le plomb. Jeffrey n'eut même pas besoin de les examiner pour les détester. S'il avait pu s'en tirer sans rien mettre, il serait allé volontiers pieds nus.

Enfant et adolescent, il avait toujours été obligé de porter des chaussures et des vêtements déjà portés ou usagés, achetés pour deux sous à la vente trimestrielle de charité de l'Eglise baptiste. Il détestait porter les affaires des autres, et quand il fut assez grand, l'essentiel de ses larcins avaient pour cible le magasin Belk, à Opelika. Parfois, quand le rayon chaussures était trop bondé, les vendeurs n'arrivaient plus à suivre qui avait essayé quoi, et la première paire de chaussures neuves qui lui allait vraiment avait été le produit d'un tour de force des plus hardis en matière de vol à l'étalage : il était sorti du rayon chaussures fier comme Artaban, une paire de mocassins neufs et lustrés à quinze dollars lui épousant les pieds, aux semelles si neuves qu'il avait failli glisser sur le sol de marbre lisse. Pendant tout ce temps, son cœur battait comme un tambourin, mais son arrivée au collège le lendemain matin, avec sa dégaine de millionnaire, cela valait vraiment la peine.

Dans les bottes du chef, Tolliver se sentait comme s'il avait aux pieds deux blocs de ciment. Des blocs trop larges, car elles étaient trop grandes d'une taille et demie. Il avait déjà un début d'ampoule au talon, et l'impression qu'on lui avait glissé un gravillon sous la voûte plantaire, sûrement un morceau de poisson.

Ils traversèrent la ville et Reggie conduisait toujours aussi lentement, et il finit même par se traîner au pas de la manière la plus irritante qui soit quand ils restèrent coincés derrière un tracteur sur ce qui lui sembla cent kilomètres. Il avait réglé son émetteur-récepteur radio de bord tout bas, car il écoutait de la country music, une main sur le volant, l'autre sur la console centrale, qu'il tapotait d'un doigt léger, en rythme avec un titre de Hank Williams.

Tandis qu'ils se dirigeaient vers Herd's Gap, là où se trouvait la maison de la mère de Jessie, Jeffrey observa discrètement le personnage. Reggie Ray était de taille moyenne, mais un peu maigrichon. Il ne devait pas avoir plus de vingt-cinq ou vingt-six ans, mais ses cheveux châtains et sales se dégarnissaient déjà aux tempes. Derrière, sur le sommet du crâne, il avait une sorte de tonsure, là où le cheveu était un peu plus pelucheux qu'il n'aurait dû, et Jeffrey devina qu'il se coiffait en rabattant quelques mèches pour masquer ce début de calvitie. D'ici la trentaine, Reggie serait probablement chauve.

Jeffrey se passa la main dans les cheveux, et se dit que la seule bonne chose que son père lui avait léguée, c'était une tête très chevelue. Même à l'approche de la soixantaine, Jimmy Tolliver conservait cette chevelure épaisse et ondulée qu'il arborait à l'école. Il la coiffait dans le style qui était en vogue à l'époque : une variante de banane gominée vers l'arrière. Dans son costume rayé de prisonnier, il avait l'air d'un figurant dans un film d'Elvis.

« Qu'est-ce qu'il y a de si drôle ? » fit le jeune flic.

Tolliver s'aperçut qu'à ce souvenir de son vieux, un sourire lui avait échappé, mais il n'était pas du tout disposé à le partager avec Reggie, surtout considérant la marque laissée par Jimmy au sein de la famille Ray.

« Rien, dit-il.

— Ces bottes sentent une odeur de merde », se plaignit l'autre, en baissant sa vitre. L'air chaud envahit l'habitacle comme le souffle d'une fournaise. « Qu'est-ce qui est arrivé à tes chaussures ?

— Je les ai laissées à Sara, fit-il, sans entrer davantage dans les détails.

— Elle m'a l'air d'être une femme vraiment sympa.

— Ouais », acquiesça-t-il. Et puis, histoire de lui couper l'herbe sous le pied, il ajouta un commentaire. « J'sais pas ce qu'elle fout avec moi.

— Amen », confirma Reggie. Il renversa son chapeau en arrière, ils arrivaient au sommet d'une colline. Au loin, Jeffrey aperçut des gens, des silhouettes piquées sur le parcours de golf du Sylacauga Country Club. Jeffrey était allé à plusieurs reprises servir de caddie à quelques joueurs, mais la manière condescendante dont ces riches messieurs le traitaient l'avait rapidement irrité. En outre, il n'avait jamais compris l'attrait du golf. S'il devait passer quelques heures dehors, il préférait courir et se servir de ses muscles pour autre chose que pourchasser une petite balle blanche dans une voiture de clown lilliputien.

Reggie se racla la gorge, et Jeffrey vit bien que d'arriver à lui poser sa question, cela lui coûtait.

« Qu'est-ce qui se passe, là ?

— Que veux-tu dire ?

— Pourquoi Robert veut te parler ? »

Jeffrey fut sincère, mais uniquement parce qu'il savait que Reggie ne croirait pas à la vérité.

« J'en sais rien.

— Bon, fit l'autre, sceptique. Pourquoi Hoss voulait que je te conduise là-bas à sa place ? »

C'était une bonne question, à laquelle Jeffrey n'avait pas songé quand Hoss s'était proposé d'aller chercher Sara à la grotte. C'était plutôt le genre de corvée que le patron réservait en général à ses adjoints. En temps normal, il aurait eu plutôt tendance à sortir sa voiture pour conduire Jeffrey auprès de Robert qu'à aller crapahuter dans la forêt pour retrouver Sara. Peut-être avait-il cru pouvoir lui compliquer un peu la tâche en allant la perturber. Il lui souhaitait bonne chance, car il savait que la tentative du vieux était vouée à l'échec.

« L'Anguille ? le relança Reggie, rompant le fil de ses pensées.

— Je préférerais que tu m'appelles pas comme ça », le prévint-il, sachant, en lui disant cela, que Reggie l'appellerait désormais L'Anguille jusqu'au jour de sa mort. « Hoss est retourné chercher Sara.

— Elle s'est perdue ?

— Non. » Il n'eut pas à débattre longtemps en lui-même pour savoir s'il fallait ou non parler à Reggie de ce qui se passait. L'adjoint l'apprendrait tout seul bien assez vite. « Elle a découvert quelque chose. Nous avons découvert quelque chose. Il y a cette grotte, pas loin de la carrière...

— Celle avec l'entrée recouverte de planches », acheva Reggie. Il avait dû remarquer l'air surpris de Tolliver, car il ajouta aussitôt que Paula lui en avait parlé.

« Comment l'a-t-elle su ? » s'étonna-t-il, sachant qu'il n'avait jamais emmené la sœur de Reggie dans cette grotte. C'était une règle non écrite entre lui, Robert et Possum, de ne jamais accepter les filles. Sauf en une occasion, il savait qu'ils s'y étaient tous tenus.

Reggie haussa les épaules, sans lui apporter de réponse.

« Qu'est-ce que vous avez dégotté ?

— Des os, lâcha-t-il, en essayant de jauger la réaction du personnage. Un squelette.

— Eh ben. » Il en resta bouche bée, et il jeta un regard en coin à Jeff. « C'est pas ta semaine, hein, L'Anguille ? » Il partit dans un gloussement rauque qui se transforma en éclat de rire à gorge déployée. « Oh là là », parvint-il à glisser entre deux rires. Il se frappa même la cuisse.

« C'est très professionnel de ta part, ça, Reggie », observa Tolliver, et quand ils tournèrent dans Elton Drive, il se sentit soulagé. La mère de Jessie était dehors dans le jardin, en train d'arroser des plantes en fleurs. Derrière elle se dressait une maison blanche sur deux niveaux, avec un balcon au second, soutenu par de grandes colonnes. Jasper Clemmons était probablement à la retraite, désormais, mais il avait travaillé à la direction générale d'une minoterie locale, et sa demeure reflétait sa position sociale. La première fois qu'il avait vu cet endroit, il lui avait semblé tout droit sorti d'*Autant en emporte le vent*. A présent, cette maison lui évoquait davantage un Tara de bas étage. L'endroit était entretenu, mais sous l'œil plus aguerri qui était désormais le sien, il voyait bien qu'avec cette maison, on en faisait trop. Mais elle allait comme un gant à la famille de Jessie.

Faith Clemmons n'avait jamais apprécié Jeffrey Tolliver. La rumeur avait tort, il n'était pas sorti avec toutes les femmes de la ville, et Faith avait paru s'offusquer de ce qu'il ait fait l'impasse sur sa fille. On ne pouvait le nier, Jessie était superbe – bon sang, aujourd'hui encore, elle restait une belle femme –, mais il y avait en elle quelque chose de trop désespéré pour son goût. Il n'aimait pas les femmes crampons, et déjà quand elle n'était qu'adolescente, il avait reconnu Jessie pour ce qu'elle était : un puits de demande sans fond.

Au début, quand elle avait jeté son dévolu sur Robert, il s'était inquiété, mais il admettait maintenant qu'ils formaient le couple parfait – si l'on pouvait parler de couple parfait, s'agissant de deux individus qui éprouvaient davantage le besoin l'un de l'autre que de l'amour l'un envers l'autre. Robert aimait venir en aide à autrui. Il aimait tenir le rôle du bon garçon et sentir qu'il agissait comme il fallait. Jessie, damoiselle en détresse permanente, était pour lui le prétexte parfait pour enfourcher son cheval blanc et se lancer à la rescousse. Certains hommes aimaient ce genre de prouesse, mais rien que d'y penser, Jeffrey se sentait déjà comme si on lui passait la corde au cou.

« Hello, Faith.

— Jeffrey, fit-elle, en arrosant le parterre de plantes entre eux. Robert est à l'intérieur.

— Merci », dit-il, mais elle lui avait déjà tourné le dos.

Reggie esquissa un sourire de matou, avec un murmure :

« Encore une de tes admiratrices. »

Jeffrey ignora ce trait d'esprit, et ils se dirigèrent vers l'entrée. L'ampoule qu'il avait au talon commençait à l'élancer, mais il aurait préféré être damné plutôt que de boiter en présence de Reggie.

Pour se sortir cette douleur de la tête, il songea à Sara, là-bas, dans la grotte. Hollister l'en avait probablement sortie, à l'heure qu'il était. Que lui racontait-il ? Quelle histoire était-il occupé à tricoter pour le protéger ? Sara devait en être malade, il le savait. Elle n'était pas le genre de femme à tolérer qu'on lui mente, et l'affaire de la nuit dernière l'avait presque fait fuir pour toujours. Bientôt, elle finirait sans doute par comprendre qu'il y avait une part de vérité dans ce que tout le monde racontait. L'aspect le plus cuisant, dans tout ceci, c'était que la faute en incombait à Jeffrey. L'amener ici, cela équivalait plus ou moins à avaler une grenade dégoupillée. Il attendait juste qu'elle explose.

Par la porte-moustiquaire, il entrevit le long couloir qui menait vers l'arrière de la maison. L'endroit avait été construit à une époque où un manoir, c'était encore le grand tralala : un toit réservé à une élite, et pas juste de grands cubes vides où résonnait l'écho de vos pas quand on y marchait. Il n'était entré dans la maison de Jessie qu'une poignée de fois, mais dans son souvenir, il y avait une réception ainsi qu'un salon, situés de part et d'autre du vestibule, avec une salle à manger, une cuisine, et une immense salle de séjour réservée à la famille, dans le fond. Il leva la main pour frapper à la porte juste à l'instant où Jessie sortait de la cuisine. Elle avait un verre à la main et il devina, à la couleur du liquide et au tintinnabulement de la glace, qu'elle buvait un scotch bien tassé.

Reggie le remarqua, lui aussi. Il fit mine de consulter sa montre, d'un geste un peu trop accentué.

« A peine plus de midi. »

Jeffrey allait lui trouver une excuse, mais à la dernière seconde il s'en abstint.

« Salut, les garçons », s'écria Jessie. C'était une alcoolique chevronnée, car elle ne mangeait jamais ses mots et ne cédait jamais au côté débraillé. En fait, boire avait surtout pour effet de la rendre plus anguleuse. Sous la peau immaculée et la silhouette parfaite de Jessie, il y avait une femme amère qui ne voyait que le mal en toute chose. Et l'alcool provoquait la remontée de cet acide à la surface.

« Est-ce que Robert est là ? lui demanda-t-il.

— Pour autant que je sache, on ne nous laisse pas vraiment le droit de rentrer chez nous », lâcha-t-elle, en poussant la porte. Elle s'effaça, mais gênait encore assez le passage pour que Jeffrey soit contraint de l'effleurer s'il voulait accéder au reste de la maison. Reggie se vit refuser ce privilège. Elle lui barra carrément la porte. « Vous n'avez qu'à attendre au salon. Je vais chercher Robert. »

Jeffrey la regarda s'éloigner. Elle vacillait sur ses talons, si hauts qu'il semblait impossible de marcher avec ça aux pieds. Grise comme elle l'était, comment parvenait-elle à exécuter ce numéro d'équilibriste, cela défiait les lois de la pesanteur.

Reggie se racla la gorge. Il avait les bras croisés très haut sur le torse, comme un maître d'école qui désapprouve. Comme de juste, il s'était mépris sur le sens du regard admiratif de Jeffrey.

« C'est quand même la femme de ton meilleur ami. »

Il ne répondit rien, et il se dirigea vers la réception, côté jardin. Comme dans le reste de la maison, rien n'avait beaucoup changé. Une table basse arachnéenne se dressait entre les deux longs canapés tapissés de soie rayée bordeaux et blanc qui se faisaient face. Sur le devant, des bergères encadraient une grande fenêtre panoramique, en face d'une imposante cheminée où l'on aurait pu rôtir un homme de petit gabarit. Tout dans ce mobilier respirait la délicatesse, au point qu'il aurait suffi d'éternuer pour renverser la totalité, mais Jeffrey s'en garda bien. En attendant Robert, il se laissa tomber dans un des deux canapés, et Reggie se posta à la porte, toujours avec cet air narquois.

Jeffrey fixa du regard le tapis blanc. Il lui donnait l'impression d'avoir été aspiré jusqu'à la corde. Il put voir ses empreintes de pas qui dessinaient un chemin jusqu'au canapé, et se demanda si l'odeur qui flottait dans l'air était celle du poisson mort des bottes de Hoss ou du pot-pourri dans son vase, sur la table basse. Il repensa encore à Sara et à ce qu'elle devait faire en ce moment même. Il avait envie d'être avec elle, d'essayer d'orienter le cours de ses pensées, de l'empêcher de le prendre pour un monstre. Si seulement c'était en son pouvoir, il claquerait des doigts et ils se trouveraient transportés ailleurs comme par magie, n'importe où, autre part qu'ici.

« Tu as un truc avec la mère aussi ? lui lança Reggie.

— Quoi ? » Il comprit que le regard du jeune flic s'était aventuré par la fenêtre, là où Faith Clemmons arrosait ses azalées. « Nom de Dieu, Reggie. Laisse tomber, tu veux ? »

L'autre croisa les bras.

« Sinon quoi ? »

Des pas descendirent lentement les marches de l'escalier et, quand Robert entra dans la pièce, Jeffrey se sentit tout à coup anéanti. Ce matin, il n'avait pas l'air bien, mais là on aurait dit qu'il s'était fait renverser par un camion. Il avait les épaules voûtées et il conservait une main au côté, à peu près le même geste que la nuit précédente.

Il se leva, ne sachant trop quoi dire. Il finit par se décider.

« Pourquoi tu ne t'assieds pas ?

— Ça va, dit Robert. Reggie, tu peux nous accorder une minute ?

— Bien sûr », répondit l'autre, sur un ton un peu méfiant. Quoi qu'il en soit, il fit un salut, l'index à la bordure du chapeau, puis il quitta la pièce.

Avant de parler, Robert attendit que la porte-moustiquaire se soit refermée.

« Tu as trouvé son corps dans la grotte. »

Jeffrey fut sidéré de l'assurance de Robert. Il n'avait pas posé une question, non, c'était une affirmation. On avait trouvé son corps.

« Hoss m'a appelé, reprit-il, en s'enfonçant avec précaution dans une des bergères. Selon lui, il pourrait s'agir d'un idiot, enfin, je ne sais quoi... qui serait tombé et se serait cogné la tête. Toi, tu sais qu'il s'agit de Julia Kendall. »

Ce nom épaissit l'atmosphère de la pièce. Jeffrey sentit la sueur perler à son front, malgré la climatisation. Il plongea la main dans sa poche et en ressortit le pendentif avec le médaillon en forme de cœur.

« J'ai trouvé ça près de la banquette. »

Robert tendit la main pour attraper le bijou et Jeffrey

le lui confia. Avec l'ongle du pouce, il força un peu, l'ouvrit, regarda les photos.

« Bon Dieu, Julia. »

Jeffrey regarda par la fenêtre, et vit que Faith avait coupé son jet d'eau et bavardait avec Reggie. Ils se payaient sans doute un bon moment à échanger leurs opinions sur cet enfoiré de Tolliver. Reggie lui parlait peut-être même de Julia. La nouvelle allait faire le tour de la ville avant qu'il ait eu l'occasion d'en parler avec Sara. Elle allait apprendre cette histoire de la bouche de quelqu'un d'autre, qui lui raconterait tout de travers. Il s'affaissa dans le canapé, en se disant que si elle posait à nouveau sur lui le regard qu'elle avait eu la nuit dernière, il risquait de ne pas le supporter.

« Qu'est-ce que tu as dit à Sara ?

— Rien », avoua-t-il, et il se sentit submergé par le remords. C'était pourtant le moment ou jamais de tout lui expliquer, dans la grotte. Il n'était pas certain qu'elle l'ait vu trouver le pendentif et le glisser dans sa poche. Il aurait tout de suite dû lui dire quelque chose, au lieu de se comporter comme un coupable. « Je lui ai caché le pendentif, ajouta-t-il.

— Pourquoi ?

— Parce que j'ai déjà assez de gens comme ça en ville qui lui racontent que je suis une espèce d'animal, sans que je lui en fournisse en plus la preuve.

— La preuve de quoi ? » demanda Robert, en lui rendant le bijou. Personne n'avait envie de garder cette foutue breloque en main, et Jeffrey était agacé de la voir sans cesse lui revenir.

« Ça va encore remuer toute cette merde. Seigneur Dieu, ce que je déteste ce putain d'endroit. »

Robert considéra ses mains fixement.

« Tout le monde disait qu'elle s'était enfuie, point.

— Je sais. »

Ils gardèrent tous deux le silence, chacun pensant probablement à la même chose. Pour sa part, Tolliver avait la sensation écœurante, au fond des tripes, que sa vie était sur le point de basculer et qu'il n'y pouvait rien.

« Tu sais ce qu'ils font aux flics, en prison ? » lui lança Robert.

Il sentit sa gorge se serrer.

« On n'ira pas en prison, parvint-il à dire. Même s'ils trouvent quelque chose... un moyen de nous relier à cette... la loi sur la prescription doit se...

— Non, le coupa Robert. Je te pose la question. Je n'ai aucune idée de ce qu'on leur fait, à part ce que j'ai pu voir à la télévision, et ça suffit à te tourner les sangs. Qu'est-ce qu'ils leur font aux flics, en prison ?

— Robert...

— Je suis sérieux, mon vieux. Qu'est-ce qu'ils leur font ? A quoi je dois m'attendre ? »

Jeffrey regarda son ami, pour la première fois peut-être depuis son entrée dans la pièce. Mis à part quelques rides autour des yeux, il avait la même allure qu'au collège. Il était encore bien conservé, un peu dégingandé, mais sa manière de s'affaisser dans son fauteuil et ce pied qui gigotait, ce talon qu'il n'arrêtait pas de remuer, ça, c'était nouveau. Sur un terrain de football, Jeffrey avait su déchiffrer tout ce qui traversait la tête de son ami, mais à cette minute il n'avait aucune idée de ce qu'il pouvait penser.

« Qu'est-ce que tu essaies de me dire, Bobby ? lui demanda-til enfin.

— Je n'essaie rien, je te le dis. J'ai abattu Luke. Je l'ai abattu de sang-froid. »

Jeffrey était certain d'avoir mal entendu.

« Il avait une liaison avec Jessie. »

Le choc était tel que Jeffrey resta encore figé un instant.

« Qu'est-ce que tu... »

Robert conservait un ton très terre à terre, comme s'il lui expliquait qu'il avait exterminé des fourmis dans son jardin, au lieu d'évoquer la mort d'un être humain. « Je suis allé au magasin chercher quelques articles, et puis je suis rentré à la maison et je les ai trouvés ensemble. Il était... merde, tu saisis ce qu'il fabriquait avec elle, je pense. »

C'en était trop. Jeffrey était incapable d'en supporter plus aujourd'hui.

« Robert, pourquoi est-ce que tu me racontes ça ? Ce n'est pas vrai.

— J'ai sorti mon pistolet et je l'ai tué. » Il secoua la tête. « Non, pas comme ça. D'abord, je les ai vus, ensuite je suis retourné prendre mon arme. Je suis revenu dans la chambre et Jessie a crié. Je leur ai demandé ce qu'ils foutaient, bordel. Il a voulu me bredouiller des excuses et moi, j'ai juste appuyé sur la détente. »

Tolliver se leva.

« Ne me raconte rien de plus, pas à moi.

— Sa tête... elle a juste explosé.

— Robert, putain, boucle-la. Il te faut un avocat.

— Je n'ai pas besoin d'un avocat, répliqua-t-il. J'ai besoin de quelque chose pour m'effacer ça de l'esprit. J'ai besoin de quelque chose qui m'aidera à oublier l'effet que ça m'a fait de voir sa tête juste...

— Robert, le coupa-t-il, d'une voix plus ferme. Tu n'as pas besoin de me raconter ça.

— Ouais, fit-il. Je raconte. Je me confesse. Il n'y a pas eu effraction. Le deuxième calibre, c'est mon arme de secours. Je m'en suis servi pour me tirer dessus. Sara a compris, elle a vu à quelle hauteur je tenais l'arme. Dieu, c'était une stupidité, mais bon, je l'ai commise. Je n'ai pas réfléchi. Je n'ai pas eu vraiment le temps. Chez les voisins, les lumières s'allumaient déjà. Quand tu es flic, on t'appelle sur ces coups-là, et tu te dis : "Bon Dieu, quel crétin, putain", mais la vérité c'est que lorsque ça t'arrive à toi, tu n'as pas le temps de réfléchir. C'est peut-être le choc ou la peur ou je ne sais quel truc stupide qui se déclenche, mais tu commets des erreurs. Tu n'as pas envie de te laisser prendre, mais tu n'arrives pas à réfléchir pour savoir comment tu vas l'éviter. » Il désigna le fauteuil. « Assieds-toi, Jeffrey. Tu me rends nerveux. »

Il s'assit.

« Pourquoi fais-tu ça ?

— Parce que ce n'est pas juste, répondit-il. J'ai parlé à Hoss ce matin, je lui ai dicté ma déposition, exactement ce que je t'ai dit hier soir. C'est comme si j'étais retourné à l'école. N'importe quelle salade qu'on peut lui débiter, il mord.

— Il ne sait rien de tout ça ?

— Non, je voulais te le dire à toi d'abord. Je te devais au moins ça.

— Robert », fit Jeffrey, en songeant que le bonhomme ne venait pas de lui rendre un grand service.

En dépit de son apparente plausibilité, il n'arrivait pas à croire à cette histoire. Il avait grandi avec cet homme, il avait passé d'innombrables heures à écouter des disques avec lui, à parler des filles, à s'imaginer les voitures qu'ils s'achèteraient quand ils auraient atteint leurs seize ans.

« Il faut que j'endosse la responsabilité de mes actes, reprit son ami. Cet homme est mort à cause de moi, parce que je n'ai pas su me maîtriser... toute ma haine et toute ma colère et... enfin, tout. C'est remonté à la surface, voilà, et ensuite, tout ce que je sais, c'est qu'il était par terre, mort. » Robert se mit à rabâcher. « Je l'ai tué. Il est mort. Il baisait ma femme et je l'ai tué. »

Jeffrey appuya ses doigts contre ses tempes, ne sachant que dire.

« Tu savais que Jessie avait fait une fausse couche, il y a quelques mois de ça ? »

Jeffrey essaya de parler, malgré la boule dans sa gorge.

« Non.

— Elle aurait eu un garçon. Qu'est-ce que tu dis de ça ? C'est la chose qui aurait fini par la rendre heureuse, et Dieu n'a pas voulu que ça arrive. »

Il doutait sérieusement que rien puisse rendre Jessie heureuse, mais il lui répondit quand même.

« Je suis désolé.

— C'était ma faute, poursuivit Robert. Quelque chose chez moi... Je ne sais pas, L'Anguille. Quelque chose chez moi ne fonctionne jamais avec elle. Je ne suis qu'un poison.

— Ce n'est pas vrai.

— Je ne suis pas un homme bon. Je ne suis pas un bon mari. » Il lâcha un lourd soupir. « Je n'ai jamais été un bon mari. Les gens s'égarent pour toutes sortes de raisons, j'imagine, mais en fin de compte... » Il leva les yeux. « Je n'ai pas été un très bon ami pour toi non plus.

— Ce n'est pas vrai », répéta Tolliver.

Robert le dévisagea, avec une sorte de désespoir dans le visage. Il s'affaissa encore davantage au fond du fauteuil, comme s'il n'avait pas la force de rester droit. Il ne cessait plus de scruter Jeffrey du regard, ses yeux allaient et venaient, de gauche à droite, comme s'il lisait la page d'un livre.

« C'était moi, dit enfin Robert. Tout ça, c'était moi. J'ai tué Swan et j'ai tué Julia, aussi. »

Jeffrey eut l'impression qu'on lui aspirait tout l'air des poumons.

« Toute l'autre histoire... c'était moi aussi.

— Non, pas du tout », protesta-t-il. Qu'est-ce qu'il racontait, nom de Dieu ? Robert n'avait tué personne, c'était hors de question.

« J'ai pris un caillou et je l'ai frappée à la tête, continua son ami. Cela s'est passé assez vite.

— Tu n'as pas fait ça », s'insurgea Jeffrey, et la colère ou la peur lui rendaient la voix toute tremblante. C'était vraiment trop. « Tout le monde pensait qu'elle s'était enfuie. Tu l'as dit toi-même il y a moins de cinq minutes.

— J'ai menti, riposta-t-il. Maintenant, oui, je suis en train de te dire la vérité. J'ai balancé ce caillou dans la carrière abandonnée. Tu n'arriveras jamais à le retrouver, mais mes aveux devraient suffire.

— Pourquoi tu me racontes cela ? »

Il se leva, tressaillit à cause de la douleur au côté.

« Va chercher Reggie.

— Je refuse. Pas tant que tu ne m'auras pas dit pourquoi tu mens. »

Robert frappa au carreau et fit signe à Reggie de rentrer dans la maison.

« Je veux que ce soit Reg qui me boucle.

— Ce n'est pas...

— Cela vaut mieux ainsi, L'Anguille. Plus simple. Maintenant que nous avons tout bouclé bien dans les règles. C'est enfin terminé, on en a fini avec ça. » Il s'essuya les yeux. « Regarde-moi chialer comme une fillette. » Il lâcha un rire froid. « Si Reggie me voit comme ça, il va me prendre pour une espèce de tarlouze.

— Je l'emmerde, Reggie », s'écria Jeffrey, à l'instant où l'adjoint entrait. Le sourcil de l'intéressé décrivit un accent circonflexe, mais pour une fois il resta bouche close.

Robert tendit les poignets à l'adjoint.

« Il faut que tu me menottes. »

Le regard de Reggie oscilla entre les deux hommes.

« C'est un genre de blague idiote ?

— J'ai tué Luke Swan, la nuit dernière », fit Robert, en glissant la main dans sa poche. Pour une raison qui lui échappait, Tolliver crut d'abord qu'il allait en extraire une arme. Au lieu de quoi, Robert exhiba une cartouche.

Reggie examina la douille.

« Calibre fédéral, remarqua-t-il, identique aux balles que Robert avait dans son Glock. »

C'est ce dernier qui leur expliqua l'origine du projectile.

« Elle lui dépassait de la tête. » Il leur montra de l'index, derrière son oreille. « Juste le bout, ici, là. Jamais on n'imaginerait voir une balle dépasser comme ça, comme si quelqu'un l'avait placée là, mais elle a glissé, elle est ressortie toute seule. J'ai même pas eu à tirer beaucoup dessus. »

Reggie n'arrivait toujours pas à mordre à l'hameçon. Il rendit la balle à son supérieur, mais Robert refusa de la reprendre.

« Vous êtes tous les deux en train de vous foutre de ma gueule, c'est ça, hein ? » Il s'étrangla de rire.

« C'est encore un de tes canulars, Bubba ? Tu essaies encore de me créer des tracas avec Hoss ?

— Arrête de t'agiter, mon gars », lui lâcha Robert, sur un ton d'une dureté que Jeffrey ne lui avait jamais connue. Robert étant le supérieur de Reggie, il lui donnait un ordre. « Menotte-moi, lui dit-il, et lis-moi la liste de mes droits. Fais ça dans les règles. »

Jessie entra, son verre rempli à ras bord.

« Vous voulez tous quelque chose à... » Sa voix resta en suspens, car elle remarqua qu'elle n'était pas le centre du drame en cours. Ses yeux s'attachèrent à ceux de Robert, et en une fraction de seconde, avant de parvenir à se maîtriser, elle eut l'air terrorisé. Elle récupéra vite, mais appuya quand même sa main au montant de la porte, comme si elle avait besoin de quelque chose pour l'empêcher de tomber. « Qu'est-ce que tu leur as dit ? »

Les yeux de Robert se mouillèrent de nouveau, et sa voix était pleine de regrets.

« La vérité, bébé. Je leur ai raconté la vérité. » Et de nouveau, il tendit les poignets à Reggie. « Luke Swan avait une liaison avec ma femme. Je suis rentré à la maison et je les ai trouvés ensemble, alors je l'ai abattu. » Il agita les mains. « Allez, Reggie. Qu'on en finisse.

— Oh, mon Dieu, murmura Jessie.

— Menotte-moi », répéta Robert.

Reggie passa la main derrière sa ceinture, mais il n'en ressortit pas ses menottes. « Je ne te menotte pas, prévint-il. Je vais t'emmener au poste et tu vas causer avec Hoss, mais pas question que je te mette les bracelets, pas à toi.

— Reggie, je te l'ordonne.

— Pas question, putain, s'emporta Reggie. Ce n'est pas que j'aimerais pas te voir installé sur ma banquette arrière, mais je veux pas que Hoss me tombe dessus pour un truc que t'aurais fait. Pas cette fois, en tout cas, ajouta-t-il.

— Il faut que tu agisses dans les règles », insista Robert.

Reggie refusait de céder.

« Je vais aller démarrer la voiture, je vais mettre la clim, qu'on ait un peu frais. Tu viendras quand tu seras prêt.

— Je suis prêt, ça y est », insista Robert. Comme Jeffrey faisait mine de les suivre, il leva la main. « Non, Jeffrey. Laisse-moi me débrouiller tout seul. »

Jessie était encore sur le seuil et, pour sortir, Robert dut passer devant sa femme. Jeffrey le regarda lui embrasser la joue, il vit Jessie tressaillir, s'éloigner de son contact, tout en faisant semblant du contraire. Jeffrey aurait eu envie de l'empoigner et de la secouer, de la jeter par terre et de l'étrangler, de lui serrer la gorge jusqu'à la vider de toute vie, rien que pour sa façon de traiter son mari. C'était impensable, Robert n'avait pas tué cet homme. Jeffrey ne mordait pas à cette histoire. Quelque chose ne collait pas, là-dedans.

Pourtant, son ami lui dit encore un mot.

« Veille sur Jessie pour moi, tu veux ? »

Et Tolliver opina.

« Je passerai au poste plus tard, lui répondit-il.

— Jess, fit Robert. Remets-lui les clefs de mon pick-up. » Il réussit à sourire, un sourire triste. « Je ne pense pas en avoir besoin avant un moment.

— Ne leur dis rien, même pas à Hoss, lui conseilla Tolliver. Il faut qu'on te trouve un avocat. »

Robert quitta la pièce sans rien ajouter. Quelques

secondes plus tard, la porte-moustiquaire se refermait avec un petit claquement sec.

« Bon », fit Jessie, et elle but une longue rasade. Quand elle avait commencé de boire, le verre était presque plein, et elle n'y avait laissé que les cubes de glace. Jeffrey regarda sa gorge se contracter au rythme de chaque gorgée, en se demandant comment elle pouvait paraître aussi calme, avec son mari sur le point d'être inculpé de meurtre.

Elle suça un cube de glace avant de l'éjecter dans le verre.

« Pour ce vieux péquenaud, ce doit être le plus beau jour de sa vie. » Elle attendit que Jeffrey dise quelque chose, mais il ne lui rendit pas ce service. « Depuis toutes ces années, Reggie a attendu comme un rapace, il espérait voir le jour où Robert trébucherait. Je suis sûre que dès demain il a prévu de faire une descente chez Hoss et de réclamer cette promotion qui lui a échappé depuis si longtemps.

— Pour moi, je n'ai pas l'impression que Robert ait commis le moindre faux pas », rectifia-t-il, laissant toute la bile qu'il sentait monter en lui affecter le ton de sa voix. C'était sa faute à elle. C'était elle qui avait infligé ça à Robert. Elle leur avait infligé ça à tous.

« Oh, ça, c'est parfait, L'Anguille. C'est toi tout craché, ça. Il tire sur un homme, il le tue et tu te débrouilles quand même pour me peindre en noir.

— Pourquoi l'as-tu trompé ? lui lança-t-il. Pourquoi ? »

Elle haussa les épaules comme s'il s'agissait d'une passade occasionnelle. Elle avait l'air nerveux, presque fébrile.

« Il a été bon avec toi.

— Allez, tu ne vas pas monter sur tes grands chevaux, pas maintenant, Jeffrey Tolliver. Tu oublies à qui tu t'adresses.

— Je n'ai jamais trompé personne », se défendit-il, dégoûté par le regard lourd de sous-entendus qu'elle lui adressa. Jeffrey avait pu s'accorder sa part de baisouilles à droite et à gauche, il avait toujours signifié avec clarté aux femmes avec qui il sortait à quoi elles s'exposaient – ou ne s'exposaient pas.

« Quand je fais une promesse à quelqu'un, je la tiens. Ce qui est sûr, bordel, c'est que j'irais pas voir ailleurs que chez ma femme.

— Facile à dire, ça, maintenant », rétorqua Jessie en suçant l'alcool qui enrobait un autre glaçon. Elle fit la moue. « En fait, tu es un menteur, et de la pire espèce, parce que tu te crois trop bien pour que ça t'arrive.

— Qu'il aille en prison, même ça, tu t'en moques ? Nous sommes dans un État qui applique la peine de mort. Il risque de finir avec une seringue dans le bras. »

Elle baissa les yeux sur son verre, fit tournoyer la glace.

« Comment ça a commencé, cette histoire ? poursuivit-il. Tu lui achetais de la drogue ?

— De la drogue ? » Elle avait l'air stupéfait. « A Robert ?

— Luke Swan, corrigea-t-il. Il se défonçait. C'est comme ça que c'est arrivé ? » Il lui empoigna le bras, il l'inspecta, il cherchait des traces de piqûres. « Vous deux, vous vous piquiez ensemble, et c'est parti de là.

— Tu me fais mal. »

Il tira sur la manche de son chemisier, examina le pli du coude et la peau sous le bras.

« Arrête ! »

Il vérifia l'autre bras, la glace se renversa par terre.

« Qu'est-ce qui t'a poussée à faire ça, Jessie ? Pourquoi ?

— Nom de Dieu, L'Anguille, hurla-t-elle, en le repoussant. Qu'est-ce qui te prend de me pomper l'air comme ça ?

— J'ai pas de temps à perdre avec tes salades », lâcha-t-il, songeant que s'il ne s'éloignait pas tout de suite de Jessie, il allait réellement lui faire du mal. Avec Sara, la nuit dernière, cette idée lui avait répugné, mais maintenant il n'avait qu'une envie, flanquer un coup à cette femme, afin qu'elle retrouve son bon sens. « Donne-moi les clefs de Robert », exigea-t-il.

Elle soutint son regard une seconde de plus, avant de lui répondre.

« Elles sont dans mon sac, à la cuisine. » Elle attendit une fraction de seconde, comme si elle voulait être certaine qu'il comprenne bien qu'elle avait tranché. « Je vais aller les chercher. »

Jeffrey fit les cent pas sur le seuil, en l'attendant. Il était écœuré par ces conneries. Que Reggie lui casse les couilles, c'était une chose, mais il n'allait sûrement pas accepter ça de la part de la femme de Robert, qui en plus le trompait, merde alors.

« Voilà, tiens, fit-elle, en revenant de la cuisine un verre plein dans une main et les clefs dans l'autre.

— T'es un sacré numéro, toi », fit-il en tendant la main, pour qu'elle y lâche le trousseau.

Elle lui adressa un regard étrange, qu'il ne parvint pas à déchiffrer tout à fait.

« J'aurais dû t'épouser.

— Je ne me rappelle pas avoir demandé ta main. »

Elle rit comme s'il venait de sortir la réflexion la

plus drôle qu'elle ait entendue de la journée. « Fais gaffe, L'Anguille.

— Gaffe à quoi ?

— Ta Sara, elle a vraiment l'air de te mener par le bout du nez.

— Laisse-la en dehors de tout ça.

— Pourquoi, parce qu'elle est mieux que moi ? »

Ce qui était vrai, mais il n'avait pas envie d'entrer là-dedans.

« Donne-moi ces foutues clefs.

— Tu vas l'épouser, et ensuite tu vas aller baiser ailleurs.

— Jessie, je vais te le répéter encore juste une fois, une seule.

— Un jour viendra où tu comprendras que tu n'es plus le centre de son univers, et là tu iras renifler autour de toi si tu ne trouves rien de nouveau. Retiens bien ce que je te dis. »

Il garda la main tendue, s'imposa de ne rien répondre.

Elle tenait les clefs en suspens au-dessus de sa paume et les lâcha.

« Viens me voir, d'ici deux ans, fit-elle.

— Je préférerais regarder ma queue pourrir. »

Elle sourit, en levant son verre pour un toast.

« D'ici là. »

Le pick-up de Robert était toujours la même merde, une Chevy 68 qu'il conduisait depuis le collège. Les vitesses étaient capricieuses et, chaque fois qu'il en changeait, toute la carcasse grognait. Il fallait avoir l'art et la manière de faire avancer ce machin, mais ce n'était pas dans les cordes de Jeffrey. A chaque stop, il faisait une embardée, comme un gamin de seize ans qui vient juste d'apprendre à conduire, et il cala plus d'une fois en essayant de passer ce foutu bazar en première.

Une fois qu'il fut sorti de Herd's Gap, il ne sut pas trop où aller. Sara était sans doute au funérarium, occupée à examiner ces ossements. Hoss était au poste en train de coffrer Robert. Il aurait pu rentrer chez lui, mais sa mère serait là pour le déjeuner, et s'il y avait bien une chose dont il pouvait se passer, c'était le spectacle de sa mère en train de se fortifier à la vodka bon marché, avant d'aller prendre son deuxième service à l'hôpital. S'appuyer une alcoolique par jour, cela lui suffisait amplement. Il se dirigeait vers la maison de Nell, songeant qu'à l'heure qu'il était, elle devait déjà être au courant de l'arrestation de Robert, quand il se souvint de Possum.

Il en avait toujours été ainsi avec Possum : on pensait toujours à lui après coup. A l'inverse de Robert, qui jouait dans l'équipe de football avec Jeffrey et qui était plutôt dégourdi en société, Possum, c'était la cinquième roue du carrosse, un personnage à la traîne, qui suivait le mouvement, qui servait de tampon entre ses deux copains à l'esprit de compétition si développé. Il riait de leurs blagues et tenait le décompte des points entre eux deux. Ce n'était pas que Possum soit totalement altruiste. Parfois, il avait de la chance et il réussissait à récupérer pour son usage certains rebuts et autres surplus de Jeffrey et Robert.

Nell entrait tout à fait dans la catégorie des rebuts et des surplus de Jeffrey, et il avait été heureux de s'en débarrasser. Déjà adolescente, elle savait exactement ce qu'elle voulait et n'avait pas peur d'exprimer le fond de sa pensée. Que cette pensée soit en général centrée sur ce qu'elle considérait comme les nombreux défauts de Jeffrey, c'était là le plus gros problème qu'il rencontrait avec elle. Elle ne mâchait pas ses mots et savait même se montrer carrément venimeuse dès qu'il s'agissait de donner son avis sur les tout derniers péchés de Tolliver. S'il n'y avait eu le fait qu'elle était l'une des rares filles respectables de son collège à avoir encore la cuisse hospitalière, il l'aurait laissée tomber après leur première sortie.

Il serait le premier à admettre qu'il appréciait les défis, mais Nell était le genre de personne avec qui on ne pouvait jamais gagner. Au bout du compte, il avait dû admettre que Possum lui convenait mieux – cela ne le gênait pas qu'on lui dise quoi faire et il acceptait volontiers toutes les critiques, il les prenait au pied de la lettre –, même si la nouvelle qu'ils s'étaient mariés un mois après qu'il eut quitté l'université d'Auburn le prit par surprise. Cela l'avait laissé songeur quant à ce qui avait pu se tramer dans son dos. Neuf mois plus tard, il comprit très précisément ce qui s'était tramé. Quand il se laissait aller à y repenser, cela lui restait encore en travers de la gorge, mais en toute honnêteté, c'était lui qui avait suggéré à Nell de sortir avec d'autres garçons, une fois qu'il serait parti, car de son côté il ne s'en priverait pas. Le problème, c'était qu'il avait imaginé qu'elle dépérirait, sans lui, et pas qu'elle sauterait direct au pieu avec son meilleur ami.

Il passa en seconde en forçant et s'engagea sur le parking du magasin de Possum. L'endroit était toujours aussi délabré, toujours aussi déprimant, avec ses drapeaux d'Auburn aux couleurs passées, de part et d'autre de la porte. Dans la vitrine, des enseignes vantaient une marque de bière fraîche et des appâts pour la pêche : deux articles essentiels, pour n'importe quelle enseigne commerciale de petite ville qui se respecte.

A son entrée, le carillon de la porte tinta avec force. Des planchers en bois posés à l'époque de la Grande Dépression grincèrent sous ses pieds, la poussière apportée soixante années durant par les richelieus, les bottes de chantier et maintenant les baskets s'était amoncelée dans les rainures du bois.

Il se rendit tout droit dans le fond et sortit un pack de six bières Bud du frigo-armoire. Avant que la porte ne se referme, il en sortit un deuxième pack et retourna vers l'entrée du magasin.

« Il y a quelqu'un ? » fit-il, en posant la bière sur le comptoir. La caisse enregistreuse était de l'espèce ancienne, ce n'était pas très compliqué de l'ouvrir, et il y avait un tiroir de pièces de monnaie avec à peu près cent dollars qui n'attendaient qu'un visiteur. C'était typique de Possum, de faire confiance à l'honnêteté des gens.

« Possum ? » fit-il en détachant une des bouteilles du pack en carton. Il se servit du décapsuleur Coca-Cola attaché sur le flanc du comptoir pour ouvrir la bouteille. La bière était amère, et il s'en envoya une grande gorgée, en essayant de court-circuiter ses papilles gustatives. Il fit le tour du comptoir, jeta un œil aux photographies que Possum avait scotchées autour des présentoirs à cigarettes. Comme Robert, il avait une flopée de photos du temps où ils étaient au collège. A l'inverse de Robert, il avait aussi des clichés d'enfants, à différents âges de la vie. Jennifer était d'abord une bouille toute rouge dans un bouchon de couvertures, pour ensuite se transformer en jeune fille précoce. Jared était un petit bébé, qui grandissait pour devenir un grand garçon élancé âgé d'environ neuf ans, à présent, songea-t-il, et il éprouvait une véritable sympathie pour ce jeune homme : à cet âge-là, Jeffrey n'avait que ses pieds et ses mains, comme un jeune poulain qui apprend à marcher. Jared avait le cheveu noir comme Nell et le même port hautain du menton. Ce gosse n'avait rien de Possum ; en revanche, Jennifer était tout à fait la fille de son père. Elle avait ses yeux, et les épaules voûtées, avec cet air d'une heureuse nature pas menaçante pour un sou qui, en plus d'une occasion, avait évité à Possum de se faire botter le cul.

Jeffrey prit une solide rasade de bière, sa langue était déjà un peu plus anesthésiée et n'en percevait plus le goût. Il pensait à Robert, et à l'enfer qu'il avait dû traverser quand Jessie avait perdu leur enfant. Le mariage était un drôle d'oiseau qui avait de quoi vous laisser perplexe, toujours changeant, parfois gentil, d'autres fois méchant. Quand Jeffrey était flic de terrain, il détestait les appels concernant les querelles domestiques, parce qu'il subsistait toujours quelque chose, un lien indéfinissable qui rattachait un époux à sa femme et transformait leur désir de s'entre-tuer en désir de tuer quiconque s'interposait, en l'occurrence les flics. Ils pouvaient fort bien se hurler dessus, se traiter de tous les noms d'oiseaux possibles et, une minute après, se jeter devant la voiture de patrouille pour interdire qu'on emmène l'époux, ou l'épouse, en prison.

Les enfants rendaient toujours les choses encore pires et, en tant que simple policier de patrouille, Jeffrey avait fait de son mieux pour les maintenir hors de la mêlée. C'était toujours difficile, car la plupart des gamins s'imaginaient pouvoir un peu soulager la tension qui régnait entre leurs parents en s'interposant. Il avait lui-même assez souvent eu cette attitude avec les siens, et il savait ce qui poussait les enfants à s'impliquer. Il savait aussi à quel point c'était illusoire. Il n'y avait rien de plus horrible que de recevoir un appel pour une querelle domestique et de découvrir un gamin geignant dans un coin, avec un œil au beurre noir ou une lèvre éclatée. En plus d'une occasion, Jeffrey avait dû mettre les choses au clair avec un père. Il savait, quand il s'en prenait à un parent violent, que c'était aussi un peu de sa propre colère qu'il canalisait et, il y avait encore quelques années de cela, Jeffrey y voyait l'un des avantages d'être flic.

Il lâcha sa cannette vide dans la poubelle et en sortit une autre. Il prit appui sur le rebord du comptoir pour faire sauter la capsule et, au vu des griffures que cela laissait dans le bois, il en déduisit que Possum utilisait le comptoir dans le même but.

La tête renversée en arrière, il avala une longue gorgée de bière. Son estomac grogna en signe de protestation, et il se rendit compte qu'il n'avait rien avalé depuis le bacon qu'il avait mangé avec Nell ce matin. Au point où il en était, il s'en moquait. Il était toujours à la moitié de sa bouteille quand il entendit une chasse d'eau, dans le fond.

« Salut, L'Anguille. » Possum sortit des toilettes, en boutonnant son pantalon. Il avisa la bouteille de bière. « Vas-y, sers-toi.

— Une bonne chose que je me sois abstenu », fit-il en tapant sur la touche Caisse. Le tiroir s'ouvrit, dévoilant des alignements de billets en rangs serrés. « Il y a au moins deux cents dollars, là-dedans.

— Deux cent cinquante-trois dollars et quatre-vingt-un cents », précisa l'autre, en attrapant une bière. Il fit sauter la capsule sur le rebord du comptoir et avala une gorgée.

Jeffrey acheva la sienne et en prit une autre. Possum lança un coup d'œil aux deux cannettes déjà vides, mais il tint sa langue.

« J'imagine que t'as appris, pour Robert ?

— Comment ça ? »

Jeffrey sentit ses boyaux se tordre. Il avala une solide rasade, afin de pousser son cerveau jusqu'au stade où rien de tout ceci ne compterait plus.

« Il s'est livré. »

Possum toussa, sa bière avait fait fausse route.

« Quoi ?

— Je viens de chez la maman de Jessie. Il m'a avoué que c'était lui qui avait fait ça.

— Fait quoi ?

— Abattu cet homme.

— Luke Swan, chuchota Possum. Nom de Dieu.

— Jessie le trompait. »

Possum secoua la tête.

« Je n'y crois pas.

— Tu n'as pas besoin de me croire. Parle à Robert. Il m'a expliqué qu'en rentrant chez lui, il était tombé sur ce type en train de la baiser.

— Pourquoi l'aurait-elle trompé ?

— Parce que c'est une roulure.

— C'est pas la peine de causer comme ça.

— De causer comment, Possum ? De dire la vérité ? » Il prit encore un coup de bière, et un autre. « Seigneur, t'as vraiment pas changé, toi.

— Allez, arrête.

— Possum, reprit-il. C'est bien toi, ça, tu pionces comme un opossum jusqu'à ce que tout soit passé et ensuite tu rappliques comme si tout allait pour le mieux. » Il termina sa bière, attendit ce bourdonnement dans sa tête qui allait effacer toute douleur. « Il a dit qu'il avait tué Julia, en plus. »

Possum s'appuya sur le comptoir, la bouche à peine ouverte.

« C'est rien que des dingueries.

— Ouais, des dingueries. C'est toute cette ville qui est dingue.

— Tu y crois ? »

Jeffrey fut surpris par la question, surtout parce que Possum avait l'habitude de ne jamais rien remettre en cause.

« Non, admit-il. Bon sang, j'en sais rien.

— Bon Dieu », fit Possum.

Jeffrey attrapa encore une autre bière. La main de Possum l'arrêta.

« T'aurais pt'êt intérêt à te calmer.

— Une maman, j'en ai déjà une.

— Une maman, c'est une raison comme une autre de ralentir un brin. »

Avant même d'avoir eu le temps de réfléchir, Jeffrey lui colla un direct à la mâchoire. Il avait mal ajusté son coup, mais la seule force de son poing suffit à faire perdre l'équilibre à l'autre, qui bascula en arrière contre le coffre du magasin.

« Ouh ! » fit Possum, plus surpris que scandalisé. Il porta la main à sa bouche, et vit du sang. « Seigneur, L'Anguille, t'as failli me casser une dent. »

Jeffrey leva le poing pour le frapper à nouveau, mais le regard dans l'œil de Possum l'en empêcha. Possum n'allait pas lui rendre ses coups. Il ne rendait jamais. Il ne se mettait jamais en colère, et il ne voyait jamais rien de mal dans ce que faisait Jeffrey.

Ce dernier plongea la main dans sa poche et sortit deux billets de dix pour les bières.

« Non, fit Possum, en repoussant l'argent, alors que du sang lui dégoulinait du menton. Oublie.

— Je te paie à ma manière », insista-t-il, en lançant l'argent sur le comptoir. Il ramassa les cannettes restantes et l'autre pack de six.

« Ecoute, L'Anguille, faut que j'te raccompagne...

— Va te faire foutre », grogna Tolliver, en l'écartant.

Malgré cela, l'autre le suivit à la porte.

« T'as pas besoin de te conduire comme ça.

— Comme quoi ? » riposta Jeffrey, en ouvrant la portière côté passager du pick-up de Robert. Il posa les bières sur le siège et contourna le véhicule pour aller s'installer au volant, mais il se tordit le pied sur un bout de trottoir descellé. Pour se maintenir debout, il dut se rattraper à la garniture de toit.

« Allez, Jeffrey », fit encore Possum.

Tolliver s'installa au volant, il sentait son regard se brouiller et le monde se renverser cul par-dessus tête. Le pick-up décrivit un demi-tour avec un ronronnement réconfortant, et il sortit du parking, avec un coup de volant à la dernière seconde pour éviter d'arracher les pompes à essence.

Chapitre seize

14 h 50

Molly grimpa dans l'ambulance côté passager, et elle toisa Lena de la tête aux pieds.

« Ils n'avaient pas plus étroit, comme chemisier ?

— A mon avis, non », fit Lena, sachant que l'infirmière essayait de rendre les choses un peu plus légères, sans être capable de jouer la comédie jusqu'au bout. Elle avait les mains moites et ses nerfs, d'ordinaire aussi durs que l'acier, la trahissaient. Une fois qu'elle serait entrée dans le poste, tout irait bien. Elle était le genre de personne à savoir faire face à ses propres peurs. Avoir la frousse, c'était compréhensible, mais une fois qu'elle serait en piste, elle saurait se montrer à la hauteur.

Molly prit une profonde inspiration. Elle se vida les poumons, et ses épaules s'affaissèrent comme un ballon qui se dégonfle. Elle avait son stéthoscope autour du cou, et elle en empoigna les deux extrémités.

« Voilà, je suis prête. »

Lena essaya d'insérer la clef de contact dans le démarreur, mais elle n'arrivait pas à garder la main assez ferme. Après deux tentatives, Molly se pencha.

« Là.

— C'est à cause de mes cicatrices, expliqua Lena, et le moteur démarra. Des dégâts sur mes tissus nerveux.

— Ça vous gêne beaucoup ? »

Lena mit les gaz, elle sentit les vibrations du moteur dans le plancher.

« Non, fit-elle. Parfois.

— On vous a fait une rééducation physique ? »

Lena ne comprenait pas pourquoi elles avaient cette conversation stupide, mais elle poursuivit le dialogue, en passant une première vitesse, car cela ne lui déplaisait pas de bavarder.

« A peu près trois mois, lui dit-elle. Des bains de paraffine, manipuler une balle de tennis, rentrer des piquets dans des trous.

— Pour la dextérité, commenta Molly, en fixant la rue, droit devant elle.

— Ouais », fit-elle. Le Grant Medical Center était à moins de trois cents mètres du poste de police, mais plus elles s'en approchaient, plus cela lui semblait loin. Elle avait l'impression de s'enfoncer dans un tunnel, de descendre dans un trou noir.

« J'ai dû suivre une rééducation, pour mon genou, il y a de ça pas mal de temps, lui confia l'infirmière. Je m'étais fait mal en montant l'escalier, en courant après mon cadet.

— Vous avez deux enfants ?

— Deux garçons », confirma la jeune femme, avec un accent de fierté dans la voix.

Lena roula sur une plaque en acier qui recouvrait un trou dans la chaussée, la lourde ambulance broncha à peine sur le relief inégal. Elle se demanda si un bébé était en train de grandir en elle, et si c'était un garçon ou une fille. Si elle mettait un enfant au monde, que se passerait-il ? Et si elle épousait Ethan ? Elle ne pourrait plus jamais lui échapper.

« Des jumeaux, fit Molly.

— Merde ! », s'écria Lena, mais pas pour la raison qui avait dû traverser l'esprit de Molly. Deux fois plus de responsabilités. Deux fois plus de danger. Deux fois plus de douleur.

« Est-ce que ça va ? lui demanda encore l'infirmière.

— Aujourd'hui, c'est mon anniversaire », lui annonça-t-elle, sans vraiment faire attention à son chemin.

« Ah oui ?

— Ouais.

— Ici, ça devrait être bien, comme place », fit Molly, et Lena s'aperçut qu'elle avait dépassé le poste. Nick lui avait demandé de ne pas bloquer la porte, mais ils avaient considéré qu'il valait mieux se garer plutôt vers la boutique de vêtements que vers le lycée.

Elle envisagea de reculer, mais il était trop tard.

« Il faudra bien que ça aille.

— Oui », fit Molly, en se frottant les mains sur les cuisses. « Bon, ça devrait être de la simple routine, non ? On entre avec de quoi manger et on sort avec Marla, hein ?

— Oui », acquiesça-t-elle, mais quand elle mit le minibus en position parking, sa main ripa sur le levier de vitesse. Elle jura, dans un souffle, tâchant de se préparer mentalement à ce qui allait suivre. Aucune situation ne lui faisait jamais peur. Ces dernières années, elle avait vu davantage d'horreurs qu'on en voyait en général dans une vie entière. De quoi fallait-il qu'elle ait peur ? Qu'est-ce qui l'attendait de pire, dans ce bâtiment, que ce qui lui était arrivé deux ans plus tôt ?

« Ecoutez, commença Molly, avec une nuance d'hésitation dans la voix. Nick m'a ordonné de ne pas vous le dire... »

Lena attendit.

« La procédure standard suppose de se fixer une limite de temps. Si nous ne sortons pas, ils entrent.

— Pourquoi ne voulait-il pas que je le sache ?

— Parce qu'il avait peur qu'ils ne l'apprennent, lui répondit-elle, en faisant allusion aux deux tueurs.

— D'accord », fit-elle, car elle comprenait. Nick ne se fiait pas à l'attitude qu'elle adopterait une fois à l'intérieur. Il en avait aussi informé Amanda Wagner. Il s'attendait à ce qu'elle commette une bêtise, une sottise qui les ferait tous abattre. Peut-être, oui. Peut-être que sans même y penser, Lena allait faire foirer cette affaire comme elle avait fait foirer tout le reste dans sa vie. C'était peut-être ça. La fin de tout.

« On va s'en tirer », lui assura l'autre, en lui prenant la main.

Faute d'avoir rien de mieux à faire, Lena consulta sa montre.

Molly l'imita.

« J'ai synchronisé la mienne sur la sienne », lui dit-elle, et elle lui montra la grande Snoopy qu'elle portait au poignet. Lena régla sa montre digitale sur celle de Molly, en se demandant si ça servirait à quelque chose.

« Ils entreront exactement quarante minutes après que nous aurons franchi la porte. » Elle consulta encore sa montre. « Je pense qu'il sera 15 h 32.

— OK », fit Lena.

Molly posa la main sur la poignée de la portière.

« On vous ramènera à temps pour la petite fête.

— La petite fête ? s'étonna-t-elle, ne saisissant pas ce qu'elle racontait.

— Pour votre anniversaire », lui rappela Molly. Elle ouvrit la porte de quelques centimètres. « Prête ? »

Elle se contenta d'opiner, elle ne se sentait pas assez sûre d'elle pour ajouter encore un mot. Elles descendirent toutes les deux du minibus et se retrouvèrent à l'arrière, là où les hommes d'Amanda Wagner avaient chargé des packs d'eau froide et des sandwichs pré-emballés qu'ils étaient allés chercher dans une station-service de la périphérie de la ville. Lena se dirigea vers le poste, en se concentrant sur les sandwichs. Elle lut les étiquettes, elle se demandait qui accepterait de payer pour un sandwich jambon-salade sur du pain blanc. La date d'expiration sur le paquet était dans trois mois. Il y avait sans doute assez de conservateur dans une bouchée de ces sandwichs pour faire mariner un cheval.

« C'est parti », fit Molly, à l'instant où quelqu'un tirait la porte d'entrée de l'intérieur.

Le corps de Matt s'abattit en arrière sur le sol, et Lena réprima un haut-le-cœur. Ce qui restait de sa tête heurta le béton avec un giclement, du sang et de la matière cérébrale se répandirent sur le trottoir. La quasi-totalité du visage avait été emportée, l'œil gauche pendait au bout du nerf comme un faux masque de Halloween. La partie inférieure de la mâchoire était à nu, et elle pouvait tout voir – les dents, la langue pendante, les tendons et les muscles qui maintenaient le tout en place.

« Doucement », fit l'homme qui se tenait juste en retrait de la porte. Il portait une cagoule noire avec deux fentes en amandes à la place des yeux, et une autre pour la bouche, mais pas pour le nez. Il rappelait à Lena une vision de film d'horreur, et elle fut saisie d'une peur glaciale, une terreur qui la paralysa presque.

Frank n'avait pas mentionné ces masques. Ces hommes les avaient enfilés exprès pour dissimuler leur identité aux deux auxiliaires médicales. Ce que cela signifiait pour les otages qui les avaient déjà vus tête nue, elle l'ignorait.

« Tout doux », répéta-t-il, en leur faisant signe d'entrer. D'une main, il tenait un fusil – le Wingmaster que Frank avait vu – et dans l'autre un Sig Sauer. Son gilet pare-balles en Kevlar était ajusté sur le torse, et elle vit un autre pistolet dépassant de la taille de son treillis.

Quand Molly l'interpella, Lena se rendit compte qu'elle était restée pétrifiée.

« Lena ! »

Ce n'est qu'à force de volonté pure qu'elle parvint à remettre un pied devant l'autre. Elle essaya d'enjamber Matt sans vraiment le regarder, le ventre si noué qu'elle éprouva le besoin de se plier en deux. Ses baskets laissèrent des traces dans la flaque de sang. A l'intérieur, la température du poste était supérieure de presque dix degrés par rapport à celle de la rue. Il y avait un deuxième tueur debout, juste derrière le comptoir, un AK-47 posé devant lui sur l'appui en bois. Il portait aussi une cagoule, mais la sienne avait plus une forme de sablier, ce qui lui laissait amplement la place de respirer. Il avait les yeux ternes, presque sans vie et, quand Lena et Molly entrèrent dans le vestibule, il leur jeta à peine un coup d'œil.

Le premier, qui devait être Smith, essaya de fermer la porte mais Matt était dans le chemin. Il claqua la porte contre le corps, qui refusa de bouger.

« Merde », marmonna-t-il, en flanquant un violent coup de pied dans le flanc du cadavre. Il portait des rangers militaires à bout ferré, et Lena entendit quelque chose se briser, sans doute les côtes de Matt.

« Viens me bouger cet enfoiré », ordonna Smith.

Lena resta là où elle était, la boîte de sandwichs dans les mains, vissée au sol. Molly lui lança un regard paniqué, avant de poser son carton de bouteilles d'eau. Elle s'approcha de Matt et l'empoigna par les chevilles pour le tirer vers l'intérieur du poste.

« Non, ordonna Smith. Dehors. Fous-moi cet enculé dehors. » Il s'essuya la bouche d'un revers du bras. « Il pue, cet enfoiré. » Molly passa du côté de la tête, et Smith flanqua encore un violent coup de pied dans la poitrine du mort. « Putain de connard », fit-il, avec une brutalité dans la voix qui stoppa Molly net. Il releva encore le pied, frappa Matt dans l'entrejambe. Le corps mort n'opposait aucune résistance, et le choc de la chaussure frappant la chair rappela à Lena le bruit que faisait Nan quand elle suspendait les tapis de la maison à la corde à linge pour les battre avec le balai.

La colère de Smith fut assez vite assouvie, avec un dernier coup de pied.

« Qu'est-ce que tu attends, bordel ? Bouge-moi cet enculé », ordonna-t-il à Molly.

Elle avait l'air de ne pas savoir par où l'attraper. Matt portait sa chemise blanche à manches courtes habituelle, avec une cravate déjà démodée à l'époque du départ de Jimmy Carter de la Maison-Blanche. Le sang de sa blessure à la tête avait imprégné sa chemise, et de nouvelles déchirures dans les chairs étaient visibles là où Smith venait de le frapper. Ces nouvelles blessures étaient d'une étrange couleur violacée, il n'y avait pas de sang.

Smith poussa Molly avec son soulier. En soi, ce n'était pas un geste menaçant, mais au vu de la démonstration qui avait précédé, Molly paraissait le prendre comme une menace. Elle essaya de tirer Matt par sa chemise, mais cela ne fit que la sortir du pantalon, et les boutons jaillirent et rebondirent sur le sol comme de la grêle, son ventre blanchâtre débordant de sa ceinture comme celui d'un poisson. Enfin, elle l'empoigna sous les bras et le tira.

Le corps refusa de bouger, et Smith était sur le point de lui assener un nouveau coup de pied.

« Non », s'écria Molly.

L'autre demeura incrédule.

« Qu'est-ce que tu viens de dire ?

— Je suis désolée », s'excusa-t-elle, en baissant les yeux. Le devant de son uniforme était couvert de sang noirci. Elle leva les yeux vers Lena. « Bon Dieu, donne-moi un coup de main. »

Lena regarda autour d'elle, elle ne savait pas où poser le carton qu'elle tenait. Elle ne voulait pas le toucher. Elle était incapable de toucher son corps mort.

Smith leva son Wingmaster vers elle.

« Vas-y. »

Elle posa le carton, elle tenta de respirer, elle sentait ses poumons trembler dans sa poitrine. Elle serra la mâchoire, pour empêcher ses dents de claquer. De toute sa vie, elle ne s'était jamais sentie aussi terrorisée. Pourquoi avait-elle peur ? Dans le passé, elle avait connu des moments où elle aurait accueilli la mort avec plaisir, elle l'avait même suppliée de venir frapper à sa porte, mais à cette minute, elle était pétrifiée à l'idée qu'on la tue.

Sans trop savoir comment, elle réussit à s'agenouiller aux pieds de Matt. Elle resta le regard figé sur ses mocassins noirs bon marché, les ourlets effilochés de son pantalon usé, les chaussettes blanches d'athlétisme, avec leur teinte marron sale. Molly compta jusqu'à trois, et elles le soulevèrent. Son bas de pantalon remonta le long de sa jambe gauche, et Lena vit sa cheville dépasser, la peau blanche et pâteuse, imberbe, qui se plissa autour de l'os quand le pied fléchit contre l'abdomen de la jeune policière. Elle pensa au bébé qu'elle portait en elle, se demanda s'il sentait cette proximité avec un homme mort. Et elle se demanda aussi si cela l'étonnait.

Elles le déposèrent sur le trottoir, à l'écart de la porte d'entrée. Smith surveillait leurs moindres faits et gestes. Il les observait, sa bouche se contracta avec une expression d'intense satisfaction, et Lena réprima l'envie pressante de s'enfuir en courant, mais elle suivit Molly pour retourner dans le poste. Elle ne comprit ce qui s'était passé qu'après y être entrée de nouveau. Smith avait de la nourriture et de l'eau. Il aurait pu tout de suite les mettre dehors. Il aurait pu les abattre, leur tirer une balle en pleine face ou leur dire d'aller se faire foutre, mais il n'en avait rien fait.

« C'est mieux, fit-il. Tolliver, il nous empuantissait cette pièce. »

Molly tourna la tête d'un coup sec, bouche bée.

« Quoi ? s'écria Smith, en pointant son Sig vers le front de l'infirmière. Tu veux encore dire autre chose ? T'as envie de jacter ?

— Non », répondit Lena à sa place, surprise d'être déjà capable de prononcer ce simple mot.

Le sourire de Smith, derrière sa cagoule, était horrible. Elle vit ses yeux lui ramper le long du corps, de la tête aux pieds, en s'attardant tout particulièrement sur ses seins. A cette lueur dans son œil, elle comprit que ce qu'il voyait ne lui déplaisait pas. Il appuya le canon de son arme contre la tête de Molly, une dernière fois, avant de se consacrer à Lena.

« C'est ce que je pensais. » Il lui fit signe de se tourner. « Mains contre le mur. »

Le téléphone se mit à sonner, une sonnerie stridente qui trancha l'air comme un couteau.

Smith répéta.

« Tourne-toi. »

Lena plaça les paumes entre les deux photographies de la section de police de Grant County, prises dans les années soixante-dix. Il n'y avait que des hommes, tous en bleu, tous avec la moustache en broussaille. Ben Walker, alors chef de la police, était le seul qui avait l'air de jurer par rapport aux autres, avec sa coupe militaire en brosse et son visage rasé de près. Un peu plus bas, il y avait une autre photo où Lena apparaissait. Elle retint son souffle, espérant de toute son âme que Smith ne remarquerait rien.

« Tu caches quelque chose ? » Il la palpa, ses mains étaient comme deux marteaux-pilons. Il la plaqua contre le mur, il se colla contre elle. « Tu caches quelque chose ? » redit-il, en lui déboutonnant son chemisier d'une main adroite.

Elle garda le silence, son cœur cognait dans sa poitrine. Elle s'imposa de ne pas regarder cette photo, à moins de soixante centimètres du bout de son nez. Elle était si jeune, à l'époque, si ouverte à son avenir et à ce qu'il lui réservait. Être flic comme son vieux, pour elle, aussi loin que remontaient ses souvenirs, c'était le projet d'une vie. Le jour où cette photographie avait été prise était l'un des plus beaux de sa vie, et maintenant cette photo risquait de finalement la tuer.

Il glissa la main dans son chemisier ouvert, sa paume enveloppa ses seins.

« T'as ce qu'il faut, par là ? demanda-t-il. En tout cas, t'as le cœur qui bat vite, ça, c'est sûr. »

Elle resta aussi immobile que possible, les yeux fermés, et la main s'attaqua à son autre sein. Il avait le souffle court, son plaisir était manifeste.

Elle aurait dû être terrorisée, mais pas du tout. Cette menace de ce corps plaqué contre le sien possédait quelque chose d'étrangement familier. Smith était un homme de petite taille, de constitution trapue. Les muscles saillaient le long de ses bras et de sa poitrine, et si Lena laissait libre cours à ses pensées, il lui rappelait Ethan. Elle savait comment manier Ethan, comment le faire avancer à la limite de cette étroite ligne de partage entre la colère et la maîtrise de soi. Voir jusqu'où elle pouvait pousser son amoureux trop loin, c'était presque devenu un jeu, maintenant. Le problème, c'était que parfois, à ce jeu-là, elle perdait. Sa lèvre fendue était là pour l'attester.

Il chuchota.

« T'as ce qu'il faut, hein ? » Son souffle était chaud dans le creux de son oreille. Elle le sentit se serrer encore plus contre elle, ce qui rendait ses intentions évidentes. En un sens, elle eut la sensation de flotter, comme si son âme était ailleurs, alors que son corps demeurait dans ce poste de police.

Ensuite, il y eut une autre voix, que Lena ne reconnut pas. Le second tueur venait de dire « Arrête ça », sans trop d'autorité, et cela suffit à faire reculer Smith, sa main s'attardant aussi longtemps qu'elle put.

« Retire tes chaussures, ordonna-t-il à Lena. Toi, après. Contre le mur », fit-il à Molly.

La fébrilité de la jeune femme était évidente, mais elle obtempéra, et elle alla s'appuyer des deux mains contre le mur, entre les photographies. Lena boutonna son chemisier tout en regardant Smith fouiller l'infirmière sans aucun ménagement, sans omettre aucune palpation. Lena s'écarta des photos et s'assit par terre pour dénouer ses souliers. Elle avait scotché le couteau à l'échancrure qu'elle avait juste derrière l'os de la cheville, sous la chaussette. Le tendon l'élançait et, quand il l'avait fouillée au corps, elle s'était efforcée de ne pas montrer sa nervosité. S'il ne la fouillait plus, et s'il ne lui demandait pas de retirer ses chaussettes, tout irait bien.

Smith retourna ses chaussures, inspecta les semelles et jeta un œil à l'intérieur. Il fit de même avec celles de Molly, puis il les laissa tomber sur le sol. Molly allait remettre les siennes, mais il l'arrêta.

Il fouilla dans les cartons de ravitaillement, en quête d'objets que l'on aurait voulu introduire à leur insu.

« Ramassez-moi ça et foutez tout dans le fond. »

Lena s'agenouilla, souleva le carton, en achevant de se rhabiller, pour se couvrir la poitrine. Elle attendit que Molly prenne les boissons, avant de pousser les portes battantes de la salle de police. Elle avait réussi à enfiler ses baskets, mais sans renouer les lacets. Elle avait les pieds moites, mais elle sentait le sparadrap qui maintenait le couteau. Comment allait-elle s'y prendre pour le donner ? Comment allait-elle le faire passer à celui ou celle à qui il serait le plus utile ?

Elle demeura concentrée sur ce qui relevait le plus de sa compétence, et elle examina les lieux. Le poste était sens dessus dessous, mais elle eut la satisfaction de constater que le plan dessiné par Frank et Pat était assez précis. Ils avaient bouché les trappes d'aération avec des vêtements, et les armoires de rangement, les bureaux avaient été repoussés contre les portes. Brad se tenait au centre de la salle, vêtu de son short et d'un maillot de corps blanc, et ses jambes absolument imberbes avaient l'air de deux allumettes, plantées dans ses chaussettes noires et ses chaussures réglementaires. A côté de lui, les trois fillettes étaient par terre, nichées sous les bras de Marla comme un vol de mésanges. Dans le fond de la salle, Sara était assise dos au mur. Un homme était allongé, la tête sur ses genoux, ses semelles tournées face à Lena. Elle trébucha, elle en lâcha le carton. Cet homme, c'était Jeffrey.

« Là, voilà », fit Brad, en ramassant les sandwichs et en les replaçant dans le carton. Il avait les yeux plus écarquillés que la normale, et il s'exprimait d'une voix grave de baryton. « Matt a été touché à l'épaule, dit-il.

— Quoi ?

— Matt, répéta Brad, et ses prunelles glissèrent vers Jeffrey. Il a reçu une balle dans l'épaule. »

Sa bouche forma un « Oh », comme si elle avait compris, mais son cerveau dut consentir un gros effort pour établir le lien.

La voix de Sara n'était plus qu'un chuchotement rauque, son inquiétude était manifeste.

« Il est à moitié conscient. Je ne sais pas combien de temps il peut tenir.

— Pouvons-nous faire quelque chose pour lui venir en aide ? » s'enquit Molly.

Sara avait du mal à parler. Elle se racla la gorge.

« Vous pourriez le sortir d'ici.

— Ça ne risque pas d'arriver », prévint Smith, en farfouillant dans les sandwichs. Il lisait les étiquettes. « Merde, ça c'est un cul. Apparemment, il éprouvait le besoin de continuer son petit numéro, et Lena devina que ça lui était destiné. Il la considérait comme ces femmes qu'elle détestait croiser, en tant que flic. C'était chez ces femmes-là qu'elle débarquait, quand leur amoureux pétait les plombs, et elles suppliaient, elles pleuraient pour qu'on ne foute pas ce salopard en taule. Il y avait quelque chose chez ces femmes, dans leur manière d'être et de considérer le monde, comme une envie de se faire encore tabasser, comme si elles n'attendaient que ça. Et elles dégageaient un parfum propre à attirer le genre de type qui aimait frapper les femmes.

« Il a besoin de soins médicaux », fit Sara.

Molly sortit son stéthoscope et se dirigea vers le fond.

« Vous allez quelque part ? fit Smith.

— J'allais...

— C'est bon. » Il s'écarta avec une sorte de petite révérence. Il vit Lena qui le regardait faire, et il lui adressa un clin d'œil.

Elle savait ce qu'on attendait d'elle.

« Merci », dit-elle, sans réfléchir.

Elle se mit à déballer les sandwichs, elle en tendit aux enfants et leur demanda à chacun si ça allait. Pourtant, elle avait toujours le sentiment d'être déconnectée, comme si une autre qu'elle s'occupait de distribuer des sandwichs dans cette salle, tandis qu'elle, Lena, flottait au-dessus de tout ça, à suivre la scène de loin.

Le téléphone sonnait toujours, et Smith marcha droit dessus, décrocha le combiné et le rabattit d'un geste violent.

Ce bruit fit sursauter l'une des fillettes.

« Je veux mon papa », s'écria-t-elle.

Lena la réconforta.

« Je sais. Ce ne sera pas long. »

La fillette se mit à pleurer pour de bon et elle lui donna une bouteille d'eau, mais elle se sentait à la fois impuissante et en colère.

« Ne pleure pas », ajouta-t-elle, presque en l'implorant. Lena avait toujours été épouvantable avec les gamins. Malgré tout, elle fit un effort. « Ça va aller », dit-elle.

Marla lâcha un gémissement étouffé, et elle dévisagea Lena, l'œil absent.

Elle essaya d'attirer l'attention de la vieille femme.

« Est-ce que ça va ? » demanda-t-elle. Elle faisait en sorte de se comporter comme une auxiliaire médicale, elle posa la main sur l'épaule de Marla. « Est-ce que ça va ? »

Smith était à proximité de Molly et Sara. A l'évidence, il n'appréciait pas trop ce qu'il entendait.

« Ça suffit, dit-il enfin. Sortez d'ici. Emmenez la vieille salope.

— Il a besoin de soins, plaida Molly.

— Et moi ? » s'écria Smith, en désignant un petit bandeau de tissu blanc noué autour de son bras. Du sang coulait, le tissu en était presque imbibé.

Le téléphone se remit à sonner. Quand elles avaient porté le corps de Matt dehors, Amanda Wagner avait dû flipper.

« Il y a du matériel médical, dans l'ambulance, lui signala Molly. Laissez partir Matt, et moi je reste ici pour vous refermer ça avec quelques points de suture.

— Mais c'est qu'on a deux héroïnes, ici », lança Smith à son acolyte. Et Lena comprit qu'il faisait allusion à elle aussi.

Elle était agenouillée à côté de Marla, et Smith se dirigea vers elle en se pavanant. Sans un mot, il fit lever une des fillettes en l'attrapant par le poignet et la tira vers l'entrée de la salle. Elle hurla, mais il dut lui tordre le bras assez fort pour la faire taire. Lena était encore à genoux, et elle se retourna vers Smith et la fillette. D'un geste lent, ses doigts descendirent jusqu'à sa cheville, elle tâta le canif. Elle sentit la main de quelqu'un sur la sienne, mais n'osa pas se retourner. Brad était sur sa droite, donc elle savait que ce n'était pas lui. Les enfants étaient trop effrayés pour bouger. Marla. Ce devaient être les doigts de Marla, qui retirèrent l'adhésif avec adresse et récupérèrent le couteau.

« On a un docteur, deux infirmières. Pourquoi pas ? »

Son partenaire secoua la tête avec lassitude, mais il sembla se résigner à ce que Smith était en train de mijoter.

Ce dernier retourna vers Lena, en traînant la fillette.

« Va sortir ta mallette de l'ambulance.

— Quoi ? » fit-elle sans comprendre.

Il consulta sa montre, d'un modèle qu'elle avait vu dans des magazines, avec une accroche publicitaire vantant le fait que le corps des SEALS, dans la Navy, utilisait le même.

« Va chercher ta mallette et reviens ici. » Il colla le Sig contre la tête de la fillette. « Tu as trente secondes.

— Je ne...

— Vingt-neuf.

— Merde », jura-t-elle. Elle se releva à toute vitesse et fonça vers la porte, son cœur faisant des bonds dans sa poitrine. Une fois arrivée à l'ambulance, elle ouvrit les portières arrière en grand, et chercha ce qui ressemblait à une mallette.

« Inspecteur ? » s'écria un homme. Elle savait que c'était un des flics postés près des voitures de patrouille, mais elle n'avait pas le temps. « Inspecteur ?

— C'est bon ! beugla-t-elle, la panique dans la voix. C'est bon ! » Il y avait une longue boîte en plastique sanglée à la paroi intérieure de l'ambulance. Elle s'était retrouvée assez souvent sur des lieux d'accident pour savoir que c'était la première chose que les équipes de soin d'urgence apportaient avec elles. Ses doigts s'activèrent fébrilement sur la boucle de la sangle. « Merde-merde-merde », fit-elle, tout en essayant de calculer combien de temps elle était restée hors du bâtiment.

Le flic insistait encore.

« Vous avez besoin d'aide ?

— La ferme ! » cria-t-elle en ouvrant la caisse d'un coup. Il y avait là toutes sortes de médicaments et de boîtes. Il restait à espérer qu'elle contienne tout ce qu'il leur faudrait. A la dernière minute, elle attrapa un autre sac et le défibrillateur.

Elle courut vers la porte d'entrée, et le deuxième tueur tressaillit. Il se redressa, mais ne pressa pas la détente. Lena courut dans le fond, où Smith conservait toujours son arme appuyée contre la tête de la petite fille. Il suivait le cadran de sa montre, il avait le sourire, et elle éprouva une telle haine à son égard qu'elle lâcha son équipement et tendit la main pour attraper la fillette, la lui arracher.

Le canon du pistolet de Smith vint cueillir Lena au front, et le choc la laissa un instant abasourdie. Elle tomba à genoux et il lui flanqua un coup de pied dans la poitrine. Elle retomba en arrière au moment où Brad venait à son aide. Smith braqua le Sig sur Brad et enfonça le pied dans le sternum de Lena.

« Je savais que tu essaierais de jouer les héros.

— Non », se défendit-elle, mais la pression de la botte lui coupait le souffle.

Il appuya plus fort.

« Tu veux être un héros ?

— Non, dit-elle. Je vous en prie. » Elle essaya de dégager la rangers, mais du coup, il appuya encore plus fort. « Je vous en prie », répéta-t-elle, songeant au gosse qu'elle avait en elle, se demandant ce que cela risquait de provoquer chez lui.

Il lâcha un âpre soupir, comme s'il était déçu.

« Très bien, fit-il, en retirant son pied. Que ça te serve de leçon. »

Brad aida Lena à se relever. Elle s'aperçut qu'elle avait les genoux flageolants et elle se sentait totalement nauséeuse. Cette pression du pied sur son ventre avait-elle provoqué quelque chose ? Smith lui avait-il endommagé les entrailles ?

Il se servit de son pied pour repousser la boîte en plastique vers Sara.

« Ça devrait suffire, dit-il. Chirurgie de campagne, comme à la télé. »

Sara secoua la tête.

« C'est trop dangereux. Il n'y a aucun moyen...

— Bien sûr qu'il y a moyen.

— Il devrait déjà être en salle d'opération.

— Il faudra que ça aille.

— Il peut mourir. »

Smith désigna son pistolet.

« De toute façon, il risque de mourir.

— Qu'est-ce que vous avez contre... » Sara s'interrompit. A l'évidence, elle tentait de maîtriser ses émotions. Malgré tout, elles semblèrent avoir raison d'elle. « Qu'est-ce que vous avez contre nous ? demanda-t-elle. Qu'est-ce qu'on vous a fait ?

— Ce n'est pas vous », répliqua Smith. Il décrocha le téléphone, et hurla. « Qu'est-ce que vous voulez, bordel ?

— Et puis Jeffrey », reprit Sara, et sa voix s'étrangla de nouveau. Smith refusait de la regarder, donc elle s'adressa au second tueur. « Qu'est-ce que Jeffrey a bien pu vous faire ? »

Le second tueur se tourna vers Sara, son fusil toujours pointé vers la porte.

« Ferme ta gueule, merde, aboya Smith dans le téléphone. On va justement se lancer dans une petite opération de chirurgie de campagne, ici. C'est pour ça que vous avez envoyé les infirmières, non ? »

Sara ne lâchait pas prise.

« Quoi ? insista-t-elle. A quoi ça vous sert ? Pourquoi faites-vous ça ? supplia-t-elle, l'air désespéré. Pourquoi ? »

Le deuxième tueur ne la quittait pas des yeux, et Smith plaqua le téléphone contre sa poitrine, attendant de voir si son comparse allait répondre. Le jeune homme avait une voix basse, mais quand il lui répondit, cette voix monta d'un ton.

« Parce que Jeffrey, c'est son père. »

Sara le regarda comme si elle venait de voir un fantôme.

« Jared ? »

Chapitre dix-sept

Lundi

Sara compta les sonneries du téléphone, attendant que le répondeur de ses parents prenne l'appel. Eddie détestait les répondeurs, mais il s'en était procuré un quand elle était rentrée d'Atlanta, uniquement pour l'aider à se sentir plus en sécurité. Après la sixième sonnerie, la machine s'enclencha, la voix bourrue de son père pria le correspondant de laisser un message.

Sara attendit le bip.

« Maman, c'est moi...

— Sara ? fit Cathy. Ne quitte pas. » Sara attendit le temps que sa mère éteigne l'appareil, qui était installé au premier, dans la chambre de ses parents. Il n'y avait que deux téléphones dans la maison : celui de la cuisine, qui avait un cordon de cinq mètres, et celui de la chambre parentale, qui était devenue zone interdite pour Sara et Tessa dès qu'elles avaient été en âge de sortir.

Elle laissa errer son regard, vers le squelette allongé sur la table où gisait Luke Swan ce matin même. Le shérif Hollister avait apporté trois boîtes en carton pour transporter les ossements, et si elle avait été choquée de son attitude nonchalante, elle n'était pas en position de critiquer les méthodes du personnage. Elle avait reconstitué le squelette, au prix d'un travail laborieux, en essayant d'isoler des indices susceptibles d'aider à l'identification. L'ensemble de la procédure avait pris des heures, mais elle était finalement certaine d'une chose : en fait, cette jeune fille avait été assassinée.

Cathy revint à l'autre bout du fil.

« Ça va ? lui demanda-t-elle. Quelque chose ne va pas ? Où es-tu ?

— Je vais bien, maman.

— J'étais sortie acheter une saupoudreuse pour faire des petits gâteaux. »

Elle ressentit un pincement de culpabilité. Sa mère ne faisait de petits gâteaux que lorsqu'elle voulait remonter le moral de sa fille.

Cathy continua.

« Ton père a encore été appelé chez les Chorske. Le petit Jack a jeté une poignée de crayons dans les toilettes.

— Encore ?

— Encore, répéta-t-elle en écho. Tu veux passer m'aider avec le glaçage ?

— Je suis navrée, fit-elle. Je suis encore à Sylacauga.

— Oh. » Ce mot réussit à traduire à la fois la déception et la désapprobation.

« Il y a eu un problème », commença-t-elle, en se demandant si elle allait relater ou non à sa mère ce qui s'était passé. Ce matin, elle avait parlé à Cathy de Robert et de la fusillade, mais en laissant de côté les soupçons concernant celui qui avait pressé la détente. A présent, tout en lui parlant, elle comprenait qu'elle ne pourrait pas garder cela pour elle plus longtemps, et elle confia tout à sa mère, depuis la marque de brûlure de l'arme jusqu'à l'avertissement de Reggie, et même jusqu'à ses inquiétudes à propos de l'objet que Jeffrey avait glissé dans sa poche.

« C'était un bracelet ou quoi ? fit Cathy.

— Je ne sais pas, admit-elle. Cela ressemblait à une chaîne en or.

— Pourquoi aurait-il fait ça ?

— Bonne question, observa-t-elle. J'ai examiné des ossements toute la journée.

— Et ?

— Les sutures crâniennes ne sont pas complètement scellées. » Sara s'appuya contre la table, observa la fille, en se demandant ce qui avait conduit sa courte existence à une fin aussi tragique. « Les extrémités protubérantes de ses os longs ne sont pas complètement soudées non plus.

— Ce qui signifie ?

— Qu'elle devait avoir un peu moins de vingt ans, ou à peine plus. »

Cathy garda le silence, avant de reprendre :

« Sa pauvre mère...

— J'ai déposé une demande de renseignement chez le shérif pour savoir s'il n'y aurait pas eu de cas de personne portée disparue resté en suspens.

— Et ?

— Je n'ai pas reçu de réponse de sa part. Je n'ai plus entendu personne de la journée, d'ailleurs. » Même Deacon White lui avait à peine adressé la parole, lorsqu'elle était revenue au funérarium avec le squelette. « Dans une si petite ville, je ne pense pas que la liste des disparus soit très longue.

— Tu crois que c'est récent ?

— Récent dans un ordre d'idées d'une dizaine, peut-être une quinzaine d'années, estima Sara. Ces cinq dernières heures, j'ai travaillé à reconstituer ce squelette. Je crois savoir ce qui lui est arrivé.

— A-t-elle souffert ?

— Non », mentit-elle, espérant que le ton de sa réponse serait convaincant. « Et je ne sais pas ce qui va se passer ensuite. Je ne suis pas certaine que nous puissions rentrer à la maison d'ici demain.

— Tu vas rester avec Jeffrey, alors ? »

Elle se mordit la lèvre inférieure. Maintenant qu'elle était allée aussi loin dans ses explications, elle se dit qu'elle pouvait aussi bien continuer.

« J'ai le sentiment que plus les gens disent du mal de lui, plus j'ai envie de...

— Le protéger ?

— Je ne dirais pas cela.

— Le défendre ?

— Maman... », reprit-elle, et sa voix resta en suspens. « Je ne sais pas, avoua-t-elle, et c'était la vérité. Cela m'ennuie que tu sois à ce point remontée contre nous. » Elle s'interrompit, elle pensait à son père. « Cela m'ennuie que papa le déteste tant.

— Je me souviens, fit Cathy, quand tu avais quatre ou cinq ans. »

Sara crispa les lèvres, redoutant la leçon qui allait suivre.

« Nous étions tous descendus sur le Golfe du Mexique, et ton père t'avait emmenée pêcher, juste histoire de vous offrir une escapade, tous les deux. Tu te rappelles ?

— Non, fit-elle, et pourtant elle avait vu les photos, assez souvent pour croire s'en souvenir.

— Tu pêchais avec des vers en caoutchouc synthétique, mais les crabes n'arrêtaient pas de les attraper, il les prenait pour de la vraie nourriture. » Elle rit. « J'ai entendu ton père crier et jurer comme un démon, il criait à ces crabes de lâcher prise, ils s'accrochaient à un truc qui ne leur servait à rien, etc. » Cathy attendit un instant, sans doute pour s'assurer que Sara saisissait l'allusion. « Il a tout essayé pour les faire partir. Il leur a même tapé dessus avec un marteau, mais quoi qu'il fasse, leurs pinces restaient accrochées à la ligne. En fin de compte, il a coupé l'hameçon et il les a laissés filer. »

Sara lâcha un lent soupir.

« Et moi, je suis le crabe têtu ou l'appât sans valeur ?

— Tu es notre petite fille, fit Cathy. Et ton père va venir s'en mêler. Et ensuite, il va couper la ligne et te laisser filer.

— Et toi ? »

Sa mère éclata de rire.

« Moi, je suis le marteau. »

Elle ne le savait que trop.

« Je sais juste ce que me commande mon instinct, dit-elle.

— Ce qui revient à dire ?

— Que je... » Elle était sur le point de confier qu'elle aimait Jeffrey, mais elle ne put s'y résoudre.

Cathy la reprit là-dessus.

« Ça, c'est ce qui s'appelle déconner. »

Elle ne parvenait pas à trouver les mots pour décrire ce qui s'était produit dans la grotte, mais elle essaya quand même.

« Je ne sais pas pourquoi, mais malgré tout ce qui est arrivé, je lui fais encore confiance. Avec lui, je me sens en sécurité.

— Ce n'est pas rien.

— Oui, acquiesça-t-elle. Je suppose que tu me connais mieux que je ne me l'imagine.

— En effet, reprit Cathy, avec un soupir résigné. Mais je devrais te faire davantage confiance. »

Elle ne répondit rien.

« Je ne peux pas te protéger de tout, en ce monde.

— Je n'en ai pas besoin, lui répliqua Sara. J'en ai peut-être envie, mais je n'en ai pas besoin. » Pour adoucir ses propos, elle ajouta encore une réflexion. « Mais je t'aime. Parce que tu es là.

— Moi aussi, je t'aime, mon bébé. »

A son tour, Sara laissa échapper un soupir : elle sentait les réalités la rattraper. D'ordinaire, quand les choses tournaient mal, elle n'avait envie de rien d'autre que de s'asseoir dans la cuisine de sa mère et l'écouter parler. Aussi loin que remontent ses souvenirs, Cathy avait été sa pierre de touche. Et maintenant, elle n'avait plus qu'une envie, et c'était de s'endormir la tête sur l'épaule de Jeffrey. La transition était saisissante. De toute son existence, elle n'avait jamais rien éprouvé de tel pour un homme. Même avec Steve Mann, à l'époque où elle était adolescente, quand tout était si affectif et si effréné, Sara n'avait pas ressenti le même besoin brûlant d'être avec lui. Jeffrey était comme une drogue, et la dose n'était jamais suffisante. Elle était prise, et elle ne pouvait rien faire d'autre qu'attendre de voir ce qui allait se produire ensuite.

« Il faut que j'y aille, maman. Je te rappelle demain, d'accord ?

— Prends soin de toi, fit Cathy. Je te garde quelques tartelettes. »

Sara attendit que sa mère ait raccroché. Elle allait en faire autant, mais il y eut un bruit sur la ligne – quelqu'un qui respirait –, et puis un second déclic.

Quelqu'un avait écouté la conversation.

Elle se rendit à la porte et regarda par la fenêtre, dans le couloir. Deacon White avait éteint toutes les lumières depuis plusieurs heures, avant de regagner son domicile. Elle savait qu'il y avait un interne, un dénommé Harold, qui habitait dans un appartement au-dessus du garage, mais on lui avait expliqué qu'en dehors des heures ouvrables, il restait chez lui, à moins qu'on ne l'appelle pour venir récupérer un corps.

Elle décrocha de nouveau le téléphone et appuya sur le bouton « Appt. »

Il y eut six sonneries avant que le bonhomme ne décroche avec un vague « Allô.

— Harold ?

— Mhh », grogna-t-il, et elle l'entendit changer de position. Manifestement, elle l'avait réveillé. « Allô, répéta-t-il.

— Vous n'étiez pas au téléphone, à l'instant ?

— Quoi ? »

Elle refit une tentative.

« C'est Sara Linton. Je suis dans le bâtiment.

— Oh... d'accord, marmonna-t-il tant bien que mal. M. White m'a prévenu que vous restiez tard. » Il s'interrompit et, au bruit, elle devina qu'il bâillait. Il s'excusa. « Je suis désolé. » Et puis il maugréa. « Bordel. »

Sara tira sur le cordon du téléphone afin d'aller de nouveau voir par la fenêtre. Une voiture s'engageait sur le parking et deux phares illuminèrent le corridor. Elle s'abrita les yeux, tâchant de voir qui c'était. La voiture s'était arrêtée sur la place réservée aux handicapés, à côté de sa BMW, en pleins phares.

Harold avait l'air irrité.

« Allô ?

— Je suis navrée, fit Sara. Je voulais partir et...

— Oh, d'accord, dit-il. Je vais venir vous ouvrir.

— Non, je... » se défendit-elle, mais il avait déjà raccroché.

Elle regarda de nouveau dans le corridor, plissa les yeux pour s'efforcer de voir au-delà du faisceau des phares, si personne ne s'approchait de la porte. Quelques minutes s'écoulèrent avant qu'une silhouette ne se découpe dans l'éblouissement. Harold se trouvait au milieu du hall d'entrée, il s'abritait les yeux, le même geste que Sara un instant plus tôt. Il était vêtu de son pyjama et il avait la bouche ouverte, bayant aux corneilles lorsqu'elle arriva à sa hauteur.

« C'est qui ça, nom de Dieu ? s'exclama Harold, en avançant vers la porte d'entrée.

— J'étais... » Elle se tut. La voiture était un pick-up, et elle vit Jeffrey descendre du siège côté conducteur. La radio braillait à tue-tête, une station de country music, et elle réprima un juron. « Merci de m'avoir laissée sortir, dit-elle à l'interne.

— Ouais », marmonna l'autre, avec encore un bâillement, si spectaculaire qu'elle crut apercevoir ses molaires. Il tourna la clef dans la serrure et ouvrit la porte.

Sara allait s'éloigner, mais elle ne put s'empêcher de questionner l'interne.

« Il y a quelqu'un d'autre, dans le bâtiment ? »

Harold regarda par-dessus son épaule.

« Ah moi, j'entends personne respirer. »

Il bâilla de nouveau, un bâillement de trop, et Sara se demanda s'il dormait vraiment quand elle l'avait appelé.

Elle ouvrit la bouche pour l'interroger encore, mais il l'en dissuada d'un signe de la main en refermant la porte vitrée, avec un bâillement de plus à son service.

Elle sentait l'haleine de Jeffrey à trois mètres de distance. C'était comme de passer devant les cuves d'une brasserie. Et même s'il n'y avait eu la puanteur accablante de la bière, son pas zigzagant quand il s'avança vers elle était éloquent. Sara était quelque peu interloquée. Elle n'avait jamais considéré Jeffrey comme un abstinent total en matière d'alcool, mais elle ne l'avait jamais vu non plus boire autre chose qu'un verre de vin ou, à l'occasion, une cannette. Sachant ce qu'elle savait de sa mère, ce n'était pas si inattendu, et le fait qu'il ait choisi ce soir pour se saouler, c'était pour elle autant de signaux d'alarme qu'elle aurait été pourtant incapable de décrypter avec précision.

« Salut », fit-elle, prudente.

Il avait un sourire idiot, et il leva le doigt en l'air pour réclamer le silence, car la radio diffusait *Wise Men Say* d'Elvis Presley.

« Jeffrey... »

Il la prit par la taille et l'attira vers lui, pour quelques pas de danse assez débraillés.

Elle regarda en direction du pick-up, qui était probablement plus âgé qu'elle. Une longue banquette comme celle qu'elle avait vue dans la grotte courait d'une portière à l'autre, avec un simple levier de vitesse planté dans le plancher.

« Tu as conduit jusqu'ici ? lui demanda-t-elle.

— Chut, fit-il, l'haleine chargée de relents de bière si insoutenables qu'elle dut détourner la tête.

— Combien en as-tu bu ? »

Il fredonna la chanson, en reprenant le refrain : *Falling in love... with... you...*

« Jeff.

— Je t'aime, Sara.

— C'est gentil, dit-elle, en le repoussant doucement. Et si on rentrait à la maison, hein ?

— Je peux pas aller chez Possum. »

Elle posa les mains sur ses épaules, consciente que c'était elle qui le maintenait en position debout.

« Mais si, tu peux.

— Ils ont arrêté Robert. »

Elle intégra cette information, sans émettre d'avis.

« Nous en parlerons quand tu seras à jeun.

— Je suis à jeun.

— Bien sûr, fit-elle, en jetant un coup d'œil derrière elle pour voir si Harold les observait.

— Allons quelque part, proposa Tolliver, en essayant de grimper dans la camionnette la tête la première.

— Minute », fit-elle, en le rattrapant alors qu'il basculait en arrière. Elle arc-bouta les mains contre son derrière et le poussa à l'intérieur.

« L-l-la j-j-ournée a été longue, ch'est chûr, fit-il en mâchonnant à moitié ses mots.

— Je n'arrive pas à croire que tu aies pu conduire dans cet état.

— Qui va m'arrêter ? s'exclama-t-il. Hoss n'aurait pas arrêté Robert, si c'était pas pour me défendre. » Il posa les mains sur le volant. « Seigneur, je porte la guigne. Dès que je me pointe ici, toute la ville part en quenouille.

— Dégage de là, lui dit-elle, avec un coup de coude.

— Un homme ne laisse jamais une femme prendre le volant. »

Elle éclata de rire, et son coup de coude se transforma en véritable coup d'épaule.

« Allez, mon grand garçon. T'en fais pas, demain matin, tu seras encore un homme. »

Il se glissa du côté passager et des bouteilles de bière tintèrent sur le plancher. Il se baissa, farfouilla dans les cannettes.

« Merde, ronchonna-t-il. Il nous faut encore de la bière.

— On en trouvera », lui promit-elle, en grimpant dans la camionnette et en refermant la portière. Le claquement métallique se répercuta dans la cabine. Elle tendit la main pour lancer le moteur, mais les clefs n'étaient pas sur le démarreur.

« Il va sûrement finir dans le couloir de la mort avec une piquouze, lâcha-t-il, et elle perçut toute la douleur dans sa voix. Oh, Seigneur », fit-il, en se masquant les yeux de la main.

Sara regarda fixement l'entrée principale du funérarium, ne sachant que dire. Grâce à son stage en salle des urgences du Grady Hospital, elle avait eu amplement l'occasion de gérer son lot d'ivrognes. Il était inutile de tenter de les raisonner, la logique étant le cadet de leurs soucis.

« Où sont les clefs ? » lui demanda-t-elle.

Il inclina la tête en arrière contre la fenêtre et ferma les yeux.

« Dans ma poche. »

Elle le dévisagea, elle se sentait déchirée entre l'envie de le gifler et celle de lui certifier que tout irait bien. Elle se décida.

« Couche-toi un peu sur le siège. »

Il obtempéra, et elle glissa la main dans sa poche de devant.

Il sourit, et lui recentra un peu la main. Au vu de son absence totale de sobriété, elle s'étonna de constater que sa libido n'avait en rien diminué.

« Hé », protesta-t-il quand elle trouva les clefs et retira la main.

« Désolée », fit-elle sur un ton qui signifiait pile le contraire, tout en cherchant la clef de contact.

— Et pourquoi pas une pipe ? »

Elle rit. Elle avait trouvé la clef qui bringuebalait à son anneau.

« C'est toi qui es saoul, tu te souviens ? Pas moi. » Elle lança le moteur, soulagée de l'entendre tourner à la première sollicitation. « Attache ta ceinture.

— Il n'y a pas de ceintures », fit-il en se glissant plus près d'elle.

Elle débraya et passa en marche arrière. Jeffrey s'était positionné à califourchon sur le levier de vitesse.

« Tu en as bu combien ?

— Trop », admit-il, en se frottant les yeux.

Quand elle recula, l'enseigne en haut de l'immeuble éclaira la cabine, et Sara vit au moins huit bouteilles de bière vides rouler sur le plancher. Il portait des bottes noires qu'elle ne lui avait jamais vues auparavant, et la jambe de son jeans était remontée, dévoilant un mollet poilu.

Elle attendit qu'ils soient sur la grande route pour le questionner.

« Quand ont-ils arrêté Robert ?

— Un peu après que je t'ai quittée », fit-il, sa tête venant rebondir contre la vitre. « Il voulait que je vienne le voir. J'étais content qu'il me parle, voilà tout. »

Il se tut, et elle insista.

« Qu'est-ce qu'il a dit ?

— Que c'était lui », dit-il, en lançant la main en l'air, dans une sorte de geste de résignation. « J'étais là planté devant lui dans ce grand salon à la con, il m'a regardé droit dans les yeux et il m'a dit que c'était lui. »

Elle avait du mal à le suivre.

« Je suis désolée, lui dit-elle quand même.

— Il est revenu du magasin et il l'a abattu, voilà. Et sans poser de questions. »

Elle ne put que se répéter.

« Je suis désolée.

— Tu avais raison.

— Ce n'était pas ce que je recherchais.

— C'est vrai ? »

Elle risqua un regard vers lui. Il avait l'air de reprendre ses esprits, mais son haleine suffit à lui faire détourner la tête vers la route.

« Bien sûr que c'est vrai », dit-elle. Elle posa la main sur sa jambe. « Je suis navrée que ça se soit passé comme ça. Je sais que tu as fait tout ton possible.

— Tu ne vas pas me croire, fit-il. Je sais, tu m'as dit que Robert mentait, et moi je t'ai soutenu que tu te trompais, mais à présent je pense que tu avais raison. Je veux dire... mais maintenant, je sais qu'il ment. »

Sara fixait la route devant elle.

« Tu vas penser que c'est parce qu'il est mon ami, mais ce n'est pas ça. Je sais que ça pourrait coller. Je sais que son histoire pourrait être plausible, mais c'est un flic. Il a eu le temps d'y réfléchir et de tout mettre au carré pour que ça coïncide. » Il se tapota le front du doigt, sur un rythme bancal. « Là-dedans, là, je le sais. Je suis flic depuis trop longtemps pour ne pas savoir quand les gens mentent.

— On en reparlera demain », lui suggéra-t-elle, sachant que c'était inutile.

Il posa la tête contre son épaule.

« Je t'aime, Sara. »

La première fois, elle avait ignoré sa déclaration, mais cette fois elle éprouva le besoin de commenter.

« Tu as trop bu, c'est tout.

— Non », s'insurgea-t-il, avec son haleine chaude dans son cou. « Tu ne comprends pas. »

Avant de passer la quatrième, elle le rassura, d'une pression de la main sur sa jambe.

« Essaie de dormir.

— Je n'ai pas envie de dormir, s'écria-t-il. Je veux te parler.

— On parlera demain. » Elle ralentit à un croisement, elle essayait de se rappeler dans quelle direction tourner. Un panneau d'affichage qui pointait dans la direction d'une banque lui parut familier, et elle prit à gauche.

« C'est par là ? s'enquit-elle.

— Les gens ne disent ce qu'ils pensent que quand ils sont ivres, reprit-il. Je veux dire, être saoul ne te fait pas raconter des trucs que tu ne penserais pas.

— Je le sais », dit-elle, contente de reconnaître la station-service de ce matin. Le magasin était plongé dans l'obscurité et, comme tout le reste en ville, probablement fermé depuis plusieurs heures.

« Je t'aime. »

Elle rit, car c'était tout ce dont elle se sentait capable.

« Tourne là », dit-il. Comme elle ne tournait pas assez vite, il empoigna le volant.

« Jeffrey ! » s'exclama-t-elle, le cœur au bord des lèvres. Il les avait engagés sur une route gravillonnée.

« Continue tout droit », lui commanda-t-il, en pointant du doigt droit devant.

Sara ralentit l'allure.

« Où sommes-nous ?

— Encore un peu plus loin. »

Elle se pencha sur le volant, tâchant de discerner le chemin devant elle. Quand elle vit un arbre abattu, un peu plus loin, elle s'arrêta.

« La route est barrée.

— Encore un peu », insista-t-il.

Elle mit le levier de vitesse au point mort et tira sur le frein à main avant de se tourner vers lui.

« Jeffrey, il est tard, et je suis fatiguée, et toi tu es iv... »

Il l'embrassa, mais pas comme il l'embrassait d'habitude. C'était précipité, débridé, et ses mains s'affairèrent avec maladresse sur les boutons de son jeans.

« Arrête...

— J'en ai tellement envie. »

Elle voyait bien, il était comme une barre d'acier contre sa cuisse, mais elle avait beau sentir son propre corps réagir au sien, le sexe était bien la dernière chose qu'elle avait à l'esprit.

« Sara », soupira-t-il, et il l'embrassa avec une telle avidité qu'il l'empêcha de respirer.

Elle réussit à adoucir son baiser, et quand ses lèvres glissèrent dans son cou, elle l'arrêta.

« Ralentis.

— J'ai envie d'être en toi, fit-il. J'en ai envie comme la nuit dernière.

— Nous sommes garés au milieu de nulle part.

— On fait comme si, insista-t-il. On fait comme si on était à la plage. » Il logea ses deux mains sous ses fesses et elle lâcha ce qu'il fallait bien appeler un glapissement, quand elle se retrouva tout à coup basculée à l'horizontale, les pieds écartés contre une portière et la tête calée contre l'autre. Sara ne s'était plus retrouvée sur le dos dans une camionnette à l'arrêt depuis la première, au lycée.

Jeffrey tenta de descendre sur elle, mais étant donné qu'ils étaient deux adultes d'une taille supérieure à la moyenne, coincés dans un espace d'à peine un mètre cinquante de long, sa tentative fut loin d'être couronnée de succès.

« Mon cœur », dit-elle, dans une tentative de le raisonner. Elle l'obligea à relever la tête vers elle, surprise de lire cette envie brute dans ses yeux.

« Je t'aime », répéta-t-il, en se penchant vers elle pour venir l'embrasser.

Elle lui rendit son baiser, une autre manière d'essayer de le calmer. Il saisit la nuance, et son baiser fut moins inquisiteur. Il releva la tête pour respirer.

« Je t'aime, gémit-il.

— Je sais », dit-elle, en lui caressant la nuque.

Il releva de nouveau la tête, et elle scruta son regard. Pour la première fois depuis qu'elle était sortie du funérarium, les yeux de Jeffrey avaient l'air de faire le point, et de la voir avec netteté. Il avait l'air égaré, comme si le monde l'avait abandonné, comme si Sara était son seul espoir.

« Est-ce que je peux ? »

Elle opina, ne sachant quoi dire d'autre.

Il répéta :

« Est-ce que je peux ?

— Oui », acquiesça-t-elle, en l'aidant à descendre son jeans.

Son corps avait beau être prêt à l'accueillir, quand il entra en elle, elle s'arma de courage. Dès qu'il se mit à remuer, elle plaça une main derrière sa tête, pour éviter de se cogner contre l'accoudoir. Au-dessus d'elle, elle entrevit une fiche glissée dans le pare-soleil.

Une main de femme avait griffonné à la hâte une liste de courses sur la carte, et Sara lut les articles en silence, entre deux poussées. *Œufs... Lait... Jus... Papier de toilette...*

Elle se tourna un petit peu, afin d'éviter que le levier de vitesse ne lui laboure la cuisse. Il n'en fallut pas plus à Jeffrey pour achever le travail, et il s'effondra sur elle comme un poids mort.

Elle laissa retomber sa main sur le front de Jeffrey, en se demandant comment elle avait pu se laisser entraîner là-dedans.

« Eh bien, c'était romantique. »

Il ne réagit pas, et quand sa main glissa plus bas dans son dos, il tourna la tête et laissa échapper un lourd soupir.

Il s'était endormi.

Elle se réveilla avec une méchante migraine, qui prenait racine à la base de la nuque et lui remontait dans le crâne comme un étau. Elle était incapable d'imaginer ce qu'éprouvait Jeffrey ce matin, mais au fond d'elle-même elle espérait que c'était de l'angoisse. Dieu savait qu'elle avait eu de vilaines expériences sexuelles dans sa vie, mais celle de la nuit dernière se hissait au sommet d'une liste fort heureusement assez brève.

En se levant du canapé, elle chercha ses chaussures à tâtons, en se demandant l'heure qu'il était. Le soleil ruisselait par les fenêtres et elle devina qu'il était presque dix heures. L'horloge était d'un tout autre avis : il était presque midi.

« Merde », grommela-t-elle, en étirant les bras vers le plafond. Son dos lui donnait l'impression que ses muscles formaient des doubles nœuds et, vu la manière dont elle avait dormi dans le canapé, sa colonne vertébrale devait dessiner un point d'interrogation.

Elle se dénoua encore le dos et les épaules, tout en circulant dans la maison, en quête de Nell. La cuisine était déserte, les casseroles et les poêles séchaient dans l'évier. Elle regarda dehors et vit Nell dans le jardin du voisin, une hache levée au-dessus de la tête. Sara la regarda faire, Nell abattit la hache sur la chaîne qui liait les chiens à un arbre.

« C'était quoi, ça ? » fit une voix derrière Sara. Elle pivota sur elle-même et vit un jeune homme aux cheveux noirs debout dans l'encadrement de la porte. Il était vêtu d'un short, sans chemise, la poitrine concave au niveau du sternum.

« Jared ?

— Oui, md'ame, fit-il en balayant la pièce du regard. Où est ma mère ?

— Elle est dehors », lui dit-elle, en se demandant si Nell voudrait que son fils sache à quoi elle était occupée. A la vérité, Sara était elle-même un peu curieuse.

Jared se rendit vers la porte de derrière, d'un pas traînant, ses baskets raclant le sol. Sara était plus qu'habituée à ce phénomène curieux qui affligeait les jeunes garçons : avant vingt ans révolus, ils étaient presque tous incapables de lever les pieds en marchant.

Ils sortirent, elle le suivit à la trace, en gardant ses distances, afin d'éviter la poussière que soulevaient les chaussures du jeune homme. Il lui rappelait Pigpen, le personnage de la BD des Peanuts.

Chez les voisins, Nell était devant le portail, sur l'arrière de la maison, occupée à mettre des laisses aux chiens. Elle vit Jared.

« Qu'est-ce que tu fabriques, tu n'es pas dans ton lit ? lui lança-t-elle.

— Je m'ennuie.

— Tu aurais dû y penser avant de me raconter que tu étais trop malade pour partir en camp. » Nell eut un sourire pour Sara. « Tu t'es présenté au docteur Linton, au moins ?

— Docteur ? s'étonna-t-il, avec une nuance de crainte dans la voix.

— Tu ferais mieux de retourner te coucher avant que je ne lui demande de prendre ta température », menaça Nell.

Il y avait quelque chose de si familier dans la réaction du garçon – la crispation de la bouche, l'air contrarié qui lui traversa le regard – que Sara se surprit à le dévisager, bouche bée.

« Quoi ? » s'écria Jared, en lui lâchant encore un regard typique de l'adolescent.

Sara secoua la tête, n'osant pas parler. Sa ressemblance avec Jeffrey était stupéfiante.

Nell vit l'expression de son visage, et pria Jared de déblayer le terrain.

« File, maintenant. Prends la hache de maman. »

Il retourna dans la maison en raclant les semelles, il traînait la hache derrière lui et Sara plissa les lèvres, se retenant de poser la question la plus évidente.

Nell fit claquer sa langue et tira d'un coup sec sur les laisses. Les chiens se dressèrent au garde-à-vous.

« On dirait que voulez dire quelque chose.

— Cela ne me regarde pas.

— Moi, ça ne m'a jamais arrêtée. » Nell fit le tour de la maison, pour conduire les chiens côté rue. « Jeffrey n'est pas au courant. »

Sara hocha la tête, manière de signifier qu'elle avait entendu, mais sans avoir assez d'assurance pour commenter.

Devant la maison du voisin, Nell s'assit sous la véranda, avec un soupir.

« Possum et moi, on s'est mariés quelques semaines après le départ de Jeffrey pour Auburn.

— Vous ne lui avez rien dit ?

— Pour qu'il revienne m'épouser ? répliqua-t-elle, en caressant l'un des chiens. Pas franchement utile. On se serait mutuellement assassinés dès la première semaine. Je lui tapais sur les nerfs parce que je n'arrêtais pas de lui répéter qu'il avait tort, et il me tapait sur le système parce qu'il refusait d'admettre que j'avais raison. »

Sara ne pouvait que la dévisager, le regard immobile.

« Il aurait fait ce qu'il fallait, poursuivit Nell. Et je ne voulais pas que quelqu'un m'épouse parce que c'était la chose qu'il fallait. » Le chien roula sur le dos, et Nell lui gratta la panse. « J'aime Possum. Au début, je l'aimais bien, c'est tout, mais ensuite, quand Jeffrey est parti, il s'est imposé et nous avions déjà Jared, et puis Jen est arrivée plus tard... pas beaucoup plus tard. » Elle eut un sourire secret. « Mais maintenant nous formons une famille, nous avons notre vie ensemble. Possum est un être bon. Il travaille à moins de cinq minutes d'ici et il téléphone encore s'il est en retard. Ça ne l'ennuie pas d'aller me prendre un anti-inflammatoire ou des Tampax au Piggly-Wiggly, et il ne m'a jamais dit qu'une tenue me grossissait, même quand j'ai porté des salopettes trois ans de suite après avoir eu Jen. A chaque seconde de la journée, je sais où il est, et je sais que si je pète à l'église, il s'en fout éperdument. » Elle posa sur Sara un regard entendu. « J'aime ma vie exactement telle qu'elle est.

— Vous ne croyez pas que Jeffrey a le droit de savoir ?

— Pour quoi faire ? » s'étonna-t-elle, et elle n'avait pas tort. « Le père de Jared, c'est Possum. Il a changé les couches de ce petit bonhomme et quand je tombais d'épuisement, c'est lui qui s'en occupait. Il signe ses bulletins scolaires et il entraîne son équipe de la Little League. Ils ne manquent de rien, ni l'un ni l'autre, et il n'y a aucune raison pour tout chambouler.

— Je comprends.

— Vraiment ?

— Je ne lui dirai rien, promit-elle, en se demandant comment elle arriverait à garder un secret pareil.

— Ce n'est pas une bonne chose pour Jeffrey de revenir par ici, surtout maintenant, reprit Nell. Dieu sait que j'étais furibarde contre lui qu'il soit resté si loin si longtemps, mais l'histoire est trop chargée, par ici. Il s'est passé trop de choses. » Elle glissa son pied hors de sa claquette et gratta l'autre chien avec les orteils. « Jeffrey s'est pas mal débrouillé. Franchement pas mal. Tout au fond de lui, il a du bon, c'est comme avec Possum, sauf que chez Jeff, il faut gratter la surface pour l'atteindre. Je sais pas comment on appelle ça, mais il a grandi et il est devenu la personne adulte que j'ai toujours pensé qu'il pourrait être, pourvu juste qu'il s'éloigne de... » Elle désigna la rue. « De cet endroit, où tout le monde croit connaître votre histoire, où tout ce petit monde va raconter partout ce qu'il en pense, et il y en a pas un pour se dire que c'est pas ses oignons.

— Reggie Ray m'a raconté, en long, en large et en travers.

— N'écoutez pas ce vieux bouseux », fit-elle sur le ton de la réprimande. « C'est le pire de tout le lot. Il arrête pas de répéter qu'il est chrétien, un chrétien de la résurrection. Côté résurrection, il faudrait qu'il ressuscite encore deux ou trois fois avant de se transformer en être humain correct.

— Il m'a eu l'air correct.

— Alors c'est que vous avez pas regardé d'assez près », rétorqua Nell, avec une tension dans la voix, comme un avertissement. « Il y a deux choses qu'il faut que vous sachiez sur cette ville, Sara : les Ray sont convaincus que leur merde pue pas, et les Kendall sont de la pure racaille de petits Blancs. » Elle désigna son propre jardin. « Je peux pas trop la ramener, avec tout le foutoir que Possum a accumulé dans ce jardin, mais au moins mes gosses se pointent à l'école dans des vêtements propres.

— Qui sont les Kendall ?

— Ils tiennent l'étal de fruits à l'entrée de la ville, lui expliqua-t-elle. Des salopards, tous autant qu'ils sont. Ne vous méprenez pas, ajouta-t-elle, il y a rien de mal à être pauvres... Possum et moi, on en a fait une œuvre d'art... mais ça ne veut pas dire que vous pouvez expédier vos gosses dehors avec de la terre sur la figure et de la crasse sous les ongles. Vous les croisez au magasin et vous êtes obligée de retenir votre souffle, tellement ils sont dégueulasses. » Nell s'arrêta et secoua la tête en signe de désapprobation. « Il y a de ça quelques années, l'un d'eux s'est pointé à l'école avec des poux. Il a infesté toute sa classe de troisième.

— Personne n'a appelé la protection maternelle et infantile ? »

Nell ricana.

« Pendant des années, Hoss a essayé de virer cette famille de la ville. Le vieux Kendall a été horrible. Il battait sa femme, il battait ses gosses, il battait ses chiens. La meilleure idée qu'il ait jamais eue, ç'a été de tomber raide mort d'une crise cardiaque en tondant l'herbe derrière la graineterie. » Elle secoua de nouveau la tête. « Il a quand même laissé sa femme avec un polichinelle dans le tiroir, et ce petit dernier, c'est le pire de tous. Dieu merci, il est pas dans la classe de Jared. Un jour sur deux, il se fait renvoyer du collège pour s'être bagarré, parce qu'il a volé ou Dieu sait quoi encore. La semaine dernière il a fichu un coup de poing à une fille. Il est comme son père, ce petit salopard.

— Ça m'a l'air épouvantable », admit Sara, mais malgré tout, elle ne pouvait s'empêcher de se sentir navrée pour ce gamin. Elle se demandait souvent si les enfants étaient capables de se reprendre, entourés par de bons parents. Elle n'avait jamais complètement adhéré à la théorie de la « mauvaise graine », et pourtant, le jugement de Nell selon lequel la pomme n'était pas tombée loin de l'arbre était probablement partagé par tout le monde en ville.

Nell changea de sujet.

« Vous êtes tous rentrés, la nuit dernière.

— J'espère qu'on ne vous a pas réveillée.

— J'étais déjà montée avec Possum, fit-elle. Cet idiot, il s'est cogné le menton contre le comptoir, au boulot. Ne me demandez pas comment il s'y est pris, mais il s'est payé une rage de dents toute la nuit. Il a pas arrêté de tourner et de s'agiter, j'ai failli l'étrangler. »

Une voiture avec une femme et un jeune garçon à bord longea la maison, la femme tenait un morceau de papier à la main, comme si elle essayait de lire des indications d'itinéraire.

« Jeffrey avait un peu trop bu », lui expliqua Sara.

La surprise de Nell était manifeste.

« Je ne l'ai jamais vu beaucoup boire.

— Je ne crois pas que ce soit une habitude. »

Nell l'étudia, comme si elle voulait sonder Sara.

« C'était à cause de Julia ?

— Qui est Julia ? »

Nell se tourna vers la rue, là où la voiture qui venait de longer la maison avait fait demi-tour pour se garer devant l'allée.

« Qui est Julia ? répéta Sara. Nell ? »

L'autre se leva.

« Il faut que vous parliez de ça avec Jeffrey.

— De quoi ? »

Nell fit signe à la femme qui sortait de la voiture.

« C'est ici, vous avez trouvé. »

La femme sourit, tandis que son fils courait vers les chiens et se jetait à leur cou.

« Ils ont la même allure que sur les photos.

— Celui-ci, c'est Henry, expliqua-t-elle, en désignant l'un des chiens. Et voici Lucinda. A dire vrai, on l'appelle Lucy. »

Elle tendit les deux laisses au jeune garçon, qui prit les commandes avec joie.

La femme ouvrit la bouche, elle semblait sur le point de protester, mais Nell plongea la main dans sa poche et en sortit une liasse de billets.

« Ça devrait couvrir le prix de leur entretien. Mon mari et moi, on n'a jamais trop trouvé le temps.

— Merci, fit la femme, l'argent l'aidant visiblement à prendre sa décision. Est-ce qu'ils aiment manger quelque chose en particulier ?

— De tout, lui assura-t-elle. Ils adorent manger et ils adorent les gosses, voilà, c'est tout.

— Ils sont super ! » s'exclama le garçon, avec cet enthousiasme qu'ont les enfants quand ils essaient de convaincre leurs parents qu'ils deviendront de futurs astronautes ou de futurs présidents, pourvu qu'on leur accorde ce qu'ils demandent.

« Enfin. » Nell regarda Sara, puis revint à la femme. « Il va falloir que j'y aille. On doit finir d'emballer toute la maison. Les déménageurs arrivent ici à deux heures. »

La femme sourit.

« C'est dommage que vous ne puissiez pas les garder en ville.

— Le propriétaire ne nous le permet pas, lui soutint-elle, en lui tendant la main. Merci de tout cœur.

— Merci », fit la femme, en lui serrant la main. Elle serra aussi celle de Sara. « Mon chéri, dis merci », suggéra-t-elle à son fils.

Le garçon marmonna un « Merci », mais toute son attention était absorbée par les bêtes. Sara les regarda partir en direction de la voiture, le garçon au petit trot pour rester à la hauteur des deux canidés exubérants.

Elle attendit que la femme soit dans la voiture, mais Nell leva la main pour l'empêcher de dire un mot.

« J'ai passé une annonce dans le journal. Ça rime à rien de laisser ces cabots dépérir là-bas derrière quand il y a des gens qui savent comment prendre soin d'eux.

— Qu'est-ce que vous allez raconter à votre voisin, quand il va rentrer du boulot ?

— A mon avis, ils ont dû arracher leurs chaînes, fit-elle en haussant les épaules. Je ferais mieux d'aller voir ce que fabrique Jared.

— Nell...

— Ne me posez pas de questions, Sara. Je sais que je parle déjà beaucoup, mais il y a des choses qu'il faut que vous entendiez de la bouche de Jeffrey.

— Il ne me dit jamais grand-chose, ça n'a pas l'air de l'intéresser.

— Il est chez sa mère, lui répondit-elle. Ne vous inquiétez pas, elle sera pas de retour avant quelques heures. Le mardi, elle va se faire servir à déjeuner à l'hôpital.

— Nell... »

Nell leva la main, en s'éloignant.

Après avoir pris la rue dans un sens, puis dans l'autre, Sara s'aperçut qu'au lieu de tenter de se rappeler à quoi ressemblait la maison de la mère de Jeff, elle pouvait déjà jeter un œil aux boîtes aux lettres. Elle trouva celle qui était marquée du nom de « Tolliver » cinq maisons plus loin que celle de Nell, et en espérant de tout cœur que personne ne l'ait observée dans son manège imbécile. Elle se sentit d'autant plus stupide qu'elle reconnut le pick-up de Robert garé dans l'allée.

A la lumière du jour, cette maison avait l'air encore plus délabrée que Sara ne l'avait cru la première fois qu'elle l'avait vue. Avec les années, on avait appliqué plusieurs couches de pcinture successives, conférant au revêtement extérieur un aspect ridé. La pelouse était d'un marron déprimant et l'arbre grêle dans le jardin côté rue avait l'air sur le point de s'abattre au sol.

La porte d'entrée était grande ouverte, la porte-moustiquaire n'était pas fermée à clef, mais elle frappa quand même.

« Jeffrey ? »

Il n'y eut pas de réponse, et elle entra dans la maison juste à l'instant où elle entendit une porte claquer sur l'arrière.

« Jeffrey ? répéta-t-elle.

— Sara ? » fit-il, en entrant dans le petit salon. Il avait une lampe à souder au propane dans une main et une clef à molette dans l'autre.

« Nell m'a dit que tu étais là.

— Ouais », dit-il, sans trop la regarder. Il leva la lampe à souder. « Le tuyau de la cuisine a éclaté il y a deux ans. Depuis, elle fait la vaisselle dans la salle de bains. » Elle ne répondit pas, et il lui fit signe de le suivre dans la cuisine. « Je vais terminer avec ça, et après je file à la prison voir un peu Robert. Je ne mords pas à ce qu'il m'a raconté hier. Je sais qu'il y a un truc qu'il ne me dit pas.

— Ça se pratique pas mal, par ici.

— Quoi ? »

Elle haussa les épaules, considéra le désordre par terre. Il avait démonté toute la robinetterie juste pour remplacer le tuyau.

« Tu as coupé l'eau ? s'enquit-elle.

— C'était de ça que je m'occupais, dehors », lui signala-t-il, assis par terre. Il attrapa une feuille de papier de verre et ponça un embout de tuyau en cuivre avec la précision méthodique d'un amateur.

Sara s'assit en face de lui, tâchant de ne pas se montrer trop critique du travail qu'il avait déjà accompli. Si son père avait été là, il aurait traité Jeffrey de gonzesse.

« Je m'y suis collé et j'ai tout remplacé », annonça-t-il, et il avait dans la voix une note de fierté.

« Hmm, marmonna-t-elle. Tu as besoin d'aide ? »

Il lui décocha un de ses regards, et elle en conclut

que c'était comme de conduire, un truc réservé aux hommes. Considérant que leur père avait appris à ses deux filles, Sara et Tessa, les procédures de sécurité dans l'emploi des lampes à propane et acétylène avant même qu'elles soient capables de prononcer correctement ces termes, l'insulte n'était pas mince.

Enfin, elle laissa filer.

« Je ne t'ai pas dit, la nuit dernière... commença-t-elle.

— A ce propos, l'interrompit-il. Je suis sincèrement désolé. Je te promets, d'habitude, je ne bois pas comme ça.

— Je n'ai pas pensé le contraire.

— Et pour le reste... » Sa voix resta en suspens, et Sara attrapa la boîte de flux de soudure, car elle éprouvait le besoin de manipuler quelque chose.

« Ne te soucie pas là-dessus, dit-elle, je ne vais pas t'en vouloir pour ça.

— Pour quoi ? »

Elle haussa les épaules.

« Pour ce que tu m'as dit.

— Qu'est-ce que je t'ai dit ? s'étonna-t-il, déjà sur ses gardes.

— Rien, le rassura-t-elle, en essayant d'ouvrir la boîte de flux à soudure.

— Je veux parler de ce que nous avons fait, reprit-il, et puis il se corrigea. Jc veux dire, de ce que j'ai fait.

— Ça va.

— Non, ça ne va pas », insista-t-il, en lui prenant la boîte de flux, qu'il ouvrit à sa place. « Je ne suis pas... » Il marqua un temps d'arrêt, comme s'il cherchait un mot. « En général, je ne suis pas égoïste.

— Oublie ça », lui suggéra-t-elle, mais en un sens sa manière péteuse de s'excuser lui faisait un peu de bien. Elle trempa le pinceau dans le flux et en badigeonna l'un des coudes, qu'il avait déjà abrasé au papier de verre. « Je voudrais te parler du squelette. »

Il changea complètement d'attitude, et elle vit ses défenses se hérisser.

« Et de quoi, au juste ?

— C'est une femme. Une jeune femme. »

Il lui adressa un regard circonspect.

« Tu es sûre ?

— D'après la forme de la tête, c'est évident. Les hommes ont en général un crâne plus gros. » Elle prit son mètre ruban et mesura la distance entre l'évier et la valve d'arrêt, au niveau du sol. « Le crâne des hommes pèse aussi plus lourd. En général il présente aussi un redan osseux au-dessus des yeux. » Elle mesura une longueur de tuyau et serra le cutter à l'endroit précis. « Les hommes ont les canines plus longues et les vertèbres plus larges », continua-t-elle, en faisant tourner le cutter jusqu'à ce que le tuyau se rompe. « Ensuite, il y a le pelvis. Celui des femmes est plus large, pour la grossesse. » Elle abrasa doucement le tuyau. « En plus, il y a l'angle sub-pubien. S'il mesure moins de quatre-vingt-dix degrés, alors c'est un homme, et plus de quatre-vingt-dix, c'est une femme. »

Il enduisit le tuyau de flux pendant qu'elle chaussait une paire de lunettes de protection. Quand il enfonça le coudage sur le tuyau, le visage de Tolliver demeura neutre, vide d'expression, et il attendit que Sara ait actionné le percuteur piézo pour allumer la lampe avant de lui poser sa question.

« Comment sais-tu qu'elle était jeune ? »

Elle régla la flamme de la torche avant de la faire

aller et venir sur le tuyau et de le réchauffer assez pour que le flux soit porté à ébullition.

« C'est le pelvis qui raconte tout. Les os de la région pubienne se réunissent devant le pelvis. Si la surface osseuse présente des protubérances et des arêtes, cela signifie qu'elle appartient à un individu jeune. Les individus plus âgés ont des os plus lisses. »

Elle éteignit la lampe au propane et enfila la soudure, la regarda fondre dans le joint. Elle poursuivit :

« Il y a aussi une zone de dépression dans la région pubienne. Si une femme a enfanté, il y a une entaille à l'endroit où les os se sont disjoints pour livrer passage à la tête du bébé. »

Tolliver paraissait retenir son souffle. Comme Sara ne continuait pas, il la questionna.

« A-t-elle eu un bébé ?

— Oui, lui confirma-t-elle. En effet. »

Il posa le tuyau par terre devant lui.

« Qui est Julia ? »

Il souffla lentement.

« Nell ne te l'a pas dit ?

— Elle m'a conseillé de te poser la question. »

Il s'assit contre le placard, les mains sur les genoux. Il évitait son regard.

« C'était il y a longtemps.

— Combien de temps ?

— Dix ans, je crois. Peut-être davantage.

— Et ?

— Et elle était... Je ne sais pas, cela peut sembler dur de présenter ça comme ça, maintenant, mais c'était en quelque sorte la roulure de la ville. » Il s'essuya la bouche. « Elle faisait des choses. Tu sais, elle te touchait. » Il lui lança un coup d'œil, et détourna le regard. « La rumeur voulait qu'elle te taille une pipe si tu lui payais quelque chose. Des fringues, un déjeuner, n'importe quoi. Elle n'avait pas grand-chose, donc...

— Quel âge avait-elle ?

— Notre âge, dit-il. Elle était dans la même classe que Robert et moi. »

Sara vit où il voulait en venir.

« Est-ce que tu lui as payé quelque chose, toi ? »

Il eut l'air offensé.

« Non, affirma-t-il. Je n'avais pas besoin de payer pour ce genre de choses.

— Non, bien sûr.

— Tu veux entendre cette histoire ou pas ?

— Je veux que tu me racontes ce qui s'est passé.

— Un jour, elle est partie, c'est tout, poursuivit-il avec un haussement d'épaules un peu forcé. La veille, elle était là, et le lendemain, il n'y avait plus personne.

— Ça ne s'arrête quand même pas là.

— Je ne peux pas... » Il laissa sa voix s'éteindre. « Hier, j'ai trouvé ceci, dans la grotte », reprit-il, en sortant un objet de sa poche. Sara découvrit un collier, avec un médaillon.

« Pourquoi ne m'as-tu rien dit, sur le moment ? »

Il ouvrit le médaillon et regarda l'intérieur.

« Je ne sais pas. J'ai juste... » Un temps d'arrêt. « Juste, je ne voulais pas que tu découvres encore une sale histoire à mon sujet.

— Quelle sale histoire ?

— Des racontars, dit-il en soutenant son regard. Ce ne sont que des racontars, Sara. Le même vieux merdier qui me suit, depuis mon arrivée ici. Tu en arrives même au stade où tu es coupable d'une chose et les gens te croient coupable d'une autre.

— De quoi te croient-ils coupable ? »

Jeffrey leva la chaîne en l'air.

« Je l'ai montrée à Hoss. Il n'a pas voulu se mêler de tout ça. »

Elle leva les yeux sur le petit cœur en or à deux sous et les photos qu'il renfermait. Les enfants étaient encore en bas âge, ils n'avaient sans doute quitté la maternité que depuis quelques semaines.

« Elle le portait tout le temps sur elle. Tout le monde l'a vue avec, pas uniquement moi. » Il lâcha un rire acide. « Le fait était que personne ne savait ce qu'elle avait dû accepter pour l'obtenir. Personne ne pigeait, tu saisis ? Elle débarquait à l'école dans une nouvelle robe, et on se mettait à débiter des conneries sur qui la lui avait achetée, ce qu'elle avait fait pour l'avoir. Ceci... » Il désigna le collier. « ... elle l'a montré à tout le monde. Il aurait mieux valu qu'elle s'abstienne. Elle croyait qu'il valait cher. Ce n'est même pas de l'or massif, c'est du plaqué. » Ses épaules se voûtèrent. « Il n'y a pas moyen de savoir ce qu'elle a pu faire pour.

— Il m'a l'air ancien, remarqua Sara. Pas une antiquité, mais un objet ancien. »

Il haussa les épaules.

« Et les photos ? »

Il reprit le médaillon et examina les clichés.

« Je n'en ai aucune idée.

— Donc, hier, dans la grotte, tu savais que c'était elle ? lui demanda-t-elle, étonnée qu'il ne lui en ait rien dit, sur le moment.

— Je ne pensais pas que c'était elle, se défendit-il. Toute ma vie, je me suis senti coupable d'actes que je n'ai pas commis. Des choses sur lesquelles je n'avais aucune prise. » Il lâcha un long soupir triste. « Mes parents, la maison où j'ai vécu, les vêtements que je portais. Je me sentais aussi honteux de tout, je voulais montrer aux autres une part de moi-même qui vaille mieux que la réalité de mon existence. » Il regarda autour de lui, dans cette cuisine. « C'est pourquoi je suis parti d'ici, c'est pourquoi j'étais impatient et désireux de m'en aller pour ne jamais revenir. J'étais malade d'être le fils de Jimmy Tolliver. J'étais malade de marcher dans la rue et de sentir les yeux de tout le monde posés sur moi, guettant le moment où j'allais foirer. »

Sara attendit.

« Toi tu sais voir cette partie de moi-même qui est la meilleure. »

Elle opina, car elle ne pouvait le nier, en dépit de ce que lui dictait sa raison.

« Pourquoi ? » s'enquit-il, et selon toute apparence, il avait vraiment envie de savoir.

« Je ne... » Elle n'acheva pas sa phrase, elle ponctua d'un haussement d'épaules. « Ma cervelle n'arrête pas de me répéter ces choses... » Elle n'entra pas dans les détails. « Je le sens, là, fit-elle, en tapotant du bout des doigts sur sa poitrine. Ce que je ressens quand tu me fais l'amour et ta façon de nouer mes lacets en double rosette pour qu'ils ne se délacent pas et ta manière d'écouter... c'est ce que tu fais à l'instant, tu écoutes vraiment ce que j'ai à dire car tu es sincère, tu veux savoir ce que je pense. » Elle songeait à la lettre du soldat qu'il lui avait lue, cela lui paraissait dater d'une éternité. « Et je crois que tu sais me voir, moi aussi. »

Elle n'avait pas su mieux s'expliquer.

Il posa sa main sur les siennes.

« Cette histoire, avec les ossements. Ça va éclater au grand jour.

— Comment cela ?

— Julia », lui dit-il, et prononcer son nom semblait exiger de lui un gros effort. « J'ai besoin de toi ici, Sara. J'ai besoin que tu me voies tel que je suis vraiment.

— Dis-moi ce qui se passe.

— Je ne peux pas », lui avoua-t-il. Elle crut voir des larmes dans ses yeux, mais il détourna la tête. « C'est un fatras, fit-il. Je pensais que Robert serait peut-être...

— Robert serait quoi ? »

Elle vit sa gorge se contracter, quand il avala sa salive.

« Robert dit qu'il l'a tuée. »

Elle porta la main à sa poitrine.

« Quoi ?

— Il m'a dit ça hier.

— Matin ?

— Non, après que nous avons découvert les ossements. » Sara allait lui expliquer que cette chronologie n'avait aucun sens, mais il poursuivit. « Je lui ai montré le collier et il m'a dit qu'il lui avait fracassé la tête avec un rocher. »

Elle s'assit, tâchant de prendre la mesure de ce qu'il venait de dire.

« Lui as-tu indiqué qu'elle avait eu le crâne fracturé ?

— Non.

— Alors comment l'a-t-il su ?

— Il a pu tenir ça de Hoss. Pourquoi ?

— Parce que ce n'est pas comme ça qu'elle est morte, dit-elle. La fracture du crâne est survenue au moins trois semaines avant sa mort.

— Tu es sûre ?

— Mais oui, je suis sûre, insista-t-elle. L'os, c'est un tissu vivant. La fracture était déjà en train de se réparer, quand on l'a tuée.

— Apparemment, elle aurait été touchée à la tête.

— La cause était ailleurs. Peut-être qu'un rocher s'est détaché de la paroi de la grotte ou un animal... » Elle n'avait pas envie de lui expliquer ce que des animaux auraient pu infliger à la jeune femme. « Des tissus et du cuir chevelu manquaient, je ne peux pas t'affirmer si elle a été ou non frappée à la tête immédiatement avant sa mort, mais même dans ce cas, son os hyoïde était brisé.

— Son quoi ?

— L'hyoïde, répéta-t-elle, en portant ses doigts à sa gorge. C'est ici, un os en forme de U, au centre. Il ne se rompt pas tout seul. Il faut exercer une pression conséquente ici, une force brusque, brutale, ou une strangulation manuelle. » Elle scruta Jeffrey, tâchant de jauger sa réaction. « Il n'a pas été seulement fracturé, il a été cassé en deux. »

Il s'assit.

« Tu es certaine ?

— Je vais te montrer cet os, si tu veux.

— Non », dit-il, en fourrant le pendentif de nouveau dans sa poche. « Pourquoi dirait-il qu'il l'a tuée si ce n'est pas vrai ?

— C'était la question suivante.

— Peut-être que s'il ment pour ça, il ment aussi pour la nuit dernière.

— Pourquoi ? s'étonna-t-elle. Pourquoi mentirait-il pour l'une ou l'autre de ces morts ?

— Je n'en sais rien, lui confessa-t-il. Mais il faut que je comprenne. » Il désigna l'évier. « Tu peux terminer ça ? »

Elle considéra l'ampleur des dégâts.

« Je crois. »

Il allait partir, et puis il se retourna.

« Je le pensais, Sara. »

Elle leva les yeux.

« Tu pensais quoi ?

— Ce que j'ai dit la nuit dernière, fit-il. Je t'aime, c'est vrai. »

En dépit des horreurs de ces derniers jours, elle sentit un sourire se dessiner sur son visage.

« Va parler à Robert, lui conseilla-t-elle. Je vais finir ceci et je te retrouve ensuite chez Nell. »

Chapitre dix-huit

Mardi

Jeffrey abaissa le pare-soleil du pick-up de Robert, histoire de se sortir le soleil des yeux. Il n'avait pas exactement la gueule de bois, mais une petite migraine avait élu domicile juste derrière son nez, un point douloureux de la taille d'une pièce de monnaie, mais assez cuisant. Comme son mari, May Tolliver avait transmis une chose à son fils, dont il lui savait gré : à moins de s'offrir une cuite monstre, il ne souffrait jamais de la gueule de bois. C'était un cadeau, en même temps qu'une malédiction. A la faculté, il buvait au point de rouler sous la table mais il restait capable, le lendemain, de participer à une séance d'entraînement de football, tandis que la plupart des autres types de l'équipe avaient arrêté de boire comme des trous dès la fin du premier trimestre, de peur de se faire virer. Jeffrey avait continué sur sa lancée quelques années. C'est après s'être réveillé dans un hôpital des environs de Tuscaloosa avec une main dans le plâtre et aucun souvenir de ce qui l'avait conduit là, qu'il avait décidé de mettre un terme à sa période alcoolique.

Reggie Ray était assis à l'accueil et, dès que Jeffrey

entra dans les locaux du shérif, sa bouche se crispa en une grimace haineuse et ricanante.

« Qu'est-ce que tu fabriques ici ? » lança-t-il.

Tolliver n'avait guère le temps de plaisanter.

« Va te faire foutre, petit pisseux. »

Reggie se leva si vite qu'il en renversa sa chaise.

« Tu veux me répéter ça en face ? »

Tolliver avait déjà dépassé le bureau, mais il fit volte-face.

« Je croyais que c'était fait. »

Les deux hommes attendirent, ils se livraient au petit jeu du premier qui se dégonfle, qui n'était pourtant plus trop de leur âge. Jeffrey avait beau en avoir parfaitement conscience, il ne céda pas d'un pouce. Il était écœuré d'être traité de la sorte. Non, c'était au-delà de ça. Il était écœuré de laisser ces gens-là le traiter ainsi. En parlant avec Sara, il avait compris, après toutes ces années, que la culpabilité et la honte auxquelles il s'était exposé étaient de son propre fait. Sara, elle, ne le considérait pas comme le fils de son père. Même après avoir entendu les pires horreurs dans la bouche de toutes sortes de gens, elle s'en tenait à son opinion initiale. Elle l'avait rencontré depuis fort peu de temps, et semblait néanmoins le connaître mieux que tout ce petit monde, Nell comprise.

Il croisa les bras.

« Et alors ? fit-il.

— Pourquoi il arrive un sale truc chaque fois que tu débarques en ville ?

— La chance, je suppose.

— Tu me plais pas, fit Reggie.

— C'est tout ce que t'as trouvé ? demanda Jeffrey. Eh bien, tu sais quoi, espèce de petite merde, tu me plais pas non plus. Tu me plais pas depuis le jour où t'es tombé sur ta sœur quand elle me taillait une pipe dans le garage de ton père. »

Le poing de Reggie partit, mais Tolliver le bloqua dans la paume de sa main. Au milieu de cette salle déserte, l'impact rendit un bruit mat, disproportionné par rapport à la violence du choc proprement dit. Tolliver lui tordit le poignet, jusqu'à ce que l'autre finisse à genoux.

« Trou du cul », siffla l'autre, en s'efforçant de dégager sa main.

Avant de la lui restituer, il tira dessus d'un coup sec, la cognant contre le bureau. La porte de la rue s'ouvrit et Possum entra, jeta un coup d'œil au deuxième adjoint, toujours plié en deux, avant de gratifier Jeff d'un sourire amical, comme si rien ne s'était produit la veille.

« Possum », commença-t-il, et il se sentait comme un complet salaud, en découvrant l'hématome qui courait sur tout le menton de son ami.

Et Possum ne se départit pas de son sourire amical, comme toujours.

« Te fais donc pas de bile, L'Anguille, dit-il, avec une tape dans le dos de son vieil ami. J'ai encore ta monnaie d'hier. Surtout, tu m'y feras penser, que j'oublie pas de te la rendre.

— Non », refusa-t-il, songeant qu'il ne s'était jamais senti aussi mal de sa vie.

Possum passa à autre chose.

« Tu as causé avec Robert ?

— Justement, je vais essayer.

— La caution a été fixée ce matin », lui annonça Possum, en sortant une épaisse enveloppe de sa poche.

Jeffrey vit dans l'enveloppe une liasse d'argent liquide et le prit à l'écart, à trois pas de là, dans le couloir. De toute façon, Reggie écouterait, mais il se sentait quand même plus à l'aise en mettant un peu de distance entre eux et lui.

« Possum, où tu as eu cet argent ?

— Je l'ai emprunté, avec un nantissement sur le magasin, lui répondit-il. Nell a failli en avoir une crise cardiaque, mais on peut pas laisser Robert sous les verrous comme ça. »

Jeffrey sentit sa honte se réveiller. Il n'avait même pas envisagé l'éventualité que Robert soit libéré sous caution, et encore moins de l'aider à sortir.

« La famille de Jessie est bourrée de fric, souligna-t-il. Tu devrais les laisser s'en charger.

— Ils ont déjà prévenu qu'ils bougeraient pas, lui apprit Possum et, pour une fois, il avait l'air en colère contre quelque chose. Je vais te dire, L'Anguille, ça me fend le cœur, sa manière de le traiter. Peu importe ce qui a pu se passer entre eux, il est encore son mari.

— Tu as parlé avec elle ?

— J'en viens tout juste. » Il baissa la voix. « Elle était ronde comme une bille et il est pas encore midi.

— Qu'est-ce qu'elle a dit ?

— Elle a dit qu'il pouvait toujours pourrir en enfer, ça lui était égal », lui rapporta-t-il, sur un ton aussi amer que possible, chez un homme si affable. « Tu peux y croire ? Ils sont ensemble depuis Mathusalem, et elle fait une croix dessus comme ça.

— Elle avait une liaison, lui rappela Tolliver.

— Depuis combien de temps ? s'enquit son ami, et c'était une bonne question, en effet. La vérité, c'est que pour moi, ça n'a pas de sens. Elle a beau être mauvaise, comment elle a pu se balader en ville à jouer les sales filles sans que personne en sache jamais rien, sans que personne dise jamais rien à Robert ?

— Peut-être que quelqu'un lui a soufflé », reprit Jeff, en lançant un coup d'œil à Reggie. L'autre les dévisageait avec une franche haine, et il se demanda s'il n'était pas au bord d'éclater.

Possum avait dû le remarquer, lui aussi. Il vint se poster entre les deux hommes.

« Où est-ce que je la verse, la caution ? demanda-t-il à Reggie Ray.

— Dans le fond, répondit l'autre. Je vais m'occuper de toi. »

En marchant vers Jeffrey, il fit coulisser le ceinturon de son arme autour de sa taille, sa main posée sur la crosse, comme s'il voulait lui rappeler qu'il était tout à fait capable de s'en servir. Quand il vint heurter Jeffrey de l'épaule, celui-ci ne broncha pas, estimant qu'il trempait dans un nombre suffisant de bagarres, ces derniers temps, sans replonger aussi sec. Quand les deux hommes se furent éclipsés, il frappa à la porte du bureau de Hollister, sans attendre d'être invité à entrer.

« Salut ! », s'écria le vieux policier, en se levant de son bureau. Robert était assis en face de lui, les mains sur les genoux, les épaules rentrées, comme s'il attendait le bourreau.

« Possum est ici pour payer ta caution », lui annonça Tolliver.

Les épaules de Robert s'affaissèrent encore plus.

« Il n'aurait pas dû.

— Il a réuni la somme en nantissant le magasin.

— Seigneur, fit Robert dans un souffle. Pourquoi il a fait ça ?

— Il ne supportait pas de te savoir enfermé ici », lui expliqua-t-il, en s'efforçant de capter l'attention de Hoss. Le vieil homme fixait le parking du regard. Jeffrey avait le sentiment de les interrompre. « Je dois avouer que je ne suis pas trop fana de cette idée non plus.

— Ça ira », fit Robert.

Il s'attendait à ce qu'il se tourne vers lui, mais son ami s'en abstint.

« Bobby ? »

Il lui lança un rapide coup d'œil, mais cela lui suffit pour constater qu'il avait un œil au beurre noir et une lèvre fendue. Il contourna l'obstacle de la chaise, afin de l'observer de plus près. D'autres hématomes étaient bien visibles au-dessus du col de sa combinaison orange de prisonnier, et il avait le bras gauche enveloppé d'un large bandage. Jeffrey serra les poings, c'était plus fort que lui. Il eut du mal à poser sa question.

« Que s'est-il passé ? »

Ce fut Hoss qui lui répondit.

« Il y a eu un peu de chahut la nuit dernière.

— Pourquoi ne l'a-t-on pas installé dans une cellule isolée ?

— Il n'a pas voulu de traitement spécial.

— Traitement spécial ? répéta Jeffrey, sans prendre la peine de dissimuler son indignation. Bon Dieu, ce n'est pas du traitement spécial, c'est du bon sens.

— Ne mets pas ma parole en doute, mon garçon, l'avertit Hoss, son doigt pointé dans sa direction. Je ne peux obliger aucun homme à faire ce qu'il refuse de faire.

— C'est des conneries ! riposta-t-il. C'est un détenu, bordel. Tu peux le forcer à dormir dans sa merde, si ça te chante.

— Eh bien, je n'étais pas là pour le forcer ! tempêta Hoss. Nom de nom, je n'étais pas là. » Il s'essuya la bouche d'un revers de la main, et Tolliver sentit la détresse émaner de lui comme une mauvaise odeur. Quels qu'aient été les sentiments de Jeffrey en cet instant, il savait que Hoss se sentait encore plus mal que lui.

« Qui a fait ça ? demanda-t-il à Robert. Reggie Ray ? Si c'est lui le... »

Robert l'interrompit.

« Ce n'était pas la faute de Reggie.

— S'il...

— J'ai demandé à ce qu'on me boucle, expliqua Robert. Je voulais voir à quoi ça ressemblait. »

Jeffrey ne parvenait toujours pas à trouver les mots pour exprimer ce qu'il ressentait.

Hoss ajusta son ceinturon, à peu près le même geste que Reggie tout à l'heure.

« Je vais sortir dehors marcher, histoire de te laisser le temps de retrouver ton calme », dit-il à Jeff. C'était dit d'un ton assez égal, mais sa manière de claquer la porte derrière lui constituait en soi un message assez clair.

Tolliver alla donc à la source, et questionna Robert.

« Que s'est-il passé ? »

Robert haussa les épaules, en tressaillant, car cela lui causait une douleur évidente.

« Je dormais. Ils m'ont réveillé et ils m'ont déplacé avec le reste de la population. »

Jeffrey se sentait écœuré à l'idée que des flics aient pu l'exposer à pareil mauvais traitement, de leur propre initiative. Il existait un code, et à cet instant, Robert le respectait, il se l'appliquait à lui-même, en dépit des sévices auxquels ces salopards l'avaient soumis.

« Pourquoi n'as-tu pas appelé à l'aide ?

— Appelé qui ? » rétorqua son ami, avec une tristesse dans la voix. « Une occasion de ce genre, ils l'attendaient tous depuis longtemps », fit-il, en désignant les adjoints du poste d'un hochement de la tête. « C'est pareil que quand on était gosses, Jeffrey. Y a rien qui a changé. Tous les types d'ici n'attendaient qu'une chose, que je me plante, qu'ils puissent me jeter aux lions. » Il eut un rire triste. Et Tolliver n'imaginait que trop toute l'horreur de cette nuit. Les autres détenus avaient dû se dire que c'était Noël, qu'on leur livre un flic pour la nuit, sur qui se défouler de toute leur hostilité.

Robert continua.

« Toutes ces années... J'ai réellement pensé que certains de ces hommes étaient mes amis, que j'avais fait mes preuves. » Il s'interrompit. Visiblement, il s'efforçait de maîtriser ses émotions. « J'avais une épouse. Je faisais partie d'une famille. Bon sang, j'ai même entraîné l'équipe de la Little League. Tu le savais ? L'an dernier, on a joué pour le championnat quad-A. On a failli gagner, mais l'un des fils Thomson a lancé trop loin, il a loupé la base. » Il sourit à ce souvenir. « Tu le savais ? On a carrément joué au grand stade de Birmingham. »

Jeffrey secoua la tête. Il avait grandi avec cet homme, il avait passé toutes les journées de son enfance avec lui, et pourtant il ne savait rien de sa vie d'adulte.

« C'est bien simple, on ne sait jamais ce que les gens pensent de toi, hein ? reprit Robert. Tu te rends à des matches, tu participes à des pique-niques et tu regardes les gamins grandir, et tu entends parler de divorces et de liaisons et tout ça veut dire que dalle. Ils te sourient par-devant, pendant qu'ils te poignardent dans le dos.

— Tu aurais dû appeler Hoss, la nuit dernière, suggéra-t-il. Il aurait fait une descente et il aurait remis les choses en ordre.

— Et ça les aurait rendues encore pires, la fois suivante.

— Pires ? s'étonna-t-il. Qu'est-ce qu'il y a de pire que de se faire tabasser ? » En son for intérieur, il se formula la réponse à sa propre question, et il se laissa tomber sur la chaise à côté de celle de Robert, avant que ses jambes ne se dérobent sous lui. « Ils ne t'ont pas... ? »

La voix de Robert paraissait émaner d'un homme mort.

« Non. »

Tolliver porta la main à son ventre, une nausée brûlante lui retourna les entrailles.

« Seigneur... » chuchota-t-il, et en vingt ans il ne s'était jamais senti aussi proche de la prière.

Les mains de son ami se mirent à trembler, et il remarqua les menottes qui les entravaient et les maintenaient en position jointe. Ses doigts étaient aussi meurtris que son visage, avec de profondes crevasses aux jointures, là où ses poings avaient frappé dans le dur. Il avait l'air de s'être battu pour sa vie, la nuit dernière.

« Pourquoi es-tu menotté ? demanda Jeff.

— Je suis un dangereux criminel, lui rappela son ami. J'ai tué deux personnes.

— Mais non, rétorqua-t-il. Robert, je sais que tu n'as pas fait ça. Pourquoi mens-tu ?

— Je n'y arrive pas, lâcha l'autre. Je me suis cru assez fort, mais je ne suis pas assez fort. »

Il lui posa la main sur l'épaule, mais Robert tressaillit, et il la retira aussitôt. Il se demandait s'il lui disait la vérité au sujet de la nuit dernière, et pourtant, à bien y réfléchir, il aurait préféré tout ignorer de ce bazar.

« On va te trouver un avocat.

— Je n'ai pas d'argent, dit-il. Même si je prenais feu, la famille de Jessie ne viendrait même pas me pisser dessus.

— Je vais le payer, moi. » Et, en disant cela, il se tritura le cerveau pour savoir où il allait pouvoir dégotter cet argent-là. « Je n'ai pas assez de fonds à la maison, mais j'ai un plan d'épargne retraite que je peux encaisser. Ce n'est pas grand-chose, mais ça fera déjà un acompte. Entre Possum et moi, on devrait dénicher le moyen d'y arriver. Je travaillerai dans la sécurité, je me dégotterai un autre boulot s'il le faut. » Il chercha une proposition concrète. « Je peux retourner m'installer à Birmingham et descendre ici en voiture les week-ends.

— Je ne peux pas te laisser faire ça.

— Tu n'as pas le choix, lui répliqua-t-il. Tu ne vas pas passer encore une nuit en prison. »

Robert secoua la tête, et une tristesse écrasante emplit la pièce.

« Je n'ai jamais trop eu le choix de rien, Jeffrey. Je suis tellement malade de mener la vie que je mène. Je ne suis rien qu'un chien ordinaire, qui est fatigué de tout ce petit monde et de tout ce qu'ils trimbalent en eux. » Il ferma les yeux. « Jessie, avec moi, c'est terminé. C'était terminé depuis longtemps.

— C'est à cause de sa fausse couche ? » lui demanda-t-il, songeant que cela suffirait à peser sur n'importe quel couple. Pour que Jessie ait plaqué son mari, il devait bien y avoir une raison. On ne trompe pas les gens sans motif.

« Cela remonte à plus loin que ça, reprit Robert. Cela remonte au jour où Julia est arrivée au lycée, en prétendant que je l'avais violée. Jessie ne m'a plus jamais fait confiance. Plus après ça. »

Soudain, tous les sens de Jeffrey furent en alerte.

« Lui as-tu dit ce qui s'était passé ?

— Elle ne m'a jamais posé la question, fit Robert. Il y a des vérités qu'elle sait dans sa tête, mais elle ne pose jamais de questions. Pourquoi les gens ne posent-ils pas les questions ?

— Peut-être parce qu'ils ne veulent pas connaître les réponses, lui suggéra-t-il, songeant qu'il était tout aussi misérable que Jessie. Jessie n'a pas pu croire à ces rumeurs, lui soutint-il quand même. Personne, te connaissant vraiment, n'a pu croire que c'était la vérité.

— Ils y ont cru, pour toi », répliqua-t-il. Il leva les yeux vers Jeffrey, ses yeux humides. « Je leur ai laissé croire pendant tout ce temps.

— Croire quoi ?

— Que tu avais violé Julia », lâcha-t-il, et ses yeux scrutèrent Jeffrey, comme s'il voulait capter la moindre de ses réactions. Je leur ai laissé croire que c'était toi, dans les bois. Je leur ai laissé croire que tu l'avais violée. »

Jeffrey sentit toute sa salive se dessécher dans sa bouche.

« En fait, c'était juste pour me protéger, poursuivit-il. Tu étais parti, mais moi, j'étais forcé de rester sur place, et ce serait dur, de vivre avec eux, s'ils me tombaient tous dessus en se figurant connaître ma vraie nature. » Il détourna le regard. « Tous les dimanches, à l'église, je sentais Lane Kendall me percer de son regard, comme si elle avait pu voir ce qui se passait, comme si elle savait ce qui s'était produit ce jour-là.

— Qu'est-ce qui s'est produit, Robert ? » Il attendit, mais son ami ne répondit pas. « Dis-moi ce qui est arrivé, répéta-t-il. Je ne te l'avais encore jamais demandé, parce que je te croyais innocent. Si tu me dis maintenant que tu es coupable, alors raconte-moi ce qui est arrivé. »

Robert s'éclaircit la gorge, à plusieurs reprises, puis il tendit les deux mains pour prendre un gobelet d'eau sur le bureau. Il en avala une gorgée et se crispa. Sa pomme d'Adam eut quelques soubresauts. Jeffrey vit les hématomes, et il comprit que quelqu'un avait essayé de l'étrangler. A moins qu'ils ne lui aient refermé les mains autour du cou, pour l'empêcher d'appeler ? Les hématomes étaient plus noirs à la hauteur de la trachée, qu'ils enveloppaient complètement. Quelqu'un lui avait-il serré la gorge par-derrière, pour qu'il se taise ? Lui avaient-ils infligé pareils sévices pour s'assurer qu'il ne puisse appeler à l'aide ?

« Robert, chuchota Jeffrey, tâchant de retrouver sa voix. Dis-moi ce qui s'est passé. »

L'autre secoua la tête.

« Rentre chez toi, L'Anguille.

— Je ne vais pas te laisser.

— Retourne à Grant County et épouse Sara. Entame une vie. Fais des enfants.

— Je ne vais rien faire de tout ça, Robert. Je vais pas te laisser tomber une deuxième fois.

— La première fois, tu ne m'as pas laissé tomber », rectifia son ami, avec une lueur de colère dans les yeux. « Ecoute, je l'ai violée. C'est très exactement ce que je vais leur raconter : je l'ai emmenée à la grotte et je l'ai violée, elle s'est mise à crier, elle menaçait de le raconter à tout le monde. J'ai paniqué, tout comme j'ai paniqué l'autre nuit. J'ai attrapé un gros caillou et je lui ai fracassé la tempe avec. » Il posa sur Tolliver un regard dur. « Est-ce que ça te satisfait ?

— Quel côté du crâne ? s'enquit-il. De quel côté du crâne tu as frappé ?

— Bon sang, j'en sais rien. Examine-le, son putain de crâne. C'est du côté où il est fracturé.

— Tu ne l'as pas tuée, insista Jeffrey. Elle a été étranglée, pas frappée.

— Oh. » Robert fut incapable de dissimuler sa surprise, mais il reprit vite le dessus. « Ouais, je l'ai aussi étranglée.

— Mais non.

— Mais si. Je l'ai étranglée comme ceci, fit-il, et les menottes tintèrent quand il serra les deux mains autour d'un cou imaginaire.

— Mais non », riposta Tolliver.

Robert laissa retomber ses mains, et pourtant, il refusait de s'avouer vaincu.

« Au début, je lui ai juste parlé, j'essayais d'être gentil », reprit-il, d'une voix plus fluette. Son regard se fit de plus en plus absent, il était quelque part, ailleurs, et il parlait si doucement que Jeffrey dut tendre l'oreille pour l'entendre. « Elle a détourné la tête, et je l'ai frappée, et quand elle s'est écroulée, je me suis collé contre elle, dans son dos. Elle a crié, et je l'ai étouffée pour la faire taire. » Il se servit de ses mains pour illustrer. « Elle n'arrêtait pas de crier, et ça me rendait dingue de l'entendre, ça m'a énervé, trop... énervé comme je sais pas quoi. J'ai gardé une main appuyée sur sa nuque... » Il posa la paume à plat, comme s'il était de retour là-bas, sur les lieux. « Je savais qu'elle avait peur... qu'elle était terrorisée. J'avais peur, moi aussi. J'ai cru que quelqu'un allait venir, quelqu'un qui allait me surprendre comme ça, comme un animal. Et je n'ai pas pu m'arrêter. J'étais incapable d'aller chercher quelqu'un pour m'aider. Ma gorge... » Il porta la main à son cou. « Ma gorge, j'avais l'impression d'avoir avalé des éclats de verre. C'est simple, je n'arrivais pas à respirer. Je n'arrivais même pas à sortir un son, à peine plus qu'un geignement, mais dans ma tête, je les entendais rire de moi, me pousser, comme si c'était une sorte de jeu, de voir jusqu'où je serais capable d'aller avant de craquer. » Il laissa ses mains glisser sur ses genoux, il respirait par à-coups, une respiration âpre. Jeffrey ne comprenait plus s'il lui parlait encore de Julia, ou de ce qui était arrivé la nuit précédente. « Je voulais juste me réfugier quelque part dans ma tête, quelque part où je serais en sécurité, mais tout ça, c'était si épouvantable que j'étais incapable de rien faire d'autre que me mordre la langue et prier Dieu que ce soit bientôt fini. »

Ses lèvres tremblaient, mais il n'y avait pas de larmes.

« Robert », fit Tolliver, en tendant de nouveau la main, pour venir à son contact.

Son ami se rétracta, comme s'il venait de le gifler. Il se recroquevilla sur lui-même.

« Ne me touche pas, chuchota-t-il. Je t'en prie, ne me touche pas.

— Robert », répéta-t-il, en s'efforçant de maîtriser sa voix. Si Tolliver avait un pistolet, il retournerait tout de suite à la prison et il tuerait tous ces putains de salopards. Il commencerait par Reggie et remonterait toute la chaîne jusqu'à – quoi ? –, jusqu'à ce qu'il se braque l'arme sur la tête, et qu'il presse la détente ? Dans tout ça, il était aussi coupable que les autres.

Et pourtant, il fallait qu'il sache.

« Pourquoi mens-tu au sujet de Julia ?

— Je ne mens pas, se défendit l'autre, et de nouveau sa colère menaçait d'éclater. Je l'ai violée. » Il soutint le regard de Jeffrey. « Je l'ai violée et ensuite je l'ai tuée.

— Tu n'as pas tué Julia, insista Tolliver. Arrête de dire ça. Tu ne savais même pas comment elle était morte.

— Qu'est-ce que ça peut faire ? s'écria Robert. De toute manière, je vais écoper de la seringue.

— Pas du tout, répliqua-t-il. Pas si tu plaides l'homicide involontaire. Tu peux sortir d'ici sept ans. Tu auras encore une vie devant toi.

— Quel genre de vie ?

— Je t'aiderai à te refaire une vie », lui promit-il, et à cet instant précis, il était convaincu qu'il saurait s'arranger pour que ça marche. « Tu pourras venir à Grant avec moi. Travailler dans la police là-bas.

— Pas avec une condamnation criminelle.

— On trouvera quelque chose d'autre, alors. On va te sortir de cette putain de ville. Tu pourras tout reprendre à zéro, avoir une nouvelle vie.

— Quel genre de vie ? » répéta-t-il. Il leva les mains, désignant le poste de police. « Quel genre de vie je peux mener, après ceci ?

— On abordera ça le moment venu, suggéra Jeffrey. Arrête juste de causer aux gens, d'accord ? Ne parle à personne d'autre que ton avocat... pas même à Hoss. On va se procurer le meilleur type possible. On ira jusqu'à Atlanta s'il le faut.

— Je ne veux pas d'avocat. Je veux juste un peu de paix.

— Tu ne trouveras pas la paix en uniforme de prisonnier, Robert. Tu dois le savoir, à l'heure qu'il est.

— Maintenant, je m'en moque. Vraiment, je m'en moque.

— C'est juste momentané, argumenta Tolliver. C'est juste à cause de la nuit dernière.

— Il ne s'est rien passé la nuit dernière. On s'est payé une bonne bagarre, mais c'est tout. Quand j'ai eu fini avec eux, ils ont compris leur douleur. »

Jeffrey se redressa contre le dossier de sa chaise.

« Je leur ai fichu une de ces branlées », continua Robert, et ses lèvres se retroussèrent sur ses dents, il voulait sans doute sourire, mais cela ressemblait plus à un rictus. « Trois contre un, et je leur ai foutu la branlée de leur vie.

— Tant mieux », approuva Jeffrey, sachant qu'il ne pouvait le contredire. Trois contre un, Robert n'aurait eu aucune chance.

Il insista, avec ses rodomontades qui sonnaient creux.

« J'en ai cogné un si fort qu'il suppliait après sa mère.

— Je te reconnais bien là », fit Jeffrey, et tout en prononçant ces mots, il se sentait le cœur brisé. « Tu leur as montré, Bobby. Tu leur as montré à tous. »

L'autre respira à fond, s'assit plus droit, dégagea les épaules.

« Très bien, dit-il, comme s'il s'encourageait lui-même. Ça ira. Je peux m'en sortir.

— Tu n'as pas à te lancer là-dedans tout seul, lui assura Jeffrey. Je suis là. Possum est là.

— Non », répliqua Robert, comme s'il avait arrêté sa position. « C'est ce que j'ai décidé, Jeff. C'est le moins que je puisse faire.

— Le moins que tu puisses faire pour quoi ?

— Pour toi, fit-il, et il lui adressa un regard entendu. Je sais ce qui s'est réellement passé. »

Jeffrey sentit planer une vague menace, mais il ne comprenait pas pourquoi.

« Que veux-tu dire ? demanda-t-il.

— Je t'ai vu dans les bois avec Julia, ce jour-là. Je vous ai vus tous les deux entrer dans la grotte. »

Jeffrey secoua la tête. Ils étaient seuls ce jour-là. Il avait vérifié.

« Je suis disposé à tout endosser », reprit Robert, les yeux de nouveau mouillés de larmes. Quand il se remit à parler, sa voix tremblait sous l'effort. « Je vais dire que c'est moi, endosser la responsabilité de tout et te laisser t'en tirer. Seulement, dis-moi, L'Anguille. Dis-moi la vérité. Est-ce que tu l'as tuée ? »

Chapitre dix-neuf

Sara était assise sur une chaise, sous la véranda de Nell, quand Jeffrey immobilisa son coupé dans l'allée. Il avait troqué le pick-up de Robert contre sa BMW, et elle était contente de la voir revenir entière. Dès qu'il descendit de voiture, elle alla vers lui, mais quelque chose dans son expression la retint.

« Qu'est-ce qui ne va pas ? s'enquit-elle.

— Rien, lui répondit-il, alors qu'il mentait, c'était évident. Retournons dans la maison de Robert.

— D'accord, acquiesça-t-elle. Laisse-moi le temps de prévenir Nell qu'on y va. »

Il l'attrapa par la main, en l'attirant vers la rue.

« Elle comprendra toute seule.

— D'accord », répéta-t-elle, en se demandant ce qui se passait. Il ne lui lâcha pas la main, ils marchèrent dans la rue. Il y avait une brise légère dans l'air, ce qui rendait la journée plus supportable, mais il faisait encore chaud sur l'asphalte noir, et elle ne put s'empêcher de repenser à ce qui s'était produit deux nuits auparavant, quand elle avait couru dans la rue pour essayer d'échapper à Tolliver. Peut-être pensait-il à la même chose, car il lui serra la main.

« Est-ce que ça va ? »

Il secoua la tête, mais sans s'étendre.

« Pourquoi veux-tu qu'on aille refaire un tour dans cette maison ?

— Quelque chose ne tombe pas juste, fit-il. Ça ne colle pas.

— Que t'a dit Robert ?

— Rien de neuf, lui avoua-t-il. Il parle toujours d'endosser toute la culpabilité. D'endosser la culpabilité pour tout. » Sa mâchoire se contracta, et il garda le silence, l'espace d'un instant. « En ce qui concerne Julia, il ment. Cela m'amène à m'interroger sur ses autres mensonges éventuels.

— Comme quoi ? » fit-elle, songeant que les événements de l'autre nuit, dans la chambre, étaient assez explicites. « Toutes les pièces à conviction confirment ses dires.

— Je veux juste retourner jeter un coup d'œil là-bas, insista-t-il. Je veux constater par moi-même que tout ça coïncide.

— Qu'est-ce qui ne colle pas, au juste, selon toi ? »

Sans répondre à sa question, il lui lâcha la main, car ils approchaient de la maison. Les bardeaux jaunes avaient l'air repeints à neuf et la palissade blanche conférait aux lieux un aspect irréel, comme la version hollywoodienne de la maison idéale.

Il y avait un bandeau jaune vif de la police qui interdisait l'accès à la porte. Il sortit son couteau de l'armée suisse, déploya la lame avec son ongle.

« La nuit dernière, il s'est fait agresser.

— En prison ? »

Il opina.

« Par qui ? »

Il trancha le bandeau jaune.

« Il refuse de le dire.

— Comment Hoss a-t-il pu laisser faire ?

— Ce n'était pas Hoss, lui dit-il, en refermant la lame. Robert ne révélera jamais qui l'a placé avec le reste de la population carcérale, mais j'ai l'intuition que c'est Reggie le responsable.

— Pourquoi ne lui a-t-il pas juste peint une cible sur le dos ?

— Si je revois ce crétin de bouseux, cet enculé, je lui arrache la tête. »

Elle avait du mal à associer Reggie à des actes pareils, mais Nell l'avait mise en garde, il ne fallait pas s'y fier.

« Est-ce que Robert va mieux ? » s'enquit-elle.

Il ouvrit la porte et recula, laissant Sara entrer dans la maison la première.

« J'ai essayé de le convaincre de parler, de me raconter ce qui s'était produit, mais pas moyen.

— Il s'est fait salement cogner ?

— Ce n'est pas ce qui me préoccupe, lui confessa-t-il et, à cette seconde, elle perçut tout le sens de ce qu'il voulait exprimer.

— Oh, non, dit-elle, en lui posant la main sur la poitrine. Est-ce qu'il s'en sort ? »

Il referma la porte derrière lui.

« Il dit que oui.

— Jeffrey », fit-elle, en lui glissant la main autour de la taille. Il regardait à l'autre bout du couloir, et elle sentait bien qu'il luttait pour garder une contenance.

« Possum est allé là-bas ce matin pour verser sa caution, fit-il. Je n'avais même pas songé à m'en occuper.

— Comment a-t-il pu obtenir sa liberté sous caution ?

— Hoss a dû tirer certaines ficelles, hasarda-t-il. Il ne risque pas vraiment de s'enfuir. Où irait-il ?

— Je suis si désolée », lui dit-elle, sentant sa tristesse l'envahir à son tour.

Il la prit dans ses bras, et elle se serra contre lui, tâchant de lui offrir un peu de réconfort, tout en sachant qu'elle ne pouvait pas faire grand-chose d'autre.

« Oh, Sara », fit-il dans un souffle, enfouissant son visage dans le creux de son cou. Tout son corps se relâcha, et malgré ce qui s'était passé, elle se sentit envahie par une sensation de bonheur, à l'idée qu'en le tenant simplement ainsi dans ses bras, elle parvenait à lui apporter un peu de sérénité.

« Je voudrais juste pouvoir m'en aller avec toi.

— Je sais, lui dit-elle, en lui caressant la nuque.

— Je voudrais t'emmener danser, poursuivit-il, et elle rit, car ils savaient l'un et l'autre qu'elle possédait autant de coordination qu'un poulain qui vient de naître. Je voudrais marcher sur la plage avec toi et boire des piña coladas dans le creux de ton nombril. »

Elle rit encore, le repoussa loin d'elle, mais il résista. Elle l'embrassa dans le cou, elle laissa ses lèvres s'attarder sur sa peau. Il avait un goût salé, comme l'océan, et elle sentit aussi le parfum musqué de son après-rasage.

« Je suis là, lui dit-elle.

— Je sais. » Et il rompit enfin leur étreinte. Il lâcha un lourd soupir, en désignant la maison d'un geste rapide de la main. « Allez, finissons-en.

— Qu'est-ce que tu cherches ? lui demanda-t-elle, en le suivant dans le salon.

— Je ne sais pas », reconnut-il, en ouvrant l'un des tiroirs de la table basse. Il fouilla l'intérieur, puis le referma. « Où est-ce qu'il rangeait son arme de secours ?

— Je crois l'avoir entendu parler du salon, non ? » fit-elle, et c'était davantage une question, car elle était incapable de s'en souvenir.

« Il doit y avoir un coffre, reprit-il. En tout cas, s'il a dit la vérité sur l'endroit où il le rangeait. »

Elle n'était pas certaine que l'on puisse ajouter foi à aucun des propos de Robert, mais elle ouvrit les portes du meuble de la télévision. Mis à part un grand téléviseur et un lot de cassettes vidéo, elle ne vit rien. Elle se pencha pour inspecter le contenu des tiroirs.

« Ils n'ont pas de gosses, dans cette maison. Il a pu très bien le ranger dans un banal tiroir.

— Robert est plus prudent que ça », rectifia-t-il, et il se mit à quatre pattes pour regarder sous le canapé. « Hoss nous a appris à tous les deux qu'il faut toujours mettre une arme en lieu sûr. » Il s'assit sur ses talons, avec une tristesse dans le regard. « Robert entraînait la Little League, reprit-il. Il devait avoir tout le temps des gamins ici. Il n'aurait jamais laissé un pistolet traîner.

— Jessie a fait une dépression, lui rappela-t-elle. Nell m'a raconté qu'à l'époque de sa fausse couche, elle a pris trop de somnifères, d'antidépresseurs.

— Raison de plus pour qu'il le cache », releva-t-il.

Elle fouilla dans une pile de modes d'emploi pour tous les appareils électroniques de la maison. Elle exhuma plusieurs vieilles télécommandes, quelques batteries déchargées et une lime à ongles, mais pas de coffret pour un pistolet.

« Où est-ce que tu le ranges, toi, ton pistolet de secours ?

— Près de mon lit, lui répondit-il. Quand je suis chez moi, mon calibre de service est dans le placard près de la cuisinière.

— Pourquoi dans la cuisine ?

— Je n'y ai jamais réfléchi, reconnut-il, en lissant la table basse du plat de la main. Ça me semblait juste logique. Un au rez-de-chaussée, un au premier.

— Où, dans la cuisine ? insista-t-elle, en se dirigeant vers l'arrière de la maison.

— Dans le placard au-dessus de la cuisinière, lança-t-il. Merde.

— Quoi ?

— Je me suis pris une écharde.

— Essaie de faire un peu plus attention », lui conseilla-t-elle, en empruntant le couloir. La chambre à coucher était juste en face de la cuisine, mais elle n'osa pas aller regarder elle-même. L'odeur fétide du sang séché était insoutenable, et elle savait qu'elle persisterait dans la maison longtemps après que Robert et Jessie auraient trouvé quelqu'un qui se chargerait de la nettoyer. Elle ne s'imaginait pas Jessie continuant d'habiter ici, après ce qui s'était passé.

Elle ouvrit le placard au-dessus de la cuisinière, où elle découvrit une pile de bols Tupperware avec les couvercles soigneusement entassés à côté. Elle se dressa sur la pointe des pieds, scruta le fond, mais il n'y avait rien qui ressemble de près ou de loin à un pistolet. Elle fit le tour de la pièce, ouvrit et referma tous les placards, avec les mêmes résultats. Elle vérifia aussi dans le réfrigérateur, qui contenait un bidon de cinq litres de lait, du jus de fruits, et les produits de base habituels, mais pas de pistolet.

« Trouvé quelque chose ? » fit Jeffrey. Il se tenait sur le pas de la porte, une main dans le creux de l'autre.

« Ça fait mal ? lui demanda-t-elle.

— Pas tant que ça. » Il lui tendait sa main blessée. Elle alluma la lumière et vit une grosse écharde plantée dans la paume.

« Il doit bien y avoir une pince à épiler », dit-elle, en ouvrant les tiroirs. Une rapide recherche ne donna rien, il n'y avait là que les ustensiles de cuisine les plus courants. « Je vais aller vérifier dans la salle de bains. »

Elle se dirigea vers la salle de bains, mais s'arrêta quand elle aperçut une corbeille de couture posée sur la commode, à côté de la table de la salle à manger.

« Viens par ici, il y a plus de lumière, dit-elle tout en cherchant dans la corbeille. Ça, ça va marcher », fit-elle, en trouvant une pince à épiler à bouts carrés au milieu des épingles et des aiguilles.

« Tu veux m'ouvrir avec ce machin ? » ironisa-t-il, mais il était déjà en train de faire tourner la baguette qui ouvrait le store. Il jeta un œil dans la cour. « C'est joli, ici, hein ?

— Oui », acquiesça-t-elle, en prenant sa main dans la sienne. Elle portait parfois des lunettes, au travail, mais elle avait été trop vaniteuse pour les apporter avec elle en voyage. « Il se peut que ce soit douloureux.

« Je vais tenir le choc, assura-t-il. Ouh, merde. » Il retira vivement la main.

« Désolée », dit-elle, en tâchant de ne pas sourire devant sa réaction. Elle amena sa paume plus près de la fenêtre, pour profiter au mieux de la lumière. « Essaie juste de penser à autre chose.

— Ce ne serait pas difficile », ironisa-t-il, sur un ton sarcastique, en tressaillant quand la pince s'approcha de l'écharde.

« Je ne t'ai même pas encore touché.

— Tu es aussi méchante que ça, avec tes gosses ?

— En général, ils sont un peu plus courageux.

— C'est sympa, merci.

— Allez, le taquina-t-elle. Je t'offrirai une sucette, si tu es sage.

— C'est plutôt moi qui aimerais te donner quelque chose à sucer. »

Elle haussa le sourcil, mais sans répondre. Lentement, elle opéra l'extraction de l'écharde, en essayant de la sortir d'un seul tenant.

« Tu n'as pas remarqué une bizarrerie, à propos de Swan ?

— Une bizarrerie de quoi ? » Elle proféra un juron en voyant l'écharde se casser en deux.

« Comme... » Elle creusa dans la peau et il lâcha un sifflement. « C'est le contraire exact de Robert. »

Elle haussa les épaules.

« C'est peut-être ça, le truc. Elle avait envie d'autre chose. D'un changement.

— Suis-je différent des autres types avec qui tu es sortie ? »

Elle rattrapa l'écharde, tout en s'efforçant de réfléchir à une réponse valable.

« Je ne peux pas dire que j'y aie beaucoup songé. » Elle sourit en voyant l'écharde enfin s'extraire. « Là. »

Il porta sa main à sa bouche, un geste que Sara avait vu chez les enfants, à la clinique, comme si un impératif génétique les convainquait que leur bouche saurait nettoyer une blessure.

« Allons voir dans la chambre, lui proposa-t-il.

— Tu crois qu'il aurait menti au sujet de cette arme de secours qu'il garderait dans son salon ?

— Je n'en sais rien.

— Il aurait pu la ranger dans son pick-up.

— Pourquoi pas.

— Qu'est-ce qui te tracasse, encore ? » Elle était décidée à ne pas le laisser écarter sa question d'un simple revers de la main. « Je ne suis pas stupide, Jeffrey. Quelque chose te tracasse. Soit tu me le dis, soit tu te tais, mais tu ne peux pas le nier. »

Il posa la main sur le rebord de la fenêtre.

« Oui, quelque chose me tracasse. Seulement, je ne peux pas en parler.

— D'accord », acquiesça-t-elle, contente d'avoir au moins obtenu qu'il l'admette. « Terminons déjà ici. Peut-être qu'ensuite on pourra retourner chez Nell, histoire d'essayer de tirer tout ça au clair. »

La porte de la chambre était entrouverte, et les gonds grincèrent quand elle l'ouvrit. La lumière se déversait par les fenêtres, et elle fut surprise de constater que son souvenir de cette pièce, telle qu'elle lui était apparue la nuit où Swan avait été abattu, était complètement faussé. En un sens, son esprit avait tout exagéré, car chaque fois qu'elle avait essayé de se représenter la chambre, elle voyait du sang partout. En réalité, à part l'éclaboussure en éventail vers la porte et les mouchetures du plafond, ainsi que la flaque de sang et de matière cervicale là où gisait Swan, la pièce était propre.

Tolliver ouvrit l'armoire et examina les rayonnages, pendant que Sara se rendait à la table de nuit, à hauteur de l'endroit où Swan avait été touché. Tout dans la pièce avait été passé à la poudre à empreintes, une substance noire qui laissait des traces de saleté et des traînées sur presque toutes les surfaces accessibles. Elle partait du principe que Reggie avait prélevé la totalité des éléments de preuve dont il avait besoin, mais elle veilla à ne pas toucher à la poudre noire de la porte du meuble, sachant d'expérience combien elle était difficile à laver. Elle ouvrit cette porte par la tranche supérieure, et recula quand un vibro-masseur bleu layette tomba sur le sol.

Il regardait par-dessus son épaule.

« Voilà qui explique pas mal de choses, fit-il d'un ton entendu.

— Qu'est-ce que cela explique ? lui demanda-t-elle, en sortant un mouchoir en papier pour remettre l'appareil à sa place. Toutes les femmes que je connais ont un vibro-masseur de ce genre. »

Il eut l'air surpris.

« Toi aussi ?

— Bien sûr que non, mon chéri, s'amusa-t-elle. Tu me suffis plus qu'amplement, comme homme.

— Je suis sérieux, Sara.

— Quoi ? » réagit-elle, en jetant un coup d'œil au placard avant de refermer la porte. Il y avait un tube de vaseline, mais elle fut assez avisée pour ne pas commenter. « Cela ne veut rien dire. Parfois, même les couples s'en servent. Tu es à la recherche de quel genre d'indice, ici ?

— Je n'en sais rien, fit-il, l'air abattu. Il ne me dit pas la vérité. Il faut qu'on prouve qu'il ment, ou qu'il ne ment pas. » Il haussa les épaules. « Quoi qu'il en soit, dans cette histoire, je compte le soutenir.

— Parfois, quand les gens mentent, lui expliqua-t-elle, ils saupoudrent leurs mensonges de vérité pour les rendre vraisemblables.

— A savoir ?

— Robert a pu nous livrer des éléments d'information que nous ne captons pas. Reprenons depuis le début, suggéra-t-elle, et revenons sur la première version des événements, tels que Robert et Jessie les ont racontés.

— Tu veux dire ce qu'ils nous ont raconté quand Luke a été abattu ? »

Elle opina.

« Très bien, reprit-il, en cherchant dans la pièce. Reprenons tout depuis le début. Nous étions dans la rue. J'ai entendu les coups de feu et j'ai couru jusqu'ici, en traversant le jardin. Il se tenait dans l'encadrement de la porte. J'ai vu ce qui s'était passé, ou tout au moins le type mort. Robert a gémi et je me suis retourné. Il était ici. » Il pointa le doigt derrière la porte. « Jessie était par là, ajouta-t-il, en indiquant l'espace près de la fenêtre.

— Et ensuite, quoi ?

— J'ai demandé à Robert si ça allait, ensuite je suis sorti te chercher.

— Très bien, fit-elle, en reprenant le récit. Je suis entrée et tu es allé appeler la police. J'ai pris le pouls de Swan, et ensuite je suis allée aider Robert.

— Il a refusé de te laisser voir sa blessure, rappela Jeffrey. J'ai essayé d'obtenir de lui qu'il m'explique, et Jessie n'arrêtait pas de l'interrompre.

— A savoir, reprit-elle, qu'ils étaient au lit, et Swan serait entré par la fenêtre. »

Il se rendit à la fenêtre. Il regarda dehors, dans le jardin.

« Quelqu'un aurait pu se faufiler par ici.

— Est-ce que Robert a dit qu'il avait déboîté le cadre de la moustiquaire ? » Elle clarifia sa pensée. « Cela fait partie de sa nouvelle version, là, il dit que oui. A-t-il dit qu'il avait déboîté le cadre ?

— Non. »

Elle jeta un coup d'œil circulaire dans la chambre, tâchant de se rappeler de quoi l'endroit avait l'air, l'autre nuit.

« Donc, Swan a un pistolet, fait Jeffrey, en revenant à l'explication première de Robert. Il rampe jusqu'au lit. Jessie se réveille et crie. Robert remue et Swan lui tire dessus.

— Il le rate, suggéra-t-elle. Robert court à l'armoire et il en sort son arme. » Elle se posta devant cette armoire. « Il tire sur Swan, mais le pistolet s'enraye. »

Tolliver acheva.

« Swan lui tire dessus à son tour, le pistolet de Robert fait feu et touche Swan à la tête. »

Elle regarda par terre, à l'endroit où elle se trouvait. La forme de l'éclaboussure sanglante n'était pas orientée vers l'armoire.

« Il aurait dû se trouver là, et elle marcha jusqu'à la porte, en s'alignant sur la direction de la trace sanglante. Regarde ça, dit-elle, en indiquant le sang sur le tapis, là où Swan était tombé. Robert devait se trouver ici.

— Pourquoi ?

— Il tire », dit-elle, en tendant la main, le pouce et l'index mimant la silhouette d'une arme. « La balle touche Swan à la tête, et il y a l'éclaboussure du projectile. C'est la base de la science : pour chaque action donnée, il s'exerce une réaction équivalente en sens contraire. La balle pénètre, le sang gicle en retour. Regarde la forme de l'éclaboussure. »

Il vint la rejoindre, et il examina la moquette.

« D'accord, admit-il. Je vois. Il était ici, debout.

— Attends », et avant qu'il ait eu le temps de lui demander pourquoi, elle sortit de la pièce. Elle revint avec le panier à couture. « Ce n'est pas précisément scientifique, s'excusa-t-elle.

— Qu'est-ce que tu fabriques ? »

Elle en sortit une bobine de fil jaune, estimant que c'était ce qui se verrait le mieux. « Le sang est sujet à la gravité, comme n'importe quoi d'autre.

— Donc ?

— Donc, dit-elle, en ouvrant une boîte d'épingles, d'après la forme de la goutte, tu peux estimer dans quel sens le sang est tombé. S'il a été aspergé, s'il est tombé à la verticale. » Elle désigna l'orifice de la balle, derrière la porte. « Tu vois ? lui dit-elle. Tu peux dire d'après ce tracé que Robert se trouvait debout près du mur quand la balle lui est ressortie du corps. Les gouttes de sang ont une forme ronde presque parfaite, sauf au sommet, où on voit qu'elles ont un très léger contour en forme de larme. Cela signifie que la balle avait une trajectoire montante.

— Mais le sang a l'air de s'être vaporisé », nuança-t-il, en désignant les lignes rouges, aussi fines que des cheveux, qui rayonnaient à partir des gouttes circulaires.

« Le sang a frappé le mur de front, mais il a quand même giclé en arrière. » Elle se servit d'une épingle pour le lui montrer. « C'est là que l'impact principal a eu lieu.

— Très bien », acquiesça-t-il, mais elle voyait qu'il n'adhérait toujours pas à son hypothèse. « Que peut-on déduire de tout ceci ?

— Regarde », lui dit-elle, en attrapant l'extrémité du fil. Elle le tendit sur quelques mètres, puis elle obliqua vers la moquette, pour le faire coïncider avec la trace de sang. « Je tâche de déduire l'angle, et bien sûr il faudra ajuster... sûrement vers le haut... pour la parabolique, mais je...

— De quoi parles-tu ?

— C'est de la trigonométrie de base, répondit-elle, sur le ton de l'évidence. Je n'ai vraiment pas le bon équipement, donc c'est juste de la déduction, mais la formule donne quelque chose comme : le rapport entre la largeur et la longueur de la tache de sang est égal à l'angle de l'impact... » Il était de nouveau perdu. « Va me chercher du ruban adhésif, lui dit-elle.

— Du chatterton ? Du ruban-cache ? Du scotch ?

— N'importe quoi de collant. »

Pendant qu'il fouillait la maison en quête d'adhésif, elle se chargea d'aligner son fil en hauteur. Elle utilisa les épingles pour attacher les extrémités à la moquette et dévida la bobine par longueurs de trois à quatre mètres.

« Ça ira, ça ? demanda-t-il, en lui tendant un rouleau de ruban isolant.

— Ça devrait », et elle détacha des bandes d'adhésif pour les coller sur son bras. Elle repéra les principales éclaboussures sur la table de chevet, et veilla à ne pas toucher les morceaux de chair qui restaient. Avant de se lancer dans tout ceci, elle aurait préféré enfiler une paire de gants, mais maintenant il était trop tard.

« Reste ici, ordonna-t-elle, en pointant du doigt le pied du lit.

— Qu'est-ce que tu fabriques ?

— Je n'ai rien pour attacher le fil de ce côté-ci, dit-elle. J'ai besoin de toi.

— D'accord ». Elle revint sur chaque longueur de fil, sûrement une trentaine en tout et, en calculant son angle du mieux possible, au jugé, faute de disposer des instruments adéquats, elle suivit l'angulation de l'éclaboussement, en épinglant les bouts des fils aux vêtements de Jeffrey. Elle se servit de l'adhésif noir pour marquer les points d'intersection des fils jaunes. Quand elle eut terminé, Sara s'était tellement affairée dans cette pièce fermée qu'elle était en nage, mais le jeu en valait la chandelle.

« Il avait la tête ici », releva-t-il, en indiquant l'endroit où tous les fils convergeaient. Le ruban isolant noir représentait la zone d'impact, comme une espèce d'araignée sur une toile médico-légale, montrant le point exact où la balle avait explosé dans un giclement de sang, d'os et de matière cervicale.

Elle avait déjà sali tout son jeans à force de ramper sur la moquette ensanglantée, mais elle hésitait encore à se placer là où Swan était agenouillé quand il s'était fait abattre. Il devait se trouver à quelques dizaines de centimètres du lit, quand la balle l'avait frappé.

« Il était plus petit que moi, donc sa tête devait se situer approximativement ici, à quelques centimètres près, si l'on tient compte d'éventuelles erreurs de calcul de ma part.

— Jessie était au lit, ajouta-t-il, sans bouger, à cause du fil. Swan devait être à genoux, en face d'elle. »

Elle vit ce qui pouvait ressembler au contour d'une empreinte de main.

« Ici, fit-elle. Tu vois ça ?

— Ouais, opina-t-il. Swan devait avoir la main là. Peut-être qu'il s'était appuyé contre le lit, pour conserver son équilibre.

— Il était tourné dans ce sens, fit-elle, en désignant le lit. La balle est entrée par le côté de la tête, ici. » Elle plaça les doigts au-dessus de son oreille. « Elle est ressortie plus bas, de l'autre côté. » Elle désigna le grumeau de chair resté collé à la table de chevet. « C'est son lobe d'oreille.

— Donc, ça coïncide, en conclut-il. Robert était debout, ici, à peu près là où je suis, et Swan était à genoux à côté du lit, occupé à je ne sais quoi.

— Il était face à Jessie. »

Les épaules de Jeffrey se voûtèrent, et le fil vint avec lui.

« Donc, ce qu'il disait était juste. Il ne lui a même pas lancé de sommation. Il l'a abattu de sang froid.

— Retirons tout ça, proposa-t-elle, en faisant allusion aux épingles. Cela ne nous donne pas le pourquoi.

— Le pourquoi est assez clair, reprit-il, en l'aidant à retirer les épingles. Il a vu un autre homme en train de baiser sa femme. A sa place, je ressentirais la même chose.

— Tu n'aurais abattu personne.

— Je ne sais pas ce que j'aurais fait, admit-il. Si je te voyais avec quelqu'un d'autre...

— D'abord, Robert les a surpris, souligna-t-elle, en tâchant encore de démêler tout ceci. Quand il est entré, il n'avait pas d'arme sur lui.

— Non, admit-il. Il a dû retourner la chercher dans la pièce ou dans son pick-up, enfin là où il range son putain de pistolet.

— Ensuite il est revenu. Par conséquent, c'est de la préméditation.

— Je sais », fit-il en lâchant des épingles dans la boîte en plastique.

Elle rembobina le fil, en se demandant ce qu'ils allaient faire, à présent. Robert avait déjà avoué. Leur but, en venant ici, était d'essayer de dégager une faille dans son récit. Ils n'avaient rien fait de plus que de prouver qu'il avait tué un homme avec préméditation.

C'était aussi ce qui faisait la différence entre dix ans avec mise en liberté anticipée et le couloir de la mort.

Des pneus crissèrent à l'extérieur.

« Je me demande ce que... » commença-t-il, juste au moment où la porte claquait. Ils sortirent tous deux devant la maison, pour voir qui arrivait. Jeffrey poussa la porte, juste à l'instant où une femme levait sa main aux doigts repliés pour frapper.

« Toi ! cria-t-elle, et sa voix évoquait à Sara un camion de gravier. Espèce de salopard d'enfoiré, je savais que tu viendrais ici ! »

Jeffrey essaya de refermer la porte, mais la femme s'interposa et entra dans la maison. Ce fut d'abord son odeur corporelle qui lui assaillit les narines, cet effluve métallique du sang menstruel, alors que cette femme avait dépassé cette période-là de son existence, et de loin. Elle était énorme, à vue de nez une cinquantaine de kilos d'excédent de poids, et le visage était un masque de pure colère.

« Espèce de sale cochon de merde ! hurla la femme, en frappant la poitrine de Jeffrey de son poing.

— Lane..., commença-t-il, en levant les mains pour l'en empêcher.

— Tu as tué ma fille, salaud, assassin ! beuglait-elle. Toi et tes copains, ces salopards, vous allez pas vous en tirer comme ça ! »

Il tenta de la repousser à l'extérieur, mais elle parvint à maintenir la porte ouverte, par la seule force de son poids. Elle martela de nouveau la poitrine de Tolliver avec ses poings, cette fois assez fort pour le refouler à l'intérieur. La porte s'ouvrit en grand et il s'affala par terre.

Sara se précipita vers lui.

« Assez ! » lança-t-elle à cette femme, sans pouvoir se retenir.

Elle se tourna vers elle, en la toisant des pieds à la tête, avec le regard qu'elle poserait sur un lépreux.

« J'ai entendu parler de vous, éructa-t-elle. Sale roulure, putain. Vous ne savez même pas quel genre d'ordure vous fréquentez. »

Tolliver avait réussi à se relever, mais il était essoufflé, et Sara se demanda si la force de ces coups de poing ne lui avait pas brisé une côte.

« Qui est-ce ? siffla-t-elle.

— Eric ! s'exclama la femme, en direction du jardin. Viens par ici. Et toi aussi, Sonny. »

Jeffrey s'adossa brutalement contre le mur, comme s'il avait besoin d'un soutien pour rester debout. Elle était sur le point de lui demander ce qui se passait quand elle vit deux jeunes garçons monter les marches de la véranda. C'étaient deux pitoyables créatures, crasseuses et sous-alimentées. Ils lui rappelaient deux oisillons tombés du nid et abandonnés par leur mère et, rien qu'à les regarder, elle se sentait en colère. Quel genre d'individu pouvait autoriser un tel laisser-aller ? Qui pouvait traiter des enfants de cette façon ?

La femme attrapa l'un des garçons par la nuque et le poussa en direction de Jeffrey.

« Dis bonjour à ton père, espèce de petit sagouin. »

Sara rattrapa le jeune homme avant qu'il ne tombe. Sous sa chemise grise et sale, elle sentit les côtes saillantes.

« C'est cet enfoiré qui a violé ta mère. »

Elle eut la sensation que sa gorge se bloquait. Elle regarda Jeffrey, mais il refusait de soutenir son regard.

« Violé ? » parvint-elle à articuler, et ce mot fit écho dans sa tête comme le tocsin.

« Espèce de porc, lança la femme à Tolliver. Sois un homme, bordel, et pour une fois dans ta misérable existence, fais face à tes responsabilités.

— Je vous en prie, intervint Sara, soucieuse de préserver ce qui pouvait l'être. Ne faites pas ça devant les enfants.

— Ne faites pas quoi ? s'emporta la femme. Les garçons ont besoin de savoir qui est leur père. C'est pas vrai, Eric ? Tu veux pas rencontrer le monsieur qui a violé et tué ta maman ? »

Eric leva les yeux sur Tolliver, un regard curieux, mais le visage de Jeff était de pierre, et il ne jeta même pas un coup d'œil à l'enfant.

« Est-ce que ça va ? » demanda Sara au garçon, en lui dégageant les yeux de ses cheveux sales. Il était assez grand pour avoir l'âge de Jared, mais il avait quelque chose de maladif. Elle aperçut des hématomes suspects sur son visage. « Tu es malade ? »

La femme répondit à sa place.

« Il a eu du sang mauvais, fit-elle. Tout pareil que son merdeux de père.

— Sors d'ici, grommela Jeffrey, et sa voix sonnait comme un avertissement. Tu n'as rien à faire ici.

— Tu vas laisser Robert payer pour ça, rétorqua-t-elle. Espèce de sale lâche.

— Tu ne sais rien de cette histoire.

— Je sais que j'ai eu des factures de médecin jusque plein le cul, beugla-t-elle en retour. Personne, de mon côté de la famille, n'a jamais eu ce genre de merde. » Elle lança au garçon un regard de pure haine, comme si elle ne pouvait pas le supporter. « Vous vous figurez que je suis cousue d'or ? Vous vous imaginez que je peux me permettre de courir dans ce foutu hôpital pour une transfusion chaque fois qu'il tombe ?

— Tire-toi d'ici, bordel, avant que j'appelle Hoss », menaça Tolliver.

Elle ne céda pas d'un pouce.

« Amène-le donc ! Amène-le tout de suite, qu'on règle ça une fois pour toutes.

— Il n'y a rien à régler, riposta-t-il. Rien n'a changé, Lane. Tu ne peux plus rien y faire, maintenant.

— Cause toujours, siffla-t-elle. Tout le monde sait que tu l'as violée.

— Dans ces affaires-là, la loi sur la prescription s'applique depuis trois ans », lui rappela-t-il, et le seul fait qu'il soit au courant suffit à provoquer chez Sara un frisson qui lui parcourut l'échine. « Même si tu avais quelque chose contre moi, tu ne pourrais plus m'atteindre. »

La femme lui darda son index gras à la figure.

« Je vais te tuer moi-même, putain, espèce de salopard de merde.

— Madame », tenta Sara, en gardant les mains posées sur Eric, car elle ne voulait pas le laisser partir. Il semblait à un million de kilomètres de là, comme s'il avait l'habitude de voir les adultes se comporter de la sorte. Le garçon qui était resté dans le jardin jouait avec un camion en plastique, un jouet, et il faisait des bruits de moteur avec ses lèvres. Pourtant, elle insista quand même. « Evitons ça devant les enfants.

— Mais qui vous êtes, vous, merde ? explosa-t-elle, en riant. Pour qui vous vous prenez, bordel ? »

Sara se leva, la colère la poussait à répondre.

« Je sais que cet enfant est malade. Il est crasseux. Comment pouvez-vous les laisser dans cet état ? » Elle désigna l'autre garçon. « Et lui aussi. Je devrais vous faire convoquer par les services de la protection infantile.

— Allez-y, appelez-les, lança-t-elle. Vous croyez que j'en ai quoi que ce soit à foutre ? Deux bouches de moins à nourrir. » Et pourtant, même en disant cela, elle tendit la main, invitant du geste Eric à venir vers elle. Le garçon suivit cet ordre, et Sara tendit à son tour la main pour le retenir, ses doigts attrapèrent la chemise. Jeffrey se saisit de sa main, et elle laissa le garçon filer.

La femme s'adressa à Sara.

« Votre homme, là, il a violé ma fille. »

Elle se sentit prise de vertige. Elle s'appuya de la main contre le mur, pour se soutenir.

« Il l'a violée et elle est tombée enceinte, et quand elle lui a demandé de l'aide, il l'a tuée, et il m'a laissée élever son petit salopard de fils. » Elle brandit son index au visage de Tolliver. « C'est pas fini.

— Si, fit-il. C'est fini.

— Et tu vas prévenir ton putain de pote que si je le vois dans la rue, c'est un homme mort.

— Pourquoi tu vas pas le dire à Hoss, et comme ça il pourra te boucler, pour tentative d'intimidation et menaces ?

— Espèce de sale lâche », lâcha-t-elle, un rictus aux lèvres, avec un ricanement, et elle toussa, se racla le fond de la gorge. Avant que Jeffrey ait pu se dégager, elle lui cracha à la figure.

« C'est pas fini », répéta-t-elle, en attrapant Eric par le poignet. Il avait déjà des hématomes tout le long du bras, mais l'enfant ne protesta pas. L'autre garçon, dans le jardin, regagna la voiture au petit trot, tout à fait l'air d'un bonhomme à qui sa maman vient de promettre une glace.

Jeffrey sortit son mouchoir et le déplia soigneusement. Il se tamponna le visage, essuya le crachat.

Sara mit plusieurs minutes à retrouver sa voix. Elle n'arrêtait pas d'entendre et d'entendre l'accusation de cette femme. Enfin, elle réussit à poser sa question.

« Tu veux me dire de quoi il s'agit ?

— Non. »

Elle leva les mains en l'air, elle se sentait en colère et vulnérable.

« Jeffrey, elle dit que tu as violé sa fille ?

— Et tu la crois ? » demanda-t-il, en la regardant droit dans les yeux. « Tu crois que j'ai violé quelqu'un ? Que j'ai tué quelqu'un ? »

Elle était trop sous le choc pour permettre à son esprit de tout à fait envisager cette possibilité. Cette accusation l'avait frappée avec la force d'un marteau, la laissant abasourdie.

« Sara ?

— Je ne... » Elle secoua la tête. « Je ne sais plus ce que je crois ou non.

— Alors c'est que nous n'avons pas grand-chose à nous dire, en conclut-il, et il s'éloigna.

— Attends, s'écria-t-elle, en le suivant dans l'allée. Jeffrey. » Il ne se retourna pas, et elle dut courir pour le rattraper. « Parle-moi.

— Il semblerait que tu aies déjà tranché.

— Pourquoi refuses-tu de m'expliquer ce qui s'est passé ? »

Il s'immobilisa, lui fit face.

« Pourquoi ne lâches-tu pas prise, Sara ? Pourquoi ne me fais-tu pas juste un petit peu confiance ?

— Ce n'est pas une question de confiance, lui répliqua-t-elle. Mon Dieu, cette femme soutient que tu as violé sa fille. Et elle prétend que tu aurais un fils.

— C'est des conneries, fit-il, cassant. Tu crois que

j'aurais pu avoir un fils et ne pas le savoir ? Pas question. »

Sara se souvint de Jared, et réprima son envie pressante de lui jeter le secret de Nell à la figure.

« Quoi ? insista-t-il, attribuant sa réticence à une cause encore plus sombre. Tu sais quoi ? Merde avec tout ça. » Il continua de marcher dans la rue, visiblement exaspéré. « Je croyais que tu étais différente. Je croyais que tu étais quelqu'un à qui je pouvais me fier.

— Ce n'est pas une question de confiance.

— Une “question” ! répéta-t-il. De la merde, oui.

— Oh, c'est une belle preuve de maturité, ce genre de formule, ironisa-t-elle, en l'imitant. “De la merde, oui”. »

Elle essaya de le retenir par l'épaule pour l'arrêter, mais il se dégagea d'un coup sec. Il la prévint.

« Tu vas me laisser tranquille, maintenant.

— Pourquoi ? demanda-t-elle. Tu vas me violer, moi aussi ? M'étrangler ? »

Elle l'avait déjà vu en colère, mais cette fois elle lut sa blessure comme à livre ouvert, et regretta aussitôt ses paroles.

Elle aurait voulu les retirer, mais il se contenta de secouer la tête, comme s'il se méfiait des mots qu'il aurait pu prononcer à son tour. Il leva le doigt vers elle, comme pour argumenter, mais toujours sans rien dire. Enfin, il secoua encore la tête et il continua d'avancer, en se dirigeant vers la maison de sa mère.

« Merde », chuchota-t-elle, en se calant les mains aux hanches. Pourquoi fallait-il que tout soit si difficile entre eux ? A la minute où les choses allaient bien, quelque chose – en général quelqu'un – déboulait et gâchait tout. Un viol. Elle pouvait supporter tout ce qu'on racontait de lui, mais ça. Pourquoi ne lui en avait-il jamais parlé ? Pourquoi ne s'était-il pas fié à elle ? Probablement pour les raisons qui lui interdisaient de se fier complètement à lui ?

Nell était assise sur le perron quand Sara s'approcha de sa maison et la femme se leva, en lui tendant la main.

« J'ai vu la voiture de Lane Kendall devant chez Robert. Qu'est-ce qu'elle vous a sorti, cette vieille vache ? »

Sara ouvrit la bouche et elle fondit en larmes. Elle en fut la première surprise.

« Oh, mon chou, fit Nell, en la conduisant dans la maison. Venez par ici. » Elle emmena Sara vers le canapé. « Asseyez-vous. »

Sara s'assit, et Nell la prit dans ses bras. Elle se sentait à la fois ridicule et reconnaissante, et ses mots jaillirent dans un murmure entrecoupé de sanglots. Elle laissa libre cours à tout ce qu'elle avait voulu dire à Jeffrey.

« Ces pauvres enfants.

— Je sais.

— Ils ont l'air si sales, si affamés. »

Nell secoua la tête et marqua sa désapprobation.

« Je n'aime pas me sentir comme ça.

— Oh, allons, fit la femme de Possum, en lui caressant les cheveux. Chut...

— Que s'est-il passé ? dit-elle, suppliante. Je vous en prie, dites-moi juste ce qui s'est passé.

— Allons », répéta l'autre, pour l'apaiser, et elle sortit un Kleenex de la boîte. Elle tint le mouchoir sous le nez de Sara. « Soufflez. »

Elle fit ce qu'on lui demandait, et elle se sentit un peu idiote, après cette crise de larmes. Elle se redressa, s'essuya les yeux avec un autre mouchoir.

« Oh, mon Dieu, je suis vraiment désolée.

— C'est étonnant que vous ayez pas craqué plus tôt, lui souffla Nell, en sortant un autre mouchoir pour lui essuyer les yeux.

— Ces enfants... murmura-t-elle. Ces pauvres garçons.

— Je sais. Chaque fois que je les vois, ça me retourne le ventre.

— Pourquoi ? Personne ne peut rien faire ?

— Ne me demandez pas, dit-elle. Si j'étais certaine que quelqu'un vienne les chercher, je passerais une annonce dans le journal. »

Sara essaya d'en rire, mais elle en fut incapable.

« Et les services de la protection infantile ?

— Vous voulez que je vous apprenne un truc marrant ? »

Sara attendit.

« Kendall. Elle travaillait pour eux.

— Non ! », s'écria-t-elle. Elle n'arrivait pas à y croire.

« Mais si, lui confirma Nell. Il y a de ça environ quinze ans, elle était assistante sociale au Département de la famille et des services aux enfants. Ensuite, elle a eu un accident de voiture lors d'une visite d'une famille à domicile, et elle a attaqué le comté, l'État, tous ceux sur qui elle a pu mettre la main. Entre son handicap et ce qu'elle a reçu comme indemnité, elle est pas à plaindre, côté fric.

— A quoi le dépense-t-elle ?

— Pas pour ses enfants, répondit l'autre d'un air contrit. Le résultat, c'est qu'elle connaît tous les règlements. Elle sait comment se débrouiller pour éviter qu'on les lui enlève. L'administration a peur d'elle.

S'il n'y avait pas Hoss qui fait un tour là-bas de temps à autre, elle ficherait sûrement ces deux garçons dans un placard et elle jetterait la clef.

— Qu'est-ce qu'il a, le plus jeune ?

— Un truc dans le sang. Il doit tout le temps subir des transfusions.

— Hémophilie ? s'enquit-elle, songeant que cela expliquerait les hématomes.

— Non, autre chose d'un peu pareil, mais pas l'hémophilie. L'État paie toutes les factures, j'en ai la quasi-certitude. »

Sara se renfonça dans le sofa, elle se sentait gagnée par l'épuisement. Les deux femmes restèrent assises en silence et, sans trop savoir pourquoi, Sara lui fit cette confidence.

« J'ai été violée. »

Pour une fois, l'autre ne réagit pas.

« Je n'ai jamais prononcé ces mots à voix haute, avoua-t-elle encore. Je veux dire, les mots véritables. Je raconte toujours qu'on m'a agressée, ou que j'ai été blessée... » Elle plissa les lèvres. « J'ai été violée. »

Nell la laissa prendre son temps.

« C'était quand je travaillais à Atlanta, fit Sara. Jeffrey n'en sait rien », ajouta-t-elle. Elle tira sur un bout de fil qui dépassait du coussin.

Nell attendit quelques instants.

« Je suppose que nous avons toutes les deux nos secrets, vis-à-vis de lui, fit-elle enfin.

— Je ne me suis jamais sentie comme ça avec un homme », avoua Sara. Ni avec personne. » Elle essaya de trouver comment formuler la chose. « Je me sens totalement en roue libre, peu importe ce que me souffle mon cerveau, j'ai cette petite présence dans un coin de la tête qui me répète “Non, ne les écoute pas. Tu ne peux pas vivre sans lui.”

— Il fait cet effet-là aux femmes.

— Je veux juste... » Elle leva les bras en l'air. « Je ne sais pas ce que je veux. » Elle attrapa encore ce bout de fil. « Je ne peux même pas lui dire en face que je l'aime, mais chaque fois que je le vois ou que je pense à lui... »

Nell prit encore un mouchoir en papier et le lui tendit.

« Je n'y ai jamais cru, lui assura-t-elle. A ce qu'ils disaient de lui et de Julia.

— Qu'est-ce qu'ils disaient, au juste ?

— Que Jeffrey et Robert l'avaient violée dans les bois. »

Sara se mordit la lèvre inférieure. Nell avait prononcé ces mots de façon très terre à terre, mais ils conservaient encore toute leur force. Le mot « viol » était déjà en soi une profanation, et de l'espèce la plus obscène qui soit.

« C'était une pouffiasse, reprit Nell. D'ailleurs, c'est pas que ce soit une excuse. Bon Dieu, ma sœur Marinell était une pouffiasse encore pire, mais elle se gardait bien de s'en vanter.

— Racontez-moi tout, demanda-t-elle. Jeffrey refuse, lui. »

Nell haussa les épaules.

« Elle faisait des trucs aux garçons. Je ne sais pas, aujourd'hui ça paraît pas grand-chose, mais à l'époque, on la ramenait pas avec ça. » Elle rectifia. « Enfin, si, on la ramenait, mais ce qui est sûr, c'est qu'on tenait pas tout le monde au courant, merde.

— Je me souviens. »

La peur l'avait empêchée de céder à Steve Mann et, quand elle avait fini par accepter, la honte l'avait empêchée d'en profiter vraiment.

« Julia n'était pas jolie, souligna Nell. Elle n'était pas ordinaire non plus, mais il y a un aspect qui rend ce genre de filles vraiment vilaines. Je crois que c'est une forme de désespoir, elles se raccrochent à n'importe qui, en s'imaginant que ça leur suffira pour qu'elles se sentent mieux dans leur peau. » Elle regarda fixement les photos de la famille alignées sur le mur. « Je regarde ma Jenny et parfois ça me hérisse parce que je perçois ce besoin, chez elle. Elle n'est même pas encore adolescente et elle éprouve ce besoin sans bornes de reconnaissance.

— La plupart des filles sont comme ça.

— Ah oui ?

— Oui, fit Sara. Certaines savent mieux le dissimuler que d'autres.

— J'essaie de lui expliquer qu'elle est jolie. C'est bien simple, Possum est fou d'elle. Il est allé avec elle au bal de fin d'année scolaire, l'an dernier, juste le père et la fille. Bon Dieu, mon Possum, il est capable de porter le smok bleu ciel comme personne, vous avez jamais vu ça. »

Sara rit, en imaginant Possum en smoking.

« Elle fait du sport, maintenant, continua Nell. Basket-ball, softball. Ça fait une grosse différence. »

Sara opina. Les filles qui prenaient part à des activités sportives devenaient plus confiantes. C'est un fait connu.

« Je repense à ma jeunesse et Dieu merci, j'avais ma mère », expliqua-t-elle. Elle rit d'elle-même. « Ce n'est pas que j'aie jamais cru un mot de ce qu'elle me racontait, mais elle me répétait tout le temps que j'avais le droit de faire tout ce que je voulais.

— Et bien entendu, ça n'est pas tombé dans l'oreille d'une sourde, releva Nell. On ne devient pas docteur uniquement parce qu'on est jolie. »

Sara se sentit rougir devant ce compliment.

« Enfin, reprit la femme, en pliant et en dépliant le mouchoir. Julia était du genre facile. Elle n'en faisait pas mystère, d'ailleurs. Que les garçons la fréquentent, elle croyait que ça signifiait quelque chose, qu'ils la trouvaient spéciale ou qu'ils l'aimaient d'amour. Que leur tailler une pipe derrière le gymnase, après les cours, ça lui donnait un genre. En fait, elle s'en vantait.

— Elle est sortie avec Jeffrey ?

— La vérité ? »

Sara ne put que hocher la tête.

« La vérité, c'est que je peux pas vous le dire. Je ne vois pas pourquoi je vous le dirais. A l'époque, moi aussi je lui faisais régulièrement des gâteries. » Elle rit d'elle-même. « On ne sait jamais, avec les garçons de cet âge. Un gars de seize ans qui a une occasion de baiser, il laisserait passer son tour ? Bon Dieu, je connais pas beaucoup d'hommes qui la laisseraient passer, cette occasion. Le sexe, c'est le sexe, et ils feraient à peu près n'importe quoi pour s'en payer une tranche.

— Vous ne lui avez jamais demandé ce qui s'était passé ?

— J'en ai pas eu le cran, reconnut-elle. Maintenant, ça me poserait plus aucun problème, mais vous savez ce que c'est quand on est jeune. Vous avez peur de dire quelque chose qui mette l'autre en rogne et du coup il vous quitte pour le premier bon coup qui se présente.

— Et qui était-ce, le bon coup en question ?

— Jessie, je crois, mais rétrospectivement, je sais que Jeff n'aurait jamais fait ça à Robert. » Elle replia les jambes, les pieds sous les cuisses. « Si vous voulez mon sentiment viscéral, je pense pas qu'il ait pu faire ça. Même à l'époque, Jeffrey avait cette chose en lui, cette espèce de ligne directrice qui vous permet de connaître la différence entre ce qui est bien et ce qui est mal.

— Je croyais qu'il se fourrait tout le temps dans les embêtements.

— Oh, ça oui. Mais il savait qu'il avait tort. En fin de compte, c'est ce qui le protégeait. Il savait qu'il pouvait faire mieux que ces conneries-là. Il avait besoin d'aller à la limite, jusqu'au moment où il prenait la décision d'écouter ses tripes. Les tripes, c'est beaucoup plus futé qu'on ne croit », ajouta-t-elle.

Sara pensa à sa conversation avec sa mère, la veille.

« Mon instinct me souffle de me fier à lui.

— Le mien aussi. Je me souviens quand Julia est arrivée en cours le lendemain, après avoir annoncé qu'on l'avait violée. C'était épouvantable. Elle racontait ça à tous ceux qui voulaient bien l'écouter. Les détails de l'histoire se sont répandus, tant et si bien qu'à l'heure du déjeuner on croyait tous qu'elle était couverte de coups. » Elle s'interrompit. « Ensuite je l'ai vue dans le couloir, et elle ne m'a pas eu l'air du tout affectée. Ça semblait lui plaire, de se retrouver au centre de l'attention générale. » Nell eut encore un haussement d'épaules. « Le fait est qu'elle mentait sans arrêt. Elle mentait pour obtenir qu'on s'occupe d'elle, pour attirer la pitié. Personne ne la croyait. Elle ne croyait sans doute pas elle-même à ce qu'elle racontait.

— Que disait-elle, au juste ?

— Que Robert l'avait emmenée dans la grotte, qu'il lui avait donné de la bière, qu'il s'était débrouillé pour la rendre un peu moins farouche.

— Et Jeffrey, où intervient-il dans tout ça ?

— Plus tard, plus tard. L'histoire a grossi toute seule, comme toujours dans ces affaires-là. Il a juré ses grands dieux qu'il était avec Robert quand c'est arrivé, et elle a raconté, toujours serviable et pleine de bon cœur, que Jeffrey était là lui aussi. Et qu'ils l'avaient sautée chacun son tour.

— Elle a modifié son récit ?

— D'après ce que j'ai entendu, mais les ragots vont dans les deux sens. Elle a pu aussi raconter dès le début qu'ils étaient tous les deux concernés, et c'est moi qui ai mal compris. C'était un de ces micmacs. A la fin de la journée, il y avait des rumeurs comme quoi elle se serait fait violer en tournante par une bande de garçons de Comer. Une partie de l'équipe de foot parlait de s'en prendre à eux. Les gens, ces histoires-là, ça les rend dingues.

— Est-ce que la polic... Hoss.

— Oh, ouais. On a appelé Hoss. Un enseignant du collège a surpris Julia en larmes et ils ont appelé Hoss.

— Qu'a-t-il fait ?

— Il l'a interrogée, je suppose. Dieu sait s'il connaissait l'adresse par cœur. Juste avant la mort du père, Hoss était là-bas tous les week-ends, à les empêcher de se disputer, le vieux Kendall et Lane.

— Il a interrogé Jeff et Robert ?

— Probable », dit-elle, mais elle n'en avait pas l'air sûre. « Julia a remballé son histoire vite fait, dès que Hoss est arrivé. Elle a arrêté d'en parler au collège, elle a arrêté de se présenter comme la partie offensée.

Tout le monde a essayé de la faire causer... pas parce qu'ils se sentaient concernés mais plutôt parce que ça créait un joli scandale... mais elle refusait de causer. Elle disait rien. Elle est partie à peu près un mois plus tard.

— Partie où ?

— Mettre ce bébé au monde, j'imagine. Vu comme Lane est grosse, quand elle a raconté à tout le monde qu'elle était encore enceinte, personne a fait le lien. Son mari venait de mourir et on s'est tous sentis désolés pour elle. » Nell observa un silence. « Maintenant, il y avait eu la mort du vieux, une bénédiction. C'était une terreur, pire que tout ce que Lane avait pu s'imaginer. Pire que le père de Jeff, je dirais. Un sale type, une ordure.

— Elle a eu combien d'enfants ?

— Au dernier décompte, six.

— Celui que j'ai vu aujourd'hui... Sonny... c'est le plus jeune ?

— C'est un cousin. Je ne sais pas pourquoi elle l'a pris chez elle. Pour le fric en plus que lui verse l'État, probable.

— C'est invraisemblable, s'indigna Sara, en se demandant comment on pouvait autoriser cette femme à élever un enfant, et à plus forte raison deux.

— Julia est revenue neuf ou dix mois plus tard, et voilà, Eric est arrivé, c'était son nouveau petit frère.

— Personne n'a rien dit de la chronologie ?

— Qu'est-ce qu'ils auraient raconté ? lui répliqua Nell. Et ensuite, quelques mois plus tard, elle est repartie. C'était plus simple de raconter que Lane était la mère et que Julia s'était barrée quelque part. Dan Phillips, l'un des garçons qui faisaient partie de l'équipe de football, a fugué à peu près à cette période.

Toutes sortes de rumeurs ont circulé, mais elles se sont éteintes assez vite. Cela simplifiait la vie de tout le monde, je suppose. »

Nell se redressa et sortit un album photos de sous la table basse. Elle feuilleta quelques pages jusqu'à ce qu'elle trouve ce qu'elle cherchait.

« C'est elle, dans le fond. »

Sara vit une photo de Possum, Robert et Jeffrey, debout sur les gradins d'un stade de football. Ils portaient tous leurs blousons imprimés aux armes de l'établissement, avec leur numéro cousu devant, par-dessus leur maillot de foot numéroté. Jeffrey avait son bras autour de la taille de Nell, et elle était appuyée contre lui, comme une jeune fille énamourée. Réaction inexplicable, elle sentit le pincement de la jalousie.

« Ce salopard n'a jamais voulu me donner son blouson », poursuivit Nell, et Sara rit, non sans en éprouver une espèce de secret soulagement. « Au lycée, porter le blouson du garçon aux armes de l'établissement, c'était du même niveau que de passer sa chevalière au doigt. Ce n'était pas tant un symbole d'amour de sa part, qu'un moyen pour la fille de rendre ses amies jalouses. »

Comme si elle lisait dans ses pensées, Nell lui posa une question.

« Vous portiez la chevalière de qui, vous ? »

Sara se sentit rougir, mais c'était plus de honte qu'autre chose. La chevalière de Steve Mann, aux armes de son lycée, était un pavé en or imposant avec un hideux cavalier d'échecs sur le flanc – rien à voir avec les bagues des équipes de basket ou de foot que portaient les athlètes. Sara avait détesté la porter et l'avait retirée dès qu'elle était partie s'installer à Atlanta. Trois mois s'étaient écoulés avant qu'elle n'ait eu le cran de la lui renvoyer par la poste, avec un mot lui expliquant qu'elle souhaitait rompre. Pour sa défense, il faut retenir qu'elle s'excusa auprès de lui, bien des années plus tard, mais elle se demandait quand même si elle n'y aurait pas réfléchi à deux fois, au cas où elle n'aurait pas été forcée de revenir à Grant County, après ce qui lui était arrivé à Atlanta.

Nell se méprit sur son silence, et supposa sans doute qu'une femme comme Sara n'était pas sortie avec beaucoup de garçons, au lycée.

« Enfin, de toute manière, c'est idiot, reprit-elle. Jeffrey n'en avait pas... il n'avait pas les moyens... mais toutes les autres filles portaient la leur comme une espèce d'alliance. » Elle rigola. « Le seul moyen qu'elle leur aille, c'était de doubler le jonc avec un bout de scotch coupé dans le sens de la longueur, collé à l'intérieur. »

Sara se permit de sourire. Elle avait fait la même chose.

Nell revint à l'album photos.

« Là, dit-elle, en posant le doigt à côté de l'image floue d'une jeune fille debout derrière une photo de Possum et Robert. C'est Julia. »

D'après la description, elle s'était attendue à une vision d'horreur, mais Julia avait l'air typique de l'adolescente de cette époque. Elle avait les cheveux raides jusqu'à la taille et elle portait une robe toute simple, avec un motif à fleurs. Elle avait surtout l'air triste, et Sara éprouva un vif sentiment de sympathie pour cette jeune fille, aussi vif que son pincement de jalousie quelques instants auparavant.

Nell se pencha pour mieux regarder.

« Maintenant que je la revois, elle n'était pas si mal.

On ne peut vraiment pas juger de la personnalité d'après une photo, hein ?

— Non », admit Sara, songeant que la jeune fille était assez séduisante. Pourtant, cela n'avait pas suffi pour l'aider à transcender les réalités de sa vie de famille. « Est-ce que son père la maltraitait ? demanda-t-elle.

— Il les battait comme plâtre.

— Non. Je pensais à autre chose.

— Oh, vous voulez dire... » Nell donna l'impression de réfléchir. « Je n'en ai aucune idée, mais ça ne serait pas impossible.

— Savez-vous qui aurait pu être le père de son enfant ?

— Pas la moindre idée, avoua-t-elle. Si vous vouliez la liste de tous ceux avec qui elle avait couché, on finirait par citer la moitié de la ville. » Elle lui adressa un regard entendu. « Reggie Ray inclus.

— Il était plus jeune qu'elle.

— Et donc ? »

Sara céda sur ce point, mais elle poursuivit :

« D'après Lane, il semblerait qu'Eric doive se rendre à l'hôpital pour subir pas mal de transfusions. Donc il doit avoir un problème de coagulation. » Elle essaya de réfléchir aux autres possibilités. « On doit être en présence d'un cas de transmission de facteur dominant autosome. » Elle vit l'air perplexe de son interlocutrice. « Désolée, cela signifie que l'affection est d'origine génétique. C'est en rapport avec les protéines qui génèrent les facteurs de coagulation.

— Et c'est censé vouloir dire quelque chose ?

— Les maladies du sang se transmettent de parent à enfant.

— Ah.

— Savez-vous si Julia souffrait de quoi que ce soit de cet ordre ?

— Je dirais que non. Je me souviens une fois, en classe de travaux ménagers, elle s'est assez méchamment coupé le doigt avec une paire de ciseaux. Je ne sais pas si c'était un accident ou non, mais elle n'a pas eu l'air de saigner plus que la normale.

— Si elle avait souffert d'une maladie comme le syndrome de von Willebrandt, le simple fait de mettre un enfant au monde aurait pu mettre son existence en danger, observa-t-elle. D'autres personnes de sa famille auraient été affectées elles aussi, mais Lane a soutenu que ce n'était pas le cas.

— Vous êtes donc en train de me dire que ça viendrait du père ? s'enquit Nell. Je ne vois personne en ville qui ait ce genre de problème. Et surtout pas Robert, ajouta-t-elle. Il s'est fait pas mal cabosser dans l'équipe de football, et il n'avait pas l'air de s'en porter plus mal.

— Jeffrey non plus. » Elle se souvenait de lui avoir prélevé un échantillon sanguin. La piqûre n'avait pas saigné de manière exagérée. Même sachant cela, elle se sentait fautive. Elle n'avait jamais sérieusement considéré qu'il puisse être coupable de l'un ou l'autre de ces deux crimes, mais quelque part au fond d'elle-même, elle était contente d'en posséder la preuve irréfutable.

« Je pourrais poser la question autour de moi, proposa Nell.

— La maladie se présente par degrés de gravité, lui expliqua Sara. Un père peut être atteint d'une forme bénigne, et son enfant, en revanche, souffrira d'une forme débilitante. Certaines personnes sont atteintes de cette maladie et l'ignorent. Chez les femmes, ce n'est pas aussi simple, en raison de leurs cycles menstruels. En général, elles s'aperçoivent qu'elles ont un problème. Je parierais plutôt que cela émane du père.

— Une aiguille dans une botte de foin, releva Nell. Qui sait, peut-être que Dan Phillips a cette maladie. » Elle rafraîchit la mémoire de Sara. « Celui qui a fugué à peu près à la même période que Julia. » Elle tendit la main, tourna les pages de l'album. « Ici, fit-elle, en indiquant le jeune homme debout dans la rangée du fond d'une photo d'équipe de football.

— Il n'a pas l'air d'un footballeur », lui fit-elle observer. Le jeune homme était plutôt fluet et ses cheveux noirs étaient plaqués en arrière. Il semblait en assez bonne santé, mais une simple photo ne saurait livrer tous les secrets d'un patient.

« Il jouait surtout plaqueur remplaçant. Faire partie de l'équipe et porter le blouson aux armes de l'équipe, c'était à peu près tout cc que désiraient ces gars. Faites un tour au magasin de matériel un jour de match et vous pourrez encore les entendre causer de la tournure qu'ont prise les événements, lors de leur foutue finale de Super Bowl.

— Jours de gloire », fit Sara. C'était la même chose à Grant. Elle tourna la page, regarda les autres photos. Il y avait un instantané noir et blanc de Jared, datant de plusieurs années. « Il a grandi, il est déjà en train de devenir beau garçon.

— Vous n'allez pas en parler à Jeffrey, non ? » Nell esquissa un vague sourire. « Non, ne répondez pas, laissez tomber. » Elle reposa l'album sous la table. « Vous quittez toujours la ville ?

— Je ne sais pas.

— Restez par ici. » Elle lui tapota la jambe. « Je prépare un pain de maïs, ce soir.

— Où est Robert ?

— Possum l'a conduit au magasin pour lui acheter des vêtements. Robert ne voulait pas retourner chez lui et Dieu sait ce que Jessie a fait des affaires qu'il avait chez sa mère.

— Et Robert ?

— Ça va aller.

— Non. Robert. Jusqu'ici, nous n'avons parlé que de Jeffrey. Est-ce que vous avez déjà pensé que Robert était impliqué dans ce qui est arrivé à Julia ? »

Nell prit le temps de répondre.

« Il a toujours été très secret.

— Sur quoi ?

— Peut-être que "secret" n'est pas le mot approprié. Ça le présente comme quelqu'un de sournois. Il est simplement discret. Il ne parle pas beaucoup de ses sentiments.

— Jeffrey non plus, d'ailleurs.

— Non, ce n'est pas pareil. C'est comme s'il ne voulait pas qu'on s'approche trop de lui. » Elle se redressa contre le dossier du sofa, le dos arrondi, comme une lettre C majuscule. « Tout le monde trouvait que Possum était toujours un peu sur la touche, mais je pense qu'en fait, c'était Robert. Il n'avait jamais l'air de s'intégrer. Ce n'est pas que Jeffrey le traitait de la sorte, mais c'est la même chose que ce dont on parlait tout à l'heure. Il attendait toujours de voir ce que Jeffrey allait faire, avant d'agir.

— Ce n'est pas rare, chez les adolescents.

— Cela allait plus loin que ça, fit Nell. Si Jeffrey se mettait dans la panade, Robert endossait la responsabilité. Il agissait comme son filet de sécurité et Jeffrey ne l'en empêchait pas. » Elle regarda Sara. « A la minute où Tolliver est parti, Robert a adopté le même comportement avec Hoss. Il se serait fait tuer, pour l'un comme pour l'autre, et je n'exagère pas. »

Sara réfléchit bien avant de lui poser une dernière question.

« Robert soutient qu'il a tué Julia. »

Quelque chose dans le visage de Nell se modifia, sans qu'elle puisse trop saisir quoi. Sa voix avait changé, elle aussi.

« Là-dessus, je ne sais pas.

— Non, fit Sara. Moi non plus. »

Chapitre vingt

Jeffrey trouva la Chevrolet Impala de sa mère garée à sa place habituelle, devant l'hôpital. Elle n'aurait eu aucun mal à se rendre à son travail et à en revenir à pied, mais May Tolliver n'accepterait jamais de retarder d'une minute de plus le moment où elle pourrait s'offrir son premier verre après la fin de son poste, à la cafétéria de l'établissement.

Comme d'habitude, elle avait laissé les vitres baissées, pour empêcher l'habitacle de se transformer en four. Dès qu'il ouvrit la portière, il renifla l'odeur rance de la fumée de cigarette flottant dans l'air. Elle laissait toujours une clef de secours dans la boîte à gants, et il la trouva sous une liasse de tracts religieux et de brochures aux couleurs agressives qu'on avait dû lui glisser sous son balai d'essuie-glace. May avait beau fumer comme un pompier, elle ne semait jamais de détritus derrière elle.

Après plusieurs coups d'accélérateur pour actionner la pompe à essence, le moteur tourna enfin, et il balaya de la cendre de cigarette de la console de la boîte de vitesses avant d'enclencher le levier sur D. Les fenêtres étaient brumeuses de nicotine, il prit son mouchoir, sortit du parking en essuyant le pare-brise. Si sa mère quittait l'hôpital avant qu'il lui ait rapporté sa voiture, elle allait vite établir le lien et comprendre que, son fils étant présent en ville, il avait dû lui emprunter son véhicule. Il le lui avait « emprunté » assez souvent, adolescent, et May n'en avait jamais soufflé mot à personne. Il s'était fait arrêter à deux reprises par les adjoints du shérif, mais chaque fois May avait prétendu avoir prêté sa Chevrolet à son fils.

Il roulait au hasard et sans but, il traversa le centre-ville, sans prendre aucune direction en particulier. Il se sentait écœuré, les tripes retournées, comme si quelqu'un était mort. Peut-être était-ce la mort de quelqu'un. Il sombrait à nouveau dans cette étrange impression que sa vie échappait totalement à son contrôle. Il était l'œil du cyclone, qui ne provoquait rien d'autre que la destruction.

Il ne parvenait pas à surmonter le fait que, depuis toutes ces années, Robert ait pu entretenir l'idée qu'il avait tué Julia Kendall. Dans le bureau de Hoss, quand il lui avait posé la question, Jeffrey était trop sous le choc pour manifester autre chose que de la colère. Même quand il avait essayé de nier, d'expliquer à Robert ce qui s'était réellement passé, l'autre s'était contenté de secouer la tête, comme s'il ne voulait pas entendre les sornettes que son ami aurait pu concocter pour justifier ses actes.

« Peu importe, n'avait cessé de répéter Robert. J'endosserai tout. »

Jeffrey s'aperçut qu'il était tout près du funérarium et, au dernier moment, il tourna, traversa la grande rue et s'immobilisa sur le parking. Il se gara dans le fond, en espérant que Deacon White ne ferait pas enlever la voiture. Il en avait marre de rouler dans les véhicules des autres, et dans leurs chaussures, et de tout ce qu'il avait pu emprunter ces derniers jours. Il avait envie d'être chez lui, dans son lit. Il avait envie d'être seul. La grotte était encore l'endroit qui lui semblait le mieux à même de lui apporter un peu de sérénité.

Personne ne sortit du bâtiment pour le prier de déguerpir, donc il descendit de la Chevrolet et se dirigea vers l'arrière, vers le cimetière. Il avait un grand-père enterré sur la colline, mais Jimmy Tolliver n'avait jamais mentionné le nom de cet homme. Sachant comment se passaient ces choses-là, Jeffrey en avait déduit que c'était le vieux de Jimmy qui lui avait appris tout ce qu'il savait de son rôle de père – autrement dit, pas grand-chose. Jeffrey n'avait jamais éprouvé ce besoin qu'éprouvent certains hommes, comme s'il fallait qu'ils mettent une femme enceinte et transmettent leur héritage. Peut-être la nature corrigeait-elle une erreur. Certaines personnes n'étaient pas destinées à léguer leur sang.

En pénétrant dans les bois, il ne put s'empêcher de penser à Sara et au langage qu'elle lui avait tenu. A l'évidence, elle croyait ce que Lane Kendall avait raconté, et peu importait que cette bonne femme mente comme une arracheuse de dents. Il ressentait encore la brûlure de la honte que Lane lui avait infligée tant d'années auparavant, la façon qu'elle avait eue de jacasser en ville, de partager avec tout le monde sa conviction qu'il avait violé sa fille, alors même que Julia avait changé tant de fois de versions qu'elle n'arrivait même plus à en suivre le rythme.

Mais un viol, qu'est-ce que c'était ? Les gens y pensaient toujours comme à un acte violent et malsain, un psychopathe dérangé forçant une femme à écarter les jambes sous la menace physique. Julia avait fricoté avec quantité de garçons, et Jeffrey était persuadé qu'elle n'en avait désiré aucun. Elle était en quête d'amour et de reconnaissance, et elle considérait le sexe comme un moyen d'obtenir l'un et l'autre. Il est probable que la quasi-totalité des types qui sortaient avec elle le savaient, mais à cet âge-là, il était difficile de s'attarder là-dessus. Si une fille était plus qu'à demi consentante, c'était la moitié du chemin qui était déjà accomplie. Faire le joli cœur avec Julia avant qu'elle ne soulève sa jupe, la tenir dans ses bras quelques minutes, c'était le prix à payer pour une gâterie. Certains de ces garçons plaisantaient même là-dessus, ils essayaient de deviner qui avait fait quoi pour se glisser dans sa culotte. Le jour où elle avait débarqué avec ce foutu collier, en se comportant comme si elle avait enfin convaincu quelqu'un de l'aimer, les plaisanteries avaient jailli. Et quand elle avait commencé à parader avec ce bijou, le pauvre cul qui le lui avait offert avait sans doute fait dans son froc.

Peut-être que le type s'était senti coupable d'avoir profité d'elle, en songeant, après lui avoir joui dans la bouche, que cela ne lui plaisait peut-être pas tant que ça. Bien sûr, quel homme n'avait jamais baisé avec une femme qui n'en avait pas vraiment envie ? Ivre comme il l'était l'autre nuit, Jeffrey savait que Sara n'était pas d'humeur, mais il était quand même parvenu à ce qu'elle lui dise oui. Il avait eu une envie si pressante de cette sorte de libération, de ce moment où tout semblait parfait, qu'il avait ignoré le fait qu'elle lui consentait une faveur.

Julia Kendall appelait ça « faire une faveur au garçon ». Jeffrey se souvenait encore de sa manière de le regarder, d'entortiller ce stupide collier autour de son cou en lui serinant : « Salut, L'Anguille, tu veux que je te fasse une faveur ? »

Dans la forêt, il s'arrêta à l'embouchure de la grotte.

On avait cassé, écarté les planches, c'était probablement Hoss, quand il était venu récupérer les ossements. Il hésita avant d'entrer, songeant que c'était devenu une tombe, et plus du tout la cachette de son adolescence. Enfin, il entra quand même, se disant aussi qu'à la minute présente, il n'avait pas meilleur endroit où aller.

Il s'assit sur le banc et ses pensées le ramenaient encore à Sara. Elle le croyait coupable, et pourquoi pas, en effet ? Les choses que les gens lui avaient dites étaient terribles – et c'était en partie la vérité. Dieu seul savait ce que Nell était en train de lui fourrer dans le crâne en ce moment même. A l'époque de la disparition de Julia, Nell avait déjà changé d'attitude à son égard. Elle s'était éloignée, comme si elle ne se fiait plus tout à fait à lui. Trois semaines avant son examen, elle avait rompu, dans le gymnase, en lui hurlant dessus comme sur un chien. Seigneur, ce jour-là, ce qu'elle le détestait, et Jeffrey ne savait toujours pas pourquoi.

En sortant du gymnase, il était tombé sur Julia. Elle rentrait à peine d'une de ses escapades, et elle retournait chez sa mère, pour l'aider avec le nouveau-né. Le mari de Lane Kendall était mort et elle avait besoin de toute l'aide qu'on pourrait lui apporter. Même avec les fausses accusations que Julia avait proférées contre Jeffrey et Robert, quand il était tombé sur elle – et il lui était littéralement tombé dessus, elle se trouvait juste devant les portes du gymnase –, elle lui avait demandé s'il voulait qu'elle lui fasse une faveur.

« Sûr », lui avait-il répondu.

Au début, quand Julia était partie de la ville, les accusations de viol s'étaient dissipées d'elles-mêmes. Personne ne l'avait vraiment crue, de toute façon. Elle avait couché avec trop de monde à droite et à gauche, et du coup on estimait qu'elle avait dû prendre part à la chose de son plein gré, et puis pourquoi diable un homme l'aurait-il violée, puisqu'elle cédait si facilement ?

« Je suis désolée de tout ce que j'ai raconté, lui avait dit Julia, en le suivant dans les bois, vers cette entrée dérobée de la caverne. Je voulais pas vous causer d'embêtements, à tous les deux.

— Tu nous as pas causé d'embêtements. »

Elle rit.

« Je parie que non, ironisa-t-elle. Ce vieux Hoss, il peut pas tolérer qu'on vous fasse du tort. »

Jeffrey n'avait pas répondu. Ils étaient arrivés à la grotte, et il lui avait écarté la vigne vierge.

« Il fait sombre là-dedans.

— Tu veux ou tu veux pas ? » fit-il, en la poussant vers l'intérieur. A dix-sept ans, Jeffrey n'avait pas encore appris l'art de la séduction. Bon sang, il n'avait même pas appris à conserver un cerveau en état de fonctionner, quand tout le sang de son corps se ruait en ce seul et unique endroit, entre ses jambes. Debout devant la grotte, sachant que, d'ici quelques minutes, Julia allait lui accorder le truc que Nell refusait de lui accorder, il avait le pantalon si tendu qu'il arrivait à peine à bouger.

« Tu es encore en pétard contre moi ? lui demanda-t-elle, un curieux sourire aux lèvres, et avec un rapide coup d'œil à son entrejambe. Il vaut peut-être mieux pas que j'entre là-dedans.

— Comme tu voudras », dit-il, et il entra dans la grotte en la précédant, avec une érection si douloureuse qu'il eut la surprise d'être quasiment incapable de parler.

A la minute présente, Jeffrey regardait autour de lui, dans cette grotte, et il cherchait à se remémorer l'effet que ça lui avait fait, d'amener Sara ici. Il s'était sûrement senti mieux qu'avec Julia. Finalement, elle l'avait suivi à l'intérieur et, au bout de quelques minutes à peine, elle fondait en larmes, elle lui avouait qu'elle avait gâché sa vie, et elle s'excusait pour ce qu'elle avait raconté à propos de Robert et lui. Il s'était mis en colère, parce que tout ce qu'il voulait, de son côté, c'était une pipe, pas l'histoire de sa putain de vie.

Julia exigeait qu'il l'embrasse, mais il avait refusé. La forme de sa bouche avait quelque chose de monstrueux, et il ne pensait qu'à une chose, le nombre d'autres types qui y avaient eu accès. En fin de compte, il l'avait priée de déguerpir. Comme elle refusait, il était sorti de la grotte. Il n'avait plus revu Julia Kendall, jusqu'au jour où Sara était là, avec lui, devant une Julia réduite à l'état de squelette gisant sur ces rochers comme si, cet autre jour, elle s'était endormie là, en attendant le retour de Tolliver.

La question restait entière : Robert l'avait-il tuée ? Dieu savait qu'il détestait cette fille, rien que pour avoir propagé cette rumeur de viol. A l'inverse de Jeffrey, qui avait juste attribué ses accusations au besoin qu'avait Julia d'attirer l'attention, Robert se consumait du genre de haine qui vous calcine de l'intérieur. C'était peut-être parce que Jeffrey savait qu'il partirait bientôt pour Auburn, dès l'automne, ou qu'il savait combien ces accusations étaient dénuées de fondement, mais il n'avait pas pris les allégations de Julia aussi à cœur que lui. A bien y repenser, cette colère de Robert, c'était peut-être parce qu'il se sentait coupable. Il fallait bien que quelqu'un l'ait fait, ce bébé.

Jeffrey inspira à fond, puis il souffla lentement.

Robert n'avait pas pu la tuer. Il ne savait même pas comment elle était morte. Enfin, il fallait bien que quelqu'un soit responsable. Que quelqu'un soit entré dans cette grotte avec Julia. Une dispute avait éclaté, ou c'était juste que celui qui avait commis ce geste en avait eu assez d'elle. Quand il était flic, à Birmingham, Jeffrey tombait sans arrêt sur ce genre d'affaire. Être le premier à entendre les excuses idiotes que les gens étaient capables d'inventer pour tenter de justifier le fait d'avoir ôté la vie à quelqu'un, c'était on ne peut plus déprimant. Y avait-il un homme dans cette ville, en ce moment même, un homme qui se rendait à l'église tous les dimanches, qui jouait au ballon dans le jardin avec ses gosses après le boulot, persuadé même d'être un brave type, car cette Julia Kendall, hein, elle l'avait bien cherché ? Cette idée l'écœurait.

Il posa le pied sur la table basse et regarda autour de lui dans cette grotte froide et humide. La première fois qu'ils avaient découvert ce lieu, il avait cru avoir trouvé le plus bel endroit du monde. Aujourd'hui, ce n'était plus à ses yeux qu'un trou dans la terre, humide et froid. Pire encore, une tombe.

Il se redressa tant bien que mal et ressortit à la lumière du soleil. D'un pas lent, il s'en retourna vers le funérarium, en essayant de réfléchir à la suite. Il voulait des réponses à tout ceci, il voulait résoudre cette affaire, une fois pour toutes. Robert ne l'aiderait en rien, mais comme il était flic, Jeffrey avait l'habitude de l'absence de coopération de la part du principal suspect. C'était sans doute ce qu'il fallait désormais, qu'il réfléchisse à cette affaire comme un flic, et non plus comme l'ami de Robert. Et, en la considérant sous cet angle, il avait oublié une étape importante : s'entretenir avec la famille de la victime.

Quelques années avant de s'installer à Grant County, il avait consacré deux semaines à sillonner le Sud en voiture, pour aller admirer toutes les demeures historiques qu'il ne connaissait qu'à travers ses lectures d'enfant. Ce voyage était né d'une impulsion et du besoin de sortir de Birmingham, après qu'une adjointe du procureur de district avec qui il sortait eut refroidi ses ardeurs en le prévenant qu'il ne saurait être question de mariage entre eux. A la réflexion, cette période avait été l'une des plus belles de sa vie.

Parmi les autres visions de ce voyage, il retenait sa découverte de Biltmore House, de Belle Monte et du Monticello de Thomas Jefferson. Il avait visité des cuirassés et des champs de bataille, il avait emprunté le même chemin que Grant à Atlanta. Il s'était aventuré dans le centre-ville, après avoir vu le Dump, un vieil immeuble d'habitation qui avait eu le mérite d'accueillir Margaret Mitchell, où cette dernière avait écrit l'essentiel d'*Autant en emporte le vent*. Et là, il était tombé sur une demeure de style classique, Swan House.

Comme chez toutes les familles d'un rang social un peu élevé en Géorgie, l'argent des Inman provenait du coton, et ils avaient décidé de bâtir une maison célébrant leur richesse. Ils avaient loué les services d'un architecte local, un nommé Philip Trammell Shutze, pour dessiner leur demeure, et cet architecte avait créé rien de moins qu'un chef-d'œuvre. Swan House comptait parmi les plus belles pièces que Jeffrey ait jamais vues de sa vie, notamment une salle de bains tapissée de marbre rose du sol au plafond, et repeinte pour rendre l'aspect du marbre blanc. La maîtresse de maison n'appréciait guère la couleur d'origine. Un bon moment après la fin de la visite guidée, il avait réussi à se faufiler en douce dans la luxueuse bibliothèque, pour simplement contempler les vieux ouvrages sur les rayonnages. Jamais de sa vie il ne s'était trouvé dans une pièce pareille, et il se sentit aussitôt rempli de respect et d'humilité.

La maison de Luke Swan n'aurait pu présenter de contraste plus saisissant. C'était le genre de bicoque que même Jeffrey considérait de haut, quand il était enfant. En fait, la maison était si miteuse qu'à un moment ou un autre, la famille de Swan l'avait tout bonnement abandonnée pour déménager dans une caravane garée dans l'allée. Des piles de journaux et de magazines s'entassaient sous la véranda, elles n'attendaient qu'une cigarette ou une allumette jetées au hasard pour tout réduire en cendres. L'endroit puait la pauvreté et le désespoir, et ce n'était pas la première fois que Jeffrey constatait que d'importantes parties du Sud rural ne s'étaient pas encore complètement remises de la reconstruction.

Il se gara dans le chemin de terre devant la maison, et six ou sept chiens se précipitèrent en courant vers sa voiture – le système d'alarme standard du cul-terreux. Une boîte aux lettres à l'allure majestueuse trônait à un mètre vingt de hauteur, au moins, à l'entrée de l'allée, avec sept chiffres inscrits à la main en caractères fantaisie. Juste pour être sûr, Jeffrey confronta ces numéros à ceux de la page arrachée à l'annuaire qu'il avait trouvé suspendu par un filin aux téléphones payants, devant le Yonders Blossom. L'annuaire avait au moins dix ans d'âge, mais les habitants de Sylacauga n'avaient pas tendance à beaucoup bouger. Il n'y avait que deux Swan inscrits en ville, et il avait supposé, pari certes un peu fou, que Luke n'avait aucun lien avec ceux qui habitaient à côté du Country Club.

« Derrière ! » beugla une femme aux chiens, alors que Tolliver descendait de voiture. Les animaux déguerpirent et la vieille femme resta campée sur la véranda en parpaings, devant la caravane, appuyée de tout son poids sur une canne en bois. Elle avait les joues creuses, et il devina qu'elle avait dû laisser son dentier dans un verre, quelque part à l'intérieur de la caravane.

« Vous venez pour le câble ? lui lança-t-elle.

— Euh... » Il se retourna vers la voiture de sa mère, en se demandant ce qui pouvait lui faire croire ça. « Non, madame, je suis venu vous parler de Luke. »

Elle resserra les pans de son peignoir, d'une main vieille et noueuse. Il s'approcha et s'aperçut que ses yeux chassieux avaient du mal à y voir net.

« J'ai la cataracte », lui annonça-t-elle, comme si elle avait deviné sa pensée.

Elle avait un accent si chargé qu'il eut du mal à la comprendre.

« Je suis navré.

— Pas vot'faute, hein ? fit-elle, d'un ton de voix pas du tout menaçant. Entrez donc, ajouta-t-elle. Faites attention à la première marche. Mon petit-fils devait me réparer ça, mais enfin, bon, je suppose que vous savez ce qui est arrivé.

— Oui, m'dame », fit Jeffrey, en tâtant la marche du bas.

Le parpaing bougea, et il vit l'emplacement où les écoulements d'eau de pluie de la caravane avaient érodé le sol, en contrebas. Avant de la suivre dans la caravane, il remblaya un peu de terre et de cailloux sous le parpaing, à coups de pied, pour le rendre un peu plus d'aplomb.

« Pas grand-chose », fit la vieille femme, et c'était la litote du siècle. L'endroit était une porcherie, l'étroitesse des volumes donnait l'impression que les murs convergeaient. Il y avait encore d'autres magazines et d'autres journaux entassés un peu partout dans la pièce, et il se demanda ce qu'elle fabriquait, à conserver tout ce bazar.

« Mon défunt mari était vraiment très lecteur. » Elle désigna la pile de magazines. « Quand il est décédé, j'ai pas supporté l'idée de me séparer de ses affaires. L'emphysème a eu raison de lui, ajouta-t-elle. Vous ne fumez pas, n'est-ce pas ?

— Non, m'dame », dit-il, en essayant de la suivre dans la pièce principale, une combinaison cuisine/salon/salle à manger mesurant à peine plus de trois mètres carrés. La caravane sentait la graisse de poulet et la sueur, avec cette note légèrement médicamenteuse qui s'attache aux vieilles personnes quand elles cessent de prendre soin d'elles.

« C'est bien, fit-elle, en posant les mains devant elle pour repérer à tâtons son chemin jusqu'au fauteuil. Fumer, c'est épouvantable. A la fin, ça vous tue, et méchamment. »

A côté de lui, Jeffrey vit une pile du magazine des amateurs d'armes, *Guns & Ammo*, avec d'autres revues de caractère nettement plus adulte. Il jeta un coup d'œil à la vieille femme, en se demandant si elle savait qu'un exemplaire du numéro de Noël 1978 de *Penthouse* était posé à moins d'un mètre de là où elle était assise.

« Allez donc, asseyez-vous, si vous trouvez de la place. Vous n'avez qu'à déplacer ces trucs. Mon Luke s'asseyait là et il me faisait la lecture. » Elle posa la main derrière elle, pour tâter le fauteuil. Jeffrey la prit par le coude et l'aida à s'asseoir. « J'aime bien le

National Geographic, mais le *Reader's Digest* devient un peu trop large d'esprit pour mon goût.

— Avez-vous quelqu'un qui vient s'occuper de vous ? s'enquit-il.

— C'était Luke, justement, lui répondit-elle. Sa maman est partie avec un représentant qui faisait du porte-à-porte. Son papa, c'était mon plus jeune fils, Ernest ; enfin, il n'a jamais fait grand-chose. Il est mort au pénitencier.

— Je suis désolé », dit-il, en traversant la moquette poisseuse. Il envisagea le fauteuil, mais resta debout.

« Vous vous excusez beaucoup pour des trucs où vous n'y êtes pour rien, ça, c'est sûr », fit la femme, et sa main hésita sur la table, à côté d'elle. Il vit une assiette de crackers, et se demanda comment elle les mâchait. Elle en mit un dans sa bouche, et il vit qu'elle ne les mâchait pas, elle les laissait plutôt fondre sur sa langue tout en parlant.

Dans une gerbe de miettes, elle reprit donc :

« Ça fait deux jours que le câble marche plus. Quand c'est tombé en panne, j'ai failli piquer une crise... en plein milieu de mon émission. »

Jeffrey allait encore répondre qu'il était navré, mais il se ravisa.

« Pouvez-vous me parler de votre petit-fils ?

— Oh, c'était un bon garçon, fit-elle, et sa bouche moustachue tremblota un moment. Il est encore au funérarium ?

— Je l'ignore. Je suppose.

— Je ne sais pas où je vais trouver l'argent pour l'enterrer. Tout ce que j'ai, c'est ma sécurité sociale et le peu que je reçois de la minoterie.

— Vous avez travaillé là-bas ?

— Jusqu'à ce que je perde la vue », fit-elle, en se passant la langue sur les lèvres. Elle marqua un temps de silence et puis elle avala le cracker imbibé. « Ça remonte à quatre, cinq ans, je dirais. »

Elle en paraissait cent, mais elle ne pouvait être aussi vieille, si elle était encore apte à travailler à la minoterie à une date aussi récente.

« Luke souhaitait que je me fasse opérer, lui expliqua-t-elle, en désignant ses yeux. Je n'ai pas confiance dans les docteurs. Je ne suis jamais allée à l'hôpital. Je suis même pas née dans un hôpital, lui annonça-t-elle non sans fierté. Je dis toujours, accepte les fardeaux que le Seigneur t'impose, et avance.

— C'est une bonne attitude », acquiesça-t-il, mais faire le choix de la cécité pour le restant de ses jours, voilà qui le laissait perplexe.

« Il a pris soin de moi, ce garçon », reprit la vieille femme. Elle tendit la main pour prendre un autre cracker, et il se retourna vers la petite cuisine, très exiguë, toute en longueur, en se demandant si ce n'était pas tout ce qu'elle avait à manger.

— A votre connaissance, Luke était-il impliqué dans une sale histoire quelconque ? Traînait-il avec les individus qu'il ne fallait pas ?

— Il gagnait sa vie en nettoyant les gouttières et en lavant les croisées des gens. Je vois pas ce qu'il y a de mal dans une honnête journée de travail. »

Elle avait dit « croisées » à la place de fenêtres, et Jeffrey sourit, songeant qu'il n'avait plus entendu ce mot depuis belle lurette.

« Non, m'dame.

— Il a eu quelques ennuis avec la justice, mais par ici, quel garçon n'en a pas ? Toujours des histoires où il était mêlé, mais le shérif savait vraiment être équitable. Il lui laissait toujours une chance de dédommager les gens. » Elle mit le cracker dans sa bouche. « J'aurais juste aimé que Luke se dégotte une gentille femme pour s'installer avec. Tout ce qu'il avait besoin, c'était quelqu'un qui s'occupe de lui. »

Jeffrey se dit que Luke Swan aurait eu besoin de beaucoup plus que cela, mais il garda son opinion pour lui.

« J'ai entendu dire qu'il sortait avec la femme de cet adjoint du shérif.

— C'est ce qu'on raconte.

— Il a toujours su y faire avec les femmes. » Pour une raison qui lui échappait, elle trouvait cela hilarant. Elle s'esclaffa en se tapant sur les genoux, et Jeffrey entrevit ses gencives édentées et des morceaux de crackers dans sa bouche ouverte.

Quand elle eut fini de rire, il lui posa une question. « Est-ce qu'il habitait ici avec vous ?

— Derrière, dans le fond. Je dormais ici sur le sofa ou dans mon fauteuil, parfois. Il m'en faut pas beaucoup pour m'endormir. Quand j'étais petite fille, je dormais tout le temps dans l'arbre, là, dehors. Mon papa sortait parfois beugler "Ma fille, tu vas descend'tout d'suite de cet arbre", mais moi il m'en fallait plus pour me réveiller. » Elle se pourlécha de nouveau les lèvres. « Vous voulez voir sa chambre ? L'autre adjoint du shérif, c'est ce qu'il voulait.

— Quel adjoint ?

— Reggie Ray, lui précisa-t-elle. Ça, c'est un brave garçon. Il chante dans le chœur, à l'église, quelquefois. Je vous jure, cet homme, il a une voix d'ange. »

Là encore, Jeffrey garda son avis pour lui, mais cela l'intriguait que Reggie n'ait pas mentionné cette visite au domicile de Luke Swan. Considérant que Reggie était en effet shérif adjoint, cette visite relevait de la pure routine, mais enfin, Jeffrey restait néanmoins perplexe.

« Est-ce que Reggie a trouvé quelque chose ?

— Pas que je sache. Vous avez tout à fait le droit d'aller voir dans le fond jeter un œil, je vous en prie.

— Je vous remercie », lui répondit Jeffrey, avec une petite tape sur l'épaule avant de s'enfoncer dans la caravane.

Pour accéder à l'extrémité du couloir, il fallait fermer la porte à soufflet de la salle de bains, mais avant, il entrevit les toilettes les plus crasseuses qu'il ait jamais vues de sa vie. Les cloisons étaient en plastique moulé, pour rendre un aspect de faux carrelage, et il y avait des éclaboussures de Dieu sait quoi un peu partout dans cet espace minuscule. Seul un coup de Kärcher aurait permis de récurer les lieux.

« Vous avez vu quelque chose ? s'écria la vieille femme.

— Pas encore », avoua-t-il, en s'efforçant de respirer par la bouche. Il écarta une autre porte à soufflet, en calculant que rien ne saurait être pire que l'odeur du couloir. Il se trompait. La chambre de Luke Swan était un fouillis puant. Les draps étaient rabattus et il y avait une tache d'aspect durci en plein milieu du lit double. Une seule et unique ampoule pendait au-dessus du lit, accrochée au plafond par un fil électrique. Il ne parvenait pas à croire que Jessie puisse s'intéresser à un type vivant dans un endroit pareil. Elle était bien trop difficile. Il avait certes du mal à l'admettre, mais elle avait tout de même un peu plus de classe que cela.

Deux boîtes de rangement en plastique orange, près du lit, semblaient contenir l'essentiel de ses vêtements. Le plastique était transparent, et il fut soulagé de ne pas avoir à en toucher le contenu. Sous le lit, il n'y avait que des toiles d'araignées et le genre de saleté qui met des années à s'accumuler, et rien d'autre, à part une chaussette blanche à l'air sale.

Le placard comportait un casier, inséré à l'intérieur, du genre de ceux que l'on trouve dans les écoles. Des sous-vêtements tachés et des chaussettes encombraient l'étage supérieur, des chemises et des jeans l'étage inférieur. Jeffrey plissa les yeux pour mieux voir dans le fond, car il se refusait à fourrer la main dans ce rangement. Le simple spectacle de la chambre de Swan lui donnait l'impression que quelque chose lui rampait sur le corps. Enfin, il céda et sortit les vêtements d'un geste, en espérant que rien ne le morde. Hormis une paire de jeans Speedos déchirée à l'entrejambe, il ne trouva rien.

Il se retourna, inspecta de nouveau la chambre du regard. Il n'aurait pas touché au matelas, même si une lettre lui révélant le fin mot de l'affaire était glissée dessous. De toute façon, Reggie s'en serait sûrement chargé. Et s'il avait déniché quoi que ce soit de compromettant, il l'aurait balancé à la gueule de Robert depuis longtemps.

Du bout du pied, Jeffrey refoula les vêtements de Swan dans le placard. Après avoir tout repoussé à l'intérieur, il changea d'avis et il en ressortit tout. Espérant ne pas attraper de maladie, il plaqua les mains sur les deux flancs du casier et le tira hors du placard.

Le métal rendit un grincement horrible, qui secoua toute la pièce, et la vieille femme s'exclama.

« Ça va, là-dedans ?

— Oui, m'dame », lui assura-t-il. Sauf qu'ensuite, en découvrant ce qu'il y avait derrière le casier, caché dans le fond du placard, subitement, ça n'allait plus du tout.

« Comment... ? » fut-il sur le point de demander, sans parvenir à formuler sa question. Il ne put que s'asseoir sur ce lit répugnant, le regard figé, tout à coup pris de vertige, en essayant de trouver une explication, une histoire – n'importe quoi, qui soit susceptible de blanchir Robert au lieu de pointer le doigt sur lui. Et il revenait sans cesse à la même conclusion, et il avait envie d'un verre, de plusieurs verres, une envie si forte qu'il sentait déjà l'alcool lui brûler les entrailles.

« Non », dit-il, comme si le simple fait de répondre à voix haute allait instiller de la vérité dans sa réponse. Non, répéta-t-il, mais il ne pouvait tout de même pas s'empêcher de s'interroger : Robert, bon sang, qu'est-ce que tu as fait ?

Chapitre vingt et un

15 h 09

« Jared ? fit Smith, en raccrochant le téléphone d'un geste brutal. Qui est Jared ? »

Sara avait l'air prise de panique, et Lena tâcha de distraire l'attention de Smith.

« Vous aviez promis de libérer Marla.

— La ferme, lui répliqua-t-il, en s'approchant de Sara d'un pas nonchalant. Qui est-ce, Jared ? répéta-t-il. Qui est-ce ? »

Sara resta bouche close, comme si elle se demandait jusqu'où elle pourrait le pousser.

Smith lui colla son canon contre l'oreille.

« J'te le demande encore une fois, menaça-t-il, avec son accent du Sud profond soudain plus prononcé, et une voix descendue de quelques octaves. Qui est Jared ? »

C'est Jeffrey qui prit la parole, d'une voix éraillée par la douleur.

« Le fils de Jeffrey », fit-il, et pourtant, même Lena perçut la nuance d'incertitude dans sa réponse. Il ne confirmait pas le fait, il posait à Sara une question.

« Jared n'en savait rien, expliqua-t-elle à Smith, et

elle appuya la main sur l'épaule valide de Tolliver. Il a un père, qui l'a élevé. »

Il releva son arme, la posa sur son épaule.

« L'enfoiré, cracha-t-il, en se tournant vers son complice. Tu entends ça, Sonny ? Il a un autre gamin. »

Lena observait Sara, et son visage se relâcha, comme si elle était victime d'une attaque. Elle savait, pensa-t-elle, Sara savait qui étaient ces garçons.

Sonny était fumasse qu'on ait vendu la mèche.

« Merci beaucoup, Eric », lâcha-t-il d'un ton sec.

L'autre courut vers son acolyte, et ils échangèrent d'âpres chuchotements. Lena tendit l'oreille pour entendre ce qu'ils se racontaient, mais ils prenaient encore trop de précautions. Elle risqua un regard derrière elle, vers Marla, et elle vit dans son œil une lueur. Lena comprit qu'elle avait joué la comédie depuis le début. Elle baissa les yeux sur les mains de la vieille femme, tâcha de voir où elle avait caché le couteau.

« Va te faire foutre ! » cria Smith, et Sonny le poussa assez fort pour le faire trébucher et tomber.

Il se releva aussi sec, en projetant du verre et des débris autour de lui. Il arracha son masque, et Lena fut saisie de terreur, comme si une main lui était entrée dans la poitrine pour lui empoigner le cœur. Smith s'en prit à Sonny, il hurla des obscénités, et Lena ne pensait plus qu'à une chose : maintenant, ils allaient tous mourir. Il leur avait dévoilé son visage. Cela lui était égal qu'on le voie, autrement dit il était persuadé que personne ici ne survivrait, personne n'irait dresser son portrait-robot.

« Baissez les yeux ! Ne le regardez pas ! » hurla Sara.

Molly fit ce qu'on lui disait, mais pour Lena, c'était trop tard. Smith fit volte-face, ses lourdes rangers écrasèrent les débris de verre. Leurs yeux se croisèrent et Lena se dit que jamais, de toute sa vie, elle n'avait vu un être qui ait l'air aussi mort. Il courut vers le fond de la salle, pistolet levé. Elle essaya de l'attraper, mais il se débarrassa d'elle d'un geste de l'épaule, comme on rejette une couverture.

« Ne regardez pas son visage, répéta Sara et, à cette seconde, Smith la gifla assez fort pour la renverser. Ne le regarde pas. Ferme les yeux », dit-elle encore à Molly.

Eric Smith lui flanqua un coup de pied dans le tibia, lui entailla la peau.

« Qu'est-ce que tu fous ? lui lança-t-il.

— Elle ne vous a pas vu ! » cria Sara en réponse, et elle se releva tant bien que mal. « Molly ne vous a pas vu ! Fermez les yeux ! »

Elle tendit la main à l'infirmière, l'attrapa par la jambe, avant que Smith ne les bouscule, pour les séparer.

« Elle a deux enfants », fit Sara d'une voix stridente, sous le coup de la panique. « Deux petits garçons, chez elle. Laissez-la sortir. Elle ne vous a pas vu. »

Depuis le début de toute cette scène, Molly se trouvait toujours au même endroit. Elle tenait la main de Jeffrey dans la sienne, les yeux clos, paupières serrées. Elle priait, peut-être.

« Elle ne vous a pas vu, répéta Sara, la voix tremblante. Elle ne vous a pas vu. Laissez-la partir. »

Smith les dévisagea, ses yeux passèrent de l'une à l'autre, et Lena vit bien qu'il luttait, qu'il avait du mal à réfléchir et à se décider. Il lança un coup d'œil pardessus l'épaule à son acolyte, mais sans solliciter son avis pour autant.

« Vous pourriez la laisser partir. Et elle emmènerait Marla. »

Il sembla envisager cette éventualité supplémentaire.

« Et mon bras ? » demanda-t-il. Il se tourna vers Molly, qui avait toujours les yeux fermés. « Vous disiez que vous alliez me recoudre.

— Il me faut de la lidocaïne. Il me faut... » Elle se retourna et regarda Lena d'un œil bizarre. « Donne-moi trente-trois cc de lidocaïne à deux pour cent. » Elle s'exprimait en détachant ses mots, sa langue taillait chaque lettre comme au rasoir. Elle répéta. « Trente-trois cc à deux pour cent. »

Le trouble de Sara survint trop vite pour qu'elle puisse s'en cacher. Lena la vit froncer les sourcils, mais à l'évidence Smith en savait déjà assez.

« Vous essayez de me court-circuiter ? » Il la poussa du bout de sa rangers. « Hein ?

— Non », répondit Molly, toujours en gardant les yeux détournés de Smith, mais elle réussit à jeter un coup d'œil à la pendule murale, façon de rappeler à Lena qu'à 3 h 32, les autres allaient faire irruption. D'un bref signe de tête, Lena lui indiqua qu'elle avait compris. D'ici vingt minutes, donc.

Smith planta le canon de son arme au milieu du front de Molly, il était encore plus nerveux, à présent.

« Casse-toi d'ici, vociféra-t-il. Je me méfie de toi. Emmène aussi la vieille. »

Elle se leva, et Sara avec elle.

« Qu'est-ce que vous fabriquez ? demanda Smith.

— C'est mon amie, lui répliqua Sara, en étreignant l'infirmière. Dis à ma famille... » commença-t-elle, mais elle fut incapable d'achever.

L'infirmière s'approcha de Marla et voulut l'aider

à se lever, mais la vieille femme avait trop peur pour tenter quoi que ce soit.

« C'est bon », lui dit Lena, en passant le bras sous le sien, pour la soutenir. La main de Marla lui effleura les fesses, et Lena en fut troublée, jusqu'à ce qu'elle se rende compte qu'elle venait de lui glisser le canif dans la poche arrière de son pantalon.

Lena risqua un regard vers Smith, mais il n'avait rien vu. Et Sonny semblait n'avoir eu conscience de rien non plus.

« Très bien, fit Smith en désignant la porte. Bougez. » Il fit signe à Marla, avec son arme. « Allez, filez, avant que je ne change d'avis. »

Molly garda la tête baissée et se dirigea avec la vieille femme vers la porte d'entrée. Lena vit tout son corps pour ainsi dire trembler de peur, car l'infirmière, elle le savait, avait compris que son dos demeurerait une cible tant qu'elle ne serait pas en sécurité, de l'autre côté de la rue.

Il les suivit d'un pas nonchalant, de sa démarche décontractée. Il chuchota quelques mots à Lena, qu'elle fut contente de ne pas pouvoir entendre. Elle conserva une expression neutre, tout en se demandant comment elle allait pouvoir sortir ce couteau de sa poche et le plonger dans le cœur de Smith, bien profond.

« Psst », fit Brad. Elle leva le menton, pour lui signifier qu'elle l'écoutait.

« Qu'est-ce qu'elle a voulu dire, Molly ? »

Lena répondit de sa voix la plus feutrée possible.

« L'heure.

— L'heure ?

— Si on ne sort pas d'ici, c'est les autres qui vont venir nous chercher. »

Brad réfléchit un instant.

« Trois heures trente-deux ? chuchota-t-il, et elle hocha la tête. J'attendrai ton signal.

— Tiens-toi prêt », lança Smith à son partenaire. Sonny se courba sur le comptoir, et il pointa son fusil pour tirer. « Maintenant ! »

Lena les vit faire et elle bondit vers eux en criant.

« Non ! »

Juste à cet instant, le coup partait.

Elle était à plusieurs mètres de distance, et Smith eut amplement le temps de parer le geste de Lena. Il avait l'air exaspéré, et il la repoussa comme il l'avait déjà fait tout à l'heure, comme s'il chassait une mouche. Lena se releva tout de suite, mais elle se retint de le défier. Elle regarda par les fenêtres de la rue, et vit Molly agenouillée près de Marla. L'autre avait abattu la vieille femme d'une balle dans le dos. Les hommes des SWAT firent une sortie, un véritable essaim, pour les couvrir, elle et l'infirmière, tout en les entraînant vers le pressing.

« Marla ! », s'écria-t-elle, toujours en regardant par la fenêtre. « Ils ont eu Marla. » Elle se tourna vers Smith, les poings levés. « Enculé, salaud ! » hurla-t-elle, en le martelant de coups. C'était comme avec Ethan – il n'était qu'une muraille de muscles.

« Ouah », fit le tueur, en reculant et, dans son geste, il l'emmena avec elle. Il lui bloqua les deux mains, c'était facile, et sa colère le fit rire. « T'es une bagarreuse, toi, ironisa-t-il, en lui moulant le derrière dans sa main et en l'attirant contre lui. T'aimes ça, ma jolie ? Tu l'aimes, cette grosse queue ? »

Lena contracta la mâchoire.

« Vous l'avez tuée ? siffla-t-elle, en lui plantant ses ongles dans les bras. Vous avez tué cette vieille femme. »

Il lui colla les lèvres tout près de l'oreille.

« Je pourrais te tuer aussi, mon petit sucre, mais t'inquiète pas, avant, on se fera plaisir. »

Elle s'écarta d'un coup sec, ses mains attrapèrent le bandeau qu'il s'était noué autour du biceps. Elle jeta par terre le bout de tissu ensanglanté, puis elle s'essuya les mains sur son jeans, comme pour s'extraire cette crasse de la peau.

« Espèce de salopard, répéta-t-elle. Salopard, tueur. »

Il se tenait le bras, et elle vit le sang suinter entre ses doigts.

« C'est pas bien, ça », fit-il.

Sonny posa son fusil et sortit un bandana de la poche de son pantalon.

« Tiens », dit-il, et Smith attrapa le carré de tissu.

« Enroule ça autour de mon bras », ordonna Smith, en le tendant à Lena.

« Va te faire foutre », lâcha-t-elle, et il lui flanqua une grande claque du plat de la main, qui l'expédia au tapis.

« Obéis », lui répéta-t-il, en lui tendant de nouveau le bandana.

Elle se leva et prit le bout de tissu. Son bras saignait abondamment, mais à première vue la blessure n'était pas profonde. Elle lui noua quand même un garrot autour de l'avant-bras, en serrant fort, et elle regretta que ce ne soit pas autour du cou.

« Qu'est-ce que tu regardes ? » demanda-t-il à Sara, et il repoussa Lena loin de lui tout en se dirigeant vers le fond de la salle. Sonny avait relevé son fusil en position haute, et il lança un coup d'œil à Lena, un avertissement, avant de se tourner vers la porte.

« Qu'est-ce que tu regardes ? répéta Smith.

— Rien », lui répondit Sara, en revenant s'agenouiller près de Jeffrey. Elle lui posa la main sur le visage, et Lena le vit remuer dans son sommeil, sans du tout se réveiller. « Il faudrait qu'il soit à l'hôpital.

— On va s'occuper de lui, ici, rétorqua-t-il, en se servant de son pied pour ouvrir la mallette de l'ambulance. Attrape-moi ce merdier », ordonna-t-il à Lena.

Elle en sortit le défibrillateur et le nécessaire à perfusion, en vérifiant par-dessus son épaule ce qui se passait du côté de Sonny. Brad s'était rapproché de lui, mais pas encore assez pour le bousculer.

« Je ne suis pas chirurgien vasculaire, l'informa Sara.

— Tu vas t'en occuper », lui dit Smith, en prenant la poche de sérum des mains de Lena.

Sara insista.

« L'artère axillaire a été touchée. Je ne vais rien voir.

— Je m'en moque, fit-il, en s'agenouillant à côté de Jeffrey.

— Vu les circonstances, je ne peux pas installer de bloc opératoire. Je ne suis pas anesthésiste.

— Tu n'arrêtes pas d'invoquer toutes sortes de prétextes, je vais finir par croire que c'est de la mauvaise volonté. » Et il jeta le nécessaire de perfusion par terre.

« Qu'est-ce que vous faites ?

— Je peux quand même bien lui accorder une chance de se défendre, ironisa le tueur, en déboutonnant le poignet de la chemise de Tolliver.

— Pourquoi faites-vous ça ? s'enquit Sara.

— Et pourquoi je le ferais pas ? » rétorqua-t-il, avec un haussement d'épaules. « J'ai rien de mieux à faire. » Pourtant, il lança quand même une œillade à Lena, derrière lui, et elle se demanda encore si toute cette frime lui était destinée, à elle, ou si c'était juste que ce genre de jeux l'amusait. C'était peut-être un mélange des deux.

« Vous allez devoir insérer la canule... » commença Sara, mais d'un regard, il la fit taire.

Lena le regarda enrouler le garrot en caoutchouc autour de l'avant-bras de Jeffrey. Il n'était pas expert en la matière, mais à la troisième tentative, il réussit à introduire l'aiguille dans la veine.

Il s'amusa de ses propres ratages.

« Une bonne chose qu'il soit dans les pommes.

— Ce n'est pas la première fois que vous faites ça, observa Sara. Alors, il te faut combien de transfusions par jour, maintenant ? »

Il leva les yeux vers elle, et Lena vit ses yeux d'un bleu cristallin trahir d'abord une sorte d'inquiétude, puis quelque chose qui ressemblait à de la joie. Tous se dévisagèrent pendant quelques poignées de secondes, avant que Smith n'éclate de rire.

« Ça vous en a pris du temps, fit-il.

— Vous vous trompez », lui répliqua-t-elle. Lena aurait donné cher pour comprendre de quoi parlait Sara. « Vous vous trompez du tout au tout.

— Peut-être », dit-il, en lançant un coup d'œil à son complice. L'autre regardait fixement par la fenêtre côté rue, comme s'il ne se souciait guère de ce qui se passait dans le reste de la pièce. Pourtant, Lena n'ignorait pas qu'il les surveillait. Sonny, ou quel que soit son nom, avait des yeux derrière la tête.

Smith raccorda la perfusion, puis il appela Lena.

« Tiens-moi ça, fit-il, en désignant la poche stérile. Rends-toi utile. »

Lena s'assit par terre, le dos contre le mur. Elle gardait une main calée derrière elle, tandis que l'autre tenait la poche de perfusion. Smith était à moins de trente centimètres d'elle, mais elle ne voyait pas du tout ce qu'elle pourrait tenter.

Il ouvrit la mallette de secours.

« Dites-moi de quoi vous avez besoin.

— Je ne peux pas prendre le risque, insista Sara.

— Ma chère dame, répliqua Smith, vous n'avez pas le choix. »

Elle se redressa, secoua la tête.

« Je refuse.

— Vous refusez, et moi, à chaque minute qui passe, je tue un enfant », menaça-t-il. Comme elle ne réagissait pas, il sortit son pistolet de sa ceinture, le leva, et pointa le canon sur une des fillettes.

Brad vint s'interposer, devant l'enfant.

« Je te descends aussi, toi, menaça Smith.

— Et puis après ? s'écria Sara. Vous les descendez tous, et il ne restera plus que moi ? »

Il eut un signe vers Lena, sans la regarder.

« J'ai pas que ça en tête, comme idées, rappela-t-il. Qu'est-ce que vous en pensez, docteur ? Vous voulez être spectatrice de ça aussi ?

— Vous ne feriez pas ça, lui dit-elle, mais elle savait bien que si.

— Vous pensez que ce genre de truc, ça se transmet, dans une famille ? »

Sara baissa les yeux, le visage assombri par ce qui ressemblait à de la honte.

Lena ne put s'empêcher de les questionner.

« De quoi parlez-vous ?

— Tu n'es pas au courant ? répondit Smith. Bien sûr que tu n'es pas au courant, toi. Il va quand même pas le crier sur les toits, qu'il est un putain de violeur, non ?

— Qui ? » fit Lena.

En même temps, Sara répliquait à Smith.

« Non.

— T'aimes pas ça, hein ? » lui lança le tueur. Il gardait son arme braquée sur Brad. « Et toi, Skippy ? Ça te plaît, d'apprendre ça ? »

Brad secoua la tête.

« Ce n'est pas vrai.

— Qu'est-ce qui n'est pas vrai ? » demanda Lena.

Smith se tourna vers Sara.

« Dites-leur, docteur. Dites-leur pourquoi on est tous ici.

— Non, insista Sara. Vous vous trompez du tout au tout. »

Les lèvres de Smith se retroussèrent sur un sourire épouvantable.

« Ton patron ? dit-il à Lena. Le Grand Chef Tolliver, couché dehors, la tête explosée ? Il a violé ma mère, et c'est moi le salopard qui a payé la note. »

Chapitre vingt-deux

Mardi

Sara se réveilla d'un sommeil de plomb, qu'aucun rêve n'était venu troubler, cette fois-ci. Elle était dans le petit lit de Jared, et son regard se posa sur un aigle en mousse, l'une des mascottes de l'université d'Auburn, suspendu au-dessus de sa tête par des fils de fer. Comment ce garçon réussissait-il à dormir avec cet engin planant à sa verticale, prêt à lui fondre dessus à tout moment, cela la dépassait. Les petits garçons étaient eux-mêmes d'étranges créatures, comme en témoignait l'iguane aux yeux protubérants qui la considérait d'un œil avide, derrière sa cage de verre.

Elle se leva, se frotta les yeux pour achever d'en chasser le sommeil. La climatisation était allumée, mais elle avait chaud, après cette après-midi de sieste. Elle n'avait jamais aimé dormir au milieu de la journée, et comme pour le lui rappeler, sa tempe droite était toute palpitante d'une douleur lancinante.

Dans la cuisine, elle trouva du Coca et une aspirine. Entre la caféine et le médicament, elle espérait chasser ce qui commençait à ressembler à une migraine. Peut-être la filature de coton ou la carrière crachaient-elles des fumées toxiques dans l'air. Sara couvait cette migraine depuis la minute de son arrivée à Sylacauga.

A pas feutrés, elle se rendit sur l'arrière de la maison, elle se sentait un peu comme une morte vivante. Une sieste, c'était censé vous ressourcer, or elle avait l'impression de n'avoir pas fermé l'œil de la nuit. Elle avait dû rêver, et elle était incapable de s'en souvenir. Si ce rêve avait été assez néfaste pour que son corps en pâtisse de la sorte, elle n'était pas mécontente d'avoir oublié le cauchemar qu'avait pu concocter son esprit, quelle qu'en soit la nature.

Nell lui avait déconseillé d'utiliser la salle de bains des enfants et, après un bref coup d'œil, elle comprit pourquoi. Il y avait des serviettes et des fringues un peu partout, et une quantité de jouets dans la baignoire, un tout petit peu louches, étant donné l'âge de Jared et Jen.

Elle passa dans la chambre parentale, et trouva que Nell faisait preuve d'un goût étonnant, dès qu'on lui permettait de manier une palette excluant l'orange et le bleu. Un immense lit traîneau, recouvert d'une courtepointe tricotée main, était disposé en angle, avec une vue superbe sur le jardin ensoleillé. Dans le coin, il y avait un rocking-chair, une pièce d'antiquité, et une grande commode avec une télévision posée dessus.

Comme la chambre, la salle de bains était nette et joliment arrangée. Les serviettes étaient assorties à la courtepointe, et les tapis de bain complétaient le tout. Elle posa la bouteille de Coca sur le rebord de la baignoire, s'assit sur la lunette des toilettes, et masqua un grand bâillement en mettant la main devant sa bouche. Elle allait détacher une feuille du rouleau de papier toilette, quand elle entendit quelqu'un entrer dans la maison. Comme une imbécile, elle avait laissé la porte de la salle de bains ouverte, et elle se dépêcha de s'essuyer et de remonter son pantalon, juste au moment où un craquement violent éclatait dans la pièce de devant. Sans réfléchir, elle ouvrit la bouche pour demander si quelqu'un avait besoin d'aide, mais elle se ravisa, car elle venait d'entendre un bruit suspect.

Prudemment, elle repassa dans la chambre, et un autre craquement sonore se répercuta dans la maison. L'individu était entré dans la cuisine. Des portes de placards claquèrent l'une après l'autre, quelqu'un était en train de fouiller, tout comme elle dans la cuisine de Jessie, la veille.

Elle regarda vite autour d'elle, elle comprit qu'elle était prise au piège dans la partie arrière de cette maison. La salle de bains communiquait avec la chambre et, à part la fenêtre, la seule issue restait l'entrée. Elle calculait tout ceci quand elle entendit des pas feutrés dans le couloir, et elle regagna la salle de bains en courant, sauta dans la baignoire, se cacha derrière le rideau à l'instant où l'intrus entrait dans la pièce à son tour.

Celui qui était entré là venait chercher quelque chose – cela, au moins, était évident. Il ouvrit la porte du placard, écarta des affaires des rayonnages, et elles tombèrent par terre. Lorsque l'intrus pénétra dans la salle de bains, elle sentit une goutte de sueur perler entre ses omoplates.

Elle vit l'ombre d'un homme de haute taille, debout devant les toilettes, à quelques dizaines de centimètres de l'endroit où elle s'était cachée. La lumière découpait son ombre, et même si elle savait qu'il ne pouvait la voir, elle se sentait vulnérable, susceptible d'être découverte d'une seconde à l'autre. L'homme tendit la main et prit quelque chose sur le rebord de la baignoire. La bouteille de Coca. Il allait voir la condensation, sentir le liquide encore frais.

« Qui est là ? » dit-il.

Elle s'appuya de la main dans le fond de la douche. Elle sentit les carreaux froids. En un éclair, elle se revit dans ces toilettes, à Atlanta, là où son agresseur l'avait abandonnée, menottée dans un box. Elle ne pouvait oublier cette sensation du carrelage froid contre ses genoux nus. Elle avait fixé ces carreaux du regard, cela lui avait paru durer des heures, en attendant qu'on la trouve. Il lui avait collé de l'adhésif sur la bouche, pour l'empêcher de crier, et elle n'avait rien pu faire d'autre que de voir sa vie, son sang, s'écouler sur ce sol.

Le rideau s'écarta sur sa tringle avec un crissement, et elle sursauta, se plaqua dos à la cloison.

Robert était là, le Coca dans la main. Visiblement, il était furieux de la trouver là.

« Qu'est-ce que tu fiches ici ? »

Elle posa la main sur sa poitrine, aussitôt envahie par le soulagement. Cela ne dura pas, car elle comprit que c'était elle qui était de trop ici. Pourquoi Robert était-il là ? Que cherchait-il ?

« J'étais... fit-elle, hésitante.

— Qu'est-ce que tu veux ? » lui demanda-t-il. Comme elle ne répondait pas, il posa la bouteille sur le rebord et se mit à fouiller le placard de la salle de bains.

« Nell devrait bientôt rentrer », lui expliqua-t-elle, alors qu'il se remettait à fouiller, en jetant des serviettes et des boîtes sur le sol. Il jeta un coup d'œil derrière lui. « Possum a emmené tout le monde au cinéma et après ils dînaient dehors. »

Elle réussit enfin à ébaucher un geste. Robert ne lui

ferait aucun mal. C'était l'ami de Jeffrey. Elle allait enjamber le rebord de la baignoire.

« Jeffrey devrait...

— Il ne sera pas de retour avant un moment, la coupa-t-il. Ne sors pas d'ici, Sara. »

Elle acheva quand même son mouvement, se dirigea vers la porte.

« Je vais juste...

— Ne bouge plus ! » lui ordonna-t-il, et les murs renvoyèrent l'écho de sa voix. Il y avait de la sauvagerie dans son regard, et elle finit par comprendre l'ampleur de son désespoir.

Elle refoula la peur panique qu'elle sentait monter en elle.

« Il faut que j'y aille. »

Il se leva, lui barra le passage.

« Que tu ailles où ?

— Jeffrey m'attend.

— Où ça ?

— Au poste. »

Il la perça du regard.

« Tu mens, Sara. Pourquoi me mens-tu ? » Comme elle ne lui répondait pas tout de suite, il hurla. « Qu'est-ce que tu fous ici, bordel ? Tu n'étais pas censée...

— Je... je... » bredouilla-t-elle, en cherchant les mots justes. Elle n'avait jamais eu peur de Robert, mais tout à coup elle se souvint qu'il était inculpé de meurtre, et cette seule idée pesait le poids du plomb. A le voir dans cet état, elle se demanda si Jeffrey ne s'était pas trompé sur son compte. Il était peut-être capable de meurtre, s'il se sentait acculé.

« Viens par ici », fit-il, en la saisissant par le bras,

sans lui laisser le choix. Et il la projeta vers le rocking-chair. « Assieds-toi. »

Elle voulut résister, mais ses genoux se dérobèrent sous elle et elle se laissa tomber dans le fauteuil.

Il se rendit à la grande commode sous la fenêtre, en restant assez près de Sara pour l'empêcher de se lever, au cas où. La télévision était couronnée d'une antenne de fortune, des cintres en fil de fer, emballés dans du papier alu. Il ouvrit le tiroir du haut et le papier alu émit un crissement sec.

« Qu'est-ce que tu cherches ? demanda-t-elle. De l'argent ? Tu as besoin d'argent ? Je peux t'en donner... »

En un éclair, il fut sur elle, il empoigna les bras du rocking-chair, le visage à moins de trois centimètres du sien.

« Je ne veux pas de ton sale fric ! Tu crois que c'est l'argent qui va arranger tout ça ? C'est ce que tu penses ?

— Je...

— Bordel ! » Il s'écarta d'elle, et le fauteuil bascula violemment en arrière. En une fraction de seconde, il avait retrouvé son calme, et il était retourné à la commode. Sara le regarda s'activer, ouvrir le tiroir du bas et en sortir un petit boîtier noir qu'elle reconnut instantanément : le coffret à serrure d'un pistolet.

D'un bond, elle se leva du fauteuil, mais il se retourna aussitôt vers elle, de nouveau blême de colère, et elle s'immobilisa, se plaqua contre le mur. Elle profita de ce qu'il composait la combinaison du coffret pour essayer de s'approcher de la porte, pas à pas. Il faudrait foncer. Mais pourquoi ne courait-elle pas ? Pourquoi ne bougeait-elle donc pas ?

Il avait l'air plus calme, maintenant qu'il avait trouvé ce qu'il cherchait.

« Où vas-tu ?

— Quel besoin as-tu d'un pistolet ?

— Je quitte la ville », lui annonça-t-il, en se servant de son pouce pour saisir la suite de la combinaison. D'un coup, le coffret s'ouvrit, et il en sortit l'arme. « Six-treize, le score final du dernier match que nous avons joué contre Comer.

— Je vais devoir... »

Il braqua l'arme sur elle.

« Ne pars pas, Sara. »

Une fois encore, l'espace d'un instant, elle revit ces heures qu'elle avait passées au Grady Hospital, à saigner de partout, incapable de remuer les bras ou les jambes, incapable d'appeler à l'aide. Elle refusait de se laisser reprendre au piège de la sorte – c'était au-dessus de ses forces. Elle n'y survivrait pas.

« Assieds-toi », ordonna-t-il, en désignant le fauteuil.

Elle aurait voulu garder son calme, mais son cœur refusait de lui obéir.

« Je ne dirai rien à personne, promit-elle, et elle perçut le son de sa propre voix, elle s'entendit le supplier.

— Je ne peux pas te faire confiance », rétorqua-t-il et, d'un geste avec son arme, il lui fit signe de se rasseoir. « Viens par ici, et assieds-toi. » Il attendit une fraction de seconde. « Je suis désolé, pour tout à l'heure. Je n'aurais pas dû te hurler dessus. »

Elle fixait le pistolet du regard.

« Il n'est pas chargé », remarqua-t-elle, et elle aurait aimé croire à ses propres paroles.

Il tira la culasse en arrière, avec un claquement métallique.

« Maintenant, si. »

Elle resta là où elle était.

« Qu'est-ce que tu vas faire ?

— Rien, lui dit-il. Te ligoter. »

Le cœur de Sara fit un bond. Elle était incapable de rester ligotée. Si elle se retrouvait confinée de la sorte, elle allait devenir folle. Elle essaya de respirer, mais elle comprit que c'était justement le problème. Elle respirait trop fort, beaucoup trop fort.

« J'ai besoin de prendre un nouveau départ », lui confia-t-il, alors qu'elle ne lui avait rien demandé. Il pointa de nouveau l'arme sur elle. « Écarte-toi de la porte, Sara. Sinon, je t'abats.

— Pourquoi ? » fit-elle, et elle pria pour qu'il retrouve un peu de bon sens et de logique, en se demandant si cette vision n'avait pas été aussi la dernière qu'ait eue Luke Swan devant les yeux, avant que sa tête n'explose.

« Je n'ai pas l'intention de te faire de mal », lui affirma-t-il, comme si c'était de nature à la rassurer, avec cette arme braquée sur sa poitrine. « Mais tu le dirais à Jeffrey, et il me retrouverait. »

Elle sentit ses mains se mettre à trembler. Si elle ne parvenait pas à maîtriser sa respiration, elle allait bientôt se retrouver en hyperventilation.

« Je ne sais pas où est Jeffrey.

— Il rentrera bien assez tôt », lui répondit-il, en inspectant de nouveau le contenu du placard, tout en gardant l'arme pointée sur elle. D'un coup de pied, il en fit basculer une petite boîte à outils. « Il est incapable de te lâcher un seul instant. Je n'ai jamais vu ça. »

Elle évalua la distance qui la séparait du couloir. Robert était encore un athlète. Il aurait la détente nécessaire, il irait aussi vite qu'elle. Et une balle irait encore plus vite, mais il fallait quand même qu'elle tente sa chance. Elle fit un pas, un tout petit pas, à peine perceptible, qui réduisit la distance entre cette porte et elle.

D'une main, Robert ouvrit la boîte à outils d'un coup sec. Sans quitter Sara des yeux, il en sortit un rouleau de chatterton couleur argent.

Elle ouvrit la bouche, mais sans réussir à respirer un gramme d'air. Son agresseur d'Atlanta avait utilisé le même genre d'adhésif pour la réduire au silence, le temps de la violer. Et elle avait subi ses sévices sans même pouvoir hurler.

« Je préférerais utiliser autre chose, avoua-t-il. Quand on va te retirer ça, ce sera douloureux.

— Je t'en prie, fit-elle, d'une voix tremblante. Enferme-moi dans le placard.

— Tu hurlerais quand même.

— Non », jura-t-elle, et ses jambes tremblaient si fort qu'elle crut que ses genoux allaient céder sous elle. « Je te jure que je ne vais pas crier », répéta-t-elle, le visage mouillé de larmes à la pensée du contact de l'adhésif sur sa peau. Sans trop savoir comment, elle réussit à faire encore un pas vers la porte. Elle tendit les mains vers lui. « Je te promets que je vais garder le silence. Je ne dirai pas un mot. »

Le fait qu'elle soit au bord de perdre le reste de son sang-froid semblait le rendre encore plus calme, et il s'adressa à elle d'une voix qui avait l'apparence du raisonnable.

« Je ne peux pas me fier à toi là-dessus. »

Elle hoqueta dans un sanglot.

« Oh, je t'en prie, Robert. Je t'en prie, ne fais pas ça. S'il te plaît...

— Ne... »

Et elle se rua vers la porte, en direction de l'entrée. Robert jaillit de sa position assise pour courir après elle comme un dératé, et elle sentit le bout de ses doigts lui effleurer le bras au passage. Elle n'osait pas regarder par-dessus son épaule, elle déboucha dans le salon. Elle était presque arrivée à la porte quand deux mains la ceinturèrent et la propulsèrent contre la table basse. Il l'avait plaquée par-derrière. Les trophées d'Auburn, ces souvenirs si chers au cœur de Possum, valsèrent et se fracassèrent au sol et, sous le poids du ventre de Sara, l'épais plateau en verre de la table se fendit net en deux. Elle en eut le souffle coupé, elle sentit ses poumons comprimés dans sa poitrine.

« Bordel de merde », éructa Robert, et il la releva d'un coup sec, en la tirant par la taille. Les bras de Sara battirent l'air, il la traîna dans la chambre et du verre brisé roula sous ses pieds, s'éparpilla un peu partout dans la pièce.

« S'il te plaît... » le supplia-t-elle, en lui enfonçant les ongles dans le dos de la main. Elle griffa l'air, elle cherchait à se retenir à tout ce qui passait à sa portée, elle s'agrippa au mur, renversant les plantes, décrochant les cadres. Elle se rattrapa au montant de la porte, et il essaya de la faire rentrer dans la chambre de force. Il réussit enfin à la pousser à l'intérieur, et elle sentit ses ongles se retourner.

« Nom de Dieu », beugla-t-il, et il la laissa retomber sur le sol. Elle venait de lui arracher la peau du bras. Elle se débattit, se releva tant bien que mal, sa tête s'emplit d'un cri mais aucun son ne lui sortit de la bouche. Elle avait les mains en sang, mais elle se battrait encore contre lui, s'il le fallait.

« Arrête ! » s'écria-t-il, menaçant, et il lui faucha les pieds, pour lui faire perdre l'équilibre. Elle rampa à quatre pattes en direction de la porte et il la rattrapa de nouveau par la taille.

« Laisse-moi tranquille ! » réussit-elle enfin à hurler.

Il la projeta au sol. Sa tête vint heurter le bois du plancher, et elle sentit son cœur se soulever, ses paupières papillonner.

« Sara », fit-il, en l'aidant à se redresser. Il lui prit la tête entre ses mains, un geste d'une certaine douceur, et la posa dans le creux de ses genoux. « Arrête. Je ne veux pas te faire du mal.

— Robert, je t'en prie... » l'implora-t-elle, en luttant pour ne pas vomir. Elle essaya de se relever, mais son corps était privé de force. Tous ses muscles étaient comme inertes, et elle ne parvenait plus à rien voir distinctement.

Il lui coucha la tête sur le sol, attrapa le rocking-chair, le tira depuis l'autre bout de la chambre.

« Je ne veux pas te faire de mal », lui répéta-t-il, en la relevant avec délicatesse. Il l'installa dans le fauteuil, elle avait les bras et les jambes ballants, comme une poupée. Elle sentit remonter un relent de vomissure dans son arrière-gorge et, sans crier gare, la pièce se mit de nouveau à tanguer.

« Ne t'évanouis pas », la supplia-t-il, mais elle ne voyait pas trop comment elle allait pouvoir s'en empêcher. Elle ne s'était encore jamais évanouie de sa vie, mais la tête lui tournait tellement qu'elle craignait d'avoir été commotionnée.

Elle inspira plusieurs fois, à fond, et ses côtes lui

firent mal. Robert la scrutait du regard, il surveillait le moindre de ses mouvements. Au bout d'un laps de temps qui lui parut durer plusieurs minutes, sa vue redevint plus nette, et elle se sentit l'estomac moins contracté.

« Tu as eu le souffle coupé, c'est tout », lui assura-t-il, visiblement soulagé. Pourtant, il garda sa main posée sur sa poitrine une minute de plus, pour s'assurer qu'elle tienne assise toute seule. Il déroula un morceau de ruban adhésif, tout en la surveillant attentivement. Il lui baissa ses socquettes, puis il lui enroula l'adhésif autour de la cheville avant de faire le tour du pied du fauteuil.

Elle le regardait s'activer, elle était incapable de rien tenter pour l'arrêter.

« Aller en prison, je ne peux pas, c'est impossible, lui confia-t-il. Je croyais pouvoir supporter ça, mais j'en suis incapable. Je ne peux pas passer encore une nuit comme celle-ci, je ne peux pas. »

Il lui attacha l'autre jambe au fauteuil, qui se mit à se balancer. Sara se sentait le cœur au bord des lèvres, mais Robert immobilisa le rocking-chair, puis il se rassit sur ses talons, et la regarda.

« Je veux que tu dises à Possum que je lui enverrai de l'argent, une fois que je me serai installé quelque part. Il s'est crevé le cul pour arriver à monter ce magasin, et je ne vais pas tout lui faire perdre à cause de mon refus de comparaître devant le tribunal. »

Elle banda les muscles de ses jambes, tira sur le chatterton, elle sentait que ses liens lui coupaient la circulation.

« Robert, je t'en prie, ne fais pas ça. »

Il déroula un autre morceau d'adhésif.

« Mets les mains sur les accoudoirs. »

Elle ne bougea pas, et il lui leva le bras lui-même, le lui prit par le poignet, et le plaça sur l'accoudoir à sa place.

« Je ne peux pas, fit-elle, et elle sentait la vie s'écouler d'elle comme au goutte-à-goutte. Je ne peux pas. »

Il la dévisagea, l'air surpris, comme s'il trouvait sa réaction excessive.

« Si tu me promets de ne pas crier à l'aide, je ne te bâillonne pas. »

Elle fondit de nouveau en larmes, avec une telle gratitude pour cette petite concession qu'elle aurait volontiers fait n'importe quoi pour lui.

« Je t'en prie, ne pleure pas », fit-il, en sortant son mouchoir pour lui essuyer ses larmes. Elle repensa à Jeffrey, à son mouchoir, et à sa prévenance à son égard. Ce qui la fit pleurer de plus belle.

« Bon Dieu », chuchota-t-il, comme si Sara était en train de le punir. « Ce ne sera pas long, promit-il. Ne te mets pas dans cet état-là, Sara. Je ne te ferai aucun mal. » Il demeura interdit un court instant. « Tu t'es coupée à l'œil. »

Elle cligna d'une paupière, et c'est alors seulement qu'elle remarqua le sang qui troublait son champ de vision.

« Bon sang, je suis vraiment désolé », s'excusa-t-il, en cssuyant ce sang. « Je ne voulais pas de ça. Je ne voulais faire de mal à personne. »

Elle avala sa salive, elle sentait qu'elle récupérait un peu de forces. Elle parviendrait peut-être à le raisonner. Elle arriverait peut-être à lui parler, à le réfréner. Elle allait lui promettre de ne pas hurler, de n'appeler personne, si seulement il lui laissait ce bras libre.

Il replia bien le mouchoir en carré. Elle essaya de trouver un moyen de le convaincre, de l'amener à comprendre qu'elle ne représentait pas une menace.

« Pour l'argent, je vais parler à Possum, promit-elle. Qui d'autre encore ? A qui d'autre veux-tu que je parle ? A Jessie ? »

Il remit son mouchoir dans sa poche et attrapa le chatterton.

« J'ai voulu lui écrire une lettre, mais je n'ai jamais été très fort à ce genre d'exercice.

— Elle voudra savoir, insista Sara. Dis-moi tout, et je lui expliquerai.

— Jessie se moque de ce qui m'arrive.

— Mais non, le contredit-elle. Pas du tout. »

Il souffla lentement, et se servit de ses dents pour couper l'adhésif.

Elle se mordit la lèvre, assez fort pour la faire saigner.

« J'ai essayé que ça marche, entre nous », poursuivit-il, en lui prenant le poignet. Elle tenta de se dégager, mais il lui plaqua la main sur l'accoudoir.

Il enroula l'adhésif, et elle regarda son bras fixement, elle se sentait envahie d'un désespoir si profond qu'elle dut respirer très fort pour le surmonter.

Il s'assit de nouveau sur ses talons.

« Bien, ce n'est pas trop mal. » Il tendit la main, ses doigts vinrent presque au contact de ses lèvres. « Tu t'es mordue », lui dit-il. Elle détourna la tête d'un coup sec, sans réfléchir, et elle vit le regard blessé de Robert, comme s'il n'était pas responsable de tout ceci.

« Je ne suis pas ce que tu crois, reprit-il. Je l'aimais vraiment.

— Je t'en prie, relâche-moi », le supplia-t-elle encore.

Il se frotta les mains sur les cuisses. Le pistolet était par terre, à côté de lui, mais elle n'était guère en position de tendre la main et de s'en emparer. Il l'avait étroitement scotchée au fauteuil.

Et il répéta, presque dans un soliloque :

« Je l'aimais vraiment. »

Elle ne détachait plus les yeux de l'arme, comme si elle avait pu la forcer à venir se loger au creux de sa main.

« Tu dis ça comme si tu ne l'aimais plus, lui dit-elle, en s'efforçant de réprimer le tremblement de sa voix.

— Je ne sais pas ce qui a déraillé. » Il eut un pâle sourire. « Qu'est-ce qui te certifie, au fond de ton cœur, que tu aimes Jeffrey ?

— Je ne sais pas », lui répondit-elle, incapable de quitter ce pistolet des yeux. Enfin, elle s'obligea à regarder Robert. « Je t'en prie, Robert. Ne me laisse pas comme ça. Je ne peux pas. Je ne peux pas supporter ça.

— Ça va aller.

— Pas comme ça, répéta-t-elle. Je t'en prie. Je t'en supplie.

— Dis-moi ce qui fait que tu aimes Jeffrey », lui répéta-t-il, comme s'il lui soumettait une espèce de marché. « Qu'est-ce qui te permet d'en être certaine ?

— Je n'en sais rien.

— Allons », fit-il, et elle se rendit compte qu'il voulait l'aider à retrouver son calme, car en un sens, cela lui faciliterait la tâche.

« Je n'en sais rien, répéta-t-elle. Robert...

— Il doit bien y avoir quelque chose », insista-t-il, avec un sourire contraint, comme deux personnes bien élevées réunies là par un funeste hasard. « Ne me dis pas que c'est son sens de l'humour et sa personnalité si merveilleuse. »

Elle se creusa la tête pour trouver quoi lui répondre. Il devait y avoir une réponse juste, une réponse qui l'amènerait à la libérer de ce fauteuil et à la laisser partir, mais elle ne trouva rien.

« Tu ne sais pas ? »

Elle lui répondit la seule chose qui lui vint à l'esprit.

« Ce sont les petits riens. C'est ce que Nell dit de Possum... les petits riens.

— Ah oui ?

— Oui », fit-elle en écho, et elle s'efforça de contenir sa peur panique, elle essaya de se remémorer ce que lui avait confié Nell. Sa propre voix lui parut étouffée, comme si elle parlait sous l'eau. « Il est toujours de retour à la maison à l'heure où il l'a promis, et ça ne l'ennuie pas d'aller à l'épicerie à sa place. »

Robert eut un sourire triste, en se relevant.

« Peut-être que j'aurais dû aller à l'épicerie pour Jessie. »

Elle sentit son cerveau qui travaillait à établir un lien, mais elle ne saisissait pas lequel ni pourquoi. Pourtant, sa bouche continua de prononcer des mots.

« Tu as bien dû y aller, à l'occasion, j'en suis persuadée. »

Il dévida encore un grand morceau de chatterton, toujours en le découpant avec ses dents, puis il laissa tomber le rouleau à terre.

« Jamais », lui avoua-t-il, en lui entourant la poitrine et les avant-bras d'adhésif, en lui calant le dos contre le dossier du fauteuil. « Elle disait que ça ne la dérangeait pas, elle aimait bien. Ça lui donnait l'impression de s'occuper de moi.

— Tu n'es jamais allé à l'épicerie ? » s'étonna-t-elle. Pile à cette seconde, une chose que Jeffrey lui avait dite la veille au soir lui revint en tête, et elle sentit un calme étrange s'emparer d'elle.

Il regarda autour de lui, il cherchait le rouleau d'adhésif.

« Bon sang », fit-il. Il s'était agenouillé devant le lit et il tressaillit. Il porta la main à son estomac, là où la balle lui avait percé la peau. « Il a roulé sous le lit », lui dit-il, et il se pencha pour le récupérer, en s'appuyant de la main contre le matelas.

« Tu n'es jamais allé à l'épicerie pour elle ? » répéta Sara, en le regardant s'agenouiller devant ce lit. Il avait la main posée sur le matelas, il s'y appuyait, et elle eut de nouveau la vision du contour sanglant de la main de Luke Swan, sur cet autre lit.

« Je ne suis jamais allé à l'épicerie », lui confirma-t-il, en se redressant, et il respirait fort. « Merde, ça fait mal. »

Bien qu'elle ne puisse bouger, Sara sentit soudain qu'elle retrouvait un peu la maîtrise de la situation.

« Est-ce qu'elle conduisait souvent le pick-up ?

— C'est une drôle de question, ça », observa-t-il, mais il y répondit quand même. « Ouais. Elle détestait ça, mais si je me garais derrière elle dans l'allée, c'était plus commode que de sortir les deux voitures en marche arrière. »

Elle tira sur son poignet, pour voir si l'adhésif n'était pas un peu lâche.

« Ce n'est pas toi qui es sorti au magasin, ce soir-là, n'est-ce pas, Robert ? C'était Jessie. Elle s'y est rendue avec ton pick-up. »

Il débobina un nouveau morceau de ruban adhésif. Il refusait de la regarder et, d'instinct, elle savait qu'il avait envie de l'entendre, qu'elle poursuive.

« La nuit où Luke a été abattu, reprit-elle, redoutant presque sa réponse. Dimanche. Est-ce que Jessie a pris ton pick-up, dimanche ? »

Le morceau était trop long et l'adhésif s'était replié sur lui-même. Il essaya de le décoller.

« Je ne vois pas de quoi tu veux parler.

— Jessie était dans ton pick-up, insista Sara, plus sûre d'elle, à présent. C'est elle qui est allée à l'épicerie, ce soir-là. Il y avait du lait et du jus de fruits dans le réfrigérateur. J'ai vu la liste des courses, dans le pick-up. »

Il continuait de décoller l'adhésif avec son ongle, comme s'il espérait le récupérer.

« Si c'est Jessie qui est allée au magasin, alors c'est Jessie qui est rentrée chez vous. Tu as dit la vérité, mais tu as interverti les choses. C'est Jessie qui est rentrée à la maison, et c'est toi... » Elle s'interrompit, stupéfaite. « C'est toi qui étais dans la chambre, acheva-t-elle. Tu étais avec Luke Swan, toi, et pas Jessie. »

Il lâcha un rire forcé, abandonnant avec l'adhésif, qu'il roula en boule.

Elle persévéra, convaincue d'avoir compris ce qui s'était passé.

« Tu étais par terre, à genoux, en face du lit.

— Peut-être qu'un seul suffira, fit-il, en attrapant le rouleau.

— Est-ce que Luke se trouvait derrière toi, quand il a été abattu ? »

Il arracha un morceau d'une quinzaine de centimètres.

« Je vais devoir te scotcher la bouche. »

Elle refoula sa peur, elle avait besoin de connaître la vérité.

« Dis-moi juste ce qui s'est produit, Robert. Tu ne l'as pas tué. Je sais que tu ne l'as pas tué. C'était Jessie ? Elle t'a surpris ? Robert, il faut que tu le racontes à quelqu'un. Tu ne peux pas laisser cela en l'état. »

Il commença de la bâillonner, mais à la dernière minute, il s'arrêta. Elle le dévisageait, il refit une tentative, mais quelque chose empêchait Robert de lui coller cet adhésif sur la bouche.

Il recula de quelques pas, il s'assit sur le lit, il était mal à l'aise, c'était évident. Il tenait le rouleau entre ses mains, il le tenait avec délicatesse, comme s'il avait pu exploser.

Elle veillait à lui parler avec tact, ne sachant pas trop jusqu'où elle pouvait le pousser.

« Tu étais avec Luke, cette nuit-là, c'est cela ? »

Il fixait ses mains du regard, son silence constituait en soi une réponse suffisante, un encouragement à poursuivre.

« Est-ce que Jessie savait, avant cette nuit-là ? » Elle s'interrompit, marqua un instant de silence. « Robert ? »

Il secoua la tête, les épaules voûtées.

« Avec elle, dit-il enfin, j'ai essayé de toutes mes forces. Elle était la seule femme au monde de qui je me serais vu le mari. » Il regardait par la fenêtre, le jardin. Sara se demanda s'il pensait aux barbecues familiaux, et aux pique-niques, et aux matches de catch avec le fils qu'il ne pourrait jamais avoir. « En temps normal, quand elle était sortie, elle en avait toujours pour un moment, continua-t-il. Elle m'avait dit qu'elle allait chez sa mère, et qu'ensuite elle passerait à l'épicerie, comme tous les dimanches soir.

— Qu'est-il arrivé ?

— Elle s'est disputée avec sa mère. » Il laissa échapper un soupir de lassitude. « Elle est rentrée à la maison très tôt, elle avait même déjà eu le temps de ranger toutes les courses. Quel grand flic je fais, hein ? Je ne l'ai même pas entendue ranger, dans la cuisine.

— Elle vous a surpris ?

— Elle me croyait encore chez Possum, en train de regarder le match.

— Est-ce qu'elle vous a surpris ? répéta-t-elle.

— J'avais tenu ça caché, répondit-il, esquivant la question. J'avais tenu ça caché, pendant toutes ces années. » Il se frotta les yeux. « J'ai conclu un marché avec Dieu. Je Lui ai promis de ne plus recommencer s'Il voulait bien donner un bébé à Jessie. » Il laissa retomber sa main. « C'était tout ce qu'il nous fallait, tu vois, d'être une famille. J'aurais été un bon père. »

A l'évidence, il attendait une sorte de confirmation, mais Sara ne lui en accorda aucune, et il détourna le regard.

« Dieu eut assez de clairvoyance pour interdire que cela arrive. Peut-être savait-Il que je ne pourrais honorer ma part de ce marché.

— Dieu ne fait pas ce genre de marchés.

— Non, acquiesça-t-il. Pas pour des hommes dans mon genre.

— Être gay ne fait pas de toi un être mauvais. »

A ce mot, il tressaillit.

Elle tira sur sa jambe, força sur l'adhésif, pour voir s'il ne cédait pas un peu.

« Tout ce que j'ai fait s'est transformé en poison », déplora-t-il. Chose inexplicable, un véritable sourire lui vint aux lèvres. « Tu sais à quoi cela ressemble, d'être amoureux pour la première fois de son existence ? »

Elle ne répondit rien.

« Dan Phillips, dit-il. Bon Dieu, ce qu'il était beau. Je sais que toi, tu n'irais pas penser à un garçon en ces termes, mais il avait ces yeux bleus, si clairs que... » Il porta la main à sa bouche, puis la laissa retomber. « Ça t'écœure, d'entendre ça ?

— Non.

— Moi, ça m'écœurait. Julia nous a surpris derrière le gymnase. Bon Dieu, je n'ai jamais accepté aucune de ses faveurs. Dan non plus. Nous ne savions pas que c'était là qu'elle retrouvait les garçons. » Il lâcha un rire acide. « C'était notre première fois. La première et la dernière.

— Qu'a-t-elle fait ?

— Bordel, elle a crié comme une folle, reprit-il. Je ne me suis jamais senti aussi honteux de ma vie. Pendant une semaine, rien qu'à repenser à sa manière de nous regarder, j'en ai vomi. Comme si on était de la véritable ordure. Bon Dieu, on était de l'ordure. Dan a détalé. Il a quitté la ville. Il supportait plus de voir ma tête.

— C'est pour ça que tu l'as tuée ? »

Il eut l'air piqué au vif, comme si elle venait de l'insulter.

« Si c'est ce que tu penses, vas-y.

— Je veux connaître la vérité. »

Il la dévisagea un instant.

« Non, dit-il. Je ne l'ai pas tuée. Pendant un temps, j'ai cru que c'était Jeffrey, mais... » Il secoua la tête. « Jeffrey, non, il n'a rien fait. Dans cette ville, il y a probablement une liste longue comme ça de types qui avaient une raison ou une autre de la détester, mais lui, il n'est pas comme ça.

— Et tu ne l'as pas violée non plus.

— Non. Seulement, c'était sa façon de me torturer,

de répandre cette rumeur à la con. Elle a cru que j'avouerais, que je révélerais ce que j'étais, que j'allais me défendre en le faisant savoir à tout le monde. » Son visage se rembrunit. « Comme si j'allais céder. J'aurais préféré mourir plutôt que quelqu'un le sache.

— Et Jeffrey ? »

Elle se sentait obligée de lui poser cette question.

« Elle s'est figuré que j'allais me servir de lui. On était amis, non ? Que je laisserais croire aux gens qu'il l'avait violée, rien que pour cacher mon secret. » Il fit silence, pour s'assurer qu'elle l'écoutait. « Je t'ai prévenue, Sara, je préférerais mourir plutôt que ça s'ébruite. »

En disant cela, il la regardait droit dans les yeux, et Sara comprit la menace.

Il fallait qu'elle continue de le faire parler.

« C'est pour ça que tu as endossé la responsabilité, pour Luke ? »

Robert la dévisagea, en silence.

« C'était toujours et encore la même histoire qui recommençait.

— Comment ça ?

— Il savait, dit-il. Il suffit d'une fois pour comprendre, j'imagine.

— Luke ?

— Un soir, je l'ai embarqué dans ma voiture de patrouille, à l'arrière. Je l'avais ramassé pour vagabondage, près du bowling. » Robert regarda de nouveau par la fenêtre. « Il faisait froid, donc je lui ai donné ma veste. De fil en aiguille... Je ne me rappelle même pas comment c'est arrivé... sauf que c'était très bon, et qu'ensuite, le lendemain, je me suis senti très mal. »

Elle lut l'angoisse sur son visage et, malgré la situation, elle se sentit désolée pour lui.

« Je ne sais pas comment il s'y est pris, mais il a gardé mon blouson avec lui. Peut-être qu'il me l'avait volé dans la voiture, en profitant d'un moment de distraction. Peu importe comment il s'est débrouillé, mais il y avait mon nom inscrit dessus, en grand. Le lendemain matin, il m'a appelé au poste. Il m'a juré qu'il allait se promener avec partout en ville, raconter à tout le monde qu'il était devenu ma nana. » Ce mot le fit renifler de dégoût. « Il n'arrêtait pas de me suivre, il flirtait avec moi, putain, comme une gonzesse. » Sa mâchoire se crispa, il baissa les yeux, il contemplait ses mains.

« Tu aurais pu lui dire de filer, fit remarquer Sara. Personne n'aurait ajouté foi à sa parole contre la tienne.

— Ça ne marche pas comme ça, ici », releva-t-il et, au fond, elle savait qu'il avait raison. Le ragot, dans une petite ville, c'est monnaie courante. Même la rumeur en apparence la plus improbable conservait davantage de valeur que l'ennuyeuse vérité de la vie quotidienne dans toute sa banalité.

« Qu'est-il arrivé, Robert ? »

Il prit son temps pour répondre, pour énoncer cette vérité plus horrible que tous les mensonges qu'il avait pu proférer ces quelques derniers jours.

« J'étais faible. Je voulais juste quelqu'un qui sache me réconforter, quelqu'un avec qui je me sente bien. » Il releva les yeux sur Sara, comme s'il s'attendait à tout moment qu'elle manifeste sa répulsion, sous une forme ou une autre. « Je l'ai appelé, je lui ai proposé de passer. Je lui ai dit que je voulais qu'il me baise. Ça te plaît d'entendre ça ? Tu sais ce qu'on faisait, nous deux, hein ? On s'enculait comme deux pédés. »

Elle resta de marbre.

« Tu étais amoureux de lui ?

— Je le haïssais », lui répliqua-t-il, et elle sentit, à son ton de voix, que c'était la vérité. « En un sens, il me tendait un miroir, où je voyais ma propre image. Je découvrais tout ce qu'il y avait de monstrueux en moi. » Et, dans un souffle, il ajouta encore trois mots. « Putain de pédé. Tantouze.

— C'est pour ça que tu l'as tué ? »

Dehors, une voiture s'arrêta, et ils attendirent tous deux que l'on referme une portière. Quelques secondes plus tard, ils entendirent le voisin de Nell entrer chez lui et claquer la porte. En tout cas, s'il avait remarqué que ses chiens avaient disparu, il avait l'air de s'en moquer.

Elle insista.

« Robert ? »

Il prit son temps avant de lui répondre.

« Jessie nous est tombée dessus, lui confia-t-il enfin. Elle nous a entendus. Les bruits qu'on faisait. » Il tourna le regard vers Sara, pour jauger sa réaction. « Elle est allée chercher mon pistolet, parce qu'elle a cru que quelqu'un était entré dans la maison par effraction. Elle n'a même pas pris la peine d'appeler la police. » Il s'égara dans une digression. « C'est à propos de ça qu'elle s'était disputée avec Faith. C'est pour ça qu'elle était rentrée plus tôt. »

Elle attendit, elle ne comprenait pas.

« La dispute avec sa mère. Elles se sont chamaillées parce que Jessie s'est pointée là-haut totalement pétée. Elle s'était saoulée à je ne sais quoi, elle avait pris des somnifères, enfin, je ne sais quoi. Sa mère me rendait toujours responsable, alors que Faith est elle-même presque tous les jours ivre, elle a sa flasque avec elle, elle s'envoie un coup de gnôle quand elle est dehors, quand elle veut faire croire à tout le monde qu'elle arrose juste son jardin. C'était le moyen pour Jessie de tolérer son existence avec moi. C'est comme ça qu'elle encaissait mes échecs. Et elle prenait des comprimés, pour anesthésier le chagrin. »

Elle entendit le voisin d'à côté claquer de nouveau sa porte d'entrée. Elle retint son souffle, espérant qu'il vienne par ici, s'enquérir de ses chiens, mais sa voiture redémarra et elle l'entendit ressortir de l'allée en marche arrière.

« L'intention de Jessie, c'était de m'abattre », lui affirma-t-il, tout en jetant un coup d'œil par la fenêtre, sans doute pour suivre du regard la voiture du voisin qui s'éloignait dans la rue. « Elle a appuyé sur la détente parce qu'elle était sous le choc. Elle n'avait pas vraiment réfléchi à tout ça, mais elle avait bel et bien l'intention de m'abattre, moi, et pas lui. Tout au moins, c'est ce qu'elle m'a avoué plus tard. Elle m'a confié qu'elle était si saoule qu'au début elle avait cru que je m'étais dédoublé, et que j'avais enfin réussi à me baiser moi-même. » Il se passa la langue sur les dents du haut. « Je n'avais même pas senti sa présence. J'entends encore Luke me souffler à l'oreille : "Hé, pourquoi pas ? Tu veux te joindre à la fête ?" Je ne comprenais pas de quoi il parlait. C'est ensuite, j'ai saisi, je crois, qu'il lui parlait à elle. Qu'il la provoquait, et pourtant il avait bien dû voir qu'elle avait un pistolet en main. C'était sa manière d'être avec les gens, il les poussait, il les poussait, jusqu'à ce qu'ils éclatent.

— Elle lui a tiré dessus.

— Je portais mon T-shirt, mais... » Sa voix resta en suspens, et il avala sa salive, non sans difficulté, avant de poursuivre. « J'ai senti cette éclaboussure dans mon dos, comme une espèce de bruine. Je n'ai entendu le bruit que plus tard, à peu près deux ou trois secondes plus tard. C'était sûrement plus rapide que ça, mais en quelque sorte mon cerveau a tout ralenti. Tu sais comment ça se fait ? »

Elle opina. D'expérience, elle savait que le traumatisme ralentissait les choses, comme si la douleur était un état à savourer plutôt qu'à subir.

« Il y a eu cette espèce de claquement, comme un ballon ou je ne sais quoi. » Il respira à fond. « Et puis il s'est affaissé contre moi, et j'ai senti ce... c'était mouillé... » A cette évocation, il secoua la tête. « Il a glissé le long de mon dos, tout en bas. »

Elle se souvenait de Robert cette nuit-là, qui était resté dos au mur, en tenant sa chemise serrée dans sa main. Il devait être couvert de sang.

« Après ça, tout est allé si vite. Cette lenteur sur le moment, et après, le reste a été si rapide.

— Que s'est-il passé ?

— Jessie m'a tiré dessus.

— Elle t'a raté, fit Sara, se souvenant de l'impact de balle dans le mur.

— Je suis allé attraper mon arme de secours dans l'armoire. Le coffret n'était même pas verrouillé. Après la perte du bébé... » Il secoua la tête, à l'évidence, il n'avait aucune envie de parler de ça. « Je n'ai même pas vraiment réfléchi, mis à part sans doute pour regretter que la balle m'ait manqué quand elle a tiré. » Il marqua un temps de silence. « Elle s'est immobilisée, comme si elle demeurait incapable de m'abattre, même après avoir compris qui j'étais. Je suis juste resté planté là, peut-être une seconde, et soudain j'ai tout réalisé... tout le monde découvrant ce qui s'était passé, qui je suis, et je me suis collé le canon contre le ventre, et j'ai pressé la détente.

— Tu as eu de la chance que ça n'ait pas causé plus de dégâts.

— C'est allé si vite, répéta-t-il. J'étais incapable de réfléchir. C'était comme... » Il claqua des doigts.

Elle garda le silence, elle entendit l'écho de ce claquement, comme un coup de feu.

« Ça n'a pas fait très mal, précisa-t-il. Je pensais que ça ferait mal, mais en réalité non, c'est seulement plus tard que j'ai senti la douleur.

— C'était l'idée de Jessie, de dire que c'était toi ?

— Bon sang, non ! », se récria-t-il, et elle se demanda s'il disait la vérité. « Elle est allée se chercher une poignée de comprimés. Elle les a presque tous renversés par terre. Et moi, je regardais tout autour de moi, en me demandant : "Merde, qu'est-ce que je peux faire ?"

— Et qu'est-ce que tu as fait ?

— J'imagine que j'aurais dû le savoir dès l'instant où j'allais presser la détente, mais il m'a fallu un moment avant que mon cerveau ne se remette à fonctionner. J'ai attrapé le pistolet et les douilles, et j'ai ramassé le tout. Deux ou trois secondes plus tard, j'ai entendu quelqu'un ouvrir la porte de derrière d'un coup de pied. J'ai tout balancé par terre. Je lui ai placé le pistolet à côté de la main. Jeffrey est entré, en criant "Qu'est-ce qui s'est passé ici, nom de Dieu ?" Il est ressorti te chercher et j'ai soufflé à Jessie d'ouvrir la fenêtre et de pousser sur l'écran de la moustiquaire. Bien la première fois de sa vie qu'elle faisait ce que je lui demandais sans me demander le pourquoi du comment.

— Et la balle ? » s'enquit-elle. Robert avait remis cette balle à Reggie, quand il avait avoué.

« Jessie l'a extraite plus tard. Je ne sais pas quand, mais elle me l'a donnée. Elle m'a dit à quel emplacement exact elle l'avait trouvée, dans son crâne. Elle m'a dit que c'était pour moi, un souvenir. »

Elle le savait, c'était la seule minute où Jessie s'était retrouvée avec le cadavre, et c'était lorsque Jeffrey et elle étaient ressortis dehors, sur le perron, en attendant l'arrivée de Hoss. La femme de Robert avait dû se faufiler à l'intérieur pendant qu'ils se disputaient.

« Jessie est bien plus futée que les gens ne l'imaginent, reprit-il. Quand vous avez tous déboulé, elle a joué la comédie, comme si elle était trop pétée pour suivre ce qui se passait. Moi, j'étais complètement flippé. J'entendais tous ces mots qui me sortaient de la bouche, je m'entendais inventer cette histoire, sans même réfléchir à ce qui ne collait pas. Elle m'a laissé faire, elle est restée piquée là, en fait elle m'a laissé dérouler assez de corde pour me faire pendre.

— Pourquoi ? s'étonna-t-elle, car elle ne comprenait toujours pas. Pourquoi as-tu menti ?

— Parce que je préfère être un meurtrier de sang-froid qu'une tarlouze. »

La finalité de ses paroles alourdit fortement l'atmosphère de la pièce et, de sa vie, elle ne s'était jamais sentie aussi désolée pour un être.

« Je ne suis pas un type bien, Sara, c'est tout. » Il s'interrompit, comme s'il lui fallait s'accorder un instant pour se reprendre. « Si je pouvais me procurer un couteau et me l'extirper, je le ferais. Je me découperais ce putain de cœur, pour redevenir normal.

— Tu es normal, s'insurgea-t-elle. Il n'y a rien de mal, chez toi.

— Il est trop tard.

— Tu ne peux pas enrayer le cours de cette affaire, fit-elle. Tu ne peux rien enrayer pour le moment. Tu n'as aucune obligation de t'en aller. Tu es innocent, Robert. Tu n'as rien fait. Rien de tout ça n'est ta faute.

— Tout est ma faute, rectifia-t-il. J'ai péché, Sara. J'ai péché contre Dieu. J'ai rompu les vœux de mon mariage. J'ai été avec un autre homme. Et j'ai tant de fois souhaité sa mort. C'est Jessie qui a appuyé sur la détente, mais c'est moi qui l'ai amené là. Je l'ai amené dans notre maison. Il n'est plus possible de revenir là-dessus.

— Tu es qui tu es », objecta-t-elle, mais elle voyait bien qu'il n'y avait pas moyen de le raisonner. « Tu n'as aucune raison d'avoir honte.

— Si, fit-il, en reprenant son pistolet. Mais si.

— Oh, mon Dieu... »

Il pointa l'arme droit sur la tête de Sara, et d'une main ferme. Elle ferma les yeux, elle songea à tout ce qu'elle n'avait jamais fait dans sa vie, et se demanda comment ses parents allaient surmonter ça. Tessa avait encore besoin d'elle, et Jeffrey... il y avait tant de choses qu'elle avait tues. A cette minute, elle aurait donné n'importe quoi pour être avec lui, sentir ses bras autour d'elle.

« Tu n'es pas un meurtrier », lui dit-elle et, à force de tension, sa gorge se serra.

« Je suis tellement désolé », fit-il, et il se tenait assez près d'elle pour qu'elle puisse renifler l'odeur de sa sueur. Elle sentit le métal froid du pistolet appuyé contre son front, et elle pleurait pour de bon maintenant, ses yeux ne captaient plus rien d'autre, tout le reste de la pièce était comme oblitéré. Elle entendit le cran de sûreté se déverrouiller, et elle murmura encore une prière.

« Je t'en prie, chuchota-t-elle. Je t'en prie. Non. » Et elle dit la seule chose qui lui traversa l'esprit à cette seconde. « Je suis enceinte. »

Le pistolet resta là où il était quelques secondes de plus, avant de retomber, et Robert lâcha un juron, sans desserrer la mâchoire.

Elle rouvrit les yeux et le découvrit dos à elle. Ses épaules étaient secouées de tressaillements, et elle crut qu'il pleurait, jusqu'à ce qu'il se retourne. Elle fut saisie de terreur quand elle s'aperçut qu'il riait.

« Enceinte ? répéta-t-il, comme si elle venait de lui offrir la chute d'une vraie bonne blague.

— Robert...

— Tout lui tombe rôti dans le bec, à celui-là. »

Instantanément, elle comprit son erreur.

« Je n'ai pas...

— Seigneur », siffla-t-il, en lui braquant de nouveau l'arme sur la tête. Sa main tremblait, cette fois, et il hésita, en lâchant encore un juron. « Merde.

— Jeffrey ne le sait pas, fit-elle, cherchant désespérément le bon argument. Il n'en sait rien ! »

Robert maintenait fermement le canon.

« Il ne le saura jamais.

— Il le saura ! cria-t-elle. A l'autopsie ! » La mâchoire de Robert se contracta, et elle continua de parler aussi vite qu'elle put. « C'est comme ça que tu veux qu'il l'apprenne ? Tu veux qu'il le découvre quand je serai morte ? Il le découvrira, Robert. C'est comme ça qu'il le saura.

— Assez », ordonna-t-il, en lui appuyant le canon contre le crâne. « Tais-toi, c'est tout.

— C'est un garçon ! cria-t-elle, presque hystérique de peur. C'est un garçon, Robert. Son fils. Le fils de Jeffrey. »

Il abaissa son arme, le bras ballant le long du corps, sans rire, cette fois.

« Tu sais ce que c'est, de perdre un enfant, poursuivit-elle, et ses membres tremblaient si fort que le fauteuil se remit à se balancer. Tu sais ce que c'est. »

Il l'ignora, opinant lentement de la tête, comme s'il entamait une sorte de conversation avec lui-même. Sara vit ses lèvres remuer, mais aucun mot n'en sortait. Il enclencha le cran de sûreté avant de glisser l'arme dans sa ceinture de pantalon, puis il reprit le rouleau d'adhésif.

Elle le regarda s'affairer avec le ruban, sachant qu'il allait la bâillonner, afin de pouvoir ensuite l'abattre.

« Il m'aime », fit-elle, en se raccrochant aveuglément à tout ce qui serait susceptible de l'arrêter.

Il arracha un bout d'adhésif.

« Tu vas le priver de ça », fit-elle, et les mots se bousculaient dans sa bouche. « Tu vas le priver de son enfant, Robert. Son enfant mort-né. » A ces mots, la voix de Sara se serra, surtout parce qu'elle savait que jamais de sa vie elle n'aurait d'autre occasion de les prononcer. « Notre enfant, fit-elle, et elle aimait la sensation de ces mots-là dans sa bouche. Notre bébé. »

Il perçut toute la passion qu'elle avait dans la voix, c'était évident, car il s'interrompit dans ce qu'il était en train de faire.

« Je porte cet enfant », répéta-t-elle, sans retenue aucune. Elle était en paix avec elle-même et avec tout ce qui pourrait survenir par la suite. Ce calme qu'elle ressentait participait d'une logique inexplicable. C'était son état à cette minute, et c'était aussi simple que ça. « Notre bébé.

— Tu vas souffrir, la prévint-il. Tous ceux qui l'aiment finissent toujours blessés.

— Quand on aime quelqu'un, lui répondit-elle, c'est le risque à prendre. »

Ses doigts vinrent au contact de sa lèvre inférieure, ils suivirent le tracé de la fente dans l'épiderme. Avant de tout à fait comprendre ce qui se passait, elle le vit se pencher vers elle et ses lèvres effleurer les siennes. C'était le baiser le plus doux que Sara ait jamais reçu, et elle était trop sous le choc pour reculer la tête.

« Je suis désolé », dit-il, puis, avant qu'elle ait rien pu répondre, il lui scotcha la bouche. Il se tenait debout devant elle, les bras croisés. « Je suis désolé de te faire du mal. J'ai déjà fait du mal à suffisamment de gens comme ça dans mon existence. » Une expression amère lui traversa le visage, comme s'il avait eu une pensée qui ne lui convenait pas. « Jeffrey va croire que je cherchais autre chose, avec lui, ajouta-t-il. Tu lui diras que ce n'est pas vrai, d'accord ? Je n'ai jamais eu ce genre de pensée, d'envie vis-à-vis de lui... jamais. »

Elle opina, car c'était tout ce dont elle était capable.

« Dis-lui qu'il fera un père formidable, et que je ne voudrais pas lui retirer ça, pour rien au monde. » Sa voix s'étrangla. « Dis-lui qu'il reste le meilleur ami que j'aie jamais eu, et qu'il n'y a jamais eu autre chose. »

Elle opina encore, tâchant de comprendre ce qui venait de changer en lui.

« Je suis désolé de te scotcher la bouche. Je sais, j'ai promis. »

Elle le regarda s'éclipser, sans être capable de rien empêcher. Quelques secondes plus tard, elle entendit une portière de voiture claquer et un moteur démarrer. Quand il recula dans l'allée, elle reconnut le silencieux un peu faiblard du pick-up de Robert.

Il était parti.

Elle fondit de nouveau en larmes, mais de soulagement, cette fois. De sa vie entière, elle ne se rappelait pas avoir jamais versé autant de larmes. Son nez commençait à couler, et elle renifla, elle s'étouffa, à cause du bâillon d'adhésif. Son allégresse céda vite la place à la panique. Elle peinait à emplir ses poumons d'air. Plusieurs secondes s'écoulèrent avant que la claustrophobie qui menaçait de s'emparer d'elle ne s'estompe. Il fallait qu'elle se libère de ce fauteuil. Elle ne pouvait pas rester assise là, en attendant que Nell, Possum ou Jeffrey rentrent précipitamment dans la maison et viennent la secourir. Elle ne pouvait permettre qu'ils la trouvent ainsi, impuissante, victime de sa propre peur. Personne ne devait plus jamais la voir dans cet état.

Elle balaya la pièce du regard, tâchant de repérer ce qui l'aiderait à se libérer de ce fauteuil. Si elle se balançait en avant, elle allait finir à plat ventre, donc elle bascula le rocking-chair sur le côté, jusqu'à ce qu'elle arrive à le renverser. Sa tête heurta le plancher avec un bruit sourd, les tympans vibrant sous l'impact, et elle éprouva de nouveau le même vertige qu'auparavant. Une douleur aiguë lui parcourut l'épaule, à l'endroit du choc, mais grâce à cette chute, l'accoudoir avait aussi un peu de jeu. Elle secoua plusieurs fois la pièce de bois, elle essayait de déloger les chevilles d'ébéniste, mais elles tenaient bon. Ce fauteuil était certainement plus ancien qu'eux tous réunis, un objet que les ancêtres de Nell avaient construit pour qu'il dure une vie.

Elle prit le temps de respirer, elle réfléchit à ce qu'elle allait faire ensuite. Les deux bascules, au pied du meuble, lui interdisaient de le redresser et de ramper jusqu'à la porte. Robert lui avait scotché les poignets, mais pas les doigts. Même si elle ne parvenait pas à se dégager de ce siège, elle pouvait essayer de décoller l'adhésif de sa bouche. Si elle parvenait à le décoller de sa bouche, elle pourrait crier. Si elle arrivait à crier – même si personne ne l'entendait –, elle irait déjà mieux.

Usant de toute sa force, elle tira son bras vers sa bouche. Au bout de plusieurs minutes, à cause de la transpiration, l'adhésif se replia sur lui-même pour former une fine ligne qui lui tailladait la chair, mais elle força encore sur son bras, elle étira l'adhésif jusqu'à la limite. Quand le ruban se fut détendu au maximum, elle fit coulisser son bras dans les deux sens, tant et si bien que le chatterton lui créa une vilaine brûlure. L'adhésif cloqua, et Sara réussit encore à forcer sur son bras, de quelques centimètres vers l'avant. Elle essaya de le ramener en arrière, mais le ruban se logea dans le pli de la peau, et du sang perla.

Elle appréhendait cette situation comme un problème mathématique, elle calcula les variables, repoussant le seuil de la douleur avant de tenter quoi que ce soit d'autre. Elle cambra le dos, autant que le permettait l'adhésif autour de sa poitrine et de ses avant-bras, et elle se contorsionna jusqu'à ce que son épaule hurle de douleur. Et pourtant, elle continuait de pousser, d'étirer l'adhésif autour de sa poitrine, jusqu'à ce que sa bouche ne soit plus qu'à quelques centimètres de sa main. Ses doigts avaient presque totalement blanchi, à cause du manque de circulation, mais elle réussit à atteindre le bout du bâillon adhésif, avec son majeur.

Elle s'accorda une pause, compta jusqu'à soixante, laissa cette minute s'écouler, le temps que la souffrance lancinante dans son bras et son épaule se résorbe, qu'elle se limite à une douleur plus sourde. Ses doigts avaient atteint le bâillon. C'était suffisant pour essayer encore. Elle tira de nouveau, elle essaya d'attraper l'adhésif qui lui recouvrait la bouche. La sueur, le sang et la salive avaient imbibé l'adhésif, si bien que, au prix d'un dernier effort, elle réussit à attraper le bout du ruban entre le pouce et l'index, et elle tira.

Pas assez pour enlever le chatterton.

Elle respirait avec peine et elle sentit de nouveau la pièce se refermer sur elle, mais elle se convainquit de ne pas abandonner, sachant qu'elle ne pouvait renoncer, pas si près du but. Son corps à bout d'effort lui faisait mal, mais elle parvint quand même à contracter les muscles, assez pour une autre tentative. Cette fois, l'adhésif se décolla, et elle ouvrit la bouche, toute haletante, comme un chien qui sort la tête à la fenêtre.

« Ha ! » s'écria-t-elle dans la chambre vide, comme si elle venait de vaincre un grand adversaire. C'était peut-être ça, en effet. Peut-être avait-elle vaincu sa peur. Enfin, elle restait toujours collée à ce fauteuil, couchée presque face contre terre, avec peu d'alternatives à sa disposition, et rien d'autre devant elle que du temps.

« Bon, se dit-elle. Aucune raison de renoncer, pas le moment. » C'est le même genre de réflexion qui lui avait permis de tenir pendant toutes ses années de médecine, et ce n'était pas maintenant qu'elle allait abandonner.

Elle se concentra sur son bras, en se demandant si elle allait pouvoir atteindre l'adhésif avec ses dents. Le chatterton qui lui entourait la poitrine lui rentrait déjà dans les seins. Elle n'osait imaginer de quoi ces bleus auraient l'air, mais elle savait que les bleus finissent toujours par s'effacer.

Soudain, elle entendit du bruit devant la maison. Elle ouvrit la bouche pour appeler à l'aide, mais elle se ravisa. Robert aurait-il changé d'avis ? Était-il revenu achever la besogne ?

Des pas firent craquer le verre de la table basse brisée en mille morceaux, mais personne ne prononça un mot. Celui ou celle qui était entré dans la maison prenait son temps, il passait de pièce en pièce. Elle entendit du remue-ménage dans la cuisine, et elle attendit de voir dans quelle pièce allait ensuite passer l'intrus. Robert aurait-il oublié quelque chose ? Quand Sara l'avait surpris, que cherchait-il, à part le pistolet de Possum ? Si c'était un occupant de la maison, il se serait déjà manifesté.

Elle serra les dents, lutta contre la douleur en essayant de tirer sur sa main. Elle se tortilla et se retourna dans le fauteuil, elle mit toutes ses forces dans la balance, elle racla le plancher, elle étira la bouche vers l'adhésif.

« Sara ? » Jeffrey se tenait dans l'embrasure, la hache de Nell dans les mains. « Seigneur, dit-il, en contemplant la pièce, cherchant visiblement celui qui avait fait ça.

— Il est parti », le rassura-t-elle, en tirant toujours vers sa main.

Il laissa tomber la hache par terre et se précipita vers elle.

« Ça va ? » Il approcha la main de son œil. « Tu saignes. » Il eut un regard circulaire. « Qui a fait ça ? Qui a pu...

— Détache-moi », lui demanda-t-elle, songeant que si elle passait une seconde de plus dans ce fauteuil, elle allait se mettre à crier sans plus pouvoir s'arrêter.

Jeffrey avait dû le comprendre, car il sortit son canif

et tailla dans le chatterton sans poser davantage de questions.

« Oh, mon Dieu », gémit-elle en roulant du fauteuil, incapable de rien d'autre que rester allongée sur le dos. La douleur dans son épaule était épouvantable et elle avait tout le corps meurtri.

« Ça ira », lui dit-il, en lui frottant les mains pour rétablir la circulation du sang.

— Robert... »

Il n'eut pas l'air surpris d'apprendre que son ami était l'auteur de cet acte.

« Il t'a fait mal ? » Son visage s'assombrit. « Il n'a pas... »

Sara repensa à tout ce qui s'était produit, à ce qui avait conduit Robert à cette extrémité.

« Il m'a terrorisée, c'est tout. »

Il lui posa la main sur le visage, examina la coupure à l'œil et sa lèvre fendue. Il l'embrassa sur le front, les paupières, dans le cou, comme si l'embrasser allait tout arranger. Dans une certaine mesure, ce fut le cas et, sans réfléchir, elle se laissa aller, se serra contre lui aussi fort qu'elle put.

« Ça va aller, lui répéta-t-il, en lui massant le dos. Ça va aller.

— Ça va aller », lui répondit-elle, avec une clarté d'esprit reposante, et elle savait qu'elle ne se trompait pas.

Chapitre vingt-trois

15 h 17

Smith ne cessait pas de lui sourire, il attendait sa réaction.

« Il a violé ma mère, répéta-t-il. Et ensuite il l'a tuée, pour la faire taire. »

Lena ne se sentait ni choquée ni atterrée.

« Non, c'est faux », rétorqua-t-elle, et jamais rien, de toute sa vie, ne lui avait semblé aussi certain. « Je connais le genre d'homme qui est capable de ce genre d'acte, et Jeffrey n'est pas comme ça.

— Qu'est-ce que tu en sais ? lui lança-t-il.

— J'en sais assez. » Ce fut tout ce qu'elle lui répondit.

Il ponctua d'un claquement de langue.

« Toi, tu sais que dalle, riposta-t-il, irrité. Allez, on y va, ordonna-t-il à Sara.

— Je ne peux pas monter un bloc opératoire ici, se défendit-elle. Le plexus brachial est trop complexe.

— T'as pas besoin de bloc, répliqua Smith. Il est dans les vapes.

— Ne soyez pas stupide.

— Attention, la petite dame », menaça-t-il. Il fouilla dans la mallette que Lena avait rapportée de l'ambulance. « Sers-toi de ça », fit-il, en levant en l'air une ampoule de lidocaïne. Il sortit une lampe-torche et l'alluma en se la braquant sur le visage, avec un sourire. « Comme ça, tu vas y voir. »

Sara ne broncha pas.

« Commence », ordonna-t-il, avec ce visage encore plus épouvantable, pris dans le faisceau de la torche.

Elle eut l'air sur le point de refuser, mais quelque chose la convainquit de céder. Peut-être l'état de Jeffrey était-il trop sérieux pour que l'on patiente plus longtemps. Peut-être comptait-elle gagner un peu de temps. De toute manière, elle ne semblait pas vraiment croire que ce qu'elle allait tenter puisse marcher.

Elle sortit une paire de gants de la boîte et les enfila avec un claquement. Même Lena vit bien qu'elle avait peur, et elle se demandait comment diable Sara allait s'y prendre pour extraire une balle du bras de Jeffrey, sa confiance étant à ce point ébranlée.

Dès que Sara prit la paire de ciseaux pour découper la chemise de Jeffrey, sa main retrouva sa fermeté. S'il était éveillé, il ne bougeait pas, et Lena était heureuse qu'il ne puisse voir ce qui se passait.

« Lena, fit-elle, j'ai besoin de savoir si c'est vraiment de la lidocaïne. »

Lena sentit à quel point sa question était lourde de sens.

« Je n'en ai aucune idée, avoua-t-elle.

— Pourquoi Molly a-t-elle autant insisté là-dessus ?

— Je n'en sais rien », répondit Lena, et elle aurait aimé trouver un moyen de lui souffler la vérité. « Elle a dû se dire que c'était un moyen pour le faire tomber dans les pommes. »

Elle faisait allusion à Smith.

Sara prit le flacon et fit sauter le capuchon protecteur en caoutchouc. Elle attrapa une seringue et tira sur le piston.

Elle s'adressa à Eric.

« Versez toute la Bétadine sur la blessure. »

Il ne protesta pas, et il se servit même d'une compresse pour nettoyer le bras de Jeffrey. Une fois le sang essuyé, Lena vit ce qui ressemblait à une petite blessure en forme de piqûre, à l'aisselle.

Elle prit la seringue, la maintint juste au-dessus de la blessure.

« Tu es sûre ? dit-elle à Lena.

— Je ne sais pas », répéta cette dernière, en essayant de lui faire comprendre, d'un regard, que tout irait bien. Smith la fixait de son œil perçant, et elle baissa les yeux sur Jeffrey, en espérant que le tueur ne lirait pas dans ses pensées.

Sara piqua pile dans la blessure et, à son insu, Lena aspira une grande goulée d'air, sans desserrer les dents. Elle se força à détourner la tête, elle sentit dans son bras une douleur similaire. Elle vit que Brad s'était rapproché de Sonny. Il se passait la langue sur les lèvres, il regardait quelque part, au-dessus de sa tête. Elle devina qu'il observait l'horloge du poste, et une vague de panique lui parcourut la colonne vertébrale. Elle se rendit compte que l'horloge avançait peut-être.

Smith tenait la torche levée, pour qu'elle puisse mieux voir, ce qui permit à Lena de lire l'heure sur le cadran de sa montre Navy SEAL. Elle était dotée de toutes sortes de boutons et cadrans, et elle se remémora cette pub : la montre était synchronisée avec l'horloge atomique du Colorado, d'une précision à la milliseconde près ou quelque chose de cet ordre, bref, un truc impensable. L'objet était énorme, une espèce de bloc de métal attaché au poignet du tueur. Au milieu du cadran noir et circulaire, un afficheur numérique indiquait l'heure à la seconde.

3 :19 :12.

Douze minutes. Mais sa montre indiquait-elle la même heure que les leurs ? Que celles de Molly et Nick ? Lena n'osait pas consulter la sienne ou regarder l'horloge derrière elle. Smith comprendrait tout de suite ce qui se tramait, et ce serait aussitôt leur arrêt de mort à tous.

« Scalpel », demanda Sara, la main levée.

Smith le lui plaqua dans la paume, et elle incisa la peau, elle découpa la chair en suivant la trajectoire de la balle. En même temps, elle injecta le reste d'anesthésique dans la seringue, pour finalement en arroser toute la plaie. Lena s'obligeait à ne pas regarder, mais elle était hypnotisée par les entailles du bras de Jeffrey. A l'évidence, Sara savait ce qu'elle faisait, mais Lena ne comprenait pas du tout comment elle parvenait à garder son calme. On eût dit qu'elle était devenue quelqu'un d'autre.

« Il me faut plus de lumière », dit Sara à Smith, et il se pencha plus près, armé de sa torche, tandis qu'elle lui sondait le bras. « Plus près », exigea-t-elle, mais Smith ne bougea pas. Elle lâcha un juron entre ses dents, s'essuya la sueur du front d'un revers du bras. Elle se pencha elle-même davantage sur la plaie, pour mieux voir ce qu'elle faisait, tout le corps arqué dans une posture bizarre.

Jeffrey lâcha un gémissement étouffé, mais apparemment sans s'être réveillé.

« Surveille sa respiration », conseilla-t-elle à Lena.

Elle plaça les doigts sur la poitrine de Tolliver, elle la sentait se soulever doucement, chaque fois qu'il inspirait. D'un geste lent, elle tourna le poignet, elle aurait aimé consulter sa montre. La pièce était surchauffée, de la sueur lui dégoulinait du bras. Le bracelet métallique avait pivoté vers l'intérieur du poignet, et il n'y avait pas moyen de lire l'heure.

Du sang lui gicla en plein visage, et Sara se jeta en arrière dans un sursaut. Elle s'essuya du dos de la main et continua.

« Forceps », dit-elle à Smith.

Il fit volte-face pour attraper l'ustensile d'une main, tout en tenant la torche de l'autre. Sara essuya la giclée de sang avec de la gaze.

« Je ne la vois pas, cette balle, dit-elle.

— C'est dommage pour toi », ironisa-t-il, sur le ton de celui qui se délecte de toute cette tension dramatique.

« Si je ne la vois pas, je ne peux pas l'extraire.

— Du calme », fit Smith, en lui tendant les forceps, qui ressemblaient à une paire de pinces à épiler géantes. « Là, voilà », ajouta-t-il, en agitant l'instrument en l'air.

Sara prit les forceps, sans commenter.

« Tu gâches tout le côté rigolo du bazar, s'amusa-t-il, en tamponnant la gaze autour de l'incision. Tu peux très bien la récupérer, lui assura-t-il, plus enjôleur. J'ai foi en toi.

— Mais je risque de le tuer.

— Comme ça, maintenant, tu sais ce que je ressens, lâcha-t-il, avec un sourire méchant. Allez, vas-y. »

L'espace d'une seconde, elle parut sur le point de refuser, mais elle cala son pouce et son index dans les poignées des forceps, et inséra les pointes de l'instrument dans la blessure. Il en jaillit du sang.

« Clamp. »

Comme Smith ne réagissait pas assez vite, elle répéta.

« Tout de suite ! Donnez-moi le clamp ! »

Il lui tendit l'outil et elle lâcha les forceps, qui heurtèrent le sol avec un fracas métallique. Une balle toute déformée rebondit sur le carrelage. Elle introduisit le clamp dans la blessure, du sang jaillissait tout autour d'elle. Et puis soudain, le flot se tarit.

Lena posa de nouveau le regard sur la montre de Smith.

3 :30 :58.

« C'était pas si mal que ça », observa Smith, visiblement content de lui. Il se servit de la torche pour examiner l'intérieur de la blessure, avec un sourire ravi, comme un enfant qui aurait remporté une partie contre un adulte.

« Il peut tenir le coup environ vingt minutes, annonça-t-elle, en colmatant l'incision avec de la gaze. S'il n'est pas admis à l'hôpital, il perdra son bras.

— Il a d'autres soucis à se faire, des soucis plus graves que ça », ironisa Eric. Il posa la torche par terre, mais garda la main sur sa jambe, ce qui permit à Lena de lire distinctement l'heure sur le cadran de sa montre.

3 :31 :01.

3 :31 :02.

« Quel genre de soucis, par exemple ? » s'enquit Sara et, du coin de l'œil, Lena vit Brad se rapprocher du deuxième tueur. Il regarda de nouveau vers l'horloge, et elle comprit qu'il pensait à la même chose qu'elle : si leur heure et celle des autres n'étaient pas synchronisées, ils ne pouvaient pas se coordonner. Et si elle prenait l'initiative trop tôt ? Et si elle lançait son signal à Brad au mauvais moment ? Et s'ils se faisaient tous les deux abattre, avant l'arrivée de l'équipe du SWAT ?

« Non », chuchota Lena, en s'apercevant, mais trop tard, qu'elle venait de prononcer ce mot à voix haute.

Smith lui sourit de toutes ses dents.

« Elle, en tout cas, elle a pigé, remarqua-t-il. C'est pas vrai, ma jolie ? »

En guise de réponse, elle secoua la tête, très vite, puis elle glissa la main dans son dos, et là, elle sentit le relief du couteau, à travers le tissu de la poche. Elle réfléchissait trop. Ce qui comptait, c'était d'opérer en tandem avec Brad. Tout ce qui comptait, c'était l'effet de surprise.

« Tu vois, ici, il y a des gens qui me trouvent moins stupide que tu ne crois.

— Je ne pense pas que vous soyez stupide », rectifia Sara.

Lena jeta encore un coup d'œil à la montre de Smith. Il leur restait trente secondes. A l'autre bout de la salle, côté rue, Brad s'était rapproché de Sonny, et il s'était mis à aller et venir, comme si le stress commençait à lui peser. Et c'était peut-être vrai. Peut-être n'aurait-il pas le cran nécessaire.

« Je sais très bien ce que tu penses de moi », lui rétorqua-t-il.

La main de Lena progressait le plus lentement possible, ses doigts se faufilèrent dans sa poche arrière. Elle avait le cœur qui cognait dans sa poitrine, chacune de ses pulsations cardiaques se réglait sur le rythme des pas de Brad, qui déambulait à l'autre extrémité de la pièce.

« Ce que je pense, c'est que tu es un être très perturbé, continua Sara. Et je pense que tu as besoin d'aide.

— Du moment où tu as posé les yeux sur moi, tu m'as considéré comme de la merde.

— Ce n'est pas vrai.

— Tu as fait tout ce que tu as pu pour me pourrir la vie.

— J'ai voulu t'aider, répliqua-t-elle. Je le voulais vraiment.

— Vous auriez pu me recueillir chez vous, releva-t-il. Je vous ai écrit des lettres. Je lui ai écrit des lettres. »

Il avait désigné Jeffrey, mais Sara ne semblait pas s'en être aperçue.

« Nous ne les avons jamais reçues », lui affirma-t-elle, mais Lena l'entendait à peine, à cause de l'afflux de sang, du bourdonnement de ce sang à ses oreilles. Smith avait désigné Jeffrey. Smith savait qui était Jeffrey.

Lena agrippa le couteau, elle se servit de son pouce pour l'ouvrir. Elle appuya la pointe métallique contre le talon de sa chaussure et elle entendit le déclic de la lame qui se calait en place.

Elle retint son souffle, elle s'était attendue à ce que Smith entende ce déclic, mais il était trop absorbé par Sara. Depuis combien de temps savait-il, pour Jeffrey ? Quand avait-il compris que ce n'était pas Matt, gisant au sol devant lui, mais l'homme qu'il s'était juré de tuer ?

« Pendant tout ce temps, j'ai attendu que vous vous manifestiez. J'espérais que vous m'emmèneriez, pour lui échapper, pour ne plus la voir. » Il s'exprimait d'une voix d'enfant. « Tu sais le genre de choses qu'elle me faisait ? Tu sais le mal qu'elle m'a fait, tu sais comment ça se passait, avec elle ? »

« Il sait que c'est Jeffrey. » Lena se hurla ces mots,

ils lui résonnèrent dans le crâne. Mais elle les empêcha de franchir ses lèvres. Quel que soit le jeu de malade auquel se livrait Smith, il fallait que ce jeu se prolonge encore un tout petit peu. Encore quelques minutes et ce serait terminé.

Lena avait les yeux braqués sur le cadran.

3 : 31 : 43.

« Nous ne pouvions pas te venir en aide, se défendit Sara. Eric, Jeffrey n'est pas ton père. »

Lena vérifia où en était Brad. Il haussa les sourcils, comme pour dire « Prêt. Quand tu veux. »

« Tu es une putain de menteuse, lâcha Eric.

— Je ne mens pas, fit Sara, avec beaucoup d'assurance dans la voix. Je vais te dire qui est ton père, mais d'abord tu dois les laisser partir.

— Les laisser partir ? » s'écria-t-il, en extirpant son Sig Sauer de sa ceinture, tout en gardant l'autre main sur sa cuisse.

3 : 31 : 51.

Lena déglutit, et pourtant, il ne lui restait pas une goutte de salive dans la bouche. A la limite de son champ de vision, elle vit Brad s'approcher de Sonny.

« Laisser partir qui ? » demanda Smith, en prenant son temps, car il goûtait le drame qui se nouait, son plaisir était manifeste. Il baissa les yeux sur Jeffrey, avec un sourire. « Tu veux dire, lui ? Matt ? » Et il buta sur le « t », dans une gerbe de postillons.

Sara hésita une seconde de trop.

« Oui.

— Ce n'est pas Matt, fit Smith, en relevant le chien. C'est Jeffrey.

— Maintenant ! » cria Lena, en bondissant sur Smith. Elle lui planta le couteau dans la gorge, ses doigts glissèrent sur la lame, le métal affûté lui entailla la peau de la main.

Sara avait bondi quelques secondes après Lena, elle avait arraché le Sig à Smith. Au même instant, un coup de feu éclata du côté de la façade. Les trois fillettes se mirent à crier et la vitre de la porte d'entrée éclata.

Des agents du Georgia Bureau of Investigation entrèrent en trombe dans le poste. Brad était debout, au-dessus de Sonny, il pointait le fusil contre le visage du jeune homme, le pied appuyé sur sa poitrine.

« Lève-toi », dit Sara à Lena, en l'écartant de Smith. Lena glissa dans la flaque de sang, et Sara le retourna sur le dos. « Va chercher une ambulance », fit-elle, en palpant le cou de Smith de ses deux mains, elle cherchait l'entaille, pour tenter d'empêcher le sang de couler. Elle menait un combat perdu d'avance. Il y avait du sang partout, qui débordait de la gorge de Smith comme d'un barrage rompu. Lena n'avait jamais vu autant saigner de sa vie. On eût dit que rien ne pourrait arrêter ce sang.

« Aidez-moi, implora Smith, une requête invraisemblable, après tout ce qu'il avait commis.

— Ça va aller, lui souffla Sara, pour le réconforter. Tiens bon.

— Il a tué des gens, protesta Lena, songeant que Sara devait être folle. Il a essayé de tuer Jeffrey.

— Va chercher une ambulance, répéta Sara. Je t'en prie, la supplia-t-elle, et ses doigts appuyaient sur la blessure béante. Je t'en prie. Il a besoin de quelqu'un pour lui venir en aide, c'est tout. »

Chapitre vingt-quatre

Mardi

Jeffrey se laissa choir sur la rangée de chaises en face du bureau de Hoss. Après ce qui s'était passé ces derniers jours, il comprenait ce que voulait dire l'expression « sentir peser tout le poids du monde sur ses épaules ». Jeffrey avait l'impression de porter deux mondes sur ses épaules, et aucun de ces deux mondes n'était spécialement civilisé.

Sara s'assit à côté de lui.

« Après tout ça, rentrer à la maison nous fera du bien.

— Ouais. »

Il avait eu envie de quitter cette ville dès la minute où il y était entré, mais maintenant, avec la présence de Sara, il était comblé, il n'avait plus besoin de rien d'autre. Comme toujours, elle devinait ce qu'il avait en tête et, quand elle lui posa la main sur la jambe, il entrecroisa ses doigts aux siens, en se demandant comment il pouvait à la fois mener une vie aussi merdique et se sentir aussi bien dès qu'elle lui tenait la main.

« Il a dit combien de temps cela durerait ? demanda Sara, faisant allusion à Hoss.

— Je pense qu'au fond de lui-même, il s'attend encore à ce que je lui avoue que tout ça n'est qu'une blague.

— Ça va aller », dit-elle, en serrant la main de Jeffrey dans la sienne.

Tolliver jeta un coup d'œil au bout du couloir privé de lumière, en direction de la prison, en espérant que ses émotions n'aient pas raison de lui. Sara réussissait à faire preuve d'une telle logique que, parfois, cela l'effrayait. Il n'avait jamais rencontré personne qui soit à ce point capable de surmonter tout ce qu'elle affrontait, et il se demandait quel genre de place il pouvait bien occuper dans son existence.

Sara interrompit le cours de ses pensées, en lui posant une question à laquelle il n'avait pas encore pris le temps de songer.

« Tu crois que ça change quelque chose, qu'il soit gay ? »

Il haussa les épaules.

« Jeffrey ? »

Il lui embrassa les doigts, il cherchait à changer de sujet.

« Tu ne peux pas imaginer ce que j'ai ressenti en te voyant dans ce rocking-chair. Les choses qui me sont passées par la tête. »

Elle attendit sa réponse.

« Là-dessus, je ne sais pas trop ce que je ressens, avoua-t-il. J'ai envie de lui botter le cul, rien que pour ce qu'il t'a fait subir », dit-il. Et il devint à nouveau livide. « Ce genre de choses... » Il secoua la tête, s'efforçant de ne pas s'emporter. « Je le jure devant Dieu, si jamais je le revois un jour, il faudra qu'il rende compte de tout ça.

— Il était à bout », souligna-t-elle, mais Tolliver ne comprenait pas comment elle pouvait lui trouver des excuses. « Qu'est-ce qui est pire, poursuivit-elle, ce qu'il m'a fait, ou qu'il soit gay ? »

Il ne savait que répondre à cette question.

« Tout ce que je sais, c'est que pendant toutes ces années, il m'a menti.

— Et s'il ne t'avait pas menti, tu aurais quand même accepté d'entretenir une quelconque relation avec lui ?

— Nous n'aurons jamais l'occasion de le savoir, n'est-ce pas ? »

Elle laissa ces dernières paroles de Jeffrey sans réponse.

« Quand j'ai vu le blouson de Robert dans le placard de Swan... »

Il se cala contre le dossier de sa chaise, lâcha la main de Sara et croisa les bras. Il conservait lui-même son blouson de l'équipe dans son placard, chez lui, et il avait beau ne jamais le porter, il était incapable de le donner à une œuvre ou de le jeter. Il était pire que l'arrière latéral de la troisième mi-temps à la quincaillerie, le lundi matin. Il s'accrochait à ce blouson comme s'il pouvait se raccrocher à sa jeunesse.

« Je ne sais pas. J'ai vu son blouson, et ça m'a sauté aux yeux, je me suis dit qu'il y avait peut-être un lien entre lui et Swan. Ça m'a traversé l'esprit, juste une fraction de seconde, et puis je me suis dit "Mais non. Pas possible. Pas possible que Robert soit un..." » Il lâcha un profond soupir, songeant qu'il ne serait plus jamais capable de prononcer ce mot. Et d'ailleurs, pour commencer, c'est un mot qu'il n'aurait sans doute jamais dû prononcer. « Je suis venu ici, au poste, j'ai demandé après Hoss, mais il était sorti. »

Il ne lui confia pas que la première chose dont il avait eu envie, après être sorti de chez Swan, c'était de la retrouver, elle, mais il avait effectué ce détour par le poste pour se prouver qu'il n'avait pas besoin d'elle. S'il ne s'était pas montré aussi entêté, il aurait pu intervenir, empêcher Robert d'aller aussi loin. Il aurait pu la protéger.

Sans guère se soucier de cet aspect des choses, elle réitéra sa question.

« Est-ce que ça t'embête qu'il soit gay ?

— Je ne peux pas séparer ça du reste, Sara, et c'est la vérité. Je suis furieux contre lui à cause de ce qu'il t'a infligé. Je suis furieux contre lui qu'il n'ait pas dénoncé Jessie, qu'il permette qu'on remue toute cette merde sans rien tenter. Je suis furieux contre lui d'avoir refusé de comparaître devant la justice et de laisser Possum raquer.

— Il a dit qu'il renverrait cet argent.

— Ouais, d'accord, enfin moi, dès qu'on sera rentrés, j'appellerai les services de l'État pour savoir combien je peux retirer sur le montant de ma retraite. » Il repensait à la mâchoire contusionnée de son ami Possum, et à la manière qu'avait eue ce dernier d'écarter d'un simple geste de la main les excuses de Jeffrey, qui s'en voulait de l'avoir frappé. Jeffrey ne laisserait pas Possum endosser toute la charge financière de cette affaire. Ce n'était tout simplement pas juste.

« Quoi encore ? demanda-t-elle. Mis à part tout ça, qu'est-ce qui te rend furieux contre lui ? »

Il se leva, il avait besoin de marcher.

« Qu'il ne m'ait rien dit. » Il lança un coup d'œil au bout du corridor, un détenu venait de beugler une obscénité. « Si tu n'avais pas été là, dans cette maison, tout ce qu'on aurait su de lui, c'était qu'il avait refusé de comparaître devant le tribunal pour avoir tué un homme et qu'il était en fuite. Nous ne saurions rien de Jessie ou de sa liaison, enfin, quel que soit le terme que tu voudras employer, avec Swan. Tout ce qu'on saurait, c'est qu'il était en fuite. » Il s'arrêta de faire les cent pas et se tourna vers Sara. « Il aurait dû me faire confiance. »

Elle avait l'air songeuse, prudente, comme si elle voulait s'assurer de lui apporter une réponse juste.

« Mon cousin Hare a passé un sale moment, à la fac, commença-t-elle. C'était le garçon le plus apprécié du campus, et tout d'un coup, il s'est mis à recevoir des menaces de mort. »

Dans tout ça, il avait oublié ce cousin, et il se demandait maintenant si elle ne prenait pas fait et cause pour Robert à seule fin de pouvoir défendre Hare.

« Que s'est-il passé ?

— Les gens ont fini par comprendre, c'est tout, fit-elle en haussant les épaules. Il avait cet ami, son camarade de chambrée. Ils étaient inséparables. Quand les gens se sont mis à parler, Hare n'a pas cherché à se cacher. Il était surpris que ça les dérange autant.

— C'est assez naïf.

— Ça, c'est tout Hare, admit-elle. Je crois que nous avons grandi tous les deux dans un monde un peu à part. Nos parents ne nous ont jamais laissé l'occasion de penser qu'il était mal d'être gay, hétéro, noir ou n'importe quoi d'autre en ce bas monde. Et quand ses soi-disant amis lui ont tourné le dos, Hare a vraiment eu un choc. »

Jeffrey n'avait aucune peine à l'imaginer, mais enfin, il avait quand même envie d'entendre cette histoire jusqu'au bout.

« Qu'ont-ils fait ?

— C'était à la fin de sa première année à l'université d'Auburn, donc il y a eu l'été entre les deux, et tout le monde a pu se calmer. » Elle hésita un moment, et il vit que la seule évocation de ce souvenir la bouleversait. Sara aimait sa famille par-dessus tout, et la souffrance de l'un des siens était apparemment la chose au monde qu'elle était le moins capable de supporter.

Elle continua.

« Nous avons tous espéré que la coupure estivale éteindrait l'incendie, mais pas du tout. Dès le premier jour de la rentrée, ils ont failli le passer à tabac, mais il a toujours su se battre et il a fracturé quelques nez. Je l'ai entendu te raconter qu'il avait abandonné le football à cause d'une blessure au genou, mais cela n'avait rien à voir avec ça. On l'a prié de s'en aller. »

Jeffrey se rassit.

« Je ne peux pas affirmer que je n'aurais pas agi de même avec Robert, à l'époque, si j'avais été au courant.

— Et maintenant ?

— Maintenant... » Il secoua la tête. « Bon Dieu, tout ce que je lui souhaite, c'est d'être en sécurité. Je ne peux pas me représenter vivant cette vie-là, tout le monde m'imaginant autre que je ne suis.

— Ça m'évoque quand même un peu la manière dont tu as vécu la première partie de ton existence, non ? »

Il rit, car il n'avait jamais considéré cela sous cet angle.

« Ouais.

— Qu'est-ce que t'a répondu Hoss quand tu lui as raconté tout ça, au téléphone ?

— Rien. Enfin, ajouta-t-il, il n'a pas eu l'air surpris.

— Tu crois qu'il savait ?

— Il devait soupçonner quelque chose, oui, peut-être. Je n'ai aucun moyen de l'affirmer. » Il lui adressa un regard entendu. « Crois-moi, tu ne vois pas ce genre de chose, sauf si tu sais vraiment regarder.

— Et qu'est-ce qui va se passer, maintenant ?

— Jessie va être arrêtée. » Il laissa échapper un filet d'air, un chuintement, sans desserrer les dents. « Ça va être marrant. Je suis certain que, dans tout ça, c'est Reggie Ray qui va tirer le gros lot.

— Qu'est-ce que ça peut te faire ?

— S'il franchissait cette porte, là, à l'instant, je m'arrangerais pour qu'il ressorte sur une civière.

— Et Julia Kendall ?

— Comment cela ?

— Il faut que je te demande quelque chose, lui dit-elle, en lui reprenant la main. J'ai besoin de te parler de ce que Lane Kendall a pu raconter.

— C'est une...

— Non, l'interrompit-elle. Pas ça. J'ai besoin de t'expliquer pourquoi j'ai réagi ainsi, quand elle t'a accusé de... d'avoir violé Julia.

— Je ne l'ai pas violée, protesta-t-il, et il se sentait sur la défensive. Je te le jure, Sara, ce gosse n'est pas de moi.

— Je le sais », lui répondit-elle, mais l'expression de son visage était si singulière qu'il ne la crut pas.

Il se releva.

« Je te dis que ce n'était pas moi. Je n'ai rien à voir là-dedans.

— Je le sais bien », riposta-t-elle, soudain plus cassante, visiblement irritée.

« On dirait que tu ne me crois pas.

— Je suis désolée que tu le prennes ainsi », lâcha-t-elle, et il vit bien qu'elle se fermait comme une huître.

Il se remit à arpenter le couloir, il se sentait acculé et coupable, alors qu'il n'avait rien fait, il le savait. Une seule pensée lui vint en tête, et c'était qu'ils avaient fini par la convaincre. Sara s'était enfin mise à douter de lui, comme tout le monde ici. Et il n'y avait plus moyen d'inverser le cours des choses.

« Jeff, dit-elle, en colère. Arrête de t'agiter. »

Il obéit, mais il avait l'impression que son corps tout entier était traversé d'un courant électrique.

« Il n'y a pas d'alternative, souligna-t-il. Soit tu te fies à moi, soit tu ne te fies pas à moi, mais je ne vais pas...

— Arrête.

— Tu me crois capable d'un acte pareil ? s'emporta-t-il. Tu crois vraiment que j'ai... » Il ne trouvait plus ses mots, il ne parvenait pas à achever sa phrase. « Seigneur, Sara, si tu me crois capable de violer quelqu'un, qu'est-ce que tu fous avec moi, bon sang ?

— Je ne crois pas du tout que tu l'aies violée, Jeffrey. C'est ce que j'essaie de te faire comprendre. » Le ton était encore plus sec, elle avait l'air excédé. « Et même si j'ajoutais foi à ces... ce qui n'est pas le cas... d'un point de vue médical, Eric Kendall ne peut pas être ton enfant, c'est tout à fait exclu. »

Il resta silencieux, il attendait la suite, qu'elle s'explique.

« Il n'y a pas de cas de troubles de la coagulation sanguine, dans ta famille ? demanda-t-elle, comme si elle s'adressait à un bambin de trois ans.

— Je ne sais même pas ce que c'est.

— Des troubles de la coagulation sanguine », dit-elle, comme si le fait de répéter ces mots suffirait à ce qu'il les comprenne. « Une maladie du sang. Lane

Kendall a expliqué qu'Eric souffrait d'un problème de saignement. »

Il se demandait où elle voulait en venir avec tout ça. Il s'était efforcé d'oblitérer cet épisode avec Lane Kendall, et il n'était pas ravi d'y revenir.

« Je n'ai pas eu l'occasion de l'examiner, reprit-elle, mais d'après ce que m'a raconté Nell, cela ressemblerait surtout à la maladie de Willebrand. »

Il attendit qu'elle continue.

« Le sang ne coagule pas.

— Comme dans l'hémophilie ?

— Un peu, confirma-t-elle. Cela peut se présenter sous une forme assez légère. Certaines personnes en sont atteintes et ne le savent même pas. Elles constatent juste qu'elles ont tendance à saigner facilement. »

Jeffrey sentit tous les poils de sa nuque se hérisser.

Son visage dut le trahir, car Sara réagit tout de suite.

« Quoi ? »

Il secoua la tête, se disant que toute cette terrible épreuve avec Robert le rendait trop suspicieux.

« Cela ne pouvait pas provenir de la famille de Lane ? Ou du père de Julia ?

— Possible », lui répondit-elle, mais le ton employé signifiait déjà qu'elle jugeait cela peu probable. « En général, quand les femmes en sont atteintes, elles le savent. Leurs cycles menstruels sont extrêmement abondants. Beaucoup finissent par subir des hystérectomies, alors que ce n'est pas réellement nécessaire. C'est un diagnostic facile, mais peu de médecins vont investiguer de ce côté-là. Avec tous les enfants qu'a eus Lane, si elle avait cette maladie, elle le saurait. Chez toute personne atteinte d'un trouble de la coagulation, la grossesse présente un risque énorme. »

Jeffrey était incapable de la quitter du regard, les conclusions auxquelles il aboutissait sans mot dire lui remuaient un couteau dans les tripes.

« Et si quelqu'un saigne beaucoup ? »

Elle fronça le sourcil.

« A qui songes-tu ? »

— Réponds, Sara, c'est tout. Réponds juste, s'il te plaît.

— C'est possible, admit-elle. Saignements de nez, saignements des gencives. Des coupures qui ne coagulent pas.

— Tu es sûre que c'est génétique ?

— Oui.

— Merde », chuchota-t-il, songeant que si tout lui paraissait déjà très sombre depuis quelques instants, c'était désormais pire encore que tout ce qu'il aurait pu imaginer.

« Qu'est-ce que tu... »

La porte du couloir s'ouvrit, et ils levèrent tous deux les yeux.

« Je suis désolé d'avoir mis autant de temps pour arriver », s'excusa Hoss, en sortant ses clefs de sa poche tout en s'approchant de la porte de son bureau.

Jeffrey était incapable de bouger.

Le shérif regarda Sara. A l'évidence, il était surpris de découvrir toutes ces coupures et ces contusions.

« Je n'aurais jamais cru Robert capable de lever la main sur une femme, lui déclara-t-il. Mais enfin, je pense qu'il n'était guère l'homme que je croyais.

— Je vais bien, lui répondit-elle, avec un sourire pincé.

— C'est tant mieux », se félicita le policier, et il déverrouilla la serrure de son bureau. Il entra, alluma les lumières et se dirigea vers sa table de travail, déplaça quelques documents. « Entrez, qu'on en finisse avec tout ça. »

Elle lança à Jeffrey un regard interrogateur, et il répondit à sa question muette par un hochement de tête affirmatif.

Le shérif remarqua que Tolliver restait debout, sur le seuil.

« L'Anguille ? Il y a un problème ? »

Elle posa la main sur l'épaule de Jeffrey.

« Tu veux que j'attende dehors ? s'enquit-elle.

— Ça ira très bien, fit Hollister, croyant à l'évidence qu'elle s'était adressée à lui.

— Je vais attendre dehors. » Elle eut de nouveau une pression de la main sur l'épaule de Tolliver et, dans une certaine mesure, ce témoignage de confiance, cette façon de lui signifier qu'il allait agir avec justesse lui donnèrent la force d'entrer dans ce bureau.

La porte se referma avec un cliquettement et il s'assit dans le siège en face de Hoss.

« J'imagine qu'elle a dû vivre un sale moment », fit le policier, se figurant sans doute que Sara était dans un certain état de fragilité. Il attrapa un rapport et l'étudia tout en parlant. « J'ai envoyé Reggie chercher Jessie. Seigneur, quel gâchis. Je suis sûr qu'elle va se débattre comme une chiffonnière.

— Nous ne savons toujours pas, pour Julia.

— Robert a avoué.

— Il a avoué beaucoup d'actes qu'il n'a pas commis.

— Je sais pas si je peux ajouter foi à ses paroles, après ce que nous avons appris de lui.

— Tu dis ça parce qu'il est gay ? Parce que ça le rendrait capable de commettre un meurtre ?

— D'après moi, ça le rend capable de n'importe quoi, répliqua l'autre, en tournant la page pour lire la suite. Il se pourrait bien que je rouvre quelques-unes de ses affaires, histoire de savoir ce qu'il mijotait vraiment. »

Plus que tout le reste, c'est ce dernier trait qui alluma la colère de Tolliver.

« Robert était un bon flic.

— C'était une putain de pédale, oui », lâcha le policier, sans quitter le rapport du regard. Il prit son stylo et signa au bas. « Va savoir ce qu'il a pu fabriquer. On a eu un garçon porté disparu, il y a de ça quelques années. Robert s'est occupé de cette affaire comme s'il s'agissait de son propre fils. »

Jeffrey réussit à répliquer, la mâchoire serrée.

« Et maintenant, tu vas nous raconter qu'il était pédophile ? »

Il souleva un autre rapport.

« Ça va de pair. »

Jeffrey ne pouvait s'empêcher de le dévisager.

« Il a entraîné la Little League, reprit le vieil homme. J'ai déjà appelé quelques parents.

— C'est des conneries, cracha Jeffrey. Robert adorait les gosses.

— Ouais, ironisa Hollister. Ils les adorent tous, les gosses. »

Jeffrey essaya de récapituler le tout, de lui démontrer à quel point il sc trompait.

« Donc, c'est un pédophile, il en pince pour les gamins, mais il a tué Julia quand ils étaient encore adolescents ?

— Pas moyen de savoir de quoi un esprit dérangé comme celui-là est capable, soupira Hoss. Étrangler une jeune fille innocente, tuer un homme parce qu'il a baisé sa femme... »

Ces mots se répercutèrent dans le crâne de Tolliver, et il vit enfin le puzzle se recomposer sous ses yeux.

« Je ne me souviens pas de t'avoir dit qu'elle avait été étranglée », observa-t-il avec calme.

Le vieux lui lança un regard étonné.

« Ta dame me l'a dit.

— Ah oui ? répliqua Tolliver, en faisant mine de se lever de sa chaise. Tu veux que j'aille lui demander quand ? »

Le shérif bredouilla.

« J'ai dû entendre raconter ça en ville. »

Tolliver perçut le silence qui régnait soudain dans la pièce, un silence qui le laissait incrédule. Tout s'emboîtait, à présent.

« Tu sais qu'il n'a rien fait de tel. »

Hollister regarda Jeffrey, en levant les yeux de sa page.

« Ah oui ?

— Eric Kendall souffre d'une maladie du sang. »

L'autre baissa de nouveau la tête, ses yeux allaient et venaient, ils sillonnaient la page.

« C'est vrai ?

— C'est ton fils, n'est-ce pas ? »

Le shérif ne répondit rien, mais Jeffrey devina le léger tremblement de la feuille qu'il tenait en main.

« Un jour, tu m'as confié que tu avais essayé d'intégrer l'Armée, après la mort de ton frère, mais ils ont refusé ta candidature pour raisons médicales.

— Donc ?

— Pourquoi t'ont-ils refusé ? »

Le policier haussa les épaules.

« Pieds plats. Tout le monde est au courant.

— Tu es sûr que ce n'était pas autre chose ? Quelque

chose qui t'exclurait aussi de la police, si cela se savait ?

— Mon garçon, cela devient de la pure folie, là », fit-il sur un ton qui entendait mettre un terme à cet entretien.

Jeffrey n'obtempéra pas.

« Tu saignes tout le temps du nez. Tes gencives, elles saignent tout le temps aussi, sans raison. Je t'ai vu te couper avec une feuille, une fois, et la coupure a continué de saigner pendant deux jours. »

Il eut un pâle sourire.

« Cela ne veut pas dire...

— Ne me mens pas », s'insurgea Tolliver, bouillant de colère, une colère toute prête à éclater à la surface. « Tu peux me raconter tout ce que tu veux, maintenant, ça ne sortira pas de cette pièce, mais je te déconseille de me mentir, pas ça, pas avec moi. »

Hoss haussa les épaules, comme si tout cela n'était rien.

« C'était une dévergondée. Tu le sais.

— Elle n'avait que seize ans.

— Dix-sept, rectifia le vieux. Donc, je n'enfreignais aucune loi. »

Cette remarque n'inspira à Tolliver que du dégoût, et cela dut se lire sur son visage, car le vieux policier tenta de présenter la chose sous un autre angle.

« Ecoute, fit-il. C'était une autre époque. Cette fille avait besoin de quelqu'un pour veiller sur elle. »

Jeffrey était écœuré par ses paroles. En tant que flic, il avait entendu invoquer cette même excuse un millier de fois, dans la bouche de vieux salaces, et d'entendre ces mêmes mots dans celle de Hoss, c'était une claque en pleine figure.

« Veiller sur elle, cela ne voulait pas dire la baiser.

— Surveille tes paroles, l'avertit Hollister, comme s'il méritait encore le respect de Jeffrey. Allons, L'Anguille. J'ai pris soin d'elle.

— Comment cela ?

— D'abord, j'ai maintenu son père à bonne distance, répondit l'autre. En plus, tu te figures que c'est sa mère qui a payé, pour qu'elle s'en aille je ne sais où mettre ce bébé au monde ?

— Ton bébé. »

Il haussa les épaules.

« Qui peut le savoir ? Pouvait être le mien, pouvait être le tien.

— Cause toujours.

— Pouvait être le gosse de n'importe qui, c'est ce que je veux te dire. Elle couchait avec la moitié de cette foutue ville. » Il sortit de sa poche une liasse de mouchoirs en papier et se tamponna la narine. « Pouvait être son père, tant qu'on y était. »

Jeffrey ne parvenait plus à détacher le regard de ce filet de sang éloquent qui coulait du nez du policier. Le bonhomme lui avait toujours paru si solide, mais à y repenser, chaque fois que le vieux était tendu, son nez saignait.

« C'est toi qui lui as donné ce médaillon, n'est-ce pas ? »

Hoss examina le mouchoir en papier, avant de le coller de nouveau contre son nez.

« C'était le médaillon de ma mère. Je devais me sentir d'humeur généreuse, ce jour-là, faut croire. »

Jeffrey se demandait ce que Hoss avait éprouvé pour cette fille, en réalité. Si vous vous serviez d'une femme pour vous envoyer en l'air, vous ne lui offriez pas de cadeaux, surtout pas un objet ayant appartenu à votre mère. Il insista.

« Pourquoi ne l'as-tu pas épousée ? »

Cette suggestion fit bien rire le vieil homme, et une petite bruine de sang s'échappa de son nez, déborda du mouchoir.

« Réveille-toi, L'Anguille. On n'épouse pas un machin pareil. » Il désigna la porte, en direction de Sara. « Ça, c'est le genre de femme qu'on épouse. » Il laissa retomber sa main. « Une fille comme Julia, c'est le genre qu'on baise en priant le bon Dieu pour qu'elle te refile pas un truc qui réclame une piqûre de pénicilline après, pour t'en débarrasser.

— Comment peux-tu parler d'elle de cette manière ? C'est la mère de ton enfant.

— Assez gonflé, ça, venant de ta part.

— Qu'est-ce que tu veux dire par là ?

— Rien », fit-il, mais Tolliver était certain qu'il se retenait d'aller jusqu'au bout de sa pensée. « Ecoute, avec elle, on s'est juste payé un bon moment.

— Elle était trop jeune pour savoir ce que c'était que se payer un bon moment. » Il se leva, estimant être resté trop longtemps les bras croisés. « Est-ce que tu l'as tuée ?

— Tu oses me poser cette question ? Je n'arrive pas à en croire mes oreilles. »

Tolliver demeura silencieux. Il avait lu la réponse dans les yeux de Hollister. Tout s'écroulait. L'homme qu'il avait cru bon et honnête était en fait le genre de voyou qui avait poussé Jeffrey à devenir flic afin d'avoir le plaisir de mettre ces individus-là hors d'état de nuire. S'il l'avait eu entre les pattes, à Grant County, bouclé entre les quatre murs de sa salle d'interrogatoire, il aurait tenté l'impossible, il n'aurait pas lâché le morceau, il l'aurait cogné, cet enfoiré.

« Tu ne sais pas ce que c'est, reprit le vieux policier. J'ai fait du bien à cette ville, pendant plus de trente ans.

— Tu as assassiné une jeune fille de dix-sept ans, lui rétorqua Tolliver, en luttant contre les émotions que ces mots-là suscitaient en lui. Ou alors tu vas me seriner que c'était bon, parce qu'à ce moment-là, elle en avait déjà dix-huit ? »

Hollister jeta son mouchoir et se leva.

« J'ai voulu protéger Robert.

— Robert ? fit Jeffrey, incrédule. Qu'est-ce que Robert avait à voir là-dedans ? »

L'autre posa ses mains à plat sur le bureau, il se pencha vers Tolliver.

« Elle racontait qu'il l'avait violée. Je ne pouvais pas laisser cette vagabonde gâcher la vie de Robert.

— Au bout d'une semaine, tout ça aurait été désamorcé, riposta Jeffrey. En moins d'une semaine. »

Hoss baissa les yeux sur son bureau.

« Les gens causent toujours. Cette ville n'est faite que de ça, de gens qui parlent, qui se racontent des mensonges entre eux, qui croient savoir ce qui est juste, alors qu'en fait ils savent que dalle. » Il s'essuya le nez du dos de la main, un mince filet de sang vint lui maculer la peau. « J'ai une réputation à faire respecter. Les gens de cette ville ont besoin de moi. Ils ont besoin de savoir qui tient les rênes. J'ai agi pour leur bien.

— Espèce d'imbécile, lâcha Jeff. Espèce de vieil imbécile, sale égoïste. »

L'autre releva la tête d'un coup sec.

« Tu n'as pas le droit de...

— Qu'est-ce qu'elle a fait ? lui demanda Tolliver. Tu l'as expédiée loin d'ici pour qu'elle ait ce bébé, et puis elle est revenue. Tu as cru qu'elle ne reviendrait pas ? »

Hollister repoussa la question d'un geste de la main, se rendit à la fenêtre, se retrouva dos à Jeffrey.

« Tu te crois intouchable. Tu crois que te cacher derrière cet insigne, cela va te protéger. »

L'autre ne répondit pas.

« Elle est revenue, et puis quoi, Hoss ? Qu'est-ce qu'elle voulait ? De l'argent ? »

Hoss garda la main posée sur le coffret où était plié le drapeau de son frère.

« Elle a cru que j'allais l'épouser. Un sacré numéro, non ? Croire que j'allais l'épouser. » Il rit. « Merde alors.

— Alors tu l'as tuée ?

— Ce n'est pas ça. » Il avait enfin l'air un peu penaud, mais Jeffrey savait que c'était parce qu'on l'avait démasqué, et non en raison d'un quelconque remords. « C'était un accident.

— Ouais, les gens se font tout le temps étrangler par accident, c'est clair. »

La voix du shérif monta de plusieurs tons, une voix très haut perchée, artificielle.

« Elle menaçait de tout raconter. Après avoir eu ce bébé, elle est revenue comme si elle était la Vierge Marie, bon sang. Elle voulait que je fasse d'elle une femme honnête. Faut le faire, non ? Moi, l'épouser, me payer une part de gâteau où tous les hommes de la ville avaient foutu le doigt pour y goûter ? Mais moi, j'aurais été la risée de tout le monde, si j'avais épousé une pute pareille.

— Ne parle pas d'elle en ces termes, l'avertit Jeffrey. Tu n'as pas le droit.

— J'ai tout à fait le droit, et comment, rétorqua le policier. Ce n'était qu'une embrouilleuse. Elle t'a accusé de l'avoir violée. Qu'est-ce que tu dis de ça ?

— Donc, fit Jeffrey, voyant où il voulait en venir, donc, je vais le formuler à ta place : tu l'as tuée pour moi ?

— Et pour Robert », ajouta-t-il.

Tolliver s'efforça de maîtriser sa stupéfaction, assez longtemps pour entendre de sa bouche le fin mot de l'histoire.

« Que s'est-il passé ?

— Elle est venue au bureau. » Il désigna la pièce, encore indigné à ce souvenir. « Ici, dans mon bureau.

— Et ? »

Hollister se retourna vers le drapeau, ses doigts tracèrent une ligne sur le coffret en bois.

« Il était tard, un peu comme aujourd'hui. Pas grand monde dans les murs. » Il observa un temps de silence. « Elle était d'humeur un peu folâtre avec moi, comme toujours chez elle, et puis ensuite elle s'est arrêtée, comme ça. Une petite allumeuse de bite, voilà ce qu'elle était. »

Il attendit qu'il poursuive.

« Donc, continua l'autre, nous avons eu une conversation à ce sujet.

— Est-ce que tu l'avais violée ?

— Elle était consentante, répliqua-t-il. Elle était tout le temps consentante. »

Il se sentait l'envie de vomir, mais il insista quand même.

« Donc, ensuite, quoi ?

— Elle m'a raconté qu'elle voulait m'épouser. Elle ne voulait pas que ce soit sa mère qui élève Eric. »

Tolliver posa les yeux sur le coffret du drapeau. Cette plaque en cuivre vissée sur le couvercle, il l'avait vue des milliers de fois, mais sans avoir jamais établi le lien. JOHN ERIC HOLLISTER. Julia l'avait poussé loin, mais elle n'avait pas compris qu'elle l'avait poussé trop loin.

« Vous vous êtes disputés ? insista-t-il.

— Ouais, fit le shérif, en hochant la tête. Je lui ai proposé de l'argent. Elle me l'a jeté à la figure. Elle m'a sorti que, de toute manière, tout ça, quand on serait mariés, elle l'aurait. » Il eut un rire acide. « Tu peux imaginer pareille stupidité, se figurer que j'allais la suivre ? Prétendre qu'elle était bonne à autre chose que se faire sauter et sucer ? »

A force de serrer les dents, Jeffrey finit par avoir une crampe douloureuse à la mâchoire. Chaque fois que Hoss ouvrait la bouche, il fallait qu'il réprime son besoin pressant de l'étrangler.

« Elle continuait de m'asticoter. Elle n'arrêtait plus de me menacer. Personne ne me menace. Personne.

— Alors tu l'as tuée ?

— Ce n'est pas ça, fit le vieil homme. J'ai essayé de la raisonner. J'ai voulu la persuader de considérer tout ça avec un peu de logique. » Il se retourna, avec un sourire bancal, comme s'il attendait l'approbation de Jeffrey. « J'ai essayé de la faire sortir du bureau. Je l'ai un peu bousculée vers la porte. Ensuite, tout ce que je sais, c'est qu'elle m'a sauté dessus. Qu'est-ce que tu dis de ça ? Elle m'a carrément sauté sur le dos, en me flanquant des coups de pied, en braillant, en me griffant. Je savais que quelqu'un allait tout entendre.

Je savais que quelqu'un allait venir et voudrait savoir ce qui se passait là-dedans. »

Jeffrey opina, comme s'il comprenait.

« Ensuite, tout ce dont je me souviens, poursuivit le policier, c'est de mes mains autour de son cou. » Et il avait les mains levées devant lui. Robert avait eu le même geste, quand il avait avoué avoir tué Julia, mais Hoss rejouait la scène avec toute la passion de l'homme qui était présent sur les lieux. Il était confronté à ses propres démons, de plein fouet. Il essayait d'étrangler ce souvenir, de le priver de vie. Un filet de sang lui dégoulinait du nez, mais cela semblait lui être égal.

« J'ai juste essayé de la faire taire. Je ne voulais pas lui causer de tort, juste qu'elle s'arrête de crier. Et en fin de compte, elle s'est arrêtée. » Il fixait un point du regard, un point situé derrière l'épaule de Jeffrey. « J'ai essayé de l'aider. Je lui ai pratiqué le bouche-à-bouche. Je lui ai appuyé sur la poitrine. Elle était morte. Elle avait juste la tête... pendante... A mon avis, j'ai dû lui briser la nuque, ou je ne sais trop quoi. »

Jeffrey laissa ses dernières paroles flotter quelques secondes, il essayait de comprendre ce qui s'était réellement passé. Quelques années plus tôt, il aurait pris les paroles de Hoss pour argent comptant. Il l'aurait même aidé à brouiller les cartes, sûrement. A présent, il percevait cette histoire pour ce qu'elle était : un mensonge enroulé autour d'un noyau de vérité, destiné à permettre au vieil homme de trouver encore le sommeil, la nuit.

Il réduisit l'espace qui les séparait l'un de l'autre.

« Tu l'as étranglée.

— Ce n'était pas mon intention.

— Cela a duré combien de temps ? » s'enquit Tolliver, en s'approchant encore d'un pas. Il savait, depuis une affaire, l'année précédente, que la strangulation à mains nues n'était pas aussi facile qu'il y paraissait, surtout avec quelqu'un qui se défendait bec et ongles, comme c'était sans doute le cas de Julia. « Combien de temps avant qu'elle ne perde connaissance ?

— Je ne sais pas. Ça n'a pas duré longtemps.

— Pourquoi l'as-tu emmenée dans la grotte ?

— Je n'ai pas réfléchi, dit-il, mais ses yeux furent traversés d'un éclair de culpabilité, c'était indubitable.

— Tout le monde savait que c'était là qu'on allait, lui rappela Tolliver. Si jamais on la retrouvait là-bas, les gens établiraient tout de suite le lien avec moi ou Robert. Ou avec nous deux.

— Ce n'est pas ce que...

— Elle avait raconté qu'on l'avait violée, à nous deux, l'interrompit Jeffrey. Elle avait raconté ça moins d'un an avant. Ça tombait sous le sens, non ? On s'en était pris à elle, à cause de ce qu'elle avait raconté.

— Attends un peu », fit Hollister, en le regardant enfin droit dans les yeux. Cela lui coûtait, l'effort était visible, cela, au moins, c'était évident. « Tu crois que j'ai essayé de vous coller tout sur le dos, à toi et à Robert ? »

Il n'hésita pas.

« Oui. »

Hollister finit par perdre son sang-froid.

« Je t'ai dit que c'était un accident.

— Tu diras ça à toute la ville, riposta-t-il, et le visage de Hoss blêmit. Tu diras ça à Deacon White et Thelma, à la banque, à Reggie Ray, quand il va revenir avec Jessie. »

Un éclair de panique s'alluma dans les yeux du vieux shérif.

« Tu ne ferais pas ça.

— Je ne ferais pas ça ? Pour toi, je ne sais pas, mais cet insigne que je porte signifie pour moi davantage que des petits déjeuners gratuits au restau du coin.

— Je t'ai enseigné le respect de cet insigne.

— Tu ne m'as rien enseigné du tout. »

Hoss pointa son index vers le visage de Tolliver.

« Tu serais en prison, à récurer le sol à la serpillière avec ton papa, si j'avais pas été là, mon garçon !

— Ça ne fait aucune différence, répliqua Jeffrey. Je me trouve quand même dans la même pièce qu'un meurtrier.

— Il fallait bien que quelqu'un te protège, protesta l'autre, d'une voix tremblante. C'est tout ce que j'ai fait, veiller sur toi et sur ton espèce de copain, là, cette tapette. »

A ce mot, Jeffrey eut un mouvement de recul et l'autre en profita.

« C'est exact, fit-il. Qu'est-ce que tu dirais si je répandais le bruit que Robert et toi, vous étiez plus que deux copains ? »

Jeffrey ricana.

« D'ailleurs, que je sache, continua l'autre, c'était peut-être bien la vérité.

— C'est ça, d'accord.

— Vous, les deux copains d'enculade ? insista-t-il, de plus en plus provocateur, et le désespoir ruisselait de sa personne comme une odeur corporelle. Tu veux que tout le monde en ville entende ça ? Tu veux que ta maman l'apprenne ? Peut-être que quelqu'un ira le répéter à ton papa, en prison ?

— Tu peux aller le répéter à mon père toi-même quand tu le croiseras en taule, espèce de misérable vieux con.

— Surveille ton langage.

— Sinon quoi ?

— Je t'ai protégé ! hurla Hoss. Tu crois que ton père en aurait fait autant ? Tu crois que ce salopard, ce bon à rien t'aurait aidé ? »

Tolliver abattit son poing sur le bureau.

« Je ne voulais pas de ton aide !

— Mais bien sûr que si, t'en avais besoin ! » hurla l'autre à son tour. Le sang lui dégoulinait du nez, mais il continuait de hurler, le visage de plus en plus rouge de colère. « Je t'ai élevé, mon garçon ! J'ai fait de toi l'homme que tu es aujourd'hui ! »

Jeffrey pointa le pouce sur sa poitrine.

« L'homme que je suis aujourd'hui, c'est moi qui l'ai fait. Je me suis fait tout seul, malgré toi. » De se trouver si près de lui, il se sentait sali. « Je t'ai pris pour un dieu. Tu étais tout ce que je voulais être. »

La lèvre de Hoss frémit, comme s'il voulait prendre ces mots-là pour un compliment.

Tolliver tenait à être clair.

« Tu t'es attaqué à une adolescente. Tu as privé un enfant de sa mère.

— Je n'ai pas...

— Tu me dégoûtes », ajouta Tolliver, en se dirigeant vers la porte.

Le vieux policier s'appuya de la main sur son bureau, comme s'il avait besoin d'un soutien.

« Ne pars pas comme ça, L'Anguille. Allez. » Il y avait une nuance de désespoir dans le ton de sa voix. « Qu'est-ce que tu vas dire ? Qu'est-ce que tu vas raconter à tous ces gens ?

— La vérité », le prévint-il, et il se sentait de nouveau plus calme. Celui qu'il avait devant lui n'était plus son mentor, son père de substitution, mais un criminel, un vieux menteur qui avait détruit les gens qu'il était censé protéger.

« Allez, quoi, essaya-t-il encore, suppliant. Tu ne peux pas me faire ça. Tu vas m'anéantir. Tu sais ce qui va se passer, si tu sors d'ici et... je t'en prie, L'Anguille. Ne fais pas ça. » Il avança d'un pas, comme pour l'arrêter. « Tu pourrais aussi bien me coller un pistolet contre le crâne. » Il tenta un pâle sourire. « Allons, fiston. Ne me regarde pas comme ça.

— Te regarder ? » s'écria Jeffrey, en posant la main sur la poignée de la porte. « Je ne supporte même pas de voir ton visage. »

Il n'avait pas claqué la porte derrière lui, et pourtant dans sa tête, il venait d'entendre un fracas retentissant. Sara se leva, ses mains trahissaient sa nervosité.

Il ne savait que lui dire. Il n'y aurait jamais de mots susceptibles de décrire ce qu'il ressentait. A la dérive. Oui, la formule était assez appropriée. Il avait perdu ce qui lui permettait de garder le cap.

« Est-ce que ça va ? lui demanda-t-elle, et l'inquiétude dans sa voix était encore ce qu'elle avait à lui offrir de meilleur, en cette minute.

— Il est venu me rendre visite, après l'arrestation de papa, lui expliqua-t-il.

— Hoss ?

— J'étais à Auburn, c'était la veille de mes examens. Je me souviens de tout. » Il s'interrompit, il revoyait les feuilles multicolores des arbres, par cette magnifique journée d'automne. Jeffrey était assis dans sa turne, il réfléchissait au moyen de payer ses études de doctorat, si Auburn acceptait sa candidature dans ce cursus. Il avait envie d'enseigner, un emploi respectable, avec une paie régulière. Il se sentait redevable envers la collectivité.

« Il a frappé à la porte, continua-t-il. Personne ne frappait jamais. En général, les gens entraient, c'est tout. J'ai cru que quelqu'un me faisait une blague. » Il s'adossa contre le mur. « Il a frappé encore, et finalement j'ai ouvert la porte et il était là, devant moi, avec cette expression sur son visage. Il m'a annoncé que mon papa avait demandé sa grâce. Il avait dénoncé ses amis, et donc il n'écoperait pas de la peine de mort. Tu sais ce qu'il a dit ? »

Elle secoua la tête.

« "Une belle espèce de lâche". Il m'a expliqué que, dorénavant, il fallait que je sois un homme, que la récréation était finie. La récréation, comme si c'était tout ce que j'avais fait, à la fac, m'amuser. Il m'a tendu ce formulaire. Il était déjà rempli.

— L'école de police ?

— Ouais, confirma-t-il avec un hochement de tête. Je l'ai pris, je l'ai signé, et voilà, c'était bouclé. » Il ferma les yeux, en se demandant ce qu'il serait advenu de sa vie s'il avait répondu non à Hoss. Il n'aurait pas rencontré Sara, et d'une. Il serait probablement resté vivre ici, à Sylacauga, à essuyer les mêmes réflexions sournoises et les mêmes regards de biais qui avaient fini par chasser Robert de là.

« J'ignore comment je vais m'en sortir.

— Je serai là, tant que tu auras besoin de moi.

— Je n'ose même pas y penser », lui dit-il, et c'était la vérité. Comment pourrait-il ? Comment pourrait-il répéter ce que Hollister venait de lui révéler ?

« Ça va aller », fit-elle encore, et à cet instant un coup de feu éclata dans le bureau du shérif.

C'est Sara qui avait dû ouvrir la porte. Jeffrey, lui, se sentait incapable de bouger de là où il était. Pourtant, sans trop savoir comment, il réussit à se retourner. Sans trop savoir comment, il se retrouva face au bureau de Hoss.

Le vieil homme était assis dans son fauteuil, une main posée sur le drapeau du cercueil de son frère, l'autre tenant un revolver. Il avait placé le canon de l'arme contre son crâne et pressé la détente. Dans l'esprit de Tolliver, cela ne faisait aucun doute, Hoss était mort, mais tout de même, quand elle contourna le bureau et lui tâta le cou à deux doigts, il réussit à formuler la question, juste avec les yeux.

« Je suis désolée, lui dit-elle. Il est mort. »

Chapitre vingt-cinq

15 h 50

« Merde », siffla Lena, en essayant de maîtriser son geste réflexe, de ne pas retirer sa main quand Molly piqua la blessure avec l'aiguille de la seringue.

« Je suis navrée », s'excusa l'infirmière, mais elle regardait par-dessus son épaule en direction de Jeffrey et Sara, oubliant presque Lena.

Lena regarda Jeffrey, que l'on embarquait à bord de l'ambulance.

« Il va s'en sortir ? »

Molly opina.

« Je l'espère, ne put-elle s'empêcher d'ajouter.

— Et Marla ?

— Elle est au bloc opératoire. Elle est âgée, mais elle est solide. » Elle examina de nouveau la main de Lena. « Ça va piquer.

— Sans déconner », ironisa-t-elle. Le couteau qui lui avait tranché la peau lui avait moins fait mal que cette saleté d'aiguille.

« Je vais anesthésier la douleur, pour te faire ces points de suture.

— Dépêche-toi, c'est tout », lui demanda Lena, en se mordant la lèvre. Elle sentit le goût du sang et se souvint de sa lèvre fendue. Molly planta de nouveau l'aiguille. « Bon sang, ce que ça fait mal.

— Encore un tout petit peu.

— Bon sang », répéta-t-elle, en détournant les yeux de la seringue. Elle entrevit Amanda Wagner, qui discutait avec Nick. Ils étaient tous les deux assis dans l'arrière-salle du pressing, et ils dévisageaient Lena et Molly.

« Voilà, fit cette dernière. D'ici quelques minutes, cela devrait commencer à s'engourdir.

— J'aimerais mieux », lui avoua Lena, la main encore parcourue d'élancements. Elle regarda de nouveau dehors, prit la mesure de la pagaille dans la rue. Il y avait au moins une cinquantaine d'agents du Georgia Bureau of Investigation grouillant en tous sens, aucun d'eux ne sachant trop ce qu'il fabriquait. Smith était mort et Sonny était bouclé à l'arrière d'une voiture de patrouille, en route pour Macon, où on allait probablement lui faire passer un très sale quart d'heure.

Lena regarda Molly ouvrir la trousse d'intervention qu'elle était allée chercher dans l'ambulance, pour lui pratiquer ces points de suture.

« Où sont les gamins ?

— Ils ont rejoint leurs parents, fit l'infirmière, en étalant les ustensiles de la trousse. Je n'ose pas imaginer ce qu'ils ont pu éprouver. Les parents, je veux dire. Mon Dieu, quand j'y repense, mon sang se glace dans mes veines. »

Lena se rendit compte qu'elle contractait tous les muscles de son corps, et elle se relâcha, car sa main s'engourdissait.

« Ça va mieux ? lui demanda Molly.

— Ouais, fit-elle, à moitié rassurée. Merci, c'est

gentil de faire ça. J'aurais pas supporté d'aller à l'hôpital.

— C'est compréhensible », lui dit l'infirmière, en nettoyant la plaie sous le jeu de la seringue. « On va se contenter de deux ou trois points de suture. Sara est bien meilleure à cet exercice que moi.

— Elle est plus costaude que je n'aurais cru.

— A mon avis, on pourrait en dire autant de nous tous, releva la jeune femme. Quand vous êtes entrée dans le poste, vous m'avez bien eue.

— Ouais », fit Lena, mais le compliment tombait à côté de la plaque. En fait, elle était terrorisée.

Du bout de ses longues pinces, Molly saisit une aiguille recourbée. Elle l'enfila dans la peau de Lena, qui la regarda faire, songeant combien il était étrange de voir sa propre chair transpercée de la sorte sans rien sentir d'autre qu'un tiraillement sourd au passage du fil.

« Depuis combien de temps vous sortez ensemble, avec Nick ?

— Pas longtemps, avoua la jeune femme, en nouant le fil. Il n'arrêtait pas de faire des avances à Sara. Je dois être son lot de consolation. »

Lena éclata de rire, elle essayait d'imaginer Nick et Sara ensemble.

« Sara mesure bien trois mètres de plus que lui.

— Et en plus elle est amoureuse de Jeffrey, lui rappela l'infirmière, comme si cela n'allait pas de soi. Oh, mon Dieu, je me souviens de la première fois que je les ai vus ensemble. » Elle coupa le fil. Elle perça de nouveau la peau, et Lena sentit de nouveau ce même tiraillement. « Je ne l'ai jamais vue aussi étourdie.

— Étourdie ? » répéta Lena, comme en écho, croyant

avoir mal entendu. Sara était l'un des êtres les plus sérieux qu'elle ait jamais rencontrés.

« Étourdie, lui confirma Molly. Comme une écolière. » Elle noua le deuxième fil, en serrant fort. « Encore un, je pense.

— Je ne l'avais jamais vue sous cet angle.

— Jeffrey ? » s'enquit Molly, comme si cette remarque la surprenait. « Il est merveilleux.

— J'imagine, fit Lena avec un haussement d'épaules. Enfin, c'est quand même un peu comme de sortir avec son père, non ?

— Pour vous, peut-être », fit Molly, sur un ton allusif. Elle piqua dans la peau une fois encore et noua le dernier point de suture. « Et voilà », dit-elle en coupant le fil juste au-dessus du nœud. « Tout est en place.

— Merci.

— La cicatrice ne devrait pas être trop méchante.

— Ça ne m'inquiète pas », lui expliqua Lena, en pliant la main.

Les doigts remuaient, mais elle ne les sentait pas.

« Dès que ça commencera à faire mal, prenez du Tylenol. Si vous voulez, je peux demander à Sara de vous rédiger une ordonnance.

— Ça ira, fit Lena. Elle a des trucs plus importants à régler.

— Ça ne la gênerait pas, insista l'infirmière.

— Non, lui répliqua-t-elle. Merci.

— Très bien », dit la jeune femme, en rangeant la trousse. Elle lâcha un profond soupir. « Maintenant, je crois que je vais rentrer chez moi, me servir un grand verre de vin et m'occuper de mes enfants.

— Ça me paraît idéal.

— Ma mère leur a tout caché. Je ne sais pas comment je vais leur raconter ça.

— Vous trouverez bien. »

Molly eut un sourire.

« Prenez soin de vous.

— Merci », lui répondit-elle, en se laissant glisser de la table.

Nick la dépassa alors qu'elle se dirigeait vers la sortie du pressing.

« Demain, il faudra qu'on entende ton rapport, lui signala-t-il.

— Tu sais où me trouver. »

Amanda Wagner était appuyée contre le comptoir de l'entrée, son téléphone portable vissé à l'oreille.

« Juste une minute », fit-elle à son correspondant dès qu'elle vit Lena. « Bon travail, inspecteur.

— Merci, fit la jeune policière.

— Si jamais vous avez envie de rejoindre les pointures, passez-moi un coup de fil. »

Lena regarda dehors, dans la rue, elle observa les fonctionnaires de la police locale, qui se pavanaient comme si c'étaient eux qui avaient emporté le morceau. Elle songea à Jeffrey, qui lui avait accordé une seconde chance. Qui, pour être honnête, ressemblait plus à une cinquième ou une sixième chance.

Elle répondit à madame Wagner par un sourire.

« Non, merci. Je pense que je vais rester là où je suis. »

Wagner haussa les épaules, comme si cela lui était égal. Elle reprit sa conversation téléphonique.

« Il faut l'interroger dès cette nuit, c'est évident. Je n'ai aucune envie qu'il aille discuter avec ses codétenus et qu'il comprenne qu'il lui faut un avocat. »

Lena poussa la porte de sa main valide, avec un signe de tête à certains de ces hommes, dans la rue. Sa place était ici, mais elle ne faisait pas partie de leur groupe. Elle était redevenue l'équipière de Frank. Elle était flic. Et, zut, elle était peut-être bien plus que cela.

Elle se dirigea vers la faculté. Maintenant qu'on était sorti de l'impasse, le flic de louage de la sécurité du campus était posté en sentinelle près de sa voiture. Quand elle passa devant lui, il la salua en portant l'index à son chapeau et Lena, d'humeur généreuse, lui rendit son salut.

Il y avait dans l'air une brise légère et tout à fait bienvenue, et elle emprunta l'allée principale, en direction de la résidence étudiante. Elle posa la main contre son ventre. Elle se demandait ce qu'il renfermait, et quel genre de mère elle serait. Après une journée comme aujourd'hui, elle se prit à penser que tout n'était pas impossible.

Le campus était quasi désert, la plupart des gamins étaient sans doute rivés à leur télévision ou encore pieutés, bien contents de cette journée sans cours. L'accès au centre-ville était encore fermé par des barrages, mais elle était à peu près certaine que d'ici quelques heures ils allaient sortir à la queue leu leu, à faire les badauds, pour s'imprégner du drame qui venait de se dérouler. Ils allaient appeler leurs parents et leur raconter à quel point tout ça avait été horrible. Le doyen allait devoir traiter encore une flopée d'appels de parents furieux, comme si ce genre de situation était prévisible.

Le bâtiment de la résidence universitaire d'Ethan était plus tranquille que celui où il habitait lors de leur première rencontre. Les fêtes jusqu'au petit matin et les week-ends de saoulerie n'étaient pas exactement son style, et il avait réussi à se lier d'amitié avec le professeur chargé de l'attribution des chambres, qui lui avait octroyé une place dans un couloir plus calme.

Elle grimpa les trois marches menant à la terrasse en béton, passa devant quelques étudiants qui sortaient de leurs chambres. Celle d'Ethan était de l'ordre du placard, et si l'université n'avait guère de scrupules à entasser les étudiants dans leurs chambrées comme des tranches de saucisson, elle n'avait pas eu le culot de lui imposer de la partager. Un jour, il avait mesuré les lieux, sous les yeux de Lena, et ils avaient eu la surprise de découvrir que la chambre mesurait trois mètres trente par deux mètre quarante, soit davantage qu'ils n'auraient cru.

Elle frappa à la porte, avant d'ouvrir. Ethan était assis dans son lit, un livre sur les genoux. La petite télévision était posée sur le meuble bibliothèque, et c'étaient les infos, le son coupé.

« Qu'est-ce que tu fais ici ? s'étonna-t-il.

— Tu voulais que je vienne te voir après le boulot.

— Je voulais, dit-il. A l'imparfait. Plus maintenant. »

Lena s'adossa contre la porte.

« Tu sais quel genre de journée j'ai vécu ?

— Tu sais quel genre de journée j'ai vécu ? riposta-t-il, en refermant son livre avec un claquement.

— Ethan...

— "Je m'en charge", la coupa-t-il. C'est ce que tu m'as sorti. "Je m'en charge."

— Je voulais pas...

— Tu es enceinte ? »

Elle le dévisagea, elle sentit une douleur lui creuser le ventre. Pour la première fois depuis leur rencontre, Lena n'avait pas envie d'être seule, même si cela l'obligeait à rester ici aux conditions imposées par Ethan.

« Tu vas me répondre ? »

Ce qu'elle finit par faire.

« Non.

— Tu mens.

— Non, insista-t-elle, en inventant sa réponse au fur et à mesure. Juste après qu'on s'est parlé, j'ai eu mes règles. Ce devait être le stress.

— Tu disais que si tu étais enceinte, tu allais t'en charger.

— Mais je ne suis pas enceinte. »

Il sortit du lit et vint vers elle. Elle se détendit, et puis elle le vit armer son poing et le lui enfoncer dans le ventre. Elle se plia en deux de douleur, et il lui plaqua la main dans le dos, pour la maintenir en position courbée.

« Si jamais tu "te charges" de quelque chose qui m'appartient, n'importe quoi, je te tue.

— Oh, s'écria-t-elle, en essayant de reprendre son souffle.

— Sors d'ici », lui ordonna-t-il, en la repoussant dans le couloir. Il claqua la porte si fort que le panneau qu'il avait accroché à l'extérieur s'écrasa au sol.

Lena tendit la main vers le mur, pour tenter de se redresser. La douleur lui irradiait le bas-ventre, et elle se sentit les larmes aux yeux.

Il y avait deux étudiants au bout du couloir, près de l'entrée, et elle les dépassa, en s'efforçant de se tenir le dos aussi droit que possible. Elle donna le change, conservant la posture, jusqu'à ce qu'elle soit sortie sur l'arrière de la résidence, qu'elle se fût dissimulée dans les bois, où personne ne la verrait.

Elle s'appuya contre un arbre, se laissa sombrer jusqu'au sol. La terre au-dessous d'elle était humide, mais elle s'en moquait.

Elle alluma son téléphone portable, qui pépia. Elle attendit d'obtenir le signal et composa un numéro. Elle écouta la sonnerie, à l'autre bout de la ligne, le visage dégoulinant de larmes.

« Allô ! »

Elle ouvrit la bouche pour parler, mais elle ne put que pleurer.

« Allô ? » fit Hank, et sans doute parce que personne d'autre n'appelait jamais son oncle en plein milieu de l'après-midi en se pelotonnant comme un enfant, il devina. « Lee ? Mon chou, c'est toi ? »

Lena étouffa un sanglot.

« Hank, parvint-elle enfin à dire. J'ai besoin de toi. »

Épilogue

Sara, était assise sur le capot de sa voiture, elle contemplait le cimetière. Au cours de la dernière décennie, rien n'avait changé dans le funérarium de Deacon White, malgré son rachat au sein d'un vaste conglomérat. Même les collines verdoyantes et vallonnées avaient la même allure, plantées de pierres tombales immaculées saillantes comme autant de dents cassées.

Et pourtant, elle se dit que même si elle ne revoyait plus jamais une tombe de son vivant, ce serait encore trop. Toute la semaine, elle avait assisté à des enterrements, à porter le deuil de ces hommes et de ces femmes, victimes de la violence de Sonny et Eric Kendall. Marilyn Edwards avait réussi à survivre à la balle qu'elle avait reçue dans les toilettes du poste de police et, selon toute apparence, elle allait s'en tirer. Elle était forte, mais elle était bien la seule. Presque toutes leurs autres victimes étaient mortes.

« La vie n'est plus la même », lui avait dit Jeffrey, et sans doute était-ce vrai, pour lui. Il était devenu un être si différent de celui qu'il était la dernière fois qu'il l'avait amenée ici.

« Tu es sûr que tu ne veux pas faire signe à Possum et Nell ? »

Il secoua la tête.

« Je ne crois pas être prêt. » Il s'accorda un temps de silence, songeant sans doute à son fils, en se demandant une fois encore ce qu'il pourrait faire pour Jared. « Je me demande si Robert savait.

— Moi, j'avais compris, lui rappela-t-elle.

— Robert ne couchait pas avec moi, souligna-t-il. Vacherie, je me demande ce qu'il mijote.

— Tu pourrais essayer de t'informer.

— S'il voulait me faire savoir où il se trouve, il me le dirait, releva-t-il. Quel que soit l'endroit où il a atterri, j'espère qu'il a pu trouver une certaine paix. »

Sara tâcha de le réconforter.

« Tu as fait tout ce que tu as pu.

— Je me demande s'il communique avec Jessie ?

— Elle est sûrement sortie de prison depuis un moment, maintenant », fit Sara. Ainsi qu'elle l'avait prédit, Jessie n'avait purgé que quelques années de prison, pour le meurtre d'un homme sans défense. Sa dépendance vis-à-vis de la drogue et de l'alcool avait été considérée comme une circonstance atténuante, mais de l'avis de Nell, la sexualité de Robert avait été l'élément de preuve déterminant, qui avait fait basculer le jury. Sara espérait que le dénouement serait différent si le même crime était jugé aujourd'hui, mais on ne savait jamais, avec les petites villes.

« Elle est rentrée à Herd's Gap, lui apprit-il. J'ai reçu une carte de Noël, qu'elle m'a envoyée l'année de sa sortie de prison.

— Pourquoi ne m'as-tu rien dit ?

— A l'époque, on ne se parlait pas trop, lui expliqua-t-il, et elle en conclut que cela devait se situer à l'époque de leur divorce. Lane Kendall est morte trois jours avant qu'ils viennent s'en prendre à moi.

— Comment l'as-tu su ? » s'enquit Sara. Sonny

Kendall avait refusé d'évoquer quoi que ce soit concernant sa famille.

« C'est le shérif qui m'en a informé.

— Depuis quand le shérif Reggie Ray s'est-il mis à te transmettre des informations de son plein gré ? »

Il se retourna, avec un demi-sourire.

« Tu n'as jamais entendu parler de son fils aîné, Rick Ray ?

— Quoi ?

— C'est le professeur d'art dramatique du lycée de Comer. »

Sara éclata de rire, si fort qu'elle dut mettre la main devant sa bouche. Même si Rick avait une épouse et douze gosses, Reggie collerait encore au stéréotype et se moquerait de son fils comme si ce dernier était devenu garçon coiffeur.

« Ainsi va la vie... » fit Tolliver, avec un haussement d'épaules à peine ébauché qui, elle le vit bien, lui fit déjà assez mal. Il n'était pas habitué à avoir le bras en écharpe, et elle devait presque l'obliger à l'enfiler, tous les matins.

« Je me demande ce que sont devenues les lettres qu'Eric m'avait envoyées.

— Peut-être qu'elle ne les a jamais postées, suggéra Sara.

— Ça lui ressemblerait assez, en effet.

— Même ça, Sonny refuse d'en parler ?

— Non, admit-il. Quand les tribunaux en auront fini avec lui, c'est l'armée qui va le vouloir. Après la mort de Lane Kendall, il avait disparu de la circulation. Désertion. Ils auraient sûrement négligé son incartade, s'il n'avait pas... »

Le regard de Sara s'arrêta sur le cimetière.

« J'ai tout oublié de ces deux-là, avoua-t-elle. J'étais

si bouleversée, quand nous avons quitté la ville, que je n'ai plus jamais repensé à eux, pendant toutes ces années.

— J'aurais peut-être dû révéler la vérité à Lane, fit-il. Seigneur, ce qu'elle me haïssait.

— Elle ne t'aurait pas cru », releva Sara, la même conclusion que celle à laquelle ils avaient abouti, tant d'années auparavant.

La vie de Lane Kendall était alimentée par la haine et la méfiance. Rien de ce qu'aurait dit Jeffrey n'aurait pu y changer quoi que ce soit. Et pourtant, à l'époque, Sara n'avait pas totalement accepté l'idée qu'il fallait laisser le shérif Hollister emporter ses secrets dans la tombe. Jeffrey avait eu des arguments très persuasifs. S'asseoir en face de Reggie Ray et révéler au nouveau shérif le contenu des aveux de Hoss, c'eût été pousser le rocher de Sisyphe en haut de la montagne. En l'absence de toute preuve matérielle, personne n'aurait cru Jeffrey sur parole, surtout depuis que Robert n'était plus là pour étayer ses dires.

Sara avait toujours cru que la véritable raison qui avait poussé Tolliver à garder le silence, c'était qu'il ne pouvait se résoudre à accabler le vieux policier, au motif qu'il n'était plus là pour se défendre. En fin de compte, il était plus facile pour lui de continuer d'endosser cette responsabilité, au lieu de causer encore plus de troubles en exhumant la vérité. Jeffrey ne vivait plus à Sylacauga, et il était inutile de livrer cette bataille. Les gens qui comptaient à ses yeux savaient ce qui s'était réellement produit, et ceux qui ne comptaient pas continuèrent de mener leur existence, à peu près à l'identique. Dans son rapport, Reggie Ray avait prétendu que le shérif était occupé à nettoyer son arme quand le coup était parti, et personne n'avait mis le document en doute. Le meurtre de Julia Kendall était toujours enregistré comme une affaire non résolue.

Jeffrey tira sur son écharpe.

« Bon Dieu, ce que ce truc m'horripile.

— Il faut que tu la portes, insista-t-elle, en prenant une voix sévère.

— Ça ne fait pas mal. »

Elle lui effleura la nuque d'un doigt léger.

« J'ai besoin que ce bras redevienne valide.

— Ah oui ? » s'amusa-t-il, avec ce qui n'était plus que l'ombre de son sourire salace habituel.

Elle avait envie qu'il reprenne du poil de la bête, à tel point qu'elle continua de le taquiner.

« Cette main.

— Tu l'aimes, cette main ?

— J'aime bien les deux.

— Tu te souviens, reprit-il, la première fois que tu m'as dit que tu m'aimais ?

— Hmm... » Elle fit semblant de réfléchir, mais elle s'en souvenait très bien.

« Quand on est arrivés à Grant, on rentrait d'ici, poursuivit-il. Tu te souviens ?

— Je défaisais mes bagages, mes affaires de plage, continua-t-elle, j'ai regardé autour de moi et je ne te voyais plus.

— Exact.

— Et quand tu es revenu, je t'ai demandé ce que tu fabriquais, et tu m'as dit...

— Que ta poubelle sentait une de ces odeurs, on aurait cru qu'il y avait un truc mort, là-dedans.

— Et ensuite je t'ai dit que je t'aimais.

— A mon avis, tu n'avais pas croisé beaucoup d'hommes qui sortaient tes poubelles, avant moi.

— Non, admit-elle. Et depuis, je n'ai jamais croisé aucun autre homme à qui j'aie eu envie de confier mes poubelles. » Cette fois, il la gratifia d'un vrai sourire, et elle se sentit déjà le cœur plus léger. « J'ai tellement envie de t'aimer. »

Son sourire vacilla.

« Qu'est-ce qui t'en empêche ?

— Non », lui dit-elle, cherchant à clarifier son propos. Cela fait si longtemps que je lutte pour. Depuis le moment où je t'ai rencontré, j'ai refusé de tomber amoureuse de toi. Je ne voulais pas ressentir ce besoin écrasant de ta présence.

« Qu'est-ce qui a changé ? »

Sa réponse fut toute simple.

« Toi.

— Toi, non, lui répliqua-t-il. Tu n'as pas changé, je veux dire.

— Ah non ? s'étonna-t-elle, surprise qu'il parvienne à présenter cela comme un compliment.

— Tu n'en avais pas besoin, fit-il. Tu étais déjà parfaite. »

Elle éclata d'un rire sonore.

« Va raconter ça à ma mère. »

Il attendit qu'elle s'arrête de rire.

« Merci.

— De quoi ?

— D'avoir attendu que je grandisse. »

Du bout des doigts, elle lui déposa une caresse sur la joue.

« La patience a toujours été mon principal atout.

— Tu plaisantes.

— Ça valait la peine d'attendre.

— Tu me rediras ça dans dix ans.

— D'accord, promit-elle. D'accord. »

Il baissa les yeux sur son bras blessé, et elle voulut l'arrêter, de peur qu'il ne retire son écharpe. Au lieu de quoi, il lui prit la main, examina la chevalière de l'université d'Auburn qu'elle portait encore au doigt. Quand le ciel leur était tombé sur la tête, au poste, elle la lui avait retirée, sachant qu'elle risquait de permettre aux deux tueurs de l'identifier. A l'hôpital, pendant qu'il était au bloc opératoire, elle s'était presque fait une ampoule au doigt, à force de le frotter sur la pierre bleue de la bague, comme un talisman, comme si cela avait pu lui assurer que tout se déroulerait bien.

« Tu veux la récupérer ? » lui demanda-t-elle.

Il conserva un visage neutre, dénué d'expression.

« Tu veux me la rendre ? »

Sara observa la chevalière, et songea à tout ce qui les avait amenés dans cet endroit. Si bête que ce soit, elle n'ignorait pas tout ce que signifiait le fait qu'elle la porte, à ses yeux et à ceux de tout le monde, à Grant County.

« Je ne vais plus jamais la retirer. »

Il sourit, et, pour la première fois depuis ce qui lui paraissait une éternité, elle avait le sentiment que les choses finiraient par s'arranger.

Il devait être dans le même état d'esprit, car il voulut la taquiner.

« S'il t'arrive de jardiner, pense peut-être à la retirer.

— Hmm, fit-elle. Bien vu. »

Son pouce d'homme vint se frotter contre son annulaire de femme.

« Ou si tu donnes un coup de main à ton père.

— Je pourrais coller un peu d'adhésif-cache autour du jonc, pour qu'il m'aille mieux. »

Il sourit, tira sur l'anneau, manière de souligner qu'elle ne courait guère de risque de le perdre.

« Tu sais ce qu'on dit des gens qui ont de grandes mains... » commença-t-il. Comme elle ne répondait pas, il lui fournit la réponse. « Ils ont de grands pieds.

— Ha-ha », fit-elle, en lui prenant le visage dans les mains. Avant de comprendre ce qui lui arrivait, elle se pendit à son cou, se serra contre lui comme si sa vie en dépendait. Chaque fois qu'elle se laissait aller à repenser qu'elle avait été à deux doigts de le perdre, Sara en éprouvait une sorte de désespoir qui lui faisait mal, dans la poitrine.

« C'est bon », dit-il, mais il avait surtout l'air de se parler à lui-même. Elle vit bien qu'il songeait au motif qui les avait amenés ici.

Elle s'obligea à desserrer son étreinte.

« Tu es prêt ? »

Il jeta de nouveau un œil vers le cimetière, redressa les épaules, du mieux qu'il put.

Elle se laissa glisser du capot de la voiture, mais il la prévint.

« Non, j'ai besoin d'être tout seul.

— Tu es sûr ? »

Il opina encore, et se dirigea vers le cimetière.

Elle monta dans la voiture, en laissant la portière ouverte, pour ne pas suffoquer de chaleur. Elle regarda encore cette chevalière, en tournant la main, afin de voir le ballon gravé sur le flanc. Comme toutes les chevalières universitaires, ellc était énorme et hideuse, et pourtant, à cette minute, elle se dit que c'était l'un des plus beaux objets qu'elle ait jamais vus.

Elle releva les yeux, suivit Jeffrey qui montait vers le sommet de la colline. Il attrapa l'écharpe qu'il avait autour du cou, la retira et la fourra dans sa poche.

« Jeffrey », s'exclama-t-elle, pour le mettre en garde, mais à l'évidence il ne pouvait l'entendre. Ce n'était pas tant cette écharpe qu'il détestait, que son apparente infirmité.

Il s'arrêta à l'angle du cimetière, là où se dressait une petite borne en marbre. Elle le connaissait assez bien pour savoir qu'il pensait au marbre de Sylacauga et à ses torrents souterrains, à ses filatures de coton et à ses évacuations d'eau. Elle savait aussi que le petit objet qu'il sortit de sa poche était un médaillon plaqué or.

Elle le regarda faire et, de sa main blessée, il ouvrit le médaillon en forme de cœur, eut un dernier regard sur les photos de Hoss et Eric, à l'intérieur, avant de déposer ce souvenir sur la pierre tombale de Julia et de redescendre la colline, pour retrouver Sara.

REMERCIEMENTS

Sylacauga est une charmante petite ville située dans le centre de l'Alabama, près des montagnes Cheaha. La ville s'enorgueillit d'un shérif et d'une police à plein temps, et compte une population de 12 000 âmes qui lira probablement ce livre et se demandera si je me suis rendue en ces lieux. Je vous assure que j'y suis bien allée, mais soyez gentils, n'oubliez pas qu'il s'agit d'une œuvre de fiction et que je me suis accordé les plus grandes libertés avec les rues, les édifices et les endroits marquants, juste pour m'y sentir plus à l'aise. Comme beaucoup de petites villes – au nord, au sud, à l'ouest ou à l'est –, Sylacauga constitue un mélange singulier d'êtres braves et amicaux et d'un petit nombre de tristes sires. Vous en saurez davantage en visitant cette ville vous-même, ou en vous rendant sur son site Internet, Sylacauga.org. Tant qu'à vous promener sur la Toile, effectuez donc une recherche autour du nom de Billy Jack Gaither, et vous découvrirez la face la plus sombre de la vie d'une bourgade.

Pour moi, ce livre vient de loin. Quand je travaillais à l'écriture de *Mort aveugle*, je savais déjà qu'un jour j'allais me plonger dans le passé de Sara et Jeffrey, et donc, dans les livres qui ont suivi, j'ai semé quelques indices, comme autant de petites récompenses destinées au lecteur attentif. Mes remerciements les plus sincères à vous tous qui, par votre présence dès le début, m'avez permis de continuer d'être ce que j'aime être par-dessus tout : un écrivain.

Mon agent, Victoria Saunders, est une grande amie et un grand défenseur de mon travail. Meaghan Dowling et Kate Elton sont les meilleures éditrices qu'aurait pu espérer une fille dans mon genre. Ron Beard, Richard Câble, Jane Friedman, Brian Grogan, Cathy Hemming, Lisa Gallagher, Gail Rebuck et Susan Sandon sont mes héros. Les équipes de diffusion, de direction artistique et de marketing méritent tous mes remerciements pour leur appui sans faille. J'aurais quantité d'autres personnes à remercier ici, depuis ces dames de Scranton jusqu'aux camionneurs, mais la place étant comptée, recevez tous l'expression de ma gratitude la plus sincère pour le merveilleux travail qui est le vôtre.

Dan Holod m'a éclairée sur tout ce qui touche aux armes et à la balistique, mais les erreurs éventuelles sont de mon fait et ma faute – et n'oubliez pas qu'il s'agit d'une œuvre de fiction, et non d'un manuel technique. Là encore, David Harper, docteur en médecine, est venu à mon secours, ce qui m'a aidée à donner à Sara l'étoffe d'un véritable médecin. Patricia Hawkins, Amy Place et Debbie Heartsfield (anciennement les sœurs Smart) m'ont apporté toutes sortes d'informations intéressantes sur leur ville natale, et j'espère, grâce à elles, avoir réussi à saisir le climat de l'endroit.

Quelques collègues auteurs m'ont aidée à ne pas perdre courage. Je ne les nommerai pas ici, mais vous les retrouverez presque tous dans *Comme un charme*, le roman feuilleton sur lequel j'ai travaillé tout en écrivant *Indélébile*. Markus Wilhelm mérite des remerciements tout particuliers, tout comme Harlan Coben, qui est la seule personne sur terre autorisée à m'appeler Numéro Deux.

Enfin, j'ai mis Sara au volant d'une BMW dans tous les romans de cette série dans l'espoir que les gentils responsables des usines munichoises me remercieraient en m'offrant une rutilante 330CI. Jusqu'ici, pas de chance, mais je ne désarme pas. Même chose pour Tom Jones et Shelby Lynne. Surtout, ne m'appelez pas... surtout, ne m'écrivez pas...

Karin Slaughter
dans Le Livre de Poche

LES ENQUÊTES DE SARA LINTON ET JEFFREY TOLLIVER

Mort aveugle n° 37074

Sara Linton est pédiatre et médecin légiste à Grant County, une paisible bourgade du sud des États-Unis. Un jour elle découvre Sibyl, la sœur aveugle d'un inspecteur de police de la ville, violée et sauvagement mutilée…

Au fil du rasoir n° 37134

À la patinoire de Heartsdale, où elle a rendez-vous avec Jeffrey, le chef de la police, Sara Linton est témoin d'une scène dramatique. Une adolescente menace d'abattre un garçon de son âge. Après avoir tenté de la raisonner, pour éviter un carnage, Jeffrey est contraint de tirer sur elle. Mais le pire reste à venir.

À froid n° 37187

Découvertes macabres sur le campus universitaire de Grant County. Sara Linton et Jeffrey Tolliver sont dépêchés sur place. Le chef de la sécurité du campus et son adjointe, ex-flic, semblent vouloir brouiller les pistes…

Sans foi ni loi n° 31410

Une découverte macabre force Sara et Jeffrey à travailler ensemble : une jeune fille est retrouvée morte, le visage marqué par la souffrance de ses derniers instants.

Hors d'atteinte n° 32170

Lena Adams croupit dans une cellule du comté d'Elawah, en Géorgie. Elle est l'unique témoin d'un crime abominable : une femme brûlée vive dans sa voiture. Quand Lena disparaît, Jeffrey et Sara partent à sa recherche. Quels innommables secrets, enfouis depuis des générations, s'apprêtent-ils à débusquer, à leurs risques et périls ?

Du même auteur
aux éditions Grasset :

Mort aveugle, 2002.
Au fil du rasoir, 2004.
À froid, 2005.
Sans foi ni loi, 2007.
Triptyque, 2008.
Pas de pitié pour Martin, 2009.
Hors d'atteinte, 2010.
Irréparable, 2011.

Composition réalisée par PCA

Achevé d'imprimer en avril 2011, en France sur Presse Offset par
Maury-Imprimeur - 45330 Malesherbes
N° d'imprimeur : 163773
Dépôt légal 1re publication : mars 2008
Édition 04 - avril 2011
Librairie Générale Française - 31, rue de Fleurus - 75278 Paris Cedex 06

31/1905/4